d

Petros Markaris

Nachtfalter

Ein Fall für Kostas Charitos

Roman

Aus dem Neugriechischen von Michaela Prinzinger

Diogenes

Titel der 1998 bei
Samuel Gavrielides Editions, Athen,
erschienenen Originalausgabe: ›Amyna Zonis‹

Dieser Band wurde für die deutsche Fassung
in Zusammenarbeit mit dem Autor
nochmals durchgesehen
Umschlagfoto: Tono Stano, ›Sense‹, 1992

Für Josefina

www.diogenes.ch
200/01/44/1
ISBN 3 257 06287 7

Alle modischen Laster gelten als Tugenden
Molière, *Don Juan*, 5. Akt, 2. Szene

I

Die Erschütterung ist fast unmerklich. So, als ob jemand im oberen Stockwerk hin und her liefe.

»Ein Erdbeben!« kreischt Adriani. Bei Hungersnöten, Erdbeben und Unwettern ist sie in ihrem Element.

»Ach was, reine Einbildung!« sage ich, während ich den Blick von Dimitrakos' Wörterbuch hebe, wo ich gerade den Eintrag zum Wort *Sommerfrischler* durchlese.

Sommerfrischler = jmd., der sich zur Sommerfrische an einem Ort aufhält. Sommerfrische (veraltet): Erholungsaufenthalt im Sommer auf dem Land, an der See, im Gebirge.

Wir sind auf die Insel gekommen, um unseren Urlaub hier zu verbringen, und wohnen bei Adrianis Schwester. Ich ließ mich nur halbherzig darauf ein, weil ich ungern irgendwo zu Gast bin, wo ich mich nicht richtig gehenlassen kann. Aber erstens wollte Adriani ihre Schwester besuchen, und zweitens müssen wir unseren Gürtel in diesem Jahr ohnehin enger schnallen, wegen des Studiums unserer Tochter Katerina in Thessaloniki. Nicht einmal ein Zimmer mit Außentoilette – ein *room to let*, wie auf jedem ehemaligen Ziegenstall der Insel zu lesen steht – können wir uns leisten. Geschweige denn ein *Bed & Breakfast*, wie sich Adriani ausdrückt. Früher gab es Ziegenställe und Ziegen. Heute nur mehr Ziegenställe und Touristen.

Das Haus ist zweistöckig, liegt aber nicht direkt am Meer, sondern auf einer Anhöhe im Landesinneren, unweit des Hauptortes der Insel. Mein Schwager hat es mit seinem Bruder im goldenen Zeitalter der EU-Subventionen für die griechische Landwirtschaft gebaut. Mein Schwager ist Schmied, sein Bruder betreibt ein Kafenion – also weit und breit keine Beziehung zum stolzen Bauernstand. Sie hatten aber ein Stück Acker von ihrem Vater geerbt, ließen es durch irgendwelche Albaner bestellen, sackten die Ernte ein und kassierten die Subventionen. So kamen sie zu einem Mehrfamilienhaus. Wenn man die Schicht Ziegel mit dem bißchen draufgepappten Verputz überhaupt Haus nennen kann.

Am ersten Nachmittag hatte ich mich ein Stündchen aufs Ohr gelegt, als ich plötzlich von einem mächtigen Krawall aufgeweckt wurde. Das Haus wurde bis in die Grundfesten erschüttert, und eine weibliche Stimme schrie: »Ach… ach… ach…!« Da mir mein Polizistendasein in Fleisch und Blut übergegangen ist, dachte ich zunächst, der Bruder meines Schwagers würde seine Frau schlagen. Ich brauchte eine Weile, um zu begreifen, daß er sie nicht schlug, sondern vögelte und ich durch ihr Stöhnen aus dem Schlaf gerissen worden war.

»Psst, du wirst doch nicht horchen, schäm dich!« zischte mir Adriani zu, die eine schlüpfrige Phantasie hat, weshalb sie sich auch in der Fastenzeit streng kasteit.

»Vier Uhr nachmittags – wie bringt er sich um die Zeit bloß in Stimmung?«

»Ja, begreifst du denn nicht? Die Kinder sind gerade außer Haus.«

Die besagten Kinder sind zwei Jungen – ein Steppke von ungefähr zehn und ein Dreikäsehoch von ungefähr acht Jahren, die beide Basketballspieler werden wollen. Und ihr Herr Papa hatte im Fernsehen von den Millionen gehört, die man als langer Lulatsch einstreichen kann, egal welcher Nationalität man angehört. Also hat er ihnen einen löchrigen Korb im Wohnzimmer aufgestellt, damit sie lernen, von der Glasvitrine wie von einer unsichtbaren Dreipunktelinie aus Würfe auszuführen. Das Training war hart, zweimal täglich, morgens und abends, mit Ball- und Sprungübungen, Geschrei und Geschimpfe. Ich verkrümelte mich regelmäßig und setzte mich in das Kafenion ihres Vaters, wo ich für eine Tasse Kaffee einen Fünfhunderter hinblättern mußte, statt Schmerzensgeld zu erhalten.

An das Getrappel des Basketballtrainings gewöhnt, sage ich zu Adriani, das Erdbeben bilde sie sich bloß ein. Aber die weitere Entwicklung straft mich Lügen. Das Haus löst sich nämlich von seinen Grundmauern, schwebt unentschlossen in der Luft und stürzt mit einem schrecklichen Krachen wieder auf den Boden. Das Bild mit den beiden Schäfchen an der Quelle knallt herunter, während die beiden über dem Bild hängenden Ziegenglocken wie wild bimmeln.

Das Erdbeben hält einen Augenblick inne, um mit neuerlicher, noch größerer Wucht wieder einzusetzen. Das Haus erzittert, und die Möbel rutschen hin und her. An der Wand gegenüber klafft mit einem Mal ein riesiger Riß und bietet einen so dramatischen Anblick, als wollte sich der Peloponnes vom Festland lösen. Mauerbrocken stürzen auf die bordeauxrote Sitzgarnitur mit Goldstreifen im Wohnzimmer, die mein Schwager bei einer Billigkette erstanden hat. Die Wand begräbt bei ihrem Einsturz die pseudokorinthische Vase mit den vergoldeten Artischokken unter sich, während der von der Decke baumelnde, mehrarmige Leuchter wie ein Weihrauchkessel aussieht, den ein Pope lässig hin- und herschwenkt.

Adriani fährt aus ihrem Sessel hoch und rennt unter den Türrahmen.

»Was soll das denn?« rufe ich.

»Bei einem Erdbeben soll man sich immer unter den Türrahmen stellen. Das ist der einzige Teil, der stehenbleibt«, sagt sie zitternd.

Ich werfe den Dimitrakos von mir, packe sie an der Hand und schleife sie zur Haustür, während die Zimmerwände mal aufeinander zustürzen, mal wieder ins Lot kommen.

Als wir durch die Tür stolpern, löst sich gerade ein Teil des Daches. Ich spüre, wie die Splitter um mich herumfliegen und Tausende kleiner Nadelstiche meine Haut durchdringen.

Kaum haben wir das Haus verlassen, höre ich eine Frauenstimme rufen: »Hilfe! Hilfe!«

»Lauf bloß schnell weg!« rufe ich Adriani zu und laufe in Richtung der Stimme.

Stawria, die Frau des Bruders meines Schwagers, steht auf der Treppe. Sie hält ihre beiden Jungen fest an der Hand und schreit hysterisch um Hilfe.

»Die Kinder, Kostas! Nimm die Kinder!«

Ich spüre beim Hinaufgehen, wie die Treppe bedrohlich zittert, als würde sie jeden Augenblick unter mir zusammenbrechen. Ich packe die beiden Kinder, doch der Dreikäsehoch beginnt heftig nach mir zu treten.

»Mein Ball, ich will meinen Ball haben!«

»Jetzt ist nicht der Augenblick zum Ballspielen«, sage ich zu ihm, doch er läßt nicht davon ab, meine Schienbeine zu traktieren und nach seinem Ball zu schreien.

»Macht schon, ich werf euch den Ball runter!« ruft Stawria von oben.

»Bleib bloß draußen!« rufe ich, doch sie ist bereits im Inneren des Hauses verschwunden.

Sobald wir die letzte Treppenstufe erreichen, kommt der Ball hinter uns hergeschossen. Der Dreikäsehoch läßt meine Hand los und will ihn an sich reißen, während ein fürchterlicher Krach von berstendem Glas und Stawrias klagende Stimme aus dem Haus dringen.

»Mein Leuchter!«

Schlagartig hört das Beben auf, anscheinend legt es eine kleine schöpferische Pause ein. Stawria tritt mit zerrauften Haaren auf die Türschwelle. »Mein Leuchter ist hin!«

Sie besitzt den gleichen Leuchter wie mein Schwager. Keine Ahnung, warum sie die im Doppelpack gekauft haben. Vielleicht, um die Osternacht zu Hause zu feiern. Man schaltet sie ein, zündet seine Osterkerzen an, tauscht den Gruß »Christus ist auferstanden« aus und erspart sich die Mühe, dreihundertfünfzig Stufen bis zur Höhlenkapelle der Heiligen Jungfrau hochzujapsen.

»Jetzt laß mal den Leuchter und komm runter, bevor es mit dem Erdbeben wieder losgeht«, sage ich.

Sie würdigt mich keines Blickes. Sie sitzt auf dem Treppenabsatz und kämpft mit den Tränen.

»Ist der Basketballkorb heil geblieben?« fragt der Knirps voller Besorgnis.

»Dein Basketballkorb ist mir Wurscht«, entgegnet sie wie ein bockiges Kind.

»Jedenfalls: Der letzte Korb, den du geworfen hast, zählt nicht. Du hast mich gefoult«, sagt der Steppke zum Dreikäsehoch.

2

Der Marktplatz des Inselhauptortes liegt etwas erhöht und sieht wie das Konzertpodium einer dörflichen Blaskapelle aus. Drei Sträßchen kreuzen sich auf dem Marktplatz. Das eine schlängelt sich aus dem Ort hinaus, das zweite führt zur Endhaltestelle der Buslinie, die zwischen dem Hafen und dem Hauptort verkehrt, und das dritte endet vor der Kirche. In den engen Gassen rund um den Marktplatz spielt sich das gesamte Leben des Ortes ab – im unmittelbaren Umfeld eines Tante-Emma-Ladens, einer Gemüsehandlung mit Fleischtheke und eines Geschäfts, in dem von Kunsthandwerk bis zu Gummistiefeln alles zu finden ist. Dann sind da noch das Kafenion des Bruders meines Schwagers, eine Taverne, ein altmodischer Biergarten und zwei Souflakibuden, wovon sich die eine einen internationalen Anstrich gibt, die andere auf griechisches Flair setzt. Die internationale Souflakibude unterscheidet sich von der griechischen darin, daß ihr Namensschild sie nicht als »Grillstube« ausweist, sondern hochtrabend als »Souflaquerie« bezeichnet. Augenscheinlich glaubt der Wirt, die vielen französischen Touristen so auf seine Seite ziehen zu können. Vermutlich ein Schlag ins Wasser, denn die griechischen Gäste ziehen die einheimische Grillstube der Souflaquerie vor, und die Franzosen, die möglicherweise der Souflaquerie den Vorzug gegeben hätten, können das Schild nicht lesen, da es mit griechischen Buchstaben geschrieben ist. Die Läden auf dem Marktplatz sind die einzigen, die bei dem Erdbeben keinen Schaden davongetragen haben, da sie eng aneinandergebaut sind. Ihr Zusammenhalt hat sie vor dem Schlimmsten bewahrt.

Es sind drei Stunden vergangen, seitdem ich mit Adriani ins Freie gestürzt bin. Ich sitze auf dem Blaskapellenpodium, gegenüber der Souflaquerie. Das Schild kann ich nicht erkennen, weil es stockdunkel ist. Licht und Telefon sind ausgefallen. Aus den Transistorradios erfahren wir, daß sich das Epizentrum in der Gegend von Kreta befand und das Erdbeben die Stärke von 5,8 Grad auf der Richter-Skala erreicht hat. In den vergangenen drei Stunden haben die Inselbewohner siebenunddreißig Erdstöße gezählt, doch um den letzten ist ein heftiger Streit ausgebrochen. Die eine Hälfte der Insulaner behauptet, er müsse mitgezählt werden, während die andere Hälfte meint, er bilde bloß eine kleine Draufgabe zur vorletzten Erschütterung. Sie reden sich also die Köpfe heiß, um nur ja keine Möglichkeit ungenutzt zu lassen, sich in ihrem Unglück zu suhlen.

»Beim Erdbeben von Kalamata wurden innerhalb von drei Stunden zweiundfünfzig Erdstöße gezählt«, sagt einer, der neben mir auf dem Gehsteig sitzt, als wäre er traurig darüber, daß seine Insel nicht in Führung liegt.

Der ganze Ort hat sich auf dem Marktplatz versammelt. Etliche sitzen auf den Stühlen der Taverne oder des geschlossenen Biergartens, andere im Kafenion des Bruders meines Schwagers, das geöffnet hat und Limonade, Coca-Cola und Eiskaffee ausschenkt. Wer sich keinen Sitzplatz in den Lokalen sichern konnte, spaziert zwischen den umhertollenden, Ball spielenden Kindern über den Platz. Der Krach ist ohrenbetäubend, da nicht nur die Kinder kreischen, sondern sich auch die Erwachsenen lautstark vom Kafenion quer über den Platz, vom Platz zur Taverne und von der Taverne in den Biergarten hinüber unterhalten. Nur in den beiden Souflakibuden klingelt die Kasse. Die Kinder sind hungrig, und es gibt sonst nirgendwo etwas zu essen. Die Souflakibuden haben Holzkohle zum Glühen gebracht und brutzeln eifrig Fleischspießchen, die sie mit einer Scheibe Landbrot verteilen. Zum Schluß geht ihnen das Brot aus, und sie servieren das Fleisch ohne Beilage. Nur das Holzkohlenfeuer erhellt den Marktplatz.

Die wenigen Touristen, die im September noch übriggeblieben sind, wurden vom Marktplatz verdrängt und haben sich zur Bushaltestelle geflüchtet. Liebend gerne würden sie abreisen, doch der dort abgestellte Bus wagt nicht loszufahren, und sie trauen sich nicht, in die Häuser zurückzukehren und ihre Sachen zu holen. Einige haben sich vor den Souflakibuden angestellt, doch sie kommen nicht zum Zuge, weil die Einheimischen sich ständig vordrängeln.

Es wird immer später, und die Erdstöße wollen nicht enden, da lähmt die Angst schließlich auch die Schreihälse, und der Lärm ebbt ab. Als wäre das alles nicht schon Unglück genug, setzt auch noch ein dünner Nieselregen ein, der neues Protestgeschrei hervorruft. Der Kombi der Stromgesellschaft fährt zum vierten Mal mit quietschenden Reifen vorbei und hupt wie wild, um die Leute von der Straße zu scheuchen.

»He, Lambros, was ist? Wann haben wir wieder Strom?« fragt der Mann neben mir den Beifahrer des Wagens.

»Stell dich lieber auf eine längere Wartezeit ein. Das Kabel ist beschädigt, und das kann dauern«, entgegnet der andere, zufrieden, daß diesmal der Strom mit gutem Grund ausfiel und nicht wie sonst zweimal täglich ohne ersichtlichen Anlaß.

»Schämt ihr euch denn gar nicht, ihr Schmarotzer!« ruft mein Nachbar hinter dem Wagen her.

Er würde gerne weiterschimpfen, doch eine heftige Erschütterung bringt ihn aus dem Gleichgewicht, und er rutscht vom Gehsteig. Ein Gezeter unterschiedlichster Stimmlagen erhebt sich über dem Marktplatz. Es reicht vom »Hoppla, schon wieder!« der Mutigsten bis zum hysterischen Gekreische der Frauen.

»Ach, da bist du ja! Wir suchen dich schon auf dem ganzen Marktplatz«, höre ich Adrianis Stimme neben mir.

Sie ist in Begleitung von Eleni, ihrer Schwester, und Aspa, Elenis Tochter, die in die dritte Klasse des Gymnasiums geht und ein besonnenes, aufgewecktes Mädchen und das sympathischste Mitglied der Familie meiner Schwägerin ist.

»Ist alles in Ordnung?« frage ich Eleni, mehr aus Pflichtbewußtsein als aus echter Sorge, da ich ja sehe, daß mit ihr alles in Ordnung ist.

»Sei still, ich zittere immer noch am ganzen Leib. Ich war im Ortsverschönerungsverein, wir wollten unsere Vorgangsweise gegen Theologou, diesen Gauner, besprechen. Der will nämlich ein Hotel am Kap bauen und sich den ganzen Strand unter den Nagel reißen. Da merke ich plötzlich, wie der Boden unter meinen Füßen nachgibt! Bis ich bei der Schule angekommen bin, um Aspa in Sicherheit zu bringen, habe ich Höllenqualen durchlitten!«

»Du hast das Unglück herbeigeredet! ›Wieso fahren wir denn weg, zu Hause ist es doch viel schöner, wozu brauchen wir Urlaub…‹ Wie hätte es da nicht zu einem Erdbeben kommen sollen, wenn man ständig lamentiert?« sagt Adriani zu mir, und mit einem Mal finde ich mich in der Rolle des Sündenbocks wieder, der das Erdbeben verursacht hat.

Ich bin knapp davor, aus der Haut zu fahren. Wäre sie auf meinen Vorschlag eingegangen, doch lieber zu Hause zu bleiben, müßte sie jetzt auch nicht in den traurigen Trümmerhaufen nach unserer Unterwäsche stöbern. Plötzlich spüre ich einen bohrenden, stechenden Schmerz im Rücken und springe auf.

»Was hast du? Wieder die Schmerzen?« fragt mich Adriani, die seit fünfundzwanzig Jahren jede meiner kleinsten Bewegungen mit Argusaugen verfolgt. »Geschieht dir recht, wenn du nicht zum Arzt gehst. Du zahlst vollkommen umsonst so hohe Beiträge an die Krankenkasse.«

»Sie hat recht, warum gehst du mit deinen Schmerzen nicht zum Arzt?« mischt sich Eleni ein.

»Weil er Angst davor hat wie alle Männer! Ein gestandener Hauptkommissar, Leiter der Mordkommission, der den ganzen Tag mit Mördern und Messerstechern zu tun hat, fürchtet sich vor dem Doktor!«

»Es ist nur ein eingeklemmter Nerv. Ich renn doch wegen eines eingeklemmten Nervs nicht gleich zum Arzt.«

«Ach, die Diagnose hat er auch schon parat«, sagt Adriani verächtlich.

Das ganze Gespräch findet unter leichten Erdstößen statt, als befänden wir uns auf einem schaukelnden Tragflügelboot, und der Nieselregen wird langsam stärker. Seit einem Monat etwa taucht dieser plötzliche, heftige Schmerz in der linken Schulter auf, zieht sich in meinen Arm hinunter und klingt nach zehn Minuten wieder ab. Ich gehe nicht zum Arzt, da man immer, wenn man nachbohrt, mehr zutage fördert, als einem lieb ist.

Ich höre auf, daran zu denken, nicht weil ich einen so eisernen Willen hätte, sondern weil sich auf dem Marktplatz ein aufrührerisches Geheul erhebt. Ich wende mich um und sehe, wie der Bürgermeister auf das Konzertpodium steigt und auf die Menge einzureden versucht.

»Ruhe! Laßt mich doch zu Wort kommen!« ruft er, und der Tumult beruhigt sich etwas. »Ich habe mit der Präfektur gesprochen. Zelte und Wolldecken sind unterwegs«, ergänzt er zufrieden, doch seine Befriedigung bricht sogleich wieder in sich zusammen, da die Nachricht die Menge eher aufbringt als beruhigt.

»Wann werden sie das alles schicken? Nächstes Jahr?«

»Wir harren jetzt schon fünf Stunden im Finstern aus, sind vollkommen durchnäßt, und du kommst daher und willst uns weismachen, daß die Sachen unterwegs sind?« Mit Betonung auf dem »unterwegs«.

»Ist dir klar, daß die Leute in Kalamata noch heute, zehn Jahre danach, in Wohnwagen hausen?«

»So ein Staat kann mir gestohlen bleiben! Die können doch nur Steuern aus einem rauspressen!«

Der Bürgermeister nimmt noch einen Anlauf. »Habt etwas Geduld, Leute! Wir sind nicht die einzigen, die schlimm dran sind.«

»Wir sind zwar nicht die einzigen, aber wir werden

die letzten sein, die Hilfe erhalten. Dank deines Einsatzes!«

»Ich hab's immer gesagt, wir hätten ihn nicht wählen sollen, doch ihr habt ja nicht auf mich gehört«, sagt jemand unüberhörbar zu seinem Nachbarn.

»Sie werden bestimmt kommen, ihr habt mein Wort«, versichert ihnen der Bürgermeister, beunruhigt darüber, daß er Stimmen zu verlieren beginnt. Er sucht Halt und findet mich in der Menge.

»Sehen Sie, was wir alles am Hals haben, Herr Kommissar? Es ist die reinste Odyssee, bis etwas hierher gelangt. Leider begreifen Ihre Kollegen in Athen das nicht.«

»Die Leute hier haben nicht unrecht«, mischt sich Adriani ein, die sich darin gefällt, streunende Katzen und Hunde sowie Recht- und Heimatlose zu verteidigen, solange sie sie nicht im eigenen Haus beherbergen muß. »Warum schicken Sie keinen Hubschrauber los, um die Sachen zu holen? Sie haben doch einen Hubschrauberlandeplatz auf der Insel.«

»Wir haben zwar einen Hubschrauberlandeplatz, liebe Frau«, sagt der Bürgermeister und schüttelt betrübt den Kopf. »Aber keinen Hubschrauber. Man hat den Landeplatz errichtet, und seit sechs Jahren warten wir auf den Hubschrauber. Wenn es einen Notfall gibt, kommt ein Hubschrauber aus Athen.«

Es scheint jedoch, daß ihm heute niemand recht geben will, denn kaum hat er seine Worte zu Ende gesprochen, bricht der Fluglärm eines Hubschraubers über uns herein.

»Na also, da ist er ja! Hab ich es euch nicht gesagt?!« bricht der Bürgermeister in ein Triumphgeheul aus.

In der Ferne erblicken wir die schwarzen Umrisse des Hubschraubers, der sich mit Blinklicht nähert. Die ganze Polizeitruppe der Insel, also ein Polizeiobermeister und zwei einfache Beamte, ist versammelt und versucht, die Leute im Zaum zu halten. Sie haben sich an den Händen gepackt, doch beim ersten Ansturm wird man sie überrennen. Ohne ein weiteres Wort stelle ich mich schützend vor sie.

»Nur keine Aufregung«, sage ich sanft zu der Menge. »Diejenigen, die die Sachen bringen, werden sie auch verteilen. Ihr werdet alle etwas bekommen.«

Ich weiß nicht, ob sich meine Persönlichkeit durchgesetzt hat oder ob sie der Wirbelwind zurückdrängt, der sich bei der Landung des Hubschraubers erhebt. Jedenfalls beginnen sie zurückzuweichen.

Der Hubschrauber setzt auf dem Beton auf, die Tür öffnet sich, und eine etwa fünfundzwanzigjährige Frau steigt aus, dick geschminkt und aufgedonnert, von der Sorte, die wir früher auf dem Dorf ›flotte Biene‹ nannten.

»Da wären wir!« ruft sie hocherfreut.

Plötzlich bricht die Menge in Applaus aus, und sie wiegt sich geschmeichelt in den Hüften. Hinter ihr tauchen statt Zelten und Wolldecken ein bärtiger Kameramann und zwei Typen auf, die Kisten, Stative und Scheinwerfer ausladen.

»Mann, die sind ja vom Fernsehen«, hört man eine enttäuschte Stimme, und der Applaus fällt in sich zusammen wie der Schaum eines frisch gezapften Bieres.

»Sind Sie vom Fernsehen?« Der Bürgermeister nähert sich der jungen Frau, bereit, sich in die Bresche zu werfen.

»Später, später«, sagt sie hektisch. »Zuerst möchte ich

die eingestürzten Häuser sehen. Gibt es hier eingestürzte Häuser?«

»Nein, zum Glück nicht, aber –«

»Hab ich dir doch gesagt, daß wir nichts finden werden«, sagt der Kameramann zu der Reporterin. »Wir sind ganz umsonst hergekommen, laß uns wieder abhauen.«

»Ausgeschlossen«, antwortet sie und packt das Mikrofon. »Wir sind schon spät dran, mir geht sonst die Live-Schaltung durch die Lappen.«

»Zählen denn, um Himmels willen, nur eingestürzte Häuser?« echauffiert sich der Bürgermeister. »Wir stehen seit fünf Stunden im Regen auf der Straße, ohne Licht, ohne Telefon, wir trauen uns nicht in unsere Häuser zurück, und keiner schert sich um uns. Was wollt ihr noch? Sollen wir eigenhändig unsere Häuser einreißen, damit man sich endlich für uns interessiert?«

»Das ist es!« ruft die flotte Biene begeistert. »Die verbrecherische Gleichgültigkeit des Staates! Wer ist der Bürgermeister? Gibt's hier so was wie einen Bürgermeister?«

»Der bin ich.«

»Ach so, Sie sind das.« Er entspricht zwar nicht ganz ihren Erwartungen, aber in der Not frißt der Teufel Fliegen. »Wie heißen Sie?«

»Jagos Kalokyris.«

»Schön, Herr Kalokyris. Bleiben Sie in meiner Nähe. Ich werde Sie gleich vor die Kamera rufen.«

Sie packt das Mikrofon und wartet voller Anspannung darauf, live in die Nachrichtensendung geschaltet zu werden. Und da heutzutage alle ohne Ausnahme für das Fernsehen arbeiten, Gott inbegriffen, krachen plötzlich zwei

Donnerschläge hernieder und ein heftiger Regenschauer setzt ein.

»Guten Abend, Jorgos... Guten Abend, meine Damen und Herren...«, sagt die flotte Biene ins Mikrofon, und daran erkennen wir, daß wir auf Sendung sind.

»Die Situation in dieser Randzone Griechenlands ist dramatisch, Jorgos. Die Bewohner der Insel sind beim ersten Erdstoß der Stärke 5,8 auf der Richter-Skala aus ihren Häusern gestürzt. Seitdem sind fünf Stunden vergangen, und die offiziellen staatlichen Institutionen glänzen durch Abwesenheit. Wie man sieht, gießt es hier in Strömen, und die Bewohner warten vergeblich auf Wolldecken und Zelte, um die erste Nacht nach der Katastrophe im Freien zu verbringen...«

»Wie hoch ist das Ausmaß der Schäden?« fragt der Moderator.

»Auf jeden Fall hoch, Jorgos, doch derzeit ist es noch nicht abzusehen, denn die Stromversorgung ist zusammengebrochen, und auf der Insel ist es stockdunkel. Hier neben mir steht der Bürgermeister Herr...« Sie hat seinen Namen vergessen.

»Kalokyris...«, ergänzt der Bürgermeister.

»... Herr Kalokyris, der uns eine genaue Beschreibung der herrschenden Lage auf der Insel geben wird. Wie stehen die Dinge zur Stunde, Herr Bürgermeister?«

»Die Situation ist dramatisch, wie Sie schon sagten. Ein weiteres Mal sind wir mit der verbrecherischen Gleichgültigkeit des Staates konfrontiert. Vor geschlagenen fünf Stunden habe ich mit der Präfektur telefoniert, ich habe die Lage erläutert, und man hat mir Hilfe zugesagt, doch bislang ist sie nicht eingetroffen. Die Erdstöße gehen immer noch weiter, unsere Kinder stehen hilflos im Regen, weil wir uns nicht in unsere Häuser zurücktrauen … Krankheiten könnten sich verbreiten, Seuchen ausbrechen …«

Ich sehe, wie die Einwohner nicken und zustimmend murmeln, und bewundere die kaltschnäuzige Unverfrorenheit, mit der er das Ruder herumreißen konnte. Sollte er in diesem Augenblick erneut kandidieren, bekäme er keine einzige Gegenstimme.

»Ich appelliere über Ihren Sender an die zuständigen –«

»Machen Sie nicht weiter, wir sind nicht mehr auf Sendung«, würgt ihn die Reporterin ab. »Machen wir uns auf die Socken, Jungs«, sagt sie zum Aufnahmeteam, das angefangen hat, seine Siebensachen zusammenzupacken und zum Hubschrauber zu laufen.

»Vielen Dank«, sagt die Reporterin und läuft ebenfalls dorthin. Auf halbem Wege bleibt sie mit ihrem Stöckel hängen, ringt um ihr Gleichgewicht, entgeht um Haaresbreite einem Sturz in den Schlamm und erreicht den rettenden Hubschrauber. Bevor sie einsteigt, wendet sie sich halb um, als habe sie sich plötzlich an etwas erinnert.

»Alles Gute«, ruft sie.

»Warum wünscht sie uns alles Gute?« fragt ein junger Mann. »Hat hier vielleicht einer Geburtstag?«

Das ist der beste Kommentar, den ich den ganzen Abend über gehört habe.

3

Gegen Mitternacht schließlich trafen die Zelte und Decken doch noch ein. Allerdings waren die meisten Einwohner der Insel schon bis auf die Haut durchnäßt und hätten Badetücher besser gebrauchen können. Der Bürgermeister schlug vor, sofort provisorische Unterkünfte aus Zeltplanen zu errichten, doch die Leute waren am Ende ihrer Kräfte und ihrer Geduld angelangt und meinten, er solle sie selber aufstellen, dafür hätten sie ihn ja schließlich zum Bürgermeister gewählt. Einige, die sich bereit erklärt hatten, mit anzupacken, klopften sich mit den Hämmern auf die Finger, da sie die Pflöcke im Dunkeln nicht erkennen konnten, und gaben schließlich auf. Zuletzt kauerten sich alle irgendwohin – die einen in ihre Wagen, die anderen wickelten sich in Wolldecken, und manche besonders Wagemutige meinten, es sei ohnehin alles egal, und kehrten in ihre Wohnhäuser zurück.

Wir fanden in der Schmiedewerkstatt meines Schwagers Unterschlupf, zusammen mit seiner Frau, seiner Tochter, der Familie seines Bruders und einer Schar Dorfbewohner, die er auf dem Marktplatz aufgelesen hatte. Das traute Beisammensein, die Gespräche und die Erinnerungen an das Erdbeben vertrieben den Schrecken der Nacht. Es fehlte nur noch das Halva, das meine Mutter immer zubereitete, wenn sie die Nachbarn zu einer Zusammenkunft einlud.

Der einzige Muffel war Christos, der Bruder meines Schwagers, der ihm mit gedämpfter Stimme vorpredigte, daß ihm am nächsten Tag die Hälfte der Eisenstangen fehlen würde, weil die anderen sie mitgehen ließen, um ihre Häuser zu reparieren, und daß es immer so gewesen sei mit ihm, er sei immer bestohlen und reingelegt worden, während er, sein Bruder, gestern trotz des ganzen Aufruhrs keine einzige Limonade verschenkt hätte.

Es ist jetzt zehn Uhr, und was die Nacht verhüllt hat, liegt im Morgenlicht offen zutage. Von außen besehen hat sich nichts verändert, der Hauptort ist so, wie er war. Nur in den Häusern hört man Wehklagen, Schluchzen und Stoßseufzer, zwar nicht im Chorgesang, doch vereinzelt wie Koloraturarien, weil eine Sachverständigenkommission eingetroffen ist und die Gebäude reihum besichtigt. Und das Wehgeschrei erhebt sich in den Wohnhäusern, die für unbewohnbar erklärt werden.

Das Haus meiner Schwägerin sieht aus wie ein bosnisches Haus nach dem Bürgerkrieg. Der Verputz ist abgebröckelt, und die Ziegelsteine liegen nackt und bloß in der Sonne. Der mehrarmige Leuchter hat die Hälfte seines schmückenden Beiwerks verloren und baumelt schief und ramponiert von der Decke. Ein Teil der Decke ist auf die Schrankvitrine herabgestürzt, und die Mauerstücke sind zwischen den Ausstellungsstücken gelandet. Nur der Fernseher ist unversehrt geblieben und starrt uns finster an. Eleni, meine Schwägerin, hält einen kleinen Besen in der Hand und säubert wortlos und mit verbissenem Eifer die bordeauxrote Sitzgarnitur, als wäre sie mitten im Weihnachtsputz.

»Mensch, Mama, jetzt mach mal halblang«, sagt ihre Tochter. »Dein Sauberkeitsfimmel bringt dich noch um den Verstand.«

Eleni wendet sich um und wirft ihrer Tochter einen Blick zu, als wolle sie ihr an die Gurgel springen. »Weißt du, wie viele Jahre ich mir diese Sitzgarnitur gewünscht habe? Und schau dir an, wie sie jetzt aussieht. Schau nur!« fährt sie ihre Tochter an, als wäre sie an dem Erdbeben schuld.

»Eleni, laß das lieber bleiben, bis die Leute aus Athen hier gewesen sind«, meint ihr Mann kleinlaut, aus Angst, er könne sie damit noch mehr in Rage bringen. »Nicht, daß die unser Haus in schönster Ordnung vorfinden und uns die Zweihunderttausend Soforthilfe streichen.«

»Ganz abgesehen davon, daß sie das Haus für unbewohnbar erklären könnten«, ergänzt die Tochter.

Eleni blickt sie wild entschlossen an, als würde sie keinerlei Widerspruch dulden. »Ich weiche keinen Schritt aus meinem Haus. Und wenn es über mir zusammenstürzt.«

Adriani tut das einzig Richtige in dieser Situation. Sie sagt gar nichts, sondern geht auf ihre Schwester zu und drückt sie an sich. Eleni legt ihre Arme um die Hüften ihrer Schwester, lehnt den Kopf an ihre Brust, ihr ganzer Trotz fällt in sich zusammen, und sie bricht in heftiges Schluchzen aus.

Gerade als die beiden Schwestern einander zärtlich in den Armen liegen, taucht der Polizeiobermeister auf und unterbricht die rührselige Szene. Er steht in der Wohnzimmertür, hält seine Dienstmütze in der Hand und sieht mich betreten an.

»Was gibt's?« frage ich.

»Entschuldigen Sie bitte, ich weiß, ich komme ungelegen, aber könnten Sie kurz mitkommen?«

»Jetzt sofort?«

»Ja. Ich möchte Ihnen etwas zeigen.«

Er steckt mich mit seiner Verlegenheit an, und ich werfe Adriani, die Eleni immer noch im Arm hält, einen kurzen Blick zu. Sie nickt unmerklich und scheint dasselbe zu denken wie ich: daß es besser ist, wenn ich gehe, weil ich hier irgendwie nicht ins Bild passe.

»Gehen wir«, sage ich zum Polizeiobermeister.

Draußen wartet bereits das einzige Einsatzfahrzeug der Inselpolizei. Er setzt sich auf den Beifahrersitz und überläßt mir den Platz, der für offizielle Würdenträger reserviert ist – den Rücksitz, schräg hinter dem Fahrer.

Wir nehmen die Strecke hinauf nach Palatini – ein Bergdorf, das in der einzigen landwirtschaftlich nutzbaren Gegend liegt. Die Straße ist schmal und gewunden, zwei Autos können gerade mal aneinander vorbeifahren.

Der Regen hat die Landschaft blank geputzt. Unten breitet sich das Meer friedlich aus und umspült die kleinen Buchten, die Felsvorsprünge und Klippen der Insel. Nicht, daß ich eine besondere Liebe zur Natur hege. Als ich klein war, hing mir die Natureinsamkeit zum Hals raus, und ich zählte jedes Mal die Tage, bis wir nach Athen zurückfuhren. Doch dieser Anblick ist selbst für mich ein Erlebnis.

Ich komme durch die Stimme des Polizeiobermeisters wieder zu mir. »Nicht genug mit dem ganzen Unglück, jetzt haben wir auch noch mit Erdrutschen zu kämpfen«, murmelt er.

»Aus diesem Grund haben Sie mich hierhergebracht? Wegen eines Erdrutsches?«

»Nein, nicht wegen eines Erdrutsches. Ich möchte Ihnen etwas anderes zeigen. Wir sind gleich da.«

Ich bin drauf und dran, ihn zum Teufel zu schicken, denn seine Geheimniskrämerei beginnt mir auf den Senkel zu gehen. Doch der Streifenwagen biegt nach links ab und fährt eine kleine Schlucht zum Meer hinunter. Aus dem Wagenfenster sehe ich, daß sich die Anhöhe rechter Hand vom Berg gelöst hat, ganze Brocken hinabgestürzt und erst hundert Meter von der Bucht entfernt zum Stillstand gekommen sind.

Am Rand des Hügels, der durch das Geröll und die Erdmassen entstanden ist, schiebt einer der beiden Polizeibeamten der Insel Wache. Der andere lenkt den Einsatzwagen und bringt ihn neben seinem Kollegen zum Stehen.

»Kommen Sie«, sagt der Polizeiobermeister und führt mich zum Hügel.

Beim zweiten Schritt halte ich inne. Inmitten der Erdreste ist ein dunkler Umriß zu erkennen. Hätte nicht der Kopf herausgeragt, hätte ich darin schwerlich einen Menschen erkannt.

»Aus diesem Grund habe ich Sie hergebracht«, höre ich den Polizeiobermeister sagen. »Englische Hippies haben ihn gefunden, solche von der ungewaschenen Sorte, die sich hier in der Einöde einmieten, um ihre Joints zu drehen.«

Die Gestalt ist vornübergestürzt, und das Gesicht hat sich in die Erde gebohrt. Nur die schwarzen, kurzgeschnittenen Haare sind zu erkennen, daraus schließe ich, daß es sich um einen Mann handeln muß. Ich blicke zum Berg hoch. Der ganze Abhang sieht aus, als sei er mit einem Messerschnitt fein säuberlich von der Bergspitze getrennt worden.

»Wir haben ihn überhaupt nicht angefaßt«, fährt der Polizeiobermeister fort, stolz, daß er sich noch an einige Grundregeln aus der Polizeischule erinnert.

»Auch wenn Sie ihn angefaßt hätten, hätte das nichts ausgemacht. Seine Stellung ist ohnehin verändert worden. Er wurde oben eingegraben, und die Leiche ist durch den Erdrutsch ans Tageslicht gekommen.«

Ich hebe einen Ast auf und beginne die Leiche damit von Steinen und Erde zu befreien. Würmer werden dadurch aufgeschreckt, und eine Eidechse, ein weiteres Opfer des Erdrutsches, sucht sich eilig anderswo Unterschlupf.

Der Polizeiobermeister steht neben mir und sieht mir über die Schulter. »Vielleicht war es ein Unfall, und wir haben Sie ganz umsonst herbemüht.«

Nach und nach kommt der Körper eines Mannes zum Vorschein, nackt bis auf die Unterhose – keinerlei Kleidungsstücke weit und breit, nicht einmal Socken oder Schuhe.

»Ein Unfall?« sage ich zum Polizeiobermeister. »Und was hat er mit seinen Kleidern gemacht? Hat er sie etwa ausgezogen, damit sie nicht zerknittern?«

Er blickt mich an, als wäre ich Hercule Poirot mit dem martialischen Schnauzbart. »Deshalb habe ich Sie doch gerufen. Weil Sie von der Mordkommission sind und bei solchen Dingen Bescheid wissen. Wir hier auf der Insel sehen zum ersten Mal eine Leiche.«

»Packen Sie mal mit an, damit wir ihn umdrehen können«, sage ich zum Wache schiebenden Polizisten. Er weicht einen Schritt zurück und wird bleich. Er sieht aus wie ein vergilbtes Baumblatt und beginnt am ganzen Leib zu zittern. »Packen Sie an, er tut Ihnen schon nichts. Er ist ja tot.«

»Karambetsos!« erklingt die befehlende Stimme des Polizeiobermeisters, doch er selbst rührt die Leiche nicht an.

Ich beuge mich hinunter und fasse den Toten an den Beinen, um mit gutem Beispiel voranzugehen. Ich schaffe es, ihn aufzurichten, und warte auf den Polizeibeamten, der gegen seine Übelkeit ankämpft. Endlich gibt er sich einen Ruck und faßt den Toten mit spitzen Fingern an den Schultern an, während er den Kopf zur Seite dreht und seinen Blick auf das Meer heftet.

Als wir ihn umdrehen, läuft eine Schar Ameisen und Ungeziefer aufgeschreckt durcheinander. Die Leiche plumpst mit einem dumpfen Geräusch auf den Rücken. Der Polizeibeamte läßt sie prompt los, rennt zum nächstgelegenen Baum und reibt seine Hände an der Rinde ab. Ich stehe über die Leiche gebeugt und mustere sie. Es handelt sich um einen jungen, ungefähr eins siebzig großen Mann. Seine Augen sind offen, und sein glasiger Blick ist auf die Sonne in der Ferne geheftet, als wundere er sich darüber, sie nochmals zu Gesicht zu bekommen. Seine Wangen sind halb verwest, ein Wurm ist in seinem Nasenloch zugange.

Auf den ersten Blick kann ich keine Spuren von Gewaltanwendung feststellen, doch das ist nicht ausschlaggebend. Allein die Tatsache, daß er nackt ist, reicht aus, um mich davon zu überzeugen, daß es Mord war.

Der Polizeiobermeister wendet sich um, verfällt in Trab und läuft zum Einsatzwagen. Er öffnet den Kofferraum und zieht ein weißes Bettlaken hervor. Er entfaltet es auf dem Weg zurück, bedeckt damit den Toten und atmet erleichtert auf.

»Wie wollen wir ihn fortschaffen?« frage ich.

»Ganz einfach. Ich schicke Thymios mit seinem Pritschenwagen vorbei, mit dem er Transportfahrten zum Hafen übernimmt. Viel schwieriger ist es, einen Ort zu finden, wo wir ihn zwischenlagern können. Wir haben hier keine geeigneten Räumlichkeiten. Selbst das Bettlaken habe ich von zu Hause mitgebracht. Jetzt kann man es nicht mehr benutzen, und ich weiß nicht, wie ich das abrechnen soll.«

Seine Buchhaltung läßt mich kalt. »Wer genau hat die Leiche gefunden?«

»Sie wohnen dort drüben.« Der Polizeiobermeister deutet auf ein zweistöckiges Gästehaus, das zehn Meter vom Kieselstrand entfernt liegt. Im Erdgeschoß liegt eine Taverne. Das obere Stockwerk weist fünf oder sechs nebeneinanderliegende Fremdenzimmer auf, Türen und Fensterläden sind blau gestrichen, vor der Taverne stehen kleine Tische und Stühle. Ein blonder, bärtiger Mann hat sich in einen Stuhl gefläzt und seine Beine auf einen zweiten gehievt. Er trägt die klassische Ausrüstung des Rucksacktouristen: abgeschnittene Jeans, ansonsten ist er nackt und barfuß. Er hat eine Gitarre auf seinen Bauch gestützt und schrammt auf ihr herum. Die Katzenmusik dringt schwach an meine Ohren.

»Zum Glück treiben die sich hier herum und kommen nicht in den Hauptort«, meint der Polizeiobermeister.

»Mal sehen, was sie uns zu sagen haben.«

Als wir uns nähern, sehe ich, wie eine junge Frau mit streng nach hinten gekämmten, dunklen, doch vom Salzwasser etwas ausgebleichten Haaren aus der Taverne tritt. Aus der Ferne wirkt sie nicht älter als achtzehn. Sie trägt ein Bikini-Oberteil, eine kurze Hose und Sandalen. Sie stellt sich hinter den Bärtigen und beginnt, ihm den Rücken zu bearbeiten. Ich weiß nicht, ob sie ihn massiert oder ihm den Dreck abschrubbt, jedenfalls scheint es der Bärtige zu genießen. Er läßt die Gitarre los und legt seinen Kopf in den Nacken. Die junge Frau beugt sich hinunter und küßt ihn. Er bringt den Kuß hinter sich und fährt mit seiner Katzenmusik fort, die er augenscheinlich für wichtiger hält.

Der Gedanke, daß ich zu unserer Verständigung auf mein miserables Englisch zurückgreifen muß, macht meine Laune nicht besser. Als wir bei ihnen eintreffen, blicken sie durch uns hindurch. Der Bärtige schrammt weiterhin teilnahmslos auf seiner Gitarre herum, und die junge Frau setzt die Massage fort. Aus der Nähe sieht sie älter aus, um die Fünfundzwanzig.

»You found the dead?« frage ich wie aus der Pistole geschossen, da ich die Frage schon während unseres Anmarsches vorbereitet habe.

Er hebt halb den Blick und sieht mich leicht genervt an, als hätte ich ihn im Zwiegespräch mit Eric Clapton unterbrochen. Die junge Frau läßt nicht von ihm ab.

»No, Hugo did and then he called us. Anita, would you fetch Hugo, dear?«

Die junge Frau unterbricht ihre Handarbeit und geht

Hugo holen, während der Bärtige wieder an seiner Gitarre herumfingert.

Ich wende mich zum Polizeiobermeister um. Der schüttelt schicksalsergeben den Kopf. »Sagen Sie gar nichts, ich muß mich jeden Tag mit so was herumschlagen.«

»What's your name?« frage ich den Bärtigen. Solange ich Sätze aus drei bis vier Wörtern bilde, komme ich gut voran. Darüber hinaus komme ich ins Stottern.

»Jerry. Jerry Parker…«

Anita und Hugo kommen die Treppe vom oberen Stockwerk herunter. Hugo ist ein an die zwei Meter großer Hüne mit kahlgeschorenem Schädel, einem gewaltigen Schnurrbart, der bis zum Kinn herunterreicht, und einem bronzenen Ohrstecker im linken Ohr. Er trägt einen geblümten Kaftan, folglich ist er ein Fixer. Trüge er ein Tigerfell, könnte er als Zirkusdompteur durchgehen.

Die gleiche Frage noch mal, zum Aufwärmen. *»What's your name?«*

»Hugo Hofer.«

»You found the dead?«

»Yes«, entgegnet er. Es stellt sich heraus, daß er Deutscher ist und schlechter Englisch spricht als ich, was mir moralischen Auftrieb gibt. Unangenehm ist nur, daß ich kein Sterbenswörtchen seines Englisch mit deutschem Akzent verstehe.

»Kapieren Sie was?« frage ich den Polizeiobermeister.

Er zuckt verlegen die Schultern. »Kein Wort.«

»Hören Sie… Ich erkläre Ihnen alles, damit Sie wissen, worum es geht«, sagt Anita plötzlich in fehlerfreiem Griechisch.

Ich könnte ihr ein paar Ohrfeigen verpassen.

»Sie sind Griechin?«

»Ja…, Anita Stamouli…«

Ein Engländer, ein Deutscher und eine Griechin. Schön und gut, sage ich erleichtert zu mir selbst. Wenigstens auf der Ebene der Taugenichtse erfüllen wir die Maastrichtkriterien.

»Nun erzählen Sie uns schon, was passiert ist. Muß ich Ihnen alles aus der Nase ziehen?«

»Gestern haben wir wegen des Erdbebens die ganze Nacht im Freien verbracht. Man konnte gar nicht an den Strand gehen, weil dort riesige Brecher heranrollten. Plötzlich, ungefähr um zehn Uhr abends, sehen wir, wie nach einem Erdstoß der Berg in Bewegung kommt und auseinanderbricht. Wirklich, so etwas habe ich noch nie gesehen. Wir sahen den Abhang herunterstürzen und sagten uns, jetzt begräbt er uns alle unter sich. Zum Glück sind wir heil davongekommen. Heute morgen – so gegen neun – meinte Hugo, er wolle mit seinem Motorrad kurz in den Hauptort fahren, um zu sehen, was sich so tut. Zwei Minuten später kam er zurück. Kommt, meinte er, ich muß euch was zeigen. Wir sind mitgegangen, und da haben wir die Leiche gesehen. Hugo ist mit dem Motorrad zur Polizei gefahren und hat sie verständigt. Das ist alles.«

Mit ihren klaren Angaben kann man etwas anfangen. »Sie werden mit uns auf die Wache kommen müssen, um Ihre Aussage zu machen«, sage ich.

»Alles klar, ich darf also die Dolmetscherin spielen. Ich weiß zwar nicht, wozu das gut sein soll… Dieser Mensch ist seit gut drei Monaten tot.« Sie blickt mir in die Augen, und ein spöttisches Lächeln spielt um ihre Mundwinkel. »Wenn Sie seinen Hals genau betrachten, werden Sie feststellen, daß er Spuren eines Kampfes aufweist«, setzt sie hinzu.

»Woher wollen Sie das wissen?« frage ich sie neugierig.

»Ich studiere Medizin in London, mein Freund Jerry ist Mathematiker. Hugo haben wir hier kennengelernt, er schreibt seine Doktorarbeit in Philosophie und kam hierher, um sich davon zu erholen.«

»Und wieso haben Sie nicht gesagt, daß Sie Griechin sind, und haben uns auflaufen lassen?«

»Ich habe Ihren Blick gesehen, deshalb. Ich war sicher, daß Sie uns für Fixer halten.«

Immer noch hat sie das spöttische Lächeln auf den Lippen. Sie weiß, daß sie mich in die Tasche gesteckt hat, und blickt mich von oben herab an.

»Kommen Sie und zeigen Sie mir die Spuren, die Sie gesehen haben«, sage ich. »Und dann kommen Sie und der Deutsche mit mir auf die Polizeiwache, um Ihre Aussage zu machen.«

Wir kehren zum Scheitelpunkt des Erdrutsches zurück. Der Polizeibeamte hat sich von der Leiche abgewendet und steht rauchend an einen Baum gelehnt. Ich ziehe das Bettlaken herunter.

»Zeigen Sie her.«

Sie kniet sich neben die Leiche. »Bitte schön, hier.«

Ich beuge mich hinunter und betrachte die Stelle. Tatsächlich weist die dem Berg zugewandte linke Halsseite einige fast unsichtbare Kratzer auf. Ich schlucke und ärgere mich über mich selbst. Da wir ihn nackt fanden, hielt ich es für sicher, daß es Mord war, und suchte nicht mehr weiter. Ich muß zugeben, daß die junge Frau recht hat, doch ihr Gesichtsausdruck ärgert mich, und ich sage nichts.

Ich höre das Tuckern eines Motorrads, das hinter uns stehenbleibt. Ich drehe mich, um und erblicke Hugo auf einem altmodischen Modell von der Sorte, wie sie die Deutschen im Krieg gebrauchten. Bestimmt war sein Großvater ein Nazi und hat es ihm vererbt.

»Wir können Sie im Einsatzwagen mitnehmen. Das wäre doch bequemer für Sie«, meine ich zu der jungen Frau.

Wieder setzt sie ihr ironisches Lächeln auf. »Ich nehme lieber das Motorrad. Wenn ich mit Ihnen im Streifenwagen fahre, glaubt der ganze Ort, Sie hätten mich mit Drogen erwischt.«

Sie steigt hinter Hugo auf, und das Motorrad fährt mit ohrenbetäubendem Geknatter los.

4

Dreimal ertönt das Horn, und der Schornstein der Fähre taucht an der Spitze der Hafenmole auf. Kurz darauf schiebt sich der Bug ins Bild, seine weiße Masse wird immer länger und füllt bald die ganze Hafeneinfahrt aus. Das Schiff dreht nach links ab und beginnt, sich im Rückwärtsgang der Anlegestelle zu nähern, während die Heckklappe langsam heruntersinkt.

Etwa dreißig Passagiere und ein halbes Dutzend Autos – die traurigen Überbleibsel des Sommers – warten darauf, sich nach Piräus einzuschiffen. Es sind gerade mal vier Tage seit dem Erdbeben vergangen, doch hier im Hafen, mit seinen spärlichen Häusern und den beiden Strandtavernen, erinnert nichts mehr daran. Das Meer ist spiegelglatt, die Sonnenstrahlen werfen ihr goldenes Licht darauf, zwei Schnellboote fahren mit aufheulendem Außenbordmotor im Hafenbecken auf und ab.

Wäre da nicht die Leiche des Unbekannten gewesen, wir hätten gleich am Tag nach dem Erdbeben unsere Koffer gepackt, um der Familie meiner Schwägerin nicht zur Last zu fallen. Gewiß, das Haus ist nicht für unbewohnbar erklärt worden, doch sie müssen es von Grund auf renovieren. Meine Schwägerin ist so mitgenommen, als wache sie am Krankenbett eines nahen Verwandten, von dem man nicht weiß, ob er dem Tod noch einmal von der Schippe springt.

Eigentlich wäre das eine gute Gelegenheit gewesen, diskret, aber entschlossen den Rückzug an unseren ruhigen häuslichen Herd anzutreten.

Doch die Leiche machte uns einen Strich durch die Rechnung. Ich rief die Polizeidirektion in Ermoupoli an, doch dort hatte man wegen des Erdbebens alle Hände voll zu tun. Von der Leiche wollte man nichts hören.

»Sehen Sie doch wenigstens mal nach, ob es irgendeine vermißte Person gibt, auf die die Beschreibung paßt.«

Der Polizeirat erklärte sich bereit, mir fünf Minuten seiner wertvollen Zeit zu opfern. »Ich habe hier einen Franzosen, zwei Engländer und eine Holländerin. Ich kann Ihnen auch noch einen Achtzigjährigen mit Gehirnerweichung anbieten. Können Sie damit was anfangen?«

»Nein.«

»Ein Grund mehr, daß ich ihn mir nicht aufhalsen lasse. Höchstwahrscheinlich ist er aus Ihrem Zuständigkeitsbereich, ein Tourist, der auf die Insel kam und hier von seinen Kumpanen umgelegt wurde.«

Ich sah, daß ich auf keinen grünen Zweig kam, und rief meinen Vorgesetzten Gikas an, den Leitenden Kriminaldirektor für den Distrikt Attika.

»Ein Unglück kommt selten allein«, sagte er lachend. »Da fahren Sie endlich einmal in die Ferien, und schon rasseln Sie von einer Katastrophe in die nächste.«

»Nichts zu machen, ich bin eben ein geborener Pechvogel. Aber was soll ich jetzt mit der Leiche anfangen?«

»Wenn Sie die Leiche nicht loswerden können, müssen Sie sie eben hierher schaffen und den Fall übernehmen.«

Ich war hin- und hergerissen zwischen zwei Reaktionen:

einerseits der des Beamten, der seinen Chef zum Teufel wünscht, andererseits der des masochistischen Polizisten, der Blut geleckt hat. Die zweite Reaktion gewann die Oberhand, und ich rief den Gerichtsmediziner Markidis in Athen an.

»Ich bin doch nicht verrückt geworden, daß ich mich auf eine zehnstündige Schiffsreise mache, um mir auf einer erdbebengeschüttelten Insel eine durch einen Erdrutsch aufgetauchte Leiche anzusehen«, meinte er. »Schicken Sie sie mir als Frachtgut, und ich sehe zu, was ich für Sie tun kann.«

So stehe ich jetzt mit Adriani und drei Koffern an der Anlegestelle und warte darauf, die Fähre zu besteigen. Die Leute drängeln nach vorn und sichern sich eine gute Ausgangsposition, um dann, sobald der Mitarbeiter der Hafenbehörde die Absperrung freigibt, in den Aufenthaltsraum zu stürmen und rechtzeitig einen Tisch zum Birimba-Spielen oder einen Sitzplatz vorm Fernseher zu ergattern.

Thymios' Pritschenwagen mit dem Sarg des Unbekannten auf der Ladefläche hat sich etwas verspätet und trifft gerade ein, als wir die Laderampe betreten wollen.

»Meine Güte, ein Toter als Reisebegleiter! Nach dem Erdbeben nun auch noch das«, sagt eine korpulente Fünfzigjährige mit pistazienfarbener, hautenger Stretchhose und bekreuzigt sich.

»Das wird wohl der sein, den man nach dem Erdbeben auf dem Berg gefunden hat«, meint ihre Freundin gleichen Kalibers, die sich in enganliegende Jeans gezwängt hat.

»Muß man ihn denn unbedingt mit dem Linienschiff transportieren? Gibt es da keine andere Möglichkeit?«

»Wir sind doch in Griechenland, was erwartest du anderes?«

»Wieso? Paßt es Ihnen vielleicht nicht, mit dem Toten zusammen zu reisen?« tritt Adriani dazwischen, während ich an ihrer Bluse zupfe, um sie zum Schweigen zu bringen. Obwohl ich weiß, daß das nichts fruchtet.

»Was glauben Sie denn?« sagt die mit der Stretchhose. »Das bringt Unglück, Gott im Himmel! Wir gehen doch auf eine Seereise!«

»Ach ja, richtig, wie konnte ich das vergessen! Auf dem Landweg hätte sein Transport kein Unglück gebracht.« Sie verspritzt ihr Gift mit einem honigsüßen Lächeln.

»Wenn Sie sich nicht daran stören, dann leisten Sie der Leiche doch Gesellschaft, wir halten Sie nicht zurück«, meint die andere mit den enganliegenden Jeans, während sie die Laderampe dann doch überquert.

Die Fähre ist fast leer. Adriani wählt zwei Plastikstühle am Heck aus, damit uns die Sonne ein wenig wärmt. Auf den Bänken liegen, in ihre Schlafsäcke gehüllt, einige Touristen und schlummern selig. Ganz hinten sitzen Anita und Jerry und knutschen unablässig. Irgendwann wendet sich der Engländer um, und unsere Blicke treffen sich, doch mein Gesicht scheint ihm nichts zu sagen.

Adriani holt ihre Handarbeit hervor und beginnt an ihren Deckchen zu sticken. Ich beobachte sie und frage mich, wo sie die neue Stickerei bloß unterbringen will. Seit ich sie kenne, widmet sie sich dieser Tätigkeit, doch seit Katerina in Thessaloniki Jura studiert und sie viel allein ist, hat sich die Situation zugespitzt. Dann aber läßt sie die Handarbeit sinken und ihren Blick über die Schaumkronen schweifen, und ein abgrundtiefer Seufzer entringt sich ihrer Brust.

»Was ist los?« frage ich.

»Ich denke gerade an Eleni. Was sie jetzt wohl macht?«

»Sie putzt bestimmt die Sitzgarnitur oder hilft Sotiris beim Aufhängen des Leuchters.«

Sie blickt mich von der Seite an, weil sie weiß, worauf ich hinauswill. »Lüster nennt man das heutzutage.«

»Na schön. Wie die Lüster, die in Kathedralen hängen.«

»Du bist eben ein Lästermaul. Manchmal frage ich mich, wie du eigentlich über unsere Wohnung sprichst.«

Besser, sie weiß es nicht. Jerry und Anita haben das Knutschen schließlich satt und verharren in einer Umarmung. Sie ähneln den zu Stein gewordenen verbrannten Baumstrünken auf Euböa. Ich beuge mich vor und entnehme Adrianis Tasche das Wörterbuch von Dimitrakos. Ich blättere darin herum und stoße auf den Eintrag

beben = 1. erschüttert werden: die Erde, das Haus bebt; 2. (vom menschlichen Körper) infolge einer starken Erregung, von Kälte, Fieber u. ä. zittern.

Als ich gerade zum Begriff *Erdbeben* übergehen möchte, weil ich von Erregung, Kälte und Fieber genug habe, höre ich eine Stimme über mir.

»Und was ist mit der Leiche? Was haben Sie mit ihr gemacht?«

Ich hebe meinen Kopf und erblicke Anita. Mein Blick wandert zum Engländer, der mit offenem Mund auf dem Rücken liegt und im Morgenlicht sanft schnarcht.

»Sie ist unten. Wollen Sie sie sehen?«

»Nein danke. Zweimal reicht mir.«

Adriani hebt ihren Blick von der Stickerei hoch, mustert uns, kommt zu dem Schluß, daß eine so gestylte junge Frau sicherlich nicht auf Polizisten steht, und wendet sich wieder ihrer Nadel zu.

Doch Anita läßt nicht locker. Sie wirft einen Blick auf den Engländer, der noch immer mit offenem Mund döst. Dann wendet sie sich wieder mir zu und sieht mich unschlüssig an.

»Sie wollen mir wohl etwas sagen. Nur zu«, meine ich.

»Hugo hat mir am Tag seiner Abreise noch etwas erzählt.«

»Was denn?«

»Daß er den Typen gesehen hat, bevor er umgebracht wurde.«

»Wo?«

»Auf Santorini. Zusammen mit einer jungen Frau.«

»Einer jungen Frau? Was für einer jungen Frau?«

»Keine Ahnung. Jedenfalls muß sie Griechin gewesen sein, da sie miteinander griechisch sprachen.«

Das kommt ja immer schlimmer. Besser, es wäre eine solo reisende Touristin gewesen, die er auf Santorini aufgegabelt hat. »Und warum hat er das nicht bei seiner Aussage erzählt?«

»Weil man ihn eine Stunde lang warten ließ und er die Schnauze voll hatte. Hätte er die junge Frau erwähnt, dann wäre er von Ihnen noch länger aufgehalten worden, und er hatte es eilig.«

»Wieso denn? Mußte er die Löwen füttern?«

Sie braucht eine halbe Minute, um sich den Zirkusphilosophen mit dem Ohrstecker zu vergegenwärtigen, und bricht in Gelächter aus.

»Ziehen Sie aus seinem Äußeren keine falschen Schlüsse. Er ist total klug«, sagt sie.

»Wenn er klug wäre, hätte er mir von der jungen Frau erzählt. Haben Sie seine Adresse in Deutschland?«

»Nein. So was ist eine reine Urlaubsbekanntschaft. Im Herbst ist die schon wieder vergessen.«

Kann sein, daß sie mir die Adresse nicht preisgibt, um ihm Unannehmlichkeiten zu ersparen. Der Engländer hat seine Augen aufgeschlagen und räkelt sich. Sie läßt mich sitzen und läuft zu ihm, um ihn keine Sekunde lang ihrer Gegenwart zu berauben.

»Meinst du, es handelt sich um eine Liebestragödie?« fragt Adriani.

So viele Morde geschehen tagtäglich in Athen – Fixer, die sich wegen ein bißchen Heroin ein Messer zwischen die Rippen jagen, Albaner, die wegen eines schmutzigen Taschentuchs zum Mörder werden, russische Mafiosi, die sich wegen eines Datsun mit abgelaufenem TÜV die Köpfe einschlagen, und Adriani glaubt immer noch, daß alle Verbrechen aus Leidenschaft verübt werden. Durch eine heftige innere Erregung sozusagen, die Dimitrakos durch das Lemma *Affekt* wiedergeben würde.

»Klar. Sie hat ihn erwürgt und dann ausgezogen, um die Kleider als Souvenir zu behalten. Dann hat sie Hacke und Schaufel gepackt, ein Loch gegraben und ihn verscharrt.«

»Wieso denn nicht? Kommt dir das so abwegig vor?«

»Was weiß ich. Dein TV-Bulle jedenfalls würde es ganz und gar nicht abwegig finden.«

Ich spiele dabei auf den Kommissar aus einer Fernsehserie an, die sie ausnahmslos jeden Nachmittag verfolgt.

»Das gucke ich nicht mehr«, sagt sie. »Und ›Schön und reich‹ auch nicht. Du kannst dir deine spitzen Bemerkungen sparen.«

Ich bin überrascht, doch ich lasse mir nichts anmerken. »Um so besser. Du hast immerhin drei Jahre gebraucht, um draufzukommen, daß er nichts wert ist.«

Sie schleudert mir einen wütenden Blick entgegen, rollt ihre Stickerei zusammen, hebt den Stuhl unter ihrem Hintern in die Höhe und setzt sich damit fünf Meter weiter weg in die Sonne.

In solchen Stunden stört mich ihre Genervtheit überhaupt nicht, weil ich dann endlich meine Ruhe habe. Die Sache mit der unidentifizierten Leiche gefällt mir jedoch ganz und gar nicht. Sollte das Opfer tatsächlich mit einer jungen Frau – möglicherweise sogar einer Griechin – zusammen gesehen worden sein, warum ging sie dann nicht zur Polizei, um das Verschwinden ihres Freundes anzuzeigen? Eine Möglichkeit wäre, daß sie nicht weit von ihrem Freund entfernt verscharrt wurde, ihre Leiche jedoch durch den Erdrutsch nicht freigelegt worden war. Hätte der hünenhafte Deutsche mir das auf der Insel erzählt, hätte ich die ganze Umgebung umgraben lassen, um völlig sicherzugehen. Nun muß ich einen Funkspruch an die Polizeiwache schicken und kann mich nicht darauf verlassen, daß sie sorgfältig graben. Wenn sie nicht gefunden wird, heißt das entweder, sie haben sich getrennt, oder, sie steckt mit dem Täter unter einer Decke, oder aber, sie hat sich aus Angst aus dem Staub gemacht. Ganz schön vertrackt. Und damit noch nicht genug: Ich muß auch noch einen Funkspruch mit den Personalien des Zirkusphilosophen an die deutsche Polizei schicken, damit sie ihn ausfindig macht und für eine zusätzliche Zeugenaussage vorlädt. Und all das, weil es ihm zum Hals raushing, noch weitere zehn Minuten auf der Polizeiwache zu warten.

Während ich mich beim rhythmischen Stampfen des Schiffsmotors in diese Gedanken versenke, nicke ich ein. Ich weiß nicht, wie lang ich geschlafen habe, doch als ich aufwache, hat es zu dämmern begonnen, und ich brauche eine gute Minute, um mir darüber klarzuwerden, daß das Schiff mitten auf dem Meer zum Stillstand gekommen ist. Ich blicke auf Adrianis Stuhl. Er ist leer. Weder der Engländer noch Anita sind auf ihren Plätzen.

Ich erhebe mich, um nach Adriani zu suchen. Ich finde sie in einem Sessel im Aufenthaltsraum, wie sie einen Fünfunddreißigjährigen mit grünem Sakko, braunem Hemd und granatfarbener Hose auf der Mattscheibe verfolgt, der sich mit einer Vierzigjährigen unterhält, die vollkommen in Tränen aufgelöst ist. In einem Fensterchen gibt jemand über eine Live-Schaltung seinen Senf dazu. Rundherum verdichten sich Zigarettenrauch, Gesprächslärm und die Rufe der Kartenspieler, so daß man kein Wort verstehen kann. Doch Adriani hängt völlig gebannt an den Lippen des buntscheckigen Fünfunddreißigjährigen. Ich tippe ihr auf die Schulter, und sie fährt zusammen wie ein erschrecktes Vögelchen. Sie erkennt, daß ich es bin, und wendet ihren Blick wieder der Mattscheibe zu.

»Bist du aufgewacht?«

»Warum haben wir angehalten?«

»Aus technischen Gründen, heißt es.«

»Motorschaden?«

»Was sonst?« wirft ein Weißhaariger neben Adriani dazwischen. »Was kann man anderes erwarten? Das ist mir schon zweimal auf diesem Schrottkahn passiert.«

»Hab ich's doch gesagt, daß es Unglück bringt, mit einem Toten an Bord zu reisen, aber Sie wollten das ja nicht glauben!« Die Dicke mit der Stretchhose baut sich vor mir auf und triumphiert, weil sich ihre Weissagung erfüllt hat.

Schließlich treffen wir mit dreistündiger Verspätung in Piräus ein. Der Krankenwagen steht schon bereit, der Fahrer und der Sanitäter sind von der Warterei ganz geschlaucht. Ich sorge für die Übergabe der Leiche und reihe mich dann mit Adriani in die Warteschlange am Taxistand ein. Alle fünf Minuten taucht eines am Horizont auf. Einen Verkehrspolizisten gibt es um diese Tageszeit nicht, und die Autos drängen sich ungeordnet und hupend aus dem Schiffsbauch. Wir sind inzwischen an die Spitze der Warteschlange vorgerückt, doch das zählt nicht, denn alle anderen schnappen uns die Taxis vor der Nase weg. Ein Taxifahrer hat gerade ein Ehepaar verstaut und sucht noch zwei zusätzliche Kunden.

»Wohin wollen Sie?« fragt er mich.

»Pangrati.«

»Das kann ich nicht brauchen«, meint er, steigt in sein Taxi und fährt los.

»Warum hast du ihm nicht deinen Dienstausweis gezeigt, damit er uns mitnehmen muß?« sagt Adriani ärgerlich zu mir.

»Bist du verrückt? Damit er mich als Faschisten beschimpft?«

»Na und? Würdest du lieber als Kommunist bezeichnet werden? Die guten alten Zeiten sind endgültig vorbei«, fügt sie hinzu und seufzt.

Faschisten, Kommunisten und Liberale, es gibt sie längst nicht mehr. Mutterseelenallein stehen wir beide da mit unseren drei Koffern und warten darauf, daß uns irgendein verirrtes Taxi aufnimmt.

5

Der Mirafiori erwartet mich genau so, wie ich ihn vor zehn Tagen zurückgelassen habe. Geschlagene fünf Minuten lang ziert er sich, bevor er anspringt, wahrscheinlich weil ich ihn nicht mit in die Ferien genommen habe. Als ich von der Aristokleous- in die Aroni-Straße einbiege, erhebt sich vor mir ein kleiner Hügel, der aussieht wie eine Miniaturausgabe des Lykavittos. Ich steige voll auf die Bremse, und ein alter Mann springt erschrocken zur Seite und schnauzt mich an.

»Sind Sie blind? Wollen Sie mich zum Krüppel fahren?« Er haut mit der Faust auf die Motorhaube.

Jetzt erst erkenne ich, daß mein Wagen nicht vor einem kleinen Hügel zum Stehen gekommen ist, sondern vor einem wahren Gebirge aus Plastiktüten, Bananenschachteln, Pizzakartons, Hundeknochen, Fischgräten und mit Silberpapier ausgeschlagenen Fast-food-Behältern. Was auf dem Lykavittos die kleine Kapelle, ist hier eine ausgeleierte Matratze, die den erschöpften Bergsteiger zum Verweilen einlädt.

»Was ist los? Streikt die Müllabfuhr?« frage ich.

»Wo kommen Sie denn her? Aus der EU?«

»Nein, aus dem Urlaub.«

»Na dann, willkommen in Athen«, meint er und dreht mir den Rücken zu.

Auf der Imittos-Straße türmt sich der Müll bis zum Hochparterre. Man öffnet morgens die Fensterläden, und statt sich an Thymianduft zu ergötzen, wie die Vembo in ihrem berühmten Lied, schlägt einem der widerliche Gestank von verfaultem Fleisch und Obst entgegen. Manche haben ihren Müll um die dürren Bäumchen drapiert, die von der Stadtverwaltung gepflanzt wurden, um den Athenern die Illusion schattiger Alleen vorzugaukeln. Der Müll erinnert mich an die Nadeln und Zapfen, die wir um die Kiefern unseres Dorfes als Dünger aufhäuften.

Ich gelange zum Gebäude des Polizeipräsidiums auf dem Alexandras-Boulevard und begebe mich in die dritte Etage, wo sich die Mordkommission befindet. Der Gang ist menschenleer. Bevor ich mein Büro betrete, werfe ich einen raschen Blick in das gegenüberliegende Zimmer, wo die beiden Kriminalobermeister unserer Abteilung, Vlassopoulos und Dermitzakis, sitzen.

»Was, schon aus dem Urlaub zurück, Herr Kommissar?« meint Vlassopoulos. »Sind Sie vor dem Erdbeben geflüchtet, oder hat Sie die Sehnsucht nach uns eingeholt?«

»Ersteres und eine Leiche. Ihr seid mir gar nicht abgegangen. Kommt mit.«

Sie folgen mir in mein Büro und lassen sich auf den beiden Stühlen nieder, während ich mit Markidis, dem Gerichtsmediziner, konferiere.

»Warum rufen Sie mich schon um neun an?« ärgert er sich. »Glauben Sie denn, ich stehe im Morgengrauen auf, um Ihre Leiche zu obduzieren?«

»Wann können Sie mir etwas dazu sagen?«

»Jetzt gleich, aber es wird Ihnen nicht gefallen.«

»Überrascht mich nicht.«

»Wenn Sie vorhatten, den Toten anhand seiner Fingerabdrücke zu identifizieren, haben Sie aufs falsche Pferd gesetzt.«

»Wieso?«

»Weil sämtliche Fingerspitzen verbrannt sind.«

Ich nehme es zur Kenntnis, und meine Hoffnungen sinken gegen den Gefrierpunkt. Wir haben es mit der Leiche eines Unbekannten zu tun, dessen Fingerkuppen unkenntlich gemacht wurden und den man mit einer jungen Frau, deren Personalien nicht feststellbar sind, auf einer Insel gesehen hat. Das wird ja immer schöner.

»Ich habe aber noch eine gute Nachricht für Sie«, höre ich Markidis' Stimme am anderen Ende sagen. »Ich habe die Spurensicherung verständigt, damit sie ihn fotografieren, bevor ich ihn zerschnipple.«

»Vielen Dank. Sobald Sie auf etwas stoßen, setzen Sie mich bitte davon in Kenntnis.« Ich lege den Hörer auf und erstatte meinen beiden Gehilfen Bericht.

»Andere bringen aus dem Urlaub Honigmandeln und Sesamplätzchen mit – Sie eine Leiche«, meint Vlassopoulos.

Ich enthalte mich jeden Kommentars, wie immer, wenn meine Untergebenen recht haben. »Ruft die Leute von der Spurensicherung an und gebt ihnen Bescheid, sie sollen sich mit den Fotografien beeilen. Und schickt einen Funkspruch an die Polizeiwache der Insel, sie sollen den Berg an der Stelle umgraben, wo der Erdrutsch abgegangen ist, vielleicht stoßen sie auf die Leiche der jungen Begleiterin.«

»Die können graben, bis sie schwarz werden«, meint Dermitzakis.

»Woher willst du das wissen?«

»Das sind doch Urlaubsflirts, ein schneller Fick und tschüs.«

Ich wünsche mir, daß er recht behält. Wir treten alle zusammen aus dem Büro. Sie kehren in ihr Zimmer zurück, und ich nehme den Fahrstuhl, um mich in die fünfte Etage zu Gikas, meinem Chef, zu begeben.

Koula, das Fotomodell, das sich bei ihm als Sekretärin verdingt hat, schnellt aus ihrem Stuhl hoch, sobald sie mich erblickt.

»Nein, so ein Pech! Da fahren Sie nach zwei Jahren zum ersten Mal in die Ferien, und dann ein Erdbeben!«

»Reden wir lieber nicht davon«, sage ich und nehme die betretene Miene an, die man von einem erwartet, der seinen Urlaub gezwungenermaßen unterbrechen mußte.

»Das liegt am bösen Blick. Jemand wünscht Ihnen nichts Gutes, darüber müssen Sie sich klar sein.«

»Wer sollte mir denn Böses wünschen, Koula? Der Kriminaldirektor? Ausgeschlossen, der neidet mir meinen Urlaub nicht, der ist ja selber ständig in den Ferien.«

Sie schmunzelt verschwörerisch, wie jedes Mal, wenn ich etwas zu Gikas' Ungunsten von mir gebe.

»Ich habe noch eine Überraschung für Sie.« Sie öffnet die oberste Lade ihres Schreibtisches und holt ein Kästchen hervor. Auf dem Deckel ist ein mit einem Pfeil durchbohrtes Herzchen aufgemalt. Ich mache ihn auf und erblicke glacierte Mandeln und Pistazien, wie sie bei Hochzeiten verteilt werden.

»Sie werden doch nicht heiraten, oder?« frage ich mit Unschuldsmiene.

»Nein, aber mich verloben. Besser gesagt, ich habe mich gerade verlobt.« Und sie streckt mir stolzgeschwellt den Verlobungsring an ihrer linken Hand entgegen.

»Bravo, Koula. Herzlichen Glückwunsch! Und wer ist der Glückliche? Ein Kollege etwa?«

»Um Himmels willen, das fehlte mir gerade noch!« meint sie aufgebracht. »Polizistin bin ich nur geworden, um einen sicheren Posten zu ergattern, aber zum Heiraten suche ich mir doch keinen Bullen aus. Mein Verlobter ist Bauunternehmer, er hat ein Ingenieurbüro in Dionysos.«

Sieh mal einer an, denke ich mir. Tiefer kann man nicht sinken. Die Bauunternehmer in Dionysos sind bekannt dafür, daß sie Hütten ohne Baugenehmigung hochziehen.

»Alles Gute für die Hochzeit.«

Ich tätschle ihr freundschaftlich die Schulter und verschwinde in Gikas' Büro, bevor sie auf die Idee kommt, mich zum Trauzeugen zu küren. Ich schließe die Tür hinter mir, und meine Füße versinken im Teppichboden. Gikas sitzt mit dem Rücken zu mir am Fenster und führt ein Telefongespräch. Er dreht sich um und blickt mich an. Sein Schreibtisch ist oval und an die drei Meter lang. Er erinnert an eine Hotelrezeption, weil an seinem westlichen Ende eine griechische, an seinem östlichen eine amerikanische und im Südosten eine Flagge der EU aufgestellt sind. Die zentrale Ebene ist eine Wüstenlandschaft, da niemals ein Papier auf seinem Schreibtisch liegt.

»Was ist mit der Leiche, die Sie angeschleppt haben?« fragt er, statt mich zu begrüßen.

Keine Frage, wie es mir bei dem Erdbeben ergangen ist, noch, wie es meiner Frau geht, noch ein lobendes Wort darüber, daß ich meinen Urlaub abgebrochen habe, kein Sterbenswörtchen.

»Ich habe sie an Markidis zur Autopsie weitergeleitet.«

»Schon irgendeine Erkenntnis?«

»Das Allerneuste ist, daß wir sie nicht an den Fingerabdrücken identifizieren können. Man hat die Fingerspitzen durch Verbrennen unkenntlich gemacht.«

Was er hört, gefällt ihm ganz und gar nicht, und wie jedes Mal, wenn ihm etwas nicht paßt, legt er sich mit seinem Gegenüber an.

»Warum war Ihnen das nicht schon früher aufgefallen? Sie haben sie doch drei Tage lang auf der Insel in Ihrer Obhut gehabt.«

»Sie steckte doch in der Erde, und ich habe sie nicht angerührt. Ich wollte sie Markidis so überbringen, wie wir sie vorgefunden haben.«

Dann erzähle ich ihm von dem Zirkusphilosophen, der eine junge Frau mit dem Unbekannten zusammen gesehen hatte. »Ich werde einen Funkspruch an die deutsche Polizei schicken, um eine zusätzliche Zeugenaussage anzufordern«, füge ich hinzu.

»Tun Sie das. Und ich werde mich mit Hartmann in Verbindung setzen, um die Sache zu beschleunigen.« Er hebt den Hörer ab. »Rufen Sie Hartmann in München an«, sagt er zu Koula.

Ich nehme an, daß dieser Hartmann ein Berufskollege bei der deutschen Polizei ist, eine dieser Bekanntschaften, deren er sich dann und wann brüsten kann. Da er ein Semester zur Fortbildung beim FBI war, hat er sich zum Experten für internationale Beziehungen aufgeschwungen. Die Fähnchen auf seinem Schreibtisch dienen dazu, auch unbedarfte Zeitgenossen darauf hinzuweisen. Sobald es irgendeine Dienstreise ins Ausland zu machen gibt, tritt er in Aktion. Von diesen Dienstreisen bringt er verschiedene Namen mit nach Hause, wobei keiner nachprüfen kann, ob sie tatsächliche Bekanntschaften sind oder er die Leute nur vom Hörensagen kennt. Das wahrscheinlichste ist, daß er sie zwar persönlich getroffen hat, sie ihm jedoch keinerlei Bedeutung zumessen und jedes Mal, wenn er sie anruft, verzweifelt in ihrem Gedächtnis kramen, um herauszufinden, wer er denn bloß sei.

»Fangen Sie mit den Vermißtenmeldungen an«, sagt er, als wäre mir das nicht in den Sinn gekommen. »Finden Sie raus, ob die Beschreibung des Opfers auf einen von ihnen paßt.«

»Jawoll. Sobald ich die Fotografien der Vermißten erhalte.«

»Da dieser Fall einige Zeit in Anspruch nehmen wird, habe ich noch etwas anderes für Sie in petto, damit Sie Ihre Zeit nicht ganz umsonst absitzen.«

Er ergreift einen Aktenordner und überreicht ihn mir wie ein Geburtstagsgeschenk. »Die Akte hat die Abteilung für Terrorismusbekämpfung heute morgen rübergeschickt.«

»Was hat denn die Antiterrorabteilung damit zu schaffen?«

»Das Opfer ist ein gewisser Koustas. Ein Unbekannter hat auf dem Athinon-Boulevard mit einer 38er viermal aus nächster Nähe auf ihn gefeuert, als er gerade sein Nachtlokal verließ. Anfänglich hielt man das Ganze für einen Terroranschlag. Dann kam die Abteilung für Terrorismusbekämpfung aber dahinter, daß es sich vermutlich um eine interne Fehde handelt, die nicht in ihren Zuständigkeitsbereich fällt.«

Ich nehme den Aktenordner in Empfang und mache Anstalten, den Raum zu verlassen. »Und... halten Sie mich auf dem laufenden«, ruft er mir noch nach.

»Sowie es etwas für eine Presseerklärung gibt.«

Das ist das einzige, was ihn interessiert: die Journalisten einzuberufen und Erklärungen abzugeben. Im Lift überfällt mich plötzlich ein regelrechter Heißhunger, und mir fällt ein, daß ich meinen morgendlichen Kaffee und mein Croissant vergessen habe. Ich drücke auf den Knopf zur ersten Etage, wo die Kantine liegt.

»Ah, der Herr Kommissar«, meint Aliki hinter der Theke.

Sie überreicht mir mein Croissant in Zellophanhülle. Dann nimmt sie das Briki, gibt zwei Löffel griechischen Kaffee und einen Löffel Zucker in den Kaffeekocher, gießt heißes Wasser aus der Espressomaschine darauf, schüttet alles zusammen in den Mixer und stellt das Gerät an. In Kürze beginnt der Kaffee zu schäumen – wie aus Wut darüber, daß er so zubereitet wird. Aliki gießt meinen Kaffee dann aus dem Mixer in eine Tasse, fügt Kondensmilch aus der Dose hinzu und übergibt ihn mir. Der griechische Mokka, in dem der Löffel steckenbleibt, gehört längst der Vergangenheit an.

»Also dir hat man ihn aufgehalst!« höre ich eine Stimme hinter mir sagen.

Ich drehe mich um und erblicke Stellas, einen der Kommissare aus der Antiterrorabteilung, der auf den Aktenordner unter meinem Arm deutet.

»Worum geht's dabei eigentlich?«

Er lacht. »Wenn du meine Meinung hören willst: Schieb ihn schnurstracks ins Archiv ab.«

Schon wieder ein Fall, bei dem man mir empfiehlt, ihn umgehend ins Archiv wandern zu lassen. »Zuerst will ich schon noch einen Blick reinwerfen.«

»Daran wirst du dir die Zähne ausbeißen. Eine interne Fehde, ein Begleichen alter Rechnungen zwischen Rotlichtbaronen. Sie haben ihn kaltgemacht und sind abgehauen. Wo willst du die auftreiben!«

»Wenn ich was brauche, ruf ich dich an.«

»Wozu denn? Es ist schon alles gesagt. Der Rest steht in der Akte.«

Ich sitze an meinem Schreibtisch, beiße in das Croissant und öffne den Aktenordner. Vor mir liegt eine Fotografie. Sie zeigt die Steinplatten eines Gehwegs und darauf die mit Kreide gezeichneten Umrisse der Leiche. Offensichtlich wurde er von vorn angeschossen, ist auf den Rücken gestürzt und hat dabei den rechten Arm zur Seite gestreckt. Wie wenn man in der brütenden Julihitze den Arm aus dem Bett hängenläßt. Das rechte Bein ist durchgestreckt, das linke angewinkelt. Neben der Kreidezeichnung sind zwei Autoräder und der untere Teil eines Wagens mit offenstehender Fahrertür zu sehen.

Dann folgen zwei weitere Fotografien, die aus unterschiedlichen Blickwinkeln aufgenommen wurden. Auf der ersten ist der Wagen deutlicher zu erkennen, es handelt sich um einen Wagen mit großem Hubraum, ein Audi oder BMW vielleicht. Die vierte Fotografie schließlich zeigt einen ungefähr fünfundfünfzigjährigen Mann mit dünnem Oberlippenbart, der auf einer Krankenbahre liegt. Seine Augen sind geschlossen. Es ist Koustas, nachdem sein Tod im Krankenhaus festgestellt wurde.

Bevor ich zum Obduktionsbefund übergehe, lese ich den Bericht durch. Konstantinos Koustas war ein bekanntes Gesicht des Athener Nachtlebens. Er besaß zwei Nachtklubs: den Edelschuppen Nachtfalter auf dem Posidonos-Boulevard oberhalb von Kalamaki und das Rembetiko, einen etwas heruntergekommenen Amüsierbetrieb auf dem Athinon-Boulevard, etwa in Höhe von Chaidari. Dazu kam noch ein sündhaft teures Nobelrestaurant in Kifissia, das Canantré – was immer das bedeuten mochte.

Koustas war am vergangenen Mittwoch um halb drei Uhr morgens aus dem Rembetiko gekommen. Dem Türsteher kam es seltsam vor, daß er ohne seine Bodyguards unterwegs war. Als er ihm eine gute Nacht wünschen wollte, erklärte Koustas, er wolle noch nicht gehen, sondern nur etwas aus seinem Wagen holen. Kaum hatte er die Tür zum Fahrersitz geöffnet, trat jemand von hinten auf Koustas zu. In der Dunkelheit konnte der Türsteher sein Gesicht nicht erkennen. Er sah bloß, daß er ein T-Shirt und Jeans trug. Anscheinend sagte er etwas zu Koustas, denn dieser wandte sich um. Unmittelbar danach ertönten die Schüsse und Koustas brach zusammen. Der Mörder rannte zu seinem Komplizen, der schon mit laufendem Motor auf ihn wartete. Er sprang hinten auf, und das Motorrad preschte davon. Der ganze Mord hatte weniger als eine Minute in Anspruch genommen. Der Türsteher lief zu Koustas, sah ihn blutüberströmt daliegen und beeilte sich, einen Krankenwagen und die Polizei zu rufen. Als man ihn in das Dsannios-Krankenhaus einlieferte, war Koustas bereits tot.

Ich greife nach dem Obduktionsbefund. Die Autopsie hat Kyrilopoulos durchgeführt. Er verfügt zwar nicht über Markidis' langjährige Erfahrung, doch die ist auch nicht unbedingt nötig, um vier tödliche Schußwunden aus einer Waffe mit einem 38er Kaliber festzustellen. Zwei Kugeln hatten ins Herz getroffen, die dritte in den rechten Lungenflügel. Bei allen drei Wunden handelte es sich um glatte Durchschüsse. Die vierte Kugel war in den Bauchraum eingedrungen und in der Leber steckengeblieben.

Ich hebe den Hörer ab und rufe nochmals Markidis an. »Es geht um Koustas' Autopsie. Die hat Kyrilopoulos durchgeführt.«

»Ja und? Wir haben euch den Befund doch zugeschickt.«

»Ich habe ihn schon gelesen. Ich wollte nur die Leiche nochmals sehen.«

»Nichts mehr zu machen. Wir haben sie zur Bestattung freigegeben.«

Ich lese den Obduktionsbefund ein zweites Mal durch. Irgend etwas geht für mich nicht auf. Profis haben eine sichere Hand, die wissen, wo sie hinschießen müssen. Eine Kugel, höchstens zwei, um ganz sicherzugehen, und das Opfer ist erledigt. Der hier scheint wild drauflosgefeuert zu haben: zwei ins Herz, eine in den rechten Lungenflügel, eine in den Bauch. Auf den ersten Blick sieht das nicht nach einem professionellen Killer aus. Wenn doch, dann war er neu im Geschäft, oder er arbeitet schlampig.

Ganz am Ende des Aktenordners kommt noch ein zweiter Bericht. Das Motorrad war in der Leonidou-Straße in der Nähe des Finanzamtes von Chaidari aufgefunden worden. Es handelt sich um eine 200er Yamaha mit dem Kennzeichen AZO-526. Sie war zwei Tage zuvor im Stadtteil Maroussi gestohlen worden. Ein gewisser Papadopoulos hatte sie vor einem Monat seinem Stammhalter zum Abitur geschenkt.

Ich blicke aus dem Fenster und sinniere. Der Diebstahl des Motorrads läßt darauf schließen, daß Profis am Werk waren. Die Schüsse jedoch nicht. Kannte Koustas den Mörder und ging auf ihn zu, um mit ihm zu sprechen? Oder wußte der Mörder bloß, wie Koustas hieß, und redete ihn mit seinem Namen an? Ich bremse mich in meinem Gedankengang, denn es ist noch zu früh, um irgendwelche Schlüsse zu ziehen.

Wenn die Antiterrorabteilung recht hat, dann liegt unsere einzige Hoffnung, Licht ins Dunkel zu bringen, in der Athener Unterwelt. Ich nehme den Telefonhörer zur Hand und rufe Vlassopoulos herüber.

»Wir haben noch eine weitere Sache am Hals: Koustas.«

»Warum hat die Antiterrorabteilung den Fall abgegeben?«

»Weil es kein Terroranschlag war. Die picken sich nur die Rosinen aus dem Kuchen.«

»Ein unbekannter und ein stadtbekannter Toter. Eine nette Kombination«, meint er lachend.

»Sieh zu, daß du rauskriegst, ob irgendein schmutziges Gerücht in Umlauf ist, das uns dienlich sein könnte.«

»Wenn da was zirkuliert, krieg ich es raus.«

Auf dem gegenüberliegenden Balkon hängt eine junge Frau Wäsche auf. Sie trägt einen Minirock, und wenn sie sich zu ihrem Wäscheberg hinunterbückt, blitzt ihr glänzendblaues Unterhöschen hervor. Bis zum vorigen Jahr lebte dort eine alte Frau mit ihrer Katze. Eines Morgens, als ich gerade im Büro saß, bemerkte ich durch die offenstehende Balkontür, daß ein Sarg im Zimmer stand. Darübergebeugt verharrten zwei Greisinnen. Nach einer Weile kam ein Leichenwagen und holte den Sarg ab. Die beiden Alten begleiteten ihn bis vor die Haustür. Anstelle der alten Frau tauchte kaum zwei Monate später ein Pärchen auf. Die junge Frau und ein Muskelprotz mit schulterlanger Mähne und einer Tausendkubikmaschine. Keine Ahnung, was aus der Katze wurde. Vielleicht streunt sie jetzt zwischen den Müllsäcken umher.

6

Es weht eine leichte Brise, und das Meer funkelt in der Ferne, während Abgaswolken durch das Wagenfenster hereinwehen und mich in der Nase kitzeln. Dermitzakis sitzt am Steuer des Einsatzwagens, und wir fahren gerade den Posidonos-Boulevard entlang. In ganz Athen hat sich der Gestank der Mülltüten breitgemacht, auf dem Küstenboulevard hingegen sind es die Abgase, die die Luft verpesten. Die Leute planschen hier im seichten Wasser oder liegen in der Sonne und saugen gierig die gesunde Meeresluft in ihre Lungen. Ich beobachte, wie eine dürre Frau ihr Kind am Schlafittchen packt und es an Land ziehen will. Doch es zappelt wie früher die Fische im Saronischen Golf, bevor sie für immer in andere, einladendere Fischgründe ausgewandert sind. Vor uns zuckelt ein Anhänger mit einem protzigen Schlauchboot dahin, unterwegs nach Varkisa oder Porto-Rafti.

Wir aber sind auf dem Weg zu Dinos Koustas' Haus in Glyfada. Ich hatte sowieso nichts Besseres zu tun. Der Fall mit der unbekannten Leiche würde uns bestimmt noch längere Zeit beschäftigen. Wir brauchten mindestens eine Woche, um jemanden ausfindig zu machen, der ihn identifizieren könnte. Falls wir überhaupt jemanden auftrieben. Zum Rembetiko zu fahren, wo der Mord an Koustas passiert war, erschien zwecklos. Das Etablissement war um diese Zeit geschlossen. So blieb uns als letzter Rettungsanker nur Koustas' Villa.

Dermitzakis fährt vom Poseidonos-Boulevard ab und bringt den Wagen vor dem Nachtfalter, Koustas' zweitem Nachtklub, zum Stehen. Ich hatte angeregt, die kürzere Route über den Vouliagmenis-Boulevard zu nehmen. Er aber schlug vor, über die Küstenstraße zu fahren, um einen kurzen Zwischenstopp beim Nachtfalter einzulegen. Wie alle Amüsierschuppen, die darauf angelegt sind, schnell viel Geld zu bringen, ist auch dieses Lokal ein eilig hochgezogener und noch eiliger verputzter Bau aus groben Betonklötzen. Ein Kiesweg führt zum Eingang, und darüber erhebt sich eine Neonreklame, höher als das Gebäude selbst. Dermitzakis klingelt ein paarmal, doch keiner öffnet. Der Nachtfalter schlummert, wie tagsüber alles Nachtgetier.

»Ein Schlag ins Wasser«, sagt er enttäuscht.

»War nicht anders zu erwarten, doch ich wollte deinen Tatendrang nicht bremsen.«

Vom Vassileos-Jeorgiou-Boulevard biegen wir ab und kommen bald auf die Psaron-Straße. Koustas' Villa liegt hinter einem hohen Betonwall verschanzt, der mit Stacheldraht verziert ist. Die zweiflügelige Eingangstür besteht aus einem Metallgitter, das mit dickem Eisenblech verstärkt ist. Neben der Villa befindet sich eine Garageneinfahrt. Ich drücke auf den Klingelknopf, und unverzüglich flammt eine kleine Kamera auf. Augenscheinlich möchte man hier nur öffnen, wenn einem der Anblick des Gastes behagt.

»Wer ist da?« hören wir eine Frauenstimme.

»Charitos, Kriminalkommissar.«

Mein Anblick scheint sie nicht zu beeindrucken, denn ich erhalte keine Antwort. Man läßt uns ein paar Minuten warten, und dann geht die Gittertür halb auf. Im selben Augenblick versperrt ein Kleiderschrank in der Uniform eines privaten Wachdienstes den Türspalt und hindert uns am Eintreten.

»Kann ich Ihre Ausweise sehen, meine Herren? Normalerweise führen wir auch eine Leibesvisitation durch, doch wenn Sie Polizeibeamte sind, verzichten wir darauf.«

»Faß mich nicht an, sonst buchte ich dich ein, bis dich dein Chef gegen Kaution wieder freikauft«, zische ich gereizt.

Er besinnt sich und verlangt nicht einmal mehr die Ausweise.

Im Vorhof sind, anstelle von Tomaten und Gurken, Tonfiguren angepflanzt: ein Diskuswerfer, eine Karyatide, ein Kykladenidol, ein Satyr und drei weitere Statuen, die ich nicht einordnen kann. Man schreitet durch den Statuenfriedhof, steigt drei Stufen hoch und befindet sich vor dem Hauseingang. Eine Asiatin von der Sorte, die den Griechen seit neuestem die Bohnen in der Suppe durch Sojawürfel ersetzt, führt uns von dort in ein stockdunkles Wohnzimmer und zieht die Rolläden ein wenig hoch, so daß wir immerhin unsere Umrisse erkennen können. Das Tageslicht fällt durch den Spalt herein und bildet auf dem Boden eine Trennlinie zwischen mir und Dermitzakis.

Der Fußboden ist aus Marmor und mit Teppichen belegt – nicht überall, sondern sparsam und an ausgewählten Stellen: unter der Sitzgarnitur mit dem dunkelblauen Sofa und den Sesseln, unter dem runden Tisch mit den vier Stühlen und unter den beiden hölzernen Armstühlen mit den hohen Lehnen, auf die stilmäßig glatt König Arthur und Ivanhoe passen würden, nur daß zwischen ihnen ein Telefontischchen steht. Ich gehe auf das Fenster zu, blicke durch den Spalt, den die Asiatin geöffnet hat, und staune: Im Schutze einer Art mittelalterlicher Befestigungsmauer erstreckt sich hinter dem Haus eine riesige Rasenfläche mit Blumenbeeten, Palmen und einem Swimmingpool.

Das Miauen einer Katze läßt mich aufhorchen, und ich wende mich um. Sie kommt mit gravitätischen Schritten auf mich zu, und wenn ich nicht ihre Augen hätte aufblitzen sehen, so würde sie sich kaum vom Marmorfußboden abheben, so schneeweiß ist sie. Sie ähnelt mehr einem Schaf als einer Katze, als hätte sie eine Hormontherapie hinter sich. Sie bleibt vor uns stehen und miaut weiter vor sich hin, offensichtlich genervt durch unsere Anwesenheit.

»Brav, Mitsi«, höre ich eine Frauenstimme sagen.

Ich schaue auf. In der Tür steht eine etwa fünfzigjährige Frau mit der Figur einer Dreißigjährigen. Sie trägt eine schwarze Bluse und eine weiße, enganliegende Leinenhose. Ihr noch immer sehr schönes Gesicht kommt mir bekannt vor, und ich zerbreche mir den Kopf, wo ich sie gesehen haben könnte.

Sie lächelt mir zu, ohne mir die Hand zu reichen. »Ich bin Elena Kousta, Herr Kommissar.«

»Charitos. Das hier ist Kriminalobermeister Dermitzakis.«

»Entschuldigen Sie, daß ich Sie habe warten lassen, ich hatte nicht mit Ihnen gerechnet.«

Sie bittet uns herein, und wir setzen uns. Die Katze legt sich ihr zu Füßen und blickt ihr reglos in die Augen. Die Kousta streckt die Hand aus und streichelt sie. Ich versuche krampfhaft dahinterzukommen, woher ich sie kenne. Sie merkt es und bricht in Lachen aus.

»Sie versuchen sich daran zu erinnern, wo Sie mich schon gesehen haben? Da sind Sie nicht der einzige. Allen sagt mein Gesicht etwas, doch sie wissen nicht mehr, woher. Gehen Sie gern ins Varieté, Herr Kommissar?«

Ich will gerade nein sagen und daß ich nur ins Kino gehe, doch mit einem Schlag erinnere ich mich. Als ich ganz frisch ins Polizeikorps eingetreten war, wurde ich der Leibgarde eines Ministers der Militärregierung zugeteilt. Und der liebte das Varieté. Aus der Zeit kannte ich sie. Damals hieß sie nicht Kousta, sondern Fragaki. Sie trug ein schwarzes, glitzerndes Abendkleid mit tief ausgeschnittenem Dekolleté, in dem ihre Brüste halb nackt auf dem Präsentierteller lagen, und mit einem weit nach oben reichenden Schlitz, der ihre Beine wie ein sich öffnender Theatervorhang zur Geltung brachte. Beides stellte sie offenherzig zur Schau, und das Publikum johlte. »Was für ein Weib! Was für ein Weib!« murmelte der Minister voller Bewunderung. Leider war sie keine Kommunistin, deshalb konnte er sie nicht in eine Zelle sperren und sein Mütchen an ihr kühlen.

»Sie sind Elena Fragaki«, sage ich.

Sie freut sich, daß ich sie erkannt habe, und lächelt geschmeichelt. »Wissen Sie, vor fünfzehn Jahren habe ich das Singen an den Nagel gehängt. Bei meiner Heirat. Deshalb bin ich stolz, wenn sich jemand an mich erinnert. Das ist ein kleiner Trost«, fügt sie mit einer gewissen Bitterkeit hinzu.

Die Erinnerung hemmt mich, und ich weiß nicht, wie ich anfangen soll. Ihr erfahrenes Auge erfaßt meine Verlegenheit, und sie entschließt sich, mir unter die Arme zu greifen. »Wenn Sie gekommen sind, um mir Fragen zu stellen, kann ich Ihnen sagen, daß ich Ihren Kollegen von der Antiterrorabteilung bereits alles gesagt habe. Sie können meine Aussage nachlesen.«

»Macht es Ihnen etwas aus, uns alles nochmals zu erzählen? Ich würde es gerne aus Ihrem eigenen Mund hören.«

»Wenn Sie es nochmals hören wollen, bitte sehr. Außerdem ist es so wenig, daß ich kaum länger als eine Minute dafür brauche.« Sie schlägt die Beine übereinander, doch sie trägt Hosen, und der Theatervorhang bleibt geschlossen – wie ihre Beine heute aussehen, bleibt mir verborgen. »Dinos ist gegen elf Uhr weggefahren. Er sagte mir, daß er zuerst beim Restaurant und danach beim Rembetiko vorbeischauen wollte. Weil ich wußte, daß er, wenn er beide Lokale besucht, üblicherweise nicht vor drei Uhr früh nach Hause kommt, sah ich ein bißchen fern und legte mich dann schlafen. Gegen vier Uhr morgens riß mich ein Telefonanruf aus dem Schlaf, und jemand erklärte mir, daß mein Mann tot sei. Das ist alles.«

»Hat Ihr Mann jeden Abend dieselbe Tour gemacht?«

»Ja, mit Ausnahme der Abende, an denen wir zusammen ausgehen wollten. Doch normalerweise ging er immer nur in ein Lokal.«

»Hatte er irgendeinen bestimmten Grund, an diesem Abend beide Lokale zu besuchen?«

»Keine Ahnung, Herr Kommissar. Dinos sprach nie über seine Geschäfte.« Bitterkeit schwingt wieder in ihrer Stimme mit, doch ich weiß nicht, ob es die Bitterkeit der Elena Kousta ist, die über die Geschäfte ihres Mannes im ungewissen gelassen wurde, oder ob es die der Elena Fragaki ist, die aus dem Scheinwerferlicht und dem Beifall der Menge trat und sich urplötzlich in einer Gefängnisfestung eingekerkert wiederfand.

»Wenn Sie Restaurant sagen, meinen Sie das Canantré in Kifissia?« mischt sich Dermitzakis ein. Er hat den Namen des Speiselokals auf einen Zettel notiert, um ja keinen Fehler zu machen, und buchstabiert ihn mühsam.

»Wie haben Sie gesagt?« Die Kousta krümmt sich vor Lachen.

»Canantré. So steht es hier.«

»Le Canard Doré, Herr Kommissar. Die goldene Ente. Mein Mann hat dem Restaurant einen französischen Namen gegeben, weil es französische Küche bietet. Hätte er das jetzt gehört, würde er sich im Grab umdrehen.«

Der Gedanke scheint sie mit Schrecken zu erfüllen. Dermitzakis ist knallrot angelaufen, und mir geht der Hut hoch.

»Polizeibeamte kommen recht und schlecht mit Englisch zu Rande«, sage ich und denke an meine rudimentären Sprachkenntnisse. »Französisch können sie nicht auch noch lernen. Der Staat kommt nicht für Französischunterricht auf, nur damit sie Restaurantschilder richtig lesen können.«

»Ich kann auch kein Französisch. Aber ich habe den Namen so oft gehört, daß ich ihn auswendig weiß. Wenn

Sie Französisch könnten, würden Sie hören, daß meine Aussprache ziemlich schlecht ist.« Sie hat eine entwaffnende Aufrichtigkeit, die sie sympathisch macht.

»Hatte Ihr Mann Feinde?« frage ich, um das Gespräch wieder aufs Wesentliche zu lenken.

»Haben Sie denn keine?«

»Was?«

»Feinde. Kollegen, die auf Ihren Posten scharf sind und an dem Ast sägen, auf dem Sie sitzen, Straftäter, die Sie umlegen wollen. Kennen Sie so etwas nicht? Ich bin vor fünfzehn Jahren von der Bühne abgegangen, doch noch immer sagt man hinter meinem Rücken, ich wäre mit dem Theaterdirektor ins Bett gegangen, um eine hohe Gage zu bekommen, ich hätte mich aufreizend gekleidet, um die reichen Männer dadurch rumzukriegen. Fünfzehn Jahre war ich mit demselben Mann verheiratet, und immer noch wird man nicht müde, mich als Flittchen zu beschimpfen.«

Sie hat mich wiederum in Verlegenheit gebracht, denn genau das dachte ich auch, als ich sie damals auf der Bühne sah.

»Ich weiß, was Sie sagen wollen«, fährt sie fort, »ob er Feinde hatte, die ihm nach dem Leben trachteten… Rotlichtbarone… Schutzgelderpresser…«

»Ja. Darauf deutet zumindest Ihr Haus hin, das wie eine Festung wirkt.«

»Nein, Herr Kommissar. Es deutet nur darauf hin, daß Dinos Maßnahmen zu seinem Schutz ergriffen hat.«

»Ich geh jetzt. Ich nehm den Wagen«, höre ich eine Stimme hinter mir sagen.

Ich drehe mich um und erblicke einen hochgewachsenen, unrasierten jungen Mann, der noch keine Dreißig ist.

Er trägt Jeans, schwarze Cowboystiefel und ein buntes Hemd. Doch das Auffälligste an ihm sind seine Augen. Sein Blick ist trübe und seelenlos und kann sich auf keinen bestimmten Punkt konzentrieren. Er möchte sich irgendwo festkrallen, gleitet aber sofort wieder ab.

»Dein Vater wollte nicht, daß du den Wagen nimmst.« Die Stimme der Kousta ist sanft und freundlich, nahezu entschuldigend.

»Mein Vater ist tot. Komm schon, rück die Schlüssel raus.«

»Du weißt, daß ich sie dir nicht geben kann.«

Der sanfte Tonfall bleibt selbst in ihrer Ablehnung erhalten. Einen Augenblick lang belebt sich der Blick des jungen Mannes und heftet sich zornentbrannt auf sie. Ich habe das Gefühl, daß er gleich auf sie losstürzen wird, und bereite mich darauf vor einzuschreiten. Doch sein Blick trübt sich wieder und gleitet zu Boden. Der junge Mann macht kehrt und eilt zur Tür.

»Es ist niemand aus dem Rotlichtmilieu, der meinen Mann umgebracht hat, Herr Kommissar.« Die Kousta wendet sich wieder mir zu. »Mir ist klar, daß Ihre Kollegen das glauben, doch sie irren sich.«

»Schwachsinn!« Koustas' Sohn hat sich nochmals umgedreht. »Reiner Schwachsinn, das Rotlicht hat ihn auf dem Gewissen. Du bist hier mit deinen Swimmingpools und deinen Philippininnen von der Außenwelt abgeschottet und hast keinen blassen Schimmer, wie es draußen zugeht. Er wußte, daß er in Gefahr war, aber er versuchte, mit vollkommen unfähigem Sicherheitspersonal den coolen Typ zu mimen.«

Ich kann ihn zwar nicht sonderlich ausstehen, doch was er sagt, leuchtet mir ein. Die meisten Nachtklubbesitzer zahlen Schutzgelder, um eine ruhige Kugel zu schieben. Andererseits kommen mir Koustas' Schußverletzungen in den Sinn. Daß sie von einem Profi herrühren sollen, kann ich einfach nicht glauben.

»Wissen Sie, ob Ihr Vater Drohungen aus dem Rotlichtmilieu erhalten hat?« fragt ihn Dermitzakis.

»Ich weiß von nichts. Ich habe nur gesagt, was mir am plausibelsten erscheint. Sie brauchen nicht weiterzubohren, ich habe null Ahnung.« Der Ausdruck des allwissenden Experten ist aus seinem Gesicht gewichen, und er bemüht sich um Schadensbegrenzung.

»So oder so müssen Sie eine Aussage machen. Wenn Sie etwas wissen, sagen Sie es lieber gleich, damit wir vom Fleck kommen.«

»Ich habe nichts gesehen und nichts gehört. Schreiben Sie das auf und bringen Sie den Wisch vorbei, damit ich ihn unterschreiben kann.« Er verschwindet, bevor wir ihm noch weitere Fragen stellen können.

»Das war Makis, Dinos' Sohn aus erster Ehe«, erläutert die Kousta. »Messen Sie seinem genervten Ton nicht allzu viel Bedeutung bei, er hat es schwer im Leben. Er hat gerade einen Drogenentzug hinter sich.« Sie hält inne, als warte sie auf unsere Reaktion, merkt jedoch, daß kein Kommentar erfolgt, und fährt fort: »Ich hoffe, daß er nicht wieder rückfällig wird. Er ist jetzt seit sechs Monaten clean.«

»Hatte Ihr Mann noch weitere Kinder?« frage ich.

»Eine jüngere Tochter, Niki. Die beiden sind so verschieden wie Tag und Nacht. Niki hat studiert, in England ihr Diplom gemacht und arbeitet in einem Meinungsforschungsinstitut, der R. I. Hellas.«

Dermitzakis zieht seinen Notizblock heraus und schreibt den Namen auf. Ich hoffe, er hat ihn richtig notiert, damit wir nicht wieder ins Fettnäpfchen treten.

»Was macht Sie so sicher, daß Ihr Mann nicht von Leuten aus dem Milieu umgebracht wurde?«

»Ich kann das nicht konkret begründen. Ich halte es einfach für unwahrscheinlich. – Sind wir jetzt fertig?« fragt sie ungeduldig. »Entschuldigen Sie bitte, aber ich bin noch nicht wieder ganz auf den Beinen.«

Sie wartet nicht darauf, daß ich ihr das Ende unserer Unterredung bestätige. Sie läßt uns stehen und geht auf die Tür zu. Die Katze erhebt sich und folgt ihr mit hocherhobenem Schwanz.

Die Asiatin bringt uns zur Eingangstür, dort nimmt uns der Typ vom Sicherheitsdienst unter seine Fittiche und geleitet uns bis zum Tor. Er gibt sich einen strengen und wortkargen Anschein, doch ich vermute, daß er damit nur meinem Blick ausweichen möchte.

Als wir hinausgehen, treffen wir auf Makis, der uns an den Einsatzwagen gelehnt erwartet.

»Wollen Sie wissen, ob mein Vater Feinde hatte?« Er blickt mich an, doch sein Blick entgleitet ihm wieder und bleibt an meinem Hosenbund hängen.

»Hatte er denn welche?«

»Ja. Die da drinnen«, meint er und deutet auf die Gefängnisfestung. »Seit sie da ist, ist alles anders. Sie wußte, daß er verrückt nach ihr war, und sie tanzte ihm auf der

Nase herum. Das einzige, was sie interessierte, war sein Geld.«

Ein leeres Taxi fährt vorüber. Makis hält es an und steigt ein. Das Taxi prescht los, bevor ich ihn noch etwas fragen kann. Er hat uns einen vergifteten Köder hingeworfen. Ich bin mir nicht sicher, ob sein Trick bei mir verfängt. Darüber muß ich mal in aller Ruhe nachdenken, denn die Kousta ist mir durchaus sympathisch.

7

Hast du den Arzt angerufen?«

Adriani sitzt am Küchentisch. Sie hat einen Stapel Zeitungen vor sich liegen und schneidet Coupons aus, um ein Kochtopfset zu gewinnen. Bislang hat sie einen Teppich in schreienden Farben eingeheimst, der im Wohnzimmer liegt, ein elektronisches Notizbuch, mit dem sie nichts anzufangen weiß, weil es nur auf englisch funktioniert, und ein Kochbuch, das sie auf den Müll geworfen hat, weil es versuchte, ihr Hähnchen mit Orangensoße schmackhaft zu machen. Dann kam noch eine Reihe kostbarer Gläser dazu – das einzige Präsent, das die Mühe lohnte.

Gestern abend hatte ich ihr versprochen, wegen meiner Schulterschmerzen einen Termin bei meinem Kassenarzt zu vereinbaren. Aber im Büro hatte ich mich mit vollen Kräften auf den Fall mit der unbekannten Leiche gestürzt, und dann war mir Koustas in den Schoß gefallen. Ich hatte den Termin völlig vergessen.

»Ich habe angerufen, aber es war besetzt«, entgegne ich und bereite meinen geordneten Rückzug aus der Küche vor, ehe sie zu nörgeln beginnt.

»Und warum hast du es nicht noch mal probiert?« fragt sie schnippisch.

»Ich habe mich in die Arbeit gestürzt und gar nicht mehr daran gedacht. Schließlich geht's mir prima, mein Rücken tut mir gar nicht mehr weh.« Ich hatte wirklich seit Tagen keine Beschwerden mehr. Und wenn sich Schmerzen ruhig verhalten, dann soll man sie nicht aufstören, das ist eine Faustregel.

»Und wenn es Spondylarthritis ist und du für den Rest deines Lebens bucklig daherläufst, dann reden wir weiter. Vielleicht ist es sogar etwas viel Schlimmeres als Spondylarthritis... Was ist, wenn es die Bandscheiben sind? Erinnerst du dich an Manthos, den Sohn meiner Freundin Anna? Der sitzt mit fünfunddreißig im Rollstuhl.«

»Hör auf, mir das alles anzudichten!« rufe ich aus. »Mir fehlt nichts, nur ein paar kleine Beschwerden, aber wenn du so weitermachst und Krankheiten heraufbeschwörst, wache ich noch mit Knochenkrebs auf!«

»Was auch immer dir zustößt, dein verdammter Dickschädel ist daran schuld!« Sie verläßt die Küche, während ich die Schere packe und die Zeitungscoupons auszuschneiden beginne, um meine Nerven zu beruhigen.

Seit unserer Heirat lebt Adriani in der ständigen Angst, ich könnte von einer plötzlichen Krankheit dahingerafft werden. In den ersten Ehejahren legte sie ihr Ohr lauschend an mein Herz, während ich schlief, oder sie hielt ihr Gesicht dicht an meinen offenen Mund, um sicherzugehen, daß ich noch atmete. Anfänglich fühlte ich mich von ihren Ängsten geschmeichelt, wenn sie etwa meine behaarte Brust streichelte oder mir gefüllte Tomaten, meine Lieblingsspeise, vorsetzte. Nach fünf Jahren begann mir das Streicheln ein unwiderstehliches Kitzeln zu verursachen, nach zehn Jahren rief ihr Kopf auf meiner Brust ein Gefühl der Bedrückung hervor, und nach fünfzehn Jahren begannen mir die gefüllten Tomaten schwer im Magen zu liegen. Da sich jedoch in glücklichen Ehen die Gegensätze anziehen, zittert Adriani vor Krankheiten und ich vor Ärzten. Sie rennt beim erstbesten Wehwehchen zur Untersuchung, während ich selbst bei ernsten Beschwerden lieber sage: Was soll's, lieber nicht nachbohren, es wird schon von allein wieder weggehen. Bislang bin ich damit nicht schlecht gefahren.

Das Ausschneiden der Coupons geht mir schließlich auf den Senkel, und ich lasse es bleiben. Als ich am Wohnzimmer vorbeigehe, sehe ich Adriani auf ihrem altbekannten Platz vor dem Fernseher sitzen, mit der Fernbedienung wie einer natürlichen Verlängerung ihres Armes in der Hand, um umgehend den Sender zu wechseln, sobald der Werbeblock über die Zuschauer hereinbricht. Sie verfolgt die Sendung mit dem Fünfunddreißigjährigen, die sie schon auf der Fähre gesehen hatte. Der Showmaster trägt heute ein granatfarbenes Sakko, ein grünes Hemd und eine braune Hose. Er sitzt in einem Sessel, hält beide Hände vor den Mund und lauscht gebannt einer Frauenstimme, die übers Telefon zu ihm spricht. Ihm gegenüber sitzt ein Ehepaar, sie um die Vierzig, er fünfundvierzig, beide billig herausgeputzt.

»Was guckst du denn da?« frage ich Adriani.

»Eine Reality Show«, entgegnet sie, ohne ihren Blick von der Mattscheibe zu lösen.

Das sagt mir genausowenig wie Canantré, das sich im Laufe der Ermittlungen als Canard Doré entpuppte. Vielleicht spricht Adriani ja etwas falsch aus.

»Und was ist das?« frage ich sie, um mich nach allen Seiten abzusichern.

»Eine Reality Show?« wiederholt sie ärgerlich. »Sag mal, wo lebst du eigentlich? Das ist der letzte Schrei unter den Fernsehsendungen. Die spüren Mißstände auf und bringen sie ans Licht. Mit anderen Worten: Die nehmen euch die Arbeit ab.«

»Keine Sorge, wenn die wirklich über Informationen verfügten, dann kämen sie zuerst zu uns und gingen danach auf Sendung, um uns wie die Rohrspatzen zu beschimpfen, weil wir angeblich untätig herumsitzen.«

»Ist es vielleicht gelogen, daß ihr nichts zustande bringt? Überall gibt es nur mehr private Wachdienste und Alarmanlagen, weil ihr eure Arbeit nicht richtig macht. Wer ruft heutzutage noch einen Polizisten, wenn er sich bedroht fühlt? Niemand.«

Mit ihren Worten ruft sie mir Koustas' Bodyguard ins Gedächtnis. Ich könnte explodieren, doch ich gebe klein bei. Ich gehe ins Schlafzimmer und hole mir vom obersten Brett des Bücherregals den ersten Band des Lexikons von Liddell-Scott. Wenn ich mich abends entspannen will, lege ich mich aufs Bett und schlage ein Wörterbuch auf. Adrianis Nörgelei, die alltäglichen Ärgernisse auf der Dienststelle, sogar die Mordfälle schwinden mir aus dem Sinn. Für mich allein zu sein macht mich glücklich. Auf den Liddell-Scott bin ich besonders stolz. Er ist vierbändig, eine Ausgabe von 1907 und ein Geschenk meiner Patentante, der Tochter eines angesehenen Rechtsanwalts. Als ich auf die Welt kam, hatte mein Vater alles darangesetzt, einen Politiker als Taufpaten an Land zu ziehen. Aber er selbst war nur Unteroffizier bei der Gendarmerie, und es gelang ihm nicht, einen Politiker für sich zu gewinnen. So mußte er sich mit der Tochter eines renommierten Juristen begnügen, die, da sie unverheiratet war, wenigstens ein Patenkind haben wollte. Jedes Jahr zu Weihnachten schenkte sie mir eine Hose und zu Ostern ein Paar Schuhe und eine Osterkerze. Wenn die Hose kurz darauf zerschlissen war, so trug ich sie bis Weihnachten mit Flicken. Wenn sich die Sohle von den Schuhen löste, lief ich bis zu den nächsten Ostern barfuß. In beiden Fällen wurde ich kräftig vermöbelt, einmal von meiner Mutter und in der Folge von meinem Vater. Den Liddell-Scott überreichte sie mir, als ich in die Polizeischule eintrat. Dort brauchte ich ihn zwar nie, doch von diesem Zeitpunkt an war ich mit dem Virus der Wörterbücher infiziert.

Ich schlage beim Buchstaben *A* nach und suche nach dem Wort *Arthritis*.

Arthritis = Gelenkentzündung; Arthritiker = an Arthritis Leidender, Gichtkranker. Von griech. arthron = Gelenk, in Wortzusammensetzungen: Gelenk…, Glied(er)… Von Hippokrates in seinen Sinnsprüchen als »flammendes Elend« bezeichnet.

Jedenfalls sind meine Gelenke nicht von flammendem Elend befallen, denke ich, sie tun nur hin und wieder ein wenig weh. Schließlich war auch Hippokrates Arzt und malte alles in den düstersten Farben, damit bei ihm die Kasse klingelte.

»Katerina ist am Apparat. Willst du mit ihr sprechen?« ruft Adriani zu mir herein.

Sie weiß genau, daß ich zum Telefon stürme, sobald meine Tochter dran ist, doch sie will testen, ob meine Leidenschaft für Wörterbücher mich sogar dazu treiben könnte, ein Telefongespräch mit meiner Tochter auszuschlagen.

Ich gehe an ihr vorüber, ohne sie eines Blickes zu würdigen, gelange ins Wohnzimmer und halte den Hörer ans Ohr.

»Grüß dich, mein Schatz. Was gibt's Neues?«

Sie lacht. »Ich stecke bis zum Hals in Gesetzestexten. Du weißt ja, ich sammle Stoff für meine Doktorarbeit.«

»Die wichtigsten Dinge im Leben sind auch immer die schwierigsten«, sage ich, als könnte sie von mir noch etwas lernen, wo sie es doch – mein ganzer Stolz! – bis zum Doktorat gebracht hat.

»Sag mal, bist du beim Arzt gewesen?«

Es folgt eine kurze Pause, denn ich muß mich beherrschen, um nicht aus der Haut zu fahren. »Warum sollte ich zum Arzt gehen?« frage ich sanft, ohne den Ton meiner Stimme zu heben.

»Wo doch dein Rücken weh tut.«

Ich blicke mich um. Adriani ist wie vom Erdboden verschluckt. Sie hat ihrer Tochter alles eingeflüstert und ist dann von der Bildfläche verschwunden, um dem Donnerwetter aus dem Wege zu gehen.

»Nicht der Rede wert, mach dir keine Gedanken.«

»Es beunruhigt mich, wenn dir etwas fehlt und du nicht zum Arzt gehst. Also gehst du jetzt, oder willst du, daß ich weiter in Sorge bin?«

»In Ordnung, ich gehe.«

»Ich ruf dich morgen an, um zu sehen, ob du einen Termin vereinbart hast. Ich bitte dich, leg es nicht darauf an, daß ich meine Doktorarbeit liegenlasse und Hals über Kopf nach Athen komme.«

»Wie geht es Panos?« frage ich und signalisiere damit, daß es jetzt reicht.

»Gut, er läßt dich schön grüßen«, antwortet sie kurz angebunden und legt auf.

Das ist meine Art und Weise, sie meine Verstimmung spüren zu lassen. Panos ist Katerinas Freund. Sie sind seit zwei Jahren zusammen, doch ich kann ihn nicht riechen und Katerina weiß das. Er ist kein schlechter Kerl, er hat vor, akademischer Gemüsehändler zu werden, genauer gesagt studiert er Agrarökonomie. Er ist ein athletischer Muskelprotz, der ständig T-Shirts und Sportschuhe trägt. Wir haben etliche dieses Schlags im Polizeidienst, und ihr Hirn ist winziger als die Oliven, die Panos während des Studiengangs in Agrarökonomie züchtet. Nach und nach habe ich mit meiner Tochter einen Code entwickelt. Ich frage nicht nach Panos, und sie erzählt mir nichts von ihm. Wenn ich sie ausnahmsweise doch auf Panos anspreche, heißt das, daß mir die Galle gleich überläuft und ich Lust hätte, jemand zur Schnecke zu machen.

Da ich Katerina mein Wort gegeben habe, ist es zwecklos, sich mit Adriani anzulegen. Ich setze mich also hin, um die Tagesschau zu gucken. Vielleicht bringen sie ja etwas über Koustas. Adriani läßt sich nicht blicken, sie wartet ab, bis mich die Sendung ganz in ihren Bann geschlagen hat. Kurz darauf bemerke ich, wie sie, wie die Katze der Kousta, auf Zehenspitzen hereinschleicht und sich auf den Rand des Sessels setzt. Die ganze Zeit über bleibt ihr Blick fest auf den Bildschirm geheftet, und sie vermeidet es, mich anzusehen.

Die Nachrichtensendung kann mit keinen Neuigkeiten über den Mord aufwarten, und wie immer, wenn nichts Neues rausspringt, käuen sie Aufnahmen aus älteren Reportagen wieder. Ganz im Gegensatz zum Kino, wo man eine Vorschau auf die kommenden Filme zeigt, versenkt man sich hier in eine rückwärtsgewandte Nabelschau. Dann folgt die medizinische Sensation des Tages. Ein Ärzteteam aus Island oder Grönland hat herausgefunden, daß Knoblauch nicht nur hohem Blutdruck, sondern auch Herzinfarkt vorbeugt. Gleich darauf tritt eine ganz in Weiß gewandete Forscherin mit einer Chirurgenmaske in Aktion und hackt Knoblauch, als wolle sie Tsatsiki zubereiten. Er scheint, daß sich heute alle verschworen haben, mir den letzten Nerv zu rauben.

»Wie umwerfend! Jeden Abend wird eine neue medizinische Entdeckung gemeldet. Das nennt man Fortschritt!« sagt Adriani. Sie spielt die Aufgebrachte, um meiner Abneigung gegen die Ärzteschaft neue Nahrung zu geben und sich mit mir zu versöhnen.

»Da werden Unsummen in die Forschung gesteckt, und die gehen damit auf dem Wochenmarkt Knoblauch kaufen«, entgegne ich. Bei dieser Vorstellung müssen wir beide lachen, und das Eis zwischen uns schmilzt.

Aber ich habe von ärztlichen Themen die Schnauze voll und verspüre Lust, eine Spazierfahrt durch die aufgehäuften Müllsäcke zu machen, um ein wenig Atem zu schöpfen. Ich beschließe, mich auf den Weg zum Rembetiko zu machen, um den Türsteher und Koustas' Leibgarde zu verhören. Um diese Uhrzeit müßte ich sie antreffen.

8

Das Verkehrsaufkommen auf dem Athinon-Boulevard ist nur gering. Mit Ausnahme der hell erleuchteten Schaufenster der Automobilhändler herrscht absolute Dunkelheit. In der Finsternis ähneln die Müllberge Verteidigungswällen, die nach der Schlacht um Athen stehengeblieben sind. Auf der Fahrspur in Richtung Zentrum gleiten einige Lastwagen und Fernbusse vorüber. Die Hälfte der Fahrgäste haben ihre Köpfe ans Fenster gelehnt und dösen vor sich hin, die andere Hälfte blickt hinaus und labt sich am Anblick der Landschaft.

Als ich nach Chaidari komme, taucht das Rembetiko zu meiner Linken auf. Ich fahre daran vorbei und wende bei der nächsten Ampel, um davor parken zu können. Auch dieses Gebäude ist mit weißer Farbe gestrichen. Weiß bildete anscheinend die dominierende Farbe in Koustas' Leben: weiße Lokale, weiße Statuen im Vorgärtchen, weißer Marmor in der Villa, weiße Sonnenschirme um den Swimmingpool. Als sei er, bevor er Unternehmer wurde, Sanitäter gewesen. Auch vor der Fassade des Rembetiko steht eine Neonreklame, nur nicht so gewaltig wie beim Nachtfalter.

Der Türsteher erweist sich als baumlanger Kerl um die Dreißig. Er trägt einen Rock mit goldenen Knöpfen und eine Mütze mit Goldbordüre. Sein Umriß überschattet den ganzen Eingangsbereich.

»Sind Sie Lambros Mantas?« frage ich, als ich auf ihn zutrete.

»Ja, wieso?«

»Ich möchte von Ihnen ein paar Dinge über den Mord an Koustas erfahren.«

Er mustert mich vom Scheitel bis zur Sohle. »Eine Million«, sagt er dann.

Ich blicke ihn überrascht an, doch er läßt mir keine Zeit, mich zu erholen. »Hören Sie, ich antworte nicht nur auf Ihre Fragen, ich biete Ihnen darüber hinaus noch eine Führung durchs Lokal und die Beschreibung der Rotlichtmethoden. Sogar die Kreidezeichnung mit den Umrissen der Leiche kann ich auf den Asphalt malen. Wenn Sie zweihunderttausend mehr springen lassen, lasse ich auch einen BMW auffahren, der genauso aussieht wie der von meinem Chef, damit die ganze Sache lebendiger wirkt.«

»Seit wann zahlt denn der griechische Staat eine Million für die Aussage eines Augenzeugen?«

Sein Elan fällt wie ein Kartenhaus in sich zusammen, und er blickt mich an. »Sind Sie denn nicht vom Fernsehen?«

»Passen Sie bloß auf, daß Sie nicht in die Röhre gucken, wenn Sie so sehnsüchtig auf das Fernsehen warten. Kommissar Charitos, von der Mordkommission. Glauben Sie, ich veranstalte hier eine Reality Show?« Ich danke Adriani auf den Knien, daß sie mir das Wort zur rechten Zeit unter die Nase gerieben hat.

»Weiß ich doch nicht, warum Sie hergekommen sind. Aber ich habe meiner ursprünglichen Aussage nichts hinzuzufügen.«

»Und was ist mit Ihren Erläuterungen zu den Methoden des Rotlichtmilieus?«

»Das war bloß leeres Gerede. Ich dachte, Sie wären von einem Fernsehsender und ich könnte Sie einwickeln und Ihnen vielleicht ein paar Drachmen aus der Tasche ziehen.«

»Dann gehen wir anders vor«, meine ich ganz freundlich. »Ich bringe Sie zum Verhör aufs Präsidium. Wenn Sie rauskommen, wartet die Reportermeute des ganzen Bezirks Attika auf Sie. Und vor denen werden Sie gratis auspacken, nur um mit heiler Haut davonzukommen.«

Er benötigt fünf Sekunden, um ein knappes »Fragen Sie schon!« hervorzustoßen.

»Um welche Uhrzeit hat Koustas am Abend des Mordes das Nachtlokal verlassen?«

»So gegen halb drei. Es kam mir komisch vor, daß er allein hinausging, und ich sagte ihm –«

»Ich weiß, was Sie ihm sagten. Erzählen Sie, was er getan hat.«

»Er ist zu seinem Wagen gegangen und hat die Tür aufgeschlossen…«

»Wo war der Wagen abgestellt?«

»Dort drüben, auf dem Gehsteig.« Und er deutet auf eine Stelle, an der nun ein roter Ford Escort parkt. »Dort hat er ihn immer hingestellt. Ich habe ihm den Platz freigehalten.«

»Und was hat er dann getan?«

»Er öffnete die Wagentür und beugte sich hinein, um etwas herauszuholen. Da sah ich, wie der Typ auf ihn zuging.«

»War er mit dem Motorrad bis zu ihm hingefahren?«

»Nein, er kam zu Fuß. Das Motorrad war schon früher eingetroffen, aber den Zusammenhang stellte ich erst später her.«

»Lassen wir mal das Motorrad. Knöpfen wir uns den Mörder vor. Aus welcher Richtung kam er auf ihn zu?«

»Von dort.«

Er deutet vage in Richtung der Schiffswerften bei Skaramangas. Das Gelände rund um das Rembetiko ist von allen Seiten her offen. Linker Hand liegt eine finstere Sackgasse, in die ein kleiner Lieferwagen passen könnte. Daran schließen sich ein Betonziegellager und eine KFZ-Werkstatt an. Der Täter hat in dem Sträßchen gelauert und sich in Bewegung gesetzt, als er Koustas auf seinen Wagen zugehen sah. Die Frage stellt sich, ob der Mörder wußte, daß Koustas allein aus dem Nachtlokal treten würde. Sonst setzte er keinen Fuß vor die Tür ohne die Begleitung seiner Schlägertypen. Für den Täter wäre es ein übertrieben großes Risiko gewesen, es mit allen drei auf einmal aufzunehmen.

Was aber, wenn der Gegenstand, den er aus dem Wagen holen wollte, etwas mit dem Mörder zu tun hatte und der wußte, daß er vor das Lokal treten würde, um ihn zu holen? Es wurde jedoch weder in Koustas' Händen noch im Wagen etwas aufgefunden, das diese Auffassung stützen könnte. Das behauptet zumindest der offizielle Polizeibericht.

Ich wende mich wieder dem Türsteher zu. »Wie hat sich der Mörder verhalten?«

»Er ist von hinten auf ihn zugetreten. Dann muß er etwas zu ihm gesagt haben. Nicht, daß ich etwas gehört hätte, doch ich sah, wie sich Koustas umdrehte. Daraus habe ich die Schlußfolgerung gezogen.«

»Lassen wir mal die Schlußfolgerung beiseite. Als sich Koustas zu seinem Mörder umwandte, hielt er da irgend etwas in der Hand?«

»Nein, nichts.«

»Was ist dann passiert?«

»Der Typ hat drei-, viermal auf ihn geschossen..., viermal glaube ich..., und dann lief er auf das Motorrad zu.«

»Hat er sich nicht gebückt, um noch etwas aus dem Wagen zu holen, bevor er loslief?«

»Nein, was hätte er denn mitnehmen sollen?«

»Seinen Mantel – was weiß ich?« sage ich aufgebracht, als sei er schuld daran, daß meine Theorie sich nicht als hieb- und stichfest erweist. »Wie sah denn der Mörder aus?«

»Mittelgroß, eher groß gewachsen, mit einem weißen T-Shirts, Jeans und dunkler Sonnenbrille.«

»Haben Sie sein Gesicht erkennen können?«

»Nein, es war zu dunkel. Nur seine Haare. Die waren weiß.«

»Davon haben Sie aber in Ihrer Aussage, auf die Sie mich verwiesen haben, nichts verlauten lassen.«

»Ich hatte es eben vergessen.«

Kann sein. Möglich, daß er es für sich behielt, um sich dann daran zu erinnern, wenn die Million fällig wurde. »Er war also etwas älter?«

»Also noch einmal: Es war finster, und ich konnte sein Gesicht nicht erkennen. Nur sein weißes Haar.«

Das heißt nicht unbedingt älter. Auch Dreißigjährige haben schon weiße Haare. »Nun zum Mittäter: Um welche Uhrzeit ist er mit dem Motorrad aufgetaucht?«

Er denkt nach. »Kann ich nicht genau sagen. Motorräder und Mopeds brausen hier ständig vorüber. Er ist mir aufgefallen, weil er dort die ganze Zeit stand und mit laufendem Motor wartete. Aber auch das kommt immer wieder vor. Da das Lokal bekannt ist, treffen sich manche hier, und so dachte ich, daß er wohl auf jemand wartet.«

»Wie lange stand er da?«

»Ich schätze, drei bis vier Minuten.«

Auch der Komplize war also pünktlich auf seinem Posten gewesen. Er mußte gewußt haben, zu welchem Zeitpunkt Koustas herauskommen würde. Andernfalls hätte er entweder schon früher seine Warteposition eingenommen oder ein paar Runden gedreht, um keine Aufmerksamkeit zu erregen.

»Wie sah er denn aus?«

Er zuckt mit den Schultern. »Er trug einen Sturzhelm und eine Lederjacke. An die Hose kann ich mich nicht erinnern.«

Ein schwerer Seufzer entringt sich seiner Brust – vielleicht ist er von den vielen Fragen erschöpft, oder er meint, er hätte das Schlimmste bereits überstanden. Doch da hat er sich geirrt.

»Was hätten Sie den Fernsehfritzen denn über Rotlichtbarone erzählt?« frage ich ihn noch einmal mit strenger Miene.

»Daß die ihn umgelegt haben, was sonst?«

»Woher wollen Sie das wissen?«

»Na kommen Sie schon. Das war ein Auftragsmord. Das springt doch ins Auge.«

Seine Schlußfolgerung paßt tadellos zur Ansicht der Antiterrorabteilung.

»Wie konnten sie wissen, daß er allein herauskommen würde?«

Er lacht schallend. »Wenn er mit Charis und Vlassis herausgekommen wäre, hätten sie alle drei erledigt. Die haben bloß Schwein gehabt.«

Möglicherweise hat er recht. Profikiller arbeiten stets mit dem Überraschungseffekt. Bevor die Leibgarde die Pistole ziehen kann, geht sie schon vereint mit dem Opfer in die ewigen Jagdgründe ein. Ich lasse Mantas stehen und trete in das Nachtlokal.

Einen Augenblick lang wähne ich mich im Haus meiner Schwägerin auf der Insel, nur daß hier anstelle der bordeauxroten Sitzgarnitur eine bordeauxrote Tapete über dem Sperrholz prunkt. Bordeauxrot mit goldenen Rauten. Die Tischchen drängeln sich halbmondförmig um den Rand der Tanzfläche und reichen bis zum Eingang. Es sind erst wenige Besucher anwesend, nur zwei bis drei Tische vorn an der Tanzfläche sind besetzt. Rechts befindet sich ein Ausschank mit Barhockern. Das Gedröhn des Orchesters dringt aus vier riesigen Lautsprechern, und der Baß erinnert mich an den Kanonendonner anläßlich des Nationalfeiertages am 25. März. Auf der Tanzfläche hält eine Vierzigjährige, die ein schwarzes Kleid mit offenherzigem Ausschnitt trägt, das Mikrofon dicht an ihren Mund, als lecke sie an einer Rieseneistüte, und singt

Es gibt kein Glück,
Ist man zu dritt.
Für dich, mein Schatz,
gibt's keinen Platz.

Mit ihrer Liebesaffäre habe ich nichts am Hut, und mein Blick fällt auf Koustas' athletische Schlägertypen, die an der Bar stehen und an ihren Getränken nippen.

»Kommissar Charitos«, sage ich, bevor auch sie eine Million fordern, um auszupacken. »Was hat Koustas am Abend des Mordes zu Ihnen gesagt, als er hinausging?«

Ihre Blicke hängen an der Vierzigjährigen, die sich weiterhin leidenschaftlich an ihr Mikrofon klammert. »Daß er etwas aus seinem Wagen holen wollte und dann wiederkäme«, meint der eine.

»Wir wollten mitkommen, doch er sagte, wir könnten uns die Mühe sparen.« Jetzt hat sich der andere mir zugewendet.

Ich weiß nicht, welcher von beiden Charis und welcher Vlassis ist, aber das ist nicht von Belang. Ausschlaggebend ist, daß sich ein so vorsichtiger Mensch, der eine Villa im Stil einer Gefängnisfestung besitzt und sich eine eigene Leibgarde in seinem Nachtlokal hält, entschließt, ohne schützende Begleitung vor den Schuppen zu treten.

»Um wieviel Uhr hat Koustas den Nachtklub üblicherweise verlassen?«

»Normalerweise so gegen drei, so gut wie nie vor zwei Uhr.« – Der Mörder hat sich für den goldenen Mittelweg entschieden – er schlug um halb drei zu.

Die junge Frau hinter der Bar trocknet die Gläser ab und scheint uns nicht zuzuhören. Da eilt ein etwa fünfundvierzigjähriger spindeldürrer Mann im Laufschritt auf mich zu, das Jackett seines braunen Anzugs ist offen, und an seinem Hals prangt eine Fliege. Er trägt eine Brille mit dünner Metallfassung und streckt mir aus zehn Meter Entfernung bereits seine Hand zum Gruß entgegen. Ich sehe ihn mir an und frage mich, wo Koustas diesen abgehalfterten Rechtsanwalt für den Posten des Geschäftsführers wohl aufgelesen hat.

»Renos Chortiatis, Herr Kommissar«, sagt er, als ich ihm die Hand drücke. »Ich bin der Geschäftsführer. Gerade eben hat man mir Bescheid gesagt, daß Sie hier sind. Dürfen wir Ihnen etwas zu trinken anbieten?«

»Nein, besten Dank.«

»Wie kann ich Ihnen behilflich sein?«

»Ich würde gerne wissen, ob Koustas, als er am Abend des Mordes nach draußen ging, irgend etwas mitgenommen hat.«

»Woran denken Sie da?«

»Weiß ich auch nicht, ich frage nur so. Die Tageseinnahmen beispielsweise.«

Sein Blick gibt mir zu verstehen, daß er mich für nicht ganz dicht hält. »Nein, Herr Kommissar. Niemand würde soviel Geld mit sich herumtragen. Die Tageseinnahmen schließe ich immer in meinem Büro ein, und morgens kommt ein Wagen von City Protection vorbei und bringt sie zur Bank.«

»Mit wem hat Koustas geredet, bevor er hinausging?«

»Mit Kalia«, wirft einer der beiden Schlägertypen dazwischen. »Sie war mit ihrem Auftritt fertig und wollte gerade in ihre Garderobe gehen. Koustas hat sie beiseite genommen und etwas mit ihr besprochen.«

»Wo kann ich diese Kalia finden?«

»Sie ist in ihrer Garderobe und schminkt sich für den Auftritt«, sagt Chortiatis. »Warten Sie, ich begleite Sie.«

Er führt mich in einen schmalen Gang. Auf der linken Seite liegen vier Umkleidekabinen mit Vorhängen davor. Chortiatis schlägt den zweiten Vorhang zurück, wo mich der Rücken einer jungen Frau empfängt, die sich im Spiegel betrachtet und Schminke aufträgt. Sobald sie uns erblickt, unterbricht sie ihre Maquillage und erhebt sich. Sie trägt ein silbrig glänzendes, paillettenbesetztes Kleid. Ich betrachte mir den Saum und frage mich, wie viele Millimeter noch fehlen, bis ihr Unterhöschen zum Vorschein kommt. Sie ist nicht einmal fünfundzwanzig, doch das dick aufgetragene Make-up läßt sie verlebt wirken.

»Der Herr Kommissar möchte dir ein paar Fragen stellen«, meint Chortiatis. Ein diensteifriges Grinsen macht sich auf seinem Gesicht breit, und er scheint nicht von unserer Seite weichen zu wollen.

»Lassen Sie uns allein«, sage ich knapp.

Das Grinsen gerinnt zu einer säuerlichen Maske, und er verdrückt sich. Die junge Frau steht immer noch da und blickt mich ausdruckslos an.

»Sind Sie Kalia?« frage ich.

»Kommt drauf an. Für die Gäste bin ich Kalia. Für die Polizei heiße ich Kalliopi Kourtoglou.«

»Sind Sie Sängerin?«

»Hat man Ihnen das erzählt?« Sie bricht unvermittelt in ein zynisches Gelächter aus. »Nein, ich bin keine Sängerin, ich bin das schmückende Beiwerk.« Sie merkt, daß ich nicht folgen kann, und fährt fort. »Marina und ich treten zusammen mit Karteris, unserem Kassenmagnet, auf. Die eine steht links, die andere rechts von ihm. Angeblich sind wir Hintergrundsängerinnen, aber in Wirklichkeit singen wir überhaupt nicht. Da die Gäste nicht nur Karteris' Hitparadenerfolge hören, sondern auch ein wenig nacktes Fleisch sehen wollen, bieten wir ihnen unsere Schenkel und Hintern zur Schau. Ab und zu lassen wir auch ein einstudiertes A-a-a hören … Wenn Sie das Singen nennen wollen …«

Bis hierher kann ich ihr folgen. Was ich nicht nachvollziehen kann, ist: Was hatte Koustas bloß mit dieser unbedarften Nachtklubschönen zu besprechen?

»Worüber hat Koustas am Abend des Mordes mit Ihnen gesprochen, als Sie Ihren Auftritt hinter sich hatten?«

Sie blickt mich an und versucht, meine Gedanken zu lesen. »Ich erinnere mich nicht, daß er etwas von mir wollte«, entgegnet sie, doch ich bin sicher, daß sie sich etliche Antworten durch den Kopf gehen ließ, bevor sie zur harmlosesten griff.

»Er hat Sie aufgehalten und beiseite genommen. Das haben die beiden Leibwächter gesehen.«

»Jetzt, wo Sie es erwähnen, fällt es mir wieder ein. Er wollte mir sagen, daß ich mich auf der Bühne nicht aufreizend genug bewege. Und ich meinte zu ihm, warum er uns nicht gleich splitterfasernackt auf die Bühne stellt.«

»Nur darüber hat er mit Ihnen gesprochen?«

»Nein. Er fügte noch hinzu, sollte ich mein Maul nochmals aufreißen, würde er mich von der Bühne runterholen und ich könnte mich dann als Putzfrau verdingen. Er wäre dazu imstande gewesen, wissen Sie«, setzt sie hinzu. »Und ich habe das Geld bitter nötig.«

»Er hat Ihnen gesagt, er würde Sie zum Putzen abkommandieren, und Sie konnten sich daran gar nicht erinnern?«

Sie zuckt gleichgültig mit den Schultern. »Wir hören hier jeden Abend zehn Drohungen. Von Koustas bis Karteris und von Karteris bis Chortiatis drohen uns alle, sie würden uns rausschmeißen. Wenn wir uns da an jedes einzelne Mal erinnern wollten –«

»Sind Sie fertig, Herr Kommissar? Kalia muß jetzt auf die Bühne.«

Chortiatis steht in der Tür. Er blickt Kalia forschend an. Sobald ich weg bin, wird er sie bedrängen, um zu erfahren, was ich sie gefragt und was sie mir geantwortet hat. Kalia stöckelt zur Bühne. Ich folge ihr. Hinter mir höre ich Chortiatis' Schritte.

In der Zwischenzeit hat sich das Nachtlokal gefüllt. Die beiden Schlägertypen sitzen nicht mehr auf ihren Plätzen, und die junge Frau an der Bar hat alle Hände voll zu tun, Getränke auszuschenken. Ein Fotograf streift um die Tische und knipst die Gäste. Auf der Tanzfläche erscheint ein Zigeuner mit Koteletten, die bis zu seinen Mundwinkeln reichen, an seiner Seite Kalia und eine andere junge Frau gleichen Kalibers, nur mit knallrotem Haar. Ich halte mich im Hintergrund und verfolge kurz das sich bietende Schauspiel. Es ist genau wie von Kalia beschrieben. Die beiden jungen Frauen wackeln ununterbrochen mit ihren Hüften, einmal nach vorn, einmal nach hinten und dann im Kreis. Ihre Münder öffnen und schließen sich zwar, doch kein Laut ist zu hören. Und zwischen ihnen singt der Zigeuner mit schmerzverzerrtem Ausdruck und geschlossenen Augen.

»Wenn Sie das nächste Mal zum Verhör vorbeikommen, dann melden Sie sich vorher gefälligst an«, höre ich eine Stimme hinter meinem Rücken.

Ich drehe mich um und erkenne Makis, Koustas' Sohn. Sein Blick ist nicht unstet wie am Morgen, ganz im Gegenteil, er blickt mir zornig in die Augen. Er trägt eine Lederjacke und Jeans, die er in spitze, gemusterte Cowboystiefel gezwängt hat.

»Was suchen Sie denn hier?«

»Was für eine Frage! Jetzt, wo mein Vater tot ist, habe ich hier das Sagen. Und ich wünsche während der Arbeitszeit keine Bullenbesuche, die den Leuten die gute Laune verderben.«

Mir kommt der Gedanke, daß ihm eine schallende Ohrfeige guttäte, um ihn auf den Boden der Tatsachen zu holen. Doch da keucht Chortiatis herbei.

»Beruhige dich, Makis.« Er fleht schon fast. »Wir haben schon genug Unannehmlichkeiten am Hals, wir können nicht noch weiteren Krawall gebrauchen. Entschuldigen Sie vielmals das Mißverständnis, Herr Kommissar.«

Durch seine Worte gelingt es ihm zwar, mich wieder zu beruhigen, Makis treibt er dadurch jedoch noch mehr auf die Palme. Er packt Chortiatis an seinem braunen Anzug und beginnt ihn hin und her zu schütteln.

»Schnauze!« ruft er. »Ich setz dich vor die Tür, verstanden? Du hast hier schon genug den Macher gespielt! Wenn mein Alter auf mich gehört und mir die Geschäftsführung überlassen hätte, dann wärst du längst weg vom Fenster!«

Chortiatis blickt ihn einen Augenblick lang perplex an. Dann bricht er in ein irres, paranoides Lachen aus. Sein magerer Körper zittert wie Fruchtgelee, die Brille droht ihm von der Nase zu rutschen, doch es ist ihm unmöglich, sein Gelächter unter Kontrolle zu bringen. Makis starrt ihn wortlos an. Der Fotograf hat seine Arbeit unterbrochen und verfolgt die Szene. Chortiatis dreht sich um und entfernt sich, immer noch glucksend. Ich würde ihn gerne fragen, was er so komisch findet, doch der Augenblick erscheint mir unpassend.

Beim Verlassen des Lokals raunt mir der Türsteher zu: »Wenn der den Laden übernimmt, dann sind wir in zwei Monaten pleite, und ich kann mir eine neue Stelle suchen.«

Ich lasse ihn mit der Furcht vor seiner künftigen Arbeitslosigkeit allein und steige in meinen Mirafiori, um zur Polizeistation von Chaidari zu fahren.

9

Sattelschlepper und Lastwagen rollen auf der Iera-Odos-Straße mit der Geschwindigkeit eines Trauerzugs dahin. Sie hüpfen mit blendenden Scheinwerfern an den Flickstellen des Asphalts in die Höhe und poltern dabei jedes Mal wie wahnsinnig.

Eine unglaubliche Feuchtigkeit liegt in der Luft, und die Kleider kleben mir am Körper. Scheißwetter. Beim dritten Häuserblock kann ich rechter Hand ein einzelnes erleuchtetes Gebäude erkennen. Früher waren die Möglichkeiten begrenzt: Sah man um diese Uhrzeit ein Haus, in dem noch Licht brannte, dann handelte es sich entweder um ein Bordell oder um eine Polizeidienststelle. Heutzutage, wo an jeder Straßenecke Bars und Amüsierschuppen aus dem Boden schießen, liegt das nicht mehr so auf der Hand. Ich fahre näher heran und sehe, daß ich Glück habe: Es ist die Polizeistation von Chaidari.

»Was wünschen Sie?« fragt mich der Wächter am Eingang.

»Kommissar Charitos. Ich möchte den diensthabenden Beamten wegen eines gestohlenen Motorrads sprechen.«

Er mustert mich mißtrauisch. Er begreift nicht, wieso sich ein Kommissar aus dem Distrikt Attika mitten in der Nacht ausgerechnet nach Chaidari begibt, um Informationen über ein gestohlenes Motorrad einzuholen, statt bis zum nächsten Morgen zu warten oder, noch besser, diese Auskünfte über den Dienstweg zu erfragen, ohne sich auch nur einen Zentimeter von seinem Bürostuhl zu bewegen.

»In der ersten Etage die erste Tür links, Herr Kommissar«, rattert er dann plötzlich herunter, wie um die Zeit wiedergutzumachen, die er damit vergeudet hat, mich anzustarren.

Der Fahrstuhl ist besetzt. Ich möchte schon die Treppe nehmen, als sich schlagartig die Müdigkeit in meinen Beinen bemerkbar macht, und ich beschließe zu warten. Er ist zuverlässiger als unser Fahrstuhl im Präsidium, der einen manchmal bis zu einer Viertelstunde warten läßt, und binnen einer Minute bin ich oben.

Der diensthabende Beamte ist ein etwa fünfunddreißigjähriger Kriminalhauptwachtmeister von der Sorte, die meint, daß alle es darauf angelegt haben, sie grundlos bis aufs Blut zu quälen und vor unlösbare Aufgaben zu stellen. Er plaudert mit einem jungen Revierbeamten, der vor seinem Schreibtisch steht. »Warten Sie mal schön draußen, ich rufe Sie gleich«, sagt er, als er mich eintreten sieht.

»Kommissar Charitos von der Mordkommission.«

Er schnellt in die Höhe, während der Revierbeamte rasch am Schreibtisch vorbei hinausschlüpft, als hätte ich ihm mit einer Ohrfeige gedroht.

»Kriminalhauptwachtmeister Kardassis. Entschuldigen Sie, Herr Kommissar, aber heute geht es rund hier.«

»Das sehe ich«, meine ich verständnisvoll, während ich einen Blick auf seinen leeren Schreibtisch werfe. »Ich hätte gerne ein paar Angaben zu dem Motorrad, das bei dem Mord an Konstantinos Koustas benutzt wurde.«

»Aber selbstverständlich«, entgegnet er bereitwillig und geht zu einem Büroschrank, in dem er die Aktenordner aufbewahrt. »Da hätten wir's. Eine Yamaha, 200 Kubik, mit dem Kennzeichen AZO-526. Sie war zwei Tage zuvor –«

»Das weiß ich alles«, unterbreche ich ihn. »Ich habe es im Polizeibericht nachgelesen. Ich bin nicht mitten in der Nacht hierhergekommen, um dasselbe noch einmal zu hören. Ich möchte wissen, wie Sie die Maschine gefunden haben.«

»Sie ist der Besatzung eines Streifenwagens aufgefallen, als sie am nächsten Tag verlassen in der Leonidou-Straße, vor dem Finanzamt von Chaidari, stand. Zunächst haben die Kollegen nicht darauf geachtet. Erst als sie am Abend immer noch dastand. Das hat dann doch ihre Aufmerksamkeit erregt, und sie haben die Daten überprüft. So wurde sie gefunden.«

»Und wie wurde festgestellt, daß es sich um die beim Koustas-Mord benutzte Maschine handelte?«

»Der Türsteher des Nachtlokals hat sie wiedererkannt.«

Solange er sich nicht vertan und sie nicht mit irgendeiner anderen verwechselt hat. Sicher, das Motorrad stand zwei bis drei Minuten lang vor dem Schuppen. Da hatte der Türsteher reichlich Gelegenheit, es eingehend zu betrachten, und tippte wohl kaum daneben. Jedenfalls mußte sie vor dem Finanzamt eine dritte Person in einem Wagen erwartet haben, da sie das Motorrad an dieser Stelle stehengelassen hatten. Wie hätten sie sonst um diese Uhrzeit von dort wegkommen sollen? Ein Mord mit drei Tatbeteiligten ist eine professionelle Auftragsarbeit, ob ich es nun glauben will oder nicht. Ich bemühe mich, den zeitlichen Ablauf zu rekonstruieren. Der Mord wurde um halb drei begangen. Vielleicht brauchten sie noch zehn Minuten, um auf die Leonidou-Straße zu gelangen. Kurz vor drei kehrten sie nach vollbrachter Tat nach Hause zurück.

»Hat möglicherweise irgend jemand zwischen halb drei und drei Uhr einen Wagen beobachtet, der aus der Leonidou-Straße brauste?«

Der diensthabende Beamte schüttelt den Kopf. »Nein, Herr Kommissar. Wir haben uns umgehört, doch keiner hat etwas bemerkt. Hier wohnen lauter Arbeiter. Die gehen früh ins Bett und fangen morgens früh an. Ziehen Sie keine falschen Schlüsse daraus, daß Koustas' Nachtlokal gut besucht ist. Seine Kundschaft stammt nicht aus dieser Gegend, die reist von woanders an.«

»Wissen Sie, ob Koustas jemals Drohungen aus dem Rotlichtmilieu oder von Schutzgelderpressern erhalten hat?«

Er bekommt kaum das Ende der Frage mit, da ein Ehepaar in sein Büro stürmt. Der Mann ist um die Fünfzig und außer sich vor Wut. Er hält ein blutbeflecktes Taschentuch an seine Nase gepreßt, und von seinem weißen Hemd fehlen zwei mittlere Knöpfe. In seiner Begleitung befindet sich eine rundliche, aber durchaus knusprige Bezirksschönheit erster Güte. Sie trägt ein weißes Kleid, das ihre prallen Brüste einschnürt und dadurch um so wirkungsvoller zur Geltung bringt. Lidschatten und Kajal um ihre Augen haben sich durch ihr heftiges Heulen verwischt und verfärben nun ihre Tränensäcke.

»Schon wieder Sie?« meint der Beamte überdrüssig, sobald er ihn erblickt.

»Ich möchte Anzeige erstatten«, schreit der Mann.

»Wen wollen Sie denn diesmal wieder anzeigen, und warum?«

»Argyris Koutsaftis.« Der Mann schreit in einem fort wie am Spieß. »Er hat meine Frau angemacht und mich dann geschlagen.«

»Wo ist das passiert?«

»Im Rembetiko.«

Da erkenne ich sie plötzlich wieder. Sie saßen an einem weiter hinten gelegenen Tisch mit einem etwas jüngeren Mann.

»Aristos, ich bitte dich«, fleht die Knusprige. »Laß doch diese ewigen Anzeigen bleiben. Man schleppt uns nur vors Bezirksgericht und macht uns zum Gespött der Leute.«

»Schnauze! Halt die Klappe, du Flittchen! Du bist an allem schuld! Hättest du nicht mit dem Hintern gewackelt, hätte sich dieser Windhund nicht so viel herausgenommen!«

Und er versetzt ihr eine schallende Ohrfeige. Bei dieser Anstrengung löst sich das Taschentuch von seiner Nase, und zwei Blutstropfen triefen auf die Milchbar der Knusprigen, die postwendend zu zetern beginnt. Ich weiß nicht, ob sie wegen der Ohrfeige oder wegen des schmutzigen Kleides aufheult. Wahrscheinlich wegen letzterem, da sie eher an Schläge als an teure Kleider gewöhnt zu sein scheint.

Der diensthabende Beamte springt auf und schubst ihn von seiner Frau fort. »Benehmen Sie sich anständig«, sagt er streng. »Hier bei uns werden Sie sich ordentlich betragen und schön brav der Reihe nach erzählen.«

»Hören Sie nicht auf ihn, Herr Kommissar.« Die Knusprige blickt beschwörend von einem zum anderen. Zuerst auf ihren Mann, dann auf den Polizeibeamten. Mich läßt sie vorerst außer acht. »Hören Sie nicht auf ihn. Der Mann ist unser Trauzeuge, er hat mit uns vor dem Traualtar gestanden!«

»Trauzeuge in der Kirche und Hausfreund im Bett!« brüllt der Mann.

»Soll ich Ihnen einen Rat geben?« sagt der Beamte gelassen. »Gehen Sie nach Hause und beruhigen Sie sich, denken Sie in aller Ruhe darüber nach, und wenn Sie morgen noch immer Anzeige erstatten wollen, stehen wir zur Verfügung.«

»Nein! Ich will ihn jetzt sofort anzeigen!«

»Na gut«, sagt der Beamte und ruft: »Karambikos!« Als der junge Revierbeamte eintritt, deutet er auf den Mann. »Nimm ihn in Gewahrsam. Und händige ihm Watte und Alkohol für seine blutende Nase aus.«

»Wie bitte?« Der Typ sieht ihn sprachlos an. »Mich wollen Sie hierbehalten?«

»Jawohl, Sie! Wegen Tätlichkeiten gegen Ihre Frau. Sie haben sie vor unseren Augen geschlagen. Bringen Sie mal eine Nacht in der Zelle zu, damit Sie einen klaren Kopf bekommen, und morgen früh erstatten wir beide Anzeige: Ich zeige Sie an und Sie Ihren Trauzeugen.«

So wie sich der Kriminalhauptwachtmeister jetzt zum Herrn der Lage aufschwingt, revidiere ich meinen ersten Eindruck, und er kommt langsam in den Genuß meiner Wertschätzung. Ganoven bekommt man leicht in den Griff, man sperrt sie ein und hat seine Ruhe. Eine respektable Leistung dagegen ist es, die braven Bürger bei der Stange zu halten.

Der aufgeplusterte Mann sinkt in sich zusammen. »Ich gehe lieber nach Hause und beruhige mich«, sagt er ängstlich.

»Schaffen Sie ihn von hier weg«, sagt der Beamte zur Knusprigen. »Und wenn Sie mir noch einmal unter die Augen kommen, dann buchte ich Sie definitiv ein, denn ich hab Ihre Faxen satt!«

»Komm, gehen wir, Aristos, Schatz«, sagt die Knusprige. Jetzt, wo sie ihn so kleinlaut sieht, fängt sie wieder mit ihren Spielchen an. »Schau bloß, was du mit meinem Kleid gemacht hast.« Und sie deutet auf die Blutspritzer.

»Ich kauf dir ein neues«, sagt er. »Zehn neue Kleider kauf ich dir, obwohl du eine nichtsnutzige Schlampe bist.«

»Was ich unter seiner Eifersucht zu leiden habe, geht auf keine Kuhhaut«, flüstert die Knusprige mir zu.

Sie sieht aber nicht danach aus, als quäle sie das sehr. So wie sie sich beim Hinausgehen aufreizend in den Hüften wiegt, scheint sie eher stolz darauf zu sein.

»Alle naselang kommt er daher und will Anzeige erstatten«, sagt der Beamte aufgebracht. »Kürzlich war er schon mal hier. Jemand hatte seine Einfahrt mit einem Wagen versperrt, und er war auf ihn losgegangen. Darauf wurde er nach Strich und Faden verprügelt, und die beiden Streithähne kamen an, um sich gegenseitig anzuzeigen. Und als wir gerade dabei waren, die Aussagen aufzunehmen, traf per Funk die Nachricht vom Koustas-Mord ein.«

Die Geschichte interessiert mich nicht im geringsten. Ich möchte nur das Schicksal des Motorrads klären und dann ins Bett fallen. Glücklicherweise enthebt mich der Beamte meiner Sorge, ihn mühsam an den eigentlichen Grund meines Kommens erinnern zu müssen. »Sie hatten mich doch etwas gefragt. Können Sie mir auf die Sprünge helfen, ich habe es vergessen.«

»Ja... Wissen Sie, ob Koustas jemals Drohungen aus dem Rotlichtmilieu oder von Schutzgelderpressern erhalten hat?«

Er bricht abrupt in Gelächter aus. »Sie meinen das als Witz, oder? Wer hätte es gewagt, Koustas zu bedrohen, Herr Kommissar?«

»Weiß ich doch nicht. Es war ja nur eine Frage.«

Er beugt sich zu mir herüber und senkt verschwörerisch die Stimme, obgleich das Büro und auch der Gang menschenleer sind. »Niemand getraute sich, Koustas ans Bein zu pinkeln. Er war stets in Begleitung von zwei Gorillas unterwegs. Sie brachten ihn nach Hause, kehrten dann zum Nachtlokal zurück und übernachteten dort mit dem Türsteher. Um die Wahrheit zu sagen, wenn er Schutzgeld bezahlt hätte, wäre er billiger gefahren, aber das ließ sein Geltungsbedürfnis nicht zu. Er hat eine Menge Zaster für seine Leibgarde und verschiedene Alarmanlagen ausgegeben, und am Ende haben sie ihn doch gekriegt.«

»Diese Leibwächter, was sind das für Typen?«

Er zuckt mit den Schultern. »Schläger eben. Sie wissen schon.«

»Haben sie was auf dem Kerbholz?«

Wiederum lacht er. »Gebrummt haben sie nicht, wenn Sie das meinen. Es sind ehemalige Kollegen, die das Polizeikorps verlassen mußten. Die waren keinen Tag lang arbeitslos. Koustas hat sie sofort in seine Dienste genommen.«

Genau darüber macht sich Adriani immer lustig. Zu Unrecht. Es stimmt zwar, daß man auf Polizisten zum Personenschutz zurückgreift, aber eben auf ausgediente.

Wie auch immer, ich muß langsam einsehen, daß die Antiterrorabteilung recht hatte. Koustas hatte die führende Gangsterbande mit seinem Wachsystem verärgert, da machten sie ihn eben kalt. Vielleicht hatten sie gar nichts mit ihm am Hut, sondern brachten ihn nur um, um die anderen Lokalbesitzer in Angst und Schrecken zu versetzen. Um ihnen zu zeigen, daß keiner unangreifbar war, nicht einmal Koustas.

Mir bleibt nichts weiter zu tun. Ich wünsche dem diensthabenden Beamten einen wunderschönen guten Morgen und mache mich auf den Weg. Mir fallen vor Müdigkeit die Augen zu.

An der nächsten Ampel auf der Iera-Odos-Straße wende ich meinen Wagen und reihe mich in die Fahrspur in Richtung Zentrum ein.

Als ich zu Hause ankomme, ist es halb vier. Adriani schläft. Ich ziehe mich aus und schlüpfe im Dunkeln ins Bett, um sie nicht zu wecken. Sie spürt meine Anwesenheit und öffnet halb ihre Lider.

»Wie spät ist es?« fragt sie.

»Schlaf jetzt.«

Wenn ich ihr sage, daß es halb vier ist, hält sie mir eine Standpauke, und ich bleibe die ganze Nacht wach, wie der Beamte in Chaidari.

10

Die Fotografien des unbekannten Toten liegen auf meinem Schreibtisch – gleich ein ganzer Stapel. Ich trinke aus einem Plastikbecher den seine Herkunft verleugnenden griechischen Kaffee und betrachte sie nacheinander. Auf dreien davon sieht man ihn in der Erde verscharrt, so wie wir ihn vorgefunden haben. Auf den übrigen Fotografien ist er gesäubert, geschniegelt und gestriegelt und wirkt nicht älter als fünfunddreißig. Sein Körper ist kräftig und durchtrainiert, und sein Gesicht sieht selbst jetzt noch vorteilhaft aus, obgleich sich seine Haut in Pergament verwandelt hat, das in allen Farbtönen von Graugrün über Hellgrün bis Dunkelbraun schimmert – die reinste Reality Show.

Ich beiße in mein Croissant und nehme den Hörer ab, um Markidis anzurufen. Sein »Ja« hört sich an wie immer: als hätte ich ihn aus dem Schlaf gerissen, noch bevor er seinen ersten Schluck Kaffee trinken konnte.

»Wann kann ich Ihren Bericht sehen?« frage ich.

»Bis Mittag habe ich ihn im Kasten, aber ich kann Ihnen schon vorab das Ergebnis mitteilen. Viel ist es nicht.«

»Schießen Sie los.«

»Zunächst einmal ist es unmöglich, mit absoluter Sicherheit den Zeitpunkt des Todes festzustellen. Aber Sie sind ein Glückspilz, unter uns gesagt.« Das sagt er, als hätte ich einen Haupttreffer im Lotto.

»Warum?«

»Weil man ihn auf einer Insel verscharrt hat. Man hat seine Fingerspitzen unkenntlich gemacht, aber nicht berücksichtigt, daß der Wind und die Feuchtigkeit dazu beitragen würden, den Körper in gutem Zustand zu erhalten. Das erleichtert die Identifizierung. Meiner Einschätzung nach muß er um die zweieinhalb bis drei Monate in der Erde gelegen haben.«

Das bedeutet, daß er im Zeitraum zwischen Mitte und Ende Juli umgebracht wurde.

»Wie hat man ihn getötet?«

»Hier liegt der Hund begraben. Es gibt keine Spuren einer Mordwaffe oder eines Gegenstandes, mit dem er getötet wurde. Kein Messer, keine Rasierklinge, nicht einmal ein spitzer Stein, mit dem ihm der Schädel eingeschlagen wurde, rein gar nichts. Die einzigen an seinem Körper feststellbaren Spuren sind Einrisse der Bänder des zweiten Halswirbels sowie eine Verschiebung der Bandscheiben zwischen den Wirbeln. Das läßt den Schluß zu, daß ihm das Genick gebrochen wurde.«

»Hat er deswegen Kratzer am Hals?«

»Nein, das sind Kampfspuren.«

Ich hatte Anita also völlig falsch eingeschätzt. Ich hielt sie für eine hirnverbrannte Fixerin, dabei war ihre gerichtsmedizinische Diagnose völlig korrekt.

»Wie Sie an den Fotografien erkennen können, war sein Körper durchtrainiert, er hat sich ganz schön zur Wehr gesetzt«, fährt Markidis fort. »An den Armen weist er dieselben Spuren auf. Sie haben sich gut erhalten, weil seine Haut vertrocknet und zu Pergament geworden ist, wie Sie gesehen haben. Das ist das Schöne am Sommer. Da alle Welt halb nackt herumläuft, bleibt jegliche Art von Spuren wunderbar erhalten.«

Er sagt es so, als zähle er diese Tatsache unter die Annehmlichkeiten des Sommers wie das Schwimmen im Meer, das Sonnenbaden und das Schlückchen Ouzo am Strand.

»Wie viele waren es?« frage ich.

Er läßt ein gepreßtes Auflachen hören, das sogleich wieder abbricht. »Auf diese Frage hab ich schon gewartet. Meiner Meinung nach waren sie zu zweit. Der eine hielt seine Arme auf dem Rücken fest, während ihm der andere den Hals umdrehte. Einer allein hätte es schwerlich mit ihm aufnehmen können. Im Befund erläutere ich jeden Punkt ausführlich«, setzt er mit dem Sadismus des Gerichtsmediziners hinzu.

»Die Einzelheiten interessieren mich nicht. Was ich gehört habe, reicht völlig.«

Ich lege den Hörer auf die Gabel und schlürfe noch einen Schluck von meinem Kaffee. Na großartig, wir haben ein unidentifiziertes Mordopfer und zwei unbekannte Täter. Als hätte ich mit Koustas nicht schon genug zu tun, bürdet man mir nun einen weiteren Auftragsmord auf. Denn um einen Raubmord handelt es sich nicht, ausgeschlossen. Kein Raubmörder würde sich die Mühe machen, die Fingerkuppen des Opfers zu versengen und es nackt einzugraben. Ein Raubmörder hätte ihn in eine Schlucht oder über eine Felsklippe ins Meer gestürzt. Jedenfalls muß er auf der Insel irgendwo gewohnt haben, entweder in einem *Bed & Breakfast* oder in einem der *rooms to let*, sei es nun mit der jungen Frau oder allein. Folglich müßten sich einige andere außer dem Zirkusphilosophen an ihn erinnern können. Desgleichen auch an seine beiden Mörder. Irgendwo müssen auch sie untergekommen sein. Bis sie ihn aufspürten, mit sich lockten und um die Ecke brachten, dauerte es ein Weilchen, das ließ sich wohl kaum alles an einem einzigen Tag bewerkstelligen.

Ich bin schon so weit, Vlassopoulos zu mir zu bestellen, als mir einfällt, daß ich die Zentrale meiner Krankenkasse anrufen sollte, damit mir Katerina und Adriani am Abend nicht wieder in den Ohren liegen. Ich weiß die Nummer nicht auswendig und lasse mich von der Telefonzentrale aus verbinden.

»Welchen Facharzt benötigen Sie?« fragt die junge Frau am anderen Ende der Leitung.

»Keine Ahnung. Ich habe Rückenschmerzen und möchte mich untersuchen lassen.«

»Dann fangen wir am besten mit einem Rheumatologen an, und dann sehen wir weiter. Ich kann Sie frühestens in zehn Tagen, am Dienstag, dem 26. September, um 11 Uhr, vormerken.«

Jetzt, wo ich »In Ordnung« sagen sollte, sitzt mir ein Kloß im Hals. Die junge Frau faßt mein Schweigen als Mißbilligung auf und meint zögernd: »Wenn es dringend ist, könnte ich Ihren Termin auch vorziehen und einen anderen verschieben, Herr Kommissar.«

»Nein, nein, nicht nötig. So dringlich ist es nicht.«

Hätte sie den Termin noch weitere zehn Tage hinausgeschoben, wäre ich ihr dankbar gewesen. Meine Gedanken weilen noch immer bei meinem Arzttermin, als Vlassopoulos eintritt.

»Draußen wartet die Meute auf Sie«, sagt er. Er meint die Journalisten.

»Schön, wenn du rausgehst, gib ihnen Bescheid, daß ich sie erwarte. Nimm inzwischen diese Fotos mit.« Und ich überreiche ihm die schärfsten und vorteilhaftesten Aufnahmen. »Schick sie an die Polizeiwache der Insel. Sie sollen bei den Hotels und Zimmervermietern nachfragen, ob ihn jemand wiedererkennt. Falls er in einem Hotel wohnte, wird man seine Personalien aufgenommen haben. Sie sollen ebenfalls nachforschen, ob sich im selben Zeitraum zwei Männer irgendwo eingemietet haben, höchstwahrscheinlich Griechen. Die werden sich eine Unterkunft gesucht haben, in der sie keine Namen angeben mußten. Und laß seine Fotos durch den Fahndungscomputer laufen, vielleicht taucht ein zum Verwechseln ähnliches Gesicht auf.«

»An die tausend werden da auftauchen«, entgegnet er schicksalsergeben.

»Besser einer unter tausend als eine Stecknadel im Heuhaufen. Und sag den Wiederkäuern, sie sollen reinkommen.«

Ich nenne sie Wiederkäuer, weil sie hier antanzen, die vorgekaute Nahrung runterschlingen, dann zu ihren Radio- und Fernsehsendern laufen und sie wieder hochwürgen. »Hast du was über Koustas rausgekriegt?«

»Nein, noch nicht.«

Kaum hat Vlassopoulos mein Büro verlassen, stürmen alle, mit Sotiropoulos als Bannerträger an der Spitze, herein und bauen sich vor mir auf. Sotiropoulos ist der Dienstälteste und erhebt demzufolge Anspruch auf die

Führungsrolle. Er trägt ein Hemd von Armani, Jeans der Marke Harley-Davidson und Mokassins von Timberland. Sein Haar ist kurzgeschoren, und er hat eine runde Brille mit einer dünnen Metallfassung. Er erinnert mich an die früher sehr beliebten Kapuzenmäntel, die man wenden konnte: außen Kammgarn, innen Filz. So einer ist Sotiropoulos. Von seiner Aufmachung her ähnelt er einem amerikanischen Yuppie, vom Gesichtsausdruck her einem SS-Schergen.

»Wir haben erfahren, daß man Ihnen die Nachforschungen zum Fall Koustas übertragen hat, Kommissar«, sagt er.

Das ist sein anderes Markenzeichen. Er hat seit geraumer Zeit die Anrede »Herr« fallenlassen und sagt einfach »Kommissar« oder noch häufiger »was gibt's, Kommissar«, ohne Höflichkeitsfloskeln. Er glaubt, daß er die Stimme des Volkes verkörpert, und ihm kommt gar nicht in den Sinn, daß sich auch die königlichen Hochkommissare, die an den Militärgerichten der Juntazeit die Anklage vertraten, dieser legeren Redeweise bedienten.

»Ja«, antworte ich knapp, da mir seine nächste Frage bereits klar ist.

»Was gibt's Neues?«

»Nichts. Ich habe den Fall gerade mal gestern übernommen und muß mich erst einarbeiten. In zwei bis drei Tagen werde ich in der Lage sein, mehr dazu zu sagen. In der Zwischenzeit habe ich aber etwas anderes für Sie.«

Ich greife nach den Fotografien des Unbekannten und verteile sie. Ein taktischer Schachzug ganz nach Gikas' Art, aufwendige Dinge zu delegieren. Gikas hat Koustas auf mich abgewälzt, nun halse ich den Journalisten den Unbekannten auf. Sie blicken auf die nackte Leiche auf dem Obduktionstisch und können ihre Augen nicht mehr losreißen. Ich weiß, daß sie angebissen haben und am Abend das Gesicht des Unbekannten über den Bildschirm flimmern wird. Ich knüpfe größere Hoffnung daran, daß ihn so irgend jemand wiedererkennt, als an die ganzen übrigen polizeilichen Nachforschungen.

»Wer ist das?« fragt Lambridou, eine etwas zu kurz Geratene mit X-Beinen, die gerne lilafarbene Miniröcke trägt.

»Wir wissen es noch nicht.« Und ich berichte die ganze Geschichte. Nur die Information über die junge Frau, die man mit ihm zusammen gesehen hat, behalte ich für mich, denn, wenn sie mitbekommt, daß wir von ihr wissen, wird sie untertauchen. Lieber soll sie sich in Sicherheit wiegen.

Ich sehe, wie sich die Hände der Männer alle gleichzeitig in Richtung ihrer Gürtel bewegen. Früher hätte ich angenommen, sie würden ihre Pistolen ziehen, doch heute weiß ich, daß sie nur ihre Mobiltelefone herausfischen. Ehe sie zur Tür kommen, höre ich schon das Piepsen der Geräte.

Sotiropoulos läßt die anderen hinausströmen und schließt die Tür hinter ihnen. »Sie wissen etwas, halten damit aber noch hinter dem Berg, Kommissar«, meint er.

»Sotiropoulos, lassen Sie bitte endlich diese Anrede ›Kommissar‹ unter den Tisch fallen. Nennen Sie mich Charitos, nennen Sie mich Kostas, nennen Sie mich, wie Sie wollen, nur lassen Sie mich mit Ihrem ›Kommissar‹ in Ruhe.«

»Dann nenne ich Sie eben ›Herr Ordnungshüter‹«, entgegnet er spöttisch. »So haben wir euch zu Studentenzeiten genannt.«

»Und wir, wie haben wir euch da genannt?«

»Kommunistenschweine.« Sein Oberkörper richtet sich unmerklich auf.

Ich schaue auf seine Armani- und Harley-Davidson-Klamotten und denke, wie blind wir damals waren. Nur, daß wir das mittlerweile eingesehen haben. Aber er hat es immer noch nicht gerafft.

»Ich weiß nichts über den Toten. Wenn ich etwas erfahre, werde ich es Ihnen mitteilen.«

»Und über Koustas?«

»Die Antiterrorabteilung glaubt, daß es sich um eine interne Fehde innerhalb des Rotlichtmilieus handelt.« Ich mag ihn zwar nicht leiden, aber ich weiß, er hat den Spürsinn eines Jagdhundes, und ich möchte seine Reaktion sehen.

»Nicht auszuschließen. Ich sage Ihnen bloß eins: Nehmen Sie im Fall Koustas ja keinen Schlagbohrer für Ihre Nachforschungen, sondern tasten Sie das Gelände ganz vorsichtig ab.«

»Und wieso?«

»Weil unangenehme Überraschungen auf Sie warten könnten.«

Bevor ich ihn fragen kann, was er damit meint, öffnet er die Tür und verschwindet.

Ich hebe den Hörer ab und rufe den Leiter der Spurensicherung an. »Habt ihr irgend etwas in Koustas' Wagen gefunden?« frage ich nach den üblichen Vorreden.

»Nichts. Weder innerhalb noch außerhalb des Wagens. Nur das Handschuhfach stand offen.«

»Und was war drin?«

»Das Übliche: Zulassungspapiere und Versicherungsschein, dazu ein Paar Handschuhe.«

Er hatte es wohl kaum aufgemacht, um seine Handschuhe oder den Versicherungsschein seines Wagens herauszuholen. Ob er etwas anderes herausgenommen hatte? Und was war damit bloß geschehen?

»Trug er etwas bei sich?«

Eine kurze Pause tritt ein, während er nach dem Aktenordner sucht. »Ein Taschentuch, eine Geldbörse mit dreißigtausend Drachmen und drei Kreditkarten sowie ein Mobiltelefon der Marke Motorola. Die Autoschlüssel steckten im Türschloß.«

Vielleicht war das Handschuhfach auch während der Fahrt von ihm unbemerkt aufgeklappt und einfach offen geblieben.

Plötzlich schießt mir ein anderer Gedanke durch den Kopf. »Sind an dem Motorrad, das für den Mord benutzt worden ist, Spuren aufgetaucht?«

»Nein, keine. Es war blitzblank geputzt.«

In solchen Augenblicken, in denen der Karren total verfahren erscheint, hält mich nichts mehr im Büro. Es treibt mich auf die Straße. Die Büros der Firma R. I. Hellas, wo Koustas' Tochter arbeitet, liegen in der Apollonos-Straße, gleich hinter der Voulis-Straße. Ich weise Vlassopoulos an, einen Streifenwagen bereitzustellen. Das Telefon läutet gerade in dem Augenblick, als ich das Büro verlassen möchte. Es ist der Polizeiobermeister von der Insel.

»Ich habe die Fotografie per Fax erhalten und leite die Nachforschungen ein, Herr Kommissar«, sagt er.

»Es ist dringend. Fangen Sie bei den Hotels an. Vielleicht haben wir Glück, und man hat seine Personalien aufgenommen. Wenn Sie so nicht weiterkommen, dann kämmen Sie die Zimmervermietungen durch.«

»In Ordnung. Was nun die beiden anderen betrifft – können Sie mir eine Personenbeschreibung durchgeben?« fragt er hörbar niedergeschlagen.

»Wenn ich eine Beschreibung und ihre Namen hätte, dann hätte ich sie doch schon verhaftet. Ich weiß nichts, ich tappe im dunkeln. Wie auch immer, es wird schon nicht so schwierig sein, sie ausfindig zu machen. So viele Männerpaare, die zusammen ein Zimmer nehmen, gibt es doch auf der Insel nicht.«

»Haben Sie eine Ahnung, Herr Kommissar. Im Sommer treten die massenweise auf. Sie flanieren im Hauptort untergehakt oder Hand in Hand, oder sie sonnen sich gemeinsam am Strand. Sie verstehen, was ich meine.«

»Was soll denn das wieder heißen? Daß er zwei Schwuchteln zum Opfer gefallen ist?«

»Was weiß ich denn, heutzutage ist ja alles denkbar.«

11

Eine verspätete Hitzewelle ist überfallartig über die Stadt hereingebrochen. Jedes Jahr setzt die brütende Gluthitze den Athenern auf dieselbe Art und Weise zu. Im Juli und August flüchten sie auf die Inseln und an die Strände, um sich zu erfrischen, obgleich dann in der Stadt meist ein angenehmer Passat weht. Und wenn sie Ende August wieder nach Athen zurückkehren, lauert bereits eine heimtückische Affenhitze auf sie und läßt sie manchmal bis Ende November nicht mehr aus ihren Krallen. Doch da haben sie keine Möglichkeit mehr, die Flucht aus der Stadt zu ergreifen.

Die Blechlawine bewegt sich bis zum Hilton-Hotel noch im Schrittempo, doch hinter dem kleinen Park des Evangelismos-Krankenhauses gerät sie immer mehr ins Stocken. Früher saßen die Athener im Kafenion, spielten Tavli oder reisten in phantastischen Erzählungen um die halbe Welt. Heute hocken sie in ihren Automobilen, die eine Hand am Schalthebel, die andere am Lenkrad, und stecken fest. Alle scheinen an denselben Ort, zum Stadtkern, zu streben: weil dort alles, was das Herz begehrt, zu finden ist, von den öffentlichen Ämtern bis zu den duftenden Müllbergen.

Als ich in meinen Gedanken gerade bei den Abfallhaufen angekommen bin, merke ich, daß sich der Vassilissis-

Sofias-Boulevard in Richtung Syntagma-Platz mit Fahrzeugen der Müllabfuhr gefüllt hat. Zunächst waren es nur ein paar, dann wurden ihre Reihen immer dichter, schließlich haben sie alle drei Fahrspuren erobert. Die PKWs stehen eingekeilt dazwischen, kaum zwei schaffen es, bei Grün über die Ampel zu fahren.

»Wo wollen denn all diese Müllwagen hin?« frage ich Vlassopoulos verwundert.

»Keinen blassen Schimmer. Wahrscheinlich haben sie den Streik beendet und sammeln die Müllberge ein.«

Auf der Höhe der Koumbari-Straße kommt der Verkehr vollends zum Erliegen, und die Müllmänner heben ein Hupkonzert in rhythmischem Stakkato an. Ein Verkehrspolizist fragt uns, wohin wir wollen.

»In die Filellinon-Straße«, sagt Vlassopoulos.

»Da haben Sie sich ja den richtigen Zeitpunkt ausgesucht.« Er hebt resigniert die Arme. »Die Angestellten der Müllabfuhr haben einen Demonstrationszug zum Wirtschaftsministerium formiert.«

Vor uns hat sich der ganze Syntagma-Platz, so weit das Auge reicht, in ein wogendes Meer von Müllwagen verwandelt, und unser Einsatzwagen tanzt wie eine Boje auf den Wellen. Neben mir zieht der Fahrer eines Müllwagens sein Mobiltelefon heraus und schildert mit Donnerstimme, die glatt bis zum Plenarsaal des Parlaments reicht, die Lage.

»Wo ich gerade bin? Ich stecke in Höhe des Parlaments fest. So was habt ihr noch nicht gesehen: Wir haben ganz Athen zum Stillstand gebracht! Vom Omonia-Platz bis Ambelokipi kommt keiner an uns vorbei. Wenn der Minister auf unsere Forderungen nicht eingeht, dann erstickt ganz Athen im Müll. Und wenn wir dann die Müllberge abtragen, werden wir ihn gleich mit abservieren.«

Er meint, er werde sich nochmals melden, und beendet das Gespräch. Dann wendet er sich zu mir, bemerkt, daß ich ihn beobachte, und streckt mir sein Mobiltelefon aus dem Wagenfenster entgegen.

»Rufen Sie mal schnell zu Hause an und sagen Sie, daß Sie heute später kommen«, sagt er. »Bis zum Abend rührt sich hier nichts mehr vom Fleck.« Und er schüttelt sich vor Lachen über den gelungenen Witz.

Ich spiele den sanftmütigen Softie und ziehe es vor, den Anblick durch die Windschutzscheibe zu genießen. Denn wenn ich das Maul aufreiße, wirft er mich vielleicht gleich auf die Müllkippe, um mich dann zusammen mit dem Minister abzuservieren.

Ungefähr ein Dutzend Verkehrspolizisten patrouillieren zwischen den Müllmännern. Sie lassen ihre Blicke umherschweifen, halten ein Pläuschchen über ihre Sprechfunkgeräte und üben sich in Untätigkeit. Was sollten sie denn auch unternehmen?

»Wie geht die Sache jetzt weiter?« frage ich den Verkehrspolizisten neben mir.

»So wie immer«, entgegnet er schicksalsergeben. »Die machen gehörig Rabatz, ein Staatsanwalt verhandelt mit ihnen, damit sie den Platz räumen, wir drehen Däumchen, und sie beschimpfen uns wie die Rohrspatzen.«

Ich kann nirgends die mit Schlagstöcken und Schilden bewehrte Sondereinheit der Polizei erkennen. Sollte sie hierher beordert worden sein, wird sie vermutlich den Platz umstellt haben. Bei Jorgos Papandreous Begräbnis hatte man uns an der Ecke Mitropoleos- und Filellinon-Straße zusammengezogen. Damals war ich ein einfacher Streifenpolizist, ich sah das Menschenmeer hinter dem Sarg herwogen und richtete ein Stoßgebet zum Himmel, man möge keine Auflösung des Zuges anordnen. Denn beim Anblick dieser erregten Menge wußte nur Gott allein, wer dabei draufgezahlt hätte. Doch die hatten die Hosen genauso gestrichen voll wie wir selbst. Heutzutage gibt es anstelle der Menschenmeere die Müllmänner. Sie beschimpfen uns, und wir pfeifen drauf. Angst haben wir nur noch vor den Mikroben der Müllberge.

Das Mobiltelefon des Fahrers bringt mich wieder auf den Boden der Tatsachen zurück, und ich kann nicht anders, als den Erfindungsreichtum der Handyhersteller zu bewundern, die ein solch nervtötendes Geräusch entwickelt haben – laut genug, um einen Toten zu wecken. Der Fahrer führt sein Handy an das eine Ohr, hält sich das andere zu und beginnt hineinzubrüllen. »Nur weil der Minister uns empfangen will, sollen wir gleich den Platz räumen? Zuerst soll er unseren Forderungen zustimmen, und dann ziehen wir ab, so war es abgemacht!« Er läßt das Telefon sinken, reißt die Wagentür auf und beginnt in die Menge zu krakeelen: »Ihr verdammten Verräter! Ihr Strauchdiebe! Wieviel haben sie euch zugesteckt, damit ihr den Schwanz einzieht, he? Wieviel habt ihr eingesackt?« Er packt wieder sein Handy. »Ich fahr jetzt zum Streikbüro und schlag die Bude kurz und klein! Da bleibt kein Auge trocken!« brüllt er.

Und als wolle er demonstrieren, daß man ihn beim Wort nehmen müsse, legt er den Rückwärtsgang ein und rammt den hinter ihm stehenden Müllwagen. »Holla, immer mit der Ruhe, Kollege!« schreit ihm sein Hintermann zu. »Wenn du mir meinen Wagen zu Schrott fährst, kann ich einpacken!«

Unser PKW glüht in der Hitze, mein Kopf schmerzt zum Zerspringen, und ich merke, wie mein Schweiß allmählich nach Abfall riecht. Neben mir zieht Vlassopoulos ein Taschentuch heraus und wischt sein Gesicht ab. Im nebenan wartenden Müllwagen hat der Fahrer seine Ellbogen auf das Lenkrad sowie das Kinn in die Handflächen gestützt und läßt seine Blicke über das Hotel Grande-Bretagne gleiten. Nicht gerade motiviert, der Kerl.

Noch eine Viertelstunde vergeht, und die Müllwagen beginnen sich, wie von einer sanften Brise getrieben, langsam in Bewegung zu setzen. Nach einer Viertelstunde kommen auch wir endlich ins Rollen und nähern uns dem Platz. Als wir in die Navarchou-Nikodimou-Straße einbiegen, blicke ich auf meine Uhr. Es ist zwei Uhr mittags. Wir haben geschlagene drei Stunden vertan, seit wir vom Präsidium auf dem Alexandras-Boulevard aufgebrochen sind.

Die Büros der R. I. Hellas befinden sich in einem dreistöckigen Altbau. Durch die Eingangstür aus Nußholz tritt man in einen Raum mit ruhiger und angenehmer Atmosphäre. Hier gibt es weder bordeauxrote Tapeten noch moderne Stahlinstallationen noch Wachpersonal. Die Wände sind bis zur Hälfte mit Holz verkleidet und zeigen Landschaftsbilder griechischer Inseln. Die junge Empfangsdame paßt zur Ausstattung. Sie ist einfach gekleidet, ungeschminkt, und das einzige moderne Gerät auf ihrem Schreibtisch ist der Computer.

»Bitte sehr, was kann ich für Sie tun?« fragt sie zuvorkommend.

Ich stelle mich und Vlassopoulos vor und erkläre, daß wir Niki Kousta sprechen wollen.

Sie hebt den Hörer ab, verständigt sich kurz mit der jungen Kousta und schickt uns dann in die zweite Etage. Den Fahrstuhl hat man hier nachträglich eingebaut, und wir beide passen nur rein, wenn wir unsere Bäuche einziehen.

Als wir aus dem Fahrstuhl treten, erstreckt sich vor uns ein riesiger Raum, der wie ein altertümlicher Ballsaal wirkt. Links führt eine breite Holztreppe jeweils in die obere und untere Etage. Den Ballsaal hat man durch Trennwände aus Preßspan in sechs Teile zerstückelt und an jeder Seite drei kleine Kammern eingerichtet, die einen Schreibtisch, einen Stuhl und eine Sitzgelegenheit für Besucher ohne Bauchansatz enthalten. In den Kämmerchen sitzen zwei männliche und vier weibliche Mitarbeiter vor Computerbildschirmen. Früher dienten solche Kabuffs einem Portier als Unterschlupf. Heutzutage bleiben sie Flüchtlingsfamilien und den Führungsetagen privater Firmen vorbehalten.

Der Pfad zwischen den Kämmerchen mündet in einen Korridor, von dem rechts, links und ganz hinten Türen abgehen. Das Büro der jungen Kousta ist das erste Zimmer rechts. Die Tür steht offen, und ich erblicke eine junge Frau um die Fünfundzwanzig mit kurzgeschnittenem dunklen Haar. Sie ist ganz in Schwarz und ungeschminkt. Ich klopfe an die offene Tür, und sie wendet sich um.

»Kommissar Charitos. Und das ist –«, sage ich.

»Aber ja, ich bin im Bilde. Kommen Sie herein, Herr Kommissar.«

Ihr Büro ist zwar nicht sehr geräumig, doch auch nicht gerade ein Kabuff. An den beiden Längsseiten hängen Pinwände mit Notizzetteln und Übersichtsgraphiken.

»Sie kommen spät«, meint sie, während sie auf die beiden Stühle vor ihrem Schreibtisch deutet. »Ich hatte Sie früher erwartet.« Auf ihrem Gesicht liegt ein unschuldiges, fast kindliches Lächeln, das sie noch jünger wirken läßt.

»Es handelt sich um eine reine Routinebefragung, Frau Kousta. Die konnte etwas warten.«

»Da haben Sie nicht unrecht. Was glauben Sie bloß von mir zu erfahren, ich weiß ja überhaupt nichts. Den Mord an meinem Vater habe ich erst am nächsten Morgen aus dem Radio erfahren.« Sie sagt es mit demselben kindlichen Lächeln, doch sie beeilt sich hinzuzufügen: »Das meine ich nicht böse. In ihrer Verwirrung hat Elena nicht daran gedacht, mich gleich anzurufen. Oder vielleicht wollte sie mich auch nicht mitten in der Nacht aufschrecken und wartete deshalb bis zum nächsten Morgen.«

»Waren Sie denn den ganzen Abend über zu Hause? Vielleicht hat Sie sie angerufen, aber nicht angetroffen.«

»Ich war mit meinem Bruder zu Hause.«

Ihre Antwort erstaunt mich. »Mit Ihrem Bruder? Wohnen Sie zusammen?«

»Nein, aber Makis hat gewisse Probleme und –«

»Ich kenne sein Problem. Ihre ...« Ich führe mir die ältere Kousta vor Augen, als sie noch Fragaki hieß, mit ihrem offenherzigen Ausschnitt und dem um ihre Beine spielenden Theatervorhang, und bringe die Bezeichnung »Ihre

Stiefmutter« nicht über die Lippen. »Äh…, Frau Kousta hat es mir erzählt.«

Ihr Lächeln kehrt wieder. »Damit helfen Sie mir aus der Verlegenheit, Herr Kommissar. Sicher, Makis geht es jetzt gut, aber manchmal verliert er den Mut und ist knapp davor, rückfällig zu werden. In solchen Situationen braucht er Halt. Am Abend des Mordes war es wieder mal soweit. Er war die ganze Nacht bei mir, und ich bin nicht von seiner Seite gewichen.«

Schon möglich, daß er am Abend des Mordes noch einmal die Kurve gekriegt hatte, sage ich zu mir selbst, doch gestern bestimmt nicht. Er hatte sich seinen Schuß gesetzt, da war ich mir sicher.

»Ist es immer so? Kommt er zu Ihnen, wenn er jemanden braucht?«

»Mein Vater hatte altmodische Ansichten. Er glaubte, daß eine harte Haltung und unnachsichtige Strenge alle Schwächen überwinden helfen. Dreimal ist Makis rückfällig geworden, doch mein Vater beharrte auf derselben Verhaltensweise.« Sie hält kurz inne und fügt gepreßt hinzu: »Und mit Elena versteht er sich überhaupt nicht.«

Ich spiele den Ahnungslosen, als wüßte ich von nichts. »Aber wieso denn? Gibt es einen bestimmten Grund, warum sie nicht gut miteinander auskommen sollten?«

»Für Makis war das Verhalten seiner Mutter traumatisch.«

»Was denn für ein Verhalten?«

»Ja, wissen Sie das denn nicht?« Sie scheint sich zu wundern. »Unsere Mutter ist einfach bei Nacht und Nebel abgehauen.«

Nein, davon hatte ich nichts gewußt. Niemand hatte je darüber gesprochen, deshalb war ich davon ausgegangen, daß ihre Mutter sich hatte scheiden lassen oder gestorben war – irgend etwas in der Art jedenfalls.

Anscheinend hat Vlassopoulos dasselbe gedacht, denn er fragt überrascht: »Sie ist bei Nacht und Nebel abgehauen?«

»Ja. Sie ist mit einem Schlagersänger über alle Berge. Soviel ich weiß, lebt sie immer noch mit ihm zusammen. Er singt jetzt nicht mehr selbst, sondern führt eine Plattenfirma, wenn ich mich nicht irre. Nachdem sie unseren Vater verlassen hatte, äußerte sie nie den Wunsch, uns wiederzusehen. Sie hat uns einfach aus ihrem Leben getilgt.« All das erzählt sie leidenschaftslos, ohne Bitterkeit, als spreche sie von der Lebensgeschichte irgendeiner anderen Person. »Makis hat das nie verkraftet. Er war damals vierzehn Jahre alt und ich zwölf. Und als Elena in unser Leben trat, richtete er seinen ganzen Haß auf sie, als sei sie an allem schuld.« Sie pausiert, als wolle sie über das eben Gesagte nachdenken, und fährt mit ihrem typischen Lächeln fort: »Jetzt tue ich ihm möglicherweise unrecht, denn für mich war alles leichter. Sehen Sie, ich habe mich von meiner Familie losgelöst, ich gehe nur selten nach Hause. Genauer gesagt, nur zu Weihnachten und zum Namenstag von beiden, und das auch nur Elena zuliebe.«

»Und warum so selten? Hatten Sie Schwierigkeiten mit Ihrem Vater?« Wenn sie schon zugibt, daß sie nur wegen der Kousta zu ihrem Vater ging, muß es sich wohl um etwas Derartiges handeln.

»Nein. Bloß, ich bin ein selbständiger Mensch und komme gern alleine zurecht. Nachdem ich mein Studium beendet hatte und nach Griechenland zurückgekehrt war, bat ich meinen Vater, mir eine seiner Wohnungen in der Fokylidou-Straße im Stadtteil Kolonaki zur Verfügung zu stellen. Das war die erste Wohnung, die er je gekauft hatte. Seit damals wohne ich dort. Danach fing ich hier zu arbeiten an und bin seitdem von meinem Vater unabhängig.«

»Was genau arbeiten Sie, Frau Kousta?«

»Ich habe in England einen Studiengang für Marktforschung absolviert, beschäftige mich hier jedoch mit Umfragen zu Einschaltquoten beim Fernsehen und Meinungsforschung. Tja, und jetzt führen wir gerade eine Umfrage über den Beliebtheitsgrad unserer Politiker durch. Wollen Sie wissen, wer der prominenteste Politiker ist?«

Nicht, daß es mich sonderlich interessieren würde, doch die Kousta ist sehr entgegenkommend, und ich möchte ihr die Freude nicht verderben. Ich beuge mich zum Computerbildschirm hinunter. Ich durchblicke den Zahlensalat zwar nicht, doch das ist auch nicht notwendig, denn da steht dick und fett der Name eines Exministers und nunmehrigen Parlamentsabgeordneten der Opposition. In einer Tabelle neben dem Namen steht der Prozentsatz seines Beliebtheitsgrades: 62%.

»Der ist bei 62% der Bevölkerung beliebt?« frage ich ungläubig.

»Ja, bei einem größeren Teil der Bevölkerung als der Vorsitzende seiner Partei. 62% der Befragten würden ihn gerne als Premierminister sehen.«

Er ist einer jener Politiker, die jeden Tag in der Glotze oder vor einem Mikrofon auftauchen und sich über Hinz und Kunz, Gott und die Welt verbreiten. Normalerweise legt er sich dabei mit seinem Parteivorsitzenden an und »profiliert sich«, wie man so schön sagt. Jedes Mal, wenn ich ihn reden höre, raufe ich mir die Haare wegen seiner stumpfsinnigen Äußerungen. Früher führten alle Wege nach Rom, heute führen alle Wege auf die Mattscheibe. Und mit einer gewissen Portion Geschwätzigkeit bringt man es schließlich zum Premierminister. Dieses Metier beherrscht er nämlich hervorragend.

»Besten Dank, Frau Kousta. Wenn ich noch etwas von Ihnen benötigen sollte, melde ich mich«, sage ich und gehe zur Tür, damit mir nicht noch ein derber Kommentar herausrutscht. Er ist ein von der Öffentlichkeit gewählter Funktionär, und wenn der Teufel es will und er morgen Innenminister wird, dann finde ich mich, schneller als ich bis drei zählen kann, in der finstersten Provinz im Exil wieder.

Als ich höre, wie sie mir »Auf Wiedersehen« sagt, fällt mir jedoch noch etwas ein, und ich wende mich noch einmal um. »Gestern abend habe ich Ihren Bruder gesehen«, sage ich. »Er war im Rembetiko und sagte zu Chortiatis, er hätte vor, die Geschäftsführung des Nachtlokals zu übernehmen. Jetzt, da sein Vater tot ist.«

Sie fährt mit der Hand durch ihr kurzgeschnittenes schwarzes Haar und seufzt. »Das war immer schon Makis' Traum«, sagt sie. »Jahrelang hat er immer wieder darauf bestanden. Vielleicht hätte Makis, wenn mein Vater zugestimmt hätte, einen anderen Weg eingeschlagen. Makis lag ihm ständig damit in den Ohren, doch er wollte nichts davon hören. Jetzt, wo er tot ist, haben Makis' Hoffnungen neue Nahrung bekommen. Aber er hat keine Chance.«

»Weshalb?«

»Weil wir eine Erbengemeinschaft bilden und weder Elena noch ich zulassen werden, daß Makis, so wie er jetzt beisammen ist, die Geschäftsführung des Nachtklubs übernimmt. Das wäre sein Untergang und auch der Ruin des Lokals.«

»Möglicherweise hat Ihr Vater ein Testament hinterlassen.«

Sie bricht in Lachen aus. »Mein Vater? Ausgeschlossen!« Sie sieht meinen befremdeten Blick und erläutert eilig: »Mein Vater verabscheute alles Schriftliche, Herr Kommissar. Er ekelte sich vor schriftlich aufgesetzten Abmachungen, Verträgen und allgemein allen Schriftstücken. Er fixierte niemals irgend etwas schriftlich. Selbst die Künstler in seinen Nachtlokalen hat er durch mündliche Absprachen unter Vertrag genommen. Sie wußten, daß sie sich auf sein Wort verlassen konnten.«

»Ja, aber er besaß doch so viele Unternehmen. Da fallen doch Rechnungen, Quittungen, Steuerbescheide, ja ganze Buchführungen an...«

»Damit wollte er nichts zu tun haben. Das war die Aufgabe seines Buchhalters. Wollen Sie ihn kennenlernen?«

»Wenn es möglich wäre.« Ich blicke sie verdattert an, als sie den Hörer abhebt und mit einem gewissen Jannis konferiert. »Der Buchhalter Ihres Vaters arbeitet hier?«

»Ja, ich habe ihn weiterempfohlen. Er ist ein gutmütiger und anständiger Junge. Mein Vater kam zu einem vertrauenswürdigen Buchhalter, und Jannis konnte einen Monatslohn mehr nach Hause tragen. So war beiden Seiten geholfen.«

Vielleicht trifft die Bezeichnung ›Junge‹ nicht völlig zu, doch weit daneben liegt sie auch nicht, denn er ist kaum älter als sie selbst. Ein mittelgroßer junger Mann, zurückhaltend und in sich gekehrt. Er bleibt an der Tür stehen und würdigt Vlassopoulos und mich keines Blickes. Seine Augen sind auf die junge Kousta geheftet. Er sieht sie an und schmilzt dahin wie Wachs.

»Jannis«, sagt sie sanft zu ihm, »die Herren sind von der Kriminalpolizei und wollen dir einige Fragen zur Buchführung meines Vaters stellen.«

Ich möchte ihm eine ganze Latte von Fragen stellen, doch lieber nicht in ihrer Gegenwart. Und so beschränke ich mich auf das Nächstliegende. »Das einzige, was ich vorläufig wissen will, sind Konstantinos Koustas' Bankverbindungen«, sage ich.

Er wendet sich zur Seite und blickt uns zum ersten Mal an, danach wandern seine Augen wieder zur jungen Kousta. Er hüllt sich in Schweigen.

»Hören Sie zu«, sage ich, immer noch ruhig. »Es ist mir ein leichtes herauszufinden, bei welchen Banken Koustas Konten unterhielt, und eine Erlaubnis zu erwirken, sie offenzulegen. Es wäre gut, wenn Sie uns entgegenkommen könnten, damit wir nicht unnötig Zeit verlieren.«

Er beharrt auf seinem Schweigen und blickt nach wie vor die junge Frau an. »Gib ihnen die Kontonummern, Jannis«, sagt sie mit ihrem unschuldigen Lächeln. »Wenn mein Vater Geheimnisse hatte, dann stecken sie sicherlich nicht in seinen Bankkonten.«

»Sie wissen, daß das unter den Datenschutz fällt.« Zum ersten Mal macht er seinen Mund auf.

»Ich sage dir doch, du sollst sie herausgeben.«

Der junge Mann zaudert noch ein wenig, dann sagt er »Einen Augenblick« und geht aus dem Büro.

»Ich habe Ihnen doch gesagt, daß er zuverlässig und anständig ist.« Die junge Kousta lächelt voller Befriedigung darüber, daß sie recht behalten hat. »Das Beste für Makis wäre, wenn sein Geld irgendwo fest angelegt wäre und er nur die Zinsen einstreichen würde«, fährt sie fort, als wäre uns Jannis überhaupt nicht dazwischengekommen.

Ich halte mich zurück, meine Meinung zu äußern, daß sowieso alles ausnahmslos fürs Fixen draufgehen wird.

Das Telefon läutet, und die junge Kousta hebt den Hörer ab. »Schreiben Sie bitte mit«, sagt sie.

Ich bedeute Vlassopoulos, seinen Notizblock bereitzuhalten. Sie gibt uns zwei Kontonummern durch, das eine Bankkonto befindet sich bei der National Bank und das andere bei der Handelsbank. Ich spreche ihr meinen Dank aus, und wir machen uns auf den Weg.

Als wir in die Ermou-Straße einbiegen, sehen wir, daß sich der Syntagma-Platz geleert hat. Es ist mittlerweile vier Uhr nachmittags, und unvermutet überfällt mich die geballte Müdigkeit der letzten durchgearbeiteten Nacht.

»Fahr mich nach Hause«, sage ich zu Vlassopoulos. »Heute können wir ohnehin nichts mehr tun.«

12

Ich schrecke aus dem Schlaf hoch und sehe, wie sich Adriani über mich beugt.

»Was hast du denn?« fragt sie besorgt.

Ich bin der Meinung, es sei frühmorgens, und schnelle aus dem Bett, doch als ich mich umsehe, wird mir klar, daß ich in voller Montur und mit dem Dimitrakos-Wörterbuch im Arm eingeschlafen bin.

»Wie spät ist es?«

»Halb acht. Du schläfst seit drei Stunden. Bist du krank?«

»Natürlich nicht. Wie kommst du darauf?«

»Du schläfst sonst nie am frühen Abend, deshalb.«

»Gestern abend bin ich spät nach Hause gekommen, und heute war ich den ganzen Tag unterwegs.«

»Jetzt machst du also auch noch die Nächte durch, statt dich zu schonen und endlich einmal zum Arzt zu gehen.«

Ich rapple mich auf und sage: »Ich habe einen Termin für den 26. ausgemacht.«

Sie starrt mich mit offenem Mund an. Sie kann es nicht fassen. Dann umarmt sie mich stürmisch und drückt mir einen Kuß auf die Wange. »Bravo, mein lieber Kostas! Endlich! Jetzt bin ich beruhigt. Es ist nichts, du wirst sehen. Man verschreibt dir eine Behandlung, und die Beschwerden sind wie weggeblasen. Ich würde dir sogar raten, wenn du dich schon aufraffst, auch gleich Blut- und Harntests und Röntgenaufnahmen machen zu lassen. Dann weißt du, wie es um dich steht.«

»Legst du es darauf an, daß ich meinen Termin wieder absage?« frage ich gereizt.

»Nein, nein«, beruhigt sie mich. »Laß dich einfach nur untersuchen, das reicht für den Anfang. Wenn du den Termin aber absagen solltest, dann bekommst du es mit deiner Tochter zu tun, denn sie hat dich ja dazu gebracht, die Sache endlich in die Hand zu nehmen«, sagt sie, als wolle sie den Kuß von vorhin wieder zurücknehmen.

»Den Termin habe ich wegen euch beiden ausgemacht, im Nerven seid ihr beide gleich gut.«

»Spielt ja keine Rolle«, meint sie lachend. »Hauptsache, du hast dich zu dem Arztbesuch durchgerungen.«

Ich sehe, wie sie mit einem Lächeln, das vom einen Ohr bis zum anderen reicht, aus dem Schlafzimmer geht, und plötzlich kommt mir eine Idee. »Was hältst du davon, heute abend auszugehen und meinen Entschluß zu feiern?« frage ich.

Sie wendet sich ruckartig um und blickt mich verdutzt an. »Was sollen wir feiern? Den Arzttermin?«

»Eher meinen Entschluß, zum Arzt zu gehen.«

»Und wohin wollen wir gehen?«

»In ein französisches Restaurant.«

»Ein französisches? Wie kommst du denn auf einmal darauf? Ich kann an den Fingern einer Hand abzählen, wie oft wir zusammen essen gegangen sind. Und selbst dann setzt du sonst keinen Fuß woandershin als in eine griechische Taverne!«

Sie wird nicht ganz schlau aus meinem Vorschlag, doch ich habe nicht vor, ihr den wahren Grund zu nennen. »Ich bin eben flexibel.«

»Ich sehe schon, der Arztbesuch tut dir bereits im Vorfeld gut«, sagt sie entzückt. »Wann gehen wir?«

»Ich möchte vorher noch die Nachrichten sehen.«

Ich weiß nun, was auf mich zukommt: Sie wird sich nicht entscheiden können, was sie anziehen soll, und sich eine Stunde lang vor dem Spiegel hin und her drehen. Da lasse ich sie lieber mit ihrer Unentschlossenheit allein und gehe ins Wohnzimmer. Die Tagesschau hat noch nicht begonnen. Ich sehe einen Werbespot für ein neues Haarspray und frage mich, ob Niki Kousta wohl die Marktforschung dazu durchgeführt hat. Gerade als die Fanfare der Nachrichten ertönt, klingelt das Telefon, und Katerina ist am Apparat.

»Was gibt's Neues, Papilein?«

»Alles in Ordnung«, sage ich. »Ich habe einen Termin beim Rheumatologen vereinbart.«

Es folgt eine kurze Stille und dann ein Flüstern. »Ich danke dir.«

»Warum dankst du mir denn?«

»Weil mir ein Stein vom Herzen fällt und ich nicht deinetwegen Hals über Kopf nach Athen kommen muß. Ist Mama nicht zu Hause?«

»Doch, sie ist im Schlafzimmer und zieht sich gerade um. Wir gehen heute auswärts essen.«

Noch eine kurze Pause. »Ich bin neidisch«, sagt sie dann.

»Wieso denn? Weil wir ausgehen?«

»Aber nein. Weil ich nicht bei euch sein kann. Ich habe ganz große Sehnsucht nach euch.«

Wenn sie mir solche Sachen sagt, dann bleiben mir die Worte vor Rührung im Hals stecken. »Auch wir vermissen dich sehr, mein Schatz«, würge ich hervor.

»Ich weiß, aber ich schaffe es nicht, vor Weihnachen noch einmal zu kommen.«

Nach der Rührseligkeit macht sich eine gewisse ohnmächtige Wut in mir breit. Obwohl mir klar ist, daß es jedes Jahr nach demselben Muster abläuft. Wir sehen sie nur zu Weihnachten, zu Ostern und vierzehn Tage in den Sommerferien. Die anderen zwei Wochen wird sie von Panos in Anspruch genommen. Nicht genug damit, daß sie den ganzen Winter zusammen sind, er will auch noch in den Sommerferien mit ihr aufs Land fahren und in Gemüsegärten lustwandeln.

Katerina legt den Hörer auf, und prompt taucht auf dem Bildschirm die Leiche des Unbekannten auf. Seine Gesichtszüge sowie die ausgetrocknete Pergamenthaut seines Körpers sind in der Vergrößerung noch deutlicher zu erkennen. Ein abstoßender Anblick – weshalb man ihn auch intensiv auf die Zuschauer einwirken läßt. Mir kommt das durchaus gelegen. Der Reporter liefert eine ausführliche Beschreibung des Fundortes der Leiche, des Berges und des Strandes, als wolle er die touristische Erschließung der Insel mit Hilfe dieser makabren Sehenswürdigkeit ankurbeln.

Ich will gerade ausschalten, als Niki Koustas Meinungsumfrage auf dem Bildschirm erscheint. Am Morgen hatte ich nur die Spitze des Eisberges zu Gesicht bekommen, nun sehe ich den ganzen Schlamassel: welche Partei in der Wählergunst vorn liegt, wie viele Bürger mit der Regierungsarbeit zufrieden sind und wie viele die Regierung am liebsten auf den Müll werfen würden, wie hoch der Beliebtheitsgrad des Premierministers ist und wie hoch der des Vorsitzenden der größten Oppositionspartei, und so weiter und so fort. Ein Haufen Zahlen, farbige Darstellungen, Graphiken mit vergleichenden Tabellen. Während sich der Premierminister als der beliebteste Politiker seiner Partei erweist, kommt der Vorsitzende der größten Oppositionspartei gerade mal hechelnd als zweiter ins Ziel, hinter dem Exminister mit seinen 62%. Der Nachrichtenmoderator und der Kommentator des Umfrageergebnisses bemühen sich redlich, das Phänomen zu deuten.

»Ich bin soweit«, höre ich Adrianis Stimme hinter mir.

Sie hat das Kleid angezogen, das wir im letzten Jahr im Schlußverkauf zu ihrem Geburtstag erstanden haben. Sie hat ein Perlenkollier – falsch, aber ansehnlich – angelegt und dazu eine braune Tasche und braune Schuhe. Ich wundere mich, wie sie es fertigbringt, ihren guten und bescheidenen Geschmack zu wahren, wo sie doch tagtäglich in den Fernsehserien wie Konfektschachteln aufgedonnerte Weibsbilder vorgesetzt bekommt.

»Gehen wir«, sage ich und erhebe mich.

»Was denn? So willst du ausgehen?«

»Warum denn nicht? Was paßt dir an meinem Aufzug nicht?«

»Ich bitte dich«, fleht sie. »Du kannst doch nicht mit deinem Alltagsanzug dorthin gehen!«

Ich habe noch einen zweiten Sommeranzug, den ich zu besonderen Gelegenheiten trage, doch er ist hell, und ich mache mir leicht Flecken drauf. Ich öffne die Schranktür und sehe ihn in einem Plastiküberwurf auf einem Drahtbügel hängen, so wie wir ihn aus der Reinigung geholt haben. Ich schlüpfe hinein und binde auch die dazu passende Krawatte um, die immer dieselbe ist, da ich nur eine einzige helle Krawatte habe.

»Jetzt siehst du schon ganz anders aus«, meint sie bei meinem Anblick zufrieden und streicht den Anzug an mir glatt, bevor sie zur Haustür stolziert.

13

Ob Canantré oder Canard Doré, jedenfalls ist das Restaurant von völlig anderem Zuschnitt als Koustas' sonstige Lokale. Es ist in einem neoklassizistischen Gebäude vom Ende des vorigen Jahrhunderts untergebracht, einem jener Bauwerke, die von Politikern, reichen Kaufleuten und Ärzten als repräsentatives Sommerhaus im Stadtteil Kifissia errichtet worden sind. Davor befindet sich ein großer, gepflegter Garten mit kleinen pilzförmigen Lampen. Die Fassade wird durch in die Blumenbeete versenkte Scheinwerfer angestrahlt, und über dem schmiedeeisernen Tor zum Garten ist ein Namenszug in Form einer Ente angebracht – nicht in Leuchtschrift, sondern dezent aufgemalt: Le Canard Doré. Das Wetter ist schwül, und die Gäste speisen im Garten, rund um die leuchtenden Pilzköpfe.

Ich schäme mich, den Mirafiori zwischen den dicken Schlitten wie Mercedes, BMW und Audi stehenzulassen. Ich parke ihn weiter drüben im Dunkeln, unter den Kiefern.

Bevor wir in das Restaurant treten, hält Adriani kurz inne und läßt ihrer Bewunderung freien Lauf. »Sehr *glamorous*«, gibt sie hingerissen von sich. Als sie dieses Wort zum ersten Mal fallenließ, wußte ich nicht, was es bedeutete, und schlug gleich im Oxford English-Greek Learner's Dictionary, meinem einzigen Englischwörterbuch, nach.

Jetzt habe ich es intus. Es bedeutet: blendend, betörend, fast mythisch.

Wir durchschreiten die offene Gartentür und betreten das Speiselokal Arm in Arm. Der Oberkellner, in cremefarbenem Sakko, schwarzer Hose und Fliege, eilt auf uns zu.

»Guten Abend«, sagt er überaus zuvorkommend. »Haben Sie reserviert?«

»Nein.«

»Dann, fürchte ich, muß ich Sie enttäuschen.« Seine Miene ist todtraurig, als stünde er vor dem Selbstmord.

Ich würde ihm am liebsten sagen, wer ich bin. Doch das ist gar nicht nötig.

»Lassen Sie nur, Michel. Das sind Bekannte von mir«, höre ich eine Frauenstimme sagen.

Ich drehe mich um und sehe Elena Kousta auf uns zukommen. Sie hat ihr Haar hochgesteckt und trägt ein schlichtes weißes Kleid, das seine Wirkung nicht verfehlt. Nicht, daß sie darin wesentlich jünger wirkt. Aber sie erreicht damit, die Vorzüge einer reifen Frau im Vergleich zu einer Zwanzigjährigen voll und ganz zur Geltung zu bringen.

»Guten Abend, Herr Charitos.« Und sie streckt mir ihre Hand entgegen.

»Ich habe Sie nicht hier erwartet«, sage ich zu ihr, während ich ihr Adriani vorstelle, die beeindruckt zu ihr hochblickt.

»Wissen Sie, Dinos hatte eine große Schwäche für das Canard Doré. Es war sein Vorzeigelokal. Ich dachte mir, wenn ich mich darum kümmerte, könnte ich damit seinem Andenken den besten Dienst erweisen.«

Sie kommt mit uns, während uns der Oberkellner zu einem etwas abseits liegenden Tisch geleitet. Adriani hält ihren Blick immer noch auf sie geheftet. Schließlich kann sie sich nicht mehr zurückhalten.

»Sie sind doch Elena Fragaki, oder täusche ich mich da?« fragt sie.

Ein Lächeln breitet sich über das Gesicht der Kousta aus. »Ich danke Ihnen, daß Sie sich nach so vielen Jahren noch an mich erinnern«, entgegnet sie beinahe gerührt.

»Sie vergißt man nicht so leicht.«

Die Kousta streckt spontan die Hand aus und faßt Adriani am Arm. Verblüfft stelle ich fest, daß beide bereits ein Herz und eine Seele sind, da Adriani ihre Bewunderung ausdrücken und die Kousta ihre Eitelkeit befriedigen konnte.

Der Oberkellner schlägt vor uns die Speisekarte auf. Rechts stehen die Gerichte auf französisch in lateinischer Schrift, links auf französisch in griechischer Schrift – ich verstehe kein einziges Wort. Die Kousta hilft mir sofort aus der Verlegenheit und sagt zum Oberkellner: »Was würden Sie empfehlen, Michel?«

»Meine Empfehlung wäre die Meeresfrüchtevariation«, antwortet der Oberkellner diensteifrig. »Wenn Sie aber etwas eher Klassisches vorziehen, schlage ich die Entenleberterrine vor, außer, Sie wünschen Pilze à la provençale. Als Hauptgang empfehle ich Kalbsbraten ›bourguignon‹, garniert mit zarten Röstkartöffelchen, oder unsere Spezialität Coq au vin oder auch ein Entrecôte. Wenn Sie Fisch speisen möchten, dann ist sicherlich das Filet Saint-Pierre à la crème das Beste, was Ihnen unsere Küche bieten kann.«

»Wählen Sie etwas für mich aus. Ich habe vollstes Vertrauen zu Ihnen«, meint Adriani, und ich sehe, wie dem Obergockel der Kamm schwillt, als stünde er knapp davor, mit Wein übergossen zu werden. In solchen Augenblicken kann ich sie nur bewundern. Obgleich sie nicht die Spur von all seinen Ausführungen verstanden hat, bringt sie es dennoch fertig, sich elegant aus der Affäre zu ziehen, ohne sich eine Blöße zu geben.

»Welches von den genannten Gerichten ist denn vom Grill?« frage ich.

»Das Entrecôte.«

»Dann nehme ich das.«

Kaum ist der Oberkellner entschwunden, ist schon ein dienstbarer Geist mit einem Brotkörbchen zur Stelle. Warme Schwarzbrotscheiben, Weißbrotscheiben, Grissini und eine Art kretischen Zwiebacks. Der Brotkorb allein würde reichen, eine fünfköpfige Albanerfamilie satt zu machen.

»Was möchten Sie trinken?« fragt er uns.

»Wein vielleicht?« meint Adriani und blickt mich an.

»Einen 92er Chablis«, mischt sich die Kousta ein, und dann zu mir gewendet: »Sind Sie zum Essen hier oder geschäftlich, Herr Charitos?«

Sie versteht es, mich ständig in Verlegenheit zu bringen. »Zum Essen, aber ich würde gerne auch beruflichen Nutzen daraus ziehen«, versuche ich mich herauszuwinden. »Nichts Besonderes. Ich möchte nur Ihren Geschäftsführer kurz befragen.«

Mein Vorhaben scheint ihr nicht übel aufzustoßen, denn sie lächelt. »Er ist drinnen«, sagt sie und deutet auf das neoklassizistische Gebäude. »Sie können ihm alle Fragen der Welt stellen. Doch entschuldigen Sie mich jetzt. Ich bin gleich wieder bei Ihnen, sobald ich meine Begrüßungsrunde beendet habe.« Ich sehe, wie sie an den Nebentisch tritt und, immer mit diesem entwaffnenden Lächeln auf den Lippen, die Gäste in ein Gespräch verwickelt.

»Wir sind hergekommen, weil du etwas Berufliches hier zu tun hast?« fragt mich Adriani.

»Nein, wir sind hier, weil ich mit dir ausgehen wollte. Wir hätten natürlich irgendwo anders hingehen können, doch ich sagte mir, warum nicht hierher, dann kann ich das gleich mit meiner Frage an den Geschäftsführer verbinden.«

Sie ist von dem Abend so angetan, daß sie mir das mit einem Lächeln verzeiht. Nun habe ich endlich Gelegenheit, mich umzublicken. Die Gäste sind alle im gleichen Alter, zwischen 45 und 60, jüngere sind nicht zu sehen. Alle sind sie wie aus dem Ei gepellt, und ich gebe Adriani im nachhinein recht, daß sie auf meinem Garderobenwechsel bestand. Alle Tische sind besetzt, und wären wir in einer Taverne, würde man kaum sein eigenes Wort verstehen. Doch hier unterhält man sich mit gesenkter Stimme, als säße man zum Essen in der Nationalbibliothek.

Der dienstbare Geist kommt mit einem Weinkühler und einer Flasche Weißwein. Er dreht die Flasche wie ein Taschenspieler zwischen seinen Handflächen und entkorkt sie. Dann umwickelt er sie mit einer Serviette und läßt zwei Tropfen in mein Glas fallen, bereut es anscheinend wieder, bleibt regungslos mit der Flasche in der Hand stehen und blickt mich an.

»Was guckst du denn so? Schenk ein!« sage ich.

Er wirft mir einen befremdeten Blick zu und füllt mein Glas. Der Wein duftet fruchtig und hat einen leichten, süßsauren Geschmack.

Unvermittelt bleibt mein Blick in der Mitte der Terrasse am Exminister mit den hohen Umfragewerten hängen. Er sitzt am Kopfende der Tafel und ißt mit fünf weiteren Personen, drei Männern und zwei Frauen. Alle naselang hebt er den Kopf vom Teller und blickt umher, als erwarte er, von irgend jemandem erkannt und begrüßt zu werden. Doch den Gästen des Canard Doré gehen Minister am Arsch vorbei, insbesondere Exminister. Sie denken in höheren Kategorien und machen ihre Deals direkt mit dem Premierminister. Mit seinem Beliebtheitsgrad kann er hier nicht punkten, selbst wenn er den Prozentsatz seines Parteichefs überboten hat.

Das Entrecôte trieft vor Blut. Ich blicke auf Adrianis Teller, und an den zarten runden Röstkartöffelchen erkenne ich, daß man ihr dieses Bourguignon oder wie das heißt gebracht hat.

»Na, schmeckt's?« fragt mich Adriani.

»Und dir?«

»Vorzüglich.«

Mir bleibt das Entrecôte im Hals stecken, weil ich den Eindruck habe, daß ich eines jener Mordopfer verspeise, die jeden Tag vor mir Revue passieren. Also stehe ich auf, um mit dem Geschäftsführer zu sprechen. Als ich auf das Restaurant zusteuere, komme ich am Tisch des Exministers vorbei. Er hebt den Kopf und blickt mich an. Er wartet darauf, daß ich ihn grüße, doch er geht mir genau wie allen anderen am Arsch vorbei. Nicht, weil ich mit dem Premierminister per du wäre, sondern weil allein Gikas mein Geschick bestimmt.

Im Erdgeschoß des Restaurants befinden sich rechts und links zwei große Räume, die im Winter wohl als Speisesäle dienen. Eine Holztreppe führt in die erste Etage, wo sich weitere Räumlichkeiten erstrecken. Die Wände sind mit Holz getäfelt und mit ganz wenigen Bildern geschmückt. Außer dem Oberkellner steht noch ein anderer Mann in der Vorhalle. Er ist groß, schlank und steckt in einem teuren Anzug. Ich denke mir sofort, daß er der Geschäftsführer ist, doch ich gehe lieber auf Nummer Sicher.

»Ich hätte gerne den Geschäftsführer des Restaurants gesprochen.«

»Den haben Sie vor sich.«

»Kommissar Charitos.«

»A ja, richtig«, sagt er schnell. Scheinbar hat ihn die Kousta vorbereitet. »Was kann ich für den Herrn Kommissar tun?« Zwei von drei griechischen Wörtern betont er falsch, ›r‹ und ›g‹ lassen sich in seiner Aussprache kaum auseinanderhalten, doch er kann sich verständlich machen.

»Ich möchte Ihnen einige Fragen stellen. Ich werde Ihre Zeit nicht lange in Anspruch nehmen.« Anscheinend stehe ich unter dem Einfluß des hiesigen Umgangstons und bin höflicher als gewöhnlich.

»Ich stehe Ihnen voll und ganz zur Verfügung.«

»Dinos Koustas ist doch an dem Abend, als er ermordet wurde, zuerst hier vorbeigekommen, bevor er in sein Nachtlokal fuhr, nicht wahr?«

»Richtig.«

»Können Sie sich erinnern, um welche Uhrzeit er gekommen ist?«

»Ich habe nicht auf die Uhr gesehen, aber er kam immer zur selben Zeit. Um elf.«

»Und wann ist er weggegangen?«

Er denkt nach. »Hm… Um Mitternacht… Eine halbe Stunde nach Mitternacht vielleicht?«

»Als er ging, trug er da irgend etwas bei sich?«

»Was meinen Sie? Ein Freßpaket?«

Er lacht über seinen Witz, doch mir geht er mit seiner falschen Betonung und mit der Gewohnheit, auf jede Frage mit einer Gegenfrage zu antworten, schon langsam auf den Keks.

»Weiß ich doch nicht, ich habe dich gefragt. Hat er was dabeigehabt?« Griechen kann man mit dem abrupten Wechsel zum Du normalerweise einschüchtern, doch den da läßt das vollkommen kalt.

»Essen? Nein.«

»Hat er vielleicht etwas anderes bei sich gehabt? Geld etwa?«

»Sind wir etwa eine Bank, Herr Kommissar?«

»Ich behaupte nicht, daß Sie eine Bank sind. Ich meine nur, er könnte eventuell die Tageseinnahmen mitgenommen haben.«

»Oh, mais non«, entfährt es ihm auf französisch. »Das hat er niemals getan. Das Geld holt immer am Morgen der private Wachdienst mit einer Camionette ab.«

»Die Firma City Protection?«

»Genau die.«

Der Geldtransporter des Wachdienstes fuhr jeden Tag

dieselbe Route: Kifissia – Kalamaki, Kalamaki – Athinon-Boulevard, Athinon-Boulevard – Bank. Wie ein Linienbus.

»Das war's. Vielen Dank.«

»Bitte sehr. Ich hoffe, Sie haben Ihr Abendessen genossen.«

Ich beschränke mich auf ein Lächeln, das alles mögliche bedeuten kann. Er soll nur nicht meinen, ich würde mir gleich vor Ehrfurcht in die Hosen machen, weil er mir wie einem Kannibalen ein rohes Stück Fleisch vorsetzt.

Jedenfalls hatte Koustas kein Geld dabeigehabt, weder vom Rembetiko noch vom Canard Doré. Jetzt kann ich nur noch hoffen, daß er etwas von der Bank abgehoben hatte. Doch selbst wenn er das getan haben sollte, wo ist das Geld dann hingekommen? Und was war, wenn es sich nicht um Geld, sondern um etwas anderes handelte, das er aus dem Wagen holen wollte und das dann spurlos verschwand? Oder sollte das alles rein zufällig geschehen sein, und der Mörder wartete simpel darauf, daß Koustas aus dem Nachtlokal trat? Er kannte möglicherweise seinen Tagesablauf und seine Fahrtrouten und wußte, daß er ungefähr um diese Uhrzeit rauskommen mußte. Falls sich herausstellte, daß er kein Geld abgehoben hatte, war das die wahrscheinlichste Tatvariante. Trotzdem blieb die Frage offen, was er aus seinem Wagen holen wollte, unabhängig davon, ob ihn nun Schutzgelderpresser auf dem Gewissen hatten oder nicht.

Als ich zum Tisch zurückkehre, finde ich Adriani im trauten Gespräch mit der Kousta vor.

»Sind Sie fertig?« fragt die Kousta.

»Ja. Es ging ja auch wirklich um nichts Besonderes. Nur

um ein Detail am Rande. Ist Ihr Geschäftsführer Franzose?«

»Ja, und der Koch auch. Ich sagte Ihnen doch, Dinos wollte ein durch und durch französisches Restaurant auf die Beine stellen.«

»Mit Ihnen jedenfalls gewinnt es ein ganz besonderes Flair«, sagt Adriani süßholzraspelnd zu ihr.

Die Kousta lacht verlegen auf, doch offensichtlich gefällt ihr der Gedanke. »Führen Sie mich nicht in Versuchung, Frau Charitou. Ich wollte nur für einige Tage probeweise reinschnuppern, doch ich bin mir nicht sicher, ob ich es übernehme. Wissen Sie, in gewisser Weise hat Makis schon recht«, wendet sie sich mir zu. »So viele Jahre habe ich in dieser Festung mit meinen Philippininnen verbracht, und jetzt erschreckt mich die Welt hier draußen.«

»Wenn Sie sich zu der Übernahme entschließen sollten, bleibt nur mehr der Nachtfalter herrenlos.« Sie versteht nicht, worauf ich hinauswill, und blickt mich fragend an. »Gestern abend war Makis im Rembetiko und ließ verlauten, er hätte nun das Sagen.«

Sie reagiert wie ihre Stieftochter. Ihr entfährt ein Seufzer, und sie lehnt sich in ihrem Stuhl zurück. »Dann wird er auch den Nachtfalter übernehmen wollen. Die beiden Nachtlokale waren immer sein Traum. Er ist sich deswegen mit seinem Vater unzählige Male in die Haare geraten, doch der blieb eisern.« Sie seufzt erneut auf. »Jemand müßte ihm ins Gewissen reden und ihm erklären, daß das der Anfang vom Ende für ihn wäre – aber wer könnte diese Aufgabe übernehmen? Der einzige Mensch, auf den er hört, ist Niki. Mich haßt er, das haben Sie ja gesehen.«

»Ich habe es nicht nur mit eigenen Augen gesehen, sondern auch mit eigenen Ohren gehört.«

»Wann?«

»An dem Tag, als wir Ihr Haus verlassen haben, wartete er draußen auf uns, um uns zu sagen, daß Sie seinen Vater um den Finger gewickelt hätten.«

Ich platze damit ganz unverhofft heraus, um ihre Reaktion zu sehen, und bekomme ein bitteres Lächeln als Lohn. »Er hat nicht unrecht«, sagt sie nachdenklich. »Nicht, daß Dinos Wachs in meinen Händen gewesen wäre, das wäre zuviel gesagt. Aber daß ich ihn umgarnt habe, stimmt schon …«

Sie verstummt wieder, und ihr Blick verliert sich in der Ferne, zwischen den Bäumen. Als müsse sie sich weit zurückerinnern, um sich darüber klarzuwerden, ob sie Dinos Koustas um den kleinen Finger gewickelt hatte oder nicht. »Wissen Sie, wie ich meinen Mann kennenlernte?« fragt sie unvermittelt. »Ich war gerade im Akropol engagiert. Er besaß damals erst das Rembetiko und hatte gerade den Nachtfalter eröffnet.«

»Hatte er nicht zuerst den Nachtfalter aufgemacht?«

»Nein. Zunächst das Rembetiko, danach den Nachtfalter und zuletzt das französische Restaurant. Mein Mann hat alles aus eigener Kraft geschafft, Herr Charitos, und wie alle Aufsteiger hat er sich Stufe für Stufe hochgearbeitet. Tja, so war das eben. Damals hatten die Mikrofone in den Varietés lange Kabel, die wir hinter uns herschleifen und unter das Publikum mitnehmen mußten. Dinos kam oft ins Theater. Er saß immer in der zweiten oder dritten Reihe nahe beim Mittelgang. Wenn ich ihn sah, kam ich von der Bühne herunter, setzte mein schönstes Lächeln auf, und im Vorbeigehen streifte ich seine Schulter …«

Und dann hast du auch den Theatervorhang geöffnet und ein wenig Bein gezeigt, denke ich, doch das schlucke ich hinunter, weil ich mich vor Adriani geniere.

»Ich wollte nicht seine Geliebte sein«, sagt sie, als hätte sie meine Gedanken erraten. »Das meinten zwar alle, doch so war es nicht. Ich wollte seine Aufmerksamkeit erregen, damit er mich für den Nachtfalter engagiert. Beim dritten oder vierten Mal schickte er mir Blumen in die Garderobe, und danach führte er mich zum Essen aus. Seine Frau hatte ihn und seine beiden Kinder gerade verlassen. Wir sind ein paarmal ausgegangen. Seine Gesellschaft war angenehm und sagte mir zu, doch er verlor kein Wort über den Nachtfalter. Schließlich schlug er mir statt des Engagements vor, ihn zu heiraten. Ich dachte kurz darüber nach und sagte ja. Das kann man in gewisser Weise als Einwickeln betrachten.«

»Warum aber …?« fragt Adriani. »Warum haben Sie Ihre Karriere aufgegeben?«

»Weil ich fünfunddreißig war, Frau Charitou. Wenn man in meinem Metier bis dahin nicht ein Star ist, dann endet man als Tingeltangelsängerin in der Provinz. Und ich war kein Star, da konnte ich mir nicht in die eigene Tasche lügen.« Sie macht eine kleine Pause, um mir zuzulächeln. »Ich habe Ihnen das alles erzählt, Herr Kommissar, damit Sie es von mir selbst erfahren und nicht von jemandem, der mich in Verruf bringen will.«

Als ich meine Brieftasche zücke, winkt sie entschieden ab. »Beim nächsten Mal«, sagt sie. »Heute abend sind Sie meine Gäste. Wer weiß, vielleicht bringen Sie mir Glück, und ich finde hier einen neuen Lebensinhalt.« Obwohl ich damit gerechnet hatte, daß man mich nicht bezahlen lassen würde, hatte ich doch für alle Fälle genügend Geld eingesteckt.

»Das war ein toller Abend«, meint Adriani, während ich den Mirafiori starte, und drückt mir einen Kuß auf die Backe. Den zweiten an einem einzigen Abend. In letzter Zeit verwöhnt sie mich nach Strich und Faden.

»Wie findest du die Kousta?« frage ich sie.

»Eine tolle Frau. Und überhaupt nicht eingebildet auf ihren Ruhm.«

»Und was hältst du davon, was sie von ihrem Mann erzählt hat?«

»Du meinst, daß sie ihn eingewickelt hat? Ich muß sagen, ich ziehe den Hut vor ihrer Aufrichtigkeit. Aber im Grunde gehen alle Frauen so vor. Wenn du wüßtest, was ich alles angestellt habe, um dich herumzukriegen...«

Ich steige auf die Bremse und werfe ihr einen Blick zu. Sie lächelt triumphierend. Was denn? – möchte ich fragen, doch ich lasse es lieber bleiben. Besser, ich weiß es nicht.

In den drei Stunden unserer Abwesenheit haben sich die Müllberge auch auf dem ganzen Gehsteig der Aristokleous-Straße aufgetürmt und reichen bis zu unserer Haustür. Adriani krallt sich an mir fest und vollführt einen doppelten Rittberger, um über zwei Mülltüten hinweg zum Eingang zu springen.

»Es gibt Leute, die läßt einfach alles kalt«, schnauzt sie aufgebracht. »Hören die denn nicht die ständigen Durchsagen im Radio und im Fernsehen, daß man seinen Müll im Moment zu Hause lagern soll?«

»Die hören so viel, das geht denen beim einen Ohr rein und beim anderen raus«, meine ich und springe ihr durch die Haustür nach.

14

Koustas' Bankkonten auf der National Bank und der Handelsbank wurden in Filialen im Stadtteil Glyfada eröffnet. Ich beschließe, in aller Frühe dorthin aufzubrechen, noch bevor ich ins Büro gehe. Ich möchte die beiden Filialleiter dazu bewegen, mir ohne Genehmigung seitens der Staatsanwaltschaft Einsicht in die Konten zu gewähren. Denn wenn ich erst zum Staatsanwalt muß, sind schnell ein paar Tage verplempert. Sollte Koustas tatsächlich Geld abgehoben haben, dann war es wohl für den Mörder bestimmt. Bleibt die Frage, was aus dem Geld geworden ist. Sollte er hingegen kein Geld abgehoben haben, dann roch das Ganze nach einem schmutzigen Geschäft. Bei beiden Überlegungen gehe ich im Grunde von derselben Annahme aus: daß Koustas mit dem Täter verabredet war und im Wagen allein mit ihm sprechen wollte. Deshalb hatte er ihn aufgeschlossen, und deshalb hielt er seine Leibgarde zurück, die ihn begleiten wollte. Als ihn der Täter ansprach, drehte er sich um, um ihm zu antworten. Nun stank die ganze Sache in beiden Fällen zum Himmel – denn ob Koustas dem Täter nun um halb drei Uhr morgens Geld übergeben wollte oder sich mit ihm verabredet hatte, in beiden Fällen hatte der Mord mit Koustas' schmutzigen Geschäften zu tun.

Von der Imittou-Straße biege ich in den Vouliagmenis-

Boulevard ein. Der gestrige Hitzeschock ist in einen trüben Tag voll tief hängender Wolken und erdrückender Schwüle übergegangen. Immer wieder wische ich meine Handflächen mit dem Taschentuch ab, weil mir das Lenkrad aus den verschwitzten Fingern zu gleiten droht. Glücklicherweise lockert sich der Verkehr nach Brachami ein wenig auf, und gleichzeitig steigt auch meine Stimmung, denn ich komme schneller vom Fleck und spüre den kühlenden Fahrtwind im Gesicht.

Ich brauche an die fünfundvierzig Minuten, um zur Handelsbank zu gelangen. Es ist eine neu eröffnete Filiale, mit moderner, in Blauweiß gehaltener und der griechischen Nationalflagge nachempfundener Ausstattung. Vor jedem Schreibtisch stehen jeweils zwei Besucherstühle, die alle frei sind. Denn außer drei weiteren Kunden in der Warteschlange an der Kasse bin ich der einzige Besucher. Ich zähle um die zehn Abteilungsleiter. Die Anzahl der einfachen Bankangestellten beläuft sich auf drei. Ich trete auf eine Angestellte zu, die über ein Schriftstück gebeugt ist, und verlange den Filialleiter zu sprechen. Ohne den Kopf zu heben, streckt sie ihren Arm aus und deutet auf die Treppe.

Der Filialleiter ist um die Vierzig. Ich weiß nicht, wie er dazu kommt, mich für einen Finanzhai zu halten, der mit seiner Filiale ins Geschäft kommen möchte. Denn anders kann ich sein gewinnendes Begrüßungslächeln nicht deuten. Als ich sage, wer ich bin und was ich wünsche, verfinstert sich seine Miene merklich.

»Die Informationen, Sie von mir verlangen, unterliegen dem Bankgeheimnis«, meint er.

»Weiß ich doch. Aber Koustas wurde ermordet. Ich bin weder ein Verwandter noch ein Erbe. Ich bin Kommissar und ersuche Sie, mir bei den Ermittlungen zu helfen.«

Er sitzt in der Zwickmühle, aber er macht mir das Leben nicht schwerer als nötig. Er wägt bloß die Folgen für sich selbst ab. »Ich kann keinen detaillierten Kontoauszug herausgeben. Und Sie dürfen ihn nur hier einsehen.«

»Das reicht mir.«

»Sie verstehen, wenn das rauskommt, bin ich meinen Job los.«

»Es kommt nicht raus. Sie haben mein Wort.«

Er nimmt den Hörer und verlangt nach Koustas' Kontoauszug. Die junge Frau, die mir so charmant den Weg zum Büro des Filialleiters gewiesen hat, bringt ihn sogleich.

Ich nehme den Kontoauszug und gehe ihn durch. Es gibt tägliche Einzahlungen von ungefähr fünf Millionen, aber es gibt keine Abhebung einer größeren Summe, weder am Tag noch am Vortag des Mordes. Ich lasse den Kontoauszug beim Filialleiter zurück und mache mich auf den Weg. Wenn Koustas Geld abgehoben hat, um am Abend des Mordes jemanden zu bezahlen, dann nicht vom Konto der Handelsbank.

Die Filiale der National Bank liegt nur ein paar Schritte entfernt, bietet aber ein vollkommen anderes Bild als die Handelsbank. Hier sind die leitenden Angestellten in der Minderheit und die einfachen Bankbeamten in der Überzahl, und die Warteschlangen an den Kassen erinnern an das Finanzamt am letzten Tag der Einreichungsfrist für die Steuererklärung. Die beiden Stühle vor dem Schreibtisch des Filialleiters sind besetzt, und ich warte vor der Tür, bis sie frei werden.

Als ich nach einer halben Stunde eintrete und darlege, was ich möchte, hebt er die Arme, um zu signalisieren, daß es ihm unmöglich ist, mein Ansinnen zu erfüllen. »Leider kann ich nichts für Sie tun. Ich bin an das Bankgeheimnis gebunden.«

»Ich weiß, aber Ihr Kunde ist ermordet worden, und wir versuchen, den Schuldigen zu finden.«

»Unser Kunde ist zwar ermordet worden, doch er hat Erben hinterlassen, deren Namen ich in diesem Augenblick nicht kenne – offiziell zumindest.«

»Ich verlange ja nicht nach Kopien des Kontostandes, der interessiert mich gar nicht. Es reicht, wenn Sie mir sagen, ob Koustas am Tag oder Vortag des Mordes eine größere Summe abgehoben hat.«

»Ich bedaure.«

»Ich kann die Erlaubnis des Staatsanwalts einholen und das Konto öffnen lassen.«

Er lächelt. »Die korrekte Vorgehensweise ist Ihnen doch bekannt. Wieso handeln Sie nicht danach? Dann bekommen wir alle keine Schwierigkeiten.«

»Na schön«, sage ich und erhebe mich. »Ich komme morgen mit der Genehmigung der Staatsanwaltschaft. Stellen Sie mir bitte zwei Ihrer Angestellten zur Verfügung.«

Er blickt mich verwundert an. »Warum?«

»Weil ich sein Bankkonto vom Tag seiner Eröffnung an durchforsten werde und für jede Ein- und Auszahlung, jede Abbuchung einen Nachweis sehen möchte. Rechnen Sie damit, daß Sie das zwei ganze Tage kosten wird.«

»Aber Sie haben doch gerade behauptet, Sie wollten nur die Abhebungen der letzten beiden Tage sehen!«

»Ich möchte, genauso wie Sie, meine Vorschriften einhalten. Und das ist die offizielle Vorgehensweise.«

Ich weiß, daß er nun vor seinem inneren Auge eine Menschenschlange sieht, die sich vor den Schaltern seiner Filiale auf die Füße tritt. Draußen ist inzwischen ein Gewitter losgebrochen, es blitzt und donnert. Der Filialleiter hebt den Hörer ab und läßt Koustas' Kontoauszüge holen. Er legt den Hörer wieder auf und taxiert mich. Er würde mich liebend gerne vor die Tür setzen, doch ihm sind die Hände gebunden. Als man ihm die Kontoauszüge vorlegt, fischt er das letzte Blatt heraus und überreicht es mir. Aus diesem geht hervor, daß Koustas am Vorabend des Mordes nur gerade fünfzigtausend abgehoben hat. Davon hat er zwanzigtausend verbraten, und die restlichen Dreißigtausend waren in seiner Brieftasche. Es tauchen keinerlei weitere Abhebungen auf.

»Vielen Dank für Ihr Entgegenkommen«, sage ich und gebe ihm das Blatt zurück.

Er grüßt mich nicht, als ich hinausgehe, und ich ihn auch nicht. Nicht mal aus Unhöflichkeit, denn meine Gedanken sind bei Koustas. Somit ist die Variante, daß er Geld abgehoben hat, um es dem Mörder zu überreichen, völlig vom Tisch. Bleibt nur noch die Möglichkeit, daß er mit ihm verabredet war und seinen Wagen aus diesem Grund aufschloß. Nur wenn wir den Mörder finden, werden wir vielleicht erfahren, was sie zu bereden hatten. Auf jeden Fall sollte Dermitzakis mal überprüfen, welche Telefongespräche Koustas über seinen Festanschluß und sein Mobiltelefon geführt hat. Vielleicht ergibt sich dadurch etwas Neues.

Als ich auf die Straße trete, gießt es in Strömen. Bis ich zu meinem Mirafiori gelange, bin ich bis auf die Haut durchnäßt und verfluche dieses Wetter, diesen Koustas, der ausgerechnet in Glyfada seine Konten eröffnen mußte, und diesen Filialleiter der National Bank, der mich so lange aufgehalten hat.

Auf der Höhe des Flughafens ist der Vouliagmenis-Boulevard vollkommen verstopft, und die Autos kommen nur im Schrittempo voran. Die Ampeln sind ausgefallen, die Nerven der Fahrer liegen blank, und es hebt ein Hupkonzert an. Meine Kleider kleben an mir, und ich zittere vor Kälte. Es kann nicht länger als eine halbe Stunde hersein, daß es zu schütten anfing, doch in Höhe von Ilioupoli stürzen bereits ganze Bäche die abschüssigen Querstraßen hinunter. Ein Yugo, ein Renault Clio und ein Fiat Uno sind in den Wassermassen steckengeblieben. Die Fahrer sitzen hinterm Lenkrad und starren auf den Sturzbach wie Touristen auf die Niagarafälle. Sollte der Mirafiori jetzt absterben, dann springt er mir nie wieder an, und ich muß fortan mit dem Bus fahren. Ich kurble das Fenster hinunter und gebe den Fahrern mit ein paar Handbewegungen zu verstehen, daß ich von der mittleren auf die linke Fahrspur wechseln möchte. Der Fahrer links von mir streckt seinen Kopf zum Fenster heraus, um mich mit Beschimpfungen zu überschütten, weil ich ihm den Weg abschneide. Doch der Regen versetzt ihm eine klatschende Ohrfeige. Daraufhin zieht er sich ins Wageninnere zurück und kurbelt das Fenster wieder hoch. Währenddessen gelingt es mir, auf die linke Fahrspur einzuschwenken. Bei der ersten Linkskurve schlage ich das Lenkrad ein und rolle auf den Gehsteig hoch. Ich stelle den Motor ab und warte bibbernd auf das Ende des Unwetters.

Gestern abend saß ich wie ein griechischer Reeder im französischen Restaurant, und heute morgen hocke ich wie ein pakistanischer Schiffbrüchiger nach dem Untergang eines griechischen Tankers auf dem Vouliagmenis-Boulevard.

15

Durch den Regen ist der Müll aus den Tüten gequollen und hat sich nun auf den Straßen des Zentrums ausgebreitet. Man erreicht sein Fahrtziel nur, wenn man sich durch den Abfalldschungel schlängelt: Milchtüten, Coca-Cola-Flaschen, Bierdosen und leere Joghurtbecher. Gleichzeitig wird im Radio verkündet, die Mitarbeiter der Müllabfuhr hätten ihren Streik beendet. Daß ich nicht lache! Die warten jetzt so lange ab, bis die Sonne den Unrat ausdörrt, um ihn dann bequem einzusammeln.

Ich brauche an die drei Stunden, um zum Alexandras-Boulevard zu gelangen. Meine Kleider sind wieder trocken. Vlassopoulos sieht, wie ich antuckere, und schon läuft er mir entgegen.

»Der Chef will Sie sprechen.«

»Schon gut. Komm mit mir.« Ich spare mir Gikas für später auf – wenn sich meine Nerven etwas beruhigt haben. »Hast du etwas über Koustas in Erfahrung gebracht?«

»Wenn Sie mich so fragen: nein.«

»Also, Vlassopoulos, was soll das wieder heißen? Wie soll ich dich denn sonst fragen? Fehlt nur noch, daß du sagst ›Kein Kommentar‹, wie es jetzt bei allen mundfaulen Idioten in Mode gekommen ist!« Es kommt mir sehr gelegen, daß ich mich an ihm abreagieren kann, bevor ich zu Gikas gehe.

»Ich wollte damit nur sagen, niemand weiß etwas über Koustas.«

»Die wissen sehr wohl etwas, nur halten sie dicht.«

»Nein, Herr Kommissar.« Er hält inne und sieht mich gedankenvoll an. »Die Sache mit Koustas ist nicht ganz sauber. Nicht, was den Mord betrifft, sondern, was seine Person angeht.«

»Was meinst du damit?«

»Ich weiß nicht, es ist nichts Handfestes. Wenn man mit den Leuten über den Mord spricht, reden sie frei heraus, doch sobald man danach fragt, was für ein Mensch Koustas war, fühlen sie sich in die Enge getrieben und rücken keine Informationen mehr raus.«

»Na, schwing dich mal nicht zum Psychoanalytiker auf, Vlassopoulos! Unsere Arbeit ist derbes Handwerk, da ist kein Platz für abgehobene Ideen. Such weiter, tritt ihnen auf die Füße!«

»Ich knie mich rein.« Ich begreife, daß ich ihn nicht überzeugt habe, denn er setzt nach: »Ich tue ohnehin, was ich kann.«

»Na, dann ist es ja gut. Schick mir Dermitzakis rüber.«

Ich bin ihm zwar über den Mund gefahren, doch was er sagt, gibt mir zu denken. Wenn er recht hat, dann haben sich die Leute untereinander abgesprochen und schweigen, nicht weil sie vor dem toten Koustas Angst hätten, sondern weil sie sich vor seinen noch lebenden Geschäftspartnern fürchten. Die zweite Tatvariante scheint sich mehr und mehr zu bewahrheiten: Koustas trat am Abend des Mordes allein aus dem Rembetiko, weil er auf einen seiner ›Geschäftspartner‹ wartete. Die Antiterrorabteilung hatte doch recht, sowenig mir das auch in den Kram paßt. Möglicherweise war sein Mörder ein blutiger Anfänger oder bloß schusselig, aber es war ein Auftragsmord.

»Ich möchte, daß du Koustas' sämtliche Telefonrechnungen durchforstest«, sage ich zu Dermitzakis, als er reinkommt. »Die vom Restaurant, von den beiden Nachtklubs, von ihm zu Hause und von seinem Handy. Ich möchte wissen, mit wem er telefoniert hat.«

»Wie weit soll ich zurückgehen?«

»Sagen wir, vierzehn Tage, da müßte der Mörder dabeisein. Fang mit seinem Mobiltelefon an. Höchstwahrscheinlich hat er ihn damit angerufen.«

Ich lasse ihn mit seiner Aufgabe allein und begebe mich zu Gikas. Koula empfängt mich mit einem breiten Lächeln.

»Und wann ist es soweit mit der Hochzeit?« frage ich.

»Wissen Sie, Sakis möchte, daß wir sofort heiraten, aber ich will nichts überstürzen.«

»Weshalb?«

»Er soll ruhig ein wenig schmoren. Wenn man es als Frau den Männern zu leicht macht, denken sie gleich, sie seien die Größten.« Und ihre Miene sagt mir, daß ich Glück hatte, daß ich nicht ihr in die Hände gefallen, sondern bei Adriani gelandet bin.

»Ist er drinnen?« frage ich, um schnell die Kurve zu kratzen.

»Ja, und er will Sie schon seit dem frühen Morgen sprechen.«

Das scheint zu stimmen, denn kaum habe ich meinen Fuß in sein Büro gesetzt, springt er mir auch schon ins Gesicht: »Wo sind Sie denn abgeblieben? Informationsmäßig sitze ich völlig auf dem trockenen.«

»Wir haben noch nichts zu bieten.«

Und ich erläutere meine Nachforschungen, und wo ich heute morgen war.

Er blickt mich eine Weile skeptisch an. »Ich sähe es lieber, wenn Sie sich mit dem Fall des unbekannten Toten befaßten«, meint er dann. »Geben Sie den Koustas-Mord an Vlassopoulos ab.«

Mir verschlägt es die Sprache. Ich versuche zu erraten, woher der Wind weht, doch sein Gesicht bleibt ausdruckslos. »Warum?« Das ist das einzige Wort, das mir in den Sinn kommt.

»Er wird dem Fall noch einen Monat nachgehen, nichts finden, und dann landet das Ganze auf dem Stapel mit den unaufgeklärten Mordfällen.«

Plötzlich fällt mir das Gespräch mit Sotiropoulos ein, als er meinte, wenn ich im Fall Koustas nachbohrte, würde ich in Teufels Küche kommen. Da hat er wohl recht. In wesentlich unwichtigeren Fällen hält uns Gikas dazu an, bloß nicht lockerzulassen. Daß er den Fall nun so übereilt zu den unaufgeklärten Morden abschieben will, deutet darauf hin, daß ihn ein höherer Befehl dazu verdonnert hat. Ich spüre, wie sich schon wieder etwas in mir zusammenbraut.

»Hat Stellas Sie auf diesen Gedanken gebracht?«

»Was hat denn Stellas damit zu tun?«

»Weil er mir schon am ersten Tag gesagt hat, ich soll die Angelegenheit ins Archiv abschieben.«

»Meinen Sie, ich warte darauf, von Stellas zu hören, was ich tun und lassen soll?«

Er schreit mich an, einerseits, weil er glaubt, ich hätte ihn herabgesetzt, und andererseits, weil er das Thema vom Tisch haben möchte.

»Hier tummeln sich Typen aus aller Herren Ländern – Albaner, Serben, Rumänen, Bulgaren – und sind bereit, für ein Stück Brot einen Mord zu begehen. Wie soll man da auf einen grünen Zweig kommen! Ich leite den Fall zu den unaufgeklärten Morden weiter, und wenn wir Glück haben, fassen wir den Täter in einem Jahr wegen eines anderen Mordes, und dann klären wir den Koustas-Mord gleich mit auf.«

Er ist mit seiner Erklärung zu Ende und wartet ab, ob ich Einwände erhebe. Ich halte meinen Mund, und er beruhigt sich.

»Im Fall des unbekannten Toten sind wir übrigens weitergekommen.«

Er nimmt zwei zusammengeheftete Blätter von seinem Schreibtisch und überreicht sie mir. Das obere Blatt ist in deutscher Sprache. Am Briefkopf erkenne ich, daß es sich um ein offizielles Schriftstück handeln muß.

»Die Aussage des Deutschen. Sie ist heute morgen per Fax gekommen. Innerhalb eines Tages hat man ihn an der Universität ausfindig gemacht.«

Ich gehe zum zweiten Blatt über und sehe, daß es sich um eine Übersetzung ins Griechische handelt. »So schnell?« Ich frage das, um ihn auf die Schippe zu nehmen, weil ich weiß, was nun kommt.

»Alles geht schnell, wenn man über die geeigneten Beziehungen verfügt«, sagt er stolz, und meine Voraussage erfüllt sich prompt.

»Durch Ihren Bekannten in Deutschland?«

»Ja, Hartmann.«

Es steht in den Sternen, ob es tatsächlich Hartmann war oder mein Funkspruch, der die ergänzende Zeugenaussage in die Wege geleitet hat. Alle Schriftstücke gehen sowieso zuerst durch Gikas' Hände.

»Wissen Sie, wir haben in den einschlägigen Kreisen nach Koustas ermittelt, aber alle haben Angst, und keiner traut sich, den Mund aufzumachen. Möglich, daß der Fall viel weitreichender ist als zunächst angenommen. Ich meine, wir sollten durchaus weiter nachforschen, bis abzusehen ist, wohin das Ganze führt.«

Er blickt mich an. Unversehens nimmt sein Gesicht jenen vertrauten Ausdruck an, den er jedes Mal aufsetzt, wenn er mir etwas ohne viele Worte verklickern möchte. »Kostas, ich weiß sehr wohl, worauf Sie hinauswollen. Geben Sie den Fall an Vlassopoulos ab. Setzen Sie mich nicht unter Druck.«

Einen Augenblick lang blicken wir uns an, ohne irgendein Wort. Dann öffne ich die Tür und gehe hinaus.

»Sag mal, wie ist denn eigentlich die Sache mit Hartmann gelaufen?« frage ich Koula.

»Wer ist denn das?«

»Der Deutsche, den Sie in München kontaktieren sollten.«

»Ach so, den haben wir nicht erreicht und sind der Sache nicht weiter nachgegangen.«

Wenn ich bei allen Nachforschungen die Wahrheit so schnell ans Licht brächte, wäre ich längst Polizeipräsident.

Im Fahrstuhl zerbreche ich mir den Kopf, um dahinterzukommen, wer wohl angeordnet hat, den Fall ad acta zu legen, und welche Gründe er dafür gehabt haben könnte. In was für schmutzige Geschäfte war Koustas verwickelt? Ausgeschlossen, daß es um Rauschgifthandel ging. Drogengeschäfte lassen sich schwer vertuschen. Die kommen zuallererst ans Licht, und dann bemühen sich die Schuldigen, einen Weg zu finden, ihre Freiheit mit Geld zu erkaufen. Die einzige Möglichkeit, die mir in den Sinn kommt, ist Wucher. Wenn verschiedene große Unternehmer verwickelt waren, dann ließen sie rechtzeitig ihre Beziehungen spielen, um die Affäre zu vertuschen, bevor ihr Name dick und fett auf dem Fernsehschirm und in den Schlagzeilen der Presse auftauchte. Der kurze Blick auf Koustas' Konten bei der Handelsbank erlaubt aber keine solchen Rückschlüsse. Und wenn ich einen staatsanwaltlichen Bescheid erwirke und veranlasse, seine Konten offenzulegen, handle ich Gikas' ausdrücklichen Anweisungen zuwider.

Ich setze mich an meinen Schreibtisch und nehme mir die Aussage des Deutschen in der griechischen Übersetzung vor. Sie ist nicht lang, nur einige Zeilen.

»Ich habe gesehen, wie der unbekannte Mann mit der jungen Frau auf dem Marktplatz des Hauptortes von Santorini spazierenging. Sie liefen Hand in Hand. Die junge Frau war mittelgroß und hatte langes, blondes Haar, das sie zu einem Pferdeschwanz zusammengebunden hatte. Ich kann ihr Alter nicht einschätzen. Sie wirkte wie zwanzig, war aber wohl älter. Später habe ich sie noch einmal getroffen. Ich saß in einer Taverne beim Essen, und sie setzten sich an den Tisch gegenüber. Danach habe ich sie nicht wiedergesehen.«

Ich blicke auf die Zeugenaussage und versinke in Gedanken. Die einzige neue Erkenntnis ist, daß die junge Frau blond war und lange Haare hatte. Will heißen, wir suchen eine Stecknadel im Heuhaufen. Überall laufen blonde junge Frauen herum. Durch die Aussage wird nicht einmal klar, ob ihr Haar von Natur aus blond war oder gefärbt.

Auf dem gegenüberliegenden Balkon hält der Muskelprotz mit der schulterlangen Mähne die Kleine im Arm und tätschelt sie. Sie hat sich an ihn gedrängt, und er küßt sie auf Haar, Hals und Lippen. Das Klingeln des Telefons reißt mich von dem Anblick los. Es ist der Polizeiobermeister von der Insel.

»Er hat nirgendwo auf der Insel gewohnt, Herr Kommissar«, sagt er. »Wir haben alles sorgfältig nachgeprüft. Hotels, Privatunterkünfte...«

»Hat ihn jemand wiedererkannt?«

»Nur der Besitzer des Kafenions am Marktplatz. Er saß mit zwei anderen zusammen, und sie tranken Kaffee.«

Ich wittere Morgenluft: Die beiden mußten seine Mörder gewesen sein. Folglich war er mit ihnen bekannt. »Gibt es eine Personenbeschreibung der beiden?«

»Nur eine sehr vage. Einer soll eher brünett, der andere eher schwarzhaarig gewesen sein. Aber dem Besitzer des Kafenions kamen sie wie Ausländer vor.«

»Ist er da sicher?«

»Nicht ganz, denn jedes Mal, wenn er sich dem Tisch näherte, wurde das Gespräch abgebrochen.«

»Und was ist mit der jungen Frau?«

»Die hat er gar nicht gesehen. Nur ihn und die beiden anderen. Verstehen Sie«, fügt er hinzu, um sich zu rechtfertigen, »wie sollen sich die Leute bei dem ganzen sommerlichen Fremdenverkehr auf der Insel auch noch an einzelne Gesichter erinnern?«

»Vielen Dank, Herr Polizeiobermeister«, sage ich und lege den Hörer auf die Gabel.

Wenn er nicht auf der Insel wohnte, wie war er dann überhaupt dorthin gelangt? War er mit dem Tragflügelboot angereist, zusammen mit seinen Mördern? Nicht von der Hand zu weisen, da er sie doch kannte. Vielleicht war er mit der Fähre gekommen, um länger zu bleiben, wurde jedoch um die Ecke gebracht, bevor er sich ein Zimmer suchen konnte. Und die junge Frau? Der Germane hatte sie zusammen auf Santorini gesehen. Möglicherweise hatte Dermitzakis recht, als er von einem schnellen Urlaubsfick ausgegangen war. Außer, die Täter hatten die junge Frau auf ihn angesetzt, um ihn besser verfolgen zu können.

In meinen Gedanken beginnt sich nach und nach ein Bild zu formen. Der Unbekannte kommt auf die Insel. Entweder mit der Fähre in Begleitung der jungen Frau, schafft es aber nicht, ein Zimmer zu beziehen, da er auf seine Mörder trifft, oder alle reisen zusammen mit dem Tragflügelboot an – er, die junge Frau und die beiden Täter. Die zweite Variante gefällt mir besser. Die junge Frau ist eingeweiht und läßt die drei die Sache in aller Ruhe besprechen. Sie fahren mit ihm auf den Berg, erwürgen ihn und verscharren ihn. Und danach verschwinden alle auf Nimmerwiedersehen, sowohl die Täter als auch die junge Frau.

16

Meine Rückenschmerzen sind wieder da, noch schlimmer als zuvor. Sie ziehen sich nun bis in die Brust. Ich muß nicht lange darüber nachbrüten, um den Grund herauszufinden. Die drei Stunden, die ich völlig durchnäßt im Mirafiori zugebracht habe, liegen als Ursache auf der Hand. Ich setze mich vor den Fernseher und beiße die Zähne zusammen. Denn wenn ich etwas darüber verlauten lasse, wird mir Adriani gehörig den Marsch blasen.

Die Tagesschau hebt mit ihrem Lieblingsthema an: den Regenfällen. Genauer gesagt werden die hundert Notrufe bei der Feuerwehr erwähnt und die Straßen gezeigt, die sich in riesige Seenlandschaften verwandelt haben, die Tische und Stühle, die in den Wohnzimmern auf den Fluten treiben, und die Anwohner, die das Wasser eimerweise aus ihren Kellern kippen und die zuständigen, aber untätigen Behörden mit Häme übergießen.

»Die Leute haben ganz recht«, sagt Adriani aufgebracht. »Nicht einmal ein Kanalisationssystem können sie errichten. Nur auf Stimmenfang gehen.«

Ich entgegne nichts, denn mir steht der Sinn nicht nach einem gemütlichen Plausch. Der Politikteil der Sendung, der immer erst an fünfter oder sechster Stelle kommt, verbreitet keine wichtigen Neuigkeiten. Nur der Exminister mit den hohen Umfragewerten taucht auf und verkündet, daß er mit der Linie seiner Partei in den griechisch-türkischen Beziehungen nicht einverstanden ist. Das hört sich so an, als wolle er vom Feldherrenhügel des französischen Spezialitätenrestaurants aus gleich die Bombardierung der Türken anordnen.

Wir sind schon bei der medizinischen Entdeckung des Tages angelangt, und über Koustas und die unbekannte Leiche wurde kein Sterbenswörtchen verloren. Ich stehe lautlos auf und gehe ins Schlafzimmer. Ich nehme den zweiten Band des Dimitrakos-Wörterbuchs zur Hand und lege mich aufs Bett. Ich blättere gerade nach irgendeinem Eintrag, um mich abzulenken, als ich unvermutet feststelle, daß mein linker Arm eingeschlafen ist und ich das Wörterbuch gar nicht mehr halten kann. Ich lege es zur Seite und bleibe reglos liegen, während mich ein stechender Schmerz durchzuckt.

»Was hast du denn? Warum hast du dich hingelegt?« Adriani steht in der Schlafzimmertür und blickt mich beunruhigt an.

»Mein Rücken tut wieder weh. Das kommt bestimmt davon, daß mich der Regen heute früh bis auf die Haut durchnäßt hat. Auch mein Arm ist ganz gefühllos –«

»Was?« ruft sie erschrocken. »Dein Arm ist gefühllos?«

Ich sehe, wie sie auf der Stelle kehrtmacht und sich eiligen Schrittes entfernt. »Wo gehst du denn hin?« rufe ich hinter ihr her.

»Bleib bloß liegen, nicht bewegen!«

Ich höre, wie sie telefoniert und eilig meinen Namen und unsere Adresse angibt. Sie kehrt zurück und läßt ihren Blick forschend über mich gleiten. Sie versucht, an meinem äußeren Eindruck abzulesen, wie ich mich fühle.

»Wo hast du angerufen?«

»Beim Rettungsdienst. In einer Viertelstunde sind sie hier.«

»Bist du wahnsinnig? Ich soll ins Krankenhaus wegen läppischer Rückenschmerzen? Ich habe doch schon einen Termin beim Rheumatologen ausgemacht!«

Sie bemüht sich, ihren Schrecken vor mir zu verbergen. »Mein lieber Kostas, möglicherweise ist es gar nicht der Rücken«, sagt sie. »Sondern das Herz.«

»Aber woher denn das Herz, dummes Frauenzimmer! Meine Pumpe ist in einem prima Zustand, nur mein Rücken tut mir weh. In den Krankenwagen setze ich keinen Fuß rein, damit du's nur weißt.«

»Ich bitte dich, Kostas: Tu's mir zuliebe! Bitte bitte!«

Sie fleht mich förmlich an, und auch mir ist der Schrekken in die Glieder gefahren, selbst wenn ich idiotischerweise den Helden spiele. »Einverstanden, aber ich will keinen Krankenwagen. Ich möchte mit dem Auto fahren.«

Als ich mich aufrichten möchte, beginnt mein Herz wie ein Motorboot zu tuckern, und ich ergebe mich in mein Schicksal. Adriani bemerkt es, ihre Unruhe wächst, und sie sieht davon ab, mich zu schimpfen. Nach einer Viertelstunde nähert sich die Sirene des Krankenwagens, und Adriani läuft zur Tür. Kurz darauf treten zwei Sanitäter mit einer Tragbahre herein. Sie lassen mich darauf plumpsen wie ein Bündel Schmutzwäsche, decken mich zu und beginnen mich eilig in Richtung Wohnungstür abzutransportieren.

»Wohin fahren Sie denn mit ihm?« fragt Adriani.

»Ins Allgemeine Staatliche Krankenhaus, dort hat die Ambulanz heute Nachtdienst. Kommen Sie mit?«

»Natürlich.«

Ein paar Passanten bleiben stehen und starren auf das sich bietende Schauspiel. Ich möchte am liebsten vor Scham im Erdboden versinken. Die glauben wohl, einen alten Mann vor sich zu haben, der seinen Lebensabend mit regelmäßigen Besuchen im Krankenhaus verbringt. Die Türen schließen sich, die Sirene tritt wieder in Aktion, und wir fahren los.

Wir brauchen ungefähr zehn Minuten bis zur Notaufnahme des Allgemeinen Staatlichen Krankenhauses. Die Sanitäter stellen mich in einem Gang ab.

»Warten Sie hier, der Arzt kommt gleich«, sagen sie zu Adriani und machen sich aus dem Staub.

Ich blicke mich um und sehe Tragbahren, die an der Gangwand aufgereiht stehen, und dazwischen rote Türen. Auf der Bahre mir gegenüber liegt eine alte Frau, nur mehr Haut und Knochen, mit geschlossenen Augen und offenem Mund. Ein Gespenst. Am Kopfende steht eine dürre Vierzigjährige, die mit gleichgültigem und abgestumpftem Blick vor sich hin sieht, wie es auch die Stammgäste auf den Gängen des Polizeipräsidiums tun. Die alte Frau wimmert, und die Dürre beugt sich über sie.

»Was ist denn, Mama?« sagt sie genervt. Ich weiß nicht, wie sich die Alte verständlich macht, ohne die Lippen zu bewegen, aber sie scheint es hinzukriegen, denn die Dürre meint: »Schon gut, hab Geduld. Wir sind hier nicht die einzigen.« Und sie heftet ihren Blick an die Decke, da nichts anderes ihre Aufmerksamkeit zu fesseln vermag.

Ich drehe mich zur Seite und blicke auf Adriani, die ein Taschentuch herausgezogen hat und mir den nicht vorhandenen Schweiß von der Stirn tupft. Ich frage mich, wie oft sie es wohl noch ertragen würde, mich hierher zu bringen, ohne mich zum Teufel zu schicken, wie es die Dürre mit ihrer Mutter tut. Mit einem Mal fühle ich mich wie ein willenloses Bündel, das hin und her geschleift wird. Wenn mich jetzt Vlassopoulos oder Dermitzakis verhörten, würde ich ausnahmslos alles gestehen, selbst Taten, die ich gar nicht begangen habe.

Eine rote Tür geht auf, und ein Ehepaar um die Fünfundvierzig tritt heraus. Adriani läßt mich allein und tritt in den Untersuchungsraum, wobei sie die Tür hinter sich offenläßt. Ich kann zwar nicht verstehen, was sie mit denen da drinnen bespricht, doch es wird mir klar, als ich die Antwort einer männlichen Stimme höre: »Nur keine Sonderwünsche, meine Dame! Er kommt schon dran, wenn er an der Reihe ist.«

»Stures Pack!« zischt Adriani und wirft die Tür hinter sich ins Schloß.

Sie kehrt an meine Seite zurück, doch sie weicht meinem Blick aus, als schäme sie sich dafür, daß sie sich nicht durchsetzen konnte. Der Schmerz hat sich auf beide Arme ausgedehnt, und ich finde keine Ruhe auf der Tragbahre. Neben der dürren Vierzigjährigen sitzt ein Sechzigjähriger auf einem Plastikstuhl. Er hockt vornübergebeugt, und aus seiner Nase tröpfelt Blut auf den Fußboden. Der Mann hat seinen Blick auf die Blutlache geheftet – zwar nicht so groß, daß mein Mirafiori darin absaufen würde, aber immerhin schon ein kleiner See. Die beiden Stühle links und rechts von ihm sind leer, denn die Leute in seiner Umgebung weichen vor ihm zurück und ziehen es vor stehenzubleiben.

Es sind an die zwei Stunden verstrichen, als ich plötzlich laute Rufe, Geschrei, Schluchzen und das Geräusch einer eilig heranrollenden Tragbahre vernehme. Als sie vor mir anlangt, erkenne ich darauf einen unrasierten, schnauzbärtigen Zigeuner. Er trägt eine verblichene, glänzende Sportjacke und zerschlissene Jeans, sein Hemd ist zerfetzt, und oberhalb der Leber klafft eine riesige, blutverschmierte Stichwunde. Er ächzt kaum hörbar vor sich hin. Den nimmt morgen schon die Gerichtsmedizin unter ihre Fittiche, denke ich. Hinter ihm schlagen sich fünf Zigeunerinnen mit geblümten Röcken und Kopftüchern klagend an die Brust, jammern händeringend und versetzen das ganze Krankenhaus durch ihr Geschrei in Aufruhr.

Die Tür des gegenüberliegenden Untersuchungszimmers öffnet sich, und ein dreißigjähriger Arzt tritt heraus. Er ist großgewachsen, von dunklem Teint und mit lockigem Haar, ein gutaussehender junger Mann.

»Seien Sie doch ein wenig ruhig«, ruft er den Zigeunerinnen zu. »Wir sind hier in einem Krankenhaus. Wir haben auch noch andere Patienten.«

Als Adriani ihn erblickt, stürzt sie auf ihn zu. »Ich bitte Sie, Herr Doktor«, sagt sie. »Werfen Sie einen Blick auf meinen Mann. Damit wir zumindest sichergehen können, daß es nichts Ernstes ist.« Sie stellt sich auf die Zehenspitzen und flüstert ihm etwas ins Ohr.

Der Arzt verharrt einen Augenblick lang unschlüssig, dann richtet er den Blick auf mich. Ich weiß nicht, was er an meinem Anblick so besorgniserregend findet, aber er kommt auf mich zu.

»Was spüren sie genau?« fragt er.

»Rückenschmerzen.«

»Direkt im Rücken oder auch in der Brust?«

»Keine Ahnung, ob sie vom Rücken ausgehen und bis in die Brust ausstrahlen oder umgekehrt.«

»Haben Sie sonst noch Schmerzen?«

»In den Armen. Zunächst wurde der linke gefühllos, jetzt tun mir beide weh.«

»Ein Unwohlsein im Magen?«

»Ja. So etwas wie eine Magenverstimmung.«

Die Besorgnis zeichnet sich nun klar in seinem Blick ab. Er sieht eine Krankenschwester vorbeieilen, die in einem Plastikbecher eine Urinprobe zur Untersuchung bringt, und hält sie an.

»Schwester, helfen Sie mir mal, die Tragbahre in den Untersuchungsraum zu schieben.«

Sie verständigen sich mit einem kurzen Blick. »Halten Sie das bitte einen Augenblick«, sagt die Krankenschwester zu einer Frau und drückt ihr die Urinprobe in die Hand.

»Na, das wird ja immer schöner!« ruft die Frau erbost aus. »Nicht genug damit, daß wir drei Stunden lang warten, bis uns endlich ein Arzt untersucht, jetzt halst man uns auch noch fremde Urinproben auf.«

Die Krankenschwester läßt sie einfach stehen. Sie schiebt die Tragbahre mit dem Arzt zusammen in das Untersuchungszimmer.

Eine schwarzgekleidete Mollige hält das Hemd eines Siebzigjährigen, der auf dem Bett sitzt, in der Hand und will es ihm gerade überziehen.

»Ich bitte Sie, könnten Sie so freundlich sein und sich draußen ankleiden?« meint der Arzt.

»Aber wir sind doch noch gar nicht fertig«, protestiert die Frau. »Sie haben uns kein Sterbenswörtchen darüber gesagt, ob noch weitere Untersuchungen oder irgendwelche Medikamente nötig sind.«

»Ich rufe Sie in fünf Minuten wieder herein. Ich habe hier einen Notfall.«

»Komm schon, Papa«, sagt sie zu dem Siebzigjährigen und hilft ihm beim Aufstehen, während sie gleichzeitig seine Kleider vom Stuhl nimmt. Als sie an mir vorbeigeht, kann sie sich einen Seitenhieb nicht verkneifen. »Ich möchte bloß wissen, welchen hohen Fürsprecher der Herr hier hat«, meint sie zum Arzt gewendet. Ihr Blick und ihre Worte speien Gift und Galle. Na warte, denke ich insgeheim, sollte ich dich jemals wiedersehen, wirst du händeringend nach hohen Fürsprechern rufen, damit sie dich aus meinen Klauen befreien.

Doch nur ich scheine ihr Beachtung zu schenken, sonst niemand. »Bei welcher Krankenkasse sind Sie versichert?« fragt mich die Krankenschwester.

»Bei der Polizeikrankenkasse«, mischt sich Adriani ein. »Er ist nämlich Kommissar.«

Die Frau bekommt es an der Tür mit. »Aha, jetzt ist alles klar«, triumphiert sie. »Die kassieren bei den Drogendealern ab und bringen so ihre Schäfchen ins trockene.«

Ich weiß nicht, was mir mehr weh tut: mein Rücken oder die Erniedrigung, die ich einstecken muß. Ich warte darauf, daß jemand für mich in die Bresche springt, doch wieder mißt ihr keiner Bedeutung bei, nicht einmal Adriani, die mir beim Ausziehen behilflich ist. Daraus schließe ich, daß sie wirklich Angst hat.

Aus den Augenwinkeln verfolge ich die Krankenschwester, die mich verkabelt, als sei ich ein Stromgenerator. Ich weiß nicht, ob die Nadeln, die ihre Aufzeichnungen beginnen, mit meiner Herztätigkeit zugleich auch meine Furcht registrieren.

»Sie leiden an einer akuten Durchblutungsschwäche. Ich behalte Sie zur Beobachtung vorläufig hier«, sagt der Arzt.

Das hatte ich von Anfang an befürchtet, und der kalte Schweiß bricht mir aus. Hätte er gesagt, er wolle mich zum Verhör hierbehalten, hätte ich es mit Leichtigkeit hingenommen. Denn das Gefängnis ist ein Dschungel, in dem ich mich zurechtfinde.

Man fährt mich in ein Zweibettzimmer, und zu meiner großen Freude ist das andere Bett nicht belegt. Jetzt erst sehe ich, daß Adriani eine große Plastiktüte in der Hand hält. Sie öffnet sie und holt meinen Pyjama und meine Pantoffeln hervor.

»Ich habe das schnell eingepackt, als wir auf den Krankenwagen warteten«, sagt sie, als müsse sie dafür Abbitte leisten. »Ich dachte, vielleicht behalten sie dich gleich hier.«

Sie geht mir beim Auskleiden zur Hand, dann setzt sie sich auf das gegenüberstehende Bett und blickt mich an. Ich habe das Gefühl, daß ich ihr etwas sagen sollte, ein Dankeschön oder daß es mir schon bessergeht und sie sich keine Sorgen machen soll. Doch kein Wort kommt über meine Lippen. Adriani lächelt mir schüchtern zu, ganz wie bei unserer allerersten Verabredung. Sieh einer an, sage ich zu mir, wie diese Krankheit die Anfänge unserer Liebesbeziehung heraufbeschwört. Sie streckt ihre Hand aus und legt sie auf die meine. Jetzt, wo die Dinge ihren geregelten

Gang gehen, würde sie gerne ein paar Tränen weinen, um sich Erleichterung zu verschaffen, doch sie beherrscht sich. Ihre Hand gibt mir Sicherheit, der Schmerz läßt langsam nach, und der Schlaf übermannt mich.

17

Als ich die Augen aufschlage, ist mir zunächst nicht klar, wo ich mich befinde. Der Raum ist mir vollkommen fremd. Erst als ich die weißen Wände rundherum und den dünnen Schlauch registriere, der von der Infusionsflasche bis zu meinem Handrücken führt, besinne ich mich, daß ich seit gestern nacht im Krankenhaus liege. Katerina sitzt auf dem leeren Bett gegenüber und lächelt mir zu.

»Na, aufgewacht?« fragt sie mich.

Ich blicke sie verdutzt an. »Wo kommst du denn her?«

»Mama hat mich gestern abend angerufen. Ich habe die Morgenmaschine genommen.«

»Sie hat dich mitten in der Nacht aus dem Bett geklingelt?«

»Was denkst du denn! Du kommst ins Krankenhaus, und sie sollte mir kein Sterbenswörtchen davon sagen?« Sie steht auf, beugt sich zu mir herunter und küßt mich auf die Stirn. »Jetzt bin ich also doch noch gekommen«, meint sie scherzend. »Wie fühlst du dich?«

Ich versuche herauszufinden, wo ich Schmerzen habe, aber mir tut nichts weh. »Gut. Keinerlei Schmerzen.«

Ihr Blick betastet mein Gesicht, als wolle sie sichergehen, daß ich ihr die Wahrheit sage. Sie ist einfach gekleidet und trägt eine Baumwollbluse und Jeans. Ihr Gesicht ist von kastanienbraunem lockigen Haar umrahmt, und wenn sie nicht diesen forschenden, besorgten Blick aufgesetzt hat, dann grinst sie verschmitzt und zwinkert spitzbübisch. Eine hübsche junge Frau – oder vielleicht auch nicht. Denn möglicherweise sehe ich sie durch eine rosarote Brille, weil sie meine Tochter ist. Der eigene Furz duftet wie das süßeste Räucherwerk, pflegte meine selige Mutter zu sagen.

»Und wo ist deine Mutter?«

»Ich hab sie nach Hause geschickt, sie soll sich ausschlafen. Sie besucht dich gegen Mittag.«

Ich komme gar nicht dazu, sie nach Neuigkeiten zu fragen, denn der Arzt tritt ein. Er serviert mir einen »wunderschönen guten Morgen« auf dem Frühstückstablett, dann fällt sein Blick auf Katerina und bleibt an ihr hängen. Katerina nickt ihm kurz zu und wendet sich wieder zu mir. Sie ist eine zurückhaltende junge Frau und fühlt sich unwohl, wenn man sie anstarrt, als wolle man sie ausziehen.

»Gehen Sie bitte während der Untersuchung hinaus«, sagt die Krankenschwester im Schlepptau des Arztes, die das Wägelchen mit dem Kardiographen hinter sich herzerrt.

»Die junge Dame kann ruhig hierbleiben, sie stört uns nicht«, tritt der Arzt dazwischen.

Katerina kauert sich in eine Ecke, um nicht im Weg zu sein, und die Krankenschwester rollt das Wägelchen neben mein Bett.

»Nun? Wie geht's uns denn?« fragt der Arzt.

»Besser. Ich bin schmerzfrei.«

»Na, dann schauen wir mal.«

Die Nadeln nehmen ihre Aufzeichnungen wieder auf, während ich die Gesichter um mich herum mustere. Ich weiß nicht, ob meine Unruhe an meinem Gesicht abzulesen ist, Katerinas Besorgnis ist jedenfalls deutlich in ihrem Blick zu spüren. Der Arzt hingegen verfolgt die Arbeit der Nadeln in aller Seelenruhe, die Krankenschwester sogar mit überdrüssiger Miene.

»Wunderbar«, sagt der Arzt zufrieden. »Ihr EKG sieht heute schon viel besser aus. Sie können sich bei Ihrer Frau bedanken.«

»Wieso?«

»Weil sie so umsichtig war, Sie unverzüglich ins Krankenhaus zu bringen, und dadurch Schlimmeres verhindert hat.«

»Haben Sie ihr das gesagt?«

»Sicher.«

Ich würde ihm am liebsten an die Gurgel springen, denn in Zukunft kann ich mir jeglichen Protest gegen Adrianis Methoden abschminken.

»Seit wann haben Sie diese Rückenschmerzen?«

Ich stelle meine Berechnungen an. »Seit einem Monat etwa.«

»Sie hätten auf der Stelle zum Arzt gehen müssen.«

»Da kennen Sie meinen Vater aber schlecht! Fragen Sie ihn, was ihm lieber ist: ein Arzt oder ein Mörder, und er wird sagen – ein Mörder.«

Sie blicken sich an und grinsen. Nur die Miene der Krankenschwester bleibt todernst, wodurch sie meine Wertschätzung gewinnt.

»Man wird Sie zum Lungenröntgen und zur Ultraschalldiagnose abholen«, meint der Arzt. »Wir sprechen uns dann morgen früh.«

Er klopft mir freundschaftlich auf die Schulter, grüßt Katerina mit einem Lächeln und verläßt den Raum, die Krankenschwester auf seinen Fersen. Katerina läuft hinter ihnen hinaus. Kurz danach kommt sie mit einer Zimmerpflanze von den Ausmaßen einer Dorfplatane im Arm zurück.

»Was ist denn das?«

»Das schickt dir Gikas. Mit den besten Wünschen zur Genesung.«

Ich greife nach dem Kärtchen. Gikas' Schrift besteht aus kaum leserlichen Krähenfüßen. Er selbst bemüht sich natürlich nicht ins Krankenhaus, um mich zu besuchen. Dennoch bin ich gerührt über die kleine Aufmerksamkeit, denn üblicherweise trampeln wir einander auf den Nerven herum.

»Hast du den Arzt vielleicht gefragt, wann ich wieder rauskann?«

»Aber Papa, du bist nicht ganz bei Trost! Du bist ja noch keine vierundzwanzig Stunden hier!«

Das ist mir klar, doch die Frage, die mir unter den Nägeln brennt, ist, wie viele Vierundzwanzigstundentage ich noch absitzen muß, bis ich wieder den Duft der Freiheit schnuppern kann. Die Tür geht auf, und ein Krankenpfleger schiebt einen Rollstuhl herein, um mich zu den Untersuchungen zu bringen. Er hilft mir, mich aufzurichten, auch Katerina eilt herbei und packt mich am anderen Arm, und alle beide setzen mich in den Stuhl – wie einen Querschnittgelähmten, der im Park spazierengeführt werden soll.

»Leistest du mir Gesellschaft?« frage ich Katerina.

»Na klar.«

Ich sage ihr nicht, wie froh ich darüber bin, sie an meiner Seite zu haben. Das Krankenhaus, die Ärzte, die Geräte schüchtern mich ein, und in meiner Angst suche ich bei ihr Halt.

Die Röntgenabteilung wirkt wie die Filiale der National Bank. Eine dichtgedrängte Menschenmenge – die einen in einfacher Alltagskleidung, die anderen im Schlafanzug, und wieder andere flanieren durch die Gänge, während Gattin oder Tochter ihnen die Infusionsflasche über den Kopf hält, damit die Tröpfchenzufuhr nicht unterbrochen wird. Wenn die bloß keinen Schatten in der Lunge finden, sage ich zu mir selbst, als ich zur Röntgenaufnahme hineinfahre und mir das Herz in die Hose rutscht.

Als wir nach einer halben Stunde ins Zimmer zurückkehren, treffen wir auf Vlassopoulos und Dermitzakis, die schon auf mich warten. Vlassopoulos, der Katerina schon lange kennt, reicht ihr die Hand. Dermitzakis, der sie zum ersten Mal sieht, weil er neu auf der Dienststelle ist, begnügt sich mit einem »Sehr erfreut« und würdigt sie dann keines Blickes mehr, aus Angst, ich könnte sein Interesse in den falschen Hals kriegen. Womit er vollkommen richtigliegt.

»Was haben Sie wieder angestellt, Herr Kommissar?!« sagt Dermitzakis.

»Mir geht's prima, mir fehlt nichts. Wenn du gemeint hast, du bist mich los, dann hast du dich getäuscht.«

»Aber wir wollen Sie doch nicht los sein! Vielleicht mäkeln Sie ab und zu an uns herum, doch alle anderen sind noch schlimmer.«

»Habt ihr irgendeine Neuigkeit auf Lager?«

»Jetzt erzählen Sie uns erst mal, wie es Ihnen geht«, meint Vlassopoulos.

»Aber nein, ich will es wissen. Ich halte es hier drinnen vor lauter Herumliegen kaum aus. Dann habe ich wenigstens etwas zum Nachdenken. Habt ihr etwas über Koustas herausbekommen?«

»Nur einer hat ein wenig aus dem Nähkästchen geplaudert.«

»Und was hat er gesagt?«

»Weck bloß keine schlafenden Hunde.«

»He, Vlassopoulos, was soll das schon wieder heißen?« sage ich und richte mich in meinem Bett abrupt auf. Im selben Augenblick spüre ich, wie mein Herz wie wahnsinnig zu rasen anfängt, ich zucke zusammen und lasse mich wieder in die Kissen fallen.

»Sie haben mich falsch verstanden«, meint Vlassopoulos. »Ich habe nur wiederholt, was er zu mir gesagt hat. Wir waren allein, aber er blickte sich die ganze Zeit ängstlich um, so als fühlte er sich beobachtet, und flüsterte mir zu: ›Weck bloß keine schlafenden Hunde.‹«

In welche Machenschaften war Koustas verwickelt? Womit füllte er seine Taschen, so daß sich alle davor scheuten, darüber zu reden? Es bestand kein Zweifel, daß seine Ermordung auf eine interne Fehde zurückging – nur eben nicht unter Rotlichtbaronen, worauf die Antiterrorabteilung getippt hatte. Um dieser Sache auf den Grund zu gehen, würde nicht einmal die Bohranlage für den Athener U-Bahn-Tunnel ausreichen.

»Hast du wegen seiner Telefonrechnungen was unternommen?« frage ich Dermitzakis.

Er wirft mir einen kurzen Blick zu, bevor er antwortet. »Hatte dieser Koustas etwas mit Politik zu tun?«

»Wieso?«

»Weil er, mit Ausnahme der Anrufe bei seiner Frau und in seinen Lokalen, fast nur Gespräche mit Politikern geführt hat.«

»Mit Politikern?« Jetzt bin ich hellwach und setze mich im Bett auf, aber nicht abrupt, sondern ganz sachte. »Mit welchen Politikern?«

Dermitzakis zieht einen Notizzettel zu Rate, den er aus seiner Jackentasche geholt hat. »Mit drei Abgeordneten der Regierungspartei, zwei der Opposition und einem Exminister. Mit dem hat er fünfmal innerhalb von drei Tagen telefoniert.«

Der Exminister mit den hohen Umfragewerten, der im Canard Doré zu Abend speiste. Nun begreife ich, aus welcher Ecke Gikas unter Druck gesetzt wird und warum er den Fall zu den unaufgeklärten Verbrechen abschieben will. Er kann ihn ja nicht einfach für abgeschlossen erklären. Wenn er ihn aber unter den unaufgeklärten Fällen ablegt und wir den Mörder eines Tages rein zufällig aufspüren, dann wird der gestehen, ohne das Motiv für Koustas' Ermordung zu nennen, und wir werden ihn an den Staatsanwalt weiterreichen, ohne die Sache wirklich aufgeklärt zu haben. So würde der ganze Fall mir nichts, dir nichts unter den Teppich gekehrt. Und was Koustas betrifft, so scheint er schmutzige Geschäfte betrieben und gleichzeitig Verbindungen zu Politikern gepflegt zu haben. Augenscheinlich weiß oder ahnt Sotiropoulos etwas davon, doch selbst er traut sich nicht, den Mund aufzumachen.

»Wen hat er sonst noch angerufen?«

»Zweimal hat er Handys angewählt, deren Inhaber ich nicht ausfindig machen konnte. Es handelt sich wahrscheinlich um ausländische Mobiltelefone.«

Diese Auslandsgespräche haben möglicherweise überhaupt keine Bedeutung. Vielleicht hat er mit Künstleragenten verhandelt, um Tänzerinnen für seine Etablissements zu engagieren. Dennoch ist nicht ausgeschlossen, daß es in diesen Gesprächen auch um Transaktionen anderer Art ging. Wie sollen wir das bloß aufspüren!

»Legt die Angelegenheit bei den unaufgeklärten Verbrechen ab und stellt die Ermittlungen ein«, sage ich zu ihnen.

Schweigen macht sich breit. »Sollen wir nicht mal seiner Verbindung zu den Politikerkreisen nachgehen?«

»Was willst du damit erreichen? Sollen wir sie zum Verhör vorladen? Sie werden sagen, sie seien befreundet gewesen und er habe sie zum Essen eingeladen. Und der Minister wird uns Daumenschrauben ansetzen, weil wir politische Funktionäre ohne stichhaltige Beweise behelligen. Schiebt den Fall einfach ab, vielleicht tappt uns der Täter in ein paar Jahren bei irgendeiner anderen Straftat in die Falle.«

Selten übernehme ich Gikas' Argumente, doch diesmal hat er recht. Selbst wenn es nicht die hundertprozentig korrekte Lösung ist, so kommen wir dabei doch am glimpflichsten davon. Alle anderen Möglichkeiten bringen uns unweigerlich in die Bredouille. Ich habe keineswegs vor, mich mit Gikas anzulegen, ohne mich zuvor nach allen Seiten abzusichern. Außerdem hat er mir sogar ein Genesungspräsent überreicht. Somit habe ich immerhin einen Blumentopf gewonnen.

Die beiden trollen sich und lassen mich in Gedanken versunken zurück. Ein Zustand, der anhält, bis Adriani und Katerina wieder ins Zimmer treten.

»Sogar hier mußt du dich über Morde unterhalten?« meint Adriani mit strenger Miene.

»Was soll ich denn sonst mit Vlassopoulos und Dermitzakis bereden? Wieviel Benzin Vlassopoulos' Hyundai verbraucht oder ob Dermitzakis wie sieben Tage Regenwetter dreinblickt, weil Panathinaikos gestern eine Niederlage eingesteckt hat? Das sind doch die einzigen Dinge, die sie im Kopf haben.«

»Du tätest gut daran, eine Zeitlang die Dienststelle und die Mordfälle zu vergessen.«

»Willst du mich um jeden Preis aufregen?«

Sie verstummt auf der Stelle. Langsam beginne ich die guten Seiten des Krankseins zu entdecken. Die anderen schmeicheln sich bei dir ein, lesen dir jeden Wunsch von den Augen ab, und sobald du »Ruhe!« schreist, halten sie die Klappe.

»Wenn ich Ihre Stimme schon bis auf den Gang hinaus höre, heißt das wohl, Sie sind wohlauf.«

Ich wende meinen Kopf zur Seite und sehe den Arzt in der Tür stehen.

»Bevor ich gehe, wollte ich Ihnen noch schnell Bescheid geben, daß Ihr Röntgenbild tadellos ist, die Ultraschalluntersuchung nichts ergeben hat, was Sie beunruhigen sollte, und es unaufhaltsam mit Ihnen bergauf geht.«

Die Nachricht verleiht mir Flügel. Offensichtlich habe ich das Schlimmste hinter mir. »Wann, meinen Sie, daß Sie mich entlassen können, Herr Doktor?«

»Da hält man Ihnen den kleinen Finger hin …«, entgegnet er lachend, doch er läßt sich nicht festnageln. »Ich habe angeordnet, daß man keinen weiteren Patienten zu Ihnen ins Zimmer legt, damit Sie Ihre Ruhe haben.«

Wir rufen ihm alle wie aus einem Mund ein Dankeschön entgegen. Er verabschiedet sich mit einem Lächeln von Adriani, dann von Katerina und geht hinaus.

»Ich möchte jetzt gern schlafen.«

»Aber ja, das wird dir guttun«, sagt Adriani, als spreche sie zu einem Kind, das den ersten klaren Gedanken seines Lebens geäußert hat. »Und ich und Katerina gehen Kaffee trinken.«

Ich bin nicht müde. Ich will bloß allein sein, denn es liegt mir im Magen, daß ich den Fall so ohne weiteres abschieben soll. Das muß ich erst noch verdauen.

18

Klistier, das = [zu griech. Klysterion ›Spülung‹, ›Reinigung‹] Klysma, das Einbringen kleiner Flüssigkeitsmengen durch den After in den Dickdarm mit Hilfe einer Gummi- oder Klistierspritze zur Stuhlentleerung, im Unterschied zum Einlauf; bes. zur Behandlung von Stuhlverstopfungen bei Säuglingen und Kleinkindern angewendet.

Der Eintrag stammt weder aus dem Dimitrakos-Wörterbuch noch aus dem Liddell-Scott, sondern aus dem ›Wörterbuch sämtlicher Begriffe bei Hippokrates‹ von Panos D. Apostolidis. Das hat mir Katerina geschenkt. Es ist fast neunhundert Seiten dick und muß eine Stange Geld gekostet haben. Ich wollte ihr schon gehörig den Kopf waschen, daß sie ihr Geld zum Fenster hinauswirft, aber sie erklärte mir, daß sie in der Zeit, wo sie bei uns in Athen wohnt, ja nichts weiter ausgebe und mir deshalb ein Geschenk machen könne.

Fünf Tage sind vergangen, seitdem ich im Krankenzimmer mit den beiden Betten liege – wobei das andere immer noch leer steht. Ich und der Arzt sind dicke Freunde geworden, sogar seinen Namen kenne ich schon, Fanis Ousounidis, aber das nützt mir wenig, wenn ich ihn danach frage, wann ich endlich entlassen werde, und er mir mit einem geheimniskrämerischen Lächeln antwortet wie einer dieser politischen Schaumschläger, die sich zieren, öffentlich Stellung zu beziehen. Als ich ihn gestern wieder in die Enge treiben wollte, schwang er sich zum ersten Mal zu einer Entgegnung auf.

»Warum, um Himmels willen, sehen Sie den Aufenthalt hier nicht als Kur an? Wie ich höre, mußten Sie Ihre Ferien mittendrin abbrechen. Betrachten Sie doch die Zeit hier einfach als zusätzlichen Urlaub.«

Ich sollte Gikas veranlassen, Adriani auf die Gehaltsliste unserer Abteilung zu setzen. Leute, die andere anschwärzen, sind im Polizeipräsidium äußerst gefragt. Auf jeden Fall bin ich wieder ganz auf der Höhe, das merkt man auch an Katerina und Adriani. Sobald ich in den ersten beiden Tagen die Augen aufschlug, waren sie an meiner Seite. Jetzt kommen sie gegen zwölf, nachdem sie den Haushalt besorgt haben. Bedauerlicherweise stellen sich bezüglich meiner Entlassung aus dem Krankenhaus alle taub, und ich bringe meine Zeit mit genau abgesteckten Wegstrecken rum: Krankenzimmer – Toilette, Toilette – Krankenzimmer. Die habe ich bis über beide Ohren satt, und so sitze ich nun, um zehn Uhr morgens, in meinem Bett und studiere den Eintrag zum Wort *Klistier*.

»Wenn du im nächsten Trimester wieder solche Noten nach Hause bringst, dann verpasse ich dir einen Einlauf«, pflegte mein Vater jedes Mal von sich zu geben, wenn er mein Zeugnis in Händen hielt. Ich konnte damals nicht begreifen, warum der Einlauf eine schwerere Strafe sein sollte als eine Tracht Prügel oder Hausarrest. Ich mußte mich bis zur Polizeischule hocharbeiten, um mir darüber klarzuwerden, daß das Klistier mit Lebertran oder Rhizinusöl die verbreitetste Foltermethode unter der Metaxas-Diktatur gewesen ist. Nun war mein Vater damals ein einfacher Gendarm, und ich wage zu bezweifeln, daß er jemals einem Häftling einen Einlauf verpaßt hat. Denn ich erinnere mich, daß der Arzt beim Krankenbesuch immer sein eigenes Klistier mitbringen mußte. Doch mein Vater drohte uns damit, da diese Erziehungsmethode ja von höchster Stelle abgesegnet war.

»Darf ich reinkommen?«

Ich hebe den Kopf und erblicke Vlassopoulos. Er steht im Türrahmen und grinst mir zu. »Wie komme ich denn am frühen Morgen zu der Ehre?« sage ich unwirsch zu ihm, um mein Mißfallen darüber zu unterstreichen, daß er seinen ans Krankenbett gefesselten Vorgesetzten so lange schon nicht mehr besucht hat.

»Ich habe eine Überraschung für Sie.«

»Was für eine Überraschung?«

Er kommt näher und setzt sich auf das Bett nebenan. »Es hat sich einer gefunden, der den unbekannten Toten wiedererkannt hat.«

Ich höre auf der Stelle auf, den Bettlägrigen zu spielen, der sich in dem Gefühl suhlt, ständig vernachlässigt zu werden, und würde am liebsten aus dem Bett springen.

»Wann denn?«

»Heute morgen. Ich hatte Sotiropoulos gebeten, das Foto nochmals auf die Mattscheibe zu bringen. Unser Mann ging gestern zur Polizeidienststelle seines Bezirks, und von dort haben sie ihn an uns weitergeleitet.«

»Rück schon raus damit, wer ist es?«

Vlassopoulos blickt mich an und grinst immer noch.

»Ich habe ihn schon vernommen, aber ich dachte, Sie werden die Informationen bestimmt aus erster Hand kriegen wollen. Ich weiß nicht, ob es Ihnen recht ist. Er ist draußen und wartet.«

»Herein mit ihm, spann mich nicht auf die Folter!«

Er erhebt sich und geht aus dem Zimmer. Kurz darauf kehrt er mit einem kräftig gebauten, mittelgroßen und unrasierten jungen Mann zurück. An ihm ist nichts Auffälliges – außer seinen X-Beinen: Seine Füße sehen aus wie zwei einander zugewendete halbe Wassermelonen. In der Hand hält er eine Plastiktüte.

»Guten Morgen«, sagt er schüchtern. »Der Herr Kriminalobermeister hat mir gesagt, daß Sie im Krankenhaus sind, und da habe ich Ihnen ein paar Orangen mitgebracht.« »Ein paar« ist untertrieben, denn er hat mindestens drei Kilo in der Tüte.

»Oh, vielen Dank, das war doch nicht nötig.«

»Vitamine bauen auf, das weiß ich aus eigener Erfahrung«, sagt er, als müsse er sich für die nette Geste rechtfertigen.

»Wie heißen Sie?«

»Sarafoglou … Kyriakos Sarafoglou …«

»Und Sie kennen die Person auf dem Fahndungsfoto?«

»Ja.« Er sucht nach Worten. »Sehen Sie, ich bin Fußballer. Ich spiele bei Falirikos in der dritten Liga. Daher kenne ich ihn. Er war Schiedsrichter in den Pokalspielen der dritten Liga. Er heißt Christos Petroulias.«

»Und weshalb haben Sie das der Polizei nicht schon früher gesagt? Haben Sie ihn gestern zum ersten Mal im Fernsehen gesehen?«

»Nein, ich hatte sein Foto vor einigen Tagen schon mal gesehen, aber beschwören konnte ich nicht, daß er es auch wirklich war. Wissen Sie, in dem Zustand auf dem Foto ...« Er möchte ihn beschreiben, findet aber nicht die passenden Worte, er ist ja schließlich Fußballspieler. »Er sah ihm ähnlich, aber ich war mir nicht ganz sicher. Und die anderen Jungs sagten das gleiche: Er sehe ihm zwar ähnlich, aber das könne Zufall sein. Wissen Sie, es kommt einem nicht leicht über die Lippen, jemanden für tot zu erklären, davor scheut man einfach zurück. Und wenn am nächsten Tag rauskommt, daß er noch am Leben ist? Möglich, daß er mir dann eine Anzeige anhängt. Aber gestern, als ich ihn nochmals sah, da hatte ich keine Zweifel mehr. Er ist es.«

»Wann haben Sie ihn zum letzten Mal gesehen?«

Er antwortet nicht sofort. Er denkt nach. »Im Spiel gegen Triton, Mitte Mai. Ich erinnere mich gut daran, denn es ging für Triton in diesem Spiel um die Meisterschaft, und Petroulias pfiff in der letzten Minute einen Elfmeter gegen Triton. Dabei gab es gar keinen Grund dafür. Jedenfalls haben sie deshalb das Spiel verloren, und der Meistertitel ging flöten.«

»Und seit damals haben Sie ihn nicht wieder gesehen.«

»Genau, aber er muß auch bei anderen Spielen als Schiedsrichter fungiert haben, denn sein Name war bis zum Ende der Meisterschaft im Gespräch.«

»Wissen Sie, ob er noch einer anderen Arbeit nachgegangen ist?«

»Muß er wohl. Die Schiedsrichter sind üblicherweise Amateure, und alle Schiedsrichter haben einen Brotberuf.«

»Wo wohnte er denn? Wissen Sie das? Kennen Sie seine Adresse?«

»Nein, aber er war Mitglied des Athener Schiedsrichterverbandes. Dort können Sie die herausbekommen.«

Vlassopoulos zieht sein Notizheft heraus, wo er alles – von seinen beruflichen Aufzeichnungen bis zu seinen privaten Einkäufen – aufschreibt, und kritzelt etwas hinein.

»Sagen Sie mal, Kyriakos«, sage ich zu Sarafoglou. »Wissen Sie, ob Petroulias Feinde hatte?«

Er bricht in Gelächter aus. »Zeigen Sie mir mal einen Schiedsrichter, der keine Feinde hat, Herr Kommissar. Wenn man in Griechenland ein Spiel verliert, meinen alle, die Welt bricht zusammen. Und alle sind schuld: die Vereinsfunktionäre, die Spieler, der Trainer. In erster Linie aber der Schiedsrichter, der sich von der siegreichen Mannschaft hat kaufen lassen.«

»Wieso sagen Sie das? Hat sich Petroulias kaufen lassen?« fragt Vlassopoulos.

Und Sarafoglou, der soeben noch ganz entspannt plauderte, beginnt sich plötzlich zu winden. Er setzt zu einer Antwort an, bereut seinen Vorstoß und zuckt mit den Schultern. »Jeder gibt da seinen Senf dazu. Nach fast jedem Spiel kommt einer daher und behauptet, der Schiedsrichter hätte sich kaufen lassen. In den meisten Fällen ist es erlogen, manchmal ist aber was Wahres dran. Wie soll man da durchblicken!«

Selbst wenn er etwas Konkretes wissen sollte, wird er nicht damit herausrücken. Er verdient sein Geld damit, einen Ball vor sich herzukicken, und wenn er der Polizei sagt, daß sich ein Schiedsrichter kaufen ließ, muß er möglicherweise demnächst, wie die Kinder auf meinem Dorf, Kiefernzapfen vor sich herkicken.

»Na schön, Kyriakos«, sage ich nachsichtig. »Das wär's für heute. Wir mußten Sie zwar hierher bemühen, doch Sie haben uns ein großes Stück weitergeholfen.«

Er erhebt sich auf der Stelle. In seinem Blick liegt Erleichterung darüber, daß er aus dem Schneider ist und von uns zu keiner weiteren Aussage gedrängt wird.

»Gute Besserung«, meint er. Vlassopoulos erachtet es als überflüssig, ihn nach draußen zu begleiten. Jetzt, wo er alles, was er weiß, ausgespuckt hat, sind wir nicht mehr auf ihn angewiesen, und infolgedessen kann sich Vlassopoulos die Höflichkeiten sparen.

»Ruf mal den Schiedsrichterverband an und mach Petroulias' Adresse ausfindig«, sage ich zu ihm. »Wirf dann einen Blick in die Wohnung und klopf bei den Nachbarn an, ob sie irgend etwas wissen. Dann rufst du mich an.«

»In Ordnung.«

Er macht sich auf den Weg. »Sotiris«, rufe ich ihm hinterher, als er bei der Tür angelangt ist. »Bravo, du hast gute Arbeit geleistet.«

Sein Gesicht leuchtet auf. »Ich melde mich dann«, sagt er und geht hinaus.

Ich lasse das Wörterbuch beiseite und versuche, Sarafoglous Aussagen in einen logischen Zusammenhang zu bringen. Schön und gut, Christos Petroulias war Schiedsrichter in der dritten Liga und wurde aus dem Weg geräumt. Selbst wenn ich davon ausgehe, daß er sich hat schmieren lassen und Spielergebnisse an den Meistbietenden verhökerte: Ist es vorstellbar, daß man ihn deswegen umgebracht hat? Stehen in der dritten Liga so große Interessen auf dem Spiel? Wenn dir jemand ein Match in der

Nationalliga verdirbt, ist es gut möglich, daß du rotsiehst und den Kerl um die Ecke bringst. Aber wegen eines Spiels in der dritten Liga würde sich nicht einmal ein Albaner die Hände schmutzig machen. Gesetzt den Fall, man wollte Petroulias wegen eines gekauften Spielergebnisses ins Jenseits befördern, dann wäre der Mord doch spät am Abend passiert, als er gerade nach Hause kam, oder an einer stockdunklen Ecke. Man hätte ihn doch nicht auf eine Insel verfrachtet, um ihn dort kaltzumachen, hätte ihn doch nicht seiner Kleider entledigt und verscharrt, nachdem man seine Fingerabdrücke unkenntlich gemacht hatte. Hier ist irgend etwas anderes im Spiel, meine ich, etwas, das nichts mit seiner Tätigkeit als Schiedsrichter zu tun hat, sondern mit seinem eigentlichen Broterwerb. Wir müssen herausfinden, welcher Arbeit er nachging. Es fällt mir auf, daß beide Fälle, die mir in der letzten Zeit in den Schoß gefallen sind, etwas gemeinsam haben: Sie weisen auf den ersten Blick in eine bestimmte Richtung, doch merkt man dann, daß man sich hat irreleiten lassen.

Die schlagartig eingetretene Veränderung im Fall des unbekannten Toten führt dazu, daß ich wie ein Fakir auf Nadeln sitze. Und als der Arzt ins Zimmer tritt, packe ich die Gelegenheit beim Schopf. »Wie sehen Sie die Sache, Herr Doktor? Wann kann ich raus?«

Er lächelt beruhigend, mit der Gewißheit eines Menschen, der ein As im Ärmel verborgen hält. »Heute ist Mittwoch. Am Samstag können Sie nach Hause gehen.«

Ich ringe mich dazu durch, die ganz großen Argumente aufzufahren. »Hören Sie, Herr Doktor«, sage ich. »Ich muß annehmen, ich leide an etwas ganz anderem, und Sie rücken mit der Sprache nicht heraus. Warum sollten Sie mich sonst hier festhalten und grundlos zwei Krankenbetten blockieren? Meiner Einschätzung nach kann sich das griechische Gesundheitswesen derartigen Luxus nicht unbedingt erlauben.«

»Nein, nein, Ihnen fehlt sonst nichts. Aber ...«

Was soll dieses »aber«? Da mir seiner Aussage nach sonst nichts fehlt, heißt das folglich, daß es meinem Herzen doch nicht so gutgeht, wie ich es mir einbilde. Und mir werden die Knie weich. »Was wollen Sie mit diesem ›aber‹ sagen?« frage ich ihn, während meine Pumpe wieder aufheult wie ein Außenbordmotor.

Er druckst herum, doch schließlich rückt er mit der Sprache heraus. »Ihre Frau hat uns erzählt, daß Sie nicht zu denjenigen Zeitgenossen gehören, die sich krank schreiben lassen und schön zu Hause bleiben. Sie befürchtet, daß Sie, sobald Sie entlassen sind, unverzüglich zu Ihrer Dienststelle hetzen. Also hat sie uns ersucht, Sie ein paar Tage länger hierzubehalten.«

Ich weiß nicht, wie ich reagieren soll. Soll ich aus der Haut fahren, weil Adriani hinter meinem Rücken mein Leben einfach in die Hand nimmt, oder soll ich sprachlos vor Bewunderung sein über ihre Gabe, alle – selbst die Krankenhausärzte – auf ihre Seite zu bringen und ihren Kopf immer und überall durchzusetzen?

»Ich bitte Sie, bringen Sie mich nicht in Verlegenheit, weil ich Ihnen das anvertraut habe.« Ousounidis' Stimme klingt flehend. »Abgesehen davon glaube ich, daß Sie sich diese zwei zusätzlichen Tage hier besser erholen können als zu Hause.«

Unter uns gesagt, versetzt mich die Aussicht, Adriani mit ihren ständigen Kommentaren vor der Nase zu haben, nicht in Begeisterung. »Schon gut, aber wenn Sie mich am Samstag nicht entlassen, dann gehe ich auf eigene Faust.«

»Nicht nötig, Sie werden bestimmt entlassen«, sagt er und klopft mir freundschaftlich auf die Schulter.

Dieses freundschaftliche Schulterklopfen beginnt mir langsam auf den Keks zu gehen. Normalerweise bin ich es, der den Häftlingen freundschaftlich auf die Schulter klopft, wenn sie gesungen haben.

Er verläßt das Zimmer, und ich stürze mich mit Feuereifer in meine Überlegungen. Angenommen, Vlassopoulos braucht den heutigen Tag dafür, Petroulias' Adresse ausfindig zu machen. Dann kann er morgen seine Wohnung inspizieren, mit den Nachbarn und den anderen Hausbewohnern reden, so daß er am Freitag mit der Fronarbeit fertig ist und ich die Fortsetzung übernehmen kann.

Das Telefon läutet in dem Augenblick, als ich mit Katerina das Hippokrates-Lexikon durchblättere. Ich sitze in Pyjama und Pantoffeln, Katerina dicht an meiner Seite, auf dem Bettrand und zeige ihr verschiedene eigentümliche Verben wie *umzangen*, *korrodieren* oder *zerschroten*.

Ich hebe den Hörer ab. »Wer da?« sage ich kurz angebunden, denn ich vermute, daß Adriani am anderen Ende ist, und ich möchte sie eine gewisse unterschwellige Gereiztheit spüren lassen, obgleich ich dem Arzt mein Wort gegeben habe, mich zurückzuhalten. Es ist jedoch nicht Adriani, sondern Vlassopoulos.

»Ich habe Petroulias' Adresse rausgekriegt, Herr Kommissar. Er wohnte in der Panga-Straße 19, in Nea Filothei.«

»Sehr schön. Nimm die Wohnung unter die Lupe.«

»Von dort rufe ich Sie gerade an. Das heißt, nicht direkt aus seiner Wohnung, sondern von einer Nachbarin. Sein Telefon ist gesperrt. Herr Kommissar –« Er setzt schwungvoll an, verstummt aber wieder.

»Was gibt's? Spuck's aus.«

»Wir haben es hier mit einem Dachgeschoß von hundertzwanzig Quadratmetern plus Terrasse von nochmals dreißig Quadratmetern zu tun. Und er muß ein Vermögen für die Einrichtung ausgegeben haben. Nur, daß sie ihm die Bude auf den Kopf gestellt haben.«

»Wie bitte?«

»Es wurde eingebrochen und alles in der Wohnung kurz und klein geschlagen. Die haben irgend etwas gesucht, aber ich habe keine Ahnung, was und ob sie fündig wurden.«

Mir bleibt die Spucke weg. Ein Schiedsrichter der dritten Liga mit einer todschick eingerichteten Dachgeschoßwohnung von hundertfünfzig Quadratmetern … Vielleicht sollte ich im Canard Doré nachfragen, ob man ihn dort kennt. Wahrscheinlich pflegte er dort diese rohen Filets zu speisen, die man auch mir zum Fraß vorgeworfen hat. Katerina hat das Wörterbuch sinken lassen und beobachtet mich neugierig und ein wenig besorgt.

»Schön. Laß die Spurensicherung vorläufig noch nicht ran. Versiegle die Tür, ich will die Wohnung in dem Zustand sehen, in dem sie sich jetzt befindet. Und bring in Erfahrung, bei welchem Finanzamt Petroulias gemeldet war. Ich hätte gerne eine Abschrift seines letzten Steuerbescheids.«

Ich lege den Hörer auf die Gabel und wende mich wieder

Katerina zu, die mich mißtrauisch beäugt. »Katerina, Mädelchen«, sage ich schmeichelnd, »ich muß heute aus dem Krankenhaus raus. Ich muß dringend etwas erledigen.«

»Du bist nicht bei Trost.« Mehr bringt sie nicht über die Lippen. »Du weißt, was es geschlagen hat, wenn Mama dahinterkommt.«

»Nein, aber ich weiß, was deine liebe Mama mit den Ärzten ausgehandelt hat. Ich habe Ousounidis festgenagelt, und er hat gestanden. Ich habe ihm versprochen, deiner Mutter gegenüber nichts verlauten zu lassen, aber mit dir kann man ja reden.«

Ich merke, wie sie ihren Blick abwendet, und begreife, daß sie mit ihrer Mutter unter einer Decke steckt oder zumindest eingeweiht ist.

»Du hast es gewußt, was?« frage ich beleidigt. »Du hast es gewußt und mir nichts davon gesagt!«

»Was hätte ich dir denn sagen sollen? Sie hat das ganz alleine eingefädelt. Ihr hättet euch doch nur gezankt, und ich kann eure Streitereien nicht ertragen. Es macht doch nichts aus, wenn du noch zwei Tage hierbleibst.«

»Ich verlasse auf jeden Fall heute das Krankenhaus. Damit mußt du dich abfinden.«

»Na gut, warte mal«, sagt sie zu mir und stürmt aus dem Zimmer. Wäre Adriani jetzt hier, würde man uns bis nach Pentagono hören. Das Gute an Katerina ist, daß sie begreift, wann Widerstand sinnlos ist. Und sie versucht zu retten, was zu retten ist.

Kurz darauf kehrt sie mit Ousounidis zurück. »Was muß ich da hören? Wir hatten doch eine Abmachung getroffen«, meint er verärgert.

»Da ich Sie sympathisch finde, will ich es Ihnen anschaulich vor Augen führen: Es gibt zwei Möglichkeiten, wie ich hier rauskomme. Die eine ist: Ich bekomme einen Arztbrief ausgehändigt und verlasse das Krankenhaus auf dem vorgeschriebenen Weg. Die andere ist: Ich packe meine Siebensachen, und wenn Sie mich daran hindern wollen, buchte ich Sie wegen Widerstandes gegen die Staatsgewalt ein.«

Ich erläutere ihm in kurzen Worten die Sache mit Petroulias und was wir alles in seiner Wohnung vorgefunden haben. Er läßt sich beschwichtigen und grinst. »In Ordnung, Sie können gehen, nur müssen Sie mir erstens Ihr Wort geben, daß Sie nicht rauchen werden.«

»Na gut. Höchstens drei Zigaretten. Eine nach jedem Essen.«

»Keine einzige! Ihre letzte Zigarette haben Sie vor Ihrem Aufenthalt im Krankenhaus geraucht. Von nun an ist das Rauchen untersagt. Zweitens werden Sie regelmäßig die Tabletten nehmen, die ich Ihnen verschreibe, und in zehn Tagen kommen Sie wieder zur Untersuchung vorbei.«

»In Ordnung.«

»Drittens werden Sie sich nicht abhetzen. Das heißt höchstens drei bis vier Stunden Dienst pro Tag, und dann ab an den häuslichen Herd.«

»Einverstanden.«

»Viertens werden Sie ein Weilchen nicht Auto fahren. Sie werden mit dem Taxi oder mit öffentlichen Verkehrsmitteln fahren.«

»Das kann ich ja übernehmen«, bietet sich Katerina an.

»Seit wann kannst du denn Auto fahren?« frage ich, als Ousounidis draußen ist, um das Rezept auszustellen.

»Ich habe den Führerschein gemacht, weil Panos einen Wagen hat und ihn mir ab und zu leiht«, entgegnet sie verlegen.

Ich würde sie nur allzu gerne fragen, ob es ein PKW ist oder ein Pritschenwagen, mit dem er Obst und Gemüse durch die Gegend karrt. Aber sie hat sich mir gegenüber fair verhalten, also möchte ich ihr nicht auf den Schlips treten.

Als Adriani eintrifft, findet sie mich angekleidet und ausgehbereit vor.

»Wozu hast du dich angezogen?« fragt sie, drauf und dran, in ein gewaltiges Gezeter auszubrechen.

»Weil ich heute entlassen werde.«

»Du solltest doch erst am Samstag entlassen werden!« Sie beißt sich auf die Lippen. Doch es macht nichts mehr, daß sie sich verplappert hat.

»Ich habe die Ärzte eben umgestimmt, und sie lassen mich schon heute raus.«

Sie steht ganz verblüfft da, und ich genieße meinen Triumph in vollen Zügen.

19

Petroulias' Dachterrasse hat die Ausmaße einer quadratisch geschnittenen Zweizimmerwohnung. Halb Athen liegt ihr zu Füßen; das Panorama ist zwar weitreichend, aber nur mittelmäßig reizvoll. Vor dem ungehinderten Blick des Betrachters dehnen sich Dächer und Veranden von Wohnhäusern aus, einige hier und da eingestreute grüne Rasenflecke und Abertausende von Wäscheleinen. Einen Häuserblock weiter erkennt man eine junge Frau, die sich auf ihrer Terrasse unter Smogwolken sonnt.

Zu ihren besten Zeiten mußte diese Dachterrasse ein riesiger Garten gewesen sein. Mit Geranien, Margeriten und Chrysanthemen in Blumentöpfen und schmalen, die Terrasse umlaufenden Beeten sowie mit Bäumchen, die in enorme Tontöpfe gepflanzt wurden. Von Zitronenbäumchen bis Zwergzypressen ist alles vorhanden, wie in einer Baumschule. Schatten spenden zwei große, weiße Sonnenschirme, unter denen Gartenstühle und kleine Tischchen stehen. Das Ganze erinnert an eine dieser Cafeterias, die jetzt mit Vorliebe auf Hotelterrassen eingerichtet werden. Doch mittlerweile ist die Farbe der Sonnenschirme von Weiß ins Gelbliche übergegangen, die Hälfte der Bäumchen ist vertrocknet, und die Blumen hängen verwelkt aus ihren Töpfen.

Drinnen stehen Sofas und Sessel aus Leder, ein runder

Rauchglastisch, und an den Wänden sind Deckenfluter aus Chromstahl angebracht – alles wirkte ursprünglich sicher elegant. Doch so wie die Wohnung zugerichtet ist, erinnert sie mich an das Haus meiner Schwägerin nach dem Erdbeben. Nur daß Petroulias nicht mehr dazu kommt, alles wieder aufzuräumen. Die Sessel sind durcheinandergeworfen, die Sofas wurden mit einem Teppichmesser aufgeschlitzt, die Bücher aus ihren Regalen gefegt. Desgleichen das Fernsehgerät, das am Boden liegt und mit zerborstener Bildfläche vor sich hin starrt. Die Stereoanlage ist zertrümmert worden, und die Kabel sind aus der Wand gerissen. Nur der runde Rauchglastisch ist dem Wirbelsturm entronnen.

Ich verlasse das Wohnzimmer und trete ins Schlafzimmer. Das gleiche Bild. Der Parkettfußboden ist aufgequollen und wellig, da die Täter nicht damit rechneten, daß sie ein Wasserbett aufschlitzen würden. Ich stelle mir die Fluchorgie vor, die sie von sich gaben, als sie naß wurden. Die Schubladen des Kleiderschranks liegen auf dem Boden, und ringsum liegen Unterwäsche und Socken, Hemden und T-Shirts verstreut. Alles teure Markenware. Ich werfe einen Blick auf seine Anzüge, die am Boden des Kleiderschranks auf seinen Schuhen liegen. Sie sind ziemlich grell in den Farben und erinnern mich an die Anzüge des Fernsehmoderators. Ich denke, daß alles, was ich vor mir habe, eine Art von Reality Show ist – mit dem toten, am höchsten Punkt der Insel verscharrten Petroulias als Hauptdarsteller und seinem zu einer Müllhalde der modernen Warenwelt verkommenen Apartment. Ich habe keine Ahnung, wonach sie suchten, jedenfalls wühlten sie mit unglaublicher Intensität, das merkt man auf den ersten

Blick. Nun entdecke ich noch zwei glänzende Hemden und zwei kurze schwarze Hosen – die Kostümierung für seinen Schiedsrichterjob.

Mit einem Mal fällt mir ein, daß ich mich nicht überanstrengen sollte. Ich rücke den einzigen heil gebliebenen Sessel auf den Flur und lasse mich hineinfallen. Hier ist der ruhigste Punkt in der Wohnung, und ich vermeide es, den Leuten von der Spurensicherung im Weg zu stehen, die es so schon schwer haben, in diesem Chaos ihre Arbeit zu verrichten.

Katerina hat mich um zehn Uhr morgens hierher gefahren. Als ich sah, wie sie sich im Schweiße ihres Angesichts abmühte, den Mirafiori in Gang zu bringen, und nach Leibeskräften das Lenkrad einschlug, das wirklich verdammt schwer zu drehen ist, konnte ich nach einer Woche tiefster Niedergeschlagenheit endlich mal wieder herzlich lachen. »Papa, wieso verkaufst du den hier nicht und nimmst dir gleich eine Straßenwalze als Dienstfahrzeug?« meinte sie irgendwann erbost. Sie ließ mich an der Panga-Straße 19 aussteigen und sagte, sie würde mich um ein Uhr am Alexandras-Boulevard abholen. Da begriff ich, was sie bezweckte. Einerseits will sie mich schon herumchauffieren, damit ich mich nicht mit den öffentlichen Verkehrsmitteln abquälen muß, andererseits hat sie auf diese Weise aber auch meinen Tagesablauf im Griff und kann mich daran hindern, mich frei zu bewegen.

»Habt ihr was gefunden?« frage ich Dimitris von der Spurensicherung.

»Jede Menge Fingerabdrücke, doch von den Tätern werden keine darunter sein. Die trugen bestimmt Handschuhe.

Und Schuhabdrücke im Wohnzimmer und im Flur. Ihre Schuhe sind naß geworden, und sie haben überall ihre Spuren hinterlassen.«

»Waren es einer oder zwei?«

»Zwei, das erkennt man an den verschiedenen Schuhen. Der eine trug Turnschuhe, der andere Schuhe mit Gummisohlen.«

»Irgendwelche Gegenstände aus Petroulias' Besitz?«

»Nur eine Strom- und eine Telefonrechnung, die unter der Tür durchgeschoben worden sind. Sonst nichts.«

Die Rechnungen sind bestimmt erst nach dem Barbareneinfall zugestellt worden. Alle anderen persönlichen Unterlagen haben die Täter mitgenommen, entweder um keine Hinweise zurückzulassen oder in der Absicht, sie in aller Ruhe zu inspizieren.

Nach so vielen Tagen der Unbeweglichkeit im Krankenbett habe ich das Herumsitzen satt und beschließe, mich über die Klingeln der Nachbarn herzumachen, um möglicherweise einen Zeugen aufzugabeln, obwohl das Vlassopoulos bereits gestern glücklos versucht hat.

Ich läute an der Klingel gegenüber, auf der der Name ›Kritikou‹ geschrieben steht. Vlassopoulos hatte niemand geöffnet, doch ich habe mehr Glück. Nach dem zweiten Läuten höre ich Schritte nahen und eine junge fragende Stimme: »Wer ist da?«

»Polizei. Kommissar Charitos.«

Die Tür geht sofort auf. Die Frau, die vor mir auf der Türschwelle steht, ist älter, als man von der Stimme her schließen könnte. Sie muß wohl um die Siebzig sein, mit weißem Haar und blauen, noch immer lebhaft leuchtenden Augen.

»Es geht sicherlich um Herrn Petroulias«, sagt sie ohne Umschweife.

»Ganz genau. Ich möchte Ihnen ein paar Fragen stellen.«

»Aber sicher. Kommen Sie herein.« Und sie tritt zur Seite, um mich einzulassen.

Im Gegensatz zu Petroulias' Apartment ist ihre Wohnung voll von alten Familienerbstücken. Keine Handbreit blieb ungenützt, doch alles ist geschmackvoll arrangiert, und die Wohnung strahlt eine freundliche Wärme aus. Sie führt mich ins Wohnzimmer, und ich bemerke, daß auf ihrer Veranda kein Waldimitat steht, sondern daß diese – so wie früher alle Athener Veranden – nur mit Blumen bepflanzt ist und eine Markise anstelle der Sonnenschirme aufweist.

»Darf ich Ihnen etwas anbieten?« fragt sie zuvorkommend.

»Nein, besten Dank. Wann haben Sie von Petroulias' Tod erfahren?«

»Gestern abend in der Nachrichtensendung um Mitternacht. Ich war einen Monat lang bei meiner Tochter und ihrem Mann in London zu Besuch gewesen. Ich bin gestern erst zurückgekommen. Vor dem Schlafengehen wollte ich mir noch schnell das Nachtjournal ansehen, und da habe ich es gehört. Wie tragisch, mein Gott!«

»Kannten Sie ihn gut?«

»So gut, wie man eben seine Nachbarn in einer Wohnhausanlage kennt. Ein kurzer Gruß, ein paar Worte über das Wetter … Sie wissen schon … Er war ein höflicher Mensch. Immer wenn er mich mit vollen Einkaufstaschen vom Supermarkt kommen sah, nahm er sie mir sofort aus der

Hand.« Sie lächelt, und ihre lebhaften Augen blitzen belustigt auf. »Das ist freilich nicht immer ein gutes Zeichen, denn es ruft einem in Erinnerung, daß man nicht mehr zu den Jüngsten zählt. Doch an der höflichen Geste ändert das nichts.«

Sie zählt zu den Menschen, die einen sofort für sich gewinnen. Und sie ist auch nicht schwatzhaft, sie sagt nur das unbedingt Notwendige und schweigt sonst. Die ideale Zeugin.

»Haben Sie vielleicht zufällig andere Leute ein und aus gehen sehen?«

»Nein. Einmal hat er mir erzählt, er sei ein Einzelkind und seine Eltern seien bei einem Autounfall ums Leben gekommen. Nein, ich habe niemanden gesehen. Außer –«

»Außer?«

»Außer der jungen Frau, die in den letzten Monaten mit ihm zusammen war.«

»Können Sie sich erinnern, wie sie aussah?«

Sie schweigt und versucht, sich ihr Bild zu vergegenwärtigen. »Blond, jünger als er … Mit langem Haar … Sehr höflich und immer mit einem Lächeln auf den Lippen.«

Die Blonde! sage ich zu mir selbst. Verflucht noch mal, wie soll ich je herauskriegen, wer das sein soll!

»Wissen Sie vielleicht, wie sie hieß?«

»Nein, er hat sie mir nicht vorgestellt. Um die Wahrheit zu sagen, das erschien mir nicht sehr höflich, aber die jungen Leute von heute legen auf Umgangsformen ja keinen Wert mehr.«

»Wann haben Sie ihn zum letzten Mal gesehen?«

Sie denkt wiederum nach. »Das muß Anfang Juni gewesen sein. Wir fuhren zusammen im Fahrstuhl hinunter, und er fragte mich, wohin ich in die Ferien fahren würde. Ich meinte, ich würde nie im Sommer wegfahren, da mir der Rummel zuwider sei. Er sagte, daß er am nächsten Tag zu einer Inselkreuzfahrt aufbrechen wollte.«

Am liebsten würde ich aufspringen und mir alle Haare einzeln ausreißen. Wie konnte ich so blöd sein! Ich graste die ganze Zeit die *rooms to let* und die Hotels ab, während die beiden mit einer Jacht oder einem Segelboot auf die Insel gekommen waren. Wenn das Segelboot ihm gehörte, dann lagen die Dinge einfach, und wir würden es über die Schiffsregister aufspüren. Wenn es jedoch gemietet war, dann konnte ich nur beten, daß es auf seinen Namen und nicht auf den der Blonden eingetragen war.

»Wissen Sie, welchem Beruf er nachging?«

»Irgend etwas mit Fußball, wenn ich mich nicht irre.«

»Ich meine eine andere Tätigkeit als die des Schiedsrichters.«

»Nicht daß ich wüßte. Aber ich glaube, er ging keiner anderen Arbeit nach.«

»Warum glauben Sie das?«

Sie blickt mich an und kann ihre Verlegenheit nicht verbergen. Wie alle Damen der alten Schule stört sie sich daran, indiskret zu sein, aber zu guter Letzt entschließt sie sich doch dazu. »Weil ein Mensch, der um zwölf oder ein Uhr mittags außer Haus geht, keiner geregelten Arbeit nachgehen kann, Herr Kommissar. Außer er arbeitet in der Spätschicht einer Fabrik oder er ist Kellner. Doch Herr Petroulias sah mir weder nach dem einen noch nach dem anderen aus.«

Woher hatte er dann das Geld für ein solches Apartment und Segelkreuzfahrten? Ich warte ab, seinen Steuerbescheid zu Gesicht zu bekommen, vielleicht bringt der Licht ins Dunkel. Ich habe keine weiteren Fragen mehr und halte nur noch ihre Personalien fest – Marianthi Kritikou. Dann lasse ich sie in Frieden.

Normalerweise würde ich jetzt die Treppe nehmen, um eine Etage tiefer weiterzumachen, doch da ich Ousounidis versprochen habe, mich nicht zu überanstrengen, warte ich auf den Fahrstuhl. Ich läute an der Klingel des unter Petroulias' Wohnung liegenden Apartments. Eine dunkelhaarige, geschminkte und herausgeputzte Frau im Afrolook öffnet die Tür. Hauskleider und Schürzen gehören wohl unwiderruflich der Vergangenheit an. Heutzutage wachen alle Hausfrauen schon aufgetakelt auf. Aber vielleicht tue ich ihr unrecht. Möglicherweise hat sie sich in Gala geworfen, weil sie hoffte, daß die Fernsehsender kommen würden und sie die Chance bekäme, sich über Petroulias auszulassen.

»Ja«, meint sie kurz angebunden, als wolle ich ihr Tupperware andrehen.

»Kommissar Charitos –«

Sie läßt mich gar nicht weiterreden. »Wenn es sich um den obendrüber handelt, dann habe ich alles schon gestern einem Ihrer Leute gesagt. Ersparen Sie mir, alles von vorne zu erzählen.«

»Ein bis zwei kleine Fragen würde ich Ihnen gerne stellen, es dauert auch nicht lang.«

»Sie brauchen mir keine Fragen zu stellen. Kommen Sie, ich zeige Ihnen etwas, dann ist Ihnen alles klar.«

Sie führt mich in die Wohnung. »Sehen Sie nur«, meint sie und deutet auf eine Ecke des Wohnzimmers, wo sich an der Decke Blasen gebildet haben. »Ein Wasserschaden, der meine Zimmerdecke ruiniert hat und den dieser unsensible Klotz auf dem Gewissen hat. Wir haben dem Hausverwalter Bescheid gegeben, doch der ist ein Faultier und erklärte uns, er könne die Wohnung nicht aufbrechen, da würde er in Teufels Küche kommen. Also warteten wir auf seine Rückkehr, um die Zimmerdecke auf seine Kosten renovieren zu lassen. Und nun erfahren wir, daß man ihn umgebracht hat. Wie sollen wir jetzt den Wasserschaden bei den Erben geltend machen!«

Da wurde ihr Nachbar ermordet, verscharrt und durch das Erdbeben wieder ans Tageslicht gefördert, und sie hat einzig und allein ihren Wasserschaden im Kopf.

»Kannten Sie ihn?« frage ich sie.

»Wir haben ihn ab und zu im Treppenhaus gesehen, doch nicht einmal gegrüßt. Denn wenn er da war, dröhnte er uns mit seiner Stereoanlage die Ohren voll, und als er weg war, lief das Wasser zu uns durch. Das war ein Nachbar, kann ich Ihnen sagen!«

»Haben Sie jetzt erst erfahren, daß er umgekommen ist? Haben Sie ihn nicht im Fernsehen wiedererkannt?«

»Wieso sollte ich ihn da wiedererkennen? Jeden Abend werden uns doch mindestens zehn Leichen auf der Mattscheibe vorgesetzt, es ist zum Verrücktwerden! Und da sollte ich Petroulias erkennen? So berühmt war er nun auch wieder nicht.«

Ich sehe, daß ich nichts weiter herausbekommen kann, und bereite meinen Abgang vor. An der Tür hält sie mich zurück. »Sagen Sie mal, Sie sind doch Kommissar, Sie werden Bescheid wissen. Geht eine Strafanzeige auf die Erben über?«

»Ich bin Kommissar, kein Rechtsanwalt«, sage ich. Meine Entgegnung gefällt ihr ganz und gar nicht, und sie knallt die Tür hinter mir ins Schloß.

20

Ich habe keine Ahnung, wer ihnen zugesteckt hat, daß es mir wieder gutgeht und ich im Dienst bin. Jedenfalls stehen alle Wiederkäuer in Reih und Glied auf dem Flur und warten auf mich, mit Sotiropoulos, wie immer, an der Spitze. »Guten Tag, Herr Kommissar«, rufen alle zusammen im Chor. Dann beginne ich einzelne Solostimmen herauszuhören: »Alles Gute«, »Sie sind uns abgegangen«, »Überanstrengen Sie sich nicht«, »Hören Sie besser auf zu rauchen«. Ich antworte mit einem allgemein gehaltenen und wenig aussagekräftigen »Danke schön, Leute«, so als winke ich grüßend einer Menschenmenge zu. Den Spruch »Ich bin zutiefst gerührt« schenke ich mir, denn ich bin es nicht.

»Kommen Sie rein, aber nur kurz. Ich soll mich noch schonen, das wissen Sie ja.« Wer wollte mir hier widersprechen?

Ich trete in mein Büro und bleibe einen Augenblick stehen, um mich umzusehen und den Raum auf mich wirken zu lassen. Die anderen stürmen an mir vorbei und schicken sich an, ihre Mikrofone aufzustellen und ihre Kameras einzurichten, sie haben es so eilig wie Straßenhändler, die mit der Marktpolizei Katz und Maus spielen. Ich bereue bereits, daß ich sie hereingelassen habe. Ich hätte lieber erst ein wenig für mich bleiben, mich an meinem kleinen Reich erfreuen und sie erst dann hereinrufen sollen. Aber nun ist es zu spät, und das einzige, was mir zu tun bleibt, ist, sie kurz an den Futtertrog zu lassen und dann so schnell wie möglich loszuwerden.

»Über den unbekannten Toten wissen Sie bereits Bescheid, da brauche ich mich nicht zu wiederholen. Er wohnte in einem Dachgeschoß in der Panga-Straße 19. Sein Apartment wurde verwüstet. Wir wissen noch nicht, ob sich die Eindringlinge vor oder nach dem Mord darin zu schaffen machten.«

»Schließen Sie die Möglichkeit eines Einbruchs aus?« Derjenige, der mich fragt, ist ein Neuer, ich sehe ihn zum ersten Mal. Sein Haar glänzt wie mit Wachs überzogen und klebt an seinem Schädel.

»Wir schließen das nicht aus, doch wir schätzen es als unwahrscheinlich ein. Es scheint nichts entwendet worden zu sein. Die Eindringlinge suchten nach etwas, doch wir wissen noch nicht, wonach.«

»Haben Sie herausgefunden, wie er auf die Insel gelangt ist?« fragt Sotiropoulos.

»Entweder mit einer Jacht oder mit einem Segelboot. Die Nachforschungen sind noch im Gange.«

»Glauben Sie, daß der Mord etwas mit seiner Tätigkeit als Schiedsrichter zu tun hat?« fragt die etwas zu kurz Geratene mit den X-Beinen, die gerne lilafarbene Miniröcke trägt. »Hatte er etwas mit abgekarteten Fußballspielen zu tun?«

»Auch das muß noch überprüft werden. Das war's, Leute, weiter gibt's keine Neuigkeiten«, füge ich hinzu.

Zu ihrer Ehrenrettung muß ich sagen, daß sie mich nicht

unter Druck setzen und diskret abgehen. Sotiropoulos bleibt, seiner lieben Gewohnheit folgend, als letzter übrig. Er gefällt sich darin, durchblicken zu lassen, daß er eine enge Beziehung zu mir pflegt, von der die anderen nur träumen können. So glaubt er, sich als Führungspersönlichkeit profilieren zu können.

»Nach dem, was ich von den Sportreportern höre, war dieser Petroulias ein übler Geselle«, sagt er. »Der hat regelmäßig Schmiergelder eingesackt.«

»Kann sein. Wenn es so ist, werden wir das herausbekommen. Keine Sorge.«

»Was läuft mit Koustas?«

»Nichts Neues.«

»Da wird auch nichts nachkommen, da können Sie lange warten.«

»Warum reiben Sie mir das ständig unter die Nase? Was wissen Sie verdammt noch mal über Koustas, Sotiropoulos?« Ich fahre ihm absichtlich heftig über den Mund, in der Hoffnung, ihm vielleicht etwas zu entlocken.

»Ach, alles nur Gerüchte und leeres Gerede, nichts Konkretes. Möglich, daß mein Verdacht aus der Luft gegriffen ist. Doch genausogut möglich, daß ich ins Schwarze treffe.«

Er geht auf die Tür zu. »Schön, daß Ihnen nicht Ernstes fehlt. Was würde ich bloß ohne Sie tun?« meint er beim Hinausgehen. Du würdest meinen Nachfolger bis aufs Blut quälen, sage ich zu mir selbst.

Ich bleibe hinter der geschlossenen Tür allein zurück und atme erleichtert auf. So ein Glücksgefühl habe ich nicht einmal damals empfunden, als ich zum ersten Mal in dieses Büro trat. Obwohl das mit meiner Beförderung verbunden war. Mich überkommt ein riesiges Verlangen nach einer Zigarette, doch ich habe Ousounidis mein Wort gegeben und beiße die Zähne zusammen. Adriani wollte mir auch gleich den Kaffee entziehen, weil er ihrer Meinung nach Herzklopfen verursacht. Aber ich habe ihr auseinandergesetzt, daß ich einzig und allein von ihrem unaufhörlichen Gejammer Herzklopfen bekomme. Das Problem des Ehelebens ist, daß alles immer schön anfängt und schlimm endet: Aus dem Herzklopfen des ersten Rendezvous mit der Frau deiner Träume wird das Herzrasen aufgrund des dauernden Zusammenlebens mit der Frau deiner Alpträume.

Ich stecke die Hände in die Taschen meines Sakkos und beginne Medikamente auf meinem Schreibtisch aufzureihen: 0,25 mg Digoxin, 20 mg Monosordil, 500 mg Salospir-A, 40 mg Interal. Adriani bestand darauf, daß ich alle Medikamente in zweifacher Ausfertigung besitze, einmal für zu Hause und einmal für die Dienststelle. Ich gab klein bei, denn sie gehören von jetzt an zu meinem Leben wie Anzüge, Krawatten und Schuhe. Auch davon hat man mindestens zwei Stück, nicht nur ein Einzelexemplar. Zuletzt ziehe ich das Zettelchen hervor, worauf sie notiert hat, was ich wann einnehmen muß. Ich lerne es auswendig, um nicht jedes Mal darauf schielen zu müssen wie ein Schüler auf seinen Spickzettel.

Ich setze mich telefonisch mit Koula in Verbindung, um in Erfahrung zu bringen, ob Gikas oben ist. Sie erklärt mir, er sei in einer Besprechung und in einer Viertelstunde frei. Da – mit Katerina als pünktlichem Wachhund – jede Sekunde zählt, die ich herausschinden kann, versuche ich die

Viertelstunde zu nutzen und rufe Vlassopoulos und Dermitzakis zu mir herein.

»Wo ist Petroulias' Steuerbescheid?« frage ich Vlassopoulos.

»Ich habe herausgefunden, bei welchem Finanzamt er gemeldet war. Die Abschrift wird uns heute noch zugestellt.«

Ich wende mich Dermitzakis zu. »Arbeite dich durch sämtliche Schiffsregister im Bereich Attika durch und nimm sämtliche Firmen unter die Lupe, die Jachten und Segelboote vermieten. Du mußt ermitteln, mit welchem Fahrzeug Petroulias auf die Insel gelangt ist. Und ob es ihm gehörte oder gechartert war.«

»Wenn wir Glück haben und es ihm gehörte, dann werden wir schon auf ein paar Hinweise stoßen«, meint er.

Durchaus möglich, doch ich glaube nicht daran. Wenn es ihm gehörte, wäre es doch vor der Insel zurückgeblieben und irgendwann jemandem aufgefallen. Außer, die Blonde brachte es nach Athen zurück, was mir nicht sehr wahrscheinlich vorkommt. Ich rufe den Polizeiobermeister der Insel an und lasse im Hafen nachfragen, ob irgendein Schiff seit dem Sommer daliegt, doch ich hege keine großen Hoffnungen. Am ehesten war es ein gemietetes Boot.

Der Fahrstuhl hält mich wieder mal zum Narren, aber ich bin fest entschlossen, nicht nachzugeben und die Treppe zu nehmen. Ich warte geduldig, bis er sich herbeibequemt.

»Schön, daß Sie wieder da sind«, sagt Koula, überglücklich, mich wiederzusehen. »Seit wann sind Sie denn wieder im Dienst?«

»Seit heute.«

»Und wann wurden Sie aus dem Krankenhaus entlassen?«

»Gestern.«

Sie sieht mich an, als hätte sie einen Albaner im Frack vor sich. »Das heißt, Sie sind gestern entlassen worden und stehen heute schon wieder auf der Matte? Wieso bleiben Sie nicht ein paar Tage zu Hause? Sie sind doch Beamter.«

»Was hat denn das eine mit dem anderen zu tun, Koula?«

»Also bitte! Wer hat schon von einem Beamten ohne Kuraufenthalt gehört!« entgegnet sie erbost.

Ich würge schnell die Ausrede hervor, ich hätte einen dringlichen Fall zu lösen, und suche in Gikas' Büro Zuflucht. Er steht vor seinem Besuchertisch und ordnet gerade Papiere. Auch er hat mich nicht so schnell zurück erwartet und ist überrascht, mich zu sehen.

»Na so was«, sagt er. »Sie sind schon wieder da?«

»Ja. Vielen Dank für die Pflanze.«

»Entschuldigen Sie, daß ich nicht selbst gekommen bin, aber Sie wissen ja – ich stecke bis zum Hals in der Arbeit.«

»Weiß ich doch. Ich bin schon wieder da, weil sich bei der Identifizierung des unbekannten Toten einiges tut«, rechtfertige ich mich eilig, bevor er mich wegen Übertretung des Beamtendienstrechts vor ein Disziplinargericht zitiert.

Ich setze ihn kurz über Petroulias' Apartment in Kenntnis, über die Nachforschungen zur Auffindung der Jacht oder des Segelboots, mit dem er auf die Insel kam, und über unsere Bemühungen, seinen Brotberuf und seine Einnahmequellen ausfindig zu machen.

»Sie schließen also aus, daß man ihn umgebracht hat, weil er sich hat kaufen lassen.«

»Aber nein, nur halte ich es für nicht sehr wahrscheinlich. Dann hätte man ihn doch beseite geräumt, bevor er die Kreuzfahrt antrat, oder seine Rückkehr abgewartet. Man hätte doch keine Reisekosten ausgelegt, um ihn ausgerechnet auf der Insel ins Jenseits zu befördern. Und man hätte weder einen Grund gehabt, in seine Wohnung einzudringen, noch, ihm die Fingerkuppen unkenntlich zu machen.«

»Oftmals sind die einfachen Antworten die nächstliegenden«, meint er lächelnd. »Man weiß nicht, wozu diese fanatisierten Hooligans fähig sind. Die warteten nur darauf, ihm eins auszuwischen. Sie trafen ihn zufällig auf der Insel und entschlossen sich kurzerhand, ihn zu töten. Kein vorsätzlicher Mord. Sie brachten ihn um und verscharrten ihn.«

»Und die beiden Typen, die vermutlich Ausländer waren und die man mit ihm auf der Insel gesehen hat?«

»Zufall. Sie unterhielten sich, gingen auseinander, und der Mord wurde hinterher durch andere begangen.«

»Und was ist mit der Blonden?«

»Woher wollen Sie wissen, daß es dieselbe war, die er in seine Wohnung mitschleppte? Er war jung und durchtrainiert, dumme Zicken stehen auf solche Typen. Möglicherweise hat er sie zufällig auf der Insel getroffen, zwei Abende mit ihr verbracht und ihr dann den Laufpaß gegeben. Warum sollte sich die junge Frau dafür interessieren, was aus Petroulias geworden ist?«

Sein ganzer Gedankengang ist simpel und hat Hand und Fuß. Nicht auszuschließen, daß all das zutrifft. Nur, daß mir Lösungen, die so einfach auf dem Tablett serviert werden, gegen den Strich gehen. Vielleicht, weil mir schon von Adriani viel zuviel Hausmannskost zum Fraß vorgeworfen wird. Zum Teufel noch mal, sollten wirklich alle erdenklichen Zufälle in diesem Fall eingetroffen sein? Da aber die Möglichkeit besteht, daß er recht behält und ich dann notgedrungen klein beigeben muß, lasse ich mir lieber ein Hintertürchen offen.

»Höchstwahrscheinlich haben Sie recht«, sage ich. »Lassen Sie uns noch ein bißchen weitermachen, um zu sehen, was dabei rauskommt.«

Ich wende mich zum Gehen, doch er hält mich an der Tür zurück. »Was haben Sie im Fall Koustas unternommen?«

»Ich habe ihn zu den unaufgeklärten Fällen gelegt.«

»Ausgleich, eins zu eins, um beim Fußball zu bleiben«, sagt er grinsend.

»Was meinen Sie damit?«

»Im Fall von Koustas haben Sie auf mich gehört. Im Fall von Petroulias werden Sie Ihren Kopf schon durchsetzen.«

Wenn ich nur etwas über Koustas in der Hand hätte, dann wäre es vorbei mit dem Unentschieden.

Vlassopoulos sieht, wie ich mein Büro betrete, und hechtet mit einer Fotokopie in der Hand hinter mir her.

»Petroulias' Steuerbescheid.« Er bremst meinen Elan, bevor ich noch dazu komme, ihn mir anzusehen. »Sie können sich die Mühe sparen. Er hat nur die Einkünfte aus seiner Tätigkeit als Schiedsrichter und die Mieteinnahmen einer Dreizimmerwohnung in Maroussi angegeben. Das Apartment in der Panga-Straße gehörte ihm. Eine Segeljacht oder ein anderes Boot besaß er nicht, das hätte er sonst eingetragen. Er war nur im Besitz eines Autos, eines Audi 80. Er hat so wenig angegeben, daß man ihn rein aufgrund seiner Vermögenswerte eingestuft hat.«

Ein kurzer Blick auf den Steuerbescheid bestätigt Vlassopoulos' Ausführungen. Petroulias' Jahreseinkommen belief sich auf insgesamt vier Millionen, inklusive der Mieteinnahmen durch die Dreizimmerwohnung. »Und wie konnte er sich bei so einem Einkommen ein ganzes Dachgeschoß in der Panga-Straße, eine Dreizimmerwohnung in Maroussi und Segelkreuzfahrten leisten?«

Vlassopoulos hebt ratlos die Arme in die Höhe. »Was weiß ich. Keinen blassen Schimmer.«

Es sieht so aus, als säße Gikas auf dem falschen Dampfer. Der Fall ist doch nicht so einfach in seine Einzelteile zu zerlegen, wie er glaubte. Bis zu einem gewissen Grad hat er dennoch recht. Wenn man keine anderen Anhaltspunkte hat, dann soll man sich zunächst an den augenscheinlichen Tatsachen orientieren.

»Setz dich mit dem Verband der Fußballschiedsrichter in Verbindung und gib Bescheid, sie sollen sich morgen mit Petroulias' Unterlagen für uns bereithalten.«

»Wird gemacht.«

Auf dem gegenüberliegenden Balkon befinden sich eine sehr junge kurzhaarige Frau und ein langhaariger Kleiderschrank im schönsten Streit. Ich höre nicht, was sie sagen, aber ihren Gesten entnehme ich, daß sie kurz davor sind, handgreiflich zu werden. Der Hüne will sie am Oberarm packen, doch die junge Frau kommt ihm zuvor und stößt ihn von sich. Anscheinend gibt er eine Beleidigung von sich, denn ich sehe, wie sie ihre Hand hebt und ihm eine derart schallende Ohrfeige verpaßt, daß ich sie bei geöffnetem Fenster bis in mein Büro gehört hätte. Dann dreht sie sich um und stürzt in die Wohnung.

Das Telefon schellt. Man gibt mir Bescheid, daß meine Tochter unten auf mich wartet. Ich blicke auf mein Handgelenk – es ist ein Uhr. Auf die Minute pünktlich. Sie gesteht mir keinerlei Freiraum zu.

Sowie ich mich von meinem Schreibtisch erhebe, sehe ich, wie die junge Frau aus dem Wohnhaus tritt. Sie hat eine Sportjacke übergeworfen, trägt eine Tasche über der Schulter und entfernt sich mit raschen Schritten. Der Kleiderschrank klammert sich an das Balkongitter und ruft hinter ihr her, doch sie würdigt ihn keines Blickes. Sie biegt um die Ecke und verschwindet. Ich sehe, wie sich der Kleiderschrank mit dem Rücken an die Häuserwand lehnt und sein Gesicht mit beiden Händen bedeckt. Sein Körper wird von Schluchzen geschüttelt. Früher hatten die Männer kurze und die Frauen lange Haare, und die Frauen heimsten Ohrfeigen ein und heulten. Heutzutage haben die Frauen kurze und die Männer lange Haare, und die Männer heimsen Ohrfeigen ein und heulen. Durchaus logisch, aber ein Mann, der sich die Haare wachsen läßt, nur um sich Ohrfeigen einzufangen, hat keinerlei Mitgefühl verdient.

21

Wenn mir vorher jemand gesagt hätte, wie sehr mich die sechs Tage im Krankenhaus aus der Bahn werfen würden, hätte ich ihm kein Wort geglaubt. Als ich gestern mittag nach Hause zurückkehrte, fühlte ich mich so, als hätte ich auf irgendeiner Baustelle eine ganze Fuhre Ziegelsteine entladen. Ich setzte mich zum Essen und fiel danach sofort ins Bett. Ich wachte gegen acht Uhr abends auf, trödelte ein wenig herum, aß nochmals und schlief ohne Unterbrechung bis sieben Uhr morgens.

Jetzt sitze ich mit Katerina im Mirafiori, und wir biegen gerade von Ambelokipi in den Alexandras-Boulevard ein.

»Du brauchst nicht mehr länger in Athen zu bleiben«, sage ich halbherzig zu ihr. »Mir geht es schon wieder gut, du kannst nach Thessaloniki zurückfahren.«

»Willst du mich loswerden?« fragt sie lachend.

»Nein, aber ich möchte nicht, daß sich meinetwegen deine Doktorarbeit verzögert.«

»Die verzögert sich absolut nicht. Ich muß ohnehin einen Teil der Bibliographie in Athen zusammensuchen. Ursprünglich wollte ich das zu Weihnachten erledigen. Aber wenn ich schon deinetwegen hier bin, packe ich die Gelegenheit gleich beim Schopf. Wenn ich dich morgens abgeliefert habe, gehe ich in die Universitäts- oder in die Nationalbibliothek, arbeite bis eins und komme dich dann abholen.«

Ihre Rechtfertigung verschafft mir Erleichterung. »Und wie lange hast du noch vor hierzubleiben?« frage ich. So ist es eben: Sie gibt mir den kleinen Finger, und ich nehme gleich die ganze Hand.

»Weiß ich noch nicht, das kommt darauf an, wie lange ich für die Zusammenstellung der Bibliographie brauche«, entgegnet sie unbestimmt. »Ich komme um eins vorbei, um dich abzuholen«, meint sie, als ich aussteige.

»Um zwei.«

Sie fuchtelt abwehrend mit der Hand und steigt aufs Gas, um mir keine weitere Gelegenheit zum Feilschen zu geben.

Ich gehe zuerst in die Kantine und hole mir einen Kaffee. Das Croissant lasse ich ausfallen, seit Adriani auf einem zünftigen Frühstück besteht, anstelle von diesem »Plastikfraß aus der Kantine«, wie sie sich ausdrückt. Sie steht jetzt immer vor mir auf und serviert mir zwei Scheiben Knäckebrot mit Butter und selbstgemachter Orangenmarmelade, die sie während meines Krankenhausaufenthaltes zubereitet hat. Gefüllte Tomaten hat sie noch nicht für mich gekocht, weil das ein zu schweres Essen für mich sei. Aber ich werde sie schon rumkriegen, ich werde ihr damit so lange in den Ohren liegen und das arme Würstchen spielen, bis sie mir schließlich meine heißgeliebten gefüllten Tomaten serviert.

Dermitzakis lauert bereits vor meiner Bürotür. Sobald er mich erblickt, eilt er mir entgegen, als wolle er gleich den roten Teppich entrollen.

»Bei Petroulias' Jacht sind wir weitergekommen«, sagt er, und sein Gesicht leuchtet vor Genugtuung. »Er hatte sie bei einer Charterfirma in Piräus gemietet. Ich habe die Inhaberin ersucht vorbeizukommen, bevor sie in ihr Büro fährt. Sie heißt Stratopoulou. Sie wartet bereits auf Sie.«

»Bring sie rüber«, sage ich und betrete mein Büro.

Ich komme kaum dazu, einen Schluck von meinem Kaffee zu schlürfen, als er mit einer kleinen, beleibten Frau an die Fünfzig eintritt. Sie trägt ein hellblaues Kostüm, eine dunkelblaue Bluse und Schuhe mit fünfzehn Zentimeter hohen Bleistiftabsätzen, womit sie gerade mal eine Körpergröße von eins fünfzig erreicht.

»Kleri Stratopoulou, Herr Kommissar«, stellt sie sich vor und reicht mir die Hand. »Geschäftsführerin der Firma San Marin – Motor- und Segeljachtverleih.«

»Bitte, nehmen Sie Platz. Sie haben Christos Petroulias die Motorjacht vermietet?«

»Nein, es handelte sich nicht um eine Motorjacht, sondern um eine Segeljacht mit Hilfsmotor, Herr Kommissar«, antwortet sie besserwisserisch.

»Nun, dann eben ein Segelboot, ein Kahn mit einem Fetzen Stoff obendrauf. Hatte er es bei Ihnen gechartert?«

»Jawohl. Als mich der Herr Kriminalobermeister gestern anrief, ließ ich gleich den Vertrag heraussuchen. Er hatte sie vom zehnten Juni bis zum zehnten Juli gemietet.«

»Wann haben Sie erfahren, daß das Fahrzeug herrenlos im Hafen lag?«

»Eine Frau hat uns telefonisch Bescheid gegeben. Sie sagte, Petroulias sei in die Notaufnahme eines Krankenhauses eingeliefert worden, und es gebe sonst niemanden, der das Schiff nach Piräus zurückmanövrieren könnte.«

»Wann hat sie sich bei Ihnen gemeldet?«

Sie zieht einen Terminplaner aus ihrer Handtasche zu Rate. »Am 21. Juni.«

Zumindest wissen wir jetzt einen genaueren Zeitpunkt, was Petroulias' Ermordung angeht: um den 20. Juni. Am 21. rief die Blonde bei der Charterfirma an. Sie war, wie ich vorausgesehen hatte, in das Spiel eingeweiht gewesen. Die beiden anderen brachten Petroulias erfolgreich um die Ecke, und am nächsten Tag verständigte sie den Bootsverleih.

»Was haben Sie unternommen, als sie erklärte, sie könne die Jacht nicht zurückbringen?«

»Wir haben einen unserer Angestellen losgeschickt, und der hat sie abgeholt.«

»Das war alles? Haben Sie gar keinen Schadenersatz gefordert?«

Ich frage mit der Hoffnung im Hinterkopf, sie hätte irgendwelche Schritte eingeleitet, deren Ergebnisse ich mir zunutze machen könnte. Doch die Stratopoulou lacht mich aus.

»Warum sollten wir eine Entschädigung fordern, Herr Kommissar? Die Jacht war bis zum 10. Juli gechartert, wir erhielten sie am 22. Juni zurück und konnten sie postwendend wieder vermieten. Wir kassierten achtzehn Tage lang doppelt. Die Jacht war in sehr gutem Zustand. Und auch wenn sie es nicht gewesen wäre, hätten wir nichts weiter unternommen.«

»Wieso nicht?«

»Weil die Chartergebühren kleinere Abnutzungsschäden des Fahrzeugs abdecken. Nur in seltenen Fällen haben wir größere Schäden zu beklagen.«

»Wie hat Petroulias bezahlt?« fragt Dermitzakis.

»Bar. Die ganze Summe im voraus.«

»Wissen Sie, wie viele Personen an Bord waren?« frage ich.

»Nein. Das ist für uns belanglos. Uns interessiert nur, ob derjenige, der das Boot chartert, einen Segelschein besitzt. Andernfalls verlangen wir, daß er einen unserer Angestellten mit an Bord nimmt.«

»Und Petroulias hatte einen Segelschein?«

»Selbstverständlich. Wir haben ihn überprüft, bevor der Vertrag unterzeichnet wurde. Den habe ich dabei, falls er Sie interessiert.«

Ein kurzes Überfliegen des Textes läßt keine Besonderheiten erkennen. Im Vertrag sind Petroulias' Name, seine Adresse, die Höhe der Chartergebühren – eineinhalb Millionen – und der Zeitraum eingetragen.

»Haben Sie auf der Jacht vielleicht persönliche Gegenstände vorgefunden, als sie wieder bei Ihnen eintraf? Irgendwelche Kleidung, Ausweise, Papiere?«

»Nein, absolut nichts.«

»Ich würde mir das Boot gerne einmal anschauen.«

»Es ist zur Zeit vermietet, und wir können es unmöglich ausfindig machen. Ich kann Sie jedoch verständigen, sobald es zurückgebracht wird.«

Das hat keinen Sinn. Wenn andere Leute die Jacht betreten haben, ist sie für uns wertlos geworden. Die Stratopoulou blickt demonstrativ auf ihre Armbanduhr.

»Ich danke Ihnen herzlich, daß Sie sich herbemüht haben, Frau Stratopoulou«, sage ich.

Sie erhebt sich eilig, als hätte sie nur auf das erlösende

Wort von mir gewartet. »Falls Sie noch etwas von mir benötigen sollten – der Herr Kriminalobermeister hat meine Telefonnummer.« Sie verabschiedet sich und verläßt den Raum.

»Finde heraus, bei welchen Banken Petroulias Konten unterhielt, und beschaff dir einen Gerichtsbescheid für ihre Offenlegung«, befehle ich Dermitzakis. Hier kann ich nicht herumtricksen wie mit Koustas' Bankkonten. Ich möchte sie alle vom ersten bis zum letzten Kontoauszug durchsehen.

»Wird bestimmt viel bringen.«

»Also, ich frage mich, was du eigentlich willst! Soll ich Petroulias vielleicht auch noch zu den unaufgeklärten Fällen abschieben?« Ich schreie ihn an, als sei Dermitzakis höchstpersönlich schuld daran, daß Koustas' Fall ins Archiv wanderte.

»Aber nicht doch!« meint er eingeschüchtert.

Die Tür geht auf, und Vlassopoulos tritt herein. Auch auf seinem Gesicht hat sich ein zufriedenes Grinsen breitgemacht. Alle scheinen sie mir heute die guten Neuigkeiten mundgerecht auf dem Tablett servieren zu wollen.

»Wir haben seinen Wagen gefunden«, sagt er gleich beim Eintreten. »Ich habe die Spurensicherung angewiesen, die Untersuchung zu übernehmen. Er scheint mit einem Taxi bis Piräus gefahren zu sein, um dort die Jacht zu übernehmen. Wir könnten den Taxifahrer ausfindig machen, der ihn hingefahren hat.«

»Lieber nicht, damit verlieren wir nur Zeit. Irgendwas Neues von der Spurensicherung?«

»Jede Menge Fingerabdrücke. Die meisten stammen von

derselben Person, das müssen seine eigenen sein. Die übrigen stammen von erkennungsdienstlich nicht erfaßten Personen.«

Die können von der Blonden, von seiner Putzfrau, von irgendwelchen Freunden stammen, und die zugehörigen Finger und Menschen können wir mit der Laterne suchen. »Und was ist mit den Schuhabdrücken?«

»Vermutlich von Herrenschuhen, Größe 43 und 44.«

»Hast du mit dem Schiedsrichterverband gesprochen?«

»Ja, ein gewisser Chatzidimitriou erwartet uns schon.«

»Schön, fahrt hin und vernehmt ihn. Und bringt mir die Unterlagen über Petroulias her.« Ich nehme zwar keinen Erholungsurlaub, doch die ganze Fronarbeit muß ich mir auch nicht aufbürden.

Sie sind gerade bei der Tür angelangt, als mir eine Idee kommt. »Sagt mal, ist Sotiropoulos draußen?«

»Mir scheint, irgendwo habe ich ihn heute schon gesehen«, meint Vlassopoulos.

»Gib ihm Bescheid, daß ich ihn sprechen möchte. Aber diskret, ohne daß die anderen was merken.«

Bis er Sotiropoulos auftreibt, trinke ich meinen restlichen Kaffee und versuche darüber nachzudenken, was mir die bisherigen Erkenntnisse zu Petroulias' Person eigentlich bringen. Er besaß ein Dachgeschoß, das an die sechzig Millionen gekostet haben mußte, eine Dreizimmerwohnung, die, vorsichtig veranschlagt, etwa dreißig Millionen wert ist, er fuhr einen Audi 80, gab seine jährlichen Einkünfte mit vier Millionen an und warf die Hälfte davon für eine Inselkreuzfahrt hinaus. Wer einen solchen Lebensstandard pflegt, hat sein Todesurteil schon so gut wie unterschrieben. Früher oder später wird er umgebracht und uns, den Pfuschern mit den vierzehn Monatsgehältern, aufgebürdet. Der einzige Vorteil, den wir gegenüber Leuten wie Petroulias haben, sind unsere Kuraufenthalte. Die ich Vollidiot zu allem Überfluß in den Wind schlage.

Die Blonde bildet mein zweites Problem. Wenn wir sie nur irgendwie ausfindig machen könnten! Aber mein kleiner Finger sagt mir, daß wir den Mörder finden, bevor wir die Blonde drankriegen.

»Wieso wollen Sie mich unter vier Augen sprechen?« fragt mich Sotiropoulos skeptisch. »Wollen Sie mich etwa als Berater engagieren?«

»Nein, aber ich brauche Ihre Hilfe. Können Sie mir einen Ihrer Sportredakteure vermitteln, damit er mich über einige Dinge aufklärt?«

»Den kann ich Ihnen schon vermitteln, nur –«

»Nur?«

»Was springt dabei für mich raus?«

»Wenn etwas Weltbewegendes dabei zutage kommt, werden Sie es als erster erfahren, da Sie ja dabeisein werden.«

»Richtig, wieso habe ich nicht gleich daran gedacht«, sagt er. »Montag morgen um zehn Uhr ist er in Ihrem Büro.«

Ich bin sicher, daß mir eine Unterredung mit dem Sportredakteur von Sotiropoulos' Fernsehsender mehr nützt als alle Unterlagen des Schiedsrichterverbandes.

22

Eineinhalb Tage, den ganzen Samstag und den halben Sonntag, hat mich das intensive Studium von Petroulias' Unterlagen gekostet. Ich hatte alles vor mir liegen: Schiedsrichterlizenz, Lebenslauf, Liste der von ihm geleiteten Spiele, interne Beurteilungen – doch ich kam auf keinen grünen Zweig. Vielleicht, weil an den Unterlagen nichts auszusetzen war, oder möglicherweise, weil ich in Sachen Fußball eine absolute Niete bin – keine Ahnung. Da ich in meiner Wohnung über keinen eigenen Schreibtisch verfüge, lasse ich mich, was bisweilen notwendig wird, mit meinen Papieren am Küchentisch nieder. Im Schlafanzug, aus Gründen der Bequemlichkeit. Adriani steckte ständig den Kopf herein, als hätte sie dringend in der Küche zu tun, wich nicht von meiner Seite und quengelte den lieben langen Tag: Ich würde die Ratschläge meines Arztes nicht befolgen und wieder meinen Kopf durchsetzen, ich würde mich überanstrengen und es förmlich darauf anlegen, in Kürze mit einem Infarkt darniederzuliegen. *Infarkt = Verstopfung eines Körperkanals, bes. durch die Blutstauung*, wie es schon bei Hippokrates heißt. Schließlich drohte ich ihr, meine Siebensachen zu packen und ins Büro überzusiedeln, um meine Ruhe zu haben, worauf sie endlich den Mund hielt.

Chatzidimitriou vom Athener Schiedsrichterverband

hatte Vlassopoulos und Dermitzakis erzählt, daß Petroulias' Leistung als Schiedsrichter nicht sehr ausgewogen war. Immer wenn er gerade eine herausragende Vorstellung geboten hatte und mit Volldampf auf eine Beförderung in die nächsthöhere Liga zuzusteuern schien, verhielt er sich plötzlich unmöglich auf dem Spielfeld und wurde in der Rangliste weit nach hinten geworfen. Deshalb war er zehn Jahre lang in der dritten Liga klebengeblieben. Die Möglichkeit, daß Petroulias sich kaufen ließ, wies Chatzidimitriou kategorisch von sich, schon allein deswegen, weil niemals Vorwürfe gegen ihn laut geworden waren, die über das übliche Maß unbestimmter Anschuldigungen gegen den einen oder anderen Schiedsrichter hinausgingen.

Am Montag morgen behielt ich die Oberhand im Kampf um das Steuer des Mirafiori. Schließlich hatte Ousounidis nur von einigen Tagen gesprochen, und daran hatte ich mich gehalten. Adriani wollte schon wieder in ein Gezeter ausbrechen, doch ich stopfte ihr den Mund, indem ich erklärte, es sei nicht richtig, daß Katerina wegen mir ihre Doktorarbeit nicht vorantreiben könne. Um die Wahrheit zu sagen, ein wenig Herzklopfen hatte ich schon, als ich plötzlich allein hinter dem Lenkrad saß. Für alle Fälle schluckte ich ein halbes Interal, um ganz sicherzugehen.

Glücklicherweise lief alles wie am Schnürchen, und nun sitzt mir Nasioulis, der Sportredakteur, gegenüber. Er ist um die Fünfundzwanzig, einfach gekleidet und scheint überhaupt ein seriöser junger Mann zu sein. Vor ihm liegt der Aktenordner, und er blättert darin herum. Sotiropoulos sitzt auf dem anderen Stuhl und verfolgt die Szene.

»Hier werden Sie nicht finden, wonach Sie suchen, Herr

Kommissar«, meint Nasioulis. »Sie haben die Schiedsrichter zu Recht im Visier. Auch wir können den Verdacht gekaufter Spiele nicht von der Hand weisen, aber wir können nichts belegen. Chatzidimitriou liegt da durchaus richtig. Denn wenn keine offizielle Anklage erhoben wird, kann man nichts unternehmen.«

»Welche Spiele könnten denn manipuliert worden sein?«

»Nur diejenigen, die für den Ausgang der Meisterschaft entscheidend sind. Geld ist kaum im Spiel, wenn das Resultat für den Titel oder eine gute Plazierung belanglos ist. Niemand wirft sein Geld zum Fenster hinaus, wenn das korrekte Pfeifen des Schiedsrichters keinen Nachteil bringt.«

»Bei welchen für die Meisterschaft entscheidenden Spielen war Petroulias als Schiedsrichter eingesetzt?«

Er zieht einen Zeitungsausschnitt aus seiner Sportjacke und beginnt, die Liste der von Petroulias gepfiffenen Spiele aus dem Aktenordner mit den Angaben aus dem Zeitungsausschnitt zu vergleichen. »Auf den ersten Blick würde ich sagen: das Match zwischen Falirikos und Triton.« Bezeichnenderweise nennt er es an allererster Stelle. »Die Niederlage kostete Triton den Meistertitel der dritten Liga. Dann wäre da das Spiel zwischen Argostolikos und Anamorfosi Tripolis. Soweit ich mich erinnern kann, hat Petroulias zwei Spielern von Anamorfosi die rote Karte gezeigt, und Argostolikos trug den Sieg davon und entging dem Abstieg. Die schiedsrichterinterne Bewertung durch einen Beobachter merkte an, daß zumindest einer der beiden Ausschlüsse nicht gerechtfertigt war. Und dann noch das Match zwischen Atromitos Sfakion und Chalkidaikos.

Atromitos Sfakion lag hinter Triton an zweiter Stelle in der Tabelle, während Chalkidaikos in der Abstiegszone umherkrebste und es trotzdem schaffte, seinen Gegner in einem Auswärtsspiel zu schlagen. Nun ist im Fußball vieles möglich, aber ich persönlich halte dieses Resultat für unglaubwürdig, besonders wenn Petroulias in der letzten Minute einen Elfmeter gegen Atromitos pfeift, genau wie im Spiel gegen Triton. Der Beobachter bewertet seine Leistung auch hier als mittelmäßig, doch das hat nicht viel zu bedeuten.« Er blickt mich entschuldigend an, als fürchte er, seine Kenntnisse reichten nicht aus und ich würde ihn durch die Prüfung rasseln lassen.

»Ich könnte Ihnen aber noch mehr sagen, wenn Sie mich die Daten in aller Ruhe durchsehen lassen«, setzt er hinzu.

»Sind Sie eigentlich noch bei Trost, Kommissar?« fährt Sotiropoulos dazwischen, dem es entgegen aller Erwartungen bislang gelungen war, seinen Mund zu halten. »Wonach suchen Sie überhaupt? Nach Vereinsfunktionären, die Schmiergelder bezahlen und Schiedsrichter kaltmachen? In der mickrigen dritten Liga? Bedenken Sie doch, um welche Geldsummen es hier geht! Verstehen Sie, wovon wir hier eigentlich die ganze Zeit reden? Vom Plebs der Fußballwelt!«

Ich weiß, daß er recht hat, doch ärgert es mich, das aus Sotiropoulos' Mund zu hören. »Ich sage ja nicht, daß ihn Vereinsfunktionäre auf dem Gewissen haben. Vielleicht haben ihn irgendwelche fanatischen Anhänger umgebracht. Er ist ihnen zufällig auf der Insel über den Weg gelaufen, und da haben sie ihn kurzerhand abgemurkst.« Ich spreche diese Hypothese nicht nur deshalb aus, weil mir die Argumente ausgegangen sind, sondern auch weil ich Gikas' Theorie an der Wirklichkeit messen will.

»Hooligans treten nur bei großen Mannschaften in Aktion. Dort lassen sie ihrem Fanatismus freien Lauf – bei Panathinaikos, AEK, Olympiakos. Einem Drittligaverein hält man aus Lokalpatriotismus die Treue, doch im Grunde geht er einem am Arsch vorbei.«

Ich wende mich um und blicke auf Nasioulis. Er nickt bestätigend. »Genau so ist es«, meint er.

»Und woher hatte Petroulias den Zaster für seinen aufwendigen Lebensstil? Das einzige Einkommen, das er anführt, sind Mieteinnahmen und die Einkünfte aus seiner Schiedsrichtertätigkeit.«

Sotiropoulos schüttelt sich vor Lachen. »Leben Sie eigentlich auf dem Mond? Haben Sie noch nie von illegalen Wucherzinsen gehört? Wissen Sie, in welch schwindelerregende Höhen die Zinsen auf dem Schwarzmarkt schnellen? Über hundert Prozent! Jawohl: hundert Prozent! Wenn er fünf Millionen hatte, machte er in einem Jahr zehn draus und in zwei Jahren zwanzig. Alles steuerfrei. Bitte sehr – daher stammt das Geld für seinen Lebenswandel.«

Ich erinnere mich, daß ich auch schon daran gedacht hatte, nur in bezug auf Koustas. Sollte womöglich gar nicht Koustas in Wuchergeschäfte verwickelt sein, sondern Petroulias? »Auch wenn es so wäre, hätte er doch sein Geld in seinem nächsten Umfeld gewinnbringend angelegt. Und sein nächstes Umfeld waren die Mannschaften der dritten Liga. Folglich müssen wir zunächst dort suchen.«

»Wissen Sie, was man unter ›Catenaccio‹ versteht, Herr Kommissar?«

»Nein.«

»Eine engmaschige Abwehrkette, die die Stürmer der gegnerischen Mannschaft daran hindern soll, auch nur in Sichtweite des Tores zu gelangen. Die Vereinsfunktionäre der dritten Liga halten zusammen wie Pech und Schwefel. Da beißen Sie auf Granit und stehen vor einem klassischen ›Catenaccio‹: einer Abwehrmauer, die Sie nur schwer durchbrechen werden.«

Schon wieder wirft man mir Knüppel zwischen die Beine. »Na, Kommissar, Ihre Rechnungen gehen in der letzten Zeit nicht auf, was?« meint Sotiropoulos, während er sich erhebt.

»Wie kommen Sie darauf?«

»Weil Sie im Fall Koustas das Handtuch geworfen haben. Und bei Petroulias, fürchte ich, sind Sie auf dem Holzweg. Daran ist wohl Ihr gesundheitlicher Zustand schuld, der hat Sie völlig aus dem Gleis geworfen.«

Ich merke, wie es mich juckt, ihm ordentlich die Meinung zu sagen, ihm vorzuhalten, daß ich ohne Umschweife vom Krankenlager in die Dienststelle geeilt bin, ohne Kuraufenthalt, nur damit er sich abends in der Tagesschau mit fremden Federn schmücken kann. Ich schlucke die Bemerkung jedoch hinunter, weil er mir Nasioulis vermittelt hat.

»Vielen Dank für Ihr Entgegenkommen«, sage ich zu Nasioulis. »Wenn ich noch etwas brauche, werde ich mich bei Ihnen melden.«

Ich sehe, wie sie abgehen, und denke, daß ich zu Unrecht beleidigt bin. Es stimmt ja, daß ich im Mordfall Petroulias genau wie bei Koustas nicht weiterkomme. Der gesunde Menschenverstand und die Hinweise, die ich in Händen halte, deuten eigentlich darauf hin, daß man Petroulias durch ein abgekartetes Spiel aus dem Weg geräumt hat. Und dennoch fällt diese Theorie nach und nach in sich zusammen wie ein Kartenhaus. Es bleibt mir jedoch kein anderer als dieser Holzweg übrig, wenn ich nicht noch einen Fall zu den unaufgeklärten Verbrechen ins Archiv abschieben will.

Die Tür geht auf, und Dermitzakis tritt mit einem Stapel Computerausdrucken ein. »Petroulias' Kontoauszüge«, trompetet er triumphierend.

Petroulias verfügte über zwei Bankkonten, eines bei der Interbank und ein anderes bei der Chiosbank. Daß er zwei junge und relativ kleine Bankhäuser gewählt hat, hebt meine Stimmung. Wer verdächtige Geschäfte tätigt, wendet sich normalerweise an kleinere Bankhäuser, die auch mal fünfe gerade sein lassen, um neue und potente Kunden anzuwerben. Ich versuche, meine Ungeduld zu zügeln und die Auszüge aufmerksam zu studieren. Das Konto bei der Chiosbank weist niedrige Einzahlungen in Höhe von hundert- oder hundertfünfzigtausend auf sowie regelmäßige Abhebungen in ähnlicher Höhe. Die gewöhnlichen Kontobewegungen eines Kleinbürgers. Es könnten genausogut meine eigenen Bankauszüge sein. Das Bankkonto der Interbank hingegen weist nur sehr wenige Einzahlungen auf, nur ein- bis zweimal im Monat, dafür aber größere Summen: zwischen zweieinhalb und fünf Millionen. Auch wird von diesem Konto nur selten Geld abgehoben. Ich blicke auf den Kontostand: 35.522.867. Als Wucherer hätte er öfter kleinere Summen bezogen, um sie dann weiterzuverleihen. Als Kassierer von Schmiergeldern hätte er keine regelmäßigen Einzahlungen gemacht. Folglich mußte etwas anderes im Spiel sein, und mein Duell mit Sotiropoulos endet null zu null, da wir beide danebengetippt zu haben scheinen.

»Das Geld auf der Interbank ist bestimmt Schwarzgeld«, sagt Dermitzakis, um mir zu verstehen zu geben, daß auch er aufmerksam bei der Sache ist.

Ich messe seiner Bemerkung keine Bedeutung bei. Ich nehme die Terminliste der drei Fußballspiele zur Hand, auf die Nasioulis hingewiesen hat, und lege sie neben die Bankauszüge, um zu sehen, ob eventuell trotzdem Summen auftauchen, die zu den Spielterminen passen. Ich finde keine Einzahlungen, die mit den Spielen Argostolikos – Anamorfosi Tripolis und Chalkidaikos – Atromitos Sfakion in Verbindung stehen. Es taucht jedoch eine Einzahlung in der Höhe von zweieinhalb Millionen am Vortag der Begegnung Falirikos – Triton auf. Kann sein, daß es sich um einen Zufall handelt, doch oft führt gerade ein solcher auf die richtige Fährte. Wenn der unrechtmäßige Elfmeter, den Petroulias für Falirikos pfiff, nicht das Ergebnis einer schlechten Schiedsrichterleistung war, wie Chatzidimitriou behauptete, dann hatte der Besitzer des Falirikos für das Spielresultat gut zweieinhalb Millionen springen lassen.

»Finde heraus, wem Falirikos gehört«, sage ich zu Dermitzakis. »Und wo wir mit dem Besitzer sprechen können. Heute noch.«

Er verschwindet für fünf Minuten von der Bildfläche und kehrt mit einem breiten Grinsen zurück. »Habe ihn schon aufgetrieben«, meint er zufrieden. Er will schon die

Tür hinter sich ins Schloß ziehen, als Vlassopoulos von außen an ihr rüttelt und hinter seinem Rücken hereinschlüpft.

»Er heißt Frixos Kalojirou, und er besitzt eine Ladenkette mit Haushaltsgeräten, ›Alles für Haus und Garten‹.«

Die ist mir ein Begriff, weil ich unzählige Male den Werbespot dazu gesehen habe. Es sind Kaufhäuser von der Sorte, die dem Kunden die Wohnung auf Pump einrichten und ihn dann nötigen, alles wieder zu verhökern, weil er die Raten nicht abstottern kann.

»Falirikos spielt heute nachmittag gegen Nikea«, fährt Dermitzakis fort. »Wir könnten ihn also nach dem Match treffen.«

»Eigentlich müßte ich den Kommissar begleiten«, schnellt Vlassopoulos dazwischen. Jetzt begreife ich, warum er still und heimlich in mein Büro geschlichen kam.

»Warum denn du?« fragt Dermitzakis.

»Erstens, weil ich der Dienstälteste hier bin, und zweitens, weil Sarafoglou, der beim Falirikos spielt und den ich gut kenne, meine Entdeckung ist.«

»Kann sein, daß du Sarafoglou entdeckt hast, Kalojirou jedoch habe ich aufgestöbert.«

Seit dem Tag, als Dermitzakis in die Dienststelle kam, vertragen sich die beiden wie Hund und Katze. Vlassopoulos nimmt sich als altgedienter Polizeibeamter Vorrechte heraus, während der jüngere Dermitzakis Vlassopoulos beiseite zu drängen versucht, um selbst aufzusteigen. So strapazieren alle beide meine Nerven und zwingen mich ständig dazu, einen diplomatischen Drahtseilakt zu vollführen.

»Gar keiner von euch kommt mit. Ich fahre alleine hin«, sage ich stinkig. »Für die paar Fragen, die ich ihm stellen will, müssen wir uns nicht gleich alle auf die Reise machen.«

Dermitzakis dreht sich um und wirft dem befriedigt lächelnden Vlassopoulos einen giftigen Blick zu. Freilich wird auch er nicht mit dabeisein, doch er hat es geschafft, Dermitzakis den Ball abzuluchsen, und bildet sich ein, daß der Strafstoß aufgrund seiner Intervention gepfiffen wurde.

Ich nehme eine Tablette Digoxin, breche sie in der Mitte durch und würge sie mit einem Schluck Kaffee hinunter, der sich mittlerweile in einen faden lauwarmen Sud mit kaltem Schaum verwandelt hat.

23

Das einzige mir bekannte Fußballstadion ist das von Panathinaikos auf dem Alexandras-Boulevard. Und selbst das habe ich nur von außen gesehen. Das Stadion im Stadtteil Tavros sieht ganz anders aus. Es erscheint mir klobig und abstoßend. Vielleicht weil der Alexandras-Boulevard den Umriß des Panathinaikos-Stadions gewissermaßen verschluckt, während das Stadion in Tavros wie eine Pestbeule aus der Stadt wächst. Als ich jetzt vor diesem Musterbeispiel derartiger Mehrzweck-Veranstaltungsorte stehe, die für Sportfeste, Rockkonzerte und politische Kundgebungen benutzt werden und während der Juntazeit sogar als Auffanglager Verwendung fanden, verstärkt sich meine Meinung, daß diese riesigen, auf Zementsäulen sitzenden Wannen für ein Bad in der Menge geschaffen wurden.

Das Stadion leert sich gerade. Das Spiel war nur schwach besucht, und die Zuschauer gehen friedlich auseinander. Auf den ersten Blick muß ich Nasioulis und Sotiropoulos recht geben. Keine Spur von Fanatismus oder Leidenschaft, doch das kann auch daran liegen, daß die Heimmannschaft den Sieg davongetragen hat.

Der Eingang zu den Duschräumen und Umkleidekabinen ist rechteckig und wird von zwei 25-Watt-Birnen hinter vergitterten Wandleuchten gerade so spärlich erhellt, daß ein mildes Halbdunkel entsteht. Auf der rechten Seite befindet sich eine Tür, auf der linken zwei. Durch die zweite Tür schwappen Wassermengen, die den See von Kastoria auffüllen könnten, nur die Forellen fehlen. Die andere Tür linker Hand ist geschlossen. Die rechte Tür steht offen, und aus dem Zimmer dahinter dringt wütendes Geschrei. Ich versuche den See zu durchqueren, indem ich meine Schuhe wie Segelmasten aufstelle: die Absätze im Wasser und die Zehen in der Höhe.

»Du bist ein vollkommener Versager!« dröhnt eine Stimme aus dem Zimmer. »Wir haben alle Spiele seit dem Beginn der Meisterschaft verloren. Noch eine Niederlage, und ich schicke dich in dein Dorf zum Olivenklauben zurück!«

Den Urheber des Geschreis sehe ich nicht, dafür den, dem die Tirade gilt – einen großgewachsenen, dünnen Mann im Trainingsanzug, der mit eingezogenem Kopf und erhobenen Armen dasteht.

»Die Mannschaft wird sich wieder aufrappeln, Herr Kalojirou«, meint er entschuldigend. »Wir mußten eine ganze Menge Ausfälle verkraften und haben noch nicht den richtigen Rhythmus gefunden. In ein bis zwei Spielen sind wir wieder voll dabei.«

»Du hast neue Spieler von mir gefordert und sie auch bekommen. Jetzt behauptest du, die Mannschaft müßte erst den richtigen Rhythmus finden, als wären sie Konzertgeiger!«

Der Umkleideraum weist nur zwei aneinandergeschobene Sitzbänke und Wandhaken für die Kleidung der Spieler auf. Er ähnelt der Vorhölle, in die Flüchtlingsfamilien aufgenommen werden, bevor man sie in die richtige Hölle abschiebt. Die Spieler sitzen auf den Bänken und blicken betreten auf den Zementboden.

»Und ihr anderen seid auch nicht besser«, donnert Kalojirou erneut los. »Ihr stolpert auf dem Spielfeld umher und trefft nicht mal den Ball vor eurer Nase!«

Ich sehe, wie Sarafoglou, der am Ende der Holzbank kauert, schlagartig herumfährt. Sein Gesicht ist dunkel vor Zorn. »Warum beschweren Sie sich über unser schlechtes Spiel, Herr Kalojirou? Wir trainieren seit August, wir haben drei Spiele gespielt und noch keinen Lohn bekommen. Wir haben unsere Familien zu ernähren und müssen unseren Verpflichtungen nachkommen. Und da wundern Sie sich, in welchem Zustand wir auf dem Spielfeld herumlaufen?«

»Ihr könnt verdammt froh sein, daß ich euch überhaupt in der Mannschaft behalte. Wem hier was nicht paßt, der kann ja aufstehen und gehen. Die Vorstadt Athens ist voll von Kickern eures Kalibers.«

Jetzt ist mir klar, warum Sotiropoulos sie als den Plebs der Fußballwelt bezeichnete. Man trampelt auf ihnen herum, pinkelt sie an, läßt sie für eine Handvoll Kleingeld aufs Spielfeld laufen und bezahlt ihnen dann nicht einmal ihr Gehalt.

Mein Auge bleibt an zwei jungen Männern hängen, die aus der Richtung des Quellflusses des Kastoria-Sees auftauchen. Sie gehen achtlos an mir vorbei.

»Schon wieder kein Wasser, verfluchte Scheiße!« meint der eine. »Sie haben es abgedreht, weil irgendwo ein Leck in der Leitung ist.«

»Nicht einmal duschen kann man sich! Wie die Stinktiere müssen wir uns jedesmal davonschleichen«, fällt der zweite ein.

Ich überschreite die Türschwelle in dem Augenblick, als Kalojirou gerade spottet: »Daß ich nicht lache! Wo wollt ihr denn so geschwitzt haben, daß ihr euch unbedingt frisch machen müßt? Ach schert euch doch zum –«

Er erblickt mich und läßt seinen Satz unvollendet. Er wirkt wie ein beleibter Ringer, der seine Karriere an den Nagel gehängt und nun Fett angesetzt hat. Er muß in meinem Alter sein, trägt einen dunklen Anzug und ein aufgeknöpftes Hemd ohne Krawatte.

»Was wollen Sie denn hier?« bellt er.

»Kommissar Charitos. Ich würde gern Herrn Kalojirou sprechen.« Ich stelle mich ahnungslos, um den Eindruck zu erwecken, ich sei gerade eingetroffen.

»Der steht vor Ihnen.«

»Ich möchte Ihnen ein paar Fragen über Christos Petroulias stellen.« Sarafoglou dreht sich zu mir um und blickt mich alarmiert an, doch ich tue so, als hätte ich es nicht bemerkt.

Kalojirous Miene entspannt sich. Er scheint nichts Verdächtiges an meinen Fragen zu finden. »Sind Sie so gut und warten kurz draußen, Herr Kommissar? Ich bin gleich bei Ihnen.«

Ich trete wieder auf die Seepromenade hinaus, und jemand wirft hinter mir die Tür ins Schloß. Ich höre nicht mehr, was drinnen gesprochen wird, entweder weil die Tür zu ist, oder weil sie sich nun vorsehen und mit gesenkter Stimme reden. Jedenfalls läßt er mich nicht lange warten. Schon eine Minute später steht er neben mir.

»Kommen Sie. Da vorne ist ein Kafenion. Dort können wir uns in aller Ruhe unterhalten.«

Er führt mich in ein nettes altes Lokal mit Marmortischchen und Baststühlen, in dem die Männer aus der Nachbarschaft herumlungern. Er beharrt darauf, mir einen griechischen Kaffee auszugeben. Der wird nun weder in der Espressomaschine noch, wie früher, auf der Kohlenglut, sondern auf einer der Kochplatten zubereitet, die in Kalojirous Ladenkette ›Alles für Haus und Garten‹ zu haben sind.

Er wartet, bis ich den ersten Schluck nehme, bevor er mit seinem »Was kann ich für Sie tun?« den Startschuß zu unserem Gespräch gibt.

»Wir haben eine Routineüberprüfung von Petroulias' Bankkonten durchgeführt und sind dabei auf einige Einzahlungen gestoßen, die sich nicht zwingend aus seinen Einkünften ergeben«, hebe ich vorsichtig an, um ihn nicht einzuschüchtern oder mißtrauisch zu machen. »Wir versuchen herauszufinden, woher dieses Geld kam. Zufälligerweise wurde eine dieser Einzahlungen am Vortag des Spiels Falirikos gegen Triton letztes Jahr im Mai getätigt. Da Ihnen Petroulias als Schiedsrichter bekannt war, können Sie sich vielleicht vorstellen, von wem diese Summe bezahlt wurde.«

Er wirft mir einen Blick zu und bricht in lautes Gelächter aus. »Das wollen Sie doch gar nicht wissen, Herr Kommissar«, meint er. »Sie sind doch auf etwas anderes aus.«

»Was meinen Sie?«

»Sie wollen mich eigentlich fragen, ob ich Petroulias für das Match Falirikos gegen Triton geschmiert habe.«

»Und er deshalb den umstrittenen Elfmeter pfiff«, füge ich hinzu, da er die Rede schon von selbst darauf bringt.

»Ich könnte Ihnen jetzt mit einem trockenen Nein antworten, weil Sie mir nicht nachweisen können, daß dieses Resultat gekauft war. Aber das will ich gar nicht. Ich opfere ein wenig meiner wertvollen Zeit, um Ihnen zu erklären, warum es ausgeschlossen ist, daß das Resultat manipuliert war.«

»Sprechen viele Gründe dagegen?«

»Nur zwei, doch die reichen aus. Der erste ist, daß fast alle Besitzer von Mannschaften der dritten Liga gar kein Interesse daran haben, den Meistertitel zu erringen oder in die nächsthöhere Liga aufzusteigen. Sie sind einzig und allein daran interessiert, daß ihre Mannschaft irgendwo im Mittelfeld der Tabelle vor sich hin dümpelt, ab und zu ein Spiel verliert und deshalb auf Finanzspritzen angewiesen ist.«

»Wieso denn?«

Er blickt mich an wie einen seiner minderbemittelten Angestellten. »Hören Sie. Sie werden wissen, daß die Ladenkette ›Alles für Haus und Garten‹ mir gehört. Ich kann Ihnen, wenn Sie wollen, eine Firmenbilanz vorlegen lassen, aus der Sie ersehen werden, daß das ein äußerst gewinnbringendes Unternehmen ist. Falirikos habe ich gekauft, um daneben ein anderes, weniger gewinnträchtiges Unternehmen zu besitzen, dessen Verluste ich ausgleichen muß, wodurch ich wiederum Steuern spare. Das, was ich in die Mannschaft stecke, bekomme ich doppelt und dreifach wieder zurück durch die Senkung meiner Steuern.«

»Wenn dem so ist, warum machen Sie Ihre Spieler dann fertig, wenn sie das Spiel verloren haben?«

Wieder erschallt sein markiges Lachen. Vermutlich gefällt er sich darin, es immer wieder ertönen zu lassen. »Reines Theater, Herr Kommissar. Ich weiß wohl, daß sie gar nicht gewinnen können. Nicht zuletzt deswegen habe ich sie ja auch ausgesucht. Das Geheimnis des Erfolgs liegt darin, einen mittelmäßigen bis unfähigen Trainer zu engagieren, dessen Mumm nicht dazu ausreicht, den Meistertitel ins Auge zu fassen. Und was die Spieler betrifft, so braucht man sie nicht regelmäßig zu bezahlen, da sie sich ohnehin an den Traum klammern, eines Tages für eine der großen Mannschaften in der ersten Liga entdeckt zu werden. Aber nur den wenigsten ist das vergönnt.«

»Und die anderen?«

»Die anderen sind mit fünfunddreißig am Ende ihrer Laufbahn angelangt und fallen der Gesellschaft als mittellose Arbeitslose zur Last. Ich mache sie zur Schnecke, um mein Interesse zu zeigen, aber auch, um zu verhindern, daß sie regelmäßige Gehaltszahlungen, hochdotierte Prämien und ähnliche Dinge fordern. Verstehen Sie jetzt, warum ich kein Interesse daran habe, Schiedsrichter zu kaufen?«

»Und was ist mit dem zweiten Grund?« frage ich.

»Welchem zweiten Grund?«

»Sie haben doch gesagt, es gebe zwei Gründe dafür, daß Sie den Schiedsrichter nicht schmieren.«

»A ja, richtig. Der zweite Grund ist der, daß ich, selbst wenn ich Schiedsrichter bestechen wollte, das nie und nimmer in einem Spiel gegen eine von Koustas' Mannschaften tun würde.«

Der Name fällt wie ein Blitz aus heiterem Himmel. Ich schaue ihn einige Sekunden sprachlos an, dann denke ich, das könne nicht sein, es müsse sich um eine zufällige Namensgleichheit handeln. Doch ich möchte mich dessen hundertprozentig versichern. »Welcher Koustas denn?«

»Dinos Koustas. Den kennen Sie bestimmt. Das ist der, der vor seinem Nachtlokal ermordet wurde.«

»Koustas war der Besitzer von Triton?«

»Offiziell nur der von Triton. Manche behaupten, er hätte auch ein paar weitere Mannschaften, hinter Strohmännern verborgen, besessen. Tatsache ist, daß er in der dritten Liga das Sagen hatte. Er konnte einer Mannschaft den Titel zuschanzen, eine andere absteigen lassen. Er entschied, wer welches Spiel gewinnt oder verliert…«

Da ist er also wieder, Dinos Koustas. Ich weiß nicht, ob ich mich freuen oder verzweifeln soll. »Und alle anderen nahmen das einfach so hin?« frage ich Kalojirou.

Er zuckt gleichgültig mit den Schultern. »Ich habe es Ihnen doch erklärt. Die Spieler kicken nur den Ball vor sich her. Wir Besitzer spielen auf einer anderen Ebene und mit anderen Einsätzen. Koustas legte uns keine Steine in den Weg, und wir haben ihn in Ruhe sein eigenes Spiel spielen lassen.«

Nasioulis hat die Sachlage richtig eingeschätzt. Sie halten zusammen wie Pech und Schwefel, und ich beiße mir an ihrem ›Catenaccio‹ die Zähne aus.

Er schüttelt den Kopf, als könne er meine Gedanken lesen. »Was erwarten Sie von einer Welt, in der alle Uhren gleich gehen, Herr Kommissar? Früher, da blieben einige stehen, andere gingen vor oder nach. Man wachte morgens auf und wartete auf den Piepton des Radios, um seine Uhr richtig einzustellen. Heutzutage wacht man auf, und alle

Funkuhren zeigen die gleiche Uhrzeit. Wir leben in einer Welt, in der sich nur mehr Asiaten wohl fühlen können.«

»Was für ein Spiel spielte Koustas?«

»Keine Ahnung. In manchen Dingen ist es einem lieber, nicht genau Bescheid zu wissen.«

»Halten Sie es für wahrscheinlich, daß Koustas Petroulias den Elfmeter geben ließ, um seine Mannschaft bewußt das Spiel und den Titel verlieren zu lassen?«

Er denkt kurz nach. »Nicht auszuschließen«, setzt er schwungvoll an, doch bald schon stockt er. »Obwohl… jetzt, da Sie mich darauf ansprechen, ist mir etwas eingefallen.«

»Was?«

»Obique hat mir erzählt, daß er belauscht hat, wie sich Koustas nach dem Match mit Petroulias am Stadioneingang gestritten hat.«

»Wer ist dieser Obique?«

»Ein Nigerianer, einer unserer Mittelstürmer. Zur Zeit spielt er nicht, weil er wegen einem Bänderriß operiert worden ist.«

»Wissen Sie, wo er wohnt?«

»Nein, aber das kann ich herauskriegen.«

Er zieht sein Handy hervor und spricht mit jemandem, vielleicht mit dem Trainer. Kurz danach gibt er mir die Adresse: Rodopis-Straße 22 in Tambouria.

»Wissen Sie, bei welchen anderen Mannschaften Koustas das Sagen hatte?«

»Nein. Wie ich schon sagte, mein Interesse am Fußball ist rein privat und auf das Notwendigste beschränkt.«

Er hat seine Aussage hinter sich gebracht und erhebt

sich. Ich lasse von ihm ab, weil ich keine weiteren Fragen mehr an ihn habe. Außerdem bleibe ich nur zu gerne für mich allein zurück, um mir die Möglichkeiten, die sich durch diese neuen Erkenntnisse eröffnen, durch den Kopf gehen zu lassen. Er drückt mir die Hand, donnert mir ein »Hat mich gefreut« entgegen und zieht von dannen.

24

Am liebsten würde ich diesen Obique gleich verhören, aber nach reiflicher Überlegung weise ich den Gedanken von mir. Heute ist der erste Tag, an dem ich wieder hinter dem Lenkrad sitze, und ich traue mir noch nicht zu, allein bis nach Tambouria und wieder zurück ins Zentrum zu fahren. Ich wähle lieber den direkten Weg ins Polizeipräsidium.

Der Verkehr auf der Pireos-Straße hält sich in Grenzen, wie jeden Montag- und Mittwochnachmittag, wenn die Geschäfte geschlossen sind. Ich lasse den Mirafiori dahinrollen und zermartere mein Hirn, ob mir irgendwo die Information untergekommen ist, daß Koustas der Besitzer von Triton war. Normalerweise erinnere ich mich wortwörtlich an alles, was ich lese, denn ich habe einfotografisches Gedächtnis. Doch gut möglich, daß infolge meiner Krankheit das Blitzlicht kaputt ist. Außerdem beschäftigt mich noch eine andere Frage: Sind die Morde an dem Schiedsrichter und am Besitzer einer Mannschaft der dritten Liga unabhängig voneinander, oder stehen sie in einem Zusammenhang? Nicht auszuschließen, daß Koustas Petroulias die zweieinhalb Millionen, auf die ich bei der Überprüfung seines Kontos bei der Interbank gestoßen war, zusteckte, damit er den Elfer pfiff und Triton nicht in die zweite Liga aufstieg. Jedenfalls halte ich es für unwahrscheinlich, daß Petroulias den Elfmeter aus eigenem Antrieb gab. Wenn nicht mal Kalojirou wagte, Koustas in die Schranken zu weisen, woher sollte dann Petroulias den Mut nehmen? Oder gibt es möglicherweise jemand außerhalb der Fußballwelt, dessen Interessen gefährdet waren und der beide auf dem Gewissen hat? Ich werde wohl die ganze dritte Liga auf den Kopf stellen und einen eigens engagierten Fußballexperten mit den Nachforschungen betrauen müssen, um den Mörder zu finden. Wobei mir das gewiß nicht vom Griechischen Fußballbund finanziert wird.

Vlassopoulos sieht mich ins Büro kommen und meldet sich sofort bei mir: »Ihre Frau hat zweimal angerufen«, sagt er.

»Wenn sie wieder anruft, sagst du ihr, daß ich noch nicht wieder zurück bin.« Ich habe keine Lust, mir ihr Gezeter anzuhören, daß ich mich als rekonvaleszenter Kranker totarbeite. »Und bring mir die Akte Koustas.«

Das hat er nicht erwartet, und er schaut mich erstaunt an. »Rollen wir den Fall wieder auf?«

»Weiß ich noch nicht.« Und ich erzähle ihm, was ich von Kalojirou erfahren habe.

»Soll das heißen, die beiden Morde hängen zusammen?«

»Wie ich schon sagte: Ich weiß es nicht. Nehmen wir uns einfach Koustas noch mal vor.«

Binnen kürzester Zeit liegt der Ordner auf meinem Schreibtisch, während Vlassopoulos mir gegenübersitzt und jede meiner Bewegungen verfolgt. Ich blättere aufmerksam darin, gehe den Bericht zweimal durch, doch nirgendwo findet Triton Erwähnung.

»Nichts zu finden«, sage ich zu Vlassopoulos.

Ich rufe die Antiterrorabteilung an und verlange nach Kommissar Stellas. Der Kriminalobermeister, den ich dann am Apparat habe, erklärt, Stellas sei gerade gegangen.

»Wer weiß sonst noch Bescheid im Fall Koustas? Sie wissen schon, der auf dem Athinon-Boulevard, vor dem Rembetiko, ermordet wurde.«

»Ich. Ich war vor Ort.«

»Sagen Sie mal, Herr Kriminalobermeister, können Sie sich vielleicht erinnern, ob irgendwann die Rede davon war, daß Koustas eine Fußballmannschaft, nämlich Triton, gehörte?«

»Nein, aber unsere Abteilung hat sich nicht näher mit dem Fall befaßt, Herr Kommissar. Sobald wir sicher waren, daß es kein Terroranschlag war, haben wir ihn sofort an Sie abgegeben.«

Uns werfen sie den Knochen erst hin, nachdem sie ihm das Mark ausgesaugt haben. »Du kannst gehen«, sage ich zu Vlassopoulos, der immer noch dasitzt und jede meiner Bewegungen verfolgt. »Wir können heute nichts weiter tun.«

So wie die Dinge liegen, bin ich gezwungen, Koustas' Fall erneut aufzurollen. Und ich habe keine Ahnung, wie sich Gikas dazu stellen wird. Der wiegt sich im Augenblick noch in Sicherheit, weil er denkt, ich hätte die Angelegenheit unter den Teppich gekehrt. Eine zugegebenermaßen tollkühne Möglichkeit wäre, auf eigene Faust vorzugehen. Wenn nichts dabei herauskommt, lasse ich die Akte wieder verschwinden, und niemandem wird ein Haar gekrümmt. Sollte ich jedoch auf etwas Verdächtiges stoßen, dann stelle ich Gikas einfach vor vollendete Tatsachen. Was aber, wenn mich jemand bei ihm anschwärzt? Dann wird Gikas ein Donnerwetter loslassen, weil ich ihn nicht auf dem laufenden gehalten habe. Ich komme zu dem Schluß, daß die beste Lösung wohl die ist, die Dinge von Anfang an klarzustellen.

Über eine Dienstleitung lasse ich mich mit seinem Büro verbinden, und zu meiner Überraschung hebt er höchstpersönlich den Hörer ab. »Ich muß Sie sprechen, es tut sich was im Fall Petroulias«, sage ich.

»Kommen Sie.«

Koulas Büro ist verwaist, und ihre Papiere liegen wohlgeordnet da. Die Tür zu Gikas' Büro steht offen. Er hat mich zwar zu sich beordert, um mein Anliegen anzuhören, doch er ist der Chef, und er darf sich seinen Ärger zuerst von der Seele reden.

»Seit dem Tag ihrer Verlobung«, sagt er, und sein Finger deutet auf die Wand, die sein Büro von Koulas Vorzimmer trennt, »packt sie um vier Uhr ihre Sachen und löst sich in Luft auf. Heute verschwindet sie früher, um ihren Verlobten zu treffen, morgen, weil sie die Hochzeit vorbereiten muß, und übermorgen, weil sie ein Baby bekommt und in Schwangerschaftsurlaub gehen will. Das hat man davon, wenn man Frauen einstellt.«

Das ist kein guter Anfang, sage ich zu mir selbst. Er ärgert sich über Koula, doch ich werde alles abbekommen, weil ihm das, was ich ihm zu sagen habe, ganz und gar nicht gefallen wird.

Ich fasse meine Unterhaltung mit Kalojirou kurz zusammen. »Ich habe mich an Ihre Hypothese gehalten«, sage ich, um mich ein wenig bei ihm einzuschleimen und seinen Widerstand aufzuweichen. »Wir waren ja der Meinung, Petroulias wurde getötet, weil er sich bestechen ließ. Und da fiel mir Koustas wieder vor die Füße.«

»Glauben Sie, daß die beiden Morde etwas miteinander zu tun haben?«

»Das kann ich wirklich nicht sagen.«

»Jedenfalls weisen die beiden Mordarten keinerlei Ähnlichkeit auf.«

»Ja, aber das muß auch nicht sein, sie können trotzdem vom Motiv her zusammenhängen.«

»Ist mir klar. Darüber brauchen Sie mich nicht zu belehren.« Seine Stimme hört sich streng und gepreßt an. Vorläufig beißt er sich noch an Koula die Zähne aus, doch möglicherweise bin ich schon als nächster dran.

»Wir können es uns nicht leisten, wegen Koustas noch einen Fall zu den unaufgeklärten Morden abzuschieben.«

Meine spitze Bemerkung trifft ihn an seiner Achillesferse und macht ihn mundtot. Er heftet den Blick auf seinen Schreibtisch und denkt nach. Was ein gutes Zeichen ist. ›Sesamkringel nicht berühren‹ stand früher an den Verkaufsständen geschrieben, und genau so hatte er mir den Zugriff zu diesem Fall verboten, doch jetzt begreift er, daß wir uns nicht länger bedeckt halten können. Er bemüht sich bloß um Schadensbegrenzung.

Sein Kopf hebt sich langsam. »Hören Sie mir gut zu«, meint er. »Offiziell rollen wir den Fall Koustas nicht wieder auf. Nur besteht im Zuge der Nachforschungen im Fall des Petroulias-Mordes die Möglichkeit, daß wir unverhofft wieder darauf stoßen. Verstanden?«

»Verstanden.«

»Sollte das eintreten, was ich beileibe nicht hoffe, dann untersuchen wir den Fall Koustas noch mal, aber nur Koustas' Person und wie er mit Petroulias in Verbindung stand.«

»Verstanden.«

»Folglich bleibt der Fall Koustas weiterhin bei den unaufgeklärten Morden liegen. Und Sie tun keinen Schritt, ohne mich zuerst darüber zu informieren. Verstanden?«

»Verstanden.«

Er versucht mir etwas einzutrichtern, wie der Rechtsanwalt dem Zeugen oder wie die Mama ihrem Söhnchen, wenn sie ihn zum Mitwisser der Lügen machen möchte, die sie später ihrem Mann auftischt.

»Die Empfehlung, die Nachforschungen im Fall Koustas auf Eis zu legen, stammt von höchster Stelle«, sagt er, nun etwas ruhiger.

»Von wie hoher Stelle?«

»Fragen Sie lieber nicht nach. Sie müssen nicht alles wissen. Ich sage es Ihnen nur, damit Sie nicht wieder versuchen, Ihren Kopf durchzusetzen, und sich auf einmal in Teufels Küche wiederfinden.«

Er öffnet seine Schreibtischschublade und zieht ein Blatt Papier hervor, um mir zu verstehen zu geben, daß die Audienz beendet ist.

Was Koustas betrifft, habe ich seinen Standpunkt begriffen, schleierhaft bleibt mir jedoch, was für Papiere er den lieben Tag lang liest. Ich werde den Verdacht nicht los, daß es irgendwelche Schundromane sind, wie Adriani sie liest, und damit ihm keiner auf die Schliche kommt, bringt er sie in Manuskriptform ins Büro.

Bevor ich gehe, erledige ich noch ein letztes Telefonat. Ich rufe in Koustas' Villa in Glyfada an.

»Ja!« antwortet mir eine erstickte Stimme.

»Frau Kousta hätte ich gerne gesprochen.«

»Die wohnt nicht mehr hier.«

Das erste »Ja« führte mich in die Irre, und ich dachte, der Wachmann des privaten Sicherheitsdienstes wäre am Apparat. Beim zweiten Satz merke ich, daß ich mit Makis spreche.

»Sind Sie es, Makis?« sage ich freundschaftlich. »Hier spricht Kommissar Charitos.«

»Ach ja, der Bulle. Meine Stiefmutter habe ich abgeschüttelt. Sie ist umgezogen.«

Sie hielt es nicht aus, dich ständig an der Nadel hängen zu sehen, sage ich zu mir selbst. »Wo wohnt sie jetzt?«

»Irgendwo in Kifissia.«

»Haben Sie keine Adresse? Oder Telefonnummer?«

»Ich schau mal nach. Irgendwo hat sie eine Telefonnummer hinterlassen, weil sie hofft, daß ich sie anrufe, um mich nach ihrem werten Befinden zu erkundigen. Da hat sie sich aber geschnitten.«

Er sucht eine Weile herum und gibt mir dann die Nummer durch. »Sagen Sie mal, Makis, wußten Sie, daß Ihrem Vater eine Fußballmannschaft gehörte? Und zwar Triton?«

»Warum fragen Sie? Wollen Sie Fußballer werden?«

Er lacht ausgiebig über seinen Witz und knallt den Hörer auf die Gabel, bevor ich ihn noch etwas anderes fragen kann.

25

Als ich aus der Tiefgarage des Polizeipräsidiums emportauche, ist es draußen bereits dunkel. Ich stelle mir die Gardinenpredigt vor, die ich von Adriani zu hören bekommen werde, und versuche mich schon innerlich darauf vorzubereiten. Soll ich die Taktik des reuigen Angeklagten anwenden, der den Richter um Nachsicht ersucht? Oder soll ich den hartgesottenen Bullen hervorkehren, der immer recht hat und dem, wenn er in die Enge getrieben wird, schon mal die Hand ausrutscht? Die erste Variante heißt, ich muß den Kopf einziehen, bis Adriani Dampf abgelassen hat und wieder ihre Klappe hält. Die zweite Variante heißt, ich muß meine Klappe halten, weil Adriani als Gattin eines Bullen weiß, daß der klein beigibt, wenn er merkt, daß er in einem Streit nicht im Recht ist.

Ich möchte gerade links in die Dimitsanas-Straße einbiegen, als ich auf dem gegenüberliegenden Gehsteig jemanden winken sehe. Ich kann ihn in der Dunkelheit nicht erkennen, doch als ich näher komme, sehe ich, daß es Katerinas Freund Panos ist.

»Seit wann bist du denn in Athen?« frage ich baff, denn Katerina hat mir nichts davon erzählt.

»Seit ein paar Tagen.«

»Weiß Katerina, daß du hier bist?«

»Nein.«

Meine Verwunderung wächst. »Ja, hast du sie gar nicht angerufen?«

Er blickt mir in die Augen. Es liegt ihm etwas auf der Zunge, doch er traut sich nicht, mit der Sprache herauszurücken. »Gehen wir irgendwohin, wo wir uns unterhalten können?« fragt er mit gepreßter Stimme.

Mein erster Gedanke ist, daß er sich irgend etwas hat zuschulden kommen lassen. Und deshalb Katerina nicht angerufen hat und sich lieber mit mir trifft, damit ich ihm aus dem Schlamassel helfe. Ich öffne ihm die Tür zum Beifahrersitz. Er setzt sich und dreht sofort den Kopf zur Seite und starrt hinaus, als wolle er dem Gespräch ausweichen, bis wir irgendwo sitzen und in aller Ruhe sprechen können. Ich biege rechts in die Dimitsanas-Straße ein und gleich wieder rechts in die Alfiou-Straße. Ich gelange auf die Panormou-Straße und bleibe vor dem Marokko stehen.

Das Café ist um diese Zeit fast leer. Nur in einer Ecke sitzt ein Pärchen. Sie haben die Köpfe zusammengesteckt, so daß sich ihre Nasen fast berühren. Panos weicht meinem Blick zwar nicht mehr aus, doch nach wie vor hüllt er sich in Schweigen. Was kann denn so kompliziert sein, daß es ihm derart schwer fällt, darüber zu sprechen?

»Wieso hast du Katerina nicht angerufen?« frage ich, um den Anfang zu machen und das Eis zu brechen.

Seine Antwort erreicht mein Ohr ungefähr eine halbe Minute später und ist so ungefähr das letzte, was ich erwartet habe. »Katerina und ich haben uns getrennt«, wispert er.

Nun hat es mir die Sprache verschlagen. Hätte ich es von

Katerina erfahren, hätte ich mich möglicherweise über diese Trennung gefreut, doch jetzt erwischt mich diese Nachricht auf dem völlig falschen Fuß, und ich weiß nicht, ob ich mich darüber freuen oder es bedauern soll.

»Wann habt ihr euch getrennt?« frage ich.

»Vor einer Woche.«

»Moment mal, Panos. Katerina war doch in Athen und du in Thessaloniki. Wie wollt ihr euch da getrennt haben?«

»Sie rief mich an und erklärte, sie wolle Schluß machen.«

»Sie hat dir das einfach so am Telefon verkündet?«

Wieder verstummt er und blickt mich an. Er schaut mir ins Gesicht, als wolle er etwas darin lesen. »Also wissen Sie gar nichts davon?« fragt er dann.

»Wovon denn?«

»Katerina ist jetzt mit Ihrem Arzt zusammen.«

»Mit wem? Mit Ousounidis?«

»Ich weiß nicht, wie er heißt. Jedenfalls ist sie jetzt mit ihm zusammen.«

Wie soll denn das möglich sein, frage ich mich. Ich hing, nach allen Seiten verkabelt, vollgepfropft mit Medikamenten am Tropf, wurde mit der Infusionsflasche über dem Kopf im Rollstuhl zu den Labortests gekarrt, und meine Tochter soll vor meinem Krankenzimmer mit dem Arzt herumgeschäkert und Süßholz geraspelt haben? Der Arzt ist ein gutaussehender Mann, ohne Frage, doch ich kenne Katerina zu gut, sie würde so etwas nie tun.

»Bist du sicher?« frage ich und wünsche mir, daß er mir noch irgendein Hintertürchen offenläßt.

»Außer, sie lügt«, entgegnet er mit einem bitteren Lächeln. »Sie hat mir gesagt, daß sie sich total in den Arzt ihres Vaters verliebt hat und nicht mehr mit mir zusammensein kann.«

Nun ist auch der letzte Zweifel ausgeräumt. Denn wenn sie sich schon vor ihrer Reise nach Athen von Panos trennen wollte, hätte sie damit herausrücken können, ohne sich auf ihre glühende Liebe zu Ousounidis zu berufen.

»Und all die Tage hier in Athen hast du nicht versucht, sie zu sehen? Hast sie nicht einmal angerufen?«

»Ich rufe sie jeden Tag an, doch immer ist ihre Mutter dran und sagt, sie sei nicht da.«

»Morgens arbeitet sie immer in der Bibliothek. Sie stellt die Literaturliste für ihre Doktorarbeit zusammen.« Obwohl ich innerlich vor Wut koche, versuche ich, ihr Verhalten zu rechtfertigen.

»Ich rufe sie zu jeder Tageszeit an – morgens, mittags, nachmittags, abends… Immer geht ihre Mutter ran, und die Auskunft ist immer dieselbe: ›Sie ist gerade nicht da, Panos.‹«

Jetzt erst dämmert es mir, daß Adriani die ganze Zeit mit von der Partie war. Sie schmiedeten ihre Ränke an meinem Schmerzensbett und ließen mich in finsterster Unwissenheit. Bislang war ich mir sicher, daß sich Katerina mit mir besser verstand als mit Adriani. Zwar liebte sie ihre Mutter, doch nur mir gegenüber öffnete sie sich und brachte jedes Problem zur Sprache – so glaubte ich. Und jetzt zwingt mich Panos dazu, meine Illusionen über Bord zu werfen. Offensichtlich hat sie ihre Mutter zu ihrer intimsten Beraterin ernannt, während ich in die Frührente abgeschoben wurde. Deswegen ist sie also in Athen geblieben, denke ich und fühle, wie sich ein Kloß in meinem Hals festsetzt.

Nicht wegen der Bibliographie und auch nicht wegen mir, zumal ich ja auch nicht mehr krank bin, sondern nur, um in der Nähe ihres Herzchirurgen zu bleiben.

Ich sehe, wie Panos sich nach vorn beugt und seine Hängebacken an mein Gesicht drängt. Ich denke, jetzt reiben wir auch gleich die Nasen aneinander und bieten Anlaß zu Mißverständnissen.

»Ich liebe Ihre Tochter, Herr Charitos«, flüstert er. »Wir sind vier Jahre zusammen. Ich liebe sie und möchte sie nicht verlieren.«

Und da fängt er zu heulen an. Ein ausgewachsener Kerl, mit kurzgeschorenem Haar, der aussieht wie Rambo und der ein T-Shirt trägt, auf dem *hellraiser* steht, plärrt wie ein Kleinkind! Ich konnte den akademischen Gemüsehändler nie ausstehen, doch das Verhalten meiner Tochter verletzt auch meine Mannesehre, und ich empfinde gegen meinen Willen Solidarität mit ihm.

»Was soll ich dazu bloß sagen, Mensch, Panos?« sage ich, völlig von den Socken. »Was soll ich dazu bloß sagen?«

»Am besten gar nichts«, entgegnet er. »Sie haben sich wenigstens mit mir hingesetzt und mich angehört.«

Er steht auf und geht, ohne sich zu verabschieden, was ich ihm in seinem Zustand nicht nachtrage. Ich bleibe allein zurück und blicke auf die vor mir stehende Eiscreme, vor der mir ekelt. Plötzlich kommt mir der langhaarige Hüne in den Sinn, der kürzlich losflennte, als ihn seine Freundin ohrfeigte. Damals hatte ich mich geirrt. Es weinen nicht nur die Männer, die ihre Haare schulterlang wachsen lassen, sondern auch die mit Bürstenschnitt. Und sie weinen wie die Frauen. Die Kleider sind unisex, die Uhren zeigen überall dieselbe Uhrzeit, und die Ohrfeigen werden in beide Richtungen ausgeteilt. Wie soll man jetzt noch Lämmer und Zicklein am Fleischerhaken auseinanderhalten können, wenn ihnen das Fell abgezogen wurde?

26

Guten Abend.«

Sie sitzt wie versteinert in ihrem Fernsehsessel und hält den Oberkörper vornübergebeugt, die Ellbogen auf die Knie gestützt und die Füße an den Knöcheln aneinandergepreßt. Ihre Haltung erinnert mich an Fräulein Chrysanthi, unsere Religionslehrerin im Gymnasium, als sie uns das Glaubensbekenntnis auswendig lernen ließ und jedes Mal, wenn wir einen Fehler machten, mit der scharfen Kante ihres Lineals unsere Handrücken traktierte. Nur, daß Fräulein Chrysanthi ein Gebetbuch in ihren Händen hielt, während Adriani die Fernbedienung umklammert hat. Und Fräulein Chrysanthi warf uns ab und zu das Wort »Gotteslästerer« oder »blasphemisches Pack« an den Kopf, während Adriani sich ganz auf ihre Rolle als Rufer in der Wüste einzustimmen scheint.

»Sotiris hat mir gesagt, daß du angerufen hast, aber ich hatte alle Hände voll zu tun und keine Zeit, um dich zurückzurufen.«

Ich versuche sie durch diese Aussage zu einem Wutausbruch oder irgendeiner anderen Reaktion zu provozieren, doch nichts passiert. Sie ändert ihre Haltung nicht im geringsten. Ich muß zugeben, daß ihre Taktik aufgeht und mich prompt aus dem Konzept bringt. Ich war davon ausgegangen, daß sie wild herumschreien würde, und hatte vorgehabt, mich zunächst mit Rechtfertigungen, dann mit Schmeicheleien und zuletzt mit unflätigen Beschimpfungen zu verteidigen. Doch ihr Schweigen bringt meinen ganzen Plan durcheinander. Ich lasse mich in den Sessel gegenüber fallen.

»Wann machst du mal wieder gefüllte Tomaten? Die haben wir schon lange nicht mehr gegessen, und ich habe Lust darauf«, sage ich.

Normalerweise würde Adriani anstelle einer Antwort Gift und Galle spucken. Eine Reaktion, die in Fräulein Chrysanthis Sinn gewesen wäre. Doch nichts passiert. Sie ist entschlossen, sich blind und taubstumm zu stellen.

Ich stehe vor einem Dilemma. Wenn ich weggehe, sieht es so aus, als gestehe ich meine Niederlage ein. Wenn ich jedoch meine Position beibehalte, dann zwinge ich sie dazu, ihren Blick bis zur Genickstarre auf den Bildschirm zu richten. Ich entschließe mich für die zweite Lösung und setze mich hin, um die Sportmeldungen zu verfolgen, die plötzlich für mich an Bedeutung gewonnen haben, da Nasioulis auftritt und über Petroulias zu berichten beginnt. Er käut unsere morgendliche Unterredung wieder und berichtet, daß die Polizei zwar die Möglichkeit untersuche, Petroulias könne aufgrund der gekauften Spielresultate ermordet worden sein, diese Auffassung aber als nicht sehr glaubhaft einstufe. Er weiß nicht, daß er mich damit in Schwierigkeiten bringt, denn vor knapp zwei Stunden habe ich Gikas erklärt, ich hielte mich sklavisch an die vereinbarte Vorgehensweise. Und falls er jetzt die Sendung sieht, stehe ich als Lügner da.

»Seit wann interessiert ihr euch für die Sportnachrichten?«

Es ist Katerinas Stimme. Ich wende mich um und blicke sie an. Sie ist schick angezogen und dezent geschminkt, sie hat augenscheinlich eine Verabredung.

»Gehst du aus?« frage ich.

»Ja, ich gehe ins Kino.«

»Na, dann grüß mal meinen Arzt schön von mir.«

Ich werfe es leichthin in die Runde, den Blick auf die Mattscheibe geheftet, als redete ich von der allernatürlichsten Sache der Welt. Aus dem Augenwinkel nehme ich wahr, wie Katerina zur Salzsäule erstarrt. Ich wartete schon die ganze Zeit ungeduldig darauf, ihr kräftig meine Meinung zu sagen, doch schiebe ich es noch ein wenig auf, um mich an Adrianis Anblick zu weiden. Während sie mich vorhin demonstrativ ignorierte, fährt sie nunmehr abrupt herum und heftet ihren Blick forschend auf mich. Angsterfüllte Unruhe und eine ganze Reihe von Fragen zeichnen sich darin ab.

»Ich habe heute Panos getroffen«, sage ich ganz sanft.

Adriani ringt nach Worten, die aber nicht über ihre Lippen kommen wollen, dann dreht sie sich um und starrt verzweifelt auf ihre Tochter, die sich als erste wieder in der Gewalt hat.

»Wo hast du ihn getroffen?« fragt sie gefaßt.

»Er hat vor dem Präsidium auf mich gewartet. Deshalb habe ich mich auch verspätet.«

Letzteres ist an Adriani gerichtet, die nun nicht mehr abweisend, sondern besorgt dreinschaut. Zu meiner großen Freude. Denn zwei Bedürfnisse verfolgen den Menschen von der Wiege bis zur Bahre: die körperliche Notdurft und die Rachsucht.

»Hab ich dir's nicht gesagt?!« meint die Tochter zur Mutter. »Er ist ein Milchbübchen, das mir am Rockzipfel hängt. Ausgerechnet bei meinem Vater hat er sich ausgeweint.«

»Was hätte der Junge denn sonst tun sollen? Du versteckst dich doch hinter deiner Mutter und läßt ihn nicht an dich heran.«

»Wir haben uns getrennt, basta. Da gibt's nichts mehr zu reden«, entgegnet sie kurz angebunden.

»Ihr habt euch nicht getrennt, sondern du hast ihn sitzenlassen. Und auch noch per Telefon. Handelt man solche Dinge am Telefon ab? Mensch, Katerina!«

»Ich hab es ihm am Telefon gesagt, damit er mir keine Szene macht.«

»Das hast du ganz richtig vorhergesehen«, sage ich. »Er hat geheult wie ein kleines Kind.«

»Wennschon. Er wird eine andere finden und darüber hinwegkommen. Frauen haben eine Schwäche für kräftig gebaute Typen.« Sie spricht, als hätte sie jahrelang mit einem dürren Asketen zusammengelebt.

»Das meinst du doch nicht im Ernst«, beharre ich. »Du kannst doch nicht Knall auf Fall einen Menschen verlassen, nur weil du dich plötzlich in einen anderen verliebt hast und der dich zur Trennung drängt.«

Letzteres spreche ich aus, weil ich ein Volltrottel bin und, wie es alle Eltern tun, mir einzureden versuche, daß meine Tochter zu diesem unwürdigen Verhalten gezwungen wurde. Die Antwort erfolgt prompt und läßt keinen Zweifel aufkommen. »Laß Fanis aus dem Spiel, ihn trifft keine Schuld. Von Panos hätte ich mich so oder so getrennt.

Wir waren vier Jahre zusammen. Die ersten zwei ging alles gut, dann aber wurde ich immer mehr in die Mutterrolle gedrängt. Ich mußte ihm beim Lernen helfen und ihm in der Prüfungszeit Händchen halten. Ich hatte die Nase voll! Fanis hat das Ende der Beziehung nur beschleunigt! Und im Endeffekt«, fügt sie mit einem Gesichtsausdruck hinzu, der keinen Widerspruch duldet, »treffe ich ganz allein die Entscheidungen über mein Privatleben. Darüber entscheidet weder Fanis noch Panos, noch sonst irgend jemand.«

»Sonst irgend jemand« bin ich.

»Du konntest doch Panos nie leiden. Was ist plötzlich in dich gefahren, daß du so leidenschaftlich für ihn Partei ergreifst?« Adriani hat sich ein Herz gefaßt und mischt sich in das Gespräch ein.

»Tja, das war ja wohl seine Absicht«, meint Katerina zu ihr. »Ihn in Aufregung zu versetzen und auf seine Seite zu ziehen.«

Sie nähert sich mir von hinten, legt ihre Arme um mich und küßt mich auf den Scheitel wie ein kleines Kind. »Weißt du was?« sagt sie, während sie sich noch tiefer beugt, um mir in die Augen zu sehen. »Ich bin froh, daß es so gekommen ist. Schon tagelang habe ich mir den Kopf zerbrochen, wie ich es dir beibringen soll.«

Sie drückt mir einen weiteren Kuß auf die Wange. Ich drehe mich um und sehe ihr nach, wie sie durch die Tür verschwindet. Adriani kehrt nicht wieder in Fräulein Chrysanthis Haltung zurück, sondern grinst mich schüchtern an. Jetzt, wo Katerina weg ist, bibbert sie vor meinem Wutausbruch. Liebend gern würde ich meinem Impuls nachgeben, doch ich bemühe mich, die Nerven zu behalten. Hier geht es schließlich um unsere Tochter, und diesbezüglich müssen wir uns ernsthaft und mit der gebotenen Ruhe unterhalten.

»Schämst du dich denn gar nicht?« sage ich. »All das läuft hinter meinem Rücken ab, und du läßt kein Sterbenswörtchen verlauten?«

»Sie hat mich darum gebeten. Sie wollte es dir selbst sagen.«

»Und bis es endlich soweit war, hast du ihr die Stange gehalten, damit sie Panos abservieren und Ousounidis in die Arme fallen konnte.«

»Ich begreife nicht, warum du herumnörgelst. Panos ist ein netter Junge, keine Frage, aber was für eine Zukunftsperspektive hat ein Landwirt? Er kann höchstens eine Baumschule eröffnen oder einen Posten im Landwirtschaftsministerium ergattern, wo er dann Weinberge und Brokkolifelder beaufsichtigt. Während Fanis Arzt ist…«

»Bist du bei Trost, dumme Ziege?« sage ich. »Sie kennen sich nicht einmal zehn Tage, und du denkst schon ans Heiraten?«

»Daran denke ich nicht, doch falls – ich betone: falls – es darauf hinauslaufen sollte, kann man davon ausgehen, daß Fanis als Stationsarzt dreihunderttausend im Monat nach Hause trägt. Plus die Geldbriefchen, die ihm die Patienten noch zusätzlich zustecken –«

»Was denn für Geldbriefchen?« unterbreche ich sie unwirsch, weil mir die Haare mittlerweile zu Berge stehen. »Nimmt er Privatspenden entgegen?«

»Keine Ahnung, doch ich nehme es an. Heutzutage nehmen alle Ärzte von den Patienten Geld. Was erwartest du denn von ihm? Daß er nein sagt und für seine Kollegen zum roten Tuch wird?«

Richtig. Er ist nicht so einer wie ich, der in seiner grenzenlosen Beschränktheit nicht einmal eine Kur beantragt und sich dadurch selbst als schwarzes Schaf brandmarkt. Ein Verdacht kriecht in mir hoch, und ich springe aus dem Sessel.

»Rück mit der Sprache raus«, sage ich erbost. »Hast du ihm auch ein solches Geldbriefchen zugesteckt?«

»Ich hätte es getan, aber es war nicht notwendig«, antwortet sie kaltblütig. »Er kam ohnedies ständig angelaufen, um Katerina zu sehen.«

»Jedenfalls gehe ich nicht mehr zu Ousounidis«, verkünde ich mit Nachdruck. »Ich suche mir einen anderen Arzt.«

»Bist du denn von allen guten Geistern verlassen? Andere würden vor Dankbarkeit auf den Knien rutschen, wenn sie einen Arzt in der Familie hätten, und du willst nicht zu ihm gehen?«

Na bitte sehr, jetzt habe ich dank Katerina sogar im Krankenhaus eine Sonderbehandlung erwirkt. Wie es scheint, errät Adriani meine Gedanken, denn sie erhebt sich und kommt auf mich zu. Sie legt die Hand auf meine Schulter.

»Kostas«, sagt sie zärtlich. »Unsere Tochter ist eine erwachsene Frau und nimmt ihr Leben selbst in die Hand. Wir können ihr nur bei ihrer Wahl zur Seite stehen, aber ihr nicht in ihre Angelegenheiten pfuschen.«

Unsere Gedanken sind im Grunde deckungsgleich, mit dem Unterschied, daß sie die Neuigkeiten schon verdaut hat, während sie mir noch frisch im Magen liegen. Andererseits komme ich nicht umhin zuzugeben, daß sie recht hat. Ousounidis verdient mit Sicherheit um die Dreihundertfünfzigtausend im Monat. Dazu kommen die Geldbriefchen, wie Adriani sich ausdrückt, damit kommt er auf eine halbe Million. Wenn Katerina schließlich eine Stelle findet, dann tragen sie zusammen fast achthunderttausend nach Hause, und zusätzlich zweige ich ihnen noch etwas von meiner Rente ab. Trotzdem bin ich nicht begeistert. Vielleicht, weil meine altmodischen Prinzipien davon betroffen sind. Vielleicht auch, weil Panos mir immer auf die Nerven fiel und ich deshalb meinen Frust an ihm ablassen konnte, während mir bei Ousounidis diese Gelegenheit entgeht, da er mir im Grunde sympathisch ist.

»Morgen mache ich dir gefüllte Tomaten«, sagt Adriani mit honigsüßer Stimme.

Das ist das Zeichen, daß wir uns schließlich einig geworden sind. Die gefüllten Tomaten sind zu einer Art Geheimsprache zwischen uns geworden. Nach fünfundzwanzig Jahren Ehe kann es vorkommen, daß wir einander schneiden und unsere Auseinandersetzungen tagelang andauern. Doch jedes Mal, wenn Adriani einen ersten Schritt zur Versöhnung einleiten will, bittet sie mich nicht um Verzeihung oder bricht das Schweigen, sondern bereitet ein Backblech mit gefüllten Tomaten vor und läßt sie auf dem Küchentisch stehen. Als Zeichen dafür, daß wieder alles in Ordnung ist.

Jetzt, wo die Beziehung zwischen Katerina und Ousounidis offiziell abgesegnet ist und sich die Beziehung zwischen Adriani und Charitos wieder normalisiert hat, kann ich mich einem Gedanken zuwenden, der mich seit dem ersten Tag meiner Nachforschungen im Fall Koustas verfolgt.

Ich bin sicher, daß Koustas am Abend des Mordes im Wagen etwas bei sich hatte, das wir nicht finden konnten. Und ich halte es für nahezu gewiß, daß dieses Etwas eine Geldsumme war, die er von einem seiner Bankkonten abgehoben hatte. Ich gehe zum Telefon und rufe Manos Kartalis an, einen Cousin zweiten Grades, der Abteilungsleiter im Finanzministerium ist.

»Manos, ich brauche deine Hilfe«, sage ich nach den einleitenden Floskeln. »Kannst du mir einen gewitzten Steuerprüfer empfehlen?«

»Wozu brauchst du den? Will man dir Steuerhinterziehung anhängen, und versuchst du jetzt, deine Beziehungen spielen zu lassen?« fragt er amüsiert.

Ich bin schon drauf und dran, ihm auf die Nase zu binden, daß er sich, falls er ärztlichen Beistand braucht, getrost an mich wenden könne, denn da hätte ich jetzt Beziehungen, doch ich schlucke die Bemerkung hinunter. »Nein. Ich brauche ihn, weil ich Hilfe in einem Kriminalfall benötige. Ich muß die Buchhaltung einer Fußballmannschaft überprüfen, doch davon habe ich keinen blassen Schimmer.«

Er schweigt kurz. »Wenn es sich um polizeiliche Nachforschungen handelt, mußt du den vorschriftsmäßigen Weg gehen«, meint er reserviert. »Über den Verband der Buchprüfer.«

»Gerade das möchte ich umgehen. Ich möchte unauffällig agieren und brauche einen vertrauenswürdigen Mann als Unterstützung. Ich werde ihn an meiner Seite haben und nicht verlauten lassen, daß er von der Steuerbehörde kommt. Man wird ihn für meinen Assistenten halten.«

»Laß mich drüber nachdenken, damit ich den geeigneten Mann für dich finde. Ich rufe dich morgen in der Dienststelle an.«

Ich lege den Hörer auf die Gabel und gehe in die Küche, um in Erwartung der gefüllten Tomaten einen Teller dicker Hühnerbrühe zu essen.

27

Die neue Wohnung der Kousta befindet sich im Stadtteil Kifissia in der zweiten Etage eines Wohnhauses in der Skopelou-Straße, zwischen dem Kifissias-Boulevard und der Charilaou-Trikoupi-Straße. Als ich klingle, öffnet mir anstelle der Philippinin, die ich eigentlich erwartet hatte, die Kousta persönlich. Sie trägt Jeans, einen Pullover und Pumps und ist vollkommen ungeschminkt. Im geräumigen Flur stehen übereineinandergestapelte Umzugskartons. Ein Telefontischchen und ein Sessel mit niedriger Rückenlehne haben bereits ihren Platz gefunden. Die übrigen Möbelstücke stehen verstreut umher und warten, bis sie an der Reihe sind. Die Kousta führt mich in ein helles Wohnzimmer, und dort treffe ich auf Niki, Dinos Koustas' Tochter aus erster Ehe. Sie hat gerade einen Sessel in eine Ecke gerückt, ist zwei Schritte zurückgetreten und prüft nun aus der Entfernung, ob der Platz passend ist. Im übrigen Wohnzimmer herrscht noch größere Unordnung als im Flur. Durcheinandergewürfelte Kartons stauen sich überall – in der Mitte des Zimmers, auf dem Sofa, auf den Stühlen und auf dem Tisch, während die Zugänge zu den Zimmern durch Möbelstücke versperrt sind, an denen man sich nur mit Müh und Not vorbeizwängen kann. Mit meinem Fuß stoße ich ans Tischbein und stolpere. Der Krach bringt Niki Kousta dazu, sich umzuwenden.

»Passen Sie bloß auf«, sagt Elena zu mir. »Entschuldigen Sie das Durcheinander, aber ich bin erst vorgestern umgezogen.«

»Gut, daß ich Sie hier antreffe«, sage ich zu Niki. »Sie ersparen mir damit eine weite Autofahrt.«

»Ich habe mir Urlaub genommen, um Elena beim Einrichten zu helfen.«

Die weiße edle Katze streift im Wohnzimmer umher und schnuppert in den Ecken, an den Kartons und Möbeln, sie läßt nichts ungeprüft. Als sie mich erblickt, läßt sie von ihrer verantwortungsvollen Tätigkeit ab, stellt sich mir in den Weg und beginnt völlig außer sich zu miauen.

»Jetzt sei aber brav, Mitsi. Laß den Herrn Kommissar in Ruhe, er tut dir doch nichts«, sagt Elena zu ihr, während sie die Kartons von einem der Stühle räumt, um mir einen Sitzplatz frei zu machen. »So benimmt sie sich allen Fremden gegenüber. Sie ist eine verzogene Eigenbrötlerin«, sagt sie entschuldigend, als spreche sie über ihre Tochter.

»Wozu sind Sie denn so Hals über Kopf umgezogen, Frau Kousta?« So wie ich es sage, klingt es wie eine freche Unterstellung. Doch ich muß die Frage loswerden.

»Ich wollte das Haus in Glyfada Makis überlassen«, entgegnet sie schlicht. »Es steht ihm auch zu, da er dort geboren und aufgewachsen ist. Nach Dinos' Tod war ich ein störender Fremdkörper.«

Makis hatte mir das am Telefon schon ganz treffend geschildert: Er machte ihr das Leben zur Hölle, worauf sie ihre Sachen packte und auszog.

»Außerdem liegt Glyfada sehr weit vom Canard Doré entfernt«, fügt sie hinzu, als habe sie meine Gedanken gelesen und wolle sich rechtfertigen. »Ich mußte jeden Abend eine kleine Weltreise auf mich nehmen, während ich hier praktisch nebenan wohne.«

Niki hat ihre Arbeit unterbrochen und verfolgt die Kousta mit ihren Blicken. Sie trägt ihr unschuldiges Lächeln zur Schau, doch scheint darin auch die Bewunderung für ihre Stiefmutter durch. Schließlich geht sie auf sie zu und umarmt sie. Auch ich habe großen Respekt für die Art, mit der sie ihr Leben in die Hand nimmt – daß sie die bitteren Pillen hinunterschluckt, ohne viel Aufhebens davon zu machen. Ich denke, daß sie, selbst wenn Makis sie grün und blau geschlagen hätte, mit erhobenem Kopf gegangen wäre, ohne ein Wort darüber zu verlieren oder ihn bloßzustellen.

»Wußten Sie, daß Dinos Koustas eine Fußballmannschaft, nämlich Triton, besessen hat?«

»Natürlich«, antworten mir beide wie aus einem Mund.

»Und wieso haben Sie mir das nicht gesagt?«

»Weil wir angenommen haben, daß Sie Bescheid wissen, Herr Kommissar«, entgegnet Elena Kousta. »Wie Sie sich erinnern werden, hatten Ihre Kollegen den Fall bereits untersucht, bevor Sie ihn übernommen haben. Da haben wir uns gedacht, daß Sie bereits darauf gestoßen sind. Es war ja auch kein Geheimnis.«

Richtig, diese Tatsache war kein Geheimnis, und sie hatten keinen Grund, sie mir vorzuenthalten. Die Antiterrorabteilung hatte schlicht und ergreifend jegliches Interesse an dem Fall verloren, sobald sich herausstellte, daß es sich um keinen Terroranschlag handelte, und nicht mehr weiter nachgeforscht.

»Wissen Sie, ob Ihrem Mann noch eine andere Fußballmannschaft außer Triton gehörte?«

»Nein. Die Auskunft über seine Vermögenswerte, die uns der Rechtsanwalt gegeben hat, bezieht sich nur auf Triton. Er hatte keine andere Mannschaft, genausowenig wie andere Lokale außer dem Nachtfalter, dem Rembetiko und dem Canard Doré.«

»Ist Ihnen vielleicht bekannt, welches Interesse er an Triton hatte? Warum er die Mannschaft gekauft hat?«

Die Kousta zuckt mit den Schultern. »Ich habe Ihnen bereits gesagt, Herr Kommissar: Dinos hat nie über seine Geschäfte gesprochen. Wenn Makis nicht gewesen wäre, hätten wir nicht einmal gewußt, daß er den Klub gekauft hat.«

»Makis?«

»Ja. Er kam eines Tages nach Hause und verlangte von seinem Vater, ihn in die Mannschaft aufzunehmen. So haben wir davon erfahren.«

»Woher wußte Makis von der Mannschaft?«

»Keine Ahnung.« Sie hält inne und fährt dann fort: »Jedenfalls war sein Wunsch nicht völlig fehl am Platz. Makis war von klein auf verrückt nach Fußball. Er spielte schon in der Schülermannschaft. Nachdem sein Vater ihm den Kopf zurechtgesetzt hatte, begann Makis ihn zu bestürmen, ihn doch im Nachtfalter oder im Rembetiko einsteigen zu lassen.«

»Das war immer das Problem zwischen Makis und meinem Vater, Herr Kommissar«, mischt sich Niki ein. »Makis hatte immer bescheidene Träume und einen beschränkten Ehrgeiz. Mein Vater hingegen schmiedete für ihn stets hochfliegende Pläne. Alle Auseinandersetzungen zwischen ihnen gingen im Kern auf die Unvereinbarkeit ihrer Vorstellungen zurück.«

Bis er ihn schließlich in die Drogenabhängigkeit trieb und sich zufrieden zurücklehnen konnte, sage ich mir. Allmählich beginne ich an einer Theorie zu basteln. Wenn Petroulias Koustas' Mann war und wenn Makis davon wußte, dann ist nicht auszuschließen, daß er ihn getötet hat, um sich an seinem Vater zu rächen. Ich muß Makis' Aktivitäten zwischen dem 15. und 22. Juni überprüfen lassen. Ich möchte jedoch die Kousta und seine Schwester nicht danach fragen, damit ich ihnen keinen Floh ins Ohr setze und sie ihn umgehend warnen. Ganz abgesehen davon, daß er ja nicht höchstpersönlich auf die Insel fahren mußte. Ein Fixer, selbst einer aus reichem Hause, muß gezwungenermaßen in der Unterwelt verkehren, um sich Nachschub zu besorgen. Und dort lernt er Gott und die Welt kennen. Albaner, Rumänen und Bulgaren, wie sich Gikas so schön ausdrückt. Die würden Petroulias als Gegenleistung für ein Exklusivwochenende auf der Insel ohne weiteres um die Ecke bringen.

Ich weiß nicht, wohin meine Theorie führt, doch scheint sie mich im Mordfall Petroulias voranzubringen. Was den Mord an Koustas angeht, so ist er mit neunzigprozentiger Sicherheit von Profikillern ausgeführt worden, und wir beißen uns daran die Zähne aus.

Ich breche auf. »Ich danke Ihnen, Frau Kousta. Und ich bitte um Entschuldigung, falls ich ungelegen kam.« Ich habe den tiefen Ausschnitt und den Theatervorhang um Elena Fragakis Beine aus meinem Gedächtnis gestrichen und halte mich streng an die Regeln der Etikette, denn vor Elena Kousta ziehe ich den Hut.

»Richten Sie schöne Grüße an Ihre Gattin aus«, meint sie mit einem Lächeln. »Sie können sich glücklich schätzen mit so einer Frau, Herr Kommissar.«

Das ist mir durchaus bewußt, selbst wenn ich es nicht zugeben will. Niki Kousta hat sich wieder der Einrichtung des Wohnzimmers zugewendet. Sie winkt mir, ohne sich umzudrehen.

28

Der Stadtteil Tambouria liegt etwa einen Tagesausflug vom Alexandras-Boulevard entfernt. Das Wetter ist trübe, kein Blatt rührt sich im Wind, eine unerträgliche Schwüle hängt über der Stadt. Neben mir verströmt Dermitzakis Schweißgeruch, von draußen dringt der Gestank von Autoabgasen herein. In der Nähe der Staatlichen Krankenversicherungsanstalt auf der Pireos-Straße überkommt mich ein Anfall von Herzrasen. Ich kann nicht verstehen, wieso ausgerechnet jetzt – denn am Morgen bin ich ruhig und ausgeruht aufgewacht. Vielleicht liegt es am schwülen Wetter oder an den Abgasen, möglicherweise an beidem. Ich stelle mittlerweile ständig Diagnosen, ganz im Stil Adrianis. Früher hätte ich mich darüber lustig gemacht. Jetzt raufe ich mir die Haare, weil ich vergessen habe, mein Interal mitzunehmen. Ousounidis hatte mir erklärt, ich solle bei einsetzendem Herzrasen jedesmal eine halbe Tablette nehmen. Ich lehne mich schweigend in meinen Sitz und versuche die Schläge meines Herzens zu zählen, um zu überprüfen, ob es mehr als hundert pro Minute sind. Ich geniere mich, meinen Puls zu fühlen und dabei auf die Uhr zu sehen. Die ersten Regentropfen klatschen an der Biegung zur Ermou-Straße gegen die Windschutzscheibe, und als wir in die Nähe der Elaidos-Straße kommen, öffnet der Himmel seine Schleusen und übergießt uns mit einem kräftigen Regen. Ich erinnere mich, wie ich auf der Vouliagmenis-Straße bis auf die Haut naß wurde, und Panik erfaßt mich. Ich überlege, was ich tun würde, wenn wir jetzt mit meinem zunehmenden Herzklopfen hier festsäßen. Ich sehe mich bereits im Notarztwagen liegen und mit Blaulicht ins Krankenhaus rasen. Ein Stück weiter drüben erkenne ich durch den Regen das Schild einer Apotheke.

»Jorgos, tu mir bitte einen Gefallen. Spring mal schnell rüber in die Apotheke und hol mir eine Packung Interal zu 40 mg.« Ich frage mich, wo er mich jetzt einordnet: bei den Tattergreisen oder den fiesen Vorgesetzten, doch ich bringe es einfach nicht mehr fertig, den harten Mann zu spielen.

Er zählt mich einfach zu den Ausnahmen, die die Regel bestätigen, und sein Blick ruht besorgt auf mir. »Das Herz, Herr Kommissar?«

»Nein, ich sollte nur jetzt meine Dosis einnehmen und habe die Tabletten liegenlassen«, beschwichtige ich ihn. »Ein Stück weiter unten gibt es einen Kiosk. Bring mir eine Flasche Wasser mit.«

Er nimmt das Geld und springt aus dem Wagen. Ich sehe, wie er mit zwei Riesensätzen in der Apotheke verschwindet, um mit zwei weiteren Riesensätzen zum Kiosk weiterzueilen. Da packt mich ein seltsamer, unverständlicher Neid, obwohl ich noch nie ein Mensch war, der sich gerne die Hacken abläuft.

»Tut mir leid, Jorgos«, sage ich zu ihm, als er zurückkehrt.

»Keine Ursache, Herr Kommissar.«

Anstelle der halben schlucke ich für alle Fälle eine ganze

Tablette. Ousounidis hatte mir gesagt, das Medikament wirke erst nach ungefähr einer Stunde. Ich beiße die Zähne zusammen und warte. Dermitzakis ist vom Regen durchnäßt, und ich bin vor Angst vollkommen durchgeschwitzt. Glücklicherweise ist der Regen nach zehn Minuten vorüber, nach einer weiteren halben Stunde sind wir in Piräus angelangt. Von der Akti Kondyli fahren wir die Ajiou-Dimitriou-Straße hoch und kommen irgendwo in der Mitte der Rodopis-Straße wieder raus. Als wir links in Richtung Keratsini einbiegen, hat sich mein Herzklopfen etwas beruhigt.

Das Wohnhaus, in dem Obique lebt, ist ein vierstöckiges, in Windeseile hochgezogenes Bauwerk, das beim erstbesten Beben der Stärke fünf mit Mann und Maus in sich zusammenstürzen würde, wobei nicht mal der Türrahmen stehenbliebe, unter dem Adriani Zuflucht finden könnte. Es gibt zwölf Klingelschilder, von denen neun griechische Namen anführen und drei namenlos sind. Wir wollen gerade auf gut Glück die namenlosen Klingeln durchprobieren, als ein junger Mann durch die Eingangstür tritt. Wir fragen ihn, wo der Nigerianer wohnt, und er deutet zum Kellergeschoß.

»Dort gibt es nur eine einzige Tür, Sie können sie nicht verfehlen«, sagt er.

Die Schwarze, die uns die Tür öffnet, verbarrikadiert mit ihren ausladenden Formen den ganzen Eingang. Sie trägt ein schreiendgrelles Blümchenkleid und hat ein buntscheckiges Tuch um ihren Kopf gewickelt. Nur das Weiße ihrer Augen ist in der Dunkelheit zu erkennen.

»Yes?« fragt sie auf englisch.

»Polizei. Ist Obique da?«

Es scheint, als sei »Polizei« das einzige ihr bekannte griechische Wort, denn sie reißt die Augen auf, und das Weiße wird noch heller, fast wie gleißendes Kykladenlicht. Unverhofft wirft sie sich zu Boden, klammert sich an meine Beine und hebt ein Gekreische an. Zunächst auf englisch, *»No, no!«*, und dann bricht ein Wortschwall in einer afrikanischen Sprache über mich herein.

Ich versuche, mich aus dem Schraubstock zu befreien, doch sie drückt mich so fest, daß es mir unmöglich ist, meine Füße loszubekommen. »Lassen Sie mich doch los, ich komme ja gar nicht, um ihn abzuholen!« rufe ich ihr zu, doch sie versteht kein Griechisch.

Vier kleine Kinder, zwei Mädchen und zwei Jungen, tauchen aus dem Inneren der Wohnung auf. Die Mädchen tragen Kleidchen aus Stoffresten, die vom Rock ihrer Mutter übriggeblieben sind, und die Jungen Jeansshorts und rote T-Shirts. Erschrocken starren sie auf ihre Mutter, die den Kopf an meine Schienbeine schlägt. Sie stürzen sich auf sie und heben im Chor ein Gebrüll an, während von drinnen eine männliche Stimme zu hören ist, die nun ebenfalls anfängt zu schreien.

Gegen zwei Dinge im Leben habe ich eine unüberwindliche Abneigung. Gegen Rassismus und gegen Schwarze. »Schaff sie mir vom Hals, schaff sie fort!« rufe ich Dermitzakis zu. Ich habe Schiß, daß mir der ganze Aufruhr, trotz des eingenommenen Interal, wieder Herzrasen verursachen könnte.

Dermitzakis gelingt es, zunächst die vier Bälger zu entfernen und dann, nach einigem Aufwand, die dicke

Schwarze. Die Bälger drängeln sich in eine Ecke und blicken entgeistert auf ihre Mutter.

Ich trete auf die Schwarze zu, die von Dermitzakis festgehalten wird, und tippe ihr sachte auf die Schulter. Danach sage ich »Obique« und klopfe mir mit dem linken Zeigefinger auf die Lippen, um ihr zu verstehen zu geben, daß ich mit ihm sprechen möchte. Ihr Gekreische ist in ein einförmiges Klagelied übergegangen, Tränen kullern aus ihren Augen. Mit einer Kopfbewegung deutet sie auf das Innere der Wohnung.

Wir treten in ein kleines Wohnzimmer, vier mal vier Quadratmeter, das an den Verkaufsstand eines Wanderhändlers auf einem Kirchweihfest erinnert. Der Boden ist mit billigem Plastikspielzeug übersät, auf den beiden mit Stoff bezogenen Stühlen häufen sich Kleidungsstücke, der Tisch ist mit dem Überzug eines Bügelbretts bedeckt, darauf thront ein elektrisches Bügeleisen. Ein durchdringender Geruch steigt uns in die Nase, ein Gemisch aus Knoblauch und Zwiebeln, als bereiteten sie Stockfisch mit Knoblauchsoße und Kalbsgulasch gleichzeitig zu.

Die Frau öffnet eine zweite, in ein weiteres Zimmer führende Tür, und wir treten ins Schlafzimmer. Ein mittelgroßer Schwarzer von kräftiger, durchtrainierter Statur liegt ausgestreckt auf dem Bett. Sein rechter Fuß steckt bis zum Knie in einem Gipsverband. Seine Kinder haben mit Filzstiften Männchen, Häuschen, Bäume und Wolken auf den Verband gemalt. Links und rechts des Bettes liegen zwei breite Matratzen auf dem Boden, auf denen die Kinder je zu zweit schlafen können.

»Sind Sie Obique?« frage ich auf griechisch.

Er nickt. Sein Blick ist genauso entgeistert wie der seiner Frau, nur daß er nicht mit Geschrei und Klagen reagiert. Die Schwarze zischt ihm rasch etwas zu.

»Wieso ist Ihre Frau so erschrocken?« fragt Dermitzakis.

»Ich verletzt, ich nicht spielen«, entgegnet er in gebrochenem Griechisch. »Ich Angst, Herr Kalojirou schicken Polizei, uns rausschmeißen. Ich nehmen Geld, schicken Nigeria, leben zwei *families*. Nicht schicken Geld, *families no food*. Nicht spielen, Herr Kalojirou mich rausschmeißen – *no food*.«

Warum sollte er ihn rausschmeißen? Er zahlt ihm doch ohnehin nichts.

»Keine Angst, wir sind nicht von der Ausländerbehörde«, sage ich. Das Herzklopfen und der Ausbruch der Schwarzen haben dazu geführt, daß ich selbst mein bißchen Pidgin-Englisch vergessen habe und mir das Wort für Ausländerbehörde nicht einfallen will. »Erinnern Sie sich an das Match in der letzten Saison, in dem Sie gegen Triton gespielt haben?« Er nickt bestätigend. »Als Sie das Spielfeld verließen, haben Sie gesehen, wie der Schiedsrichter mit dem Boss von Triton gestritten hat. Wir wollen wissen, worüber sie sich gezankt haben.«

»Gezankt?« Er versteht das Wort nicht.

»Fight«, meint Dermitzakis. »Boss Triton *fight* mit Schiedsrichter.«

Er zuckt zurück und blickt mich furchtsam an.

»Keine Angst«, sage ich. »Herr Kalojirou schickt uns. Er hat uns gesagt, daß Sie alles gesehen haben.«

Dieser Hinweis scheint ihn zu erleichtern. Er denkt ein

wenig nach und entschließt sich, den Mund aufzumachen. »Ich gehen raus und hören«, sagt er dann.

»Was haben Sie gehört?«

»Boss Triton sagen zu *referee* ›du das bezahlen‹.«

»Das wirst du mir bezahlen?«

»*Yes.*«

»Und was hat der Schiedsrichter darauf gesagt?«

»Hat gelacht. Sagen ›du mir nichts machen, ich dir geben rote Karte, dich aus Spiel ausschließen‹.«

»Er hat wohl gemeint, er würde einen seiner Spieler mit einer roten Karte vom Feld schicken?« präzisiert Dermitzakis.

»*Yes.*«

»Und dann?«

»Boss Triton packen *referee, like this*«, und er zupft mit beiden Händen an seinem Pyjama, um zu demonstrieren, wie Koustas Petroulias am Schlafittchen packte. »Er sagen: undak... undak...«

Er sucht nach dem passenden Wort, doch er bringt es nicht heraus.

»Du Undankbarer?«

»*No.* Er sagen, Undank ist Lohn.«

»Undank ist der Welt Lohn?«

»*Yes*«, ruft er begeistert. »Und er gehen weg.«

Der Knoblauch- und Zwiebelgeruch zieht bis zu uns herüber und bringt mich zum Niesen. Die Geruchsschwaden drohen mich zu ersticken, und ich würde am liebsten Hals über Kopf die Flucht ergreifen. »In Ordnung, wir sind fertig«, sage ich zu Obique und bedeute Dermitzakis, daß wir aufbrechen.

Die Schwarze begleitet uns bis zur Haustür. Ihre lächelnden Verneigungen finden kein Ende. Als wir uns entfernen, höre ich sie hinter uns herrufen: *»Bye-bye, bye-bye.«*

Die Schlußfolgerung liegt auf der Hand. Koustas schmierte Petroulias mit zweieinhalb Millionen, um sich den Sieg über Falirikos und den Meistertitel zu sichern, Petroulias sackte das Geld ein, und Triton ging mit Koustas baden. Warum hat aber Petroulias zuerst das Geld genommen und dann Koustas in die Wüste geschickt? Was bewog Petroulias dazu, sich mit Koustas, dem Herrn über die dritte Liga, anzulegen? Und was bedeutet schließlich dieses »Undank ist der Welt Lohn«? Daß Koustas Petroulias als Lohn für seinen Undank die Radieschen von unten angucken ließ? Diese Version gibt Gikas recht, der meint, daß der Fall nach Schmiergeld rieche und wir nach dem suchen sollten, was auf der Hand liegt. Wenn jedoch Koustas Petroulias umlegen ließ, wer hat dann Koustas auf dem Gewissen? Stehen die beiden Morde in Verbindung, oder haben sie überhaupt nichts miteinander zu tun?

Wir haben den Rückweg ins Athener Zentrum eingeschlagen. Die Fragen überfordern mich, ein Schwindelgefühl macht sich breit, und mir wird speiübel.

29

Der von meinem Vetter ins Spiel gebrachte Steuerprüfer heißt Stavros Kelessidis und arbeitet beim Finanzamt im Stadtteil Ilissia. Wir vereinbaren einen Treffpunkt vor dem Militärhospital auf dem Vassilisis-Sofias-Boulevard. Das liegt auf halber Strecke für uns beide. Er will wissen, woran wir einander erkennen sollen, da wir uns noch nie begegnet sind, und ich schlage den Mirafiori als auffälliges Merkmal vor. Ich hoffe, daß er nicht zu jung ist, um jemals in seinem Leben einen Mirafiori zu Gesicht bekommen zu haben, da in ganz Athen vielleicht noch fünf davon herumkurven. Doch unmittelbar nachdem ich an der Haltestelle Ilissia vorübergefahren bin, sehe ich, wie mir jemand zuwinkt.

Er ist etwa fünfunddreißig, hat ein rundliches Gesicht und zu Berge stehende Haare, die anscheinend beschlossen haben, sich keinem Kamm unterzuordnen. Er ist so gekleidet wie früher die Großhändler auf dem zentralen Athener Gemüsemarkt: mit einer Sportjacke und einem bis oben hin zugeknöpften Hemd ohne Krawatte.

»Kelessidis, Herr Kommissar. Herr Kartalis schickt mich.«

»Ja, ich bin im Bilde. Hören Sie zu: Wir müssen diskret vorgehen. Vor allem dürfen wir nicht verraten, daß Sie vom Finanzamt kommen.«

»Alles klar. Herr Kartalis hat mich schon unterrichtet.«

»Ich werde Sie als meinen Assistenten vorstellen. Zweitens, um Ihnen zu verdeutlichen, wonach wir eigentlich suchen: Ich möchte, daß Sie einen Blick auf die Buchhaltung des Fußballvereins werfen und mir sagen, ob zwischen dem 25. und 30. August irgendwelche größeren Kontobewegungen zu verzeichnen sind. Ich könnte natürlich das Bankkonto des Vereins öffnen lassen, doch das dauert mir zu lange. Deshalb brauche ich Ihre Hilfe.«

Er bricht in ein gutmütiges, fast einfältig anmutendes Lachen aus. »Das ist kinderleicht, Herr Kommissar. In einer halben Stunde werden wir alles überprüft haben.«

Die Büros von Triton liegen am unteren Ende der Mitropoleos-Straße in unmittelbarer Nähe des Athener Standesamts, in der zweiten Etage eines dreistöckigen Gebäudes. Im Eingang riecht es beißend nach Urin, weil dort, wo früher Hunde ihr Bein hoben, heutzutage Albaner ihre Notdurft verrichten – die Hunde sind mittlerweile die gesellschaftliche Leiter hinaufgeklettert und verpissen nunmehr die Veranden, auf denen die hundebesessenen Athener sie einsperren. Einen Fahrstuhl gibt es nicht, also steigen wir die Treppe hoch. In der ersten Etage befindet sich ein Textilbetrieb, in der zweiten eine Lederwerkstatt. Am Ende der zweiten Etage liegen, in zwei Zimmern zusammengepfercht, die Büros von Triton.

Der Geschäftsführer ist ein gewisser Stratos Selemoglou, ein stämmiger, aus allen Poren schwitzender Mann. Ständig holt er ein Papiertaschentuch aus seiner Jackentasche und wischt sich den Schweiß von der Stirn. Ich überschlage kurz, wie viele Päckchen Papiertaschentücher er täglich verbraucht, und komme auf fünf. Da ich ihn benachrichtigt hatte, daß wir die Geschäftsbücher des Fußballvereins einsehen wollten, hat er bereits seinen Buchhalter herbeizitiert, um sich mit Anstand aus der Affäre zu ziehen. Der Buchhalter ist ein großgewachsener Typ mit Hakennase und altmodischer Hornbrille.

Kelessidis stürzt sich sofort in die Arbeit. Er schlägt die Bücher auf und weiß sogleich, wo er suchen muß. Er wirft einen raschen Blick auf die Zahlenkolonnen und geht, da vorerst nichts seine Aufmerksamkeit zu fesseln vermag, zu den weiteren Unterlagen über. Ich lasse ihn in aller Ruhe seine Arbeit tun und schlendere durch die beiden Räume, in denen der Fußballverein Triton residiert. Der eine ist das Büro des Geschäftsführers, mit einem Schreibtisch und zwei Büroschränken. Darin befinden sich ordentlich aufgereiht die Verträge der Spieler, die Gehaltslisten, der Vertrag über den Trainingssportplatz der Mannschaft und die Korrespondenz mit dem Griechischen Fußballbund. Der andere Raum ist eine Art Abstellraum für Fußbälle, Trainingsanzüge und Fußballschuhe. Ich erwarte nicht, irgend etwas zu finden. Ich suche einzig und allein deswegen, um meiner Rolle als schnüffelnder Bulle gerecht zu werden. Der Buchhalter bleibt in Kelessidis' Nähe, während Selemoglou mir auf den Fersen folgt. Er hat wohl Angst, ich könnte heimlich einen Fußball als Souvenir verschwinden lassen.

»Wie sind diese Summen in der Kasse verbucht worden?« höre ich Kelessidis fragen.

»Als Abhebung vom Bankkonto«, antwortet der Buchhalter.

»Bringen Sie mir doch die Kontoauszüge.«

Ich wittere Morgenluft und begebe mich ins Nebenzimmer. Der Buchhalter findet die Belege in einem Aktenordner. Kelessidis überfliegt sie und streckt mir dann den einen Kontoauszug wortlos entgegen. Ich greife danach und versenke mich darin. Es handelt sich um den Beleg einer Abhebung über zwanzig Millionen Drachmen.

»In den Geschäftsbüchern haben Sie zwei Buchungen durchgeführt. Einmal über fünf Millionen und eine weitere über fünfzehn Millionen. Warum haben Sie nicht die Gesamtsumme verbucht, da sie ja auch auf einen Schlag abgehoben worden ist?« wundert sich Kelessidis.

Der Buchhalter dreht sich zu Selemoglou um und blickt ihn an. »Die fünf Millionen waren für die Lohnzahlungen der Spieler, des Trainers und des übrigen Personals gedacht. Es war der Monatserste, und wir mußten die Gehälter auszahlen.«

»Und die anderen fünfzehn?« frage ich.

»Die hat Herr Koustas behalten«, mischt sich der Buchhalter ein. »Deshalb habe ich sie extra verbucht.«

Der erste September war der Tag, an dem Koustas ermordet wurde. Am Morgen war er zur Bank gegangen, hatte zwanzig Millionen vom Konto des Fußballvereins abgehoben, fünf davon für die Gehaltszahlungen weitergereicht und die anderen fünfzehn für sich behalten. Und ich suchte die ganze Zeit auf den Bankkonten seiner Nachtklubs nach der ominösen Abhebung.

»Hat er das oft getan?« frage ich Selemoglou. »Geld vom Bankkonto des Vereins für persönliche Zwecke abgehoben?«

»Ab und zu schon, doch nicht so hohe Summen. Ein bis zwei Millionen, höchstens drei.«

»Was wollte er denn auf einmal mit so viel Geld?«

»Ich habe ihn nicht danach gefragt, Herr Kommissar. Das stand mir nicht zu. Der Verein gehörte ihm, er konnte damit tun und lassen, was er wollte.«

»Schließen Sie aus, daß er das Geld für Vereinszwecke verwenden wollte?«

Er lacht auf. »Wir spielen doch in der Regionalliga, Herr Kommissar. Dies ist ein kleiner Laden und kein Großunternehmen. Bei uns geht es nicht um hohe Summen.«

Folglich steckte er das Geld ein, um es jemand anderem zu übergeben. Und er hatte die Summe am Abend des Mordes in seinem Wagen deponiert. Deswegen trat er allein vor den Eingang des Rembetiko. Er wollte nicht, daß seine Leibgarde den Handel mitbekam. Bei Nacht und Nebel überreicht man eine solche Summe nur jemandem, der einen durch irgend etwas in der Hand hat. Und dieser Jemand war mit Sicherheit nicht Petroulias, der bereits tot war. Koustas besaß zwei Nachtlokale, ein Nobelrestaurant und eine Fußballmannschaft. Allesamt legale Unternehmen. Sein Familienleben verlief in geordneten Bahnen. Sein Sohn hatte gerade, zumindest der Form halber, einen Drogenentzug hinter sich. Was verbarg sich hinter dieser glatten Fassade, das Anlaß für eine Erpressung bieten konnte? Mit einem Mal geht mir der Gedanke, der mir in der Wohnung der Kousta gekommen war, nicht mehr aus dem Kopf. Was war, wenn man ihn erpreßte, weil man in Erfahrung gebracht hatte, daß sein Sohn den Schiedsrichter umgelegt hatte? Wäre es aber in diesem Fall nicht zielführender gewesen, Makis direkt zu erpressen? Im Endeffekt hätte man doch mit ihm, einem labilen Fixer, ein viel leichteres Spiel gehabt. Dagegen spricht, daß sie wußten, wo das dicke Geld zu holen war, nämlich bei seinem Vater. Deshalb wandten sie sich an Koustas. Was bewog sie jedoch dazu, ihre Taktik zu ändern und ihn umzubringen? Sein Mörder dachte nicht einmal daran, das Geld mitgehen zu lassen. Er ließ es einfach liegen und floh. Hätte er nicht zuerst das Geld entgegennehmen und danach zuschlagen müssen? Mit diesem Gedankengang komme ich bis zu einem gewissen Punkt, aber nicht weiter.

Der Ausflug nach Tambouria, die Rückkehr zum Alexandras-Boulevard und die darauf folgende Weiterfahrt nach Monastiraki haben meine Kräfte ausgelaugt, und mein Geduldsfaden ist drauf und dran, endgültig zu reißen. »Gehen wir«, sage ich zu Kelessidis. »Das wär's für heute.«

Er sitzt immer noch über die Bücher gebeugt. Er hebt den Kopf und blickt mich an. »Können wir noch fünf Minuten bleiben?«

»Wozu? Haben Sie noch was entdeckt?«

»Nein, aber ich möchte einer Sache auf den Grund gehen. Sehen Sie mal her«, meint er und deutet auf eine Reihe gleichförmiger Einträge. »Sponsor: 20 Millionen.«

»Jeden Monat hat ein Sponsor zwanzig Millionen auf das Bankkonto des Fußballvereins überwiesen.«

»Welcher Dussel schmeißt denn 240 Millionen für eine Mannschaft der dritten Fußballiga zum Fenster hinaus?« wundere ich mich.

»Das ist keineswegs dusselig. Diese Gelder werden so am Finanzamt vorbeigeschmuggelt. Die geben zwar 240

Millionen aus, fahren aber den zwei- bis dreifachen Gewinn wieder ein, weil sie dadurch einige Steuerklassen tiefer rutschen und weniger Steuern zahlen. Soll ich Ihnen noch was Nettes erzählen? Das ist alles vollkommen legal, weil sie die Ausgaben als Werbekosten von der Steuer absetzen.«

»Sagen Sie mal, junger Mann«, wendet er sich an den Buchhalter. »Wer ist denn Ihr Sponsor?«

»Mir fällt der Name nicht auf Anhieb ein, aber es ist eine ausländische Firma.«

»Ausländisch, hm? Griechenland ist für die Ausländer zum Land geworden, in dem Milch und Honig fließen. Bringen Sie mir doch mal den Kontoauszug.«

Der Buchhalter geht und kramt nochmals in der Ablage. Er findet den Kontoauszug und überreicht ihn Kelessidis. Der liest ihn durch und wiehert plötzlich los. »Na bitte schön«, sagt er. »R. I. Hellas, ein Markt- und Meinungsforschungsinstitut.«

»R. I. Hellas?« stammle ich wie Gikas, wenn er meine Berichte für seinen großen Auftritt vor den Journalisten auswendig lernt.

»Was hat ein Markt- und Meinungsforschungsinstitut als Geldgeber in der dritten Liga verloren?«

Ich sage nichts, weil mich gerade eine andere Frage in Atem hält: Wie kommt es dazu, daß ausgerechnet die Firma, in der Koustas' Tochter arbeitet, den Fußballverein sponsert?

»Wie haben Sie diesen Gönner gefunden?« frage ich Selemoglou.

»Was weiß ich. Herr Koustas hat ihn aufgetrieben. Er

kam eines Tages an und erklärte, er habe einen Geldgeber für die Mannschaft an der Hand, der uns monatlich zwanzig Millionen rüberschieben würde. Von diesem Tag an trudelten an jedem Monatsersten zwanzig Millionen auf dem Bankkonto ein, und wir verbuchten sie in unseren Geschäftsbüchern.«

»Wie lange geht das schon so?«

»Mittlerweile drei Jahre«, antwortet der Buchhalter.

Kelessidis hat von den Geschäftsbüchern abgelassen und verfolgt gespannt unseren Wortwechsel. »Kelessidis, Sie sind ein Pfundskerl«, sage ich zu ihm und würde ihm am liebsten einen Kuß auf die Backe drücken.

Er blickt mich verdutzt an. »Aber wieso denn?«

»Weil Sie etwas ans Tageslicht gefördert haben, auf das ich ohne Sie niemals gestoßen wäre. Wir haben hier nichts mehr verloren.«

Als ich aus Tritons Büro auf die Mitropoleos-Straße trete, rumoren zwei Dinge in meinem Kopf: eine Antwort und eine Frage. Die Antwort: Ich weiß nun, wohin die fünfzehn Millionen, die Koustas in seinem Wagen am Mordabend deponiert hatte, geflossen sind. Die Frage: Was hatte Koustas mit der Firma zu tun, bei der seine Tochter arbeitet? Denn es ist nicht ausgeschlossen, daß die R. I. Hellas auf ihre Veranlassung hin jährlich 240 Millionen in einen Regionalligaverein butterte.

30

Diesmal trägt Lambros Mantas keinen Mantel mit Goldknöpfen und auch keine Mütze mit Goldbordüre. Vielleicht weil es erst zehn Uhr morgens ist und zu früh für das offizielle Outfit eines Türstehers vor einem Nachtklub. Er hat seinen gewaltigen Brustkorb in ein T-Shirt gezwängt, auf dem ein Außerirdischer prunkt. Darüber hat er ein Lederjackett gezogen. Er sitzt am Kopfende des Tisches, ich gegenüber und Vlassopoulos zu seiner Linken. Damit ist auch schon alles über die Möblierung des Zimmers gesagt, in dem wir die Verhöre durchführen: ein Tisch mit drei Stühlen, umgeben von nackten Wänden.

Mantas rutscht unruhig auf seinem Stuhl hin und her. Er blickt zu mir, dann zu Vlassopoulos und wieder zu mir, ohne Halt zu finden, da wir uns in Schweigen hüllen und ihm nicht klar ist, wer den Anfang machen wird. Er versucht, sich durch das Anzünden einer Zigarette aus dem Dilemma zu manövrieren. Die Zigarette bleibt an seinen Lippen kleben, während sich seine Finger unter dem Tisch untätig verschränken. Er merkt, daß wir uns Zeit lassen, und das hilft ihm, seine Gelassenheit und Selbstsicherheit wiederzufinden.

»Also, Lambros«, sage ich. »Sie waren Augenzeuge des Mordes an Koustas. Erzählen Sie mal, was geschehen ist.«

»Das habe ich sowohl der Antiterrorabteilung als auch

Ihnen schon erzählt. Soll ich das Ganze noch einmal herunterleiern?«

»Ja, denn wir benötigen Ihre offizielle Aussage.«

Vlassopoulos zieht einen Notizblock und einen Kugelschreiber hervor, bereit, eine Mitschrift anzufertigen.

Mantas verdreht die Augen, was besagt, daß wir ihn ganz umsonst quälen, er uns jedoch aus unüberwindlicher Sympathie den Gefallen tut. »Schon gut, also alles von vorn. Koustas kam gegen halb drei aus dem Lokal. Allein. Ich wollte mich mit ›Gute Nacht, Chef‹ von ihm verabschieden, doch er entgegnete, er gehe noch nicht nach Hause. Er trat auf seinen Wagen zu, schloß die Tür auf und beugte sich ins Wageninnere. In diesem Augenblick sah ich, wie jemand von hinten auf ihn zuging. Er sagte etwas zu ihm, und Koustas drehte sich um. Dann schoß der andere viermal auf ihn. Ich sah, wie Koustas zusammenbrach und der Mörder auf seinen Komplizen zurannte, der ein Stück entfernt auf einem Motorrad wartete. Er schwang sich auf die Maschine, der Komplize gab Gas, und sie verschwanden. Ich lief zu Koustas, erblickte ihn in einer Blutlache, lief zum Lokal zurück und rief die Funkstreife.«

»Als Koustas die Wagentür öffnete, haben Sie da gesehen, daß er etwas aus dem Wageninneren herausnahm?«

»Nein.«

»Hat er möglicherweise dem Mörder etwas übergeben, bevor der losballerte?«

»Nein. Ich habe Ihnen doch gesagt: Er hat auf ihn gezielt und ist dann sofort geflohen.«

»Sie haben also nicht gesehen, daß er sich bückte und Koustas etwas aus der Hand nahm, bevor er davonrannte?«

»Nein, er lief direkt auf das Motorrad zu.«

»Als Sie bei Koustas anlangten, haben Sie da irgend etwas in seiner Hand gesehen? Irgendeine Tasche oder einen Briefumschlag?«

»Nein, er hielt nichts fest.«

»Hier ergibt sich ein Problem, Lambros«, sage ich sanft.

»Was für ein Problem?«

»Koustas hatte am Abend des Mordes fünfzehn Millionen bei sich. Sie behaupten, er habe nichts in der Hand gehalten. In seinem Wagen haben wir nichts gefunden. Wohin ist das Geld verschwunden?«

»Weiß ich nicht, aber wenn Sie es nicht gefunden haben, heißt das, daß er es nicht bei sich hatte.«

»Hatte er sehr wohl. Er hatte es am selben Morgen von seinem Konto abgehoben. Wo sind die fünfzehn Millionen abgeblieben, Lambros?«

Sein Blick wird feindselig. »Woher soll ich das wissen? War ich in seine Geldgeschäfte eingeweiht?«

»Nicht gerade eingeweiht, aber eingesackt haben Sie den Zaster trotzdem. Das Päckchen mit den fünfzehn Millionen ist Ihnen ins Auge gestochen, und Sie haben es sich gekrallt.«

Bislang baumelte seine Zigarette lässig von seinen Lippen, das Markenzeichen jedes Schlägertypen im Verlauf eines lockeren Plausches unter Freunden. Nun springt er in die Höhe, reißt den Mund zu einer Protesttirade auf, vergißt dabei jedoch die Zigarette, die ihm prompt aus dem Mund fällt. Er bückt sich nicht nach ihr, da er seinem heftigen Einspruch unverzüglich Gehör verschaffen möchte.

»Was reden Sie denn da?« kreischt er. »Ich habe gesehen,

wie mein Chef auf dem Asphalt zusammenbrach, und rief sofort die Funkstreife. Als die Antiterrorabteilung eintraf, habe ich den Tathergang in allen Details geschildert. Man zitierte mich zur Polizeidienststelle in Chaidari, und ich habe das gestohlene Motorrad identifiziert. Dann kamen Sie, und ich habe Ihnen alles noch einmal heruntergebetet. Und jetzt wollen Sie mich als Langfinger hinstellen?«

»Hier werden Leute für fünf- oder zehntausend Drachmen ins Jenseits befördert«, sagt Vlassopoulos zu ihm. »Da sollen ausgerechnet Sie keine fünfzehn Millionen mitgehen lassen, die Ihnen auf dem Tablett serviert werden?«

»Nehmen wir an, ich hätte sie genommen. Wo sollte ich denn so viel Geld auf die Schnelle verstauen?«

»Unter dem weiten Admiralsrock, den Sie jeden Abend tragen.«

Als er erneut in die Höhe fährt, rutscht sein T-Shirt aus dem Hosengürtel. Der Außerirdische legt sein Gesicht in Falten, um Mantas' behaartem Bauchnabel Luft zu verschaffen. Mantas steckt sich eine neue Zigarette an, setzt sich wieder hin und klemmt sie zwischen seinen Fingern fest, um das Zittern zu verbergen.

»Hören Sie zu«, sagt er und ringt um Fassung. »Koustas hatte kein Geld in der Hand. Er hielt gar nichts in der Hand. Ob nun Geld im Wagen herumlag oder nicht, kann ich Ihnen nicht sagen. Kann sein, daß welches da war, aber das hat dann eure Truppe, die Antiterroreinheit, eingesteckt.«

»Was soll denn das heißen, du Arschloch!« donnert Vlassopoulos und springt auf. »Willst du damit sagen, die Leute von der Antiterrorabteilung hätten sich das Geld unter den Nagel gerissen und wir wollten dir das Ganze in die Schuhe schieben?«

»Immer mit der Ruhe, Sotiris.« Ich packe Vlassopoulos am Arm und drücke ihn wieder auf den Stuhl. »Setz ihn nicht unter Druck. Der junge Mann wird schon mit der Sprache herausrücken.«

Der alte Bullen-Kunstgriff. Der gute und der böse Bube. Ganz abgesehen davon, daß ich Vlassopoulos' Empörung nicht teile. Auch Polizeibeamte sind Menschen. Hätte einer von ihnen herrenlos herumliegende fünfzehn Millionen vorgefunden, hätte er sicherlich gewaltig mit sich ringen müssen, um nicht zuzugreifen. Doch ich bin mir einfach sicher, daß sie unter Mantas' Rock gewandert sind und wir nicht mehr weitersuchen müssen.

»Hören Sie, Lambros«, sage ich. »Geben Sie zu, daß Sie das Geld genommen haben, damit wir hier endlich zu Potte kommen. Solange Sie es ableugnen, reiten Sie sich nur noch tiefer in den Schlamassel hinein.«

»Ich reite mich nirgendwo hinein, weil ich das Geld nicht genommen habe, und das werde ich Ihnen beweisen«, beharrt er, doch seine Stimme hat an Festigkeit eingebüßt.

»Dann will ich Ihnen erklären, warum Sie sich nur noch mehr verstricken. Koustas trug am Abend des Mordes so viel Geld bei sich, um es jemandem zu übergeben, der ihn erpreßte. Darüber herrscht Gewißheit. Es ist jedoch ausgeschlossen, daß der Erpresser auch der Mörder war. Warum sollte er ihn bei der Übergabe des Geldes töten? Folglich mußte er es jemand anderem übergeben haben. Nämlich Ihnen. Er trat allein aus dem Lokal, um Ihnen die fünfzehn Millionen auszuhändigen. Ob er nun vor oder nach der Geldübergabe mit Ihrer Mitwisserschaft umgelegt wurde, sei vorerst dahingestellt. Sie haben jedenfalls zugelangt und erst danach die Funkstreife geholt.«

»Reine Erfindung, Herr Kommissar. Sie versuchen, mich in eine Falle zu locken.«

Ich entgegne nichts, erhebe mich wortlos und gehe auf die Tür zu. Ich bleibe mit der Hand am Türgriff stehen. »Buchtet ihn ein«, sage ich zu Vlassopoulos. »Wir versuchen, ihm zu helfen, und er läßt sich nichts sagen. Beschaff mir einen Durchsuchungsbefehl, damit wir seine Bude auf den Kopf stellen können. Und einen gerichtlichen Bescheid zur Öffnung seiner Bankkonten. Irgendwo werden wir die Überreste der fünfzehn Millionen schon auftreiben, und dann hat er alles auf dem Buckel – sowohl Raub als auch Mord, und damit wäre der Fall endlich abgeschlossen.«

»Also halt, Leute«, schreit er und springt auf. »Ihr könnt mir das doch nicht anhängen. Nicht einem alten Kollegen!«

»Was heißt hier Kollege, du Saftsack!« brüllt Vlassopoulos und rüttelt an seinem Lederjackett. »Wem versuchst du denn diesen Bären aufzubinden? Man hat dich aus dem Polizeidienst entlassen, weil du den Nachtlokalen zugeteilt warst und Schutzgelder abkassiert hast. Dort hast du auch von Koustas' Schmutzwäsche Wind bekommen und ihn erpreßt. Du hast die fünfzehn Millionen mitgehen lassen und deine Freundchen angestiftet, ihn aus dem Weg zu räumen, weil du wußtest, was er für ein Kaliber war, und Angst hattest, er würde dich auf seine Weise aus dem Weg schaffen. Und jetzt spielst du den loyalen Kollegen?! Auf solche Kollegen pfeife ich!«

Bravo, Vlassopoulos. Wenn wir dem Staatsanwalt diese Version präsentieren, wandert Mantas schnurstracks lebenslänglich hinter Gitter, wir ernten die Lorbeeren, und Koustas' Mörder reibt sich die Hände. Offensichtlich geht Mantas derselbe Gedanke durch den Kopf, denn er ruft entsetzt: »Ich habe ihn nicht umgebracht, Herr Kommissar! Ich schwöre es! Na gut, ich habe die fünfzehn Millionen gefunden, meine Sicherungen sind durchgebrannt, und ich habe zugegriffen. Aber ich habe Koustas nicht erpreßt, und ich habe ihn nicht auf dem Gewissen. Es war reiner Zufall, ich schwöre es.«

»Wo war das Geld? Im Wagen? Oder hielt er es in der Hand?«

»Es war in zwei großen Plastiktüten verpackt. Zunächst habe ich gar nicht bemerkt, daß Geld darin war. Ich dachte, es ginge um Rauschgift, und hatte die Hosen voll. Als ihn der Mörder ansprach, drehte er sich um und wollte ihm die Tüten aushändigen, doch der andere schoß viermal und rannte weg. Er verschwendete keinen Blick an die Plastiktüten. Als Koustas zu Boden fiel, lag das Geld auf dem Asphalt verstreut. Ich lief hin und sah, daß er tot war. Ich packte die Tüten, steckte sie unter meinen Mantel, genau so, wie Sie sagten, trat in das Nachtlokal und rief die Polizei. Danach versteckte ich die Beutel hinter dem Vorhang bei den Musikern und nahm sie auf dem Heimweg mit.«

»Was haben Sie mit dem Geld gemacht?«

Er senkt den Kopf und stottert: »Ich habe einen Mazda 323 gekauft. Den hatte ich schon lange im Visier. Ich habe ungefähr eine Million für verschiedene andere Einkäufe ausgegeben... Ein Fernsehgerät... Eine Stereoanlage...

Eine Klimaanlage für die Wohnung… Die restlichen zehn Millionen stecken in meiner Matratze…«

Mir liegt auf der Zunge, ihm anzuraten, er möge die Klimaanlage wieder ausbauen und in seine Zelle zur Kühlung mitnehmen, damit er das Geld nicht ganz umsonst rausgeschmissen hat. Doch mir steht der Sinn nicht nach Scherzen. Er hat am verbotenen Futtertrog genascht und das Geld für Autos, Fernsehgeräte und Stereoanlagen sinnlos verpulvert. Hätte es ein Albaner gestohlen, so wäre das Kapital durch die Gründung einer Firma in Argyrokastro zumindest nutzbringend in Umlauf gebracht worden.

»Was sollen wir mit ihm anfangen?« fragt mich Vlassopoulos.

»Er hat Koustas nicht umgebracht, somit betrifft er uns nicht. Reich ihn an das Referat für Eigentumsdelikte weiter«, sage ich.

Auf dem Weg nach draußen läßt mich eine von Mantas' Äußerungen nicht zur Ruhe kommen. Der Mörder hat Koustas angesprochen, und der wandte sich um, um ihm die Plastikbeutel mit dem Geld zu überreichen. Die fünfzehn Millionen waren für den Mörder vorgesehen, doch der zog es vor, Koustas um die Ecke zu bringen, ohne das Geld zu kassieren. Warum bloß? Ich weiß es nicht, aber eines ist sicher. Der Mörder hat Koustas nicht erpreßt. Das Geld stammte aus schmutzigen Geschäften, und der Mord an Koustas war eine kaltblütige Hinrichtung. Irgendwen hatte er über den Tisch gezogen, und der streckte ihn nieder, um ihn dafür bezahlen zu lassen.

31

Im fünften Stock angelangt, atme ich tief durch. Nachdem sich in den beiden Mordfällen so viele Tage lang nichts getan hat, bildet der Nachweis der fünfzehn Millionen, die Koustas am Abend des Mordes bei sich trug, schon einen kleinen Erfolg. Und ich beeile mich, alles, was ich weiß, Gikas zu verkünden und ihm auch gleich den Täter mitzuliefern. In den vergangenen Tagen verlangte er andauernd nach irgendeinem Hinweis, einer klitzekleinen Information, um sie den Reportern zu präsentieren. Das, was ich ihm heute berichten kann, reicht für eine Presseerklärung und sichert den Reportern für zwei bis drei Tage ihr Brot. Nur Mantas bleibt das Nachsehen, da er die Million verliert, die er so gerne für seinen Auftritt vor laufender Kamera eingestrichen hätte. Statt dessen muß er nun den Journalisten, ganz wie ich prophezeit hatte, seine Version gratis auftischen. Mantas' Festnahme bringt uns zwar in dem einen wie in dem anderen Mordfall den eigentlichen Tätern keinen Schritt näher und spricht gegen meine Theorie bezüglich Makis' Rolle. Aber noch halte ich die Entdeckung parat, daß Niki Koustas Arbeitgeber die Fußballmannschaft ihres Vaters gesponsert hat. Wenn man dieses Detail ein bißchen aufbläht, dann reicht es für eine weitere Presseerklärung.

Ich stürme in den Vorraum zu Gikas' Büro, doch dort

halte ich abrupt an. Auf Koulas Schreibtisch liegen Papiere und Aktenordner durcheinander, dazu noch der Inhalt der Schubladen: Kohlepapier, Locher, Radiergummis, Nagelscheren, ein Fläschchen Nagellack. Koula sitzt mit aufgestützten Ellbogen an ihrem Schreibtisch und vergräbt den Kopf in die Hände. Sie bemerkt mein Eintreten und blickt mich an. Ihre Augen sind rotgeweint und verquollen.

»Was um Himmels willen ist denn los?« frage ich und eile auf sie zu.

»Er will mich nicht mehr.« Zunächst vermute ich, daß ihr Verlobter sie sitzengelassen hat, doch als sie »Ich muß gehen, er hat mich versetzt« hinzufügt, begreife ich, daß sie von Gikas spricht.

»Aber wieso denn?«

»Mein Verlobter, dieser Blödmann, ist an allem schuld.« Und sie schluchzt laut auf.

Mein erster Gedanke ist, daß Gikas sie versetzt, weil sie seit ihrer Verlobung früh aus dem Büro geht und ihm das nicht in den Kram paßt. Doch lieber frage ich nach, um mich zu vergewissern.

»Nein, das ist es nicht«, meint sie unter heftigem Schluchzen. »Er baute gerade an einem zweistöckigen Haus in Dionysos, als das örtliche Polizeirevier die Arbeiten unterbrechen ließ, weil die Baugenehmigung nicht in Ordnung war.«

»Es war ein illegal errichtetes Gebäude?«

Sie nickt. »Und mein Verlobter, dieser Dummkopf, hatte die tolle Idee, dem Kriminalobermeister gegenüber hervorzuheben, seine Verlobte sei die Privatsekretärin des Leitenden Kriminaldirektors. Der Kriminalobermeister rief

Gikas an, um sich abzusichern, und der ist prompt durchgedreht.«

»Kommen Sie, Koula, es wird schon wieder«, versuche ich sie zu trösten. »Da wird sich schon noch etwas machen lassen.«

»Nein. Er hat meine Versetzung bereits in die Wege geleitet.«

Und sie kehrt in ihre ursprüngliche Körperhaltung zurück: die Ellbogen auf den Schreibtisch gestützt und den Kopf in die Hände vergraben. Mir fällt kein weiteres Trostwort ein, und ich trete in Gikas' Büro. Gikas mag ja mit allen möglichen verqueren Eigenschaften geschlagen sein, doch er ist ein Ehrenmann. Wenn er dahinterkommt, daß einer von seinen Leuten bestechlich ist oder illegale Geschäfte macht, sorgt er für Ordnung. Als ich zur Tür hereinkomme, steht Gikas vor dem Fenster und blickt hinaus, ein Zeichen dafür, daß er genervt ist, denn nur dann verläßt er seinen Schreibtischstuhl.

»Wie komme ich zur Ehre Ihres werten Besuchs?« meint er spöttisch. »In letzter Zeit machen Sie sich rar.«

»Ich melde mich eben, wenn es etwas zu berichten gibt«, sage ich. Und ich erzähle ihm von der Geldsumme, die Koustas am Abend des Mordes bei sich hatte, und von Mantas.

»Endlich können wir ein paar Leuten den Mund stopfen«, meint er zufrieden und setzt sich an seinen Schreibtisch, da er nun keine Veranlassung mehr sieht, aufrecht zu stehen. »Bereiten Sie mir eine Zusammenfassung vor.«

Er hat sie am liebsten in der Länge einer Seite, damit er sie auswendig aufsagen kann. Bei zwei Seiten muß er nämlich immer wieder seinen Spickzettel konsultieren.

»Soll ich erwähnen, daß Koustas die fünfzehn Millionen seinem Mörder übergeben wollte?«

Er blickt mich nachdenklich an. »Das sagt Mantas bloß, um sich herauszuwinden. Ich persönlich glaube an Ihre Version. Mantas war es, der ihn erpreßte. Ihm wollte er das Geld übergeben. Er gibt es jedoch nicht zu, um den Erpressungsversuch nicht zusätzlich aufgehalst zu bekommen.«

Na bravo, denke ich, die von mir konstruierte Geschichte, mit der ich Mantas einschüchtern wollte, entwickelt sich zu einer richtigen Theorie weiter. Ich setze meinen Bericht fort und erzähle ihm von dem Geldgeber für Koustas' Fußballverein.

»Ich sehe nicht ein, was das für eine Bedeutung haben könnte«, meint er verdrossen. »Alle Mannschaften sind auf der Suche nach Sponsoren. Er hat eben den Arbeitgeber seiner Tochter dazu überreden können.«

»Mit 240 Millionen jährlich? So viel Geld für eine Mannschaft der dritten Liga? Kommt Ihnen das nicht seltsam vor?«

»Der Steuerprüfer hat Ihnen doch erklärt, worum es geht. Um Steuerhinterziehung mit legalen Mitteln.«

Wieder kommt er auf die einfachen Erklärungen zurück, was mir gar nicht paßt. Ich habe keineswegs vor, so schnell klein beizugeben, doch meinen Trumpf spare ich mir für später auf. Wenn ich mich jetzt zu weit vorwage, erteilt mir Gikas nämlich Redeverbot.

In der Tür bleibe ich kurz stehen und wende mich um. »Koula ist seit drei Jahren bei Ihnen. Sie kennt Ihre Gewohnheiten und wird Ihnen fehlen«, sage ich.

Er wirft mir einen – Koula zugedachten – giftigen Blick zu. »Wissen Sie, was sie mir angetan hat?« fragt er.

»Doch nicht sie! Ihr Verlobter. Koula schwört, daß sie keine Ahnung davon gehabt hat.«

Was ist bloß plötzlich in mich gefahren, daß ich den Witwen- und Waisenretter spiele? Was liegt mir eigentlich daran, ob Koula als Strafzettelarchivarin in ein anderes Polizeirevier versetzt wird oder nicht? Auf diese Frage finde ich keine plausible Antwort. Vielleicht hat die Beziehung meiner Tochter zu Ousounidis etwas damit zu tun. Wenn man ihn bei der Entgegennahme eines Geldbriefchens ertappte, würde ich wie ein Löwe darum kämpfen, Katerina von allen Vorwürfen reinzuwaschen, und das erzeugt in mir eine seltsame Solidarität mit allen Armen und Zukurzgekommenen. Für einen Bullen bist du ganz schön seltsam drauf, Charitos, sage ich zu mir selbst. Wenn Sotiropoulos das herausbekommt, wird er alles auf deine Krankheit schieben.

»Jedenfalls ist Koula ganz in Ordnung und versteht ihre Arbeit«, wiederhole ich.

Besagte Koula hat einen Plastikbeutel gepackt und stopft ihre Privatgegenstände hinein. Sobald sie mich erblickt, läuft sie auf mich zu. »Ich möchte mich von Ihnen verabschieden, vielleicht sehe ich Sie ja nie wieder«, meint sie.

»Nun machen Sie mal halblang, Sie werden ja nicht gleich ins hinterste Provinznest an die bulgarische Grenze versetzt. Wenn Sie wissen, wo Sie hinkommen, geben Sie mir telefonisch Bescheid.«

Plötzlich streckt sie mir ihre Arme entgegen und fällt

mir um den Hals. »Sie waren immer gut zu mir, Herr Charitos«, sagt sie mit von Tränen erstickter Stimme und drückt mir einen Kuß auf die Wange.

Im allgemeinen halte ich mich aus Rührseligkeiten heraus, weil die Dinge dadurch nur noch schwieriger werden. Da sie dermaßen aufgewühlt ist, versuche ich dennoch, sie zu trösten. »Nur Mut, Koula. Da müssen wir alle mal durch. Solche Dinge gibt's nun mal im Leben.« Ich streichle ihr Haar und löse mich von ihr. Sie lächelt bitter und wendet sich wieder ihrem Gepäck zu.

Bevor ich in mein Büro trete, rufe ich nach Vlassopoulos. Ich trinke einen Schluck von meinem kalt gewordenen Kaffee, während mich Vlassopoulos erwartungsvoll anblickt.

»Was gibt's Neues von Mantas?« frage ich.

»Man hat ihn gleich hierbehalten und wird ihn unter Anklage stellen.«

Ich denke, Koustas' Erben müßten mir eigentlich dankbar sein, daß ich ihnen weitere zehn Millionen verschafft habe. Insbesondere Makis, der sich dadurch für weitere drei Monate seine Dosis sichert.

»Ist es auszuschließen, daß Mantas Koustas getötet hat?« fragt Vlassopoulos.

Wenn, dann wären wir alle, und vor allem Gikas, wunderbar aus dem Schneider. Doch leider ist es nicht so. »Wieso sollte er ihn umbringen? Aus welchem Grund?«

»Entweder weil er gesehen oder irgendwie gemerkt hat, daß Koustas an jenem Abend eine Unmenge Geld bei sich hatte. Da drehte er durch und machte ihn kalt, um an das Geld zu kommen.«

»Hast du nicht gehört, was Mantas gesagt hat? Der Mörder hat Koustas angesprochen, der drehte sich zu ihm um und wollte die beiden Plastiktüten mit den fünfzehn Millionen übergeben.«

»Das sagt Mantas. Warum sollte der Mörder das Geld liegen lassen?«

»Keine Ahnung. Ich weiß nur, daß es Schwarzgeld war. Ich habe den Verdacht, daß Koustas es irgendwelchen Geschäftspartnern aushändigen wollte, um ein schmutziges Geschäft zu vertuschen. Die wollten aber das Geld gar nicht, sondern seinen Kopf – als Demonstration ihrer Stärke. Der Mord an Koustas ist von Profikillern ausgeführt worden, Sotiris.«

Ich habe fast einen Monat damit verloren, das herauszufinden, was die Antiterrorabteilung schon nach zwei Tagen wußte, und versuche nun auch Vlassopoulos davon zu überzeugen. Sein Blick sagt mir aber, daß ihm das nicht einleuchtet.

Ich nehme ein Blatt Papier zur Hand, um darauf die von Gikas angeforderte Pressemeldung zu schreiben. In der gegenüberliegenden Wohnung sehe ich durch die offene Balkontür den Hünen mit einer jungen Frau schmusen. Offensichtlich hat er sich, anders als Panos, mit seiner Freundin ausgesöhnt. Doch als sie sich voneinander lösen, stelle ich fest, daß es eine andere ist. Eine Große mit langen Haaren. Plötzlich fallen mir Katerinas Worte ein, daß »Frauen eben eine Schwäche für kräftig gebaute Typen haben«. Na bitte, so kommen auch die Langhaarigen in der Damenwelt zu Ehren. Vielleicht haben diese verschrobenen Typen ihren Erfolg bei den Frauen auch gar nicht ihren

Muskeln zu verdanken, sondern ihren Tränen, die sie hemmungslos vergießen. Glücklicherweise bin ich aus diesem Alter raus, denn nach heutigen Maßstäben wäre ich sicherlich ledig geblieben.

32

Die junge Frau in der Empfangshalle der R. I. Hellas begrüßt mich mit einem Lächeln, gewährt mir aber nicht ohne weitere Rückfragen einen Termin bei Niki Kousta. Sie läßt mich warten, um sich mit ihr abzusprechen. Bald danach durchquere ich erneut den Gang mit den engen Kämmerchen. Die Tür zum Büro der jungen Kousta steht offen, so wie bei meinem letzten Besuch. Sie ist einfach gekleidet und ungeschminkt. Nur ihr kurzes schwarzes Haar glänzt, sie hat es mit Gel streng nach hinten gekämmt.

»In der letzten Zeit sehen wir uns ja fast täglich«, meint sie. »Sind Sie auf etwas Neues gestoßen?«

»Nein, aber ich habe ein Problem, und auf der Suche nach einer Lösung bin ich zu Ihnen gekommen.«

»Aber gerne, falls ich dazu beitragen kann.«

»Wie kommt es, daß Triton, der Fußballverein Ihres Vaters, von Ihrem Arbeitgeber gesponsert wird?«

»Sie meinen von der R. I. Hellas?«

»Ja.«

Das unschuldige Kinderlächeln weicht einem fragenden Gesichtsausdruck. »Ich habe keine Ahnung. Das höre ich zum ersten Mal.« Sie denkt kurz nach und findet keine Antwort. »Aber kein Wunder, daß ich nichts davon weiß. Ich habe mit den Verwaltungsangelegenheiten der Firma nichts zu tun. Ich befasse mich nur mit Meinungs- und Marktforschungsumfragen.«

»Haben Sie nicht zufällig von Ihrem Vater davon gehört?«

»Ich habe es Ihnen bereits gesagt, glaube ich. Er hat nie über seine Geschäfte gesprochen.«

»Ist er jemals hierher in die Firma gekommen?«

»Niemals. Wenn er hergekommen wäre, dann hätte er bei mir vorbeigeschaut. Wir haben uns zwar selten gesehen, aber so weit gingen wir uns auch wieder nicht aus dem Weg.«

»Wer könnte noch Einzelheiten über die Zahlungen an Triton wissen?«

»Nur Frau Arvanitaki, die Geschäftsführerin. Ihr Büro liegt eine Etage höher.«

Dem Fahrstuhl, der die Ausmaße einer Schiffstoilette hat, ziehe ich die breite Holztreppe vor und nutze so die Gelegenheit, mein Herz ein wenig zu trainieren.

In der oberen Etage wurde die ganze Pracht des aus der Zwischenkriegszeit stammenden Palazzos bewahrt. Der große Saal ist unversehrt erhalten geblieben und mit Sofas, Sesseln und kleinen Tischen möbliert. Hier empfängt man wohl die Unternehmer, die das Kaufverhalten der Konsumenten kontrollieren, sowie die Politiker, die das Wählerverhalten messen lassen wollen.

Auf dem Gang sind alle Türen geschlossen und mit Schildern wie »Buchhaltung«, »Verwaltung«, »Personal« versehen. Da mich keines davon anspricht, gehe ich weiter und treffe am Ende auf eine Tür mit der Aufschrift »Geschäftsführung«. Ich trete ohne anzuklopfen ein.

Eine dürre Sechzigjährige mit weißem Haar und enganliegendem Kostüm hebt den Kopf und blickt mich über den Rand ihrer Lesebrille an. Die Inneneinrichtung steht in krassem Gegensatz zu ihrer Person – modernes Design aus Metall und Glas.

»Was wünschen Sie?« fragt sie kühl, bereit, mich von der Schwelle zu jagen, noch bevor ich antworten kann.

»Kommissar Charitos. Ich hätte gerne Frau Arvanitaki gesprochen.«

»Haben Sie einen Termin?« Ihr Gesichtsausdruck gibt mir zu verstehen, daß sie es für ausgeschlossen hält, daß Frau Arvanitaki einen Termin mit einem Polizeibeamten hat.

Ich bestätige ihr Urteil. »Nein.«

»Tut mir leid, aber sie ist nicht abkömmlich.«

»Ich möchte ihr nur eine Frage stellen. Es dauert nicht mehr als fünf Minuten.«

»Wie ich schon sagte. Sie ist nicht zu sprechen.«

Offensichtlich ist sie der Meinung, daß sich jede weitere Diskussion erübrigt, denn sie würdigt mich keines Blickes mehr und beginnt in einem Aktenordner Unterlagen zu sortieren. »Hör mal«, duze ich sie mit einem Mal. »Morgen schicke ich eine Vorladung an die Arvanitaki, und sie muß innerhalb von vierundzwanzig Stunden im Athener Polizeipräsidium erscheinen. Wenn sie sich dann bei mir beschwert, warum sie auf diese Art und Weise vorgeladen wird, sage ich ihr, ich wollte in ihrem Büro vorsprechen, doch ihre Sekretärin habe mich abblitzen lassen.«

Sie läßt das Blatt in ihrer Hand sinken, hebt den Blick und versucht, mich einzuordnen. Sie weiß jedoch nicht, unter welchem Stichwort sie mich ablegen soll – bei den bärbeißigen Bullen oder bei den senilen Schaumschlägern. Sie beschließt, mich in die erste Kategorie einzustufen, um jeder Schwierigkeit aus dem Weg zu gehen.

»Einen Augenblick«, sagt sie und verschwindet hinter der Tür am Ende des Korridors. Nach zehn Sekunden öffnet sie sie halb und sagt giftig: »Kommen Sie mit.«

Die Arvanitaki könnte die Nichte oder jüngere Schwester der sauertöpfischen Sechzigjährigen sein. Auf den ersten Blick sieht sie nicht älter als vierzig aus. Sie trägt ein blaues Kostüm mit weißer Hemdbluse. Sie hat ein paar graue Strähnen in ihrem Haar, die sie offensichtlich nicht zu vertuschen sucht.

»Wie kann ich Ihnen behilflich sein, Herr Kommissar?« fragt sie und deutet auf einen Stuhl. Möglicherweise empfindet sie mich als aufdringlich, doch sie läßt sich nichts anmerken.

»Wir untersuchen den Mord an Konstantinos Koustas.« Ich mache eine Pause, um zu sehen, wie sie darauf reagiert, doch sie blickt mich ruhig an und wartet auf die Fortsetzung. »Im Laufe der Nachforschungen sind wir auf Hinweise gestoßen, aus denen sich schließen läßt, daß Koustas in Verbindung zu Ihrem Unternehmen stand.«

»Der Name sagt mir gar nichts, aber das will nicht heißen, daß er nicht mit der R. I. Hellas zusammengearbeitet hätte. Was war er denn von Beruf?«

»Er war Nachtklubbesitzer, und ihm gehörte ein Fußballverein.«

Sie lacht auf. »Dann wage ich zu bezweifeln, daß er mit uns beruflich zu tun hatte, Herr Kommissar. Nachtlokale und Fußballmannschaften sind nicht auf Marktforschung angewiesen. Die gewinnen von sich aus einen Überblick über ihre Kundschaft.«

»Wie erklären Sie sich dann, daß Ihre Firma Koustas' Fußballverein Triton sponsert?«

Sie antwortet nicht sofort. Sie lehnt sich in ihrem Stuhl zurück, und ein Seufzer kommt ihr über die Lippen. »Darüber wundere ich mich auch. Ich konnte nie begreifen, warum wir jedes Jahr solche Unsummen an eine unbekannte Fußballmannschaft zahlen.«

In mir steigt der Verdacht hoch, daß sie mich auf den Arm nehmen will, doch ihr Gesichtsausdruck scheint aufrichtig. »Haben Sie denn nicht selbst die Zuwendungen abgesegnet?«

»Nein, Herr Kommissar. Die R. I. Hellas ist Tochterunternehmen einer Investmentgesellschaft, der Greekinvest. Die Anweisung zur Auszahlung der Sponsorengelder stammte aus der Zentrale.«

Ihre Entgegnung bringt mich aus dem Konzept. Ich war der Meinung gewesen, daß ich die R. I. Hellas bereits abhaken konnte, doch nun sehe ich, daß noch weitere Erkundigungen notwendig sein werden. »Wie haben Sie die Anweisung erhalten? Telefonisch oder schriftlich?« frage ich die Arvanitaki.

»Schriftlich natürlich. Ich kann Ihnen das Schreiben gerne zeigen, wenn Sie wollen.«

»Ich bitte darum.«

Die Arvanitaki drückt auf den Knopf der internen Sprechanlage und fordert den Strickstrumpf auf, die Akte der Greekinvest zu bringen. Bei ihrem Eintritt grinse ich ihr zu. Als Antwort setzt sie eine säuerliche Miene auf. Sie platzt fast vor Ärger darüber, daß sie mir jetzt auch noch zu Diensten sein muß. Sie legt den Aktenordner auf den Schreibtisch, wendet sich dann um und verläßt mit demonstrativ zur Zimmerdecke gerichtetem Blick den Raum.

Die Arvanitaki sucht und findet schließlich das Schreiben. Es handelt sich um einen Brief an die R. I. Hellas vom 10. 9. 1992.

Hiermit setzen wir Sie in Kenntnis, daß wir mit der Geschäftsführung des Fußballvereins Triton bezüglich der Zahlung von Sponsorengeldern seitens Ihrer Firma übereingekommen sind. Der jährliche Gesamtbetrag der finanziellen Zuwendung beläuft sich auf 240 (zweihundertvierzig) Millionen Drachmen und wird ab dem laufenden Monat September in zwölf Monatsraten ausbezahlt. Die diesbezügliche Summe wird von der Greekinvest zur Verfügung gestellt und einmalig auf das Bankkonto Ihrer Firma eingezahlt. Die Vereinbarung ist ein Jahr lang gültig, kann jedoch, nach entsprechender Benachrichtigung unsererseits, verlängert werden. Wir ersuchen Sie, sich wegen der weiteren Formalitäten mit den Büros des Vereins Triton (Telefonnummer 32 01 111) in Verbindung zu setzen.

Mein Blick bleibt an der Unterschrift hängen und kann sich nicht mehr lösen: Christos Petroulias. Christos Petroulias soll Inhaber der Greekinvest gewesen sein und über deren Tochterunternehmen als Geldgeber für Koustas' Fußballverein fungiert haben? Ich brauche etwa eine halbe Minute, um meine Augen von dem Schreiben zur Arvanitaki zu heben, die mich ihrerseits gespannt mustert.

»War Christos Petroulias der Besitzer der Greekinvest?«

Sie zuckt mit den Schultern. »Ich nehme es an, aber ich kann es Ihnen nicht mit Sicherheit sagen. Er war jedenfalls ihr Geschäftsführer.«

»Kam er oft hierher, in Ihre Büros?«

»Nein. Nur wenn etwas außerordentlich Dringliches vorlag.«

»Und wie haben Sie sich sonst mit ihm verständigt?«

»Über Fax oder Telefon.«

»Frau Arvanitaki, ist Ihnen nicht zu Ohren gekommen, daß Christos Petroulias ermordet worden ist?«

Sie beginnt, auf ihrem Stuhl hin und her zu rutschen, ganz so wie Mantas. »Es ist mir zu Ohren gekommen«, entgegnet sie halbherzig.

»Und warum sind Sie nicht zu uns gekommen und haben uns gesagt, daß Petroulias der Geschäftsführer und möglicherweise sogar der Inhaber dieser Greekinvest war, unter deren Kontrolle Ihre Firma steht?«

Sie blickt mich wortlos an. Sie sucht nach einer Ausflucht, ihre Haltung zu rechtfertigen, doch es fällt ihr nicht gerade leicht. Schließlich lenkt sie ein, da sie keinen anderen Ausweg sieht.

»Hören Sie, Herr Kommissar«, sagt sie. »Wir sind ein Unternehmen, das sich mit Meinungsumfragen und Marktforschung befaßt. Wir haben mit Parteien, Politikern und Unternehmern zu tun. Sie werden verstehen, was es für uns bedeuten würde, wenn herauskäme, daß Christos Petroulias Geschäftsführer unserer Zentrale war. Als klar schien, daß sein Tod keinen direkten Bezug zur R. I. Hellas hatte, beschloß ich zu schweigen, in der Hoffnung, daß die Sache bald vergessen sein würde und Petroulias' Beziehung zu unserem Unternehmen nicht ans Licht käme.«

»Ihr Chef stirbt eines gewaltsamen Todes, und Sie haben nur Ihre Meinungsumfragen im Kopf?«

»Bitte verstehen Sie: Die Politiker und die Produkte, die wir vertreten, sind in aller Munde. Es tut mir leid, daß der Mann umgekommen ist, doch ich mußte den Ruf des Unternehmens schützen, an dessen Spitze ich stehe.«

Wie hatte es Kalojirou so schön ausgedrückt: Was kann man von einer Welt noch erwarten, in der alle Uhren gleich gehen?

»Wußte sonst jemand in der Firma, wer Petroulias war?«

»Nein, niemand.«

»Gut, Petroulias wurde im Juni ermordet. Inzwischen sind drei Monate vergangen. Von wem haben Sie in diesem Zeitraum Anweisungen erhalten?«

»Es gab einen zweiten Geschäftsführer, oder besser gesagt: eine Geschäftsführerin.«

»Um wen handelt es sich?«

»Eine gewisse Loukia Karamitri. Petroulias habe ich schon sehr selten zu Gesicht bekommen. Aber sie habe ich überhaupt noch nie gesehen. Ich kenne sie nur aus Telefongesprächen und durch ihre Unterschrift auf den Faxen.«

Der Name Loukia Karamitri sagt mir nichts, doch ich mache mir auch keine Notizen, so wie meine Assistenten. Ich halte alles in meinem Gedächtnis fest. »Sie werden aufs Präsidium kommen und eine Aussage machen müssen«, sage ich zur Arvanitaki.

»Kann ich Sie um einen Gefallen bitten?«

»Was für einen Gefallen denn?«

»Daß Petroulias' Beziehung zu unserem Unternehmen nicht publik wird.«

»Sollte das mit dem Mord nichts zu tun haben, wird es nicht erwähnt.«

Sie stößt einen Seufzer der Erleichterung aus. »Das ist auch schon was. Ich bin sicher, daß es nichts damit zu tun hat. Kann ich das Schreiben wieder haben?« fragt sie und deutet auf den Brief mit Petroulias' Unterschrift, den ich immer noch in der Hand halte.

»Ja, aber ich möchte eine Fotokopie behalten.«

Sie erhebt sich von ihrem Schreibtisch und begleitet mich in den Vorraum. Der Strickstrumpf blickt ihr gespannt entgegen, und es scheint ihr nicht recht zu sein, daß sich ihre Chefin die Mühe macht, mich hinauszubegleiten, und sogar selbst das Schreiben kopiert.

Als ich die Treppe hinuntersteige, werfe ich einen weiteren Blick auf den Brief und verweile beim Firmenlogo. Die Adresse der Greekinvest lautet Fokionos-Straße 8. Die Büros der R. I. Hellas liegen in der Apollonos-Straße. Die Büros von Triton in der Mitropoleos-Straße. Das eine ist vom anderen nicht weiter als einen Häuserblock entfernt. Warum? Darauf weiß ich keine Antwort, doch es scheint mir kein Zufall zu sein.

Ich beeile mich, wieder an meinen Schreibtisch zu kommen, und laufe die Treppenstufen hinunter. Doch als ich in der unteren Etage ankomme, ändere ich meine Route. Ich biege in den Gang ein und trete nochmals in Niki Koustas Büro.

»Haben Sie mit Frau Arvanitaki gesprochen?« fragt sie bei meinem Eintreten.

»Ich habe mit ihr geredet und möchte Ihnen noch eine Frage stellen. Sagt Ihnen der Name Christos Petroulias irgend etwas?«

»Nein. Sollte er?«

Er sollte eigentlich nicht, da die Arvanitaki Petroulias' Rolle geheimgehalten hatte. »Ich möchte bloß wissen, ob Ihr Vater ihn jemals erwähnt hat.«

»Nein, nie.«

»Ist Ihnen eine gewisse Loukia Karamitri bekannt?«

Das kindliche Lächeln auf ihrem Gesicht erlischt, sie wird schlagartig ernst. Sie schweigt und beißt sich auf die Lippen. Doch als sie zum Sprechen ansetzt, klingt ihre Stimme gefaßt. »Die ist mir mehr als bekannt«, sagt sie. »Es ist meine Mutter.«

Ich schaue sie perplex an. Was für eine Mutter? »Sie meinen doch nicht Frau Kousta?«

»Nein, ich meine nicht Elena. Ich spreche von meiner Mutter. Meiner leiblichen Mutter.«

Ich steige ganz in Gedanken versunken zwei weitere Stockwerke hinunter, vergesse, mich von der jungen Empfangsdame zu verabschieden, und bleibe schließlich in der Ausgangstür stehen, weil mir die Beine versagen.

Wie konnte es dazu kommen, daß Petroulias und Koustas' erste Ehefrau Geschäftsführer in derselben Firma sind? Und wie kam der Deal zustande, daß diese beiden Koustas' Mannschaft mittlerweile über drei Jahre hinweg mit 240 Millionen jährlich sponsern? Man könnte ja noch hinnehmen, daß Petroulias noch andere dunkle Geschäfte mit Koustas machte. Aber seine Exfrau? Die hatte doch Koustas wegen eines Sängers verlassen und jegliche Beziehung zu ihren Kindern abgebrochen, und nun sollte sie die Fußballmannschaft ihres Exmannes unterstützen? Und Petroulias sollte einen nebulösen Elfmeter pfeifen, damit die von ihm gesponserte Mannschaft die Meisterschaft verlor?

Ich steige ganz benommen in meinen Mirafiori. Mit beiden Händen am Lenkrad sitze ich da und blicke durch die Windschutzscheibe, wie es kleine Kinder tun, die bei abgestelltem Motor Chauffeur spielen. Für die Verbindung zwischen Petroulias und Koustas kommen mir viele Erklärungen in den Sinn. Doch die Beziehung der Karamitri zu ihrem Exgatten kann ich nirgends einordnen.

33

Beim morgendlichen Gruß kommt es bereits zu einer ersten Auseinandersetzung zwischen mir, Adriani und Katerina. Heute muß ich zur Untersuchung ins Krankenhaus, und Katerina besteht darauf, mich zu begleiten, doch ich will nichts davon wissen. Mir reicht schon, daß ich Ousounidis treffen werde und nicht weiß, wie ich mich ihm gegenüber verhalten soll. Wenn jetzt auch Katerina mitkommt, dann werde ich bestimmt das Gefühl nicht los, daß sie sich hinter meinem Rücken ständig zuzwinkern. Mein Vorschlag, allein zum Krankenhaus zu fahren, wird jedoch von beiden Frauen sofort abgelehnt. So gelangen wir zu einer Kompromißlösung: Ich fahre mit Adriani, und Katerina beschäftigt sich mit ihrer Bibliographie.

»Wann bist du denn damit fertig und fährst nach Thessaloniki zurück?« frage ich.

Sie blickt zu mir herüber, aber ohne das übliche spöttische Lächeln. »Willst du mich loswerden?« Ihr Blick ist feindselig und der Ton gekränkt.

Ich sehe, daß es mit der Beziehung zu meiner Tochter in der letzten Zeit rasant bergab geht, doch ich kann nichts dagegen tun. Ich ahne zwar, daß ein gut Teil der Schuld bei mir liegt. Doch da sie offensichtlich nur wegen Ousounidis in Athen bleibt, würde ich sie am liebsten zurück nach Thessaloniki schicken. Früher verfiel ich jedes Mal in

Trübsinn, sobald sich der Tag ihrer Abreise näherte. Das wird fraglos auch diesmal geschehen, und doch möchte ich, daß sie endlich abreist.

»Wegen mir wirst du den Abgabetermin deiner Doktorarbeit verschieben müssen, und das macht mir ein schlechtes Gewissen.« Was ich ihr sage, ist nur die halbe Wahrheit, doch wie alle Halbwahrheiten erfüllt sie ihren Zweck. Denn sie fällt mir um den Hals und küßt mich.

»Ach, Papa, wann wirst du endlich deine fixen Ideen los!« meint sie lachend.

Nie und nimmer, entgegne ich ihr in Gedanken. Ein Bulle ohne fixe Ideen ist ein schlechter Bulle. So löst sich die ganze Situation doch noch in Wohlgefallen auf.

Trotzdem gehe ich genervt aus dem Haus. Mit Adriani habe ich vereinbart, daß sie mich um halb zwölf abholen wird, um mich ins Krankenhaus zu fahren, und nun stehe ich in der Kantine und warte, daß mir Aliki den ›griechischen‹ Kaffee zubereitet. Als sie mit einer Kollegin herumalbert, will ich schon protestieren, doch ich beherrsche mich.

Mit dem Kaffee in der Hand trete ich ins Büro meiner beiden Kriminalobermeister, doch Dermitzakis ist nicht vor Ort. »Wo ist dein Kollege?« frage ich Vlassopoulos.

»Er wird unterwegs sein.«

»Klar ist er unterwegs, wenn er nicht in seinem Büro hockt. Die Frage ist, ob er dir gesagt hat, wohin er geht, oder ob jeder hier ein und aus geht, wie es ihm gerade paßt, ohne irgend jemandem Bescheid zu sagen.«

»Nein, er hat nichts zu mir gesagt.«

»Schick ihn in mein Büro, sobald er auftaucht. Ich möchte ihn sprechen.«

Kaum habe ich den ersten Schluck von meinem Kaffee getrunken, geht die Tür auf, und Dermitzakis kommt herein.

»Sie haben mich rufen lassen?«

»Ja. Ruf Makis Koustas und seine Schwester an. Ich möchte sie einander gegenüberstellen.«

»Hat sich irgend etwas Neues ergeben?« fragt Dermitzakis schüchtern.

»Das werde ich dir sagen, sobald ich mit den beiden gesprochen habe. Vorwärts, mach dich auf die Socken. Und wenn du das nächste Mal dein Büro verläßt, sagst du, wo du hingehst.«

»Aber ich war doch nur Zigaretten holen.«

»Trotzdem. Auch wenn du nur aufs Klo gehst, müssen wir wissen, wo du bist.«

Er sucht vergeblich nach einer Erklärung für meinen morgendlichen Ärger. Ich blicke auf die Medikamente, die auf meinem Schreibtisch stehen, und kenne den Grund. Die bevorstehende Untersuchung macht mich nervös. Da es mir in den vergangenen Tagen gutging, habe ich angefangen, heimlich im Büro – aber nie zu Hause! – ab und zu eine Zigarette zu rauchen. Jetzt zittere ich davor, daß Ousounidis mir bei der Röntgenaufnahme dahinterkommt. Zum ersten Mal nach etlichen Tagen habe ich wieder Herzklopfen und nehme ein ganzes Interal statt des verschriebenen halben, um vollkommen ruhiggestellt ins Krankenhaus zu fahren und den Kardiographen zu überlisten.

Es ist mittlerweile zehn Uhr. Bis Adriani kommt, bleiben mir noch anderthalb Stunden Zeit, genug, um Gikas über die gestrigen Vorkommnisse zu unterrichten. Da jetzt kein Zweifel mehr an der Beziehung zwischen Koustas und Petroulias besteht, können wir den Koustas-Mord nicht mehr bei den unaufgeklärten Verbrechen liegenlassen. Diese Entwicklung wird Gikas überhaupt nicht passen – ganz im Gegensatz zu mir: Mein Stimmungsbarometer steigt merklich. Ich bin schon bereit, den Hörer in die Hand zu nehmen, als Sotiropoulos mit mißtrauischer Miene in der Tür erscheint.

»Was soll diese ganze Geschichte, die uns Gikas gerade erzählt hat, wieder heißen? Daß der Türsteher dem toten Koustas fünfzehn Millionen abgenommen hat?«

»Wieso fragen Sie, wenn er es euch so erzählt hat?«

»Weil es nicht nur darum geht. Ihr wißt mehr und enthaltet es der öffentlichen Meinung vor.« Er blickt mich mit dem Gesichtsausdruck eines ausgehungerten Hundes an, der nach einem Knochen lechzt.

»Das ist alles, sonst gibt es nichts. Wollen Sie, daß ich es Ihnen nochmals erzähle, damit Sie es besser verdauen können?«

»Was denn verdauen? Daß euch nach einem Monat Nachforschungen anstelle des Mörders ein Strauchdieb ins Netz gegangen ist? Keine sonderlich aufregende Story für die Tagesschau!«

Und trotzdem wirst du sie drei Tage lang jeden Abend wiederkäuen und sie mitsamt der Fotografie des ermordeten Koustas auf der Mattscheibe präsentieren.

»Gibt's über Petroulias etwas Neues zu berichten?«

»Nein, noch nicht.«

»Hab ich's doch gewußt! Sie sind tatsächlich krank.«

Ich stelle mir seinen Gesichtsausdruck vor, wenn ich ihm die Geschäftsbeziehung zwischen Koustas, Petroulias und Koustas' Exfrau darlegen würde, und mein Stimmungsbarometer steigt weiter. Ich hebe den Hörer ab, um Gikas anzurufen, doch ich sehe, daß ich nur mehr eine dreiviertel Stunde Zeit habe. Wenn er mich in ein Gespräch verwickelt, verpasse ich noch meinen Arzttermin.

Tatsächlich kommt Adriani vor lauter Angst, wir könnten uns verspäten, eine halbe Stunde zu früh. Wir benötigen eine Viertelstunde, um vom Alexandras-Boulevard zum Allgemeinen Staatlichen Krankenhaus zu gelangen. In dieser Viertelstunde sinkt meine Laune wieder, und Unruhe und Trübsinn machen sich breit. Der Termin ist auf zwölf Uhr festgelegt, doch Adriani läuft in das Untersuchungszimmer, um uns anzumelden. Sie kehrt mit einer Krankenschwester an ihrer Seite zurück.

»Der Herr Doktor hat die Tests bereits angeordnet«, meint sie zu mir und zeigt sich geschmeichelt über die Vorzugsbehandlung.

Die Krankenschwester ist klein und x-beinig, hat Koteletten und ein Schnurrbärtchen. »Gehen wir«, schnarrt sie kurz angebunden.

Ich komme in allen Labors sofort dran, weshalb ich von den Patienten, die in der Warteschlange stehen, schräg angeschaut werde. Wenn Blicke töten könnten! Die glauben mit hundertprozentiger Sicherheit, daß ich dem Arzt ein Geldbriefchen zugesteckt habe. Sie können nicht wissen, daß meine Vorrechte aus anderer Quelle stammen.

Nach einer Viertelstunde bin ich mit allem fertig, sitze auf einem Plastikstuhl vor dem Sprechzimmer und halte die drei Umschläge mit den Untersuchungsergebnissen in meinen schwitzenden Händen. Die Tür geht auf, und die Schwester läßt uns eintreten.

Plötzlich habe ich einen ganz anderen Ousounidis vor mir. Der warmherzige, lustige junge Mann, den ich im Krankenhaus kennengelernt habe, ist verschwunden. An seine Stelle ist ein förmlich-frostiger Ousounidis getreten, der nur das Notwendigste von sich gibt. Er brütet finster über den Ergebnissen, während er mich anweist, mein Hemd bis zum Hals hochzuschieben und mich hinzulegen. Da die Erfahrung des Bullen vorläufig die Angst des Patienten in die Schranken weist, begreife ich sofort, was sich hinter seiner Miene verbirgt: Katerina hat ihm erzählt, daß ich von ihrer Beziehung weiß, und er will mir keine Gelegenheit dazu geben, eine anzügliche Bemerkung fallenzulassen. Ich hatte nicht vor, irgendeine Bemerkung fallenzulassen, doch sein Verhalten bringt mich in Rage, und ich beschließe, ebenfalls einen förmlich-frostigen Tonfall anzuschlagen. So beginnt eine einsilbige Beziehungskomödie zwischen uns.

»Atmen Sie tief ein.«

Keine Reaktion.

»Haben Sie Schmerzen?«

»Nein.«

»Bleiben Sie sitzen.«

Keine Reaktion.

»Haben Sie Herzrasen?«

»Selten.«

»Schön. Ziehen Sie sich an.«

Keine Reaktion. Solange er das Stethoskop an meine

Brust drückte, hielt sich unser Kontakt noch in erträglichen Grenzen, da wir uns nicht in die Augen sehen mußten. Nun, da ich aufrecht vor ihm stehe, ergibt sich das zusätzliche Problem, daß unsere Blicke einander ausweichen müssen.

»Sie sind in sehr guter Verfassung«, sagt er schließlich eisig, während er meine Karteikarte ausfüllt. »Die Untersuchungsergebnisse sind in Ordnung, Ihr EKG hat sich normalisiert.«

Schlagartig fühle ich mich federleicht. Mein erster Gedanke geht zu Vlassopoulos und Dermitzakis, denen ich Abbitte leiste, weil ich ihnen heute morgen unrecht getan habe.

»Ja, aber er überanstrengt sich, Herr Doktor«, mischt sich Adriani ein, die es zum Prinzip erhoben hat, mir die Freude zu vergällen. »Er geht um acht Uhr morgens aus dem Haus und kommt erst abends um sieben wieder heim.«

»Das macht nichts, Bewegung tut ihm gut. Da er sich wohl fühlt, sollte er in seinem gewohnten Rhythmus leben.« Bei mir spart er mit netten Worten und ist dafür um so herzlicher mit Adriani. Ich wollte mir die Szenen zwischen ihm und meiner Tochter ersparen, und nun schäkert er mit meiner Frau.

Er wendet sich wieder mir zu, der unterkühlte Ausdruck kehrt auf sein Gesicht zurück. »Sie können alle Medikamente absetzen, mit Ausnahme des Digoxin. Und lassen Sie sich in drei Monaten einen Termin zur Kontrolle geben.«

Rede du nur, ich nehme auch ein halbes Interal dazu, damit ich meine Ruhe habe, murmle ich in meinen Bart.

»Siehst du, und du wolltest den Arzt wechseln!« sagt Adriani voll Befriedigung, als wir auf den Wagen zusteuern.

Ich sollte sie auf seinen Gesichtsausdruck aufmerksam machen, aber ich möchte mir die gute Laune nicht verderben. Außerdem werde ich ihn erst in drei Monaten wiedersehen – wenn überhaupt.

34

Haben Sie den Mörder unseres Vaters gefaßt?«

»Nein, wie kommen Sie darauf?«

»Ich dachte, Sie hätten uns vielleicht deswegen vorgeladen.«

Sie haben ihre Stühle dicht aneinandergerückt. Er in Lederjacke, Jeans und Cowboystiefeln. Sie in kurzem Rock, Bluse und Jacke. Sie vermitteln den Eindruck, als würden sie am liebsten Händchen halten, und dennoch sind sie voller Gegensätze. Ein Außenstehender würde schwören, sie seien keine Geschwister. Makis ist unrasiert, in sich zusammengesunken und sieht älter aus, als er tatsächlich ist. Niki ist einfach, aber geschmackvoll gekleidet, und ihr kindliches Lächeln läßt sie jünger wirken. Ich habe sie vorgeladen, um einige Auskünfte einzuholen, bevor ich mit ihrer leiblichen Mutter, Loukia Karamitri, rede. Zudem möchte ich Niki Koustas Verhältnis zur R. I. Hellas abklären.

»Wenn ich wüßte, wer der Mörder Ihres Vaters ist, hätte ich auch Frau Kousta vorgeladen.«

»Vielleicht hat sie ihn ja umgebracht und sitzt bereits hinter Gittern«, meint Makis und schüttelt sich vor Lachen.

»Makis, sprich nicht so über Elena. Das ist nicht schön von dir«, sagt seine Schwester streng.

Der erste Widerspruch kommt bereits zum Vorschein. Und genau darauf setze ich – auf die Gegensätzlichkeit der beiden.

»Wissen Sie, ob Ihr Vater nach der Trennung von Ihrer Mutter noch Kontakt zu ihr aufrechterhalten hat?«

»Sie haben sich nicht getrennt, sie hat ihn sitzenlassen«, entgegnet Makis. »Eines schönen Morgens sind wir aufgewacht, und Mama war nicht da. Papa erklärte uns, sie sei fortgegangen und würde nicht wiederkommen. Von diesem Tag an hat er nie wieder von ihr gesprochen und uns verboten, auch nur ihren Namen zu erwähnen.«

»Besaß Ihre Mutter eigenes Vermögen?«

Niki setzt ihr Lächeln auf. »Als sie fortging, war Makis vierzehn und ich zwölf, Herr Kommissar. Wir hatten von Geld und Vermögen keine Ahnung.«

»Und Sie wissen auch nicht, ob sie eigene Unternehmen besaß?«

»Solange sie bei uns wohnte, hatte sie keine, denn sie war den ganzen Tag zu Hause. Ob sie nach ihrem Weggang irgendwelche Unternehmen gegründet hat, weiß ich nicht.«

»Wie sind Sie zur R. I. Hellas gekommen?« frage ich.

»Als ich aus England zurückkam, begann ich mich nach einer Stelle umzusehen. Mein Vater erzählte mir von einer Firma, die Meinungsforscher suchte. Ich sprach bei Frau Arvanitaki vor, erzählte von meiner Ausbildung, und sie stellte mich ein.«

Das heißt noch nicht, daß sich jemand für sie eingesetzt hat. Sie hatte in England studiert, und diplomierte Markt- und Meinungsforscher sind nicht so zahlreich wie Juristen oder Ingenieure. Vielleicht hatte aber auch Koustas die Karamitri oder Petroulias aufgefordert, bei der Arvanitaki ein gutes Wort für sie einzulegen.

»Sind Sie sicher, daß Ihre Mutter bei Ihrer Einstellung keine Rolle spielte?«

»Meine Mutter?«

Sie blickt mich sprachlos an. Makis springt auf. »Die ganze Zeit schon reden Sie von meiner Mutter«, schreit er. »Was hat sie mit dem Mord an meinem Vater zu schaffen? Sie hat ihn vor fünfzehn Jahren verlassen. Was sollte jetzt auf einmal in sie gefahren sein, damit sie ihn umbringt?«

»Kennen Sie einen gewissen Christos Petroulias?« frage ich ihn.

»Ist das der, nach dem Sie mich schon heute morgen gefragt haben?« schreitet Niki ein.

»Genau der.«

»Und woher soll ich ihn kennen?« fragt Makis.

»Weil Sie ein leidenschaftlicher Fußballanhänger sind, sogar selbst in der Mannschaft Ihres Vaters spielen wollten. Möglicherweise haben Sie ihn in seiner Eigenschaft als Schiedsrichter kennengelernt.«

»Fußball habe ich nur in Hinterhöfen gespielt. Fußballer bin ich keiner geworden, weil mein Vater es nicht wollte. Woher sollte ich diesen Arsch von Schiedsrichter kennen?«

»Weil er ein Geschäftspartner Ihres Vaters war.«

»Damit wollen Sie wohl sagen, daß mein Vater ihn gekauft hat. Na wenn schon! Da war er nicht der einzige.«

»Ich habe nicht gesagt, daß er ihn bestochen hat. Ich habe gesagt, daß sie gemeinsam Geschäfte gemacht haben. Und zwar hat er nicht nur mit Ihrem Vater, sondern auch mit Ihrer Mutter zusammengearbeitet«, füge ich hinzu und blicke ihn forschend an.

»Lassen Sie meine Mutter aus dem Spiel!« brüllt er wieder. »Meine Mutter hatte weder etwas mit meinem Vater noch mit irgendwelchen Polypen zu tun!«

»Ihre Mutter war Petroulias' Teilhaberin«, sage ich ganz ruhig. »Sie hatten zusammen ein Unternehmen, die Greekinvest. Das ist das Mutterhaus der R. I. Hellas, in der Ihre Schwester beschäftigt ist. Die R. I. Hellas unterstützte die Mannschaft Ihres Vaters durch Sponsorengelder im Auftrag Petroulias' und Ihrer Mutter. Deswegen habe ich Sie gefragt, ob Ihre Mutter mit Ihrem Vater nach ihrer Trennung noch Kontakt hatte.«

Beide blicken mich stumm an. Nikis Blick ist auf mich geheftet, ihr Mund steht halb offen. »Sind Sie sicher?« fragt sie mich schließlich.

»Die Arvanitaki hat es mir gesagt.«

»Die Arvanitaki wußte, daß Loukia Karamitri meine Mutter ist?«

»Nein. Sie kannte bloß den Namen, hat mir aber bestätigt, daß die R. I. Hellas im Auftrag der Greekinvest jedes Jahr 240 Millionen an Triton gezahlt hat.«

Mit einem Schlag verschwindet das Kinderlächeln aus ihrem Gesicht, und ihr Blick füllt sich mit blankem Haß. »Wieso schnappen Sie sich nicht meine nichtsnutzige Mutter und fragen sie, was sie zu alledem zu sagen hat? Reicht es nicht, daß sie uns unserem Schicksal überlassen hat, muß sie uns selbst jetzt noch das Leben schwermachen?«

»Sprich nicht so über unsere Mutter, Niki. Ich dulde nicht, daß du so über sie redest.«

Makis sinkt in sich zusammen und schlägt die Hände vors Gesicht. Niki versucht ihn zu trösten.

»Schon gut, ich nehme alles zurück«, sagt sie. »Du hast recht, ich sollte nicht so reden.«

Er hebt den Kopf und blickt sie an. »Ich bin bei ihr gewesen«, flüstert er.

»Bei wem?«

»Bei Mama. Ich war bei ihr.«

»Wann?«

»Kurz nachdem sie fortgegangen war. Ich hatte herausgefunden, daß sie in Varypombi wohnte. Frag mich nicht, wie ich es geschafft habe, mich als Vierzehnjähriger bis zum Arsch der Welt durchzuschlagen, doch ich hab es hingekriegt. ›Mutter, ich bin's‹, hab ich zu ihr gesagt, als sie die Tür öffnete. Sie blickte mich einen Augenblick lang stumm an. ›Geh weg‹, sagte sie dann zu mir. ›Geh weg und komm nie wieder hierher.‹ Und sie schlug mir die Tür vor der Nase zu.« Er erzählt es weder Niki noch mir, sondern spricht vor sich hin. »Mich wollte sie nicht mehr sehen, und mit meinem Vater, den sie verlassen hatte, ist sie groß ins Geschäft gekommen.«

Er schweigt und sitzt wieder so reglos da wie vor seinem Monolog. Niki hält seinen Kopf und streichelt ihn beruhigend.

»Jemand hat Ihren Vater erpreßt. In der Nacht, in der er ermordet wurde, hatte er fünfzehn Millionen in seinem Wagen und ging hinaus, um sie zu holen. Höchstwahrscheinlich wollte er das Geld jemandem übergeben. Wem, das wissen wir noch nicht.« Und ich erzähle die ganze Geschichte über Mantas.

»Er wollte es bestimmt jemandem geben, der was über die Schmutzwäsche meiner Stiefmutter weiß«, triumphiert Makis. »Um ihn zum Schweigen zu bringen.«

»Was denn für Schmutzwäsche?« frage ich.

»Makis!« Nikis Tonfall liegt irgendwo zwischen Schrecken und Warnung.

Er hört nicht auf sie. Sein Blick beginnt wieder zu funkeln, wie jedesmal, wenn er in Fahrt kommt. »Fragen Sie sie doch, wohin sie seit drei Jahren jeden Dienstagnachmittag geht! Jeden Dienstagnachmittag war mein Vater beim Training der Mannschaft, und sie hat sich aus dem Haus geschlichen. Nicht einen Dienstag hat sie ausgelassen! Fragen Sie sie doch, wohin sie gegangen ist! Ich kann es Ihnen aber genausogut sagen – sie hat ihm Hörner aufgesetzt! Meine Mutter hatte zumindest das Rückgrat, ihn zu verlassen. Elena aber ist regelmäßig fremdgegangen.«

»Makis, Elena hat Papa nicht betrogen. Dein Haß treibt dich zu solchen Behauptungen.«

»Du wohnst nicht mehr zu Hause und hast keine Ahnung«, flüstert er.

Eine tolle Kombination, sage ich zu mir selbst. Der Sohn prangert die Stiefmutter an und liebt seine Mutter abgöttisch, und die Tochter prangert die Mutter an und liebt die Stiefmutter abgöttisch.

Niki hilft ihm langsam und vorsichtig beim Aufstehen, als könne er jeden Augenblick zusammenbrechen. Sie legt ihren Arm um seine Schultern und stützt ihn. Dann dreht sie sich zu mir um. »Wenn Sie uns nicht mehr brauchen, dann würden wir jetzt gerne gehen, Herr Kommissar«, fleht sie fast.

»Ich brauche Sie nicht länger. Sie können ruhig gehen.«

Ich wollte Auskünfte über die Karamitri einholen und habe schließlich etwas über die Kousta erfahren. Ich rufe Dermitzakis über die interne Leitung herein.

»Stell jemanden zur Beschattung von Elena Kousta bereit«, sage ich und wiederhole, was Makis zu berichten hatte.

Er blickt mich befremdet an. »Glauben Sie einem Fixer?«

»Nein, aber wir müssen jedem Hinweis nachgehen.« Ich sage ihm nicht, daß mir die Kousta nicht ganz gleichgültig ist und daß ich die Notwendigkeit spüre, meine aufkeimende Zuneigung unter Kontrolle zu bringen.

»Ich werde die Sache Antonopoulos übergeben. Er stellt sich ganz geschickt an«, sagt Dermitzakis.

Das ist ein Neuer, den man von der Sittenpolizei zu uns versetzt hat. Farblos und unscheinbar wie er ist, fällt er von Natur aus niemandem auf. Dermitzakis liegt da ganz richtig. Ich schicke ihn aus dem Büro und packe meine Unterlagen zusammen, um mich auf den Nachhauseweg zu machen.

35

Papa, kannst du mich bis zur Iroon-Politechniou-Straße mitnehmen? Ich habe etwas an der Universität zu erledigen«, sagt Katerina am Morgen, bevor ich aufbreche.

»Aber sicher.«

Wir steigen in den Mirafiori und fahren wortlos los. Ich halte meinen Blick stur nach vorn auf die Straße gerichtet, Katerina auf den Gehsteig zu ihrer Rechten. Sie betrachtet die vorüberhastenden Fußgänger und die Fahrgäste der öffentlichen Verkehrsmittel, die sich an den Haltestellen drängeln und nach etlichen Fußtritten und Ellbogenpüffen im Bus landen. Als wir zur Imittos-Straße gelangen, bricht sie ihr Schweigen.

»Ich wollte, daß du mich mitnimmst, weil ich mit dir reden möchte«, sagt sie. »Aber nicht vor Mama. Nur wir beide.«

Sie sagt das ganz ohne Umschweife. Ich wende mich ihr verblüfft zu, doch sie starrt weiterhin auf den Gehsteig. »In Ordnung, reden wir miteinander«, sage ich. »Was möchtest du mir sagen?«

»Nicht im Wagen. Ich möchte mich in aller Ruhe mit dir unterhalten.«

Ich fühle, wie sich mein Herz zusammenkrampft. Sie hat sich bestimmt entschlossen, ihr Studium abzubrechen, um mit dem Mindestgehalt in den öffentlichen Dienst zu treten und Ousounidis zu heiraten. Bestimmt will sie mir das nun ganz sachte beibringen. So viele Jahre Studium, wobei wir jede Drachme zweimal umdrehen mußten und das Geld nicht einmal für Ferien in *rooms to let* reichte! Und plötzlich kommt ein Arzt daher, und sie läßt alles sausen. So ist es eben, die Spatzen wollen hoch hinaus, was auf zwei Arten gelingen kann: Entweder fliegen sie aus eigener Kraft, oder die Katze trägt sie im Maul aufs Dach. Katerina ist vom ersten zum zweiten Weg übergegangen. Mein gesunder Menschenverstand rät mir, geduldig abzuwarten, doch ich kann mich nicht zurückhalten.

»Ist es wegen deines Studiums?«

»Nein, über mein Studium möchte ich nicht reden, sondern über etwas anderes.«

Ich halte den Seufzer der Erleichterung nur mühsam zurück. Wenn es nicht um ihr Studium geht, ist ja alles in Ordnung. Für alles weitere findet sich eine Lösung.

»Heute aber lieber nicht. Ich weiß nicht, wann ich von der Dienststelle loskomme«, sage ich, und gleich packt mich eine andere Furcht, nämlich daß sie das als Affront auffassen könnte. »Ich weiche dem Gespräch nicht aus«, rechtfertige ich mich. »Aber ich habe alle Hände voll zu tun, zwei Morde aufzuklären.«

»Ich weiß.« Sie braucht die ganze Strecke von der Aristokleous- bis zur Ethnikis-Amynis-Straße, um sich ein Lächeln abzuringen. »Du mußt mich nicht bis vor die Tür fahren. Laß mich einfach an der Ampel aussteigen.«

Ich blicke ihr nach, wie sie die Straße überquert, und frage mich, ob ich vielleicht dabei bin, so zu werden wie Koustas. Der ließ seinen Sohn auch nie machen, was er wollte, bis er schließlich so tief verstrickt war, daß ihn nichts mehr vor seiner Sucht retten konnte.

Mit solchen Gedanken beschäftigt fahre ich über die Nationalstraße Athen – Thessaloniki zum Haus der Karamitri in Varypombi. Ich hatte mich telefonisch bei ihr angemeldet und gesagt, ich würde im Verlauf des Tages vorbeikommen. Als sie sich darüber aufregen wollte, daß sie den ganzen Tag herumsitzen und auf mich warten müsse, schlug ich als Alternative vor, sie könne ja ihrerseits ins Polizeipräsidium kommen. Sie gab sofort klein bei. Niemand möchte auf dem Präsidium verhört werden, alle ziehen die Wärme des häuslichen Herdes vor.

Und so rolle ich jetzt auf dem rechten Fahrstreifen der Nationalstraße dahin. Sie ist leer, und nur wenige Wagen zischen an meinem Mirafiori vorüber. Sollen sie ruhig, das stört mich überhaupt nicht, erstens weil ich daran gewöhnt bin, daß mich selbst dreirädrige Karren überholen, und zweitens weil ich so besser über Katerina nachdenken kann. Da sie offensichtlich ihr Studium nicht abbrechen will, freue ich mich jetzt auf unser Gespräch zu zweit. Und meine Stimmung hebt sich ein wenig. Das heißt, sie hat die Zeit nicht vergessen, in der wir uns hinter dem Rücken ihrer Mutter verschworen haben. Ich muß mir nicht den Kopf zerbrechen, um zu erraten, was sie mir zu sagen hat. Da es nicht um ihr Studium geht, werde ich von Ousounidis hören. Sie wird versuchen, sein steifes Verhalten im Krankenhaus zu rechtfertigen. Dennoch ist es ein gutes Zeichen, daß sie ihre Mutter nicht dabeihaben möchte.

Hundertfünfzig Meter vor der Abzweigung nach Nea Erythrea gerate ich in einen Stau. Vor mir stehen all diejenigen, die mich vorher noch so flott überholt hatten, und fluchen und hupen. Als sich nach zehn Minuten noch immer nichts tut, steige ich aus dem Wagen. Hundertfünfzig Meter weiter ist die Straße durch Autos, Lastwagen und Sattelschlepper vollkommen verbarrikadiert. Hinter den Fahrzeugen zeichnet sich eine Menschengruppe ab. Ein paar Leute halten unleserliche Transparente hoch, einer brüllt unverständliche Parolen durch ein Megaphon. Vor der nicht bewilligten Straßensperre formieren sich beiderseits der Straße die Sondereinheiten der Polizei, vergitterte Polizeiwagen und Streifenwagen.

Ein Lastwagenfahrer, der auf derselben Fahrspur steht wie ich, hat eine Zigarette zwischen die Lippen geklemmt und hadert mit allem und jedem: der Landschaft, dem Verkehr, den Bullen und den Demonstranten.

»Was ist los? Wieso sitzen wir fest?« frage ich ihn.

»Die Einwohner von Menidi haben die Straße blockiert, weil sie verhindern wollen, daß in Menidi eine Mülldeponie angelegt wird.«

»Was? In Menidi soll eine Mülldeponie entstehen?« wundere ich mich. Das höre ich zum ersten Mal.

»Nicht direkt.«

»Ja, wogegen protestieren sie dann?«

»Dagegen, daß das Ministerium überlegt, in einer von zehn Gemeinden im Großraum Attika eine Kläranlage zu errichten.«

»Wieso erheben sie dann gegen eine Mülldeponie Einspruch?«

»Menidi zählt zu den zehn Gemeinden, die als Standort der Kläranlage in Frage kommen. Aber die Einwohner sind prinzipiell mißtrauisch gegen alle Pläne der Obrigkeit und wollen sich von vornherein absichern. Egal, was auf sie zukommt, ob Kläranlage oder Mülldeponie.«

Vor dem Sattelschlepper steht ein weißer BMW, der letzte Schrei. Sein Fahrer lehnt lässig an der Kühlerhaube. In der Rechten hält er eine Zigarre, in der Linken ein Handy, in das er englisch spricht. *»Yes, yes«*, schreit er, um sich verständlich zu machen. *»Not more than an hour.«*

Sollte er damit meinen, daß er sich nicht mehr als eine Stunde verspäten wird, ist er nicht ganz bei Trost, denke ich.

»Und was kann ich dafür, können Sie mir das sagen?« bricht es aus dem Lastwagenfahrer neben mir hervor. »Ich transportiere tiefgefrorenen Fisch – hochempfindliche Ware! Wenn die Blockade bis zum Abend andauert, muß ich eine Bratpfanne auftreiben, um ihn darin zu braten, denn sonst fängt er an zu stinken, und ich kann alles auf den Müll kippen. Jeder Landstreicher und jedes Kuhkaff kann sich in Griechenland hinstellen und die Straße sperren, und unsereins hält man von der Arbeit ab.«

»Sie haben Glück, Sie befördern bloß Fisch«, ertönt eine Stimme neben mir. Ich drehe mich um und erblicke den Fahrer des BMW, der mit der Zigarre im Mund auf das offene Wagenfenster des LKW-Fahrers zuschlendert. »Was soll ich da sagen? Mich erwarten ausländische Geschäftsleute in Thessaloniki, um über einen Auftrag in Milliardenhöhe zu verhandeln, und für mich besteht die Gefahr, daß ich ihn verliere.«

»Ihre Milliarden gehen mir am Arsch vorbei«, entgegnet der Lastwagenfahrer. »Ich tue alles, um den kleinen Leuten was zu essen zu bringen.«

Der Fahrer mit der Zigarre blickt ihn spöttisch an. »Ich rühre Tiefkühlkost nicht an. Ich esse nur fangfrischen Fisch, der noch nach Meer duftet.«

»Wissen Sie, was Sie mich können?« schreit der Lastwagenfahrer außer sich. »Ich kippe Ihnen gleich den Fisch auf Ihren geliebten BMW, und dann können Sie zusehen, wie Sie zu Fuß nach Thessaloniki kommen! Ihr Provinzler, vor zehn Jahren habt ihr noch ins Plumpsklo gekackt, und jetzt spielt ihr euch als Milliardäre auf!«

Ich überlasse sie ihrem Klassenkampf. Mein Plan, die Nationalstraße zu nehmen, um den Stau auf dem Kifissias-Boulevard zu umfahren, ist nicht ganz aufgegangen. Ich werfe einen Blick nach hinten, ob ich vielleicht per Rückwärtsgang vom Fleck komme, doch in der Zwischenzeit reicht die Autoschlange weit zurück. Ein Stück vor mir, ungefähr hundert Meter entfernt, stehen zwei Verkehrspolizisten an ihren Streifenwagen gelehnt und studieren frustriert die Lage.

»Wann wird die Straße wieder freigegeben?« frage ich, nachdem ich mich ihnen vorgestellt habe.

»Was soll ich Ihnen sagen, Herr Kommissar?« antwortet der eine. »Ursprünglich war von vier Stunden die Rede, doch jetzt ist das Streikkomitee zusammengetreten. Vielleicht verlängern sie die Straßensperre um nochmals vier Stunden, vielleicht aber auch um vierundzwanzig Stunden oder noch mehr. Die haben alle Trümpfe in der Hand.«

Ich erläutere ihnen, wohin ich unterwegs bin und aus welchem Grund. »Ich verstehe Sie vollkommen, das einzige, was wir Ihnen anbieten können, ist, Sie mit einem Streifenwagen hinzufahren«, entgegnet der andere.

»Und was ist mit meinem Wagen?«

Er lacht auf. »Höchstwahrscheinlich finden Sie den an derselben Stelle vor, wenn Sie fertig sind. Sollte wider Erwarten die Straße freigegeben werden, bringen wir ihn zum Polizeirevier von Nea Erythrea, und Sie können ihn dort abholen.«

Ich nehme den Vorschlag an und zeige den beiden meinen Wagen. Vor dem Sattelschlepper haben sich an die fünfzehn Kraftfahrer versammelt. Der Lastwagenfahrer ist mit dem Fahrer des BMW aneinandergeraten, und die übrigen versuchen, die Streithähne zu trennen, indem sie ihnen zwischendurch auch einige Ohrfeigen verpassen. Der Verkehrspolizist wirft ihnen einen gleichgültigen Blick zu. »Das reinste Irrenhaus«, sagt er zu mir und geht an ihnen vorüber, in der Gewißheit, daß die Auseinandersetzung nicht in seinen Zuständigkeitsbereich fällt. Er ist ja schließlich kein Psychiater.

36

Der Streifenwagen bringt mich über diverse Umleitungen in die Aristotelous-Straße. Bevor ich bei Nummer 8 läute, bleibe ich kurz stehen und betrachte mir das Haus. Auf den ersten Blick erinnert es an eine in die Jahre gekommene Schönheit. Es wurde zu einer Zeit errichtet, als der Wert der illegalen Baugründe in Varypombi in den Augen der Athener zu steigen begann. Man hat mit viel Liebe zum Detail gebaut, es dann aber einfach seinem Schicksal überlassen, als hätte man plötzlich jegliches Interesse daran verloren. Das Weiß des Außenanstrichs ist in Dunkelbraun übergegangen, der Verputz bröckelt ab, und die wenigen Blumen im Vorgarten werden von Brennesseln und Wildkräutern erstickt. Die Gartentür geht quietschend auf. Der zementierte Weg zu den Treppenstufen des Hauseingangs ist voller Risse und von Unkraut umwuchert.

Ich steige die Treppenstufen hoch und läute an der Klingel der Eingangstür. Es scheint, daß man mich bereits ungeduldig erwartet, denn die Tür geht sofort auf. Es erscheint eine Frau, die an die Fünfzig sein muß, doch gut und gern zehn Jahre älter wirkt. Ihr Haar ist knallrot gefärbt und liegt in Löckchen um ein Gesicht, von dem man nicht recht sagen kann, ob es dick oder aufgedunsen ist. Sie muß früher einmal hübsch gewesen sein, doch nun macht ihr Körper den Eindruck eines ausgeleierten Korsetts.

»Kommissar Charitos? Kommen Sie doch herein«, sagt sie. »Ich bin Loukia Karamitri.«

Sie stößt eine Tür zu ihrer Linken auf und führt mich ins Wohnzimmer. Auch hier ist der ehemalige Prunk verblichen. Sofa und Sessel sind bedeckt mit einem glänzendgrünen Stoffüberwurf, um ihr heruntergekommenes Aussehen zu verbergen, ein Trick, der ganz zu dem knallrot gefärbten Haar der Karamitri paßt. In einem Sessel sitzt ein Mann unbestimmten Alters, dessen Gesicht sich hinter einem schwarzen Vollbart, schwarzem Zottelhaar und schwarzer Sonnenbrille verbirgt. Er sieht aus wie ein moslemischer Religionswissenschaftler aus Ägypten oder Palästina, wie sie zuweilen im Fernsehen zu sehen sind.

»Das ist Kosmas Karamitris, mein Ehemann«, sagt die Karamitri. »Ich habe ihn gebeten dabeizusein, da ihn unser Gespräch auch betrifft.«

Karamitris blickt mich verdrossen an, ohne die geringsten Anstalten zu einer Begrüßung zu machen. Mir fällt ein, daß er früher einmal Schnulzensänger war.

»Setzen Sie sich doch«, sagt sie zu mir und deutet auf den Sessel mit dem glänzendgrünen Überwurf.

Ich komme gleich zur Sache. »Ich würde gerne etwas über das von Ihnen geführte Unternehmen, die Greekinvest, erfahren.«

»Was soll ich Ihnen sagen? Ich weiß nichts«, ist ihre Antwort. Sie scheint das Mißtrauen in meinem Blick zu erfassen, denn sie beeilt sich hinzuzufügen: »Ich weiß, das klingt komisch, aber wenn ich Ihnen die ganze Geschichte erzähle, werden Sie begreifen.«

»Schön, erzählen Sie mir also die Geschichte.« Ich weiß

nicht, ob sie mir die Wahrheit oder ein Ammenmärchen auftischen wird. Aber ich lasse sie vorerst reden und werde sie erst danach in die Mangel nehmen.

»Sie werden sicherlich wissen, daß ich mit Dinos Koustas verheiratet war.«

»Allerdings.«

»Dann werden Sie auch wissen, daß ich ihn verlassen habe.«

»Ganz recht.«

Sie macht eine kleine Pause, offensichtlich um den Ablauf ihrer Aussage zu planen. »Dinos Koustas hatte keinen einfachen Charakter, Herr Kommissar. Er war aufbrausend, selbstherrlich und wollte immer seinen Willen durchsetzen. Ich war damals noch eine ganz junge Frau, ich war anschmiegsam und liebesbedürftig, und er verpaßte mir nur Fußtritte. Ich wollte mein eigenes Leben leben, und er machte mir zwei Kinder und sperrte mich ins Haus ein.«

Sie hält inne und wirft ihrem zweiten Mann einen Blick zu. Vielleicht erwartet sie, daß er ihr in irgendeiner Weise beisteht, doch er bleibt ausdruckslos, wie ein blinder Bettler ohne Akkordeon. Sie begreift, daß er ihr jegliche Hilfeleistung verweigert, und entschließt sich, die Sache allein zu Ende zu bringen.

»Ich hielt es vierzehn Jahre lang bei ihm aus. Meine einzige Freude war das Rembetiko. Ich ging abends manchmal hin, um die Zeit totzuschlagen, und lernte so Kosmas kennen. Wahrscheinlich suchte ich nach einem Anlaß, Dinos zu entkommen, und ließ mich deshalb auf Kosmas ein. Ich lebte ein Jahr lang in ständiger Furcht. Ich zitterte davor, daß Dinos etwas herausbekommen könnte, denn dann hätte er keine Gnade gekannt. Kosmas war klar, daß die Sache so nicht weitergehen konnte. Er riet mir, Dinos zu verlassen und mit ihm zusammenzuziehen. Eines Abends, als Dinos im Rembetiko war, raffte ich schnell ein paar Klamotten zusammen, warf sie in einen Koffer und haute ab. Mit dem Geld, das Kosmas durch seine Auftritte verdient hatte, gründete er ein kleines Schallplattenlabel, die Phonogramm. Anfänglich wohnten wir in Hotels. Dann mieteten wir uns in diesem Haus ein. Als wir hierher zogen, galt diese Gegend als Ende der Welt, doch wir wollten so weit wie möglich von Dinos weg sein.«

Sie pausiert erneut. Ich höre ihre Worte, doch meine Gedanken weilen bei Elena Kousta, die laut Makis jeden Dienstagnachmittag von zu Hause verschwindet. Ungefähr so mußte es auch bei der Karamitri gelaufen sein.

»Darf ich Ihnen etwas zu trinken anbieten? Einen Kaffee vielleicht?« Sie versucht Zeit zu gewinnen, entweder weil sie die ganze Geschichte nicht in einem Stück durchsteht, oder weil sie ihre Lüge nochmals durchdenken möchte.

»Nein, danke.«

Sie hatte sich schon halb erhoben und läßt sich nun wieder in den Sessel fallen. Sie holt tief Luft. »Ich hatte erwartet, daß Dinos mir nachlaufen, daß er mich hetzen und jagen würde, doch es passierte nichts, er ging auf Tauchstation. Er veranlaßte einzig und allein, daß Kosmas überall die Tür vor der Nase zugeschlagen wurde. Keiner wollte ihn engagieren. Auch das Schallplattenlabel lief nicht gut. Sobald er mit einer Firma einen Vertrag schließen wollte, kam in letzter Minute immer irgend etwas dazwischen. Schließlich ging ihm das Geld aus, und er war gezwungen, zu Wucherzinsen Geld zu leihen.«

Sie verstummt und blickt wieder zu ihrem Mann. Ihre Augen betteln, er möge mit der Erzählung fortfahren, doch sein Gesicht bleibt ausdruckslos.

»Eines Abends, so gegen neun, läutete es an unserer Tür. Ein kleiner Lieferwagen stand vor dem Haus. Und im Garten lagen meine ganzen Kleider verstreut, die ich bei meiner Flucht zurückgelassen hatte. Dinos stand daneben und lachte. ›Da hast du deine Garderobe‹, sagte er. Wir hatten knapp fünfzehn Jahre zusammengelebt, und höchstens zweimal im Jahr, zu Weihnachten und zu Ostern, hatte ich ihn lächeln sehen. Jetzt krümmte er sich vor Lachen. Der Schreck fuhr mir in die Glieder. Sie wissen, was ich sagen möchte: Wenn man es mit einem Menschen zu tun hat, der keinen Spaß versteht, und ihn mit einem Schlag lachen sieht, dann freut man sich nicht mit ihm – sondern erschrickt. ›Laß mich rein, ich will mit dir reden‹, sagte er zu mir und benahm sich, als wäre er bei sich zu Hause. ›Wie läuft's, Kosmas?‹ fragte er meinen Mann. ›Ich habe gehört, deine Geschäfte gehen nicht gut.‹ All das auf eine ganz herzliche Art, als spräche er mit einem guten Freund. ›Ich hätte da etwas für dich‹, sagte er dann. Er öffnete seine Brieftasche und zog einen Scheck heraus.«

»Es war ein Scheck über fünfzehn Millionen, den ich einem Wucherer als Sicherheit für ein Darlehen gegeben hatte.« Karamitris mischt sich plötzlich in das Gespräch ein, ganz unvorhergesehen, wie ein Schauspieler, der auf seinen Einsatz gewartet hat. »Wie er daran gekommen ist und wem er den Scheck abgekauft hat, bleibt sein Geheimnis. Er fragte mich, ob ich die Summe auszahlen könnte. Er fragte das mit voller Absicht, um sich einen Spaß mit mir zu erlauben. Er wußte, daß wir nicht mal die Zinsen bezahlen konnten. Da machte er uns den Vorschlag.«

»Was für einen Vorschlag?«

»Er sagte mir, er würde den Scheck wieder einstecken und das Darlehen um die geschuldeten Zinsen aufstocken, doch er stellte zwei Bedingungen.«

»Und welche?«

»Erstens sollte ich meine Kinder nicht mehr wiedersehen«, nimmt die Karamitri den Faden wieder auf. »Ich verstand den Grund für diese Bedingung nicht ganz. Ich hatte niemals versucht, Makis oder Niki zu treffen.«

Aber mir ist der Grund klar. Makis litt unter der Trennung, sehnte sich nach seiner Mutter, und Koustas wollte sichergehen, daß Loukia nicht schwach werden würde, sollte Makis auf sie zugehen.

»Und die zweite Bedingung?«

»Ich sollte eines seiner Unternehmen leiten und alles tun, was er mir anordnete. ›Solange du parierst, habt ihr nichts zu befürchten, denn ich werde den Scheck bei mir behalten‹, sagte er zu uns.«

»Und Sie haben das Angebot angenommen?«

»Was hätte ich sonst tun sollen? In der Not frißt der Teufel Fliegen.«

»Warum haben Sie Ihr Schallplattenlabel nicht verkauft, um die Summe aufzutreiben?« frage ich Karamitris.

»Machen Sie Witze, Herr Kommissar? Das Unternehmen war schwer verschuldet und hätte nicht mal eine Million eingebracht. Außerdem …« Er setzt zu einer Fortsetzung an, hält jedoch gleich wieder inne.

»Außerdem was?«

»Koustas hatte angeboten, Geld in das Label zu stecken. Er legte weitere zwanzig Millionen auf den Tisch, ich unterschrieb einen weiteren Scheck, und so überstand Phonogramm die Krise. Seit damals können wir so recht und schlecht davon leben, aber mein Gewinn reichte nie aus, Koustas die Schulden zurückzuzahlen. Er hatte uns in der Hand.«

Als wäre ihm jetzt erst klargeworden, daß ihn Koustas über Jahre hinweg in der Gewalt hatte, fährt Karamitris mit einem Schlag in die Höhe. Er bebt am ganzen Körper, und die Sonnenbrille droht ihm von der Nase zu rutschen.

»Er hat uns versklavt!« schreit er. »Stellen Sie sich nur vor, ich kann mich nicht mal von ihr trennen.« Und er deutet auf seine Frau. »Er hat mir gedroht, daß er, sollte ich mich von ihr trennen, auf der Stelle die Schecks hervorholen und mich ins Gefängnis bringen würde. Sie verstehen, was das heißt? Ich werde sie für den Rest meines Lebens nicht mehr los!«

Er hat zu Ende gesprochen und läßt seinen Körper wieder in den Sessel sinken. Trotz seiner Brille ist er mit Blindheit geschlagen. Wenn er sich von ihr getrennt hätte, hätte nämlich Loukia keinerlei Verpflichtung mehr Koustas gegenüber, und der hätte ihr mitsamt seiner Greekinvest den Buckel runterrutschen können.

Sie blickt ihn an, ihre Augen sind voller Verachtung. »Beschwer dich lieber nicht, so schlecht ist es dir bei mir nicht ergangen«, meint sie. »Was warst du denn im Endeffekt? Ein drittklassiger Sänger, der mit der Vorgruppe auf die Bühne mußte, während die Leute noch beim Essen saßen. Ich hingegen habe alles verloren! Dinos war zwar kein einfacher Mensch, aber er trug mich auf Händen.«

»Warum hast du mich dann nicht verlassen, wenn es dir früher so gutging?« fragt Karamitris. »Dann hätten wir beide etwas davon gehabt.«

»Weil ich dich liebte.« Daraufhin schweigt sie eine Minute, zum Andenken ihrer dahingegangenen Liebe.

Ich unterbreche die Stille mit einer sachlichen Frage: »Und was für eine Position hatten Sie bei der Greekinvest?«

»Gar keine. All die Jahre hat mich Dinos völlig in Ruhe gelassen. So sehr, daß ich ihn ganz vergessen hatte. Erst im Juni begann er, mir Papiere zur Unterschrift zuzuschicken.«

Denn bis dahin hatte er alles über Petroulias geregelt. Nachdem man Petroulias umgebracht hatte, griff Koustas auf die Karamitri zurück, die er ganz in der Hand hatte.

Wenn ich da an Elena denke, so ist es ihr offensichtlich besser gelungen, sich aus der Abhängigkeit von ihrem Mann zu befreien. Wohl wurde sie von Koustas im Haus eingesperrt, doch sollten Makis' Behauptungen über die ominösen Dienstage stimmen, entfloh sie ihrem Gefängnis immerhin einmal die Woche.

»Was für Unterlagen hat er Ihnen zur Unterschrift zugeschickt?«

»Keine Ahnung.«

»Wie, keine Ahnung? Jetzt stellen Sie sich nicht so an. Haben Sie nicht gelesen, was Sie unterschrieben haben?«

»Da war nichts zu lesen. Es waren unbeschriebene Blätter mit dem Briefkopf des Unternehmens, und irgendwo stand ein Bleistiftkreuzchen. Dort sollte ich unterzeichnen.«

Koustas ließ sie eine Blankounterschrift leisten und fügte dann ein, was ihm paßte. So erteilte sie auch die Anweisung für die Zahlung der Sponsorengelder an seinen Fußballverein. »Haben Sie jemals Christos Petroulias getroffen?«

»Wen bitte?« fragt sie mich überrascht.

»Den Codirektor der Greekinvest.«

»Von dem höre ich zum ersten Mal.«

Sie lügt nicht. Koustas hätte seine beiden ›Manager‹ niemals in Kontakt miteinander gebracht.

»Ist dieser Petroulias der Schiedsrichter, der umgebracht wurde, oder hat der nur zufällig denselben Namen?« fragt mich Karamitris.

»Kannten Sie ihn?« frage ich verdutzt.

»Nein, aber ich habe von ihm gehört. Seit Koustas mir auch noch einen Fußballverein aufgedrängt hatte, mußte ich mir gezwungenermaßen Spiele ansehen.«

»Welchen Verein hat er Ihnen aufgedrängt?«

»Iason. Der spielt in der dritten Liga.«

Plötzlich kommen mir Kalojirous Worte in den Sinn, daß Koustas der Form nach zwar nur ein einziger Fußballverein gehörte, nämlich Triton, er aber in Wirklichkeit der Boss der Regionalliga war. Und prompt taucht nun eine zweite Mannschaft auf, bei der Koustas stiller Teilhaber war. Da schießt mir mit einem Mal eine andere Idee durch den Kopf: Vielleicht sponserte die Greekinvest noch weitere Fußballmannschaften, an denen Koustas beteiligt war.

»Ich brauche die Schlüssel zu den Büros der Greekinvest«, sage ich zur Karamitri. »Wir müssen sie durchsuchen.«

»Durchsuchen Sie sie ruhig, ich habe nur leider keinen Schlüssel.«

»Hören Sie mal«, sage ich. »Machen Sie die Sache nicht komplizierter, als sie ohnehin schon ist. Ich verlange nur, daß Sie mir entgegenkommen. Andernfalls kann ich mir jederzeit einen Hausdurchsuchungsbefehl verschaffen.«

»Dann tun Sie das«, entgegnet sie mir. »Am liebsten wäre mir, Sie würden die ganze Firma in Schutt und Asche legen. Schlüssel hat mir Dinos niemals in die Hand gegeben. Was er mir zur Unterschrift vorlegen wollte, schickte er mir zu.«

Auch bei Petroulias hatten wir keinerlei Schlüssel gefunden, als wir seine Wohnung durchsuchten. Wenn er welche besaß, dann hatten die Besucher, die uns zuvorgekommen waren, dafür gesorgt, sie verschwinden zu lassen. Ich habe keine weiteren Fragen mehr und mache mich auf den Weg.

»Herr Kommissar!« Karamitris ruft hinter mir her, und ich drehe mich zu ihm um. »Was passiert, wenn Sie im Lauf der Nachforschungen auf die Schecks mit meiner Unterschrift stoßen?« Im Gegensatz zu seiner ausdruckslosen Miene verrät seine Stimme höchste Anspannung.

»Bei Beendigung der Nachforschungen gelangen sie in die Hände der gesetzmäßigen Erben.«

»Also in die seiner Kinder. Wer weiß, vielleicht sehen ja

jetzt die Dinge anders aus«, sagt er voller Hoffnung. »Und ich kann mich von ihrer Mutter trennen und von ihnen im Gegenzug die Schecks zurückbekommen.«

»Freu dich nicht zu früh«, antwortet sie ihm. »Meine Kinder wollen mich bestimmt nicht einmal von weitem sehen, so wie ich mich ihnen gegenüber verhalten habe.«

Bei Niki trifft das zu, doch bei Makis nicht. Aber davon ahnt sie nichts. »Wo waren Sie in der Nacht, als Koustas getötet wurde?« frage ich Karamitris.

»Wann wurde er umgebracht?«

»Am Dienstag, 1. September, um zwei Uhr morgens.«

»Da war ich mit Loukia zu Hause. Wir haben gegessen, ein bißchen ferngesehen und sind dann schlafen gegangen.«

»Gibt es Zeugen, die das bestätigen können?«

»Nein«, entgegnet er, und hinter seinem Vollbart zeichnet sich ein schwaches Grinsen ab. »Hätte ich gewußt, daß man ihn umbringen würde, so hätte ich einige Freunde zum Feiern eingeladen.«

»Haben Sie Kosmas im Verdacht?« greift seine Frau ein. »Wozu sollte er Dinos umbringen wollen? Was hätte er davon? Daß Dinos gestorben ist, ändert nichts daran, daß wir bis über die Ohren verschuldet sind.«

Schon richtig, nur kriegt Kosmas durch Koustas' Tod einen Fußballverein geschenkt, und seine Frau wird Inhaberin der Greekinvest. Ich beiße mir auf die Lippen, um nichts von meinen Gedanken preiszugeben. Ich möchte zuerst die Firmenbüros durchsuchen, um herauszubekommen, welche Fußballmannschaften Koustas noch gehörten, und danach meine Schlußfolgerungen ziehen.

Die Karamitri begleitet mich noch bis zur Tür. »Ihr Sohn hat Sie besucht, und Sie haben ihn wieder fortgeschickt«, sage ich zu ihr, als sie die Tür öffnet.

Sie seufzt. »Das war drei oder vier Tage nach der Begegnung mit Dinos, und ich hatte Angst«, entgegnet sie. »Ich dachte, es wäre einer von Dinos' Tricks, um mich auf die Probe zu stellen.«

»Wenn Sie keine Angst gehabt hätten, hätten Sie ihn dann ins Haus gelassen? Hätten Sie mit ihm gesprochen?«

Sie denkt kurz darüber nach und zuckt dann mit den Schultern. »Ich weiß nicht. Möglich.« Sie hält wieder inne. »Es waren niemals meine Kinder«, sagt sie rechtfertigend. »Sowohl Makis als auch Niki waren Dinos' Kinder. Selbst ihre Namen hat er ausgesucht. Makis trägt den Namen von Dinos' Vater und Niki den seiner Mutter. Nie kam ihm der Gedanke, einem von ihnen den Namen meiner Eltern zu geben, da er sie rein als seine Kinder betrachtete. Ich hatte sie bloß ausgetragen.«

Zwei Straßen weiter, in der Veniselou-Straße, finde ich ein Taxi, das mich bis zum Polizeirevier von Nea Erythrea zu meinem Mirafiori bringt. Während der ganzen Fahrt zermartere ich mir das Hirn, um dahinterzukommen, ob Karamitris und seine Frau ein Milliardengeschäft im Stile des BMW-Fahrers machen oder ob sie nicht vielmehr wie der LKW-Fahrer auf verdorbenem Fisch sitzenbleiben.

37

Nach meinem Eintreffen im Präsidium beordere ich Vlassopoulos und Dermitzakis in mein Büro.

»Beschaff mir einen Hausdurchsuchungsbefehl für die Büros der Greekinvest«, sage ich zu Vlassopoulos. »Setz dich mit der Staatsanwaltschaft in Verbindung und laß dir alles telefonisch bestätigen. Das Schreiben können sie uns später schicken.« Wir werden in den Büros der Greekinvest sowieso keinen antreffen, dem wir den Hausdurchsuchungsbefehl aushändigen könnten.

»Wann geht's los?«

»Sobald du am Telefon die Genehmigung erhalten hast. Und sorg dafür, daß ein Schlosser zur Verfügung steht.«

»Soll ich mitkommen?« fragt Dermitzakis. »Ich habe sonst nichts Dringendes zu tun.« Er befürchtet, daß wir auf eine Goldader stoßen und er dabei leer ausgeht.

»Für dich habe ich eine andere Aufgabe. Ruf den Griechischen Fußballbund an, sie sollen uns eine Liste der Besitzer der Drittligamannschaften faxen. Die brauche ich umgehend. Wenn sie sich weigern, kannst du ruhig deutlicher werden.«

Ihm paßt die Arbeitsteilung ganz und gar nicht, aber er fügt sich. Ich könnte mich ohrfeigen, daß ich nicht schon vorher die Liste der Vereinseigentümer angefordert habe. Sicherlich wird es nicht einfach sein, die von Koustas vorgeschobenen Namen ausfindig zu machen, doch bei gründlicher Durchforstung der Listen finden wir vielleicht etwas heraus.

Mir fällt ein, daß ich Gikas informieren sollte, doch das hebe ich mir für später auf. Besser, ich bringe zuerst die Durchsuchung der Büros der Greekinvest hinter mich und präsentiere ihm dann in aller Ruhe die Ergebnisse. Bislang habe ich immer alles übereilt. Vielleicht, weil ich die beiden Fälle nicht von Anfang an selbst übernommen hatte. Der Mord an Petroulias wurde erst drei Monate nach der Tat entdeckt, und nicht mal am Ort des Verbrechens. Und den Mord an Koustas übergab mir die Antiterrorabteilung erst, als klar war, daß der Fall nicht in ihren Bereich fiel. Dazu kam, daß ich fast keine Anhaltspunkte besaß und in meinem krampfhaften Bemühen, das Knäuel zu entwirren, wie wild um mich schlug. Ich muß mir eingestehen, daß ich auch sonst nicht gerade vorbildlich gearbeitet habe. Ich hätte mich zum Beispiel viel früher mit der Frage beschäftigen sollen, welche anderen Mannschaften der dritten Liga unter Koustas' Kontrolle standen. Je mehr Vereine er besaß, desto enger war er mit Petroulias verbunden. Wenigstens habe ich daran gedacht, Niki und Makis über ihre Mutter auszufragen. Doch statt der erhofften Informationen habe ich den Hinweis auf Elena Kousta erhalten. Es kann sich natürlich um leeres Gerede handeln. Sollte es jedoch zutreffen, dann habe ich noch etwas falsch gemacht: nämlich, daß ich mich von meiner Sympathie für Elena Kousta beeinflussen ließ.

Nachdem ich alle meine Verfehlungen vor mir sehe, beschließe ich, nur mehr schrittweise vorzugehen. Denn beide Fälle erhellen einander zwar, scheinen gleichzeitig jedoch undurchdringlich verflochten. Sonnenklar ist, daß Koustas' und Petroulias' geschäftliche Verwicklungen kaum auseinanderzuhalten waren. Was hatte Koustas mit Petroulias vor? Sollte er bloß Tritons Spielergebnisse schönen? Dafür hätte er ihm bloß jedes Mal eine Summe in die Hand drücken und die Sache so aus der Welt schaffen können. Sollte er für Koustas den Strohmann in der Greekinvest spielen und seine Fußballmannschaft sponsern? Aber aus welchem Grund, wo doch beide Unternehmen ihm gehörten? Wozu sollte er sein Geld aus der einen Jackentasche in die andere schieben? Das wäre dem Modell des öffentlichen Dienstes nachempfunden, in dem der Staat Steuern und Einnahmen an sich selbst abführt. Die einzige plausible Erklärung ist die, die Kelessidis geliefert hat: nämlich Steuerhinterziehung. Wieso sollte er aber seine Exfrau und ihren Mann in die Sache hineinziehen? Um sich an ihnen zu rächen? Wenn er die Karamitri nicht erst nach Petroulias' Ableben als Geschäftsfrau aktiviert hätte, würde mir diese Erklärung einleuchten. Er hielt sie sich aber über Jahre hinweg warm, um sie im rechten Augenblick einzusetzen. Ihm stand der Sinn nicht nach Rache. Koustas war, so wie ihn seine Tochter, sein Sohn und seine beiden Ehefrauen beschrieben haben, ein kalter und leidenschaftsloser Mensch. Er spielte sein Spiel auf einer anderen Ebene – nur auf welcher? Vielleicht lieferte uns die Durchsuchung der Büros der Greekinvest eine Antwort. Das wollte ich noch abwarten.

Vlassopoulos streckt seinen Kopf durch die halboffene Tür herein. »Wir sind soweit, wir können fahren.«

»Was ist mit dem Schlosser?«

»Er wartet am Eingang auf uns.«

Wir nehmen nicht den Mirafiori, sondern einen Streifenwagen, und bringen die Strecke stumm hinter uns. Ich weiß nicht, was Vlassopoulos denkt. Vielleicht gar nichts, vielleicht möchte er mich nur nicht in meinen Gedanken unterbrechen. Ich überlege mir noch einmal, was für ein Verhältnis Koustas zu Petroulias sowie zu seiner Exfrau und ihrem jetzigen Ehemann gehabt haben könnte. Die Karamitri und ihr Mann hätten einen triftigen Grund gehabt, Koustas aus dem Weg zu räumen. Ihre Darstellung entspricht sicherlich der Wahrheit. Sie wußten, daß ich sie mit Leichtigkeit nachprüfen könnte, deshalb haben sie nicht gelogen. Sie haben Petroulias nicht auf dem Gewissen, sie kannten ihn ja gar nicht. Wie auch Petroulias die Karamitri mit Sicherheit nicht kannte. Koustas hielt sie, wie gesagt, voneinander fern und setzte sie nach Gutdünken ein. Möglich jedoch ist, daß sie nach dem Mord an Petroulias mitbekamen, welche Rolle er spielte, und die Gelegenheit ihres Lebens ergreifen wollten: Sie beseitigten Koustas, und die Greekinvest, inklusive der R. I. Hellas und sämtlicher weiterer Vermögenswerte, ging in die Hände der Karamitri über, während ihr Ehemann den Fußballverein Iason übernimmt. Selbst wenn die Schecks auftauchen sollten, könnten sie nun aus einer Position der Stärke heraus mit ihrem Besitzer verhandeln.

»Wonach suchen wir eigentlich?« fragt mich Vlassopoulos, als wir in die Mitropoleos-Straße einbiegen.

»Wonach wir immer suchen, wenn wir Nachforschungen anstellen, Vlassopoulos«, blaffe ich ihn an, denn er hat meinen wunderbaren Gedankengang unterbrochen. Es ist, als hätte er mich aus einem schönen Traum gerissen.

»Suchen wir etwas Bestimmtes, meine ich?«

»Nein. Wir nehmen, was wir kriegen, wie beim Schlußverkauf.«

Die Büros der Greekinvest liegen in der Fokionos-Straße 18. Der Schlosser erwartet uns bereits am Eingang. Wir treten durch die geöffnete Haustür und beginnen, die Klingelschilder an den Türen durchzugehen. Zum Glück müssen wir nicht lange suchen. Auf dem Klingelschild an der linken Tür im Erdgeschoß steht Greekinvest. Der Angestellte des Schlüsseldienstes wirft einen Blick auf das Türschloß. Er braucht nicht mal eine Minute, und wir treten in ein stockdunkles Apartment, in dem alle Rolläden heruntergelassen worden sind. Vlassopoulos zieht einen davon hoch, worauf trübes Tageslicht hereinsickert und die Zweizimmerwohnung erhellt. Sie hat keinen Flur, und von der Eingangstür tritt man direkt in das eine Zimmer. Nebenan liegt die Küche, dahinter das andere Zimmer, und der Eingangstür gegenüber liegt ein kleines Bad. Im ersten Zimmer stehen ein Schreibtisch, ein Stuhl und ein dicht an die Wand gerückter Büroschrank. Ein minimalistisch eingerichteter Arbeitsraum. Auf dem Schreibtisch stehen eine elektrische Schreibmaschine und ein Telefon mit Fax. Das andere Zimmer ist leer und riecht muffig. In der Küche gibt es weder Tassen noch Gläser, nicht mal eine Kaffeemaschine. Im Badezimmer dasselbe Bild: eine einsame Rolle Toilettenpapier, keine Seife, keine Handtücher.

»Dafür brauchen wir nicht mal eine Viertelstunde«, sagt Vlassopoulos, und Enttäuschung macht sich in mir breit.

Auf den ersten Blick ist zu sehen, daß die Greekinvest, so wie alle Scheinfirmen, kein Personal hat. Wer immer hierherkommt, bleibt nur so lange, wie er für das Abfassen eines Briefes oder das Absenden eines Faxes benötigt. Die Schubladen des Schreibtisches sind unverschlossen. Hier gibt es nichts zu verbergen. Die oberste Schublade ist voll mit Briefpapier der Greekinvest, die zweite enthält einige Kugelschreiber und ein Farbband für die Schreibmaschine, die dritte ist leer.

Der Büroschrank ist verschlossen, und der Schlosser macht sich daran zu schaffen. Vlassopoulos steht tatenlos in der Mitte des Zimmers herum. Der Büroschrank hat drei Fächer. Im ersten stoße ich auf drei Briefumschläge. Auf dem obersten steht *R. I. Hellas* geschrieben. Ich nehme ihn mit zum Schreibtisch, setze mich auf den Stuhl und öffne den Umschlag. Vlassopoulos beginnt nun seinerseits, die weiteren Fächer zu durchsuchen, um seine Arbeitszeit sinnvoll rumzubringen.

Das erste Schriftstück ist ein Brief vom 26. 8. 95 und ist von der Karamitri unterschrieben. Darin wird die finanzielle Unterstützung für Triton um ein weiteres Jahr verlängert. Darunter finde ich eine Abschrift des ursprünglichen Faxes mit Petroulias' Unterschrift, das die Arvanitaki bezüglich der Sponsorengelder erhalten hatte. Beim Durchblättern stoße ich auf eine Reihe von Schreiben, die meine Aufmerksamkeit sofort fesseln. Es handelt sich um Aufträge für Meinungsumfragen zum Beliebtheitsgrad bestimmter Parlamentsabgeordneter. Der Name des Exministers, der seinen Parteichef übertrifft, taucht dreimal auf. Der letzte Auftrag stammt vom August, mit der Unterschrift der Karamitri. Das muß der Auftrag gewesen sein, an dem Niki Kousta arbeitete, als ich sie zum ersten Mal in den Räumlichkeiten der R. I. Hellas besuchte. Weiter unten treffe ich auf die Namen zweier weiterer Parlamentsabgeordneter. Beide sind für ihr politisches Engagement bekannt, was heißt, daß sie sich den Radio- und Fernsehsendern gegenüber äußerst gesprächig zeigen. Alle anderen Aufträge zu Meinungsumfragen tragen Petroulias' Unterschrift.

»Herr Kommissar.« Ich drehe mich um und erblicke einen Stoß Buchhaltungsunterlagen. »Die Geschäftsbücher des Unternehmens«, sagt Vlassopoulos.

Es hat keinen Sinn, sie durchzusehen, denn ich verstehe nichts davon. »Nimm sie mit, wir übergeben sie einem Fachmann«, sage ich und wende mich wieder der Akte R. I. Hellas zu.

Warum hatte Koustas der R. I. Hellas den Auftrag erteilt, Meinungsumfragen über Politiker durchzuführen? Klar, das war der Aufgabenbereich der Firma, doch Meinungsforschungsinstitute werden üblicherweise von Parteien, Tageszeitungen oder Fernsehsendern beauftragt. Welches Interesse hatte Koustas ausgerechnet an diesen Parlamentsabgeordneten? Die Arvanitaki hat mir nichts davon gesagt, daß sie von Petroulias oder der Karamitri Aufträge für Meinungsumfragen entgegennahm. Noch ein Geheimnis, doch ich kann es im Augenblick nicht lüften und lege den Briefumschlag beiseite.

Dann hole ich die anderen beiden Umschläge aus dem Büroschrank. Auf dem einen steht *Atletico* geschrieben. Ich brauche nicht lange, um zu begreifen, daß es sich um ein Sportartikelgeschäft in einem Einkaufszentrum in Maroussi handelt. So ein Sportgeschäft spielt nicht einmal die Gewerbemiete ein. Das weiß sogar ich, obwohl ich sowohl Sport als auch Einkaufen hasse. Ich beginne, den Inhalt des Briefumschlags durchzublättern, und stoße auf ein Fax, die demjenigen zum Verwechseln ähnlich sieht, in dem die R. I. Hellas zur Auszahlung der Sponsorengelder an Triton angewiesen wurde. Nur daß diesmal Atletico von Petroulias aufgefordert wurde, Iason zu unterstützen, den Fußballverein, den Koustas Karamitris aufgedrängt hatte.

Der dritte Briefumschlag trägt die Überschrift *Chinesische Mauer* und bezieht sich auf ein Spezialitätenrestaurant in Livadia. Wer ist so verrückt, in Livadia ein chinesisches Restaurant zu eröffnen? Die Einwohner von Livadia würden selbst in der Fastenzeit vor Ostern kein Tofu-Souflaki essen. Der Verdacht macht sich in mir breit, daß ich auch hier auf Sponsorengelder für eine Fußballmannschaft stoßen werde. Und ich behalte recht. Diesmal handelt es sich um Proteus, den Fußballverein von Livadia. Ich weiß nicht, wem er gehört, doch bereits der Name weist in eine bestimmte Richtung. Sowohl im Fall von Iason als auch von Proteus haben die Briefe denselben Wortlaut wie bei Triton. Die Summen werden von der Greekinvest zur Verfügung gestellt. Proteus, Iason, Triton und die pseudoantiken Statuen in Koustas' Vorgarten in Glyfada. Es scheint, als hätte er eine Leidenschaft für das Altertum gehegt.

Welche Erkenntnisse habe ich in der Hand? Zum einen, daß Koustas – ohne persönlich zu erscheinen – mittels Petroulias und der Karamitri die Greekinvest in der Tasche hatte. Zum zweiten, daß die Greekinvest die R. I. Hellas, das Sportartikelgeschäft Atletico und das Restaurant Chinesische Mauer kontrollierte. Zum dritten, daß alle drei Unternehmen Fußballvereine sponserten, die Koustas direkt oder indirekt beherrschte. Ich drehe mich im Kreis: Ich gehe von Koustas bei der Greekinvest aus und lande über die dritte Fußballiga wiederum bei Koustas. Steuerhinterziehung ist wohl kaum der einzige Zweck einer solchen Geldwiederverwertungsanlage.

»Pack die Bücher ein, nimm auch die Umschläge mit, wir machen uns auf den Weg«, sage ich zu Vlassopoulos.

Was sich hinter alledem verbirgt, werde ich nur aus den Geschäftsbüchern erfahren, und dazu brauche ich einen Fachmann. Doch bevor ich den zu Rate ziehe, sollte ich schnell Gikas' Einverständnis einholen. Langsam kriecht Angst in mir hoch, daß ich bald wieder unter Ousounidis' strenger Obhut stehen werde.

38

Ich steige mit Vlassopoulos zusammen in den Fahrstuhl.

»Was soll ich damit anfangen?« fragt er und deutet auf die Geschäftsbücher und die Korrespondenz der Greekinvest, die er im Arm hält.

»Schließ alles in deinem Schreibtisch ein, und warte auf meine Anweisungen.« Denn die können erst erfolgen, nachdem ich Gikas gesprochen und klargestellt habe, wie weit ich gehen darf. Bislang hat er mich wiederholt zurückgehalten, nun aber wird er meine Hinweise nicht mehr so einfach beiseite schieben können. Ich hatte mich immer wieder gefragt, warum er mich ständig hinderte. Doch die Anweisungen für die Politikermeinungsumfragen bieten eine Erklärung dafür. Ich weiß noch nicht, welchem Zweck sie dienten, doch sie liegen Gikas schwer im Magen, und was ich ihm zu erzählen habe, wird ihn nicht erleichtern.

Vlassopoulos steigt aus, um in sein Büro zu gehen, und ich fahre weiter in den fünften Stock. Sobald ich den Korridor betrete, treffe ich auf Koula. »Guten Abend«, flötet sie mir entgegen.

»Sie sind immer noch da?« rutscht es mir heraus. Meine Worte klingen wie eine Beleidigung, so als hätte ich es eilig, sie loszuwerden. Dabei tat sie mir ja wirklich leid, als sie heulend ihre Sachen packte.

»Ich bin immer noch da«, antwortet sie. »Dafür ist

jemand anderer weg.« Und sie streckt mir wie zur Bestätigung die Finger ihrer beiden Hände entgegen, damit ich sehen kann, daß sie keinen Ring trägt.

»Ihr habt euch getrennt?«

»Genauer gesagt habe ich ihn vor die Tür gesetzt. Ich bin doch nicht verrückt, einen Betrüger, der meinen Namen für seine schmutzigen Geschäfte benutzt, zu heiraten. Herr Gikas hatte ganz recht.«

»Hat Ihnen der Chef nahegelegt, sie sollten sich trennen?« Ich traue meinen Ohren nicht. Seit wann befaßt sich Gikas mit unseren Familienangelegenheiten? Mir hatte er im Krankenhaus nicht einmal persönlich gute Besserung gewünscht, und nun sorgt er sich plötzlich um Koulas Zukunft!

»Er hat mir nichts dergleichen nahegelegt«, sagt sie. »Er hat mir nur erklärt, es reiche nicht aus, selbst eine saubere Weste zu haben. Auch alle meine Angehörigen sollten eine saubere Weste haben. Ich habe darüber nachgedacht und beschlossen, daß es besser ist, mich von Sakis zu trennen, als in irgendein Polizeirevier im Umland versetzt zu werden und dort dem Chef Kaffee zu servieren.«

»Wie viele Jahre wart ihr denn zusammen?«

»Fünf.«

»Und da hat Ihnen die Trennung gar nicht weh getan, Koula? Lag Ihnen gar nichts mehr an ihm?«

»Ist es denn so schlimm, wenn mir an meiner Arbeit mehr liegt?« ziert sie sich. »Wo würde ich jemals wieder einen solchen Posten bekommen, wenn ich hier wegginge? Über Männermangel hingegen kann ich nicht klagen. Männer gibt's wie Sand am Meer.« Und sie wirft ihr Haar mit einer selbstgefälligen Geste in den Nacken, als wolle sie damit unterstreichen, daß sich die Sandkörner bei ihrem blendenden Aussehen darum reißen würden, unter ihren zarten Füßen zertreten zu werden.

Gikas hat offensichtlich seine Methoden! Ich hatte ihm gesagt, Koula würde ihm fehlen, und er bringt sie dazu, sich von ihrem Verlobten zu trennen. So kann er sichergehen, daß sie bis neun Uhr abends im Büro sitzt und für ihn arbeitet. Liebesgeschichten und Heiratssachen – alles löst sich in Luft auf, nicht mal eine Fotografie bleibt zurück.

Ich erwische Gikas bei einer der beiden Tätigkeiten, die seinen Tag ausfüllen: sitzen oder telefonieren. Jetzt tut er gerade letzteres, und ich warte, bis er mit dem Gespräch fertig ist. Ich weiß, daß es nicht lange dauern wird. Nicht weil er so wohlerzogen wäre und seine Untergebenen nicht warten lassen wollte, sondern weil er eine verschwörerische Art zu telefonieren hat und nicht möchte, daß andere ihm dabei zuhören. In der Tat legt er nach fünfzehn Sekunden den Hörer auf die Gabel.

»Was gibt's?« fragt er mich.

Ich beginne, über die Karamitri und ihren Gatten Bericht zu erstatten, über die Durchsuchung der Büros der Greekinvest, über die Unternehmen in Koustas' Besitz und über die Sponsorengelder, die er den eigenen Fußballvereinen zufließen ließ. Erst ganz zum Schluß komme ich auf die in Koustas' Auftrag von der R.I. Hellas durchgeführten Meinungsumfragen über Parlamentsabgeordnete zu sprechen. Je länger mein Vortrag andauert, desto mehr sackt Gikas in sich zusammen. Das bestätigt meinen Verdacht, daß er durch Politiker unter Druck gesetzt wird.

»Ich hatte nicht vor, der Sache mit den Parlamentsabgeordneten nachzugehen«, sage ich und sehe, wie er sich langsam wieder zu seiner normalen Größe aufrichtet. »Im Endeffekt ist die R. I. Hellas ein Meinungs- und Marktforschungsinstitut, daher ist es selbstverständlich, daß sie Aufträge für Meinungsumfragen über Politikerpersönlichkeiten annimmt.«

»Richtig.« Seine ganze Erleichterung ist durchzuhören. »Mir gefällt aber dieses Durcheinander mit Koustas' Firmen nicht. Üblicherweise überschreibt man ein Unternehmen an die Kinder oder die Ehefrau, wenn man seinen eigenen Namen nicht auftauchen lassen möchte. Er aber hat die Namen eines Schiedsrichters, seiner Exfrau und ihres Ehemanns eingesetzt, mit denen er zerstritten war.«

Ich muß an mich halten, um mir nicht vor Freude die Hände zu reiben. Er ist jetzt genau dort angekommen, wo ich ihn haben wollte. »Vielleicht ging es um Steuerhinterziehung«, sage ich abwägend. »Vielleicht bekommen wir es heraus, wenn wir seine Geschäftsbücher durchsuchen. Doch dafür benötige ich einen Fachmann.«

»Was für einen Fachmann?«

»Jemand aus dem Verband der Buchprüfer.«

Er stöhnt auf. »Wenn wir beim Verband der Buchprüfer anfragen, dann spricht sich das ganz schnell herum, und seine Erben werden sich im Fernsehen über uns aufregen. Koustas war kein Großunternehmer, aber er besaß acht oder neun Firmen. Die Zeiten sind vorbei, als man ein Bosodakis sein mußte, um den Mund aufmachen zu können. Heutzutage redet sich jeder Kioskbesitzer über seine Miniumsätze den Mund fusselig.«

Er hat nicht unrecht, doch ich kann ihn beruhigen. »Ich werde diskret vorgehen und einen meiner Bekannten heranziehen, der als Steuerprüfer arbeitet. Er ist aufgeweckt und vertrauenswürdig.«

»Schön«, meint er, wieder zufrieden. »Warten wir also ab, was für unangenehme Überraschungen Koustas' Buchhaltung für uns bereithält, und entscheiden danach, was wir unternehmen. – Lassen Sie Karamitris nicht aus den Augen. Vielleicht ist er des Rätsels Lösung«, ruft er hinter mir her, als ich hinausgehe.

Auf meinem Schreibtisch liegt die Liste mit den Besitzern der Drittligamannschaften. Ich lese mir zuerst die Unterlagen von Iason durch. Eigentümer: Kosmas Karamitris. Irgendwo in der Mitte stoße ich auf die Bezeichnung Proteus. Eine Überraschung erwartet mich in der Spalte nebenan. Eigentümer: Renos Chortiatis. Da haben wir es also: Der Geschäftsführer des Nachtklubs Rembetiko ist Inhaber des Fußballvereins von Livadia, der von der Greekinvest über das Spezialitätenrestaurant Chinesische Mauer gesponsert wird! Doch wenn man es richtig bedenkt, ist das nicht verwunderlich. Koustas übergab seinen zweiten Fußballverein einem Menschen, den er in seiner Gewalt hatte, nämlich Karamitris, und den dritten Klub einer Person seines Vertrauens, nämlich Chortiatis. Mir kommt die Szene während meines Besuchs im Rembetiko in den Sinn, als Makis Chortiatis anschrie, er werde ihn entlassen, und Chortiatis daraufhin einen Lachanfall bekam. Damals hatte ich mich gewundert, was Chortiatis so erheiterte. Nun weiß ich es. Er lachte, weil er sich nach mehreren Seiten hin abgesichert hatte. Selbst wenn Makis ihn auf die Straße setzte, würde er die Sponsorengelder des chinesischen Restaurants einkassieren und wiederum als Gewinner dastehen.

Ich hebe den Hörer von der Gabel und rufe Kelessidis zu Hause an. »Wie lange brauchen Sie, um die Geschäftsbücher eines Unternehmens zu überprüfen?«

»Das kommt ganz auf die Bücher an.«

»Die einer Investmentgesellschaft, eines Markt- und Meinungsforschungsinstituts, eines Sportfachgeschäfts, zweier Nachtklubs, zweier Restaurants und zweier Fußballvereine.«

»Hat das Ganze mit dieser Fußballmannschaft zu tun, deren Bücher ich durchgesehen habe? Mit Triton?«

»Ja.«

Er lacht. »Einen Monat bei einem normalen Achtstundentag, ohne Überstunden.«

Ausgeschlossen, daß ich die beiden Fälle einen Monat lang vor mir her schiebe, nur damit die Steuerprüfung abgeschlossen werden kann. »Schön, versuchen wir's andersrum. Knöpfen wir uns zuerst die Geschäftsbücher der Investmentgesellschaft vor und schauen, was dabei herauskommt.«

Schweigen macht sich zwischen uns breit, dann sagt er leise: »Ich kann keine Bücher von Unternehmen prüfen, die in den Zuständigkeitsbereich anderer Finanzämter fallen, Herr Kommissar. Es ist etwas anderes, Ihnen einmal auszuhelfen. Das, was Sie von mir verlangen, ist gegen die Vorschrift.«

»Und wenn Sie vom Finanzministerium beauftragt würden?«

»Dann sähe die Sache anders aus.«

»Schön, ich übernehme das. Finden Sie sich morgen früh um neun in meinem Büro im Polizeipräsidium ein. Und behalten Sie die Sache für sich.«

Als ich Manos, meinem Cousin zweiten Grades, offenbare, daß ich Kelessidis erneut brauche, meint er belustigt: »Zum Schluß wirst du ihn noch dem Finanzamt abwerben und einen Polizisten aus ihm machen. Aber nur zu, ich nehme seinen Einsatz auf meine Kappe.«

Ich blicke auf meine Uhr. Es ist schon sieben. Ich will heute abend Chortiatis vernehmen. Deshalb hat es keinen Sinn, nach Hause zu fahren. Lieber treffe ich im Rembetiko ein, bevor der Rummel losgeht, damit ich mich mit Chortiatis in aller Ruhe unterhalten kann.

Ich rufe Adriani an und gebe ihr Bescheid, daß sie nicht mit dem Essen auf mich warten soll.

»Machst du schon wieder die Nacht durch?« fragt sie säuerlich.

»Ich mache nicht durch. Um zwölf Uhr spätestens bin ich zu Hause. Schließlich hat Ousounidis mir empfohlen, ganz normal zu arbeiten.«

»Ach ja, deshalb hast du beschlossen, den Beruf zu wechseln und Nachtwächter zu werden«, entgegnet sie sarkastisch und knallt den Hörer auf die Gabel.

39

Der Nieselregen befeuchtet nicht einmal die Scheibenwischer richtig. Es ist neun Uhr abends, und ich fahre langsam von der beleuchteten Panepistimiou-Straße auf den dunklen Omonia-Platz zu. Die zwei- und vierrädrigen Fahrzeuge drehen sich rund um die U-Bahn-Baustelle bedächtig im Kreis.

Die Müllberge sind von der Ajiou-Konstantinou-Straße verschwunden. An der Ecke zur Menandrou-Straße, vor der Kirche des hl. Konstantin, stecken zwei Typen die Köpfe zusammen, und dabei wechselt eindeutig Rauschgift den Besitzer. Der Streifenwagen vor mir bemerkt sie entweder nicht oder mißt ihnen keine Bedeutung bei. Kein Polizeibeamter macht sich heutzutage die Mühe, Dealer und Fixer hoppzunehmen, wenn es keinen ausdrücklichen Befehl gibt.

Der Nieselregen ist stärker geworden, und auf dem Athinon-Boulevard kriecht der Verkehr zähflüssig dahin. Ich brauche eine halbe Stunde, um zum Rembetiko zu gelangen. Ich finde Koustas' Parkplatz unbesetzt und stelle meinen Wagen dort ab.

Mantas' Stelle am Eingang hat ein großgewachsener, bläßlicher Typ eingenommen.

»Ist Herr Chortiatis da?« frage ich ihn.

»Worum geht es?«

»Worum es geht, sage ich ihm selbst, ich will nur wissen, ob er da ist. Ich stelle hier die Fragen, und du antwortest gefälligst.« Mit dieser Feststellung gebe ich mich ihm als Bulle zu erkennen.

»Kommen Sie rein«, sagt er und öffnet die Tür.

Der Saal hat sich seit dem letzten Mal nicht verändert. Dieselbe bordeauxrote Tapete mit den goldenen Rauten, dieselbe Anordnung der Stühle und Tische. Nur die Sängerin fehlt, die am Mikrofon wie an einer Eistüte leckte. Die Barfrau gibt sich ihrem Lebensinhalt hin und poliert Gläser.

»Wo finde ich Herrn Chortiatis?« frage ich sie.

»Er ist in seinem Büro«, gibt sie zurück, während sie ihr Spiegelbild im Glas anstarrt.

»Und wo liegt sein Büro?«

»Die dritte Tür links.« Sie deutet auf den Durchgang, den ich noch von meinem letzten Besuch her kenne.

Ich werfe einen Blick in Kalias Künstlergarderobe, doch sie ist leer. Ich klopfe an die dritte Tür links, und als das »Ja« ertönt, stehe ich bereits im Zimmer. Renos Chortiatis springt auf und streckt mir die Hand entgegen. Diese Geste ist ihm in Fleisch und Blut übergegangen. Sobald er einen Menschen erblickt, streckt er die Hand aus, als hätte er jahrelang die Mautgebühr an der Autobahn einkassiert.

»Herr Kommissar! Was verschlägt Sie hierher?«

»Ich hätte gerne ein paar Erläuterungen zu Dinos Koustas' beruflichen Tätigkeiten eingeholt.«

»Nehmen Sie Platz.«

Ich lasse ihm eine Minute lang Zeit, meinen Anblick zu

verkraften. »Herr Chortiatis, gehört Ihnen der Fußballverein Proteus?«

Er reagiert verdattert, findet jedoch rasch wieder zu seinem Lächeln zurück. »Sind Sie Fußballanhänger, Herr Kommissar?«

»Je länger, je weniger. Zurück zu meiner Frage: Gehört Proteus Ihnen?«

»Ja.«

»Und Proteus ist die Mannschaft von Livadia?«

»Richtig.«

»Stammen Sie aus Livadia?«

»Ich stamme aus Thessaloniki, bin aber in Livadia aufgewachsen. Nach Athen kam ich erst nach dem Militärdienst.«

»Haben Sie deshalb in Livadia einen Fußballverein aufgebaut, weil Sie dort aufgewachsen sind?«

»Ich habe ihn nicht aufgebaut. Es gab ihn schon, nur war er völlig am Boden. Ich dachte, ich könnte ihn übernehmen und wieder an die Spitze führen, damit auch Livadia eine anständige Fußballmannschaft hat. Wenn auch nur in der dritten Liga.«

»Haben Sie den Fußballklub aus diesem Grund übernommen oder eher deswegen, weil das Restaurant Chinesische Mauer in Livadia Ihre Mannschaft sponserte?«

Er grinst und antwortet ohne Zögern. »Es ist doch ganz natürlich, Herr Kommissar, daß eine Mannschaft aus Livadia einen Geldgeber aus Livadia hat. Und nicht aus Athen.«

»Haben Sie gewußt, daß die Chinesische Mauer Koustas gehörte?«

Diesmal erscheint mir seine verdutzte Miene echt.

»Nein«, meint er.

»War es nicht Koustas gewesen, der Ihnen das Restaurant als Sponsor nahegelegt hat?«

»Nein«, entgegnet er wieder. »Die sind von sich aus auf mich zugekommen. Sie erklärten, sie wollten uns sponsern, weil wir eine Mannschaft aus Livadia seien.«

»In welcher Höhe lag die Zuwendung?«

»Hundertzwanzig Millionen jährlich.«

Plus weitere zweihundertvierzig für Triton machen zusammen dreihundertsechzig. Dann muß mir Kelessidis nur noch durchgeben, wie hoch die Sponsorengelder für Iason waren.

Seine Antworten sind korrekt, er tischt mir keine Lügen auf. Dennoch sagt er nur die halbe Wahrheit. Koustas hatte keinen Grund, ihm seine Geschäftsbeziehungen zu dem chinesischen Restaurant zu offenbaren. Er veranlaßte den Geschäftsführer des Restaurants, auf Chortiatis zuzugehen.

»Was hatte Koustas gegen Sie in der Hand?« frage ich ihn unvermittelt.

»Was meinen Sie damit?«

»Herr Chortiatis, Proteus war doch nicht Ihre Mannschaft, oder? Sie war Koustas' Verein. Sie fungierten bloß als Strohmann.«

»Sie irren sich«, ruft er mit seiner Piepsstimme und springt auf. »Die Mannschaft gehört mir, sie ist auf meinen Namen eingetragen.«

»Möglich, daß sie auf Ihren Namen eingetragen ist. Aber dahinter verbarg sich Koustas.«

»Quatsch! Meine Geschäfte mit Koustas waren sauber.«

»Und was waren das für Geschäfte?«

Bisher hat er sich gut gehalten, doch jetzt kommt er ins Stocken. »Als es mit dem Kauf von Proteus soweit war, reichten meine Finanzen nicht aus, und Koustas bot mir an, das Geld vorzustrecken.«

»Und haben Sie es ihm zurückbezahlt?«

Er weicht meinem Blick aus. »Nein. Als er sah, daß ich in Schwierigkeiten steckte, schlug er mir vor, er würde in den Verein einsteigen und so die Schulden wieder wettmachen.« Er hebt den Blick und schaut mich an. »Es ist doch nichts dabei, einen stillen Teilhaber zu haben! Hierzulande gibt es Unternehmer, die zehn oder zwölf Firmen kontrollieren.«

»Na, regen Sie sich nicht gleich auf! Keiner hat Ihnen etwas vorgeworfen! Zu wieviel Prozent war er beteiligt, als er bei Ihnen einstieg?«

Der gehemmte Gesichtsausdruck, der kurzfristig der Empörung gewichen war, kehrt wieder. »Anfänglich waren es fünfundzwanzig Prozent. Als er starb, war er bei sechzig Prozent angelangt.«

»Wieso? Hat er Ihnen noch mehr Geld geliehen?«

»Nein, aber er unterstützte den Ankauf von Spielern.«

Nur durch ein Wunder hat er den Verein nicht an Koustas verloren. Wenn Koustas nicht ermordet worden wäre, hätte er ihm den ganzen Fußballverein abgeluchst, und Chortiatis wäre nur mehr der Form halber Eigentümer geblieben. Jetzt, wo ich drei verschiedene Fälle vor mir habe, kann ich klarer die jeweils unterschiedliche Taktik erkennen, die Koustas verfolgte, um Geschäftspartner an sich zu binden. Petroulias zog er offensichtlich ins Vertrauen,

Chortiatis machte er zu seinem Angestellten, und bei der Karamitri und ihrem Mann nutzte er deren Zwangslage aus. Der einzige gemeinsame Nenner war die Wiederverwertung von Geldern. Was mir zu Beginn als Teufelskreis erschien, erweist sich nun als nichts anderes als das Zirkulieren von Summen in einer Geldwaschanlage. Wenn sich mein Verdacht bestätigt, dann sind sowohl Petroulias als auch Koustas von Profikillern umgelegt worden. Die Antiterrorabteilung hatte bis zu einem gewissen Punkt recht, nur daß es sich bei Koustas' Mördern nicht um Rotlichtbarone, sondern um Leute aus dem Dunstkreis des organisierten Verbrechens handelte. Und das heißt, daß die Täter längst über alle Berge sind.

»Das war's, ich habe keine weiteren Fragen mehr an Sie«, sage ich zu Chortiatis und erhebe mich. Mit der stets gleichen, automatisierten Gestik streckt er mir die Hand entgegen. Ich drücke sie und wende mich zum Gehen.

Als ich draußen an Kalias Garderobe vorbeigehe, sehe ich, wie sie vor dem Spiegel sitzt und sich schminkt.

»Wie steht's, Kalia?« frage ich sie.

Sie unterbricht die Schminkprozedur und mustert mein Spiegelbild. Sie erwidert meinen Gruß nicht sofort, sie benötigt einige Sekunden, bevor ihr mein Gesicht etwas sagt. »Der Kommissar, wie?« sagt sie dann anstelle eines Grußes.

»Der Kommissar«, bestätige ich und trete auf sie zu. »Was wollte Koustas an dem Abend, als er ermordet wurde, von Ihnen?« Die Version, die sie mir beim ersten Mal erzählte, ist nicht sehr glaubhaft: daß er sie bedrohte, weil sie auf der Bühne nicht genug mit dem Hintern wackelte.

Sie zuckt gleichgültig mit den Schultern. »Was konnte er schon von einer Frau wie mir wollen? Höchstens, daß ich die Beine breit mache, aber das hatte der nicht nötig. Er konnte ganz andere haben als mich.«

»Als wir uns das erste Mal unterhielten, erzählten Sie mir, daß er Sie den Fußboden schrubben lassen wollte, weil Sie nicht aufreizend genug tanzten.«

»Wenn Sie es so sagen, wird es wohl stimmen.«

»Es war aber nicht so. Er hat etwas anderes zu Ihnen gesagt. Was war es, Kalia?«

»Hören Sie mal zu! Ich kann mich weder daran erinnern, was ich zu Ihnen gesagt habe, noch was Koustas zu mir gesagt hat. Lassen Sie mich jetzt in Frieden.«

Sie wendet sich ihrem Spiegel zu. Ich könnte sie ins Präsidium mitschleppen, doch was bringt mir das? Das, was ich über Koustas herausgekriegt habe, reicht mir, um den von ihm ausgetüftelten Mechanismus zu durchschauen. Seine Beziehung zur Mafia hätte er Kalia gegenüber ohnehin nicht zugegeben.

Vor Kalias Tür stolpere ich über Makis. Er trägt wieder seine Cowboyausrüstung, und ich beginne mich zu fragen, ob er sie jemals in die Wäsche gibt. Seine Augen funkeln, und sein fiebriger Blick heftet sich auf mich.

»Haben Sie die Angaben über meine Stiefmutter überprüft?« fragt er.

»Seit wann sind Sie denn mein Vorgesetzter, daß ich mich vor Ihnen rechtfertigen müßte?«

Ich kehre eine Viertelstunde vor meinem selbstgesetzten Zeitlimit zurück, um Viertel vor zwölf. Adriani sitzt vor dem Fernseher. Sonst liegt sie schon um elf im Bett.

»Warum bist du noch nicht schlafen gegangen?« frage ich.

»Ich wollte auf dich warten, vielleicht willst du ja noch was zu essen.«

Ich lasse mir eine Kleinigkeit servieren, damit sie nicht eingeschnappt ist, weil sie umsonst gewartet hat.

40

Bevor ich am nächsten Morgen aus dem Haus gehe, verabrede ich mit Katerina unser Treffen. Sie schlägt das Marokko in der Nähe des Präsidiums vor, doch das erinnert mich zu sehr an den weinenden akademischen Gemüsehändler, und ich fürchte, das könnte mich beeinflussen. Schließlich einigen wir uns auf die Zauberflöte, um sechs Uhr.

Kelessidis kommt um halb zehn ins Präsidium. Ich hole ihn am Eingang ab und führe ihn in das Büro, wo normalerweise unsere Verhöre stattfinden. Ich lege ihm die Geschäftsbücher der Greekinvest vor, zusammen mit den Bankauszügen sowie Petroulias' Steuererklärung.

Er stürzt sich auf die Bücher, und ich fahre in mein Büro hinauf. Ich nehme Papier und Bleistift und fange an, die einzelnen Firmen ihren Besitzern zuzuordnen, in der Hoffnung, auf eine Verbindung zwischen ihnen zu stoßen.

KOUSTAS
Rembetiko
Nachtfalter
Canard Doré
FC Triton — Sponsor: R. I. Hellas

GREEKINVEST
R. I. Hellas
Atletico (Sportfachgeschäft)
Chinesische Mauer (Restaurant)

KARAMITRIS

Phonogramm	Ohne Bezug zu Koustas außer Darlehen
FC Iason	Sponsor: Atletico

CHORTIATIS

FC Proteus	Koustas' Geschäftsanteil ca. 60%
	Sponsor: Chinesische Mauer

Auf den ersten Blick scheint es keinerlei Verbindung zwischen Koustas' Firmen und der Greekinvest, Karamitris' Firmen und Chortiatis' Fußballmannschaft zu geben. Das einzige Bindeglied sind die Sponsorengelder, doch auch diese Verknüpfung ist äußerst wackelig. Die Zahlung von Zuwendungen durch die R. I. Hellas an Triton schlägt eine Brücke zwischen der R. I. Hellas und Koustas, doch es liegt nichts vor, was ihn in irgendein Verhältnis zu den übrigen Unternehmen der Greekinvest setzt, so wie ihn auch nichts mit Karamitris' und Chortiatis' Unternehmen verbindet. Ich werde bei Kelessidis nachfragen, doch ich bin mir sicher, daß selbst bei einer Betriebsprüfung in einem der genannten Unternehmen das Bindeglied zu den anderen Firmen, das schließlich zu Koustas führen könnte, nicht auftauchen würde. Darüber hinaus funktionieren und operieren alle Firmen im legalen Rahmen, man würde nirgendwo eine Übertretung der Vorschriften feststellen können. Na schön, vielleicht waren die erteilten Finanzspritzen für die Regionalliga etwas deftig, doch das Geld gehörte den Leuten schließlich, und sie konnten nach Gutdünken darüber verfügen. Dieser Schwachpunkt der Buchprüfung ist auch der Schwachpunkt meines Ansatzes. Angenommen, Koustas schleuste Gelder durch eine Waschanlage: Wie ging er dabei genau vor? Wenn ich die Summen zusammenzähle, dann kommen an die 500 Millionen jährlich zusammen. Sollte er alles so groß aufgezogen haben, nur um 500 Millionen durchzuschleusen, die in den einschlägigen Kreisen als Peanuts galten? Ich betrachte die Skizze und zermartere mir das Hirn, doch ich komme nicht dahinter. Alle meine Hoffnungen ruhen auf Kelessidis, doch das sage ich ihm lieber nicht, sonst könnte er sich was drauf einbilden.

Die Tür geht auf, und Sotiropoulos tritt herein. Er hat es sich abgewöhnt anzuklopfen, er fühlt sich ganz wie zu Hause.

»Was wollen Sie?« stoße ich schroff hervor, während ich ein weißes Blatt Papier packe und die Skizze damit verdecke, bevor er sich an meinen Schreibtisch heranpirscht.

»Ich wollte ein paar Neuigkeiten hören. Seitdem Sie uns Koustas' Türsteher geliefert haben, herrscht Funkstille.«

»Es gibt nichts zu berichten. Wenn's etwas Neues gibt, melde ich mich schon.«

Er sieht mich mißtrauisch an. »Sie halten mich zum Narren«, meint er. »Soll ich etwa in der Tagesschau melden, daß die Polizei die Öffentlichkeit bewußt uninformiert läßt?«

»Sagen Sie am besten, wir seien auf eine byzantinische

Befestigungsanlage gestoßen, der man nicht einmal mit Dynamit beikommen kann.«

Er setzt ein breites Grinsen auf, und seine Zufriedenheit läßt ihn sogar den Argwohn vergessen. »Hab ich's Ihnen nicht gesagt, daß Sie bei Koustas auf Granit beißen werden? Alle wissen, daß er in dunkle Machenschaften verwickelt war, doch er stellte sich verdammt geschickt an, und man konnte ihm nie etwas nachweisen. Aber Petroulias? Wie kommt es, daß Sie über Petroulias nichts herausgefunden haben?« Er hält abrupt inne, und sein Mißtrauen kehrt wieder. »Sagen Sie mal, sind die beiden Fälle möglicherweise miteinander verquickt? Hatten Sie etwa recht und Nasioulis lag falsch?«

Er bringt mich in eine schwierige Lage, denn ich kann ihm nicht verraten, daß die beiden Fälle zusammengehören. Zum Glück rettet mich das Diensttelefon aus der heiklen Situation. Ich hebe den Hörer ab und höre Kelessidis' Stimme.

»Herr Kommissar, können Sie einen Augenblick runterkommen? Ich glaube, ich habe da was gefunden.«

»Gikas will mich sprechen«, sage ich zu Sotiropoulos, während ich den Hörer auflege und hektisch aufspringe.

»Sie haben sich nicht geäußert. Stehen die beiden Fälle miteinander in Verbindung?«

»Wenn ich Ihnen doch sage, daß ich auf nichts gestoßen bin.«

Er macht ein saures Gesicht, doch das kümmert mich nicht. Der Fahrstuhl hat wieder seine Macken. Er bequemt sich bis zur vierten Etage herunter und fährt erneut hoch. Ich bin nicht in der Verfassung, eine Geduldsprobe über mich ergehen zu lassen, und stürme in Riesensätzen die Treppe hinunter. Dabei frage ich mich, ob Kelessidis auf etwas gestoßen sein könnte, was mir entgangen ist. Schließlich ist er Steuerexperte, er sieht Unternehmen und ihre Gelder mit anderen Augen.

Er hat die Geschäftsbücher auf dem ganzen Tisch ausgebreitet. »Was haben Sie herausgefunden?« frage ich.

Er ist so in seine Arbeit versunken, daß er hochschreckt. Er sieht, daß ich es bin, und lacht. »Eine wahre Geldmühle«, meint er. »Gleich auf den allerersten Blick wird klar, daß Koustas mindestens drei Milliarden pro Jahr durchgeschleust haben muß. Um das nachzuweisen, müßte ich allerdings die Buchhaltung seiner Nachtklubs einsehen und mit den Kontoauszügen vergleichen. Ich glaube aber nicht, daß ich mich sehr verrechne.«

»Was erhoffen Sie sich von einem solchen Vergleich?«

»Na, fangen wir mal ganz von vorne an – bei den Sponsorengeldern.«

»Das habe ich begriffen«, unterbreche ich ihn. »Er hat an die fünfhundert Millionen jährlich durchgeschleust. Bleiben weitere zweieinhalb Milliarden. Wie hat er die deklariert?«

»Die fünfhundert Millionen waren die Hälfte der Einnahmen aus den Unternehmen der Greekinvest. Die andere Hälfte floß zwar in ihre Kassen, doch die Greekinvest hat nie Gewinne nachgewiesen.«

»Wie ist das möglich?«

»Weil die Greekinvest jedes Jahr über ein Bankkonto der Ionischen Bank ein Darlehen in der Höhe von 500 bis 750 Millionen erhalten hat. Ich bin sicher, daß es sich bei der

Darlehenssumme um Schwarzgeld handelte, das in Form von Sponsorengeldern an die Tochterunternehmen weitergeleitet wurde. Am Jahresende wurde das Darlehen mit den legalen Gewinnen der Greekinvest zurückerstattet und für das kommende Jahr erneuert. Die Greekinvest nahm also Darlehen in Schwarzgeld auf und zahlte sie mit sauberem Geld über die Fußballmannschaften zurück. Ich weiß nicht, wem das Konto auf der Ionischen Bank gehört, doch zweifellos werden Sie bei seiner Offenlegung herausbekommen, daß Koustas dahintersteckte. Dazu kommen noch weitere hundertfünfzig Millionen, die er mit Hilfe staatlicher Unterstützung reingewaschen hat.«

Ich blicke ihn an wie ein Vollidiot. »Was sagen Sie da? Mit Hilfe staatlicher Unterstützung?«

»Jede Mannschaft der dritten Fußballiga erhält vom Staat an die fünfzig Millionen jährlich. Ganz offiziell, mit Brief und Siegel. Mal drei macht das hundertfünfzig.«

»Und wie hat er das restliche Geld sauber gekriegt?«

Kelessidis blickt mich an und lächelt wie ein Lehrer, der einem Schüler Nachhilfeunterricht gibt. »Dafür brauche ich die Geschäftsbücher der Nachtklubs und die Bankauszüge. Ich kann Ihnen aber jetzt schon sagen, was ich wahrscheinlich finden werde. Seine Lokale müssen, so wie alle Gaststätten, einen regelmäßigen Umsatz nachweisen. An gewissen Tagen jedoch wird sein Umsatz auf das Drei- oder Vierfache hochgeschnellt sein. Das bedeutet, daß Koustas an diesen Tagen fiktive Quittungen ausgestellt und seine Einnahmen künstlich aufgebläht hat, damit er Schwarzgeld in seine Kassen schmuggeln konnte.«

»Ja, aber dafür hat er doch Steuern bezahlt.«

»Wer sagt denn, daß Schwarzgeld keine Kosten verursacht?« entgegnet er lachend. »Diejenigen, deren Schwarzgeld gewaschen wurde, haben Koustas die Steuern plus einen prozentuellen Anteil ausbezahlt. Nehmen wir mal an, daß er fünfundzwanzig Prozent bekam, dann hat er siebenhundertfünfzig Millionen jährlich steuerfrei eingenommen, plus die legalen Gewinne seiner Nachtklubs.«

Ich könnte mir die Haare raufen. Ich hatte mich mit einem flüchtigen Blick auf Koustas' Konten begnügt. Doch auf dem vorschriftsmäßigen Weg wäre ich viel früher auf das Ende des Wollknäuels gestoßen.

Und es gibt da noch etwas, was mich irritiert: »Wie ist es möglich, daß Petroulias keine Drachme seines Gehalts bei der Greekinvest versteuert hat?« frage ich Kelessidis.

»Weil er als Geschäftsführer des Unternehmens kein Gehalt bezogen hat. Wer hätte daran gedacht, die Steuererklärung des Geschäftsführers zu prüfen, wo doch die Firma keinen Gewinn abwarf? Es gibt da aber etwas, was ich nicht verstehe ...«

Kelessidis stockt und beginnt einen von Petroulias' Kontoauszügen durchzublättern.

»Es ist ein leichtes, das Schwarzgeld nachzuweisen, das Petroulias von Koustas erhalten hat. Einmal stoße ich auf Einzahlungen in Höhe von einer Million, ein andermal in Höhe von zwei Millionen... von fünf Millionen... Das stammt alles von Koustas. Plötzlich taucht jedoch eine Einzahlung in Höhe von hundertfünfzig Millionen auf. Das ist die einzige in dieser Größenordnung, und ich kann mir nicht vorstellen, wie er mit einem Schlag zu solch einer Summe kommt.«

»Wann wurde die eingezahlt?« frage ich.

»Am 25. Mai.«

Meine Beine versagen mir den Dienst. Ich lasse mich auf einen Stuhl fallen. »Sehen Sie mal nach, wann die Greekinvest das Darlehen an den Inhaber des Kontos auf der Ionischen Bank zurückgezahlt hat.«

Er sieht nach und hebt verdutzt den Kopf. »Normalerweise immer am Monatsende«, meint er.

Nun ist mir klar, wer Petroulias umbringen ließ: Koustas höchstpersönlich. In der Auseinandersetzung zwischen Petroulias und Koustas, deren Zeuge der Schwarze nach dem Match geworden war, ging es nicht um den Elfmeter. Der Elfmeter war bloß eine kleine Vorwarnung gewesen. Petroulias wollte etwas von Koustas, irgendein Konflikt gärte zwischen den beiden, und Petroulias drohte Koustas mit der roten Karte, zeigte ihm seine Macht. Und am 25. Mai zog er die rote Karte wirklich: Statt die Darlehensrate der Greekinvest an die Ionische Bank zu bezahlen, leitete er das Geld auf sein eigenes Bankkonto um. Koustas kam dahinter und ließ ihn beseitigen. Wer aber hatte Koustas auf dem Gewissen?

Plötzlich kommt mir eine ganz neue Idee. »Koustas hat das schmutzige Geld Dritter durch seine Waschanlage geschleust und mußte dafür Rechenschaft ablegen«, sage ich zu Kelessidis. »Folglich müssen irgendwo seine Einnahmen und Ausgaben vermerkt sein.«

»Sicher, nur dafür müssen Sie die doppelte Buchführung finden.«

»Welche doppelte Buchführung?«

Er schaut mich verwundert an. »Die meisten Unternehmen verfügen über eine doppelte Buchhaltung«, entgegnet er. »Einmal die offizielle Bilanzbuchhaltung und Versteuerung, dann die zweite, inoffizielle Buchführung, die das wahre Bild spiegelt und die das Finanzamt nie zu Gesicht bekommt. Wenn Sie diese Bücher auftreiben, dann bekommen Sie heraus, wie Koustas das Geld entgegennahm und wie er es wieder zurückzahlte.«

»Und wo könnte diese zweite Buchhaltung versteckt sein?«

Er lacht auf. »Wenn wir Steuerfahnder das wüßten, säße die Hälfte aller Unternehmer im Knast, Herr Kommissar«, antwortet er.

»Gut, machen Sie weiter, und ich beschaffe Ihnen die Geschäftsbücher von Koustas' Nachtlokalen und seine Bankauszüge«, sage ich und stehe auf.

Die Antiterrorabteilung hatte Tomaten auf den Augen, doch ich war der allergrößte Kohlkopf, da ich Elena Koustas Aussagen Glauben schenkte und wir ihr Haus nicht durchsucht haben.

41

Diesmal fahren wir nicht über die Küstenstraße zu Koustas' Villa in Glyfada, sondern über den Vouliagmenis-Boulevard. Der Nieselregen hält nun schon den zweiten Tag an. Kein richtiger Schauer, aber auch kein Sonnenschein. Es tröpfelt bloß fade und unentschlossen vor sich hin. Als läge man mit siebenunddreißig eins im Bett – zum Kranksein zu wenig, zum Gesundsein zu viel.

»Wozu schaltest du den Scheibenwischer ein?« fahre ich Dermitzakis unwirsch an. »Das verschlechtert die Sicht ja noch mehr.«

Er schaltet ihn ab, und ich kann meinen Gedanken ungestört nachhängen. Nasioulis' Prophezeiung hat sich bestätigt: Koustas hat einen Verteidigungsring geschaffen, der nicht einmal nach seinem Tod bröckelt. Durchbricht man die erste Linie, seine Nachtklubs, stolpert man über die Greekinvest. Ist man an der Karamitri vorbeigezogen, bleibt man an Chortiatis hängen. Und wenn man alle ausgespielt hat, baut sich der Torwart vor einem auf – Koustas' geheime Buchführung und die unbekannten Geschäftspartner aus Mafiakreisen. Wer weiß, möglicherweise haben mir die Antiterrorabteilung und Gikas den Fall genau deswegen übertragen: weil sie sicher waren, daß ich Koustas' Abwehrmauer nicht durchbrechen würde.

Nun bin ich auf dem Weg, Koustas' Haus zu durchsuchen, doch meine ursprüngliche Begeisterung ist verflogen, und ich mache mich nur halbherzig ans Werk. Ein gerissener Geschäftsmann wie er würde seine doppelte Buchführung bestimmt nicht bei sich zu Hause lagern.

Koustas' Villa zeigt sich genauso befestigt wie bei unserem ersten Besuch, doch damit hören die Ähnlichkeiten auch schon auf. Ich läute an der Klingel, und die Tür springt mit einem Klicken auf. Nirgendwo Sicherheitspersonal, weit und breit keine Sojawürfel bratende Philippinin. Im Vorgarten lassen die wenigen Blüten ihre Köpfe hängen, und die kopierte Kykladenkunst ist unter einer Dreckschicht ergraut, als wären Jahrhunderte vergangen.

Der Hauseingang ist verschlossen, und wir klopfen erneut. Dann wird die Tür aufgerissen, und Makis ruft: »Endlich, wo bleibst du so lange!« Als er uns erblickt, verstummt er irritiert. Sein Blick wandert ruhelos umher, sein Körper steht unter Strom. Offensichtlich erwartete er seinen Dealer, doch nun sieht er uns vor sich und steht knapp vor einem hysterischen Anfall.

»Was wollen Sie denn schon wieder, verdammt!« schreit er.

»Beruhigen Sie sich, Makis«, sage ich sanft. »Wir wollen das Haus durchsuchen. Wir glauben, daß Ihr Vater hier Papiere versteckt hat, die wir benötigen.«

»Das geht jetzt nicht, ich erwarte Besuch. Hätten Sie vorher angerufen!«

»Es dauert nicht lange. Wir nehmen uns nur seinen Schreibtisch vor, und das war's auch schon.«

Er lacht los. »Welchen Schreibtisch? Mein Alter hatte keinen Schreibtisch. Weder zu Hause noch sonstwo. Er hatte kein Hauptquartier, damit ihm keiner was nachweisen konnte.«

»Dann werfen wir eben einen Blick auf die Villa.«

Der Gedanke erfüllt ihn nicht gerade mit Begeisterung. Doch möchte er Auseinandersetzungen mit der Polizei lieber aus dem Wege gehen. »Suchen Sie«, meint er. Dann geht er ins Wohnzimmer voran.

Das Wohnzimmer ist noch immer in Dunkelheit getaucht. Doch im Gegensatz zu meinem letzten Besuch befindet es sich in einem Zustand der Auflösung. Auf dem Sofa und den beiden Sesseln liegt eine ganze Kollektion von Hemden, Hosen und Sportjacken ausgebreitet. Auf den beiden Holzstühlen stehen Wein- und Whiskyflaschen sowie Coladosen, während auf dem Tischchen dazwischen eine Sammlung unterschiedlicher Gläser aufgereiht steht. Makis fläzt sich in einen Sessel, mitten auf seine Kleider.

»Wo ist das Personal?« frage ich.

»Die sind alle weg«, entgegnet er mit einem zufriedenen Grinsen. »Mein Vater und meine Stiefmutter hatten sie darauf angesetzt, mich zu bespitzeln. Wie Bullen in meinem eigenen Haus, die herausfinden sollten, wohin ich gehe, was ich tue, was ich trinke, was ich esse. Sobald ich Elena abgeschüttelt hatte, schickte ich sie alle fort und habe endlich meinen Frieden.« Er sagt es mit der Freude eines Jugendlichen, der sich von der einen Abhängigkeit befreit, um sich ohne Zögern in die nächste zu begeben.

»Was hat das Erdgeschoß noch für Zimmer?« frage ich.

»Eßzimmer, Küche und Toilette. Oben gibt es drei

Schlaf- und zwei Badezimmer. Im Garten, direkt neben der Küchentür, finden Sie eine Treppe, die in den Keller führt.«

»Dann fangen wir erst mal mit dem Keller an«, sage ich zu Dermitzakis. Wenn Koustas in seinem Haus etwas verborgen hatte, dann ist ein Versteck im Keller naheliegend.

Als wir wieder auf den Flur treten, schaue ich zuerst ins Eßzimmer. Scheinbar benutzt Makis es nicht, denn es ist peinlich sauber, ein Museumsraum mit Ausstellungsstücken aus Elena Koustas Zeiten. Rund um den großen rechteckigen Tisch stehen etwa zehn Stühle. Das Büfett ist vierteilig und erstreckt sich über die ganze rechte Zimmerwand. Darauf steht Kristallgeschirr in Reih und Glied, Vasen, Teller und Obstschalen, während an der linken Wand das Familiensilber in einer Vitrine funkelt. Drei Bilder hängen über dem Büfett, zwei Porträts und dazwischen ein Landschaftsgemälde. Die Blumen in der Kristallvase auf dem Tisch sind verwelkt und haben ihre Blütenblätter auf den Tisch fallen lassen.

Die geräumige Küche liegt neben dem Wohnzimmer und ist vollkommen verdreckt und stinkt. Adriani wäre bei dem Anblick in Ohnmacht gefallen. In der Spüle stapeln sich die Teller bis zur Höhe des Wasserhahns, während auf der Marmorablage links und rechts der Spüle Pizzaschachteln samt Essensresten, Butterbrotpapier mit Souflakistückchen, nicht verspeiste Pommes und ein abgenagtes Grillhähnchen vor sich hin gammeln. Auf dem Küchenboden muß Orangensaft oder Coca-Cola verschüttet worden sein, denn unsere Schuhe bleiben kleben.

Im Vorgarten holen wir beide tief Luft, um uns von dem

durchdringenden Gestank zu befreien. Die Kellertreppe hat gerade mal vier Stufen. Wir stoßen die Holztür auf und treten ein. Der Keller ist noch düsterer als das Haus. Dermitzakis tastet mit der Hand nach dem Lichtschalter. Wenigstens hat Makis die Stromrechnung bezahlt.

Der Keller dehnt sich unter der gesamten Villa aus und besteht zur einen Hälfte aus einem Weinlager, zur anderen aus Arbeitsräumen für das Personal. An der linken Wand stehen eine Waschmaschine und ein Trockner. Daneben zwei riesige Körbe, vermutlich für die Schmutzwäsche. Dermitzakis wirft einen Blick hinein, dann öffnet er die Waschmaschine. Er tut einfach nur seine Pflicht, und erwartungsgemäß findet er nichts. An der hinteren Wand lehnen zwei Kinderfahrräder. Das eine muß Niki, das andere Makis gehört haben.

Das Weinlager besteht aus einem Regal mit vier Böden, in denen die Flaschenhälse schräg nach oben ragen. Ich mustere die Etiketten, die allesamt fremdsprachig sind, aber keine einzige englische Aufschrift tragen, die ich hätte entziffern können. Vermutlich sind alles französische Weine. Es liegt auf der Hand, daß Koustas von den Weinlieferungen für das Canard Doré einige Flaschen für seinen persönlichen Gebrauch abgezweigt hat, um sie bei sich zu Hause zu trinken. Das Weinregal ist ein filigranes Gestell mit schmiedeeisernen Stäben an der Rückwand, das bloß an die Wand gelehnt und nicht festgeschraubt ist.

»Hilf mir mal, das Regal ein Stück zur Seite zu rücken«, sage ich zu Dermitzakis. Wenn Koustas ein Versteck für seine geheimen Unterlagen angelegt hat, dann kann es nur hinter dem Weinregal liegen.

»Dann fallen die Flaschen runter«, bemerkt Dermitzakis.

»Auch egal. Der, der sie hierher geschafft hat, braucht sie nicht mehr, und sein Sohn tut gut daran, das Trinken aufzugeben.«

Wir packen das Weinregal an beiden Enden und versuchen, es von der Wand wegzurücken. Es ist tonnenschwer und läßt sich nicht von der Stelle bewegen. Wir schaffen es gerade mal, es ein wenig nach vorne zu neigen. Die Wand dahinter schimmert grünlich vor Feuchtigkeit, hier und da wächst Schimmelpilz. Weder ein Tresor noch ein anderes Versteck tritt zutage.

Ich blicke mich noch mal um, um mich abschließend zu versichern, daß Koustas an keiner anderen Stelle seine Geschäftsbücher versteckt haben konnte. »Gehen wir«, meine ich zu Dermitzakis. »Hier ist nichts zu holen. Der Keller war unsere einzige Hoffnung. Wir werden natürlich auch die Schlafzimmer durchsuchen, doch davon verspreche ich mir nicht viel.«

Im ersten Stock der Villa sieht es aus wie im Erdgeschoß. Ein Schweinestall – Makis' Zimmer – und zwei weitere, säuberlich in Ordnung gebrachte Schlafräume. Wir stehen in Koustas' Schlafzimmer, durchwühlen die Schubladen und heben gerade die Matratzen hoch, wie Cops in einem Hollywoodfilm, die ja die gesamte Polizeizunft durch ihr stümperhaftes Vorgehen in Verruf gebracht haben, als sich Dermitzakis' Beeper meldet.

»Ein Anruf von der Dienststelle«, sagt er und eilt in Makis' Zimmer, wo ein Telefon steht.

Ich setze meine Suche grund- und ergebnislos fort, bis Dermitzakis' Stimme von nebenan ertönt.

»Es ist Vlassopoulos, Herr Kommissar. Er möchte Sie sprechen.«

Ich fühle mich fast erleichtert, daß sich eine Gelegenheit bietet, alles liegen- und stehenzulassen. »Herr Kommissar, soeben hat mich Antonopoulos angerufen. Die Kousta ist in diesem Augenblick in einem Apartment in Kypseli. Antonopoulos steht davor und fragt, was er unternehmen soll.«

»Er soll dort bleiben und auf mich warten. Gib mir die Adresse durch.«

»Prinopoulou-Straße 4, zweite Etage.«

»Machen wir uns auf den Weg«, sage ich zu Dermitzakis, sobald ich auflege. »Hier finden wir ohnehin nichts.«

»Wohin fahren wir?«

»Ins Liebesnest der Kousta, in die Prinopoulou-Straße 4 in Kypseli.«

Als wir am Wohnzimmer vorbeikommen, sitzt Makis immer noch auf seinem Platz und starrt mit gläsernem Blick die gegenüberliegende Wand an. Falls er mitbekommen hat, daß wir uns verabschieden, läßt er sich jedenfalls nichts anmerken.

42

Auf der Rückfahrt nimmt Dermitzakis die Sirene in Betrieb. Sie zerreißt mir zwar fast das Trommelfell, doch ich nehme es in Kauf, weil ich die Kousta so schnell wie möglich abfangen will. Mit Unterstützung der Sirene brauchen wir nur eine Dreiviertelstunde bis zur Prinopoulou-Straße, doch wir bleiben am Anfang der Straße stecken, weil sich vor der Hausnummer 6, dem Gebäude neben dem Apartment, zwei Streifenwagen, zwei Krankenwagen und ein Haufen Gaffer drängeln. Antonopoulos ist nicht, wie vereinbart, auf seinem Posten vor Nummer 4. Ich entdecke ihn neben den beiden Streifenwagen, als er gerade versucht, auf Zehenspitzen einen Blick auf das Geschehen zu erhaschen. Aus der Menge erhebt sich das Gezeter einer dicken Vierzigjährigen. Ihre fetten Arme recken sich mit geballten Fäusten zum Himmel und donnern dann mit aller Wucht auf ihren Kopf herab. Zwei Sanitäter treten mit einer durch ein Leintuch bedeckten Krankenbahre aus der Eingangstür. Die Frau gibt einen weiteren Aufschrei von sich und will sich auf die Bahre stürzen, doch zwei Polizeibeamte kommen ihr zuvor und halten sie zurück.

Als Antonopoulos bemerkt, daß ich an der Eingangstür der Nummer 4 stehe, verläßt er das Schauspiel und kommt sofort auf mich zu.

»Was ist hier los?« frage ich.

»Eine russisch-griechische Familie aus dem Schwarzmeergebiet. Am hellichten Tag hat man sie niedergemetzelt. Allesamt – Vater, Großmutter und zwei Kinder. Vermutlich die Russenmafia, der Mann war in Drogengeschäfte verwickelt. Die Frau war in den Supermarkt einkaufen gegangen und dadurch entkommen. Jetzt rauft sie sich die Haare.«

»Und warum hast du deinen Posten verlassen?« frage ich ihn, nachdem er seinen Bericht abgeliefert hat. »Hatten sie nicht genug Leute? Mußtest du ihnen zu Hilfe eilen?«

»Ich bin nur einen Augenblick rübergegangen, um zu sehen, was los ist.«

»Und was ist, wenn die Kousta inzwischen abgehauen ist?« Er findet keine Antwort und blickt mich an. »Ist sie weg oder nicht?« beharre ich.

»Weiß nicht.«

»Was heißt hier: Weiß nicht!« äffe ich ihn nach. – Hier sterben jeden Tag Albaner, Araber, Russen griechischer Abstammung wie die Fliegen. So viele, daß man die Fälle gar nicht mehr ins Präsidium weiterleitet, sondern nur mehr zum zuständigen Revier und dann ad acta legt. Reicht es nicht, daß wir die Hände in den Schoß legen, müssen wir uns zu allem Überfluß noch zu den Gaffern gesellen? Ich trete auf die Haustür zu und suche die Klingelschilder ab.

»Die Wohnung liegt in der zweiten Etage«, höre ich Antonopoulos' Stimme hinter mir sagen. »Auf dem Schild steht Triantafyllidou, das habe ich nachgeprüft«, setzt er hinzu.

»Zum Glück hast du das noch geschafft, bevor die Russen abgeschlachtet wurden.«

Die Eingangstür steht halb offen. Ich stoße sie auf und trete ein. Dermitzakis will mir nach, doch ich halte ihn zurück. »Du bleibst bei Antonopoulos.« Er blickt mich beleidigt an. »Hier sollten wir ohne unnötigen Tumult vorgehen, wir sind ja nicht die Sittenpolizei«, erläutere ich ihm. Er bleibt zurück, und ich nehme den Fahrstuhl in die zweite Etage.

Eigentlich geht es mir nicht darum, Aufsehen zu vermeiden. Ich will nur die Kousta nicht bloßstellen. Ich will sie keinen fremden Blicken aussetzen, wenn ich sie mit ihrem Liebhaber erwische. Ich weiß wirklich nicht, was mich dazu treibt, sie mit Glacéhandschuhen anzufassen. Vielleicht mein schlechtes Gewissen, weil ich sie für eine Kokotte hielt und sie sich als Lady erwies. Wenn ich sie jedoch mit ihrem Liebhaber ertappe, dann bestätigt sich meine erste Einschätzung, und die Kousta alias Fragaki gerät unter Mordverdacht. Trotzdem möchte ich sie nicht vor allen Leuten bloßstellen. Sagen wir einfach: Meine Krankheit ist schuld. So würde sich auch Sotiropoulos ausdrücken, der stets der bequemen Lösung den Vorzug gibt.

Das Apartment mit dem Namensschild Triantafyllidou ist das letzte auf der linken Seite. Ich drücke auf die Klingel, und eine weißhaarige Sechzigjährige öffnet mir, ganz in Grau und Schwarz gekleidet – graue Bluse, schwarzer Rock, graue Strümpfe, schwarze Hausschuhe. Aus der Mode gekommene Kleidungsstücke, aus einer Zeit, als der Stadtteil Maroussi noch Amaroussion hieß. Unsere Überraschung beruht auf Gegenseitigkeit. Sie hat keinen Unbekannten vor der Tür erwartet, und ich habe in einem Liebesnest nicht mit einer Sechzigjährigen gerechnet. Außer sie vermietet ihre Wohnung an Pensionsgäste. *Rooms to let*, für eine schnelle Nummer.

»Was wünschen Sie?« fragt sie.

»Kommissar Charitos. Ich hätte gern Frau Kousta gesprochen.«

Ich bemerke ein verdutztes Innehalten und eine kurze Unruhe in ihrem Blick, doch sie hat sich rasch wieder in der Gewalt. »Sie irren sich. Hier gibt es keine Frau Kousta«, antwortet sie mit fester Stimme.

»Hören Sie mal zu, lassen Sie mich im guten rein, oder muß ich Gewalt gebrauchen?«

»Keti, laß den Herrn Kommissar herein«, höre ich die Stimme der Kousta aus dem Innern der Wohnung, und meine Drohgebärde fällt in sich zusammen.

Die Sechzigjährige tritt zur Seite und führt mich in einen kleinen, leeren Flur. Auf der linken Seite steht die Kousta im Türrahmen und lächelt mir entgegen. »Kommen Sie herein, Herr Kommissar«, meint sie und weicht zurück.

Ich trete in ein spärlich eingerichtetes Wohnzimmer. Ein Tisch mit vier Stühlen und je ein Sessel in den beiden Ecken sind die gesamte Einrichtung. Neben dem Tisch sitzt ein junger Mann um die Fünfundzwanzig in einem Rollstuhl. Sein Kopf ist zur Seite gesunken, und er sieht mit schrägem Blick auf die Welt. Sein Mund steht halb offen, und seine Zunge liegt schwer auf der Unterlippe, während sein Blick auf eine Kuckucksuhr an der gegenüberliegenden Wand geheftet ist. Ich stehe im Zimmer und blicke ihn an, doch er scheint meine Anwesenheit nicht bemerkt zu haben. Seine Hände ruhen auf den Knien. Er hebt sie hoch, klatscht zweimal und läßt sie wieder sinken. Kurz darauf hebt er sie wieder hoch und klatscht erneut zweimal, ohne die Uhr aus den Augen zu lassen, und läßt die Hände wieder fallen. Ich höre Elena Koustas Stimme hinter mir.

»Mein Sohn«, sagt sie, und ich drehe mich erstaunt zu ihr um.

Ich sehe, wie sie mir bitter zulächelt. Der Kuckuck springt aus der kleinen Tür und ruft zur halben Stunde. Der junge Mann hebt wieder seine Hände und schlägt diesmal viermal jauchzend die Hände zusammen.

»Das haben Sie nicht erwartet, was?« sagt die Kousta. »Wahrscheinlich haben Sie mit etwas ganz anderem gerechnet.«

»Ja.« Wie soll ich ihr beibringen, daß mich Makis beeinflußt hat und ich in der Gewißheit hierhergekommen bin, sie in den Armen ihres Liebhabers vorzufinden?

»Es gibt nichts anderes, Herr Kommissar. Das ist Stefanos, mein Sohn. Ich habe ihn mit fünfundzwanzig zur Welt gebracht. Ich bin genau doppelt so alt wie er.« All das sagt sie in einem ruhigen, fast neutralen Tonfall, als mache sie eine Zeugenaussage. »Wie haben Sie es herausbekommen?« fragt sie. »Wie haben Sie erfahren, daß ich hierherkomme?«

»Uns lag ein Hinweis vor, daß Sie jeden Dienstagnachmittag aus dem Haus gegangen und erst spät abends zurückgekehrt sind.« Damit gebe ich implizit zu, daß wir sie beschatten.

»Wer hat Ihnen den Hinweis gegeben?«

»Ich bedaure, das darf ich Ihnen nicht sagen.«

Sie lächelt. »Da muß man nicht lange nachdenken, um das zu erraten«, meint sie. »Niki ist aus dem Haus, mein

Mann ist tot, Serafina, meine Philippinin, hat nie mit Ihnen gesprochen. Bleiben nur die Leute des Sicherheitspersonals und Makis.« Sie hält inne und wartet auf eine Antwort, doch ich halte meinen Mund. »Da Sie nichts sagen, heißt das wohl, es war Makis«, meint sie. »Was hat er Ihnen gesagt?«

Es hat keinen Sinn mehr, es vor ihr geheimzuhalten. »Daß Sie jeden Dienstagnachmittag aus dem Haus gingen, um sich mit Ihrem Liebhaber zu treffen.«

Das bittere Lächeln verwandelt sich in ein bitteres Auflachen. »Armer Makis, wiederum hatte er nicht ganz unrecht. Wie sollte er sich in seiner Ahnungslosigkeit auch so etwas vorstellen können? Das war immer schon sein Problem, sein Ansatz war richtig, doch die Schlußfolgerungen verkehrt. Darum ist nichts aus ihm geworden.«

»Wußte Ihr Mann davon?«

»Ja, von Anfang an. Als er mir seinen Heiratsantrag machte, erklärte ich ihm, er solle zu mir nach Hause kommen, weil ich ihm etwas zeigen müsse. Ich stellte ihm Stefanos vor und erklärte ihm, daß er ein uneheliches und behindertes Kind war.«

Wir stehen immer noch. Die Kousta fordert mich nicht zum Hinsetzen auf, sondern geht auf ihren Sohn zu und streichelt ihn. Der junge Mann scheint ihre Hand nicht zu spüren. Er hält den Blick nach wie vor auf die Kuckucksuhr geheftet, doch ohne in die Hände zu klatschen. Vielleicht hat er begriffen, daß der Kuckuck erst nach einer Weile wieder herausschnellen wird, vielleicht ist er auch der Welt und seiner selbst überdrüssig geworden.

»Und wie hat er darauf reagiert?«

»Er meinte, es störe ihn nicht weiter.« Sie ringt sich wieder ein Lächeln ab und fährt in bitterem Ton fort: »Als ginge es um irgendeine bedeutungslose Einzelheit. Er meinte, ich solle eine Wohnung und eine vertrauenswürdige Pflegerin besorgen, die sich um Stefanos kümmern würde. Er wollte alle Ausgaben übernehmen, doch nur unter einer Bedingung: Ich durfte ihn nie wiedersehen.«

»Und Sie sind darauf eingegangen?«

»Zuerst wollte ich nein sagen. Dann aber dachte ich, daß damit Stefanos' Pflege ein für allemal gesichert wäre. Während sein Unterhalt bei mir und meiner Lebensweise ganz und gar nicht gewährleistet war. Ich habe mit Keti, einer entfernten Cousine meiner Mutter aus Katerini, Kontakt aufgenommen und sie als Pflegerin hierhergebracht.« Sie pausiert kurz. Als sie wieder zu sprechen beginnt, ist ihre Stimme eindringlicher, als müsse sie sich im nachhinein vor ihrem Mann rechtfertigen. »Aber ich hielt es nicht aus, Stefanos nicht zu sehen«, meint sie. »Ich konnte mich sechs Monate lang beherrschen, doch ich litt Höllenqualen. Eines Tages – ich wußte, daß Dinos am Dienstagnachmittag immer zum Training seiner Mannschaft ging – konnte ich nicht mehr. Ich ging einfach zu Stefanos. Ich hatte furchtbare Angst, er könnte dahinterkommen. Doch er merkte nichts, und so schlich ich mich jeden Dienstagnachmittag aus dem Haus.« Sie holt tief Luft und lächelt mir zu. »Nun wissen Sie alles, Herr Kommissar. Nichts aus meinem Leben ist Ihnen verborgen geblieben.«

Das ist klar, doch es nützt mir alles nichts – mit Ausnahme eines kleinen Hinweises, dem nunmehr geringe Bedeutung zukommt. Koustas hatte entweder schon damals seine Geldwaschanlage in Betrieb genommen, oder er stand kurz davor. Deshalb bestand er darauf, daß sich die Kousta von ihrem Sohn lossagte. Er wollte bei seinen Geschäften keine Angriffsflächen bieten. Und das behinderte Kind wäre eine solche Angriffsfläche gewesen und mußte von der Bildfläche verschwinden. Er wollte die Kousta nicht verlieren, aber auch jegliche Möglichkeit ausschalten, daß man ihn mit dem unheilbar kranken Sohn seiner Frau unter Druck setzen konnte.

Ich strecke der Kousta meine Hand hin. »Entschuldigen Sie die Störung«, lalle ich wie ein Vollidiot, doch ich weiß nichts anderes zu sagen.

»Leben Sie wohl, Herr Kommissar«, entgegnet sie. »Und ich hoffe, daß Sie mir jetzt, wo Sie alles in Erfahrung gebracht haben, nicht weiter nachspionieren.«

Sie sagt es ohne Tadel in der Stimme, ganz ohne Bosheit, so daß es mir um so peinlicher ist. Plötzlich übermannt mich der Wunsch, ihr alles zu erklären, ihr zu sagen, wie sehr ich mich dafür schäme, daß ich so niedrig von ihr dachte, und wie sehr ich zugleich gehofft hatte, daß ich mich täuschen und Makis Lügen gestraft würde. Aber ihre Bitterkeit, die sie gekonnt zu einer würdevollen Haltung stilisiert, und der Bulle in mir verurteilen mich zum Schweigen. Ich drehe mich um und gehe.

43

Ich treffe mit einer halben Stunde Verspätung im Café Zauberflöte ein. Ich bin zwar schon hundertmal daran vorbeigefahren, doch nun trete ich zum ersten Mal ein. Die Stammgäste sind Pseudointellektuelle mit Pferdeschwanz, Architekten, Ingenieure, Rechtsanwälte. Vermutlich haben sie an meinem Gesichtsausdruck oder an meinem Anzug von der Stange abgelesen, daß ich Bulle bin. Denn alle fixieren mich gleichzeitig. Ich lasse mich davon nicht beeindrucken und versuche gleich Katerina ausfindig zu machen. Sie sitzt im letzten der Séparées, die die linke Hälfte des Cafés einnehmen. Vor ihr steht eine Tasse Kaffee, die sie in kleinen Schlucken leert. Ich gehe auf sie zu und setze mich ihr gegenüber hin.

»Tut mir leid, daß ich spät dran bin«, sage ich.

»Macht nichts. Mit einem Polizeibeamten als Vater weiß man, daß Polizisten ihre Terminplanung nicht im Griff haben.«

Wir lachen, und das entspannt die Situation etwas. Ich fühle mich nicht gerade in Hochform. Das Café gefällt mir nicht, und meine Gedanken kommen nicht von Koustas' geheimen Geschäftsbüchern los. Hätte ich gewußt, wie mein Tag verlaufen würde, hätte ich für heute kein Treffen vorgeschlagen. Der Kellner beugt sich über mich, und ich bestelle einen frischgepreßten Orangensaft, um ihn loszuwerden.

»Also, was wolltest du besprechen?« frage ich sie.

Sie antwortet nicht sogleich. Sie streicht mit ihren Fingern die Kaffeetasse entlang und hebt den Blick. »Ich habe mir eigentlich fein säuberlich zurechtgelegt, was ich dir sagen wollte. Doch jetzt weiß ich nicht, wie ich anfangen soll«, meint sie, und der Widerschein eines Lächelns zieht über ihr Gesicht.

»Rede einfach, wie dir der Schnabel gewachsen ist«, entgegne ich. »Ist es denn so schwer, mit deinem Vater zu reden?«

»Manchmal schon. Und in der letzten Zeit ist es ziemlich schwer«, setzt sie leise hinzu.

»Komm, leg los. Ich höre dir zu, und wir reden über alles. Wir beide haben doch immer über alles geredet.«

Sie blickt mich schweigend an, als zweifle sie an meinen guten Absichten. Dann strafft sich ihr Körper. »Na gut. Ich wollte dich fragen, was du gegen Fanis hast; warum du ihn so behandelst.«

Eine solche Einleitung habe ich nicht erwartet. »Ich?« sage ich verärgert. »Was soll das heißen: wie ich ihn behandle?«

»Vorgestern bei der Untersuchung hat er deine Miene gesehen und sofort den Rückzug angetreten.«

»Meine Miene? Wieso denn meine Miene? Davon, was er für ein Gesicht machte, hat er nichts erwähnt?«

»Schrei nicht so laut.«

»Weißt du, wie er sich mir gegenüber verhalten hat? Als wäre ich ein Rentner der Bauernkrankenkasse –«

»Schrei nicht so laut.«

»– den die Ärzte so schnell wie möglich loswerden wollen. Er hat mich kaum gegrüßt und die Untersuchungsergebnisse genauer angesehen als mich selbst. Zum Schluß –«

»Schrei nicht so laut.«

»– hat er, was er zu sagen hatte, mit deiner Mutter besprochen, als wäre ich noch nicht volljährig und er müßte alles mit meinem Vormund bereden. Und dann wundert er sich über meinen Gesichtsausdruck? Hätte ich ihm vielleicht die Füße küssen sollen?«

»Bitte schrei nicht so laut.«

Erst jetzt wird mir bewußt, daß ich wirklich ziemlich laut geworden bin. Die Pferdeschwanzintellektuellen starren mich an. Doch mir steht der Ärger bis zum Hals, und ich kann und will mich nicht beherrschen.

»Papa, am Vortag freute sich Fanis noch darauf, dich wiederzusehen. Aber als du in das Untersuchungszimmer kamst, sah er dein Gesicht und ist vor Schreck erstarrt.«

»Ist er nun wegen meiner sauren Miene eingeschnappt oder ich wegen seiner?«

»Keine Ahnung. Ich war ja nicht dabei. Ich habe jedenfalls Mama gefragt, und sie hat mir bestätigt, daß du ein Gesicht gemacht hast, als wolltest du –«

»Was? Ihn umbringen?«

»Aber nein. Ihm Handschellen anlegen und ihn aufs Präsidium schleifen. Fanis hat das gemerkt und sich in sein Schneckenhaus zurückgezogen, weil er Angst hatte, du könntest ausfällig werden und ihn vor den anderen bloßstellen.«

Sie verstummt, und wir blicken uns an. Ich versuche, mir Ousounidis' Gesichtsausdruck zu vergegenwärtigen. Ein kühler, geschäftsmäßiger Ärzteblick, der dem Patienten nicht einmal eine Zwischenfrage zubilligt. War es meine Miene, die seine Reaktion provoziert hat, wie Katerina sagte, oder war es vielleicht der Ausdruck auf seinem Gesicht, der meine Reaktion hervorrief? Das wird ebenso unaufgeklärt bleiben wie der Koustas-Mord. Einerseits weil es keinen Spiegel gab, in dem ich meine Miene hätte überprüfen können, andererseits weil Adriani Ousounidis gegenüber positiv voreingenommen ist. Demnach hat er immer recht und ich unrecht.

»Weißt du, warum ich mit Fanis zusammensein möchte? Ist dir das klar?« fragt mich Katerina.

»Weil du dich in ihn verliebt hast. Wie zuvor in Panos.«

»Da täuschst du dich. Panos war ein Begleitumstand meines Umzugs nach Thessaloniki, gleich nach dem Abitur. Ich war das erste Mal von euch weg, ich fühlte mich einsam und wollte mich an jemandem festhalten. Ich weiß nicht, vielleicht habe ich mir deshalb einen kräftigen Mann gesucht, damit ich mich anlehnen konnte. Unabhängig davon, daß ich mich in ihm getäuscht hatte und er sich als Muttersöhnchen erwies. Ich wußte, daß du ihn nicht leiden konntest, doch das kümmerte mich nicht. Im Grunde konnte ich ihn genausowenig leiden.«

»Und wie steht es mit Ousounidis?« Ich bringe den Vornamen nicht über die Lippen. »Wo liegt da der Unterschied?«

Sie blickt in ihre Kaffeetasse und versucht, ihre Gedanken zu ordnen, bevor sie sie mir erläutert. »Vorgestern habe ich ihm gesagt, daß ich die Recherchen zu meiner Bibliographie abschließen und in einer Woche nach Thessaloniki zurückfahren werde.«

»Mir hast du das vorenthalten.«

»Weil ihr jedesmal, wenn ich wegfahre, in einen Trauerzustand verfallt und ich es euch lieber erst fünf Minuten vor meiner Abreise sage. Weißt du, was Fanis zu mir gesagt hat, als er das hörte?«

»Was?«

»Er hat mir gesagt, daß er es versteht, doch daß auch er seine Patienten und seine Nachtschichten hat und es nicht leicht für ihn sein würde, mich in Thessaloniki zu besuchen. ›Vielleicht schaffe ich es, ab und zu am Wochenende zu dir zu kommen‹, sagte er. ›Du solltest dich aber an den Gedanken gewöhnen, daß wir uns vielleicht erst zu Weihnachten in Athen wiedersehen.‹« Sie pausiert kurz, um zu sehen, was das für einen Eindruck auf mich macht. Sie merkt, daß ich stumm bleibe, und fährt fort. »Das gerade gefällt mir an Fanis: daß er mich liebt, aber auch seine Arbeit, und daß er nicht vorhat, sie meinetwegen zu opfern. Und das bedeutet, daß er versteht, daß auch ich nicht vorhabe, mein Studium seinetwegen an den Nagel zu hängen. Panos hing am Schluß an mir wie eine Klette.«

Bislang war ich auf meine Tochter stolz gewesen, weil sie mir und nicht ihrer Mutter ähnlich war. Nach und nach beginne ich zu begreifen, daß sie auch mir nicht gleicht. Mir liegt es, Mörder und Verbrecher zu verhören und ihren Motiven auf den Grund zu gehen, doch sobald ich es mit mir selbst zu tun habe, versage ich kläglich. Zumeist weiß ich nicht, was mit mir los ist oder was ich eigentlich von den anderen will, weil ich einfach drauflosschandle. Katerina dagegen weiß über sich selbst Bescheid. Mit einem Mal fällt mir Elena Kousta mit ihrem Sohn ein. Ich stelle mir vor, wie sie um Mitternacht aus dem Nachtklub nach Hause kommt und zum Bettchen ihres behinderten Kindes eilt, um zu sehen, ob es schläft. Und danach, wie sie sich aus Koustas' Villa davonstiehlt, um für ein paar Stunden ihr Kind zu besuchen. Es nervt mich, daß sich die Kousta zwischen mich und meine Tochter schiebt, doch sie will mir nicht aus dem Sinn.

»Woran denkst du?« fragt Katerina und reißt mich aus meinen Gedanken. »Ich hab dich wohl mit meinen Sorgen überfordert?«

»Nein, ganz und gar nicht, mein Schatz. Dieser Fall, der mir nicht mehr aus dem Kopf geht, ist an allem schuld.«

»Welcher Fall? Der Koustas-Mord?«

»Ja.« Ich will ihr nicht von Elena Kousta und ihrem behinderten Sohn erzählen, deshalb verfalle ich auf eine Ausrede. »Ich fahnde gerade nach Koustas' illegaler Buchhaltung und habe keinen Schimmer, wo sie sein könnte. Ich habe heute nachmittag sein Haus durchsucht, aber nichts gefunden.«

»Wieso fragst du nicht seinen Buchhalter?«

Ich blicke sie perplex an. Wie konnte ich Jannis, Koustas' Buchhalter, der bei der R.I. Hellas arbeitet, vergessen? Vielleicht, weil ich ihn eher mit der Tochter als mit dem Vater in Verbindung brachte.

»Unser Professor hatte in einem Seminar über Handelsrecht einmal einen Finanzbeamten eingeladen. Und der erklärte uns im Scherz, daß die Geheimnisse, die selbst der Unternehmergattin verborgen bleiben, beim Buchhalter am besten aufgehoben sind. Von der Geliebten bis zur doppelten Buchführung der Firma.«

»Katerina«, sage ich, »vielleicht hast du mich in diesem Augenblick der Lösung einen Riesenschritt näher gebracht.«

Sie lacht. »Dann habe ich ja zumindest etwas erreicht«, meint sie. »Und wenn es auch nicht das ist, was ich eigentlich wollte«, fügt sie spöttisch hinzu.

»Hast du vor, ihn zu heiraten?« frage ich.

»Wen? Fanis?«

»Ja. Hast du vor, ihn zu heiraten?«

»Jetzt redest du wie Mama! Das paßt gar nicht zu dir«, meint sie und wird augenblicklich ernst. »Papa, ich bin einzig und allein damit beschäftigt, meine Doktorarbeit fertigzustellen und mich dann weiter umzusehen. Eine Heirat steht vorläufig nicht zur Debatte.«

»Lade ihn am Samstag zum Mittagessen ein, bevor du nach Thessaloniki fährst.«

Sie stutzt einen Augenblick, um sich zu vergewissern, daß ich nicht scherze, und dann leuchten ihre Augen auf. Sie würde sich am liebsten zu mir herüberbeugen und mir einen Kuß auf die Wange drücken, doch sie hält sich zurück, um kein unnötiges Schauspiel zu bieten. Sie nimmt meine Hände und drückt sie ganz fest. »Du ahnst nicht, welche Freude du mir damit machst«, meint sie.

»Weil ich Fanis zu uns nach Hause einlade?«

»Nein, weil ich dich überzeugen konnte.«

Als wir auf die Straße treten, faßt sie nach meinem Arm und legt ihn sich über die Schultern. Wie wir dann so vor dem Mirafiori stehen, sehen wir aus wie zwei Jungverliebte, die ihre erste Rostlaube erstanden haben.

44

Jannis Stylianidis, Koustas' Buchhalter, sitzt auf demselben Stuhl wie gestern Kelessidis. Sein Gesicht ist nur zur Hälfte zu erkennen, sein Kinn wird von drei Stapeln Geschäftsbücher verdeckt. Davon stammen zwei aus den beiden Nachtklubs und einer aus dem Restaurant Le Canard Doré. Ich greife auf gut Glück ein Buch heraus und blättere darin herum. Die Eintragungen sagen mir nichts, doch ich studiere sie mit fachmännischem Blick, als wollte ich ihm gleich fünfzig Millionen Bußgeld wegen Steuerhinterziehung aufbrummen. Vlassopoulos hat sich hinter seinem Rücken aufgestellt, um ihm seine Anwesenheit ständig in Erinnerung zu rufen und ihn damit zu verunsichern.

»Das ist alles?« frage ich, nachdem ich geraume Zeit in den Büchern wortlos hin und her geblättert habe.

»Jawohl.«

Seine Stimme ist voller Bereitwilligkeit. Ich sitze auf dem Stuhl neben ihm und verschränke die Arme. »Warum schwindeln Sie mir etwas vor?« frage ich freundlich.

»Ich lüge Sie nicht an, Herr Kommissar. Ich habe alles vorgelegt. Einnahmen- und Ausgabenbücher, Gästebücher, Kassenrollen, Rechnungen über Einkäufe, einfach alles.«

»Sie haben mir alles vorgelegt, außer Koustas' doppelter Buchführung.«

Er zuckt überrascht zusammen, bewahrt jedoch einen kühlen Kopf. »Was für eine doppelte Buchführung? Ich weiß nicht, worauf Sie hinauswollen.«

»Jannis, spielen Sie hier nicht den Helden, denn das wird Sie teuer zu stehen kommen. Ich rede von Koustas' geheimen Geschäftsbüchern, in denen er seine illegalen Transaktionen registriert hat.«

»Es gibt keine solchen Bücher, und wenn es sie gäbe, hätte er sie mir nicht gezeigt.«

Urplötzlich packt ihn Vlassopoulos an den Schultern und schüttelt ihn. »Hör mal, du Klugscheißer, ich kenne da auch noch eine andere Art, dich zum Reden zu bringen! Spuck lieber freiwillig aus, wo Koustas' zweite Geschäftsbücher sind, damit wir endlich weiterkommen!«

»Ich weiß es nicht! Wirklich!« schreit er erschrocken. »Ich weiß nichts von anderen Büchern.« Er wagt nicht, zu Vlassopoulos aufzublicken, und sein flehender Blick fällt auf mich.

»Jannis, wir sind keine Finanzfachleute«, sage ich, immer auf die sanfte Tour.

»Ich weiß.«

»Folglich suchen wir nicht nach Beweisen für Steuerhinterziehung. Wir sind hinter etwas ganz anderem her.«

»Hinter was denn?«

»Wir wollen herauskriegen, wie Ihr Arbeitgeber drei Milliarden Schwarzgeld jährlich reingewaschen hat und wer ihm die Summe zwecks Geldwäsche zukommen ließ.« An seinem Blick lese ich ab, daß er angebissen hat und fahre im gleichen Tonfall fort. »Sie waren sein Buchhalter, Sie haben nur Rechnungen und Quittungen zu sehen bekommen. Vielleicht haben Sie geahnt, was sich hinter seinen Geschäften verbarg, vielleicht auch nicht. Folglich wird Sie niemand wegen illegaler Geldwäsche belangen, wenn Sie uns sagen, wo sich Koustas' Bücher befinden. Wenn Sie den hartgesottenen Burschen spielen, wir aber alles rauskriegen, dann stehen Sie blöd da. Koustas ist tot, und ihm können wir nichts mehr anhaben. Aber Sie können wir als Mitwisser vor Gericht bringen.«

Während meines Monologs knetet er nervös seine Hände. »Ich weiß nicht, ob Koustas geheime Geschäftsbücher hatte«, stottert er schließlich. »Wenn ich es wüßte, würde ich es Ihnen sagen.«

»Gehen wir alles noch mal der Reihe nach durch. Wer hat Koustas' legale Buchführung verwahrt?«

»Ich.«

»Wo haben Sie sie aufgehoben?«

»Bei mir zu Hause.«

»Und wer hat Ihnen die Belege für Ihre Eintragungen ausgehändigt?«

»Einer von Koustas' Leibwächtern.«

»Wo? Kam er zu Ihnen nach Hause oder in Ihr Büro?«

»Zu mir nach Hause. Montag abends überbrachte er mir immer die Unterlagen der ganzen Woche aus allen drei Gaststätten.«

»Und Sie behaupten, Sie hätten die zweiten Bücher niemals zu Gesicht bekommen.«

Er zaudert. »Nein, niemals.«

Vlassopoulos packt ihn wieder an den Schultern, doch diesmal hebt er ihn wie einen Sandsack hoch und knallt ihn gegen die Wand. »Wem versuchst du das zu erzählen, du

Hornochse!« brüllt er und versetzt ihm zwei Ohrfeigen. »Glaubst du denn, wir sind Hampelmänner, mit denen du tun kannst, was dir paßt, he?« Zwei weitere Maulschellen. »Du hast die Bücher bei dir zu Hause aufbewahrt, die Belege wurden dir mit Sonderboten zugestellt, und du willst uns weismachen, daß du die doppelte Buchführung nie zu Gesicht bekommen hast? Willst du mich auf den Arm nehmen, du Arschgeige?« Er hat ihn mit der einen Hand fest im Griff und dreht sich zu mir um. »Herr Kommissar, wir verplempern unsere Zeit. Lassen Sie mich ihm die Fresse polieren, damit er endlich zu reden anfängt.«

Als Stylianidis hört, wie Vlassopoulous meine Erlaubnis einholt, schließt er unwillkürlich die Augen, um die Schläge zumindest nicht zu sehen, die er einstecken wird. Ich frage mich, weshalb er immer noch seinen Mund hält. Doch unvermittelt fällt mir die Szene während meines ersten Besuchs in Niki Koustas Büro ein, und das Geheimnis klärt sich von selbst auf.

»Laß ihn«, sage ich zu Vlassopoulos. »Er redet nicht, weil er sich als Beschützer aufspielt.« Ich stehe auf und gehe auf ihn zu. »Wen wollen Sie beschützen, mein lieber Jannis?«

»Niemanden«, lallt er.

»Koustas jedenfalls nicht, denn der ist tot. Haben Sie Angst, daß Niki Kousta in Schwierigkeiten kommt, wenn Sie reden? Ist es das?«

Er reißt die Augen auf und blickt mich an. Vlassopoulos läßt ihn los, aber er verharrt an seinem Platz. Ich erinnere mich, wie er die Kousta an jenem Tag im Büro angesehen hatte, und mir ist klar, daß ich recht habe. »Hören Sie zu«, sage ich. »Niki Kousta hat mit den Geschäften ihres Vaters nichts zu schaffen, das ist eindeutig erwiesen. Sie hatte ihre eigene Wohnung, ging einer ganz anderen Tätigkeit nach und sah ihn selten. Also besteht für sie keine Gefahr.«

Er ist nach wie vor mißtrauisch. »Ist das wahr? Sie wollen mich aufs Glatteis führen, nur damit ich aussage!«

»Nein. Wir benötigen die Geschäftsbücher, um herauszufinden, wer Koustas umgebracht hat. Und weder Sie noch seine Tochter sind tatverdächtig.«

»Koustas hatte einen Lagerraum in der Kranaou-Straße, neben der armenischen Kirche«, preßt er hervor. »Alle zwei Wochen bin ich dorthin gefahren, immer am frühen Abend, und er ließ mich in zwei Büchern Eintragungen machen.«

»Hat er die Bücher mitgebracht?«

»Nein. Er hatte sie in einem Tresor im Lagerraum eingeschlossen. Es gab weder Quittungen noch Belege. Er diktierte mir die Summen für jedes Geschäftsbuch. Er hatte alles auf einem kleinen Zettel notiert.«

»Und er hat Ihnen nie erläutert, worum es bei diesen Summen ging?«

»Nur einmal erklärte er mir, daß er das Finanzamt beschummelt, wie jeder Geschäftsmann, und ich niemandem von dem Lagerraum und den Büchern erzählen sollte.«

»Und Sie haben dichtgehalten?«

»Kein Buchhalter zeigt seinen eigenen Arbeitgeber an, wenn der das Finanzamt betrügt, Herr Kommissar. Im Grunde versucht jeder gute Buchhalter, Geld am Finanzamt vorbeizumanövrieren.«

Nur daß es Koustas gar nicht darum ging, Steuern zu

hinterziehen, sondern Schwarzgeld zu waschen. Vielleicht hatte Jannis das begriffen, vielleicht aber auch nicht. Koustas hatte ihn jedenfalls bestimmt großzügig dafür entschädigt, daß er nichts verlauten ließ.

»In Ordnung, Jannis«, sage ich. »Ich brauche Sie nicht länger, Sie können gehen.«

Stylianidis blickt mich argwöhnisch an. Es fällt ihm schwer zu glauben, daß er alles so schnell überstanden hat. Er wirft einen Blick auf Vlassopoulos und sieht, daß selbst der ihm nun freundschaftlich zugrinst. Er erhebt sich und geht zur Tür. Bevor er hinausgeht, hält er kurz inne.

»Ich bitte Sie, tun Sie Niki Kousta nichts«, meint er beim Hinausgehen. »Wenn ihr meinetwegen etwas zustößt, würde ich mir das nie verzeihen.«

Wahrscheinlich bekennt er zum ersten Mal öffentlich seine Liebe zur jungen Kousta – ausgerechnet mir gegenüber. Er hat im falschen Augenblick den falschen Beichtvater erwählt.

»Machen Sie sich keine Sorgen, ihr passiert nichts.«

Er tritt hinaus und zieht die Tür hinter sich ins Schloß.

»Beschaff einen Einsatzwagen«, sage ich zu Vlassopoulos. »Und einen Schlosser von der Spurensicherung. Gib Dermitzakis Bescheid, er soll im Grundbuchamt nachfragen, auf welchen Namen das Lager in der Kranaou-Straße angemeldet ist.« Ich bin sicher, daß die Eintragung nicht auf den Namen Koustas lauten wird.

Der Nieselregen hat aufgehört und ist in aufgelockerte Bewölkung mit längeren sonnigen Abschnitten übergegangen, wie es im Wetterbericht so schön heißt. In der Sarri-Straße geraten wir in einen Stau. Wir stellen den Streifenwagen auf dem Gehsteig ab und gehen zu Fuß zur Kranaou-Straße. Das Lager erweist sich als ein Kellerraum. Die Metalltür ist mit einem Sicherheitsschloß versehen. Wir beziehen davor Stellung und warten auf den Schlossermeister, der nach einer Viertelstunde wutschnaubend ankommt.

»Stau auf der Mitropoleos-Straße!« erklärt er uns. Es ist derselbe, der die Büros der Greekinvest geknackt hat. Er wirft einen Blick auf das Schloß. »Kein schwieriger Fall, aber ein Weilchen wird es schon dauern.« Nach zehn Minuten stößt er die Tür auf.

Der Lagerraum ist ein großes Kellergeschoß. An der Wand zu unserer Rechten sind Paletten mit Kartons gestapelt. An der linken Wand steht ein großer Schreibtisch mit einem Drehstuhl davor, einem Telefonapparat und einem Faxgerät. Der Tresor, von dem uns Stylianidis erzählt hat, befindet sich neben dem Schreibtisch und nimmt die Hälfte der Wand ein. Der Schlosser begutachtet ihn zunächst, dann holt er sein Werkzeug heraus und macht sich an die Arbeit. Vlassopoulos beginnt, die Schubladen des Schreibtisches zu durchwühlen.

Mir bleiben nur mehr die Kartons zur Untersuchung übrig. Die beiden Paletten tragen außen einen Stempel mit der Bezeichnung Sofrec. Ich mache die ersten beiden Kartons auf und stoße auf zwei unterschiedliche Sorten vakuumverpackten Hartkäse. Die dritte Palette enthält höhere Kartons, und der Stempel lautet Tripex. In der ersten Schachtel finde ich sechs Flaschen Rotwein. Offensichtlich handelt es sich bei beiden Waren um französische Produkte, die Koustas für das Canard Doré eingekauft hatte. Ich lasse die Kartons stehen und gehe zu Vlassopoulos.

»Nichts drin, sie sind ganz leer«, meint er und deutet mit einer Kopfbewegung auf die Schreibtischladen.

Ich hatte nichts anderes erwartet. Nur der Safe wird uns Koustas' Geheimnisse offenbaren können. Der Schlosser ist immer noch zugange. Ich blicke ihm über die Schulter. Und wenn er es nicht fertigbringt, ihn zu öffnen? frage ich mich. Er scheint meine Sorgen zu erraten, denn er hebt den Kopf und grinst mir zu.

»Nur keine Bange«, meint er. »Ich hab Dynamit dabei. Im Notfall wird das Schloß gesprengt.«

Eine weitere Viertelstunde vergeht, während Vlassopoulos und ich ungeduldig warten. Schließlich dreht der Schlosser den Schlüssel viermal um, betätigt den Griff und stößt die Tür des Geldschranks auf.

»Das hätten wir«, sagt er zu mir und tritt beiseite.

Der Tresor hat drei Fächer. Das oberste besteht aus einem weiteren Schränkchen, einem Safe im Safe. »Sie sind doch noch nicht fertig«, sage ich zu dem Schlosser. Und deute auf das Schränkchen. Vlassopoulos reckt sich hinter mir in die Höhe, um auch einen Blick zu erhaschen.

»Kein Problem«, entgegnet der Schlosser und greift wieder zu seinem Werkzeug.

Im zweiten Fach liegen die beiden Geschäftsbücher, die Stylianidis alle zwei Wochen auf den neuesten Stand bringen mußte. Ich blättere sie rasch durch. Sie sind voll nichtssagender Zahlenkolonnen. »Nimm sie mit«, meine ich zu Vlassopoulos. »Die reichen wir an unsere Fachleute weiter.«

Im letzten Fach finde ich einen umfangreichen Aktenordner. Ich trage ihn zum Schreibtisch hinüber, nehme auf dem Drehstuhl Platz und schlage ihn auf. Er ist randvoll mit Überweisungsbelegen, alle in DM über Summen in der Höhe von 50 000 bis 300 000. Die Überweisungen wurden über ein Devisenkonto der Ionischen Bank getätigt und die Summen stets auf dieselbe Bank, eine gewisse Unobank in Vaduz, eingezahlt. Kontoinhaber waren die Firmen Sofrec und Tripex.

Bis hierher verstehe ich alles ohne fachmännischen Beistand. Es handelt sich um Briefkastenfirmen, die schmutziges Geld überwiesen und sauberes Geld wieder zurückerhielten. Koustas hatte ein Devisenkonto eröffnet und darüber die Geldtransaktionen seiner Geschäftspartner abgewickelt. Man schaffte die Summen irgendwie nach Griechenland, entweder in bar in einer Reisetasche oder durch verschiedene Überweisungen, Koustas schleuste sie durch die Geldwaschanlage seiner Firmen und schickte seinen Auftraggebern alles sozusagen gestärkt und gebügelt wieder retour. Wein- und Käselieferungen dienten nur als Ablenkungsmanöver. Höchstwahrscheinlich überwies er vom selben Konto der Ionischen Bank auch das Darlehen an die Greekinvest.

Deshalb also wollte er seinen Sohn nicht an einen seiner Nachtklubs heranlassen. Es war ihm lieber, seine Entziehungskuren zu finanzieren, als ihn zum Mitwisser seiner Geschäfte zu machen. Ich sehe Makis vor mir, mit seinen Lederklamotten, den Cowboystiefeln und dem mal funkelnden, mal verschleierten Blick. Er kann einem schon leid tun.

»Erledigt«, höre ich den Schlosser sagen.

Im obersten Fach hatte Koustas drei gelbe Briefumschläge verwahrt. Der erste enthält Fotokopien von der Übertragungsurkunde einer Immobilie, zu der sich jeder Kommentar erübrigt. Eigentümer der Immobilie, eines Vierzimmerapartments, ist Konstantinos Koustas, und er überschreibt es einem der Parlamentsabgeordneten mit den hohen Umfragewerten.

Ich öffne den folgenden Briefumschlag, und da fallen mir zwei Fotografien in die Hände, die die Ferieninsel abbilden, auf der uns das Erdbeben heimgesucht hatte. Die eine ist eine Postkarte, eine der Tausenden, die in jedem Kiosk oder Souvenirladen zu finden sind. Eine idyllische Gesamtansicht der Insel, von einem Schiff oder Fischerboot aus aufgenommen. Die andere stammt von einem Amateurfotografen. Darauf ist eine Anhöhe abgebildet, eine Gegend, die ich meines Wissens noch nie gesehen habe und die mir zunächst nichts sagt. Dann aber erkenne ich im Hintergrund die Bucht mit der Fremdenpension, in der Anita, ihr englischer Freund und der Deutsche wohnten, und mit einem Schlag wird mir alles klar. Es handelt sich um den Ort, an dem man Petroulias verscharrt hatte, bevor die Anhöhe infolge des Erdbebens abrutschte, die Leiche ans Tageslicht gehoben und mir in der Folge anvertraut wurde.

Ich blicke wie gebannt auf die Fotografie, nach und nach kehrt Ordnung in meine Gedanken ein. Deswegen also brauchte Koustas am Abend des Mordes fünfzehn Millionen! Irgend jemand wußte, wo Petroulias verscharrt war, und erpreßte ihn damit. Das sagen die beiden Fotografien von der Insel aus. Koustas kannte seinen Mörder, und der erpreßte ihn. Deswegen wandte er sich um, als der andere ihn ansprach. Die Fotografien bestätigen noch etwas anderes: daß Koustas derjenige gewesen ist, der den Mord an Petroulias in die Wege geleitet hat. Wie hätte er sonst einer Erpressung zum Opfer fallen können?

Alles weitere hebe ich mir für später auf und öffne den zweiten Briefumschlag. Daraus fördere ich einen Negativfilm und eine Farbfotografie zutage. Ein Mann liegt vollkommen nackt und ausgestreckt auf einem Bett. Sein Gesicht, mit geschlossenen Augen und halboffenem Mund, ist der Linse zugewandt. Augenscheinlich stöhnt er vor Lust, denn auf ihm sitzt rittlings eine ebenfalls nackte junge Frau. Ihr Kopf ist in den Nacken geworfen, ihre Augen sind offen, ihr Gesicht versteinert und ausdruckslos. Die junge Frau ist Kalia. Und der unter ihr liegende Mann ist niemand anderer als der Exminister mit den hohen Umfragewerten.

Der Parlamentsabgeordnete hat offensichtlich das bessere Los gezogen als der Exminister. Er hat eine ganze Vierzimmerwohnung abgesahnt, während sich der Exminister mit Kalia begnügen mußte. Das Schicksal der Schnell- und Allesficker… Nun wird auch klar, wozu Koustas die R.I. Hellas brauchte. Er wollte die beiden Politiker als Pfand in der Hinterhand behalten. Wenn die Geldwäsche ans Licht gekommen wäre, hätte er sie veranlaßt, den Nachforschungen Einhalt zu gebieten. Und da seine Zwecke besondere Autorität verlangten, besserte er ihren Ruf durch geschönte Meinungsumfragen auf. So weit, so gut, aber es ging um noch viel mehr. Wenn die Regierung im Amt blieb, würde der Abgeordnete mit Koustas' Apartment, auf der künstlichen Welle der Popularität reitend, auf einen Ministerposten gehievt. Wenn aber die Regierung abgewählt werden sollte, dann steuerte der Exminister mit den hohen Umfrageergebnissen auf den Sessel des Premierministers zu. Ich wäge kurz ab, was es für Koustas bedeutet hätte, einen unter Kalias Reitkünsten stöhnenden Premier in der Hand zu haben. Zumal seine Tochter die gefälschten Zahlen bearbeitete. Jetzt liegt auf der Hand, wer die Nachforschungen nach Koustas einstellen wollte – der Parlamentsabgeordnete und der Exminister.

Nun weiß ich auch, was Koustas am Abend des Mordes mit Kalia zu besprechen hatte. Offensichtlich schickte er die junge Frau zu verschiedenen seiner Freunde, und sie wehrte sich. Deswegen der heftige Tonfall. Kalia hatte mir während unseres zweiten Gesprächs sogar offenherzig davon berichtet. Sie sagte, das einzige, was Koustas von ihr verlangen könnte, sei, ihre Beine breit zu machen. Nur, daß sie das nicht für Koustas, sondern für verschiedene andere tun sollte, die er in der Hand hatte.

Warum aber hat der Erpresser die fünfzehn Millionen nicht entgegengenommen, sondern Koustas ins Jenseits befördert? Darauf weiß ich keine Antwort. Das eine Geheimnis klärt sich auf, und das nächste tritt ungelöst an seine Stelle. War vielleicht der Mörder nicht mit dem Erpresser identisch? Koustas erwartete den Erpresser, um ihm die Summe zu überreichen, doch der Mörder war schneller und machte ihn kalt. Das ist die einzige Erklärung, doch sie bringt mich dem Mörder um keinen Deut näher.

45

Als ich nach Hause komme, nehme ich sofort ein Interal und lege mich hin. Denn das Herzrasen ist nach etlichen Tagen trügerischer Ruhe wieder da. Mein Herz tuckert wie der Benzinmotor eines gerade aus dem Hafen auslaufenden Kutters. Kein Wunder! Die ganze Geschichte mit den doppelten Geschäftsbüchern, den Schriftstücken und vor allem den von Koustas in seinem Lagerraum gehorteten Fotografien wird ja auch immer undurchsichtiger, obwohl sich doch eigentlich alles erhellt. Gehe ich dann einen Schritt weiter und halte Gikas die beiden Fotografien von der Insel unter die Nase, zusammen mit der Übertragungsurkunde des Apartments an den Parlamentsabgeordneten sowie der Abbildung des Exministers mit Kalia, wird er bestimmt noch vor mir von einem Herzinfarkt niedergestreckt. Im besten Fall wird er Koustas' Geldwaschanlage untersuchen lassen, um ein Motiv für die Anstiftung zum Mord an Koustas nachweisen zu können. Aber die Beteiligung des Abgeordneten und des Exministers wird er vertuschen, worauf der Mord an Koustas ebenfalls unter den Tisch fallen wird. Denn die Möglichkeit ist nicht von der Hand zu weisen, daß einer von beiden oder auch beide zusammen beteiligt waren.

Gehe ich hingegen heimlich einen Schritt zurück und setze die Nachforschungen ohne Gikas' Wissen fort, dann laufe ich Gefahr, wegen Belästigung oder gar Nötigung politischer Persönlichkeiten angeklagt zu werden, worauf meine Nachforschungen wiederum eingestellt werden.

Wie ich die ganze Geschichte auch drehe und wende – eine Lösung fällt mir nicht ein. Ich komme endlich zu dem Schluß, noch nichts zu entscheiden und dafür bei Kalia anzusetzen, die man wie ein kleines Schoßhündchen herumschubsen konnte, ohne daß sich irgend jemand daran gestört hätte.

Ich schnelle aus dem Bett und ziehe die drei Briefumschläge aus der Innentasche meines Jacketts. Ich behalte den Umschlag mit der Fotografie des Exministers und schließe die anderen beiden in der Schublade des Nachttischchens ein.

Adriani sitzt vor dem Fernseher und verfolgt Methenitis' Reality Show.

»Ich muß noch mal weg«, rufe ich ihr zu.

Sie wendet den Kopf und blickt mich besorgt an. »Wird es sehr spät?«

»Möglich, aber fang ja nicht an zu lamentieren, denn ich bin voll im Streß«, komme ich ihren Einwänden zuvor. Mein Gesichtsausdruck spricht Bände, und sie wagt nicht nachzuhaken.

Ich reihe mich wieder einmal in den zähflüssigen Verkehrsstrom Richtung Omonia-Platz ein, mit den klassischen Kulminationspunkten zuerst in der Panepistimiou- und dann in der Ajiou-Konstantinou-Straße. Ich bin Hals über Kopf losgestürzt und werde im Rembetiko nichts als die Kellner vorfinden. Bis zu den Sarakakis-Autowerken geht es nur im Schrittempo voran, doch das kommt mir gelegen. Ich bin lieber länger unterwegs als zu früh vor Ort, um nicht wie ein mieser kleiner Handelsvertreter auf den Chef warten zu müssen.

Der lange Kerl am Eingang erkennt mich und läßt mich vorbei. Die Tische sind gedeckt und warten auf Kundschaft. Die Musiker des Orchesters sitzen über ihre Instrumente gebeugt und unterhalten sich mit gesenkter Stimme. Am letzten Tisch neben dem Eingang sitzt der Exklusivfotograf des Nachtlokals und schraubt gerade seine Kamera zusammen. Ich beobachte, wie seine Finger mit fachmännischer Geschicklichkeit den Film einlegen, und ein Gedanke formiert sich immer deutlicher in meinem Hirn. Ich setze mich auf den Stuhl neben ihm.

»Schönen guten Abend«, sage ich.

»Guten Abend, Herr Kommissar«, entgegnet er, während er das Blitzlicht an seiner Kamera befestigt. »Sie sind früh dran heute. Herr Chortiatis kommt nicht vor zehn.«

»Ich möchte gar nicht Chortiatis sprechen, sondern Sie.«

»Mich?« Er blickt mich verwundert an.

»Ja. Ich möchte Ihnen eine Fotografie zeigen und Ihre Meinung hören, wer sie geschossen haben könnte.«

Ich ziehe die Abbildung vom Exminister und Kalia aus dem Briefumschlag und lege sie vor ihm auf den Tisch. Er hält sie in die Höhe und mustert sie. Seine Hände zittern leicht, und er muß sich sichtlich anstrengen, um wie ein unbeteiligter Profi zu reagieren. Er studiert sie eine ganze Weile, dann dreht er sie um und betrachtet ihre Rückseite, wie um nach dem Namen des Fotografen zu suchen. Er spielt Theater, um Zeit zu gewinnen und seine Fassung wiederzuerlangen.

»Kann ich Ihnen wirklich nicht sagen«, meint er schließlich. »Sie wurde in einem privaten Labor entwickelt.«

»Wann haben Sie das Foto gemacht?« frage ich.

Anscheinend hat er die Frage bereits erwartet, denn er wendet mir seine Unschuldsmiene zu. »Sie irren sich, das ist nicht von mir.«

Ich beuge mich vor und bringe meine Visage ganz nahe an die seine. »Rücken Sie schon raus damit. Ich weiß, daß Koustas Sie damit beauftragt hat.«

»Ich habe das Foto nicht gemacht«, beharrt er.

»Ist Ihnen klar, was passiert, wenn die Fotografie dem Politiker in die Hände fällt? Der merkt sofort, daß sie von Ihnen stammt, und wird alles tun, um Sie beruflich fertigzumachen. Sie werden als Souvenirfotograf auf dem Syntagma-Platz enden, der kleine Kinder und Touristen beim Taubenfüttern ablichten darf. Wenn Sie mir hingegen sagen, wie und warum Sie das Foto geschossen haben, kommen Sie ungeschoren davon.«

Er nimmt die Fotografie nochmals in Augenschein wie ein Künstler, der sich an seinem Werk nicht satt sehen kann. »Sie haben recht. Koustas hat diese Aufnahme bei mir bestellt. Ich habe ihm erklärt, ich wolle keine Unannehmlichkeiten, doch er bestand darauf. Hätte ich nein gesagt, dann hätte er mich gefeuert. Das Nachtlokal war damals jeden Abend voll, und ich verdiente gutes Geld.«

»Wann war das?«

»Vor mehr als einem Jahr.«

»Was genau hat er zu Ihnen gesagt?«

»Er hat mir die Schlüssel von Kalias Wohnung gegeben. Er meinte, Kalia würde jemanden mit nach Hause bringen, und ich sollte die beiden nackt im Bett fotografieren. Da habe ich meine andere Kamera mit dem eingebauten Blitzlicht genommen. Ich bin auf den Balkon vor dem Schlafzimmer und habe die Holzjalousien halb offengelassen. Dann habe ich die Kamera dazwischengezwängt und gewartet. Als ich sah, wie der Typ im Bett in Fahrt kam, drückte ich ab. Ich verknipste einen halben Film, doch er schwebte dermaßen im siebten Himmel, daß er überhaupt nichts gemerkt hat. Ein paar Tage später habe ich sein Gesicht zufällig im Fernsehen gesehen. Erst da habe ich kapiert, wen ich da eigentlich geknipst hatte. Ich machte mir vor Angst in die Hose, doch Koustas hat mich wieder beruhigt.«

»Was haben Sie mit dem Film gemacht?«

»Den habe ich in meiner Dunkelkammer entwickelt und ihn dann Koustas übergeben, zusammen mit fünf Abzügen von jedem Bild. Ich habe kein einziges Foto zurückbehalten, das schwöre ich.«

Das muß er mir gar nicht schwören, ich weiß, daß er es nicht gewagt hätte, Koustas zu hintergehen. Ich frage mich, ob er vielleicht auch die Fotografie von der Insel geschossen haben könnte, doch ich glaube eher nicht. Die hat bestimmt ein Amateur wie ich gemacht, der zuerst umständlich nach dem Auslöser fingert. Wozu spielte aber Kalia Koustas' Spiel mit? Bezahlte er sie, oder hatte er auch sie in der Hand und setzte sie unter Druck?

»Ist Kalia da?«

Er blickt mich verdutzt an. »Ja, wissen Sie das denn nicht?« meint er. »Kalia lebt nicht mehr.«

Die Nachricht trifft mich wie ein Keulenschlag. »Wann ist sie gestorben?« frage ich, nachdem ich ungefähr eine halbe Minute darum gerungen habe, meine Stimme wiederzufinden.

»Man hat sie vor vier Tagen tot in ihrer Wohnung aufgefunden. Überdosis. Sie war zwei Tage lang nicht im Nachtklub aufgetaucht und hatte auch auf Anrufe nicht reagiert. Chortiatis vermutete, sie wäre abgehauen, doch Marina, die andere Bühnentänzerin, hat sich Sorgen gemacht, weil sie von den Drogen wußte. Als man die Tür aufbrach, fand man sie tot auf ihrem Bett.«

»Wo kann ich Marina finden?«

»Vielleicht ist sie schon da und macht sich für ihren Auftritt zurecht. Sonst weiß Chortiatis, wo sie wohnt.«

In Kalias Garderobe brennt Licht, und auf ihrem Stuhl hat die rotblonde junge Frau Platz genommen, die ich am ersten Abend zusammen mit Kalia und dem heruntergekommenen Sänger mit den Koteletten auf der Tanzfläche gesehen hatte.

»Sind Sie Marina?« frage ich sie.

Sie blickt mich nicht durch den Spiegel an, wie es Kalia tat, sondern dreht sich auf dem Stuhl ganz herum.

»Richtig«, antwortet sie mit einer Zuvorkommenheit, die nicht zu ihrem Äußeren paßt.

»Erzählen Sie mir von Kalia.«

Sie beißt sich auf die Unterlippe. »Was soll ich Ihnen da erzählen?«

»Wie und wo haben Sie sie gefunden?«

Sie berichtet mir haarklein dieselbe Geschichte, die ich bereits von dem Fotografen erfahren habe. Ihre Stimme zittert anfänglich, doch im Verlauf der Erzählung wird sie immer fester.

»Wo genau befand sie sich, als Sie sie gefunden haben?«

»Auf ihrem Bett. Sie war nackt, und ihr Körper war in ein Badetuch gehüllt. Anscheinend hatte sie geduscht, um sich zu entspannen und dann – ihre Dosis zu nehmen.«

»Wie haben Sie auf diesen Anblick reagiert?«

»Ich weiß nicht, daran kann ich mich nicht erinnern. Irgendwann sah ich dann zwei Polizeibeamte vor mir stehen. Der Schlosser sagte mir, ich hätte angefangen, hysterisch zu schreien, und er hätte den Polizeinotruf verständigt. Ich habe aber überhaupt keine Erinnerung daran.«

»Wo hat Kalia gewohnt?«

»In der Inois-Straße 7, in Nikea.«

»Vielen Dank«, sage ich zu ihr und verlasse die Garderobe.

Da Kalia in ihrer Wohnung verstorben ist, muß das Polizeirevier von Nikea die Formalitäten übernommen haben, also den Gerichtsmediziner zur Feststellung der Todesursache bestellt und die Leiche zur Bestattung freigegeben haben. Bei den zwei bis drei Fixern, die tagtäglich an einer Überdosis sterben, sind die Polizeireviere zu wahren Bestattungsinstituten mutiert. Ich spüre Kalias Fotografie in meiner Brusttasche, und Fragen über Fragen türmen sich vor mir auf. Wer sagt denn, daß sie nicht mit dem Exminister oder einem anderen Kunden zusammen war, bevor sie sich den Schuß setzte? Und wenn ja, hatte der Liebhaber dann Spuren hinterlassen oder sich in acht genommen?

46

Um halb elf hat sich der Verkehr auf dem Athinon-Boulevard beruhigt, und ich folge einem Fernbus. Auf der hintersten Sitzbank tanzt der Kopf eines Fahrgastes auf und ab. Immer wieder versucht der Reisende, seinen Kopf aufzurichten, doch binnen kurzem sinkt er ihm wieder kraftlos auf die Brust. Auf der entgegengesetzten Fahrbahn hat ein Zug von Sattelschleppern den ganzen linken Fahrstreifen in Richtung Skaramangas eingenommen. Ich weiß nicht, was plötzlich in die LKW-Fahrer gefahren ist, daß sie alle zugleich loshupen. Die spärlichen PKWs gleiten in Panik ganz an den Rand des rechten Fahrstreifens, um nicht überrollt zu werden.

Ich fahre am Dritten Friedhof vorbei, um in die Petrou-Ralli-Straße zu gelangen. Ich halte meinen Blick starr geradeaus gerichtet, denn ich habe keine Lust, von Alpträumen heimgesucht zu werden. Bevor ich den Friedhof ganz passiert habe, drehe ich den Kopf doch noch schnell zur Seite und frage mich, ob Kalia hier begraben liegt.

An der Ecke Panaji-Tsaldari- und Alatsaton-Straße stoße ich auf das Polizeirevier. Es handelt sich um einen dieser dreistöckigen Betonklötze, die in letzter Zeit in der immer gleichen Machart aus dem Boden schießen.

Der diensthabende Beamte ist ein dreißigjähriger Mann, und in seinem Gesicht hat der Polizeidienst noch keine

Griesgrämigkeit hinterlassen. Vor seinem Schreibtisch sitzt ein Paar. Der Mann hat sich seit mindestens fünf Tagen nicht rasiert, und seine Gesichtszüge sind nur schwer auszumachen. Auf seinem Bauch thront ein Akkordeon. Die Frau trägt eine rote Bluse und einen schwarzen Rock. An ihrem Hals baumelt in einer Schutzhülle eine Fotografie, auf der sie selbst mit zwei kleinen Mädchen zu sehen ist. Auf dem weißen Streifen am oberen Rand der Fotografie steht mit Filzstift ›Serbische Bosnier, Flüchtlinge‹ geschrieben.

»Einen Augenblick, ich bin gleich fertig und stehe Ihnen zur Verfügung«, sagt der Polizeibeamte, nachdem ich mich vorgestellt habe, und wendet sich wieder den serbischen Bosniern zu. »Wir haben eine Anzeige vorliegen, daß Sie in einem Kafenion jemanden bestohlen haben«, sagt er mit Nachdruck zu dem Mann.

»Wir nix stehlen!« ruft der serbische Bosnier. »Wir machen Musik, wir verdienen Brot für Kinda.« Und er deutet auf die zwei kleinen Mädchen der Aufnahme. Die Frau versteht anscheinend kein Griechisch, denn ihr Blick springt erschrocken zwischen ihrem Mann und dem Polizeibeamten hin und her.

»Na klar, ihr verdient euer Brot dadurch, daß ihr den Gästen das Geld aus der Tasche zieht, während die Fußball gucken.«

»Ich nix Dieb, ich Musikant«, beharrt der Mann, und um seine Worte zu unterstreichen, löst er den Balgverschluß und greift in die Tasten. Die Melodie dringt durch das ganze Polizeirevier mit seinen Prügelopfern, Fixern und Tagedieben. Und die Polizisten drängeln sich an der

Bürotür und lauschen mit offenem Mund. Die Frau ist anscheinend zu dem Schluß gekommen, daß man sie hier für einen Auftritt engagiert hat, und stimmt ein todtrauriges, schwerblütiges Lied an, das sich wie eine traditionelle Totenklage anhört und endlosen Weltschmerz verbreitet. Wie auf Kommando verfallen wir alle in Trübsinn, und nur noch die beiden kleinen Mädchen auf der Fotografie lachen fröhlich.

»Schon gut, schon gut, ihr könnt gehen!« unterbricht sie der Polizeibeamte endlich. »Und das nächste Mal, wenn man euch aus einem Lokal werfen will, geht ihr am besten gleich, bevor man euch als Diebe bezeichnet und ihr Unannehmlichkeiten bekommt.«

Der Mann hört sofort auf zu spielen, packt die Frau an der Hand, sagt zweimal »Danke« und zieht sie hinter sich hinaus. Der Offizier sieht ihnen nach, wie sie Hand in Hand abgehen.

»An der Polizeischule haben sie uns von morgens bis abends eingebleut, daß wir Gesetz und Ordnung durchsetzen müßten, Straftäter verfolgen und die Gesellschaft von Parasiten befreien sollten«, meint er. »Ich hätte mir nie gedacht, daß ich eines Tages die Parasiten bedauern würde.«

Er ahnt nicht, daß ich in der Angelegenheit eines weiteren »Parasiten« zu ihm gekommen bin. »Vor ein paar Tagen haben Sie eine junge Frau nach einer Überdosis tot aufgefunden, in der Inois-Straße 7.«

»Ja, eine gewisse Kalliopi …« Der Nachnahme ist ihm entfallen. Er steht auf und holt sich die Akte. »Kalliopi Kourtoglou.«

»Haben Sie einen Obduktionsbefund?«

»Keinen richtiggehenden Befund, aber ich kann Ihnen wiedergeben, was mir der Gerichtsmediziner mündlich mitgeteilt hat. Sie ist an einer Überdosis reinen Heroins gestorben.«

»Sind Sie in der Wohnung auf etwas gestoßen, das auf ein Gewaltverbrechen hindeuten könnte?« Er entgegnet nichts, doch in seinem Blick blitzt Neugier auf. »Ihr Tod könnte etwas mit einem Mordfall zu tun haben, dem wir gerade nachgehen«, erläutere ich.

»Nein, wir haben nichts Auffälliges festgestellt.«

»Irgendwelche Fingerabdrücke?«

Er blättert kurz in der Akte. »Die einzigen Fingerabdrücke stammen von ihr selbst. Außer ...« Er verstummt und studiert den Bericht aufmerksam.

»Außer?«

»Auf dem Nachttischchen neben dem Bett haben wir zwei Gläser und eine Flasche Whisky gefunden. Auf dem einen Glas waren ihre Fingerabdrücke drauf. Auf dem anderen waren keinerlei Spuren.«

»Und auf der Flasche?«

»Auch nichts.«

Eigentlich müßte ich mir selbst auf die Schulter klopfen, weil ich mich mit den Angaben des Fotografen und Marinas Aussage nicht zufriedengeben wollte. Doch mir ist eher danach, mich lautstark aufzuregen. »Also wirklich, ist Ihnen denn nicht verdächtig erschienen, daß auf dem Glas und der Flasche keinerlei Fingerabdrücke festzustellen waren?« frage ich den Kriminalhauptwachtmeister. »Jemand war zum Zeitpunkt ihres Todes bei ihr. Und hat seine Fingerabdrücke fortgewischt, um nicht erkannt zu werden.

Woher wollen Sie wissen, daß nicht er ihr die Spritze mit dem reinen Heroin gegeben hat, um sie aus dem Weg zu räumen?«

Er wirft mir einen vielsagenden Blick zu, als spreche er zu einem geistig Behinderten, mit dem man viel Geduld haben muß. »Wir haben sie in ein Badetuch eingehüllt gefunden, Herr Kommissar.«

»Ist mir bekannt, na und?«

»Derjenige, der bei ihr war, war bestimmt ein anderer Süchtiger, ein Freund, mit dem sie gemeinsam gespritzt hat. Das tun Fixer oft, sie werden nicht gerne alleine high. Als der andere sah, daß sie tot war, ergriff er in Panik die Flucht, um keine Scherereien zu bekommen.«

»Und wieso wischte er seine Fingerabdrücke ab?«

»Wenn er ein registrierter Drogenabhängiger ist, hatte er Angst davor, daß wir ihn auf diese Weise ausfindig machen würden.« Seine Erklärung klingt folgerichtig, und er blickt mich an, voll Befriedigung, daß er den Leiter der Mordkommission im Polizeipräsidium mundtot gemacht hat.

»Haben Sie ihre Handtasche gefunden?«

»Ja. Sie hatte eine Geldbörse mit ihrem Personalausweis, eine Fünftausenddrachmennote und ein Adreßbüchlein bei sich.«

»Lassen Sie mich doch mal das Adreßbüchlein sehen.«

Er geht hinaus und kehrt kurz darauf mit einem kleinen Notizbuch wieder. Ich schlage es auf, und sofort fallen mir Name und Telefonnummer des Exministers auf. Anscheinend war es doch keine schnelle Nummer, wie sich Dermitzakis auszudrücken pflegt, sondern er war ein regelmäßiger Gast. Offenbar hatte Koustas die Fotografien noch nicht ins Spiel gebracht, und der Exminister gab sich Kalias Reizen bedenkenlos hin.

»Ich würde mir die Wohnung gerne ansehen.«

»Da haben Sie Glück«, meint er. »Denn morgen hätten wir sie räumen lassen.«

»Können Sie mir einen Polizisten mitgeben, der mir den Weg zeigt?«

»Das kann ich machen, nur einen Streifenwagen habe ich zur Zeit nicht frei. Wir haben nur zwei davon, und die sind beide im Einsatz.«

»Kein Problem, ich habe meinen Wagen dabei.«

»Kontokostas!« ruft der Kriminalhauptwachtmeister, und unverzüglich erscheint ein junger Polizeibeamter in der Tür. »Ich möchte, daß Sie den Herrn Kommissar zur Wohnung der Kourtoglou führen, in der Inois-Straße 7.« Er zieht eine Schreibtischschublade heraus und übergibt ihm die Wohnungsschlüssel.

»Wer hat denn die junge Frau aufgefunden?« frage ich Kontokostas, als wir die Belojannis-Straße hochfahren.

»Ich und Balodimos, ein Kollege. Der Schlosser, den ihre Freundin zum Aufbrechen der Tür mitgebracht hatte, hat uns verständigt.«

Die Inois-Straße ist ein enges Gäßchen. Kalia wohnte im Erdgeschoß. Die Tür ist immer noch mit einem gelben Klebestreifen versiegelt. Kontokostas löst ihn von der Tür und schließt mit dem Schlüssel auf, den ihm der diensthabende Beamte überreicht hat. Das Apartment besteht aus zwei Räumen, die beide auf die Straße gehen. Sie sind bescheiden eingerichtet, reinlich und gepflegt.

»Zeigen Sie mir mal, wo Sie sie gefunden haben.«

Er führt mich ins Schlafzimmer, das unmittelbar ans Wohnzimmer grenzt. Das ungemachte Bett steht in einer Zimmerecke, die Bettdecke und ein Überwurf liegen davor. Auf dem Polster zeichnet sich immer noch der Abdruck von Kalias Kopf ab.

Ich kann nichts ausfindig machen, was meinen Verdacht bestätigt. Alles ist an seinem Platz. Ich ziehe die Schublade des Nachttischchens heraus. Sie ist voll Schminkutensilien. Ganz obenauf liegen ein Stauschlauch und ein Bündel Einweg-Injektionsnadeln. Kalia setzte sich den Schuß gerne, während sie auf dem Bett lag. Wie auch am Abend ihres Todes.

»Wo standen die Gläser?«

»Auf dem Nachttischchen. Die Flasche war auf dem Boden, neben dem Bett.«

Über einen Stuhl neben der Tür sind ein T-Shirt, Jeans und eine Sportjacke geworfen. Unter dem Stuhl steht ein Paar Turnschuhe. Ich öffne den zweiteiligen Einbauschrank. Noch ein Paar Jeans, zwei Strumpfhosen und zwei Kleider – alles fein säuberlich auf Kleiderbügel gehängt. In der ersten Schublade liegt Unterwäsche, in der zweiten T-Shirts, in der dritten drei Pullover. Niemand hat die Schubfächer durchsucht, die Kleidung ist ordentlich gefaltet.

Ich trete aus dem Schlafzimmer und gehe in die Küche. Kontokostas bleibt mir auf den Fersen, entweder weil er befürchtet, ich könnte etwas mitgehen lassen, oder weil er zum ersten Mal einen Kommissar der Mordkommission in Aktion sieht und sich weiterbilden möchte. Auch in der Küche gibt es nichts Auffälliges. In den Küchenschränken stehen Teller und Gläser in Reih und Glied, und die Spüle blitzt vor Sauberkeit. Ich habe jahrelang bei der Rauschgiftfahndung gearbeitet, doch einen so häuslichen Fixer sehe ich zum ersten Mal. Ich führe mir Kalia mit ihren ständigen zynischen Bemerkungen vor Augen und denke, daß sie erst sterben mußte, damit ich mich dafür interessierte, was sich dahinter verbarg.

Dieselbe Ordnung herrscht auch in dem kleinen Wohnzimmer. Ich will gerade gehen, als mein Blick auf das Fernsehtischchen fällt. Neben dem Fernsehapparat steht ein etwa 25 x 20 cm großer Bilderrahmen auf dem Kopf. Ich hebe ihn in die Höhe, und die Rückseite löst sich vom Glas. Die Fotografie ist offensichtlich herausgenommen worden.

»Was ist denn das hier?« frage ich Kontokostas und deute auf den Bilderrahmen.

»Ein Bilderrahmen.«

»Und es ist Ihnen gar nicht aufgefallen, daß er leer ist? Hat da bei Ihnen keine Alarmglocke geschrillt? Stellen Sie in Ihrer Wohnung leere Bilderrahmen auf, Kontokostas?«

»Nein.«

»Wo ist dann die Fotografie hingekommen?«

Er zuckt verlegen mit den Schultern. »Keine Ahnung.«

Ich setze schon zu der Erklärung an, daß derjenige, der seine Spuren vom Glas und der Whiskyflasche gewischt hat, auch das Foto aus seinem Rahmen gelöst hat, doch ich lasse es bleiben. Es hat keinen Sinn, ihm zu erläutern, daß Kalia an dem Abend, als sie sich den goldenen Schuß setzte, mit der Person von dem Foto zusammen war. Offensichtlich war es jemand, der ihr nahestand. Wenn dieser nicht der Täter war, dann bekam er jedenfalls mit, daß sie im Sterben lag, geriet in Panik, verwischte seine Spuren und verschwand. Ich könnte die Namen in ihrem Adreßbüchlein durchgehen. Wie um Himmels willen sollte ich aber so viele Alibis überprüfen? Die Fotografie sagte noch mehr aus: Wenn ein Freund oder Verwandter mit ihr zusammen war, dann hätte er die Fotografie ruhig steckenlassen können. Daß sie seine Fotografie im Wohnzimmer stehen hatte, heißt ja nicht unbedingt, daß er an dem Abend bei ihr war, als sie starb. Nein, die auf dem Foto abgebildete Person war entweder ein Prominenter oder hatte etwas mit unseren Nachforschungen zu tun. Die einzige hochstehende Persönlichkeit, die auch mit den Nachforschungen zu tun hat, ist der Exminister.

»Das wär's«, sage ich zu Kontokostas.

Ich lasse ihn vor seinem Polizeirevier aussteigen und mache mich auf den Rückweg ins Athener Zentrum. Als ich nach Hause komme, ist es weit nach ein Uhr nachts. Ich öffne die Tür und finde eine wahre Festbeleuchtung vor. Adriani erwartet mich stehend im Flur.

»Was ist denn das für eine Uhrzeit!« ruft sie außer sich.

»Ich habe dir doch gesagt, ich hätte noch was zu erledigen.«

»So wichtig ist dir diese Erledigung, daß du weder an mich noch an deine Gesundheit, noch an deine Tochter denkst, die in ein paar Tagen wegfährt? Deine Krankheit hat nichts mit deinem Herz, sondern mit deinem Beruf zu tun, und da kann dir selbst Fanis nicht helfen.«

Ich schnappe nach Ousounidis' Namen wie nach einem Rettungsring. »Was für ein Essen willst du meinem Arzt denn am Samstag vorsetzen?« frage ich, als könnte ich sie damit besänftigen.

Sie blickt mich sprachlos an. Als ich ins Schlafzimmer komme, höre ich, wie sie hinter mir herruft: »Ist das alles, was du zu sagen hast?«

Ich liege schon im Bett, als sie ins Schlafzimmer kommt. Nach so vielen Jahren Eheleben schämt sie sich immer noch, sich vor mir auszuziehen. Sie nimmt ihr Nachthemd mit ins Badezimmer und zieht es dort über. Sie legt sich neben mich und dreht mir den Rücken zu.

»Ich mache gefüllte Tomaten«, meint sie, als ich gerade das Licht löschen will. »Macht es dir was aus, wenn ich sie für ihn zubereite? Die gelingen mir nämlich immer.«

Na bitte sehr, jetzt habe ich selbst bei den gefüllten Tomaten schon einen stillen Teilhaber. »Gute Idee, aber frag vorher Katerina, ob sie wirklich ernste Absichten hat. Denn wenn er deine gefüllten Tomaten kostet, dann hält er glatt um ihre Hand an.«

Sie dreht sich um und streichelt meine Brust. »Gute Nacht«, zirpt sie und schließt die Augen, mit einem zufriedenen Lächeln im Gesicht.

47

Am nächsten Morgen bin ich fest entschlossen, mir weitere vierundzwanzig Stunden Spielraum zu verschaffen. Was bedeutet, daß ich mich aus dem Büro fernhalten muß. Denn nur wenn ich da bin, muß ich Gikas auf dem laufenden halten. Folglich behalte ich die Übertragungsurkunde und die Fotografien noch einen Tag für mich. Das ist meine Galgenfrist. Wenn ich bis zum Abend die Beteiligung des Exministers an Kalias Tod nicht geklärt habe, dann übergebe ich Gikas die Hinweise, damit er den Fall schnellstens unter den Teppich kehrt. Denn wie sollte man den Fall Koustas in seinem ganzen Ausmaß aufklären und zugleich die Beteiligung des Exministers verschweigen können?

Ich informiere Vlassopoulos, daß ich mir noch ein paar Details aus dem Mordfall Petroulias vornehme und erst später ins Büro kommen werde. Über Koustas lasse ich nichts verlauten. Zwar riskiere ich damit, daß Gikas sich von Vlassopoulos Bericht erstatten läßt, doch ich wage nicht, ihm zu verbieten, von unserem gestrigen Fund in Koustas' Lagerraum zu erzählen. Ich verlasse mich auf meine Erfahrung mit Gikas, der sich in der Regel nur von den Abteilungsleitern Bericht erstatten läßt.

Mein zweiter Anruf gilt Markidis. »Sagt Ihnen der Name Kalliopi Kourtoglou etwas?« frage ich.

»Nein, wer soll das sein?«

»Eine junge Frau, die vor fünf Tagen tot in der Inois-Straße 7 in Nikea aufgefunden wurde, Überdosis.«

»Die muß Korkas übernommen haben. Warten Sie mal.« Er läßt mich geschlagene fünf Minuten am Telefon warten. »Richtig.«

»Was meinen Sie damit?«

»Sie ist an einer Überdosis gestorben.«

»Wunderbar, man hat mich also nicht angelogen. Noch irgendein Hinweis?«

»In der Vagina wurden Spermaspuren festgestellt. Sie muß eine halbe bis eine Stunde vor ihrem Tod Verkehr gehabt haben.«

»Und wieso haben Sie beide das dem Polizeirevier in Nikea nicht gemeldet?«

»Weil uns keiner danach gefragt hat und der Obduktionsbefund noch immer nicht abgetippt wurde.«

»Wie lange brauchen Sie denn, um einen Befund tippen zu lassen?«

»Ach, rutschen Sie mir doch den Buckel runter!« ruft er ärgerlich. »Die junge Frau war drogenabhängig und ist an einer Injektion reinen Heroins gestorben. Welche Bedeutung hat es, ob sie davor Verkehr hatte oder Graupeneintopf gegessen hat? Wissen Sie, wieviel Mehrarbeit wir durch diese Junkies am Hals haben? Ich habe gerade mal zwei Sekretärinnen, und die eine ist im Mutterschutz. Wie soll ich da hinterherkommen?«

»Schon gut. Wenn Sie den Befund fertig haben, schicken Sie mir doch eine Kopie zu.«

»Was interessiert Sie an dem Fall so?« fragt er mit plötzlicher Neugier.

»Die junge Frau hat in einem von Koustas' Nachtklubs gearbeitet und möglicherweise etwas mit seiner Ermordung zu tun.«

Es folgt eine Pause. Dann ertönt ein langgezogenes »Auweia!«, und die Leitung ist tot.

Das wichtigste Telefonat habe ich mir bis zum Schluß aufgehoben. Ich wähle die Nummer des Exministers und lande in seinem Büro. Ich frage nach, zu welchen Zeiten der Herr Minister Sprechstunde habe, ohne zu verraten, in welcher Eigenschaft ich ihn sprechen möchte. Ich gebe zu verstehen, ich sei einer seiner Parteigänger, der sich eine kleine Gefälligkeit erwarte. Die Sekretärin erklärt, der Herr Minister sei täglich zwischen elf und ein Uhr in seinem Büro zu sprechen.

Ich blicke auf die Uhr. Es ist zehn, und vor meinem Besuch beim Exminister muß ich mich vergewissern, wie er zu seinen hohen Umfragewerten kommt, denn diese Information könnte sich als wertvoll erweisen.

Niki Kousta ist überrascht, mich zu sehen. Zunächst begegnet sie mir ein wenig verlegen. Vielleicht, weil sie sich an unser letztes Zusammentreffen in meinem Büro erinnert.

»Ich würde mich gerne von Ihnen aufklären lassen.«

»Worüber denn? Haben Sie vor, Ihren Beliebtheitsgrad messen zu lassen?«

»Ich? Nicht doch! Was mich interessiert, ist: Wie kann man es anstellen, daß ein Politiker oder ein Produkt hohe Umfragewerte erzielt?«

Ihre Verlegenheit verfliegt, und sie lacht los. »Nichts einfacher als das. Sie als Polizeibeamter werden wissen, daß Betrug die Welt regiert.«

»Wenn Sie eine Meinungsumfrage bestimmten Wünschen gemäß hinkriegen wollten, wie würden Sie vorgehen?«

»Ich bin nur mit der Auswertung der Antworten beschäftigt, Herr Kommissar. Ich bearbeite die Daten, die man an mich weiterleitet. Der Betrug passiert bei der Erstellung der Daten, bei der repräsentativen Auswahl, wie man das bei uns nennt. Deshalb ist es schwierig, ihn nachzuweisen.«

»Das heißt, Sie nehmen die Daten fertig in Empfang.«

»Genau.«

»Von wem?«

»Von den Verantwortlichen für die Zusammenstellung der repräsentativen Auswahl.«

»Und wer entscheidet, wie die Auswahl aussehen soll?«

»Frau Arvanitaki.«

»Vielen Dank«, sage ich und erhebe mich.

»Woher stammt dieses plötzliche Interesse für Meinungsumfragen?« fragt sie.

»Das ist nur ein Punkt unter vielen, den ich abklären möchte.«

»Betrifft es den Tod meines Vaters?«

»Möglicherweise.«

Ich lasse sie mit ihrem fragenden Blick allein und steige in die dritte Etage hoch. Die sechzigjährige Sekretärin trägt denselben enganliegenden Blazer und dieselbe an die Nasenwurzel gepreßte Lesebrille wie bei meinem letzten Besuch. Sie registriert mein Eintreten, doch ihre Miene wird nicht feindseliger, als sie von Natur aus ist.

»Ich möchte Frau Arvanitaki sprechen. Es ist dringend,

und es ist mir egal, ob sie zu tun hat oder nicht«, sage ich kurz angebunden.

Sie wirft einen Blick auf die Telefonanlage vor sich. »Sie spricht gerade. Einen Augenblick.«

Möglich, daß sie gar nicht telefoniert und die Sekretärin mich mit voller Absicht warten läßt, um ihren Kopf durchzusetzen. Sie läßt mich fünf Minuten schmoren, dann winkt sie mich durch.

Die Arvanitaki ist in Statistiken vertieft. Um elf Uhr morgens ist sie gekleidet, als ginge sie zu einem Empfang. Sie trägt ein dunkelblaues Kostüm mit einem hellblauen Einstecktuch in der Brusttasche, eine helle Bluse und ist dermaßen überladen mit Goldschmuck wie sonst nur die Ikone der Muttergottes auf der Insel Tinos am Tag nach Mariä Himmelfahrt.

»Wie kommen wir zu der Ehre Ihres Besuchs, Herr Kommissar?« sagt sie mit einem erzwungenen Lächeln.

»Ich möchte einige Fragen klären, die aus den Nachforschungen erwachsen sind.«

Das Lächeln erlischt, und ihr Gesichtsausdruck deutet darauf hin, daß ihr meine Einleitung ganz und gar nicht gefällt. »Über die Greekinvest?«

»Und die R.I. Hellas. Ich gebe Ihnen mein Wort, daß alles unter uns bleibt«, sage ich, während ich Platz nehme.

»Einverstanden, obwohl ich nicht wüßte, welches Geheimnis wir beide für uns behalten sollten.«

Ich schlucke die spitze Bemerkung herunter. Der spöttische Ton wird ihr schon noch vergehen. »Frau Arvanitaki, wie ich festgestellt habe, führen Sie Meinungsumfragen über einen Parlamentsabgeordneten der Regierungspartei und einen der Opposition durch.« Und ich nenne ihr die Namen des Exministers und des Abgeordneten, der Koustas' Apartment erhalten hat.

»Richtig.«

»Wer hat Ihnen den Auftrag zu den Meinungsumfragen erteilt?«

Sie versucht, der Frage auszuweichen. »Wissen Sie, diese Mitteilungen sind strikt vertraulich.«

»Hören Sie zu. Ich bin in aller Freundschaft hier und versichere Ihnen, was auch immer wir besprechen, bleibt unter uns. Oder ist Ihnen eine Vorladung zwecks offizieller Zeugenaussage lieber?«

Sie seufzt und sagt schließlich: »Wir haben den Auftrag von unserer Zentrale, der Greekinvest, erhalten.«

»Wie haben Sie ihn erhalten?«

»Per Fax.«

»Besteht die Möglichkeit, daß die Umfragen, sagen wir mal, in eine bestimmte Richtung gelenkt wurden?«

»In eine bestimmte Richtung?« wiederholt sie befremdet. »Was meinen Sie damit?«

»Indem die Art und Weise der Umfrage dem Ergebnis vorgegriffen hat.«

Sie denkt kurz nach und wägt jedes Wort ab, als sie zu sprechen beginnt. »Meinungsforschungsinstitute sind private Unternehmen, Herr Kommissar. Sie bieten Dienstleistungen an und müssen sich notgedrungen nach den Wünschen Ihrer Kunden richten. Wenn der Kunde eine Untersuchung mit objektiven Resultaten wünscht, dann wird die Untersuchung objektiv durchgeführt. Wenn er ein ihm genehmes Ergebnis wünscht, dann zieht die Untersuchung die vom Kunden erbetenen Schlußfolgerungen. Die Firmen wollen natürlich ihren guten Ruf schützen, deshalb treffen sie bestimmte Vorkehrungen.«

»Welche Vorkehrungen?«

»Wenn bei der Untersuchung vermerkt wird, sie sei aufgrund einer ›repräsentativen‹ Auswahl erfolgt, dann heißt das, sie ist objektiv. Wenn das Wort ›repräsentativ‹ fehlt, dann kann es sein, daß sie nicht ganz so objektiv ist.«

»Was verstehen Sie unter ›repräsentativer‹ Auswahl?«

Die Arvanitaki lächelt. »Nehmen wir mal eine politische Partei. Wenn Leute in ganz Griechenland befragt werden, spricht man von repräsentativ. Wenn wir jedoch nur die Leute aus den traditionellen Hochburgen interviewen, dann ist die Auswahl nicht objektiv.«

»Und was ist im Fall der beiden Abgeordneten passiert?«

Sie seufzt erneut. »Der Auftraggeber hat uns die Art und Weise der Untersuchung vorgegeben.«

»Das heißt?«

»Er hat von uns verlangt, die Auswahl bei politischen Auftritten oder nur im Wahlbezirk der Abgeordneten vorzunehmen.«

»Und weil sich bei den politischen Auftritten normalerweise nur Anhänger des Politikers einfinden und er in seinem Wahlkreis besonders bekannt ist, erhöht sich der Prozentsatz seiner Beliebtheit.«

»Genau.«

»Und wie kommt es dazu, daß der Exminister beliebter ist als sein eigener Parteichef?«

Sie blickt mich an und druckst herum. »Sie bringen mich in eine schwierige Lage, Herr Kommissar.«

»Meine Position ist auch schwierig, Frau Arvanitaki.«

»Habe ich Ihr Wort, daß alles unter uns bleiben wird?« Jetzt verspottet sie mich nicht mehr und hat sich aufs Bitten verlegt.

»Das haben Sie. Ich benötige die Informationen für mich persönlich.«

»Es wäre – theoretisch gesehen – denkbar, eine repräsentative Untersuchung über eine Partei und ihren Vorgesetzten durchzuführen und dann das objektive Ergebnis des Parteichefs mit dem subjektiven des Exministers zu vergleichen. So erscheint der Exminister beliebter als der Parteichef.«

»Und das ist kein Betrug?«

»Ich würde es als Kunstgriff bezeichnen, Herr Kommissar.«

Und da wir heutzutage alle mit Kunstgriffen operieren, ist der Betrug salonfähig geworden. Das ist etwas, was Niki Kousta mit ihrem unschuldigen Lächeln nicht erfassen kann.

»Und wenn jemand hinter den Kunstgriff kommt?«

Sie lacht zum ersten Mal ungezwungen und gelöst auf. »Kommen Sie, wer bohrt hier schon nach? Üblicherweise kosten die mit den hohen Umfragewerten ihren Triumph aus. Und die mit den niedrigen Werten argwöhnen, daß die Untersuchung gefälscht ist, haben jedoch keine Fakten in der Hand, um das zu beweisen. Denn die Daten halten wir unter Verschluß. Und da diejenigen mit den niedrigen Umfragewerten die Untersuchung in der Regel zurückweisen, glauben die Leute uns und nicht ihnen.«

Ich erhebe mich, da es nichts mehr zu fragen gibt. Nun

weiß ich, wie Koustas künstlich Politikerprominenz züchtete, wenn es seiner Sache dienlich war. Außerdem kenne ich nun den Kunstgriff, mit dem Meinungsumfragen gefälscht werden, und ich beglückwünsche mich dazu, daß ich ihnen nie Glauben geschenkt habe.

48

Das Büro des Exministers liegt in der Akadimias-Straße, in einem dieser Prachtbauten, die Anwaltskanzleien und Notariate beherbergen. Wahrscheinlich war er selbst früher Rechtsanwalt, bevor er sich zur großen Freude der Anwaltskammer ins Parlament verabschiedete. Das ist der Lauf der Dinge: Die unfähigen Ökonomen werden Buchhalter, und die unfähigen Anwälte Parlamentsabgeordnete.

In dem großen Warteraum stehen Holzstühle rings um ein Tischchen mit alten Zeitschriften. Die Wände werden exklusiv vom fotogenen Herrn Minister beherrscht. Ein Porträt, auf dem er seinen Wählern von oben herab zulächelt, eine Großaufnahme, auf der er vor einem Transparent der Menge zuwinkt, eine Fotografie, die ihn neben dem Parteichef zeigt, und viele weitere Bilder mit ausländischen Industriellen und Militärs. Ich blicke mir ein Konterfei nach dem anderen an und frage mich, wie sich die Aktaufnahme mit Kalia dazwischen ausnehmen würde.

Auf den Stühlen sitzen ein älterer Herr, ein Mann mittleren Alters, der eine Plastiktüte neben sich abgestellt hat, und eine Fünfzigjährige mit Kopftuch. Am Ende des Raumes befindet sich eine gläserne Trennwand. Am Schreibtisch davor sitzt eine farb- und ausdruckslose junge Frau. Offensichtlich ist sie die Tochter eines Parteigängers, die darauf wartet, durchs Hintertürchen eine Stelle im öffentlichen Dienst zu bekommen, und ihre Arbeitskraft in der Zwischenzeit ihrem Gönner zur Verfügung stellt.

»Kommissar Charitos. Ich hätte gerne den Herrn Minister gesprochen«, sage ich. Sie hebt die Hand, um auf die Stühle zu deuten, doch ich setze ein »dienstlich« hinzu, worauf ihre Hand in der Luft hängenbleibt und sich wieder auf den Weg nach unten macht.

»Einen Augenblick«, sagt sie und verschwindet hinter der Trennwand. Kurz darauf taucht sie wieder auf. »Kommen Sie zu Frau Koutsafti.« Und sie deutet hinter die Trennwand.

Frau Koutsafti ist die Privatsekretärin des Exministers, und das sieht man ihr auch an. Sie ist an die Fünfzig, hat graues, ungefärbtes Haar und trägt ein grünes Kleid mit einer enormen Brosche unterhalb der rechten Schulter und einen Seidenschal um den Hals. Zu ihrer Rechten befindet sich die Tür zum Büro des Ministers. Sie ist mit dunklem Kunstleder gepolstert und mit kleinen Knöpfen zu Rauten gemustert, die an Portionen verbrannten Baklavas erinnern.

»In welcher Angelegenheit möchten Sie den Herrn Minister sprechen?« fragt sie.

»Ich habe der jungen Frau bereits erklärt, daß es sich um einen dienstlichen Besuch handelt«, entgegne ich. »Anscheinend hat sie Ihnen das nicht ausgerichtet.«

Sie schürzt die Lippen, und ihre Nase fährt steil nach oben, doch sie kann mir nicht widersprechen.

»Nehmen Sie Platz«, meint sie, deutet auf einen Sessel und verschwindet hinter der gepolsterten Tür. Gleich darauf öffnet sie sie halb, streckt ihren Kopf heraus und bittet mich einzutreten.

Man muß sich schon zusammenreißen, wenn man vor einem wie aus dem Ei gepellten Herrn steht, von dem man ein kompromittierendes Foto kennt. Ich beiße mir auf die Lippen, um mir nichts anmerken zu lassen. Der Exminister streckt mir die Hand entgegen. Er trägt dasselbe Lächeln zur Schau wie auf dem Foto im Wartezimmer, wo er der Menge zuwinkt.

»Schön, Sie zu sehen«, sagt er. »Ich freue mich, Sie kennenzulernen, Herr Charitos. Ich habe viel von Ihnen gehört.«

Gar nichts hat er gehört, doch alle Politiker tun so, als ob sie sich besonders um die Sicherheitskräfte kümmern und die Polizeibeamten sogar namentlich kennen würden. In Wirklichkeit erinnern sie sich nur dann an uns, wenn Massenveranstaltungen, Protestmärsche und Fußballspiele ins Haus stehen.

»Entschuldigen Sie den unangemeldeten Besuch, Herr Minister«, entgegne ich, ganz Kavalier der alten Schule, »doch wir untersuchen den Mord an Konstantinos Koustas, und dabei haben sich einige Fragen ergeben.«

Er scheint nicht beunruhigt zu sein, ganz im Gegenteil, er nimmt den Gesichtsausdruck eines zerknirschten Verwandten an. »Wie furchtbar!« meint er kopfschüttelnd. »Welch tragischer Verlust!«

»Kannten Sie ihn?«

»Selbstverständlich. Er hatte ein französisches Restaurant in Kifissia, das Canard Doré. Da ich ein großer Verehrer der französischen Küche bin, gehe ich oft dorthin. Ich versichere Ihnen, daß es einem guten Speiselokal in Frankreich in nichts nachsteht.«

»Er besaß zwei weitere Lokale, den Nachtfalter und das Rembetiko.«

»Ja, dort bin ich auch ein paarmal gewesen, aber ich bin kein Anhänger der leichten Muse. Ich komme aber nicht darum herum, wir Politiker müssen uns dann und wann auch in diesem Umfeld zeigen. Dadurch stellt man seine Volksnähe unter Beweis.« Er hält inne und blickt mich an. »Darüber hinaus hatte ich keinerlei Beziehungen zu Dinos Koustas, und ich frage mich, wie ich Ihnen nützlich sein kann.«

»Im Verlauf der Nachforschungen bin ich auf etwas gestoßen, das Ihnen gehört, und ich dachte, ich sollte es Ihnen besser persönlich zurückgeben.«

»Etwas, das mir gehört? Was aus meinem Besitz könnte Koustas haben?« Er blickt mich neugierig an, immer noch zeichnet sich keine Besorgnis in seinem Gesicht ab.

Ich ziehe den Briefumschlag mit der Fotografie aus der Innentasche meines Jacketts und lasse ihn auf seinen Schreibtisch sinken. Das Negativ habe ich zu Hause gelassen. Er nimmt den Umschlag und öffnet ihn. Wie schießt nach dem ersten Frühlingsregen der junge Klee aus dem Boden? Genauso unvermutet treten Schweißtröpfchen auf seine Stirn. Seine Hände zittern, und seine Finger krampfen sich um die Aufnahme.

»Die sehe ich zum ersten Mal«, lallt er.

»Wen? Die junge Frau?«

»Nein. Die Fotografie. Die junge Frau hatte ich einmal getroffen, als ich mit einer Gruppe aus meinem Wahlkreis in Koustas' Nachtklub ging – wie heißt er schon wieder?« Er tut vermutlich so, als hätte er den Namen vergessen, doch es kann auch sein, daß er vor lauter Aufregung unter Gedächtnisschwund leidet.

»Rembetiko.«

»Richtig, ich war im Rembetiko. Die Leute aus meinem Wahlkreis waren begeistert, und Koustas schickte die junge Frau als unterhaltsame Draufgabe an unseren Tisch. Im Morgengrauen sind wir aufgebrochen. Wir hatten viel getrunken. Ich war besoffen und wollte galant sein. Also schlug ich ihr vor, sie mit meinem Wagen nach Hause zu fahren. Als wir dort waren, meinte sie, ich sollte auf einen Drink nach oben kommen – und das Unvermeidliche geschah.« Er verstummt und blickt wieder auf die Fotografie, die er auf seinem Schreibtisch abgelegt hat. »Wie sollte ich darauf kommen, daß alles ein abgekartetes Spiel war und Koustas einen Fotografen in der Wohnung postiert hatte?«

»Haben Sie sie wiedergesehen?«

»Nein, ich habe sie danach nie wiedergesehen.«

»Wieso findet sich dann Ihre Telefonnummer in ihrem Adreßbuch?« Ich ziehe das Blatt aus Kalias Notizbuch mit seiner Telefonnummer hervor.

»Keine Ahnung«, sagt er. »Fragen Sie sie doch selbst.«

»Leider kann ich sie nicht mehr befragen, Herr Minister. Sie ist verstorben.«

»Verstorben?« wiederholt er und blickt mich wie vom Schlag gerührt an. Möglich, daß seine Überraschung echt ist, doch Politiker sind von Berufs wegen Schmierenkomödianten.

»Ja, vor vier Tagen an einer Überdosis. Jemand war zum Zeitpunkt ihres Todes bei ihr, doch er hat vor dem Weggehen alle Spuren verwischt.«

Er mustert mich. »Glauben Sie, daß ich es war?« kommt es langsam über seine Lippen.

»Waren Sie es denn?«

»Nein.«

»Wo waren Sie am letzten Montagabend?«

»Wir hatten eine Marathonsitzung in der Partei, die zog sich bis spät in die Nacht hin.«

»Bis wann etwa?«

»Bis elf.«

»Und danach?«

»Bin ich direkt nach Hause gefahren.«

»War noch jemand bei Ihnen?«

»Nein. Ich bin geschieden und lebe allein. Ich habe eine Kleinigkeit gegessen, mir das Mitternachtsjournal angesehen und bin dann ins Bett.«

»Folglich gibt es niemanden, der bestätigen kann, daß Sie die ganze Nacht zu Hause waren?«

Abrupt wird der Politiker in ihm geweckt. »Brauche ich etwa einen glaubwürdigen Zeugen?« fragt er mit der strengen Miene des Ministers, der einen Untergebenen zusammenstaucht.

»Was wollen Sie von mir hören, Herr Minister? Derjenige, der bei ihr war, wollte seine Identität nicht offenbaren. Und Ihnen kam Kalias Tod gelegen. Koustas war bereits tot, demnach war niemand mehr übrig, der Sie bloßstellen oder erpressen konnte wegen Ihres – Ausrutschers.«

»Das schlägt dem Faß den Boden aus!« schreit er außer sich. »Mein politischer Werdegang läßt keine derartigen Anspielungen zu, Herr Kommissar. Ich bin seit zwanzig

Jahren Parlamentsabgeordneter, ich hatte einen Ministerposten inne, und ich habe niemandem auch nur die geringste Handhabe gegeben, mich zu erpressen.«

»Jedenfalls erpreßte Koustas Sie oder plante es zumindest. Warum sollte er sonst die Aufnahme schießen lassen, die Sie in der Hand halten? Welche Beziehung hatten Sie zu Koustas, Herr Minister?«

»Ich habe Ihnen bereits erläutert, was das für eine Beziehung war. Eine rein kulinarische.«

»Bestimmt hat er Sie nicht dazu erpreßt, im Canard Doré essen zu gehen.« Ich würde gerne den Namen des rohen Fleisches hinzufügen, das man mir dort vorgesetzt hatte, doch er ist mir entfallen. »Hat das vielleicht etwas mit den Meinungsumfragen zu Ihrem Beliebtheitsgrad zu tun?«

Er blickt mich zum ersten Mal besorgt an. »Was haben die Umfragen mit dem Mord an Koustas zu schaffen? Die hat doch die R. I. Hellas durchgeführt, die einem gewissen Petroulias gehört.«

»Der ebenfalls ermordet wurde. Doch Petroulias war nur der Strohmann. Dahinter verbarg sich Koustas, und das wußten Sie. Was hat Koustas als Gegenleistung von Ihnen verlangt, damit er Sie besser dastehen ließ als Ihren eigenen Parteivorsitzenden? Wollte er vielleicht Ihre Rückendeckung für die drei Milliarden Schwarzgeld, die er jährlich reingewaschen hat?«

Er wird kreidebleich, doch seine Stimme hört sich frostig und fest an. »Haben Ihre Vorgesetzten Kenntnis davon, daß Sie hierhergekommen sind und mir diese Fragen stellen?« fragt er.

»Nein, sie wissen nichts davon. Wenn ich es ihnen gesagt hätte, hätte ich ihnen ja auch die Aufnahme und die Seite aus Kalliopi Kourtoglous Adreßbuch mit Ihrer Telefonnummer zeigen müssen. Und diese Dinge wollte ich lieber für mich behalten und Ihnen persönlich überreichen, um Ihnen die peinliche Situation zu ersparen.«

»Vielen Dank. Das weiß ich zu schätzen.«

Ihm ist immer noch nicht bewußt, daß ich auf seine Wertschätzung pfeife. »Im Gegenzug hoffte ich, Sie würden mich über Ihre Beziehungen zu Kalia und Koustas aufklären.«

»Ich habe Ihnen erzählt, was ich weiß. Mehr kann ich dazu nicht sagen.«

»Wie Sie meinen.«

Ich reiche ihm meine Hand nicht, denn ich lege keinen gesteigerten Wert auf seinen Händedruck. Ich bin schon bei der Tür angelangt, als hinter mir »Herr Kommissar!« ertönt.

»Ist das die einzige?« fragt er und deutet auf die Aufnahme.

»Ja, sonst gibt es keine, Sie haben mein Wort.«

»Und besten Dank noch mal. Von der jungen Frau habe ich nichts gewußt, das habe ich erst von Ihnen erfahren«, setzt er hinzu.

Eigentlich müßte ich eine Spermaprobe verlangen, um sie mit den in Kalias Vagina festgestellten Spuren zu vergleichen. Doch das geht nicht, denn Sperma fällt unter den Schutz der parlamentarischen Immunität.

49

Ich frage mich, ob ich geschickt genug vorgegangen bin. Das Problem ist, daß ich alles in allem nur zwei Argumente in der Hand hatte: die Fotografie und die Seite aus Kalias Adreßbuch. Mir fehlte der entscheidende Beweis, denn mit der Meinungsumfrage habe ich geblufft. Wenn der Exminister nun reagiert, gibt er sich dadurch möglicherweise eine Blöße. Denn ich bin sicher, daß er am Abend von Kalias Tod in ihrer Wohnung war. Die Erklärung des diensthabenden Beamten, daß es ein anderer Junkie gewesen sein könnte, der in Panik geriet, überzeugt mich nicht. Kein unter Drogen stehender Fixer denkt daran, seine Fingerabdrücke abzuwischen und seine Fotografie aus dem Rahmen zu entfernen. Der stolpert Hals über Kopf davon, rennt gegen Türen und wirft Möbelstücke um. Nur ein klarer Kopf, der sich die Folgen ausrechnet, löscht nacheinander alle Spuren. Und den klaren Kopf hatte der Exminister und nicht irgendein Junkie.

Verkehren. Das Wörterbuch von Liddell-Scott führt drei verschiedene Bedeutungen an:

Verkehren = 1. als öffentliches Verkehrsmittel regelmäßig auf einer Strecke fahren, 2. a) mit jmdm. Kontakt pflegen; sich regelmäßig mit jmdm. treffen, sich schreiben usw., b) bei jmdm. irgendwo regelmäßig zu Gast sein; regelmäßig ein Lokal o. ä. besuchen, c) (verhüll.) Ge-

schlechtsverkehr mit jmdm. haben, 3. a) etw. in das Gegenteil verwandeln, es völlig verändern [so daß es gerade in der entgegengesetzten Richtung wirkt], etw. verdrehen, wenden, falsch darstellen od. wiedergeben, b) sich ins Gegenteil verwandeln [u. gerade in der entgegengesetzten Richtung wirken].

In unserem Fall trifft die verhüllende Bedeutung von ›verkehren‹ zu. Mit Sicherheit verkehrte der Exminister mit Kalia nicht brieflich oder rein freundschaftlich, er verkehrte auch nicht nur im Rembetiko, sondern auch geschlechtlich.

Im Bedeutungswörterbuch des gesamten hippokratischen Wortschatzes wird nur eine einzige Bedeutung angeführt: *verkehren = koitieren, beiwohnen, der Fleischeslust frönen.*

An diesem Beispiel bleibe ich hängen, Hippokrates läßt alle anderen Bedeutungen unberücksichtigt und stellt die leibliche Befriedigung in den Vordergrund. Damit erweist sich der Minister nicht als Staatsdiener, sondern als Sklave seines eigenen Vorteils. Verkehrte Welt, würde Hippokrates sagen, der nicht nur ein guter Arzt, sondern auch ein treffsicherer Prophet war.

Ich strecke mich, die Wörterbücher rings verstreut, auf dem Bett aus und entspanne mich. Aber meine Gedanken kommen vom Exminister nicht los. Ich frage mich, was er als nächstes unternehmen wird. Es wäre naheliegend, daß er sich mit der Arvanitaki in Verbindung setzt und sie auffordert, die Daten der Meinungsumfragen verschwinden zu lassen. Wäre Petroulias noch am Leben, würde er sich wahrscheinlich an ihn wenden. Die Karamitri wird ihm nicht bekannt sein, da Koustas sie als eiserne Reserve zurückbehalten hatte. Demzufolge wird er sich aus eigener Kraft reinwaschen wollen und sich dadurch in Schwierigkeiten bringen. Denn sobald er sich bemüht, die Daten verschwinden zu lassen, wird klar, daß er von den gefälschten Meinungsumfragen wußte und Koustas für seinen hohen Beliebtheitsgrad etwas schuldig war.

Ich könnte die Leitungen seines Büros und sein Privattelefon überwachen lassen. Er wird sich hüten, persönlich bei der Arvanitaki vorzusprechen, sondern telefonisch vorgehen. Doch da ich erst eine Genehmigung für das Abhören seines Telefons einholen müßte, die ich garantiert niemals bekäme, lasse ich es bleiben. Der richtige Schritt wäre, ein paar Tage abzuwarten und dann einen Durchsuchungsbefehl für die Büros der R. I. Hellas zu erwirken. Die Arvanitaki hat mir heute morgen verraten, sie halte die Daten in ihrem Schreibtisch unter Verschluß. Wenn wir sie nicht auffinden, hieße das, sie hätte dem Exminister die Gefälligkeit erwiesen und die Daten gelöscht. Was darauf schließen ließe, daß er ein Nestbeschmutzer ist. Ich wünsche mir nur, er möge rasch handeln, denn morgen früh muß ich Gikas die in Koustas' Lagerraum aufgespürten Hinweise vorlegen. Und von da an wird es sich nur mehr um Stunden handeln, bis er die Nachforschungen einstellt.

Ich springe aus dem Bett, um meine Gedankenflut einzudämmen. Adriani ist in der Küche. Sie hat Tomaten und Paprika mit abgehobenem Deckel in symmetrischer Anordnung aufgereiht: rot, grün – eine Tomate, eine Paprika. Vor sich hat sie eine tiefe Schüssel mit der Füllung. Sie packt eine Paprika, streicht die Füllung hinein und setzt den Deckel darauf. Mit den folgenden Tomaten geht sie genauso vor. Sie arbeitet mit erstaunlicher Geschwindigkeit, als hätte sie ihr Handwerk als Fließbandarbeiterin erlernt.

»Du machst sie heute schon?« frage ich.

Sie hebt den Kopf und lächelt mir zu. »Ja. Man läßt sie besser eine Nacht über in ihrem Saft stehen, damit sie das Öl gut aufsaugen. Morgen schiebe ich dann Zackenbarsch mit Knoblauch-Tomatensoße ins Rohr.

»Fisch auch noch?«

»Sollen wir den Mann mit einem einzigen Gang abspeisen? Wir wollen doch nicht als Geizhälse dastehen!«

Richtig. Außerdem haben wir ihm aus Prinzip kein Geldbriefchen zugesteckt, und das könnte zu Mißverständnissen über unsere finanzielle Lage geführt haben. Adriani wendet sich wieder ihrer Tätigkeit zu. Ich setze mich hin und schaue ihr zu, wie sie nacheinander drei Paprika und zwei Tomaten füllt, als plötzlich das Telefon klingelt. Ich nehme das Gespräch im Wohnzimmer an und habe Koula am Apparat.

»Herr Charitos, der Herr Kriminaldirektor wünscht, daß Sie um sieben Uhr im Büro des Ministerialdirektors sind.«

Ich bin perplex, denn den Ministerialdirektor bekomme ich, wenn's hoch kommt, zweimal im Jahr zu Gesicht. »Hat er Ihnen gesagt, worum es geht?«

»Nein. Ich habe Ihnen nur seine Worte wiedergegeben.«

»In Ordnung, Koula.«

Ich lasse den Hörer sinken und bleibe einen Augenblick lang stehen, um mich zu sammeln. Daß er mich um sieben Uhr abends herbeizitiert, bedeutet nichts Gutes. Ich gehe ins Schlafzimmer und ziehe die drei Briefumschläge aus der Schublade des Nachttischchens – den mit den Aufnahmen des Exministers und die anderen beiden. Ich trage sie lieber alle bei mir, man kann nie wissen, was auf einen zukommt.

»Ich muß noch mal weg«, rufe ich Adriani auf dem Weg zur Wohnungstür zu.

»Um wieviel Uhr kommst du wieder, damit ich dir das Essen warm halten kann?«

»Weiß ich nicht. Der Ministerialdirektor will mich sprechen.«

Es ist halb sieben, und der abendliche Verkehrsstau hat seinen Höhepunkt erreicht. Das Schrittempo tut mir nicht gut, es verschafft mir viel zuviel Zeit zum Nachdenken. Wenn der Ministerialdirektor mich zwecks Berichterstattung sprechen wollte, hätte Gikas einen Weg gefunden, mich beiseite zu räumen, denn er will sein Monopol im Kontakt mit der politischen Führung des Ministeriums mit niemandem teilen. Ob er sich etwa versichern möchte, daß es keinen nennenswerten Fortschritt im Fall Koustas gibt? Um einen Grund zu haben, den Fall zu den Akten zu legen? In diesem Fall will Gikas mich als Sündenbock an seiner Seite haben – Charitos ist mit dem Fall nicht zu Rande gekommen, was bleibt uns anderes übrig, als ihn abzuschließen? Ich stehe als unfähig da, sie distanzieren sich, und der Fall wandert ins Archiv. Die Lösung gefällt mir gar nicht, doch ich sehe keine Möglichkeit, etwas dagegen zu unternehmen. Ich weiß ja tatsächlich noch immer nicht, wer Koustas ermordet hat. Wenn ich von Anfang an auf Stellas von der Antiterrorabteilung gehört und den Fall abgeschoben hätte, müßte ich jetzt den Mißerfolg nicht ausbaden.

Im Vorzimmer des Büros des Ministerialdirektors treffe ich auf Gikas. Ich setze mich neben ihn.

»Sie haben Mist gebaut«, zischt er wie eine Schlange und begleitet sein Fauchen mit einem giftigen Blick.

»Ich? Was habe ich denn getan?«

»Das werden Sie gleich hören. Merken Sie sich eins: Ich kann Sie nicht decken. Sehen Sie zu, wie Sie die Sache selbst hinkriegen.«

Mir bleibt keine Zeit mehr, ihm zu antworten, denn aus dem Büro des Ministerialdirektors tritt eine Sekretärin und winkt uns herein.

Das Büro ist klein, und die Möbel sind alle an die Wand gerückt. Der Ministerialdirektor sitzt eingepfercht hinter einem riesigen Schreibtisch. Er erhebt sich nicht und streckt uns auch die Hand zur Begrüßung nicht entgegen, sondern deutet bloß auf die beiden Sessel vor seinem Schreibtisch. Gikas nimmt Platz und dreht sein Hinterteil etwas seitlich, um den Ministerialdirektor und nicht mich im Blick zu haben.

Er geht, ohne jegliche Vorwarnung, zum Angriff über. »Herr Charitos, ich habe Sie für einen sehr begabten Kommissar gehalten, doch heute haben Sie mich schwer enttäuscht.«

»Wieso, Herr Ministerialdirektor?«

»Woher nehmen Sie das Recht, ein Mitglied des Parlaments, dazu noch einen ehemaligen Minister, zu nötigen? Wer hat Ihr Vorgehen genehmigt?«

»Zunächst einmal habe ich ihn nicht genötigt.«

»Sie haben ihn bedroht, um ihn zu einer Aussage zu zwingen. Wenn Sie herausbekommen wollen, was für Beziehungen er zu Konstantinos Koustas unterhielt, können Sie sich an mich oder Herrn Gikas wenden. Der Mann bebte vor Zorn am Telefon. Er hat mir versichert, seine einzige Verbindung zu Koustas sei die Tatsache, daß er des öfteren in seinem Restaurant zu Gast war. Er bereitet eine parlamentarische Anfrage an den Innenminister vor, der die Hintergründe für Ihr Vorgehen erklären soll.«

Der Arsch. Sobald er sich vergewissert hatte, daß keine weitere Fotografie existierte, die ihn kompromittieren könnte, rief er sofort den Ministerialdirektor an, um mich anzuschwärzen.

»Von der Fotografie hat er nichts erwähnt?«

»Von welcher Fotografie?«

Ich ziehe die drei Briefumschläge aus der Innentasche meines Jacketts. Ich suche denjenigen mit den Aufnahmen vom Exminister und Kalia heraus und überreiche ihn dem Ministerialdirektor. Die anderen beiden halte ich noch zurück, um nicht gleich mein ganzes Pulver zu verschießen. Der Ministerialdirektor hält den Negativstreifen unter die Schreibtischlampe. Scheinbar hat er etwas darauf wahrgenommen, denn er läßt ihn unvermittelt wieder sinken, als hätte es sich die Finger daran verbrannt.

»Was ist das denn?« fragt er.

»Ein Negativfilm, dessen Aufnahmen den Herrn Minister im Bett mit einem der Mädchen aus Koustas' Nachtklub Rembetiko zeigen. Wir haben sie in einem Lagerraum gefunden, wo Koustas sein Geheimarchiv hatte. Die junge Frau ist an einer Überdosis gestorben, und ich habe guten

Grund anzunehmen, daß der Herr Minister zum Zeitpunkt ihres Todes bei ihr war.«

»Glauben Sie, daß er sie getötet hat?«

»Ich habe keinen Hinweis, der das untermauert. Aber Koustas erpreßte den Minister, und das war der zweite Grund für meinen Besuch.«

»Wieso sollte er ihn erpressen? Aus welchem Grund?«

»Hinter der Fassade seiner Unternehmen hatte Koustas ein ganzes Netzwerk zur Geldwäsche organisiert.« Und ich erläutere ihnen die Verteidigungsanlage, die Koustas errichtet hatte. Gikas starrt mich mit zusammengezogenen Brauen an. Mir ist klar, daß er mir das bis zur Rente nicht verzeihen wird, doch ich kann in diesem Augenblick nicht anders. Der Ministerialdirektor hat das Kinn in die Hände gestützt und hält die Augen geschlossen.

»Und das ist noch lange nicht alles«, sage ich und lege ihm die anderen beiden Briefumschläge vor.

Er schlägt mühsam die Augen auf und greift nach dem großen Umschlag mit der Übertragungsurkunde der Immobilie. Er liest den Namen des Parlamentsabgeordneten der Regierungspartei, weiß aber nicht, was er mit den Schriftstücken anfangen soll, und reicht sie an Gikas weiter, um sie loszuwerden. Er nimmt den Briefumschlag mit den beiden Aufnahmen von der Insel zur Hand. Er begutachtet sie und gibt auch sie an Gikas weiter. Sie sehen aus wie zwei gute Freunde, die einträchtig Ferienschnappschüsse betrachten: Zuerst mustert sie der eine, anschließend reicht er sie dem anderen weiter.

»Was steckt hinter diesen Fotografien?« fragt mich der Ministerialdirektor.

»Die erste Aufnahme zeigt die Insel, auf der Petroulias ermordet aufgefunden wurde. Die zweite zeigt den Ort, wo die Leiche verscharrt wurde. Dahinter steckt mit Sicherheit, daß Petroulias auf Koustas' Anweisung hin umgebracht wurde. Einige wußten davon und erpreßten Koustas. Deshalb trug er am Abend des Mordes die fünfzehn Millionen bei sich.«

»Wer erpreßte ihn?«

»Das ist noch nicht ganz klar. Vielleicht erpreßten ihn diejenigen, die den Mord ausgeführt hatten, um noch mehr Geld aus ihm herauszuholen. Vielleicht erpreßte ihn die blonde junge Frau, die in Petroulias' Begleitung war und deren Spur wir nicht aufnehmen konnten.«

»Wann haben Sie all diese Hinweise aufgespürt?«

»Vorgestern nachmittag.«

»Und warum haben Sie Ihren Vorgesetzten nicht unverzüglich in Kenntnis gesetzt? Sie sind auf Hinweise gestoßen, daß politische Persönlichkeiten involviert sein könnten, und haben das für sich behalten?«

»Und das, nachdem ich Ihnen gegenüber ausdrücklich betont hatte, nichts ohne Rücksprache zu unternehmen!« setzt Gikas nach.

»Ich bin doch erst vorgestern darauf gestoßen. Ich hatte vor, Ihnen alles zu übergeben.«

»Sie haben es uns heute überreicht, weil ich Sie vorgeladen habe, und jetzt versuchen Sie, sich herauszureden. Sonst hätten Sie alles wahrscheinlich noch zwei Wochen für sich behalten.«

Ich weiß, daß hier mein Schwachpunkt liegt – ich hätte Gikas unverzüglich benachrichtigen müssen, doch ich setzte alles auf eine Karte. Und nun versuche ich verzweifelt, meine Unschuld zu beweisen. Bislang war ich der Star der Vorstellung, so etwas wie Karteris, der Sänger im Rembetiko. Nun aber laufe ich Gefahr, zur Kalia unter den Polizeibeamten zu werden.

»Ich wollte die Hinweise erst überprüfen, um dann dem Herrn Kriminaldirektor vollständig Bericht zu erstatten.«

»Wann wollten Sie das denn abklären? Nachdem Sie auch den Abgeordneten, dem Koustas das Apartment überschrieben hat, genötigt hätten?«

»Hier geht es um zwei Morde und eine ganze Geldwaschanlage. Ich hielt es für meine Pflicht, die Sache aufzuklären.«

»Es ist Ihre Pflicht, Ihre Vorgesetzten auf dem laufenden zu halten und Anweisungen einzuholen, wenn Sie bei Ihren Nachforschungen auf politische Persönlichkeiten stoßen. Sie sind ein altgedienter Polizeibeamter, und Sie wissen, daß das eine der wichtigsten Grundregeln ist. Sie haben ohne Rücksprache die Initiative ergriffen und sich alles andere als professionell verhalten, Herr Kommissar.«

»Auch diejenigen, die die Titanic gebaut haben, waren Profis, Herr Ministerialdirektor«, entgegne ich. »Noah war es nicht, doch er konnte sich retten.«

Er sieht aus, als hätte er in einen sauren Apfel gebissen. »Sie werden die Akten der Fälle bei Herrn Gikas abgeben«, sagt er erbost. »Von heute an sind Sie vom Dienst suspendiert, und ich werde ein Disziplinarverfahren wegen Überschreitung Ihrer Befugnisse gegen Sie einleiten.«

»Ich habe mir nichts vorzuwerfen. Sobald ich zwei miteinander in Verbindung stehende Morde vor mir habe, ist es meine Pflicht, alle Möglichkeiten in Betracht zu ziehen.«

»Sie haben noch eine andere Pflicht, nämlich im Rahmen Ihrer Zuständigkeit zu bleiben. Sie sind kein Noah, und wir werden Ihretwegen die Arche nicht auf Grund laufen lassen. Damit hat sich's.«

Und wie es sich damit hat. Was anderes gibt es noch zu sagen, nachdem sie den Film, die Übertragungsurkunde und die beiden Aufnahmen von der Insel an sich gebracht haben? Ich erhebe mich und gehe zu Tür, ohne einen Mucks verlauten zu lassen. Die Mitglieder des Disziplinargerichts werden mich für verrückt erklären, weil ich mir eigenhändig die Schlinge um den Hals gelegt habe, obwohl ich Gikas die Hinweise mitsamt der Verantwortung hätte aufbürden können. Im Endeffekt machen es alle so und haben ihre Ruhe. Ich brauche mir nur im Archiv die Rubrik der unaufgeklärten Verbrechen anzusehen, um festzustellen, was für ein Vollidiot ich bin.

»Montag morgen möchte ich die beiden Briefumschläge auf meinem Schreibtisch sehen«, höre ich Gikas' Stimme noch in meinem Rücken.

Ich entgegne nichts, ich wende mich nicht einmal zu ihm um. Ich öffne die Tür und trete hinaus.

50

Seit gestern abend befinde ich mich in einer Zwangslage: Soll ich Adriani und Katerina von meiner Suspendierung erzählen? Wenn man sein Leid mit jemandem teilt, ist es normalerweise so, als nehme man ein Darlehen auf. Man atmet zwar zunächst auf, doch zahlt man danach über Monate hinweg seine vorläufige Erleichterung unter drückenden Bedingungen ab. Wenn ich von meiner Suspendierung erzähle, wird mir zwar leichter. Der Preis dafür wäre, Adriani in Aufregung zu versetzen. Sie würde mich aus Angst vor einem Herzinfarkt gar nicht mehr aus ihrer Obhut entlassen. Außerdem gibt es noch zwei weitere Argumente, die für mein Schweigen sprechen. Katerina fährt morgen abend nach Thessaloniki, und ich möchte nicht, daß sie sich wegen mir Sorgen machen muß. Und Ousounidis kommt heute zum Mittagessen, weil er morgen Nachtdienst hat. Es würde keinen guten Eindruck machen, ihn mit einer Miene zu begrüßen, als hätten wir ihn zum Totenmahl eingeladen.

Es gibt da allerdings noch eine andere, viel schlimmere Zwickmühle: Mit den Hinweisen, die ich mühsam zusammengetragen habe, hat der Ministerialdirektor die beiden Politiker in der Hand. Er entzieht dem Exminister den Boden für seine parlamentarische Anfrage, gleichzeitig kommt er ihm entgegen, indem er mich von den Nachforschungen abzieht. Die beiden Politiker bekommen einen neuen Chef und stehen nicht mehr unter Koustas' Einfluß, sondern unter dem des Ministerialdirektors. Ich frage mich, was für die beiden schmerzlicher ist: Koustas' Werkzeug zu sein oder anderen Politikerkollegen zu gehorchen? Gut möglich, daß diese Kollegen die Beliebtheitswerte der beiden noch weiter stärken werden, um aus Wasserpistolenträgern Panzergrenadiere zu machen. Gikas jedenfalls vertuscht den Fall und ist auf dem besten Weg, Polizeipräsident zu werden. Was mich betrifft: Ich bin, wie gesagt, die Kalia unter den Polizeibeamten und muß, ganz so wie sie, mit meinem Schicksal allein fertig werden.

»Willst du dich nicht anziehen? Es ist gleich elf.« Adriani steht in der Schlafzimmertür. Sie hat schon am frühen Morgen ihr bestes Kleid angelegt.

»Um wieviel Uhr kommt er denn?«

»Wir haben keine bestimmte Uhrzeit verabredet, aber willst du ihn im Pyjama empfangen?«

Adriani entgeht nicht, wie lustlos ich aus dem Bett steige. »Was hast du?« fragt sie besorgt.

»Ach, das ist nur meine Wochenend-Faulheit.«

»Komm schon, zieh dir schnell was an, komm in die Küche und sag mir deine Meinung über den Fisch.«

»Wozu? Wenn ich dir sage, er sei nicht gut, würdest du noch mal von vorne anfangen?«

»Was dir immer einfällt!« sagt sie und geht lachend hinaus.

Ich ziehe ein sauberes Hemd, die Hose meines guten Anzugs und einen Pullover an. Ich habe nicht vor, zu Ousounidis' Ehren eine Krawatte anzulegen. Wenn mir das

Disziplinargericht nahelegen wird, in Frührente zu gehen, damit meine Personalakte sauber bleibt, werde ich ständig ohne Anzug und Krawatte, die ich sowieso hasse, herumlaufen können.

Ich unterziehe mich einer Schnellrasur und gehe in die Küche, wo mein Kaffee und Adriani mit der Gabel in der Hand schon auf mich warten.

»Probier mal.«

Sie hat ein bißchen zuviel Pfeffer erwischt, doch wenn ich ihr das sage, verfällt sie in Trübsinn. »Sehr lecker«, meine ich.

»Wie siehst du denn aus?«

Ich drehe mich um und erblicke Katerina. Sie ist ungeschminkt, trägt Jeans, einen Pullover und Pumps.

»Was meinst du damit?« gibt sie ihrer Mutter zurück.

»Vergibst du dir was, wenn du ein ordentliches Kleid anziehst?«

»Papa, hast du mir immer noch kein Ballkleid gekauft?« Ich muß trotz meiner schlechten Laune lachen.

»Provinzgesocks!« sagt Adriani verächtlich. »Ich wundere mich, wie sich immer wieder Männer finden, die sich in dich verlieben.«

Um Viertel nach zwölf schellt die Türklingel. Adriani packt mich an der Hand und zieht mich ins Wohnzimmer, wo der gedeckte Tisch wartet: das weiße Tischtuch, das gute Geschirr, das wir von meiner Taufpatin zu unserer Hochzeit geschenkt bekommen haben, und die guten Gläser, die wir zum halben Preis mit Hilfe von Zeitungscoupons erworben haben. Alles ist mit derartiger Symmetrie angeordnet, als hätte Adriani die Abstände mit dem Lineal nachgemessen. Nur das Besteck ist ein Serienprodukt. So viele Jahre liegt sie mir schon in den Ohren, ein schönes Eßbesteck zu kaufen, und seit genauso vielen Jahren stelle ich mich taub.

Katerina führt Ousounidis bis zur Wohnzimmertür und schickt ihn dann mit einem »Geh ruhig rein, ich muß euch ja nicht bekannt machen« ins Ungewisse, während sie selbst in die Küche geht und die mitgebrachte Torte abstellt.

Die Begrüßung hätte kurz und schmerzlos ausfallen können, wenn Adrianis überflüssige Formeln wie »na endlich« und »wie sehr wir uns freuen« nicht gewesen wären. Als hätten wir die ganze Zeit sehnsüchtig auf seinen Besuch gewartet. Als ich an der Reihe bin, ihn zu begrüßen, sind wir beide noch verkrampfter als unser Händedruck. Er erinnert sich an meinen Gesichtsausdruck im Krankenhaus und ich mich an seine eisige Miene. Verlegen grinsen wir uns an.

Der Anfang des Gesprächs verläuft holprig und versiegt nach kurzem Anlauf – wir sagen, wie veränderlich das Wetter in diesem Jahr sei. Wir sind einer Meinung und verstummen. Dann erzählt Ousounidis, es sei starker Verkehr auf den Straßen, weil die Athener jeden Samstag einkaufen gehen. Wir lachen und verstummen erneut. Ich habe plötzlich keine Kraft mehr, mich als anregender Gastgeber zu erweisen. Glücklicherweise sitzen wir alle in Kürze am Tisch, der Zackenbarsch wird aufgetragen, und der Austausch von Höflichkeitsfloskeln beginnt. Ousounidis erzählt, daß seine Eltern in Veria wohnten und er allein in Athen lebe und wie sehr ihm deshalb die gute Hausmannskost abgehe. Das Lächeln will gar nicht mehr aus Adrianis Gesicht verschwinden, und ich bin mit meinen Sorgen allein.

Wären die beiden Parlamentsabgeordneten nicht in den Fall verwickelt, würde mir die Sache wahrscheinlich nicht so großen Schaden zufügen. Wegen Überschreitung der Befugnisse erhält man weder eine schwere Strafe, noch wird man deswegen in Frührente geschickt. Das Dumme ist, daß ich nicht weiß, wie weit der Ministerialdirektor gehen will. Wenn er mich zurückhält, um den Fall leichter ad acta legen zu können, dann schwebe ich in keiner großen Gefahr und werde mit einem mündlichen Verweis davonkommen. Wenn er jedoch beschlossen hat, sich die beiden Abgeordneten gefügig zu machen, dann wird er mich möglicherweise in Frührente schicken, damit sie sich ihm verpflichtet fühlen und er sie noch fester an sich ketten kann.

Und wie sollen wir finanziell mit einer gekürzten Rente über die Runden kommen? Was ist mit den Lebenshaltungskosten, der Miete und Katerinas Studium, das mindestens noch zwei Jahre bis zum Abschluß ihres Doktorats dauern wird? Soll ich dem Kind sagen, daß es die Doktorarbeit bleibenlassen soll, weil sein Vater ein Vollidiot ist, der gerne den Helden spielt und gegen Politiker ins Feld zieht?

»Papa!«

Von Gikas kann ich jedenfalls keinerlei Unterstützung erwarten. Ich habe es geschafft, ihn in Rage zu versetzen. Wenn ich ihn auf meine Seite ziehen könnte, würde er möglicherweise ein gutes Wort für mich einlegen. Das Wort eines gestandenen Kriminaldirektors hat Gewicht!

»Paps, wo bist du gerade? Man spricht mit dir!«

Ich hebe meinen Kopf vom Zackenbarsch, als wachte ich aus dem Tiefschlaf auf, und sehe drei auf mich geheftete Augenpaare. Adriani hat den Giftblick ihrer Mutter aufgesetzt, mit dem die sie wegen schlechter Tischmanieren wortlos zu rügen pflegte, während Katerina erst einmal fragend dreinschaut. Ousounidis' Blick ist der schlimmste. Er mustert mich auf dieselbe eiskalte Weise, mit der er mich an jenem Tag im Krankenhaus ansah. Aus, vorbei, ich habe alles verdorben, denke ich. Jetzt wird er erst recht sicher sein, daß ich ihn nicht leiden kann und meinen Unmut sogar bei mir zu Hause zur Schau stelle. Wie soll ich dann Katerina davon überzeugen, daß er sich frostig verhält und nicht ich.

»Entschuldigung. Gestern ist mir im Dienst etwas Unangenehmes passiert.«

»Dir geht dein Dienst aber auch nie aus dem Kopf«, setzt Adriani nach. »Selbst wenn wir Gäste haben. Was ist denn wieder vorgefallen? Jagst du irgendeiner Einzelheit hinterher? Mit solchen Kleinigkeiten quälst du dich doch die ganze Zeit herum.«

Mit einem Schlag hat mich alles im Würgegriff: Gikas, der allesfickende Exminister mit seinen Fotografien, die Unsummen, die von der Schwarzgeldmafia reingewaschen werden, worum sich keiner zu kümmern scheint, und die Ungerechtigkeit, daß ich meinen Kopf für alles hinhalten muß. Eine Hand drückt meine Kehle zu, und ich spüre, daß ich platze, wenn ich nicht sofort alles rauslasse. Dennoch dringt meine Stimme, als ich zu sprechen anfange, nicht laut, sondern heiser und gebrochen aus meiner Brust.

»Ich bin vom Dienst suspendiert worden.«

Ein Geräusch, ähnlich wie Glockenklingen, ist zu hören. Es ist Adrianis Gabel, die ihr aus der Hand auf den Teller gefallen ist. Ousounidis' Miene wechselt schlagartig von unterkühlt zu besorgt. Er wendet sich zu Katerina und blickt sie bedrückt an. Vielleicht fürchtet er, ich könnte ohnmächtig werden, doch meine Tochter reagiert gefaßter als die anderen.

»Was ist passiert?« fragt sie sanft. »Warum hat man dich vom Dienst suspendiert?«

Jemand hat einmal gesagt, der Elefant sei das langsamste Tier auf der Welt, bis zu dem Zeitpunkt, wo er zu laufen beginnt. Das gleiche geschieht jetzt mit mir. Während ich mich bislang zum Schweigen gezwungen habe, bricht nun alles aus mir hervor. Ich beginne mit Petroulias' Leiche auf der Insel und ende bei meiner gestrigen Unterredung mit dem Ministerialdirektor. Meine Beichte bestätigt den bekannten Bullenspruch: Rede endlich, damit dir leichter wird. Sowie ich geendet habe, fühle ich mich ruhig und erlöst.

»Und man hat dich vom Dienst suspendiert, weil du einen Abgeordneten verhört hast?« fragt mich Katerina, als könne sie es nicht fassen.

»Einen Exminister.«

»Wenn schon, dann eben einen Exminister.«

»Also, wenn ihr mich fragt – unter der Junta war alles besser«, wirft Adriani ein. »Damals hatte der Staat wenigstens noch Respekt vor den Polizeibeamten.«

»Komm wieder auf den Boden, Mama!« ruft Katerina empört. »Der hatte doch nichts für Polizisten übrig. Der ließ sie nur die kleinen Leute foltern!«

»Hat dein Vater jemals irgend jemanden gefoltert?« Als ob ich es ihr auf die Nase gebunden hätte, wenn ich es getan hätte.

»Was hat das alles miteinander zu tun?«

»Eine ganze Menge. Deshalb ist er jetzt nämlich vom Dienst suspendiert.«

»All das hat mit der Junta nichts zu tun, Frau Charitou«, sagt Ousounidis nachsichtig zu ihr. Dann wendet er sich mir zu. »Wissen Sie, als ich im Krankenhaus meine Stelle antrat, überschlugen sich alle Kollegen vor Hilfsbereitschaft und Entgegenkommen, und ich war von meiner Arbeit ganz begeistert. Nach einem Semester begannen sie plötzlich, auf Distanz zu gehen. Sie wichen mir aus, tuschelten hinter meinem Rücken und warfen mir schiefe Blicke zu. Ich zermarterte mir das Hirn deshalb, bis mich eines Tages der Chefarzt zu sich rief und fragte, ob ich von den Patienten Geldbriefchen entgegennähme. ›Wer behauptet, daß ich mir Geld zustecken lasse, ist ein Lügner‹, sagte ich entrüstet. ›Sie tun gut daran, keine Geldgeschenke anzunehmen‹, war seine Antwort, ›nur sollten Sie das verschweigen. Sagen Sie einfach, Sie nähmen Geldbriefchen.‹«

»Er wollte nicht, daß Sie Geldgeschenke annehmen, aber Sie sollten den andern vorlügen, daß Sie doch welche nehmen?« frage ich baff.

»Das fragte ich ihn auch. Wissen Sie, was er mir geantwortet hat? ›Ich will nur Ihr Bestes. Sonst werden Ihnen die anderen das Leben zur Hölle machen, und Ihre Patienten werden das büßen müssen.‹«

»Und was hast du gemacht?« fragt Katerina.

»Ich habe das ein wenig abgewandelt«, entgegnet er

lachend. »Ich nehme nach wie vor keine Geldbriefchen, aber ich behaupte auch nicht ausdrücklich, welche einzustecken, sondern deute es nur an.«

Ich denke, daß mir das nicht in den Kopf gehen wollte, was der Arzt begriffen hat: daß der Unterschied nicht zwischen Moral und Unmoral liegt, sondern darin, welchen Anschein man sich gibt. Der Exminister hat bei Koustas abgesahnt, aber so getan, als würde er nichts erhalten. Der Arzt bekommt keine Zuwendungen von den Patienten, aber tut so, als bekäme er welche. Der eine ist dem Anschein nach moralisch, der andere dem Anschein nach unmoralisch. So sollte auch ich begreifen, daß der Exminister zwar in Koustas' Geldwäschereien verwickelt ist, ich jedoch so tun sollte, als merkte ich es nicht, um mir den Anschein eines korrekten Polizeibeamten zu geben und mich aus allem rauszuhalten.

Adriani, die sich die ganze Zeit auf die Lippen gebissen hat, springt abrupt auf und läuft aus dem Zimmer. Mir ist klar, daß sie sich in die Küche zurückzieht, um sich auszuweinen. Nicht deshalb, weil ihr die Dienstsuspendierung Angst einjagt, sondern weil sie sich persönlich gekränkt fühlt, wenn man mich ungerecht behandelt. Ich stehe auf und will ihr hinterher, um sie zu trösten, doch Katerina hält mich zurück.

»Laß sie, das tut ihr gut«, meint sie.

Und tatsächlich kehrt sie kurz darauf mit einem Lächeln auf den Lippen zurück. Wenn sie geweint hat, dann muß sie sich gleich wieder frisch gemacht haben, denn man merkt ihr nichts an. Das Gute an meiner Beichte ist, daß die Stimmung an Herzlichkeit gewonnen hat und wir nach kurzem viel gelöster miteinander umgehen. Als der Arzt und Katerina gegen sechs Uhr beschließen, bummeln zu gehen, haben wir einander bereits fest versprochen, uns nach Katerinas Abreise wiederzusehen. Adriani zieht sich in die Küche zurück, und Katerina geht sich umziehen.

»Wie alt ist denn dieser Ministerialdirektor, der dich vom Dienst suspendiert hat?« fragt Ousounidis, als wir allein zurückbleiben.

»Um die Fünfundvierzig.«

»Wir hatten da einen Professor für Psychiatrie an der Uni. Weißt du, was er immer zu uns sagte?«

»Was?«

»›Wehe euch, wenn die Generation der siebziger Jahre, die das Polytechnikum besetzt hatte, das Chirurgenmesser in die Hand kriegt!‹ Er hat sich allerdings gewaltig geirrt.«

»Wieso?«

»Weil die aus der Generation der Siebziger keine Chirurgen geworden sind. Die haben es sich gerichtet und sitzen heute in der Regierung. Das ist das Drama.«

Ich sehe nicht ein, wo hier das Drama liegt. Damals prügelten wir sie, heutzutage stecken wir ihre Schläge ein. Nicht mehr und nicht weniger.

51

Was mir am Samstag erspart geblieben ist, tritt sonntags ein. In der Nacht von Samstag auf Sonntag, um ganz genau zu sein. Ich fühle mich hundeelend, schrecke alle halbe Stunde aus dem Schlaf hoch und wälze mich dann eine weitere halbe Stunde im Bett, bis ich wieder einschlafe. Adriani spürt, wie unruhig ich bin. Ab und zu schlägt sie die Augen auf, doch ich stelle mich jedesmal schlafend.

Am Morgen wache ich um neun auf, vollkommen erledigt und mit heftigem Herzklopfen. Ich fühle meinen Puls, der auf 105 hochgeschnellt ist. Ich nehme ein Interal und lege mich, mit dem Blick zur Zimmerdecke, aufs Bett. Ich denke, daß mir jetzt das Blättern in einem Wörterbuch guttäte. Doch ich kann mich nicht dazu aufraffen, ins Regel zu greifen. Adriani kommt nach einer Weile ins Schlafzimmer und fragt besorgt nach meinem Befinden.

»Es ist nichts, raub mir nicht den letzten Nerv«, fahre ich sie an, um weiteres Nachbohren zu unterbinden.

Um elf ist das Herzrasen immer noch nicht zurückgegangen, der Puls liegt bei 100, und ich nehme ein zweites Interal. Meine Angst vor einem weiteren Krankenhausaufenthalt ist groß, als Katerina hereinkommt.

»Mein Koffer ist gepackt«, meint sie beim Eintreten. Doch als sie merkt, daß ich keine Miene verziehe und weiter an die Decke starre, fragt sie: »Was hast du?«

»Kein Wort zu deiner Mutter: Ich habe entsetzliches Herzrasen. Ich habe schon zwei Interal eingenommen, aber es hilft nichts.«

Sie geht wortlos hinaus und kehrt mit einem Glas Wasser und einer halben Tablette zurück.

»Was ist das?«

»Lexotanil. Das schickt dir Fanis.«

»Ist er da?«

»Nein, er hat es gestern abend in einer Apotheke besorgt, die Nachtdienst hatte. Er meinte: ›Wenn dein Vater Herzklopfen hat, gib ihm ein halbes Lexotanil, und es wird ihm gleich bessergehen.‹ Komm, nimm schon.«

Ich habe keine Kraft, mich zu widersetzen, und schlucke es.

»Wenn uns Mama jetzt sehen könnte, würde sie sagen: ›Siehst du, wie gut es ist, einen Arzt in der Familie zu haben?‹« Und sie lacht. Dann beugt sie sich zu mir herunter und umarmt mich. »Nimm es dir nicht so zu Herzen, sie werden dir nichts tun«, sagt sie. »Es nützt ihnen doch auch nichts, die Sache bis zum Äußersten zu treiben. Sie werden den Fall vertuschen und das Disziplinarverfahren einstellen.«

»Gikas aber nicht.«

»Gikas wird das tun, was ihm seine Vorgesetzten sagen. Deshalb hat er es ja auch zum Chef gebracht, während du nicht befördert worden bist.«

»Macht es dir was aus, daß ich nicht befördert worden bin?«

»Überhaupt nicht. Fanis wird auch nie vorwärtskommen, so wie es aussieht. Doch das stört mich genausowenig.«

Nach einer Dreiviertelstunde muß ich – wenn auch mit einiger Verspätung – zugeben, daß Ousounidis ein guter Arzt ist, und steige aus dem Bett. Ich gehe in die Küche, wo Adriani und Katerina sitzen und plaudern.

»Bist du aufgestanden?« fragt Adriani erleichtert. »Soll ich dir einen Kaffee machen?«

»Gern.«

Während ich den Kaffee trinke, läutet das Telefon, und Katerina geht ran. »Papa, es ist Fanis, er will dich sprechen«, ruft sie aus dem Wohnzimmer.

»Woher hast du gewußt, daß ich Herzklopfen bekommen würde?« frage ich ihn.

Er lacht. »Die Diagnose lag ja auf der Hand«, meint er. »Das hat nichts mit deinem Herz zu tun, sondern kommt durch den Streß. Wie fühlst du dich jetzt?«

»Es ist nicht mehr so schlimm.«

»Schön. Wenn es morgen wieder einsetzt, wenn du die Akten übergibst, solltest du nicht erschrecken. Nimm noch mal ein halbes Lexotanil. Wenn du merkst, daß es nicht hilft, melde dich bei mir. Katerina hat meine private und meine dienstliche Telefonnummer.«

»Vielen Dank.«

»Bedank dich nicht. Schließlich bin ich dein Arzt.« Er hält kurz inne und fügt hinzu: »Bleib heute nicht zu Hause. Geh doch mit deiner Frau und Katerina irgendwo auswärts essen und bring sie dann zum Bahnhof.«

Wie es scheint, bin ich ganz schön eingeschüchtert, denn ich folge seinem Ratschlag ohne Murren. Ich sage Katerina und Adriani, sie sollten sich zum Ausgehen bereitmachen. Es nieselt, und auch der sonntägliche Straßenverkehr tröpfelt dahin. In der Taverne sind, uns mitgerechnet, gerade mal drei Tische belegt. Ich lasse während des Essens Katerina nicht aus den Augen. Ihre Stimmung ist gedrückt, weil sie uns und vor allem Fanis so bald nicht wiedersieht. Doch es gelingt ihr, die Traurigkeit mit ihrem Lachen zu überspielen.

Nach dem Essen führe ich die beiden auf einen Kaffee nach Kifissia aus, und als wir beim Larissis-Bahnhof eintreffen, ist es bereits halb sieben. Katerinas Zug fährt um sieben, und sie meint, wir sollten nicht warten. Doch wir bestehen darauf, sie bis ins Abteil zu begleiten. Das hatten wir schon beim ersten Mal, als sie nach Thessaloniki fuhr, so gemacht, und seit damals ist es ein ungeschriebenes Gesetz. Bevor wir uns trennen, umarmt sie mich noch einmal.

»Mach dir keine Sorgen«, flüstert sie mir ins Ohr. »Und wenn du Beschwerden hast, dann rufst du Fanis an.«

»Mir geht's prima«, flüstere ich zurück, um sie zu beruhigen.

»Sei bloß still, ich kenne dich doch. Es reicht, daß du Mama gegenüber schon nichts sagst, sprich wenigstens mit Fanis! Und morgen rufe ich dich an, um zu hören, ob du auch brav warst.«

Nach so vielen Wochen mit Katerina erscheint die Wohnung mit einem Mal wie ausgestorben. Adriani lauscht angestrengt, als erwarte sie irgendein Geräusch, etwas, das darauf hinweist, daß Katerina noch da ist. Nichts ist zu hören, nur absolute Stille ringsum, und ihre Augen füllen sich mit Tränen.

»Sie ist weg«, sagt sie mit gebrochener Stimme.

Ich begehe den Fehler, sie an mich zu drücken, und sofort beginnt sie zu weinen. Sie lehnt den Kopf an meine Brust und schluchzt wortlos.

»Komm schon. In zwei Monaten ist Weihnachten. Sie kommt ja wieder.«

»Ja, aber wie vergehen bloß die zwei Monate?«

Das weiß ich zwar auch nicht, doch die beiden ersten Stunden davon verfliegen vor dem Fernseher, wo gerade ›Blind Date‹ läuft. Anfangs habe ich nicht die geringste Lust dazu, und ich setze mich nur aus Solidarität neben Adriani. Doch nach und nach offenbart sich mir die wohltuende Wirkung solcher Sendungen. Man sitzt einfach da, den Blick auf den Bildschirm gerichtet, und während langbeinige Damen in paillettenbesetzten Kostümen umherschwirren und der Showmaster Dummheiten von sich gibt, läßt man seinen Gedanken freien Lauf. Meine gehen zur Unterredung mit dem Ministerialdirektor und Gikas. Vielleicht hätte ich nicht den ganzen Film herausrücken, sondern einige spezielle Aufnahmen zurückbehalten und entwickeln lassen sollen, um sie der Disziplinarkommission vorzulegen. Auch Fotokopien der Übertragungsurkunde hätte ich zurückbehalten sollen. Ich wollte sie mit meinen Beweisen beeindrucken und bin wie ein Anfänger in die Falle getappt. Wie sollte ich jetzt die Mitglieder des Disziplinarausschusses davon überzeugen können, daß ich Belastungsmaterial in der Hand hatte, als ich den Exminister befragte? Und wie sollte ich Gikas dazu bringen, es offenzulegen? Einesteils befürchte ich, daß man den Fall nicht weiterverfolgen will, andernteils gebe ich ihnen die Möglichkeit dazu. Meine einzige Hoffnung ist nun, daß sich die Vorhersage meiner Tochter und Ousounidis' bestätigt: daß sie den Fall erst einmal zur Ruhe kommen lassen wollen und das Disziplinarverfahren eingestellt wird.

Ich komme von diesen Gedanken nicht los, bis die Kennmelodie der Tagesschau ertönt. Ich habe keine Lust, sonntags Nachrichten zu hören, und erhebe mich. Ich bin bereits bei der Wohnzimmertür angelangt, als ich die Schlagzeile höre: ›Konfusion bei der Polizei wegen Koustas-Mord‹. Ich mache rechtsumkehrt. Adriani wirft mir einen fragenden Blick zu, doch ich zucke mit den Schultern. Ich habe keine Ahnung, was für eine Meldung sie bringen werden, ob der Ministerialdirektor an die Öffentlichkeit gegangen ist oder Gikas eine Presseerklärung abgegeben hat. Aber ich spüre, wie mein Herz hämmert.

Ich gedulde mich, bis die Überschwemmung in Achaia, ein tot aufgefundener Junkie in Kolokynthou, die zweiundzwanzig Verletzungen des griechischen Luftraums durch türkische Kampfflugzeuge und die zwei Albaner, die einen Landwirt außerhalb von Jannina umgebracht haben, vorüber sind, als der Moderator endlich sagt: »Heller Aufruhr herrscht in den Reihen der griechischen Polizei, meine sehr geehrten Fernsehzuschauer. Der Grund dafür ist der immer noch nicht aufgeklärte Mord an Konstantinos Koustas. Menis Sotiropoulos berichtet.«

Sotiropoulos tritt im Kampfanzug – mit seinem Armani-Hemd und den Timberland-Schuhen – auf, hinter ihm zeichnet sich das Eingangstor des Polizeipräsidiums auf dem Alexandras-Boulevard ab.

»Guten Abend, Nikos, guten Abend, liebe Zuschauer. Konstantinos Koustas hat es geschafft, die griechische Polizei selbst nach seinem Ableben noch auf Trab zu halten.

Unbestätigten Meldungen zufolge heißt es, der Leiter der Mordkommission im Polizeipräsidium, Kommissar Kostas Charitos, sei vom Dienst suspendiert worden.«

»Glauben Sie, Menis, daß diese Tatsache, falls sie sich bestätigen sollte, im Zusammenhang mit den Nachforschungen im Zuge des Mordes an Konstantinos Koustas steht?«

»Das könnte sein, Nikos. Selten zuvor hat die Polizei einen Fall dermaßen unter Verschluß gehalten. Das wird seinen Grund haben. Es war sozusagen ein offenes Geheimnis, daß Koustas in dunkle Machenschaften verwickelt war, obwohl er nie angezeigt oder gar verurteilt worden wäre. Gerüchten zufolge hat Kommissar Charitos den Versuch unternommen, politische Persönlichkeiten zu verhören, die möglicherweise mit einer von Koustas organisierten Geldwaschanlage zu tun hatten.«

»Denken Sie, daß Charitos aus diesem Grund vom Dienst suspendiert wurde?«

»Vorläufig ist nichts darüber bekannt. Jedenfalls ist Kommissar Charitos einer der angesehensten und fähigsten leitenden Polizeibeamten. Sollte er tatsächlich vom Dienst suspendiert worden sein, ist nicht auszuschließen, daß man versucht, den Fall zu verschleiern, um gewisse Politiker zu schützen.«

»Hat man Charitos also zum Sündenbock erklärt?«

»Das will ich nicht hoffen. Wenn es aber zutreffen sollte, können Sie sicher sein, daß die Öffentlichkeit die ganze Wahrheit erfahren und dieser Vertuschungsversuch ans Licht kommen wird.«

»Vielen Dank, Menis. Wir hoffen, Sie bleiben am Ball.«

Das Thema wird gewechselt, und der Chef der größten

Oppositionspartei tritt – ganz leger im Pullover und ohne Jackett – auf der Insel Gavdos auf, um die Regierung der Unfähigkeit zu bezichtigen.

Ich zerbreche mir den Kopf, warum Sotiropoulos das getan hat. Er kann mich nicht sonderlich gut leiden, und ich kann ihn auch nicht ausstehen. Trotzdem ist er für mich in die Bresche gesprungen. Wieso bloß? Um Eindruck zu schinden? Das hätte er auch haben können, ohne gleich eine Lobeshymne anzustimmen.

Ich drehe mich zu Adriani um und blicke sie an. Adrianis Mundwinkel haben fast die Ohren erreicht, und ihre Augen leuchten. »Und was sagst du jetzt? Ausgerechnet Sotiropoulos, den du nie leiden konntest!« sagt sie.

»Dabei ist er nicht einmal ein Anhänger der Junta gewesen«, entgegne ich.

52

Raten Sie mal, auf welchen Namen Koustas' Lagerraum eingetragen ist«, ruft mir am nächsten Morgen Vlassopoulos entgegen, als er mich im Korridor sieht. »Loukia Karamitri.«

»Ist mir egal. Bring mir schnell Koustas' und Petroulias' Akte.« Ich fasse mich kurz und verschwinde in meinem Büro, um überflüssigen Solidaritätsbekundungen und einer Vielfalt von Blicken – von mitleidig über verständnisvoll bis schadenfroh – zu entgehen, denn alles bringt mich in gleicher Weise auf die Palme.

Ich habe weder Kaffee noch Croissant geholt, einerseits weil Kaffee das Herzklopfen verstärkt, und andererseits weil ich mich selbst davon überzeugen will, daß ich nur zu einem kurzen Zwischenstopp hier bin, um Gikas die Akte zu übergeben. Ich versuche, vorläufig nicht daran zu denken, wie ich den Rest meiner Tage untätig zu Hause verbringen und mich tagaus, tagein mit Adriani zanken werde.

Vlassopoulos bringt die beiden Aktenordner und läßt sie auf meinem Schreibtisch liegen. »Ich habe gestern abend die Nachrichten gesehen«, sagt er. »Ich dachte, ich spinne und höre Radio Eriwan.«

»Sotiris, darüber will ich nicht reden.«

»Schon in Ordnung, alles klar.«

Er geht hinaus und schließt diskret die Tür. Ich schlage zuerst Petroulias' Akte auf. Alles ist vorhanden: Anitas Zeugenaussage und die ihres englischen Freundes, die Aussage des Zirkusphilosophen und die in Deutschland aufgezeichnete Ergänzung, Markidis' Befund sowie die Angaben des Vorsitzenden des Schiedsrichterverbandes und die Aussage von Petroulias' Nachbarin. Dann nehme ich Koustas' Mappe zur Hand. Ich durchsuche sie mit Akribie. Kein Schriftstück darf mir entgehen, damit man mir nicht auch noch unterstellen kann, ich hätte Hinweise vorsätzlich zurückgehalten. Unter anderen Umständen würde ich Gikas noch eine ausführliche Zusammenfassung über jeden Fall schreiben, damit er sich leichter zurechtfindet. Aber er hat nur die Akten verlangt, und ich habe keine Lust, auch nur einen Handschlag darüber hinaus zu tun.

Sotiropoulos tritt ein, als ich die Schriftstücke gerade nach ihrem Datum ordne. Üblicherweise kommt er gegen elf, doch heute hat er sich beeilt, um festzustellen, welchen Eindruck seine gestrige Reportage bei mir hinterlassen hat. Er bringt mich in Verlegenheit, denn ich weiß nicht, ob ich mich bei ihm bedanken oder einfach so tun soll, als hätte ich sie nicht gesehen. Glücklicherweise rettet er mich aus dem Dilemma.

»Sie sind schlauer, als ich dachte«, sagt er. »Sie haben mich in dem Glauben gelassen, Sie wüßten von nichts, während Sie es geschafft haben, Koustas' gesamtes System auseinanderzunehmen. Hier lag aber auch Ihr Denkfehler.«

»Welcher Denkfehler denn? Meinen Sie den, daß ich die Sache überhaupt in Angriff genommen habe?«

»Nein, daß Sie nicht geredet haben. Wenn Sie auch nur

einen kleinen Teil dessen, was Sie wußten, nach außen hätten dringen lassen, dann hätte man nicht gewagt, Sie anzutasten. Sie aber spielen einerseits den treuen Polizeihund, andererseits wollen Sie Ihren Kopf durchsetzen. Das eine läuft dem anderen zuwider, und so stehen Sie immer als Verlierer da.«

»Warum haben Sie das getan?« frage ich ihn unvermittelt.

»Was getan?«

»Na das, gestern abend. Sich hinzustellen und eine Lobeshymne anzustimmen. Wozu? Wir kennen uns zwar schon jahrelang, aber mir war noch nicht aufgefallen, daß wir eine besonders große Sympathie füreinander hegen.«

Er zuckt mit den Schultern. »Das habe ich nicht für Sie getan, sondern für mich selbst.«

»Für Sie selbst?«

»Ja. So wie unsere Arbeit heutzutage aussieht, wühlen wir tagtäglich im Dreck. Ab und zu muß ich meinen Kopf in die Höhe strecken und kurz Atem schöpfen. Sonst ersticke ich in dem Sumpf. Sie haben eine gute Gelegenheit dazu geboten, das ist alles.«

Ich mustere seine Aufmachung – das Armani-Hemd und die Timberland-Schuhe. Irgendwo im tiefsten Inneren glüht trotzdem noch ein kleiner kommunistischer Funke in ihm. Er dreht sich um und geht zur Tür. Bevor er hinausgeht, bleibt er kurz stehen.

»Jedenfalls ist es noch nicht zu spät«, meint er.

»Wofür?«

»Zu reden. Wenn man Sie vom Dienst suspendiert, lassen Sie Ihr Wissen doch einfach an die Presse durchsickern.

Dann wird man sich hüten, Sie zu behelligen, das garantiere ich Ihnen. Meine Telefonnummer haben Sie ja.«

Ich blicke ihm nach, wie er durch die Tür verschwindet. Auch er hat denselben Weg eingeschlagen: vom Sein zum Schein, vom KP-Anhänger zum Abziehbild eines KP-Anhängers. Dem Anschein nach erstickt er im Sumpf, doch aus seiner angeblich uneigennützigen Tat möchte er durchaus Profit schlagen.

Ich klemme mir die beiden Aktenordner unter den Arm und mache mich auf den Weg zu Gikas.

»Na so was, heute geht's aber rund!« sagt Koula, als sie mich erblickt. »Seit dem frühen Morgen läuft das Telefon heiß. Der Ministerialdirektor allein hat schon dreimal angerufen. Von den Journalisten ganz zu schweigen.«

Er hat dreimal angerufen, weil er ungeduldig darauf wartet zu erfahren, ob ich die Akten übergeben habe. »Keine Sorge, bald ruft niemand mehr an«, entgegne ich und trete in Gikas' Büro, ohne ihre Erlaubnis einzuholen. Da es alle so eilig haben, in den Besitz der Akten zu kommen, kann man sich Höflichkeitsfloskeln getrost sparen.

Gikas steht am Fenster und bewundert die Aussicht, das heißt: die Kirche des hl. Savvas und das alte Fußballstadion des Panathinaikos-Vereins. Er hört die Tür ins Schloß fallen und dreht sich um. Er sieht, daß ich es bin, und setzt sich an seinen Schreibtisch, um die Dokumente in offizieller Pose in Empfang zu nehmen. Ich lege die Aktenordner auf den Schreibtisch.

»Petroulias' und Koustas' Akte. Sie sind vollständig, es fehlt nichts.«

Er blickt mich an, ohne sie anzurühren. Klar, jetzt mimt

er den am Boden Zerstörten, doch gleich wird er sagen, ich sei ja selbst an allem schuld. Er legt es darauf an, daß ich von Gewissensbissen heimgesucht werde, weil ich ihn in Schwierigkeiten gebracht habe und er mir nun – zu seinem großen Bedauern – auch nicht mehr helfen kann.

»Die Akten bleiben bei Ihnen«, sagt er. Ich starre ihm fassungslos ins Gesicht, doch dieser Anblick befriedigt ihn wenig. »Der Minister hat gestern abend Sotiropoulos' Reportage gesehen und sich sehr über den Ministerialdirektor aufgeregt. Er hat angeordnet, die Nachforschungen weiterzuführen, ohne irgendeinen Versuch zu unternehmen, die Beteiligung der beiden Parlamentsabgeordneten zu vertuschen. Sie stehen zwar unter dem Schutz der parlamentarischen Immunität, und es obliegt dem Parlament, sie aufzuheben. Die Polizei aber soll ihre Arbeit tun.« Er verstummt, und wir blicken uns etwa eine halbe Minute wortlos an, bis er wieder das Wort ergreift. »Es war nicht korrekt von Ihnen, die Hinweise, auf die Sie in Koustas' Lager gestoßen waren, geheimzuhalten«, meint er. »Sie sind fälschlicherweise davon ausgegangen, ich würde den Fall ad acta legen.«

Er hätte die Sache auf jeden Fall vertuscht, doch nun erhält er Rückendeckung durch den Minister und spricht aus einer Position, wo ihm nichts mehr passieren kann. Ich beuge mich zum Schreibtisch hinunter und nehme die Akten wieder an mich. Gikas hält seinen Blick auf mich geheftet, als wolle er mir noch etwas sagen, das er aber nicht über die Lippen bringt. Irgend etwas stimmt da nicht, überlege ich. Kein Minister setzt sich so für einen kleinen Kommissar der Mordkommission ein, daß er seinetwegen den Ministerialdirektor zur Ordnung ruft und sich mit dem Kriminaldirektor aus dem Polizeipräsidium anlegt. Eher würde er ihn ersetzen, als eine Auseinandersetzung mit zwei engen Mitarbeitern zu riskieren.

»Es ist doch nicht nur Sotiropoulos' Reportage. Da läuft doch noch etwas anderes, was Sie mir noch nicht gesagt haben.«

»Ja, da läuft tatsächlich noch etwas anderes«, antwortet er, in die Enge getrieben.

»Was?«

»Heute morgen hat man Loukia Karamitri tot in ihrem Wagen aufgefunden. Sie wurde mit einem Schuß in die Schläfe förmlich hingerichtet.«

Das ist es also. Die Vertuschungsaktion verkompliziert sich, man hat noch einen dritten Mord aufzuklären und kann sich nicht mehr einfach mit meiner Suspendierung aus der Affäre ziehen.

»Wo hat man sie gefunden?«

»Im Waldstück bei Varybombi. Ein junges Pärchen, das zufällig auf dem Motorrad vorbeifuhr, hat sie entdeckt.«

Seine Stimme erreicht mein Ohr noch, bevor ich zur Tür gelange. »Wenn Sie zurückkommen, schreiben Sie mir einen kurzen Bericht für die Presseerklärung. Wir können die Nachricht nicht mehr zurückhalten.«

Er möchte, bequem zurückgelehnt, seinen Text auswendig lernen. Die Karamitri kümmert ihn wenig. Die bereitet einzig und allein mir Kopfzerbrechen.

53

Loukia Karamitri sitzt in ihrem Wagen und scheint durch die Windschutzscheibe die bis zum Horizont reichenden hohen Kiefern beiderseits der Straße zu betrachten. Ihr fülliger Busen berührt fast das Lenkrad, während ihre rechte Hand schlaff auf dem Beifahrersitz ruht. Ihr Mund ist halb geöffnet. Die Kleidung unter der roten Sportjacke wirkt zusammengewürfelt, sie trägt eine gelbe Bluse und einen dunkelblauen Rock. So, als hätte sie nach einem überraschenden Anruf schnell etwas übergeworfen und wäre zum Treffpunkt geeilt. Markidis steht über sie gebeugt und untersucht sie.

»Was meinen Sie?« frage ich ihn.

»Immer mit der Ruhe. Ich habe gerade erst angefangen.«

Der Streifenwagen steht zwanzig Meter entfernt, und auf der anderen Straßenseite steht ein zwanzig- bis zweiundzwanzigjähriger Mann an eine Tausendkubikmaschine gelehnt. Er trägt eine schwarze Lederjacke, eine schwarze Lederhose und schwarze Schaftstiefel. Als er sieht, daß ich auf den Streifenwagen zugehe, stößt er sich von seiner Maschine ab und heftet sich an meine Fersen.

Auf dem Rücksitz des Streifenwagens sitzt eine junge Frau um die Zwanzig. Auch ihre Ausrüstung ist ganz aus Leder. Vermutlich kaufen sie im selben Laden ein und bekommen Rabatt. Zwischen ihre nervösen Fingern, hat sie eine Zigarette geklemmt. Sie führt sie in kurzen Abständen an ihre Lippen und betrachtet danach prüfend die Glut.

»Sie haben sie gefunden?« frage ich.

Sie nickt und beginnt zu zittern, sie steht knapp davor, loszuheulen.

»Bleib cool, Scheiße noch mal!« ruft ihr der Freund zu. »Bleib cool und halt dich kurz.«

»Bringen Sie ihn von hier weg«, sage ich zu dem Polizeibeamten, der auf dem Beifahrersitz Platz genommen hat.

Der freut sich sichtlich über seine Aufgabe, steigt aus dem Streifenwagen, packt den jungen Mann an der Schulter und schubst ihn vor sich her.

»Wie heißen Sie?« frage ich die junge Frau.

»Maria... Maria Stathaki.«

»Erzählen Sie mir, was passiert ist, Maria. Ganz ruhig, nehmen Sie sich Zeit. Erzählen Sie, und dann können Sie gehen.«

Sie zieht an ihrer Zigarette und starrt auf die Glut. »Stratos und ich waren gerade auf dem Weg nach Oropos, zur Fähre«, flüstert sie. »Ich hatte die Idee, über Varybombi zu fahren, weil die Waldstrecke am frühen Morgen viel schöner ist. Wir hatten uns aber verfahren und wußten nicht, wie wir auf die Nationalstraße kommen sollten. Wir sahen den geparkten Wagen, und Stratos schickte mich hin, um nachzufragen. Die Frau saß... saß so da, wie Sie sie gesehen haben. Ich klopfte an die Scheibe, doch sie wandte den Kopf nicht in meine Richtung. Das kam mir seltsam vor.«

Sie beginnt zu zittern und bricht in Tränen aus. Ich fürchte, daß der kleine Nervenzusammenbruch sie vernehmungsunfähig machen könnte, doch sie fährt stammelnd fort.

»Ich dachte, ihr wäre vielleicht nicht gut – und ich öffnete die Tür... Ich faßte sie an, doch sie rührte sich nicht... Dann – dann sah ich das Einschußloch an der Schläfe.« Nun schluchzt sie laut auf.

»Und da haben Sie gemerkt, daß sie tot war.«

Sie nickt bestätigend. »Ich holte Stratos, und der rief die Funkstreife.«

»Von wo aus telefonierte er?«

»Von seinem Handy.«

»Beruhigen Sie sich, Maria. Das war's auch schon. Sobald ich mit Ihrem Freund gesprochen habe, können Sie fahren.«

Sie zündet sich eine neue Zigarette an. Der junge Mann sitzt mit knatterndem Motor rittlings auf seiner Maschine. Da wir ihn ein wenig geschubst haben, stellt er sich bestimmt schon auf ein filmreifes Verfolgungsrennen mit der Polizei ein.

»Um welche Uhrzeit haben Sie die Funkstreife verständigt?« frage ich ihn.

»So gegen halb zehn vielleicht.«

»Nachdem Sie festgestellt hatten, daß die Frau tot war, wie lange haben Sie da gebraucht, bis Sie die Polizei gerufen haben?«

»Ich sehe doch nicht ständig auf die Uhr«, entgegnet er in provokantem Tonfall.

»Fünf Minuten? Zehn? Eine Stunde? Wie lange in etwa?«

»An die zehn Minuten.«

»Haben Sie jemanden vorbeikommen sehen, während Sie hier standen?«

»Wer sollte denn vorbeikommen?«

Mich juckt es in den Fingern, ihm eine Ohrfeige zu verpassen. »Was weiß ich, ich habe Sie gefragt. Ein Fußgänger, ein Wagen, ein Motorrad…«

»Nein, wir haben niemanden gesehen. Die Strecke war wie ausgestorben. Welcher Verrückte fährt um diese Uhrzeit durch den Wald außer uns?« Und der umgebrachten Karamitri, ergänze ich unhörbar. »Wir haben aber bei der Herfahrt einen Wagen gesehen.«

»War er bergauf oder bergab unterwegs?«

»Er fuhr in Richtung Athen. Ein Toyota Corolla. Circa fünfhundert Meter von hier entfernt.«

»Haben Sie vielleicht auf das Nummernschild geachtet?«

»Nein.«

»Dann auf den Fahrer?«

»Ja.«

»Dann reden Sie schon und bringen Sie mich nicht zur Verzweiflung!« fahre ich ihn an. »Muß ich Ihnen jedes Wort einzeln aus der Nase ziehen?«

»Ich konnte einen Blick auf ihn werfen, weil er das Fenster heruntergekurbelt hatte. Er hatte weißes Haar.«

»Weißes Haar?« Lambros Mantas, Koustas' Türsteher im Rembetiko, hatte mir erzählt, daß Koustas' Mörder weißes Haar hatte. »Und wie sah sein Gesicht aus?«

»Das konnte ich nicht erkennen. Sobald er uns bemerkte, gab er Vollgas und raste an uns vorüber.«

Ich rufe einen der Polizeibeamten aus dem Streifenwagen herbei. »Nehmen Sie ihre Personalien auf, damit sie später ihre Aussage machen können«, sage ich. »Dann können sie gehen.«

Wenn es sich nicht um einen Zufall handelt, dann ist Karamitris Mörder und Koustas' Mörder ein und dieselbe Person. Und die Tatsache, daß er Vollgas gab, als er das junge Paar sah, bestärkt mich in dieser Auffassung.

Markidis ist fertig und sammelt seine Gerätschaften zusammen. »Worum handelt es sich?« frage ich ihn.

»Man hat ihr aus unmittelbarer Nähe in die linke Schläfe geschossen. Sehen Sie?« sagt er und beugt sich in das Wageninnere, um mir die Schläfe der Karamitri zu zeigen. »Der Abdruck der Waffenmündung ist deutlich zu sehen. Das Einschußloch ist vollkommen rund, und die umliegenden Haare sind versengt. Der Schmauchring ist mit bloßem Auge auszumachen. Die Kugel ist an der rechten Schläfe wieder ausgetreten und an der Fensterscheibe abgeprallt. Sie dürfte im Inneren des Wagens liegen.«

»Wann ist es passiert?«

»Vor zwei Stunden höchstens.«

Ich blicke auf die Uhr. Es ist elf Uhr. »Haben Sie Kampfspuren gefunden?«

»Nein.«

»Was für eine Waffe war es?«

»Auf den ersten Blick würde ich sagen: ein 38er Revolver, doch das kann ich Ihnen erst nach der Obduktion bestätigen.«

Ich sehe, wie sich von weitem der Krankenwagen nähert. Er parkt neben dem Streifenwagen, und die beiden Sanitäter kommen mit der Tragbahre auf uns zu. Ich rufe Dimitris von der Spurensicherung. »Sucht nach der Kugel, sie muß irgendwo im Wagen liegen.«

Wenn der Revolver ein 38er Kaliber war, dann handelte es sich in beiden Fällen um denselben Weißhaarigen. Das macht die Sache jedoch noch komplizierter. Nun gut, er hat Koustas umgelegt, weil er der Kopf des Geldwäscheunternehmens war. Wozu aber sollte er die Karamitri ins Jenseits befördern? Irgend etwas paßt hier nicht zusammen. Außer der Weißhaarige hat auch Petroulias getötet. Was hieße, es handelte sich um eine regelrechte Säuberungsaktion. Und man scheint es darauf anzulegen, die Spuren zu verwischen. Darüber könnte uns aber nur der Mörder oder die Blonde aufklären, von der wir weder wissen, wer sie ist, noch wo sie sich aufhält.

Ein silbergrauer Nissan fährt heran und bleibt vor mir stehen. Die Tür geht auf, und Kosmas Karamitris steigt aus.

»Ich wurde gerade vor einer halben Stunde verständigt. Ist es wirklich wahr?« fragt er ganz aufgeregt.

»Ja. Ihre Frau ist aus nächster Nähe erschossen worden. Wo waren Sie, als Sie die Nachricht erhielten?«

»In meinem Büro.«

»Um wieviel Uhr sind Sie von zu Hause aufgebrochen?«

»Um halb neun, wie jeden Morgen.«

»War Ihre Frau zu Hause, als Sie losgefahren sind?«

»Ja. Sie war noch nicht aufgestanden.«

Demzufolge wußte der Mörder, um welche Uhrzeit Karamitris üblicherweise das Haus verließ, oder hatte beobachtet, daß er wegging. Danach rief er Loukia Karamitri an und bestellte sie hierher. Wieso aber ließ sie sich von einem

Unbekannten hierherlocken? Kannte sie ihren Mörder? Wie Koustas? Wenn sie ihn kannte, dann war sie in den ganzen Fall viel tiefer verstrickt, als sie zugegeben hatte.

Dimitris kommt mit einer Plastiktüte auf mich zu. »Wir haben sie gefunden, Herr Kommissar. Es ist eine Kugel aus einem 38er Revolver. Ich wette, daß es dieselbe Waffe ist, mit der auch Koustas umgebracht wurde.«

»Koustas?« fragt Karamitris baff. »Was reden Sie da? Daß derjenige, der Koustas getötet hat, auch meine Frau erschossen hat?«

Ich entgegne nichts, denn meine Gedanken bleiben plötzlich bei einer anderen Tatversion hängen. Was ist, wenn ich mich irre? Wenn die, die Koustas und seine geschiedene Frau getötet haben, keine seiner Genossen aus der Mafiaszene waren, sondern Dritte, die von ihrem Ableben profitierten?

»Fahren wir für alles Weitere in mein Büro«, sage ich zu Karamitris. »Wir müssen sowieso Ihre Aussage aufnehmen.«

»Mir wurde gesagt, ich solle meine Frau in der Anatomie identifizieren.«

»Das eilt nicht, das ist ein formaler Akt. Außerdem habe ich sie identifiziert, denn ich kannte sie ja.«

Eigentlich mag er nicht mitkommen, doch er kann nichts dagegenhalten. »Na dann los«, meint er zu mir.

»Dürfen wir zuerst Ihr Haus durchsuchen?«

Ein Verdacht kriecht in ihm hoch, und er mustert mich. »Bin ich tatverdächtig?« fragt er.

Ich zucke mit den Schultern. »In jedem Mordfall ist das nächste Umfeld des Opfers verdächtig, bis das Gegenteil bewiesen ist«, antworte ich so vage wie möglich. »Wenn Sie einwilligen, kann das nur heißen, daß Sie nichts zu verbergen haben.«

Er zaudert ein bißchen, doch dann gibt er klein bei. »Na gut, aber ich möchte dabeisein.«

Ich winke Vlassopoulos und Dermitzakis heran, die ich auf die Suche nach möglichen Augenzeugen geschickt hatte und die erfolglos zurückgekehrt sind. Karamitris fährt mit seinem Wagen voraus, und wir folgen ihm.

Ich lasse Vlassopoulos und Dermitzakis die Durchsuchung übernehmen, während wir in den beiden Wohnzimmersesseln Platz nehmen. Ich blicke mich um. Nichts hat sich seit meinem letzten Besuch verändert. Es bietet sich dasselbe Bild eines gesellschaftlichen Abstiegs, der auch durch verschiedene kleine Tricks nicht mehr zu verbergen ist.

»Meine Angestellten können bestätigen, daß ich gegen Viertel nach neun ins Büro gekommen bin, so wie jeden Morgen«, erklärt Karamitris.

»Das bezweifle ich nicht.« Ich weiß bereits, daß der Weißhaarige der Mörder ist, doch das behalte ich vorläufig für mich.

»Was soll dann diese Hausdurchsuchung?«

»Wir könnten auf einen Hinweis stoßen, der uns weiterhilft.«

Dieser Hinweis fällt zehn Minuten später Vlassopoulos in die Hände. »Sehen Sie mal, Herr Kommissar.«

Und er überreicht mir einen undatierten Scheck über fünfzehn Millionen. Die Unterschrift darauf ist so deutlich lesbar, daß ich sie sofort als die Karamitris' identifizieren kann.

»Was ist das?« frage ich und deute auf den Scheck.

»Ein Scheck.«

»Das sehe ich. Das ist einer der undatierten Schecks, die in Koustas' Besitz waren und mit denen er Sie erpreßte. Wie ist er in Ihre Hände gelangt?« Bevor er antworten kann, füge ich schnell hinzu: »Sehen Sie sich vor, tischen Sie mir keine Lügen auf, denn ich werde Ihre Bankkonten prüfen und dahinterkommen, ob Sie ihn eingelöst haben.«

»Er ist per Post gekommen«, stammelt er.

»Mit der Post? Wollen Sie mich auf den Arm nehmen, Karamitris?«

»Nein, ich sage die Wahrheit. Er kam vorgestern mit der Post.«

»Und wo ist der Umschlag?«

»Den habe ich weggeworfen.«

»Was ist mit dem zweiten Scheck über zwanzig Millionen, den Sie Koustas ausgestellt hatten?«

»Weiß ich nicht. Im Umschlag war nur der hier.«

Der Fall beginnt, feste Formen anzunehmen. Ich suchte im Rotlichtmilieu und in Mafiakreisen, und die Lösung war vor meiner Nase. Ich hatte ihn von unserem ersten Gespräch an im Verdacht, doch Koustas' Geldwaschanlage hatte mich auf eine andere Fährte gesetzt.

»Herr Karamitris, Sie kommen mit mir auf das Polizeipräsidium, denn Sie sind mir einige Erklärungen schuldig«, sage ich.

»Der Scheck kam per Post. Ich sage Ihnen die Wahrheit.«

»Sie erzählen mir ein Ammenmärchen. Wer schickt schon ein Geschenk in der Form eines Schecks über fünfzehn Millionen per Post und nicht einmal mit einem Kurierdienst? Macht mir auch den zweiten ausfindig«, sage ich zu Vlassopoulos.

Sie bemühen sich redlich, doch sie können ihn nicht auftreiben. Der zweite Scheck lautet auf seine Schallplattenfirma, und wahrscheinlich hat er ihn ins Büro mitgenommen. Karamitris' Wagen bleibt vor dem Haus stehen, und wir machen uns alle gemeinsam im Streifenwagen auf den Weg.

54

Vlassopoulos und Dermitzakis schließen Karamitris in dem Raum für die Verhöre ein. Ich lasse ihn schmoren und gehe in mein Büro. Wenn ich streng nach Vorschrift handeln wollte, müßte ich Gikas benachrichtigen. Doch ich beschließe, das erst nach dem Verhör zu tun.

Ich höre das Telefon schon an der Tür und stürze mich darauf. Es ist Adriani. »Du hast gesagt, du kommst bald nach Hause. Was ist passiert?« fragt sie mich voller Unruhe.

»Ich bleibe auf meinem Posten. Die Lage hat sich geändert, und wir fangen wieder von vorne an.« Ich erzähle ihr, was vorgefallen ist.

»Recht geschieht ihnen«, lautet ihr schadenfroher Kommentar. »Brauchst du noch lange?«

»Frag lieber nicht. Keine Ahnung.«

»Gut, komm einfach, wann du möchtest.« Heute läuft alles wie am Schnürchen. Der Minister hebt meine Dienstsuspendierung auf, und Adriani gewährt mir unbegrenzten Ausgang.

Dem ersten Anruf folgt unmittelbar ein zweiter, diesmal ist Katerina dran. »Was gibt es Neues, Papi?«

»Bist du gut angekommen?«

»Sprechen wir lieber nicht von mir, sondern davon, was bei dir los ist.« Ich erzähle meinen Tagesverlauf in allen Einzelheiten. »Hab ich's dir nicht gesagt, daß sie nicht wagen werden, dich zu behelligen!« kommentiert sie zufrieden.

»Und was soll ich mit dem Lexotanil anfangen?« frage ich schelmisch.

»Behalt es. So wie du alles immer persönlich nimmst, wirst du es bald wieder brauchen.«

Ich lege auf und rufe Dermitzakis auf einer Dienstleitung. »Bestell die beiden jungen Leute, die die Leiche der Karamitri gefunden haben, zum Porträtzeichner der Spurensicherung. Sie sollen sich mit ihm zusammensetzen und ein Phantombild erstellen.«

»Ja, aber nach ihrer Aussage haben sie ihn doch nur flüchtig gesehen.«

»Wenn sie sich anstrengen, werden ihnen noch Einzelheiten einfallen. Lade im Notfall auch Mantas vor. Er hat ihn nachts gesehen, als er auf Koustas zuging, um ihn zu töten. An irgend etwas wird er sich schon erinnern. Und ich brauche einen Hausdurchsuchungsbefehl, damit wir in Karamitris' Büro können.«

Ich will mich gerade zum Verhörraum begeben, da hält mich das Telefon zurück. Ich bin seltsam berührt, als ich Elena Koustas Stimme vernehme.

»Gerade höre ich in den Nachrichten, daß Dinos' Exfrau umgebracht worden ist, Herr Kommissar. Glauben Sie, daß ich auch gefährdet bin?« fragt sie besorgt.

»Nein, Frau Kousta, Sie sind nicht in Gefahr. Loukia Karamitri war in die geschäftlichen Angelegenheiten Ihres Gatten verwickelt. Sie jedoch nicht.«

Eine kurze Pause tritt ein. »Ist es wahr, daß Dinos schmutziges Geld gewaschen hat?« fragt sie dann.

Ich möchte sie nicht traurig stimmen, doch es hat keinen Sinn, sie anzulügen. Die Nachricht wird sowieso in wenigen Tagen die Runde machen. »Ja, es ist wahr.«

»Und da behaupten Sie, ich sei nicht gefährdet?«

Sie knallt den Hörer auf die Gabel, bevor ich ihr erklären kann, daß das von ihrem Mann reingewaschene Geld keinen unmittelbaren Bezug zu den beiden Morden hat. Der Mord an Koustas und der an der Karamitri geschah aus völlig unterschiedlichen Motiven.

Als ich in den Verhörraum trete, finde ich Karamitris am Kopfende des Tisches vor. Vlassopoulos hat sich hinter seinem Rücken aufgebaut, in demselben Stil wie beim Verhör von Jannis, Koustas' Buchhalter.

»Am Abend, als Koustas getötet wurde, war ich mit Loukia zu Hause. Sie haben mich danach gefragt, und ich habe es Ihnen erzählt«, hebt er an.

»Sie haben es mir gesagt, ich erinnere mich.« Ich nehme an seiner Seite Platz.

»Leider kann das Loukia nicht mehr bestätigen.«

»Das ist nicht nötig. Ich glaube Ihnen.«

Er ist verdutzt und wirkt erleichtert. »Und heute morgen bin ich um halb neun aus dem Haus gegangen. Loukia war gerade aufgewacht. Ich war um Viertel nach neun im Büro. Das werden Ihnen alle bestätigen.«

»Ich werde es überprüfen, doch ich denke, daß es stimmt.«

Er faßt Mut, da er sieht, daß ich seinem Alibi Glauben schenke, und schlägt einen forscheren Ton an. »Wieso schleppen Sie mich dann hierher?«

Ich beuge mich nach vorn und blicke ihm in die Augen.

»Ich habe Sie hierhergebracht, damit Sie mir von dem Weißhaarigen erzählen«, sage ich ruhig zu ihm.

»Von welchem Weißhaarigen?«

»Den Sie zuerst für den Mord an Koustas und dann für den an Ihrer Frau angeheuert haben.«

Sein eiskalter Blick saugt sich an mir fest. »Ich habe Koustas und meine Frau umbringen lassen? Was reden Sie daher? Sind Sie noch bei Trost?«

»Karamitris, Sie haben es schlau angestellt, keine Frage. Freilich ist Ihnen auch Koustas' schmutzige Clique entgegengekommen. Als ich erfuhr, daß ihn ein Weißhaariger umgebracht hat, glaubte ich zunächst, daß es jemand aus der Mafia war. Und ich hätte es bis zuletzt geglaubt, wenn Sie nicht den Fehler begangen hätten, denselben Mörder auch auf Ihre Frau anzusetzen.«

Er hat zu zittern begonnen. »Sie täuschen sich«, stottert er. »Ich habe niemanden angeheuert, weder für Koustas noch für Loukia.«

»Was Koustas betrifft, kann ich es nachvollziehen«, sage ich sanft. »Er hat Ihnen übel mitgespielt und war bereit, Sie jederzeit Ihren Gläubigern auszuliefern. Sie dachten, wenn Sie ihn aus dem Weg räumten, könnten Sie aufatmen und hätten dann Gelegenheit, an die Schecks zu kommen. Hätten Sie sich damit begnügt, wäre der Mord an Koustas möglicherweise unaufgeklärt geblieben, denn wir suchten unter seinen Geschäftspartnern, und Sie wären uns entkommen. Doch da packte Sie die Gier. Als Sie sahen, mit welcher Leichtigkeit Sie Koustas losgeworden waren, wollten Sie auch Ihre Frau beiseite räumen, damit Ihnen die Unternehmen zufielen, die formal auf den Namen Ihrer

Frau lauteten – das Meinungsforschungsinstitut, das Sportartikelgeschäft und das chinesische Restaurant.«

»Wozu sollte ich Loukia umbringen? Sie war doch meine Frau, und mir gehörte ohnehin die Hälfte des Vermögens, das nach Koustas' Tod in ihre Hände übergegangen war!«

»Weil Sie beide heillos zerstritten waren, Karamitris. Ich habe es doch mit eigenen Ohren gehört. Soll ich Ihnen in Erinnerung rufen, was Sie zu mir gesagt haben, als ich bei Ihnen zu Hause war? Sie sagten, daß Sie sich nicht von ihr scheiden ließen, weil Koustas das nicht zugelassen hätte. Und sie hat Sie als drittklassigen Bänkelsänger bezeichnet, daran erinnere ich mich noch. Sie beide waren wie Hund und Katze, und Sie hatten Angst, daß sie sich jetzt, wo Koustas tot war, von Ihnen trennen würde. Wer weiß, vielleicht hat sie es Ihnen angekündigt, und deshalb beeilten Sie sich, sie auszuschalten. Sie sind der Anstifter beider Morde. Gestehen Sie endlich!«

Die Furcht treibt ihn aus dem Stuhl hoch. »Ich habe niemanden umgebracht, verdammt noch mal! Ihr wollt mir zwei Morde in die Schuhe schieben, weil ihr den tatsächlichen Schuldigen nicht fassen könnt!«

»Wir werden den Weißhaarigen schon finden, keine Sorge«, meint Vlassopoulos. »Doch für Sie ändert sich deshalb nichts. Sie sitzen wegen Anstiftung zum Mord lebenslänglich hinter Gittern.«

Plötzlich suchen meine Gedanken nach einer Einzelheit, auf die ich am Anfang der Ermittlungen gestoßen bin, der ich jedoch keine Bedeutung beigemessen und die ich deshalb vergessen habe. Ich zerbreche mir den Kopf, um mich genauer daran zu erinnern.

»Ich habe niemanden angestiftet«, brüllt Karamitris. »Und diesen Weißhaarigen, von dem Sie sprechen, habe ich nie im Leben gesehen.«

»Wie ist dann der Scheck über fünfzehn Millionen zu Ihnen nach Hause gelangt?« frage ich.

»Habe ich doch schon gesagt. Per Post.«

»Wann ist er angekommen?«

»Vorgestern.«

»Wie denn? Einfach? Eingeschrieben?«

»Weiß ich nicht. Wir haben den Umschlag in unserem Briefkasten vorgefunden. Er war an Loukia adressiert.«

»Wer war der Absender?«

»Absender stand keiner drauf. Auf dem Umschlag war nicht einmal eine Briefmarke. Jemand hat ihn eingeworfen und ist dann abgehauen.«

»He, was soll denn das, du verdammter Wichser?« Vlassopoulos packt ihn mit einer Hand am Jackettkragen beginnt, ihn zu bearbeiten wie Adrianis Schneebesen die Zitronensoße. »Zuerst behauptest du, der Umschlag sei per Post gekommen. Jetzt erzählst du uns, daß ihn jemand in den Briefkasten geworfen hat. Hältst du uns für bescheuert, du Saftsack? Wer schmeißt einen Scheck über fünfzehn Millionen in den Briefkasten und spaziert einfach davon?«

»Ich weiß nicht, wer das war. Ist vielleicht komisch, doch so war es.«

»Wo ist der andere Scheck, den Sie Koustas übergeben hatten? Der über zwanzig Millionen?« mische ich mich ein.

»Keine Ahnung. Im Umschlag steckte nur ein Scheck. Ich weiß nicht, wo der andere abgeblieben ist. Vor einer

Stunde haben Sie doch mein Haus durchsucht und ihn nicht gefunden. Suchen Sie doch in meinem Büro. Dort werden Sie ihn auch nicht finden.«

»Wir werden ihn nicht finden, weil Sie ihn zerrissen haben«, sagt Vlassopoulos und knallt ihn gegen die Wand.

»Warum habe ich dann nicht auch den anderen vernichtet?«

»Weiß ich nicht«, entgegne ich. »Sie haben ihn vielleicht zurückbehalten, um ihn auf den Weißhaarigen auszustellen. Als Lohn dafür, daß er Koustas umgelegt, Sie von Ihrer Frau befreit und die Schecks aufgetrieben hat.«

»He, war's so, du Arschficker? Hast du ihn deswegen zurückbehalten? Mach den Mund auf!« schreit ihn Vlassopoulos an und knallt ihn nochmals gegen die Wand.

»Das können Sie mit mir nicht machen! Ich habe nichts getan! Ich möchte meinen Anwalt sprechen!«

»Einen Anwalt sehen Sie erst, wenn Sie gestanden haben«, sage ich.

Das Verhör zieht sich noch zwei Stunden in derselben Tonart hin. Wir treiben ihn in die Enge, doch Karamitris brüllt sich die Seele aus dem Leib, er sei unschuldig. Inzwischen zermartere ich mir das Hirn, um auf die Einzelheit zu kommen, dich ich vergessen habe, doch ich kann mich nicht erinnern. Nach gut zwei Stunden ziehe ich Vlassopoulos aus dem Verhörraum ab.

»Sperr ihn zu irgendeinem Stadtstreicher in die Zelle«, sage ich zu ihm. »Da wird er heute nacht seine Sünden abbüßen und seine Halsstarrigkeit vielleicht aufgeben. In der Zwischenzeit werden wir sein Büro durchsuchen, obwohl wir den zweiten Scheck nicht finden werden. Er hat ihn zerrissen. Deshalb schickt er uns so selbstsicher auf die Suche.«

Ich steige in den Fahrstuhl und hole vor Gikas' Büro tief Luft. Drinnen treffe ich auf Stellas von der Antiterrorabteilung. Eine gute Gelegenheit, ihm eine Lehre zu erteilen. Damit er begreift, daß man Fälle erst ins Archiv abschiebt, nachdem man sie auf Herz und Nieren geprüft hat.

»Was gibt's Neues?« fragt mich Gikas.

»Wir suchen zwar noch den Mörder, aber wir haben die Person gefunden, die die Morde ausgeheckt hat.«

»Wer ist es?« fragt er und fährt in die Höhe. Er zittert bei dem Gedanken, es könnte einer der Parlamentsabgeordneten sein.

»Kosmas Karamitris, Loukia Karamitris Ehemann. Zunächst hat er Koustas umbringen lassen, der ihn mit zwei Schecks über insgesamt fünfunddreißig Millionen in der Hand hatte, und dann ließ er seine Frau durch denselben Täter umlegen, um ihr das abzujagen, was auf ihren Namen übergegangen war.«

»Warum sollte er das tun? Sie waren doch verheiratet!« fragt Stellas.

Mir kommt der Gedanke, ihn als Karamitris' Rechtsbeistand einzusetzen. »Weil sie kurz vor der Trennung standen. Wie es scheint, wollte Loukia den ersten Schritt tun, Karamitris geriet in Panik und veranlaßte ihre Ermordung, bevor sie die Scheidung einreichen konnte.«

»Gibt es Indizien dafür?« fragt Gikas.

Ich habe den Scheck vorbereitet und überreiche ihn. »Das ist einer der beiden Schecks, die Karamitris Koustas ausgehändigt hatte.«

»Wie ist er wieder in seine Hände geraten?«

»Er behauptet, er hätte ihn in einem Umschlag in seinem Briefkasten gefunden.«

Beide brechen gleichzeitig in Gelächter aus. »Bereiten Sie mir eine Notiz für die Presseerklärung vor. Auch wenn wir den Mörder noch nicht haben, reicht uns der Anstifter schon, damit wir sagen können, daß wir beide Fälle im Griff haben. Der Anstifter zum Mord an Petroulias ist ja schon bekannt.«

»Die Notiz bekommen Sie morgen früh.«

»Glückwunsch, Sie haben es geschafft«, sagt er, als ich bei der Tür ankomme. Es fällt ihm offensichtlich leichter, mir zu gratulieren, als sich für die Dienstsuspendierung zu entschuldigen.

»Ihr von der Mordkommission seid wie die Kletten«, sagt Stellas lachend. »Ihr laßt euch so leicht nicht abschütteln.«

Deshalb fangen wir auch dann und wann einen Mörder, während ihr noch nie einen Terroristen gefaßt habt, liegt mir bereits auf der Zunge, doch ich schlucke es wieder runter.

Ich stolziere aus Gikas' Büro, aufgebläht wie ein Truthahn in der Woche vor Weihnachten. Ich rufe Dermitzakis und frage ihn, wie weit man mit der Zeichnung des Weißhaarigen sei.

»Die beiden jungen Leute sind beim Porträtzeichner und arbeiten daran, aber ich glaube nicht, daß sie heute fertig werden«, meint er.

»Hast du Mantas aus dem Korydallos-Gefängnis holen lassen?«

»Nein, ich dachte, wir sehen erst, was mit den beiden Motorradfahrern herauskommt.«

»Laß ihn herbringen, verlier keine Zeit. Wo ist der Hausdurchsuchungsbefehl?«

»Den haben wir morgen früh.«

Ich habe nichts weiter zu tun und will mich gerade auf den Nachhauseweg machen, als noch mal das Telefon klingelt.

»Stratopoulou hier«, sagt eine Stimme. »Erinnern Sie sich, Herr Kommissar?« Der Name sagt mir etwas, doch ich kann ihn nicht einordnen. »Von der Firma San Marin, wir hatten das Segelboot an den später ermordeten Petroulias vermietet«, ergänzt sie, als sie mein Zögern bemerkt.

»Ach ja, jetzt weiß ich es wieder.« War das die Einzelheit, die mir entfallen war? Nein, es war etwas anderes, doch was genau, weiß ich noch immer nicht.

»Ich rufe an, weil das Segelboot gerade auf Trockendock liegt. Als das Boot zurückgebracht wurde, tauchten einige Gegenstände aus Petroulias' Besitz auf. Anscheinend hatte er sie in einem Schränkchen unter dem Steuerrad verstaut, und niemand dachte daran, dort nachzusehen. Soll ich sie Ihnen vorbeibringen?«

»Wenn es Ihnen nicht zuviel Mühe macht.«

»Ich hinterlege sie Ihnen morgen früh, auf dem Weg ins Büro.«

»Vielen Dank, Frau Stratopoulou.«

Nicht, daß sie von besonderem Interesse wären, doch man soll die Mitbürger, die den Wunsch äußern, den Ermittlungsbehörden zur Seite zu stehen, nicht entmutigen.

55

Schadenfreude = boshafte Freude über das Mißgeschick, Unglück eines anderen.

Schadenfroh = von Schadenfreude zeugend; voll Schadenfreude.

Schadensbegrenzung = das Eindämmen, Begrenzen eines Schadens auf ein möglichst geringes Maß.

Schadlos = in der Verbindung sich [für etwas] [an jmdm. od. etw.] s. halten (sich für einen erlittenen Schaden, einen entgangenen Vorteil o. ä. auf Kosten einer Person od. Sache Entschädigung verschaffen).

An dieser Stelle spüre ich, wie mir das Wörterbuch aus der Hand gleitet. Es scheint, daß mich der Schlaf in dem Augenblick übermannt, als sich Schadenfreude über das Mißgeschick des Ministerialdirektors in mir breit zu machen beginnt.

Am Morgen wache ich voller Tatendrang auf. Zum ersten Mal seit drei Tagen habe ich ohne Alpträume durchgeschlafen. Ich begebe mich eilig in die Dienststelle, um Kosmas Karamitris' Akte zu schließen.

Der Eingang zum Korridor der dritten Etage erinnert mich an gute alte Zeiten. Kameras, Mikrofone und ein Pulk Journalisten haben die Tür zu meinem Büro versperrt und warten auf meine Ankunft.

»Nur Geduld, Leute, Herr Gikas wird in Kürze eine

Presseerklärung abgeben«, sage ich und schiebe sie zur Seite.

»Stimmt es, daß Kosmas Karamitris Koustas und seine Frau auf dem Gewissen hat?« ruft jemand hinter mir her.

»Ich habe Ihnen schon gesagt: Es wird eine Presseverlautbarung geben. Haben Sie ein wenig Geduld.«

»Sie haben es wieder mal hingekriegt«, flüstert mir Sotiropoulos zu. »Vergessen Sie nicht, daß Sie mir noch etwas schuldig sind.«

Ich habe nichts von ihm verlangt, und so stehe ich auch nicht in seiner Schuld. Was er getan hat, das hat er aus freien Stücken getan. Aber er ist einer der Reservisten, die sich deswegen freiwillig melden, weil sie sich eine Beförderung davon versprechen. In meinem Überschwang habe ich meinen Kaffee und mein Croissant vergessen, doch ich bin nicht in der Stimmung noch mal hinauszugehen, da sich die Journalisten wieder auf mich stürzen würden. Ich setze mich gerade an Gikas' Bericht, als mich Dermitzakis unterbricht.

»Ich habe Mantas aus dem Korydallos-Gefängnis herbringen lassen. Er ist jetzt bei den anderen beiden, und sie arbeiten gemeinsam am Phantombild des Weißhaarigen.«

»Schön. Sobald ihr fertig seid, möchte ich es sehen.«

»Ich habe auch den Durchsuchungsbefehl ausstellen lassen.«

»Na dann kannst du ja mit Vlassopoulos zu Karamitris' Büro fahren und loslegen. Ich muß den Bericht für den Chef schreiben.«

Ich bin sicher, daß sie nichts finden werden und es nicht der Mühe wert ist, drei Beamte ihre Zeit verschwenden zu lassen. Ich nehme mir Papier hervor und überlege hin und her, wie drei Fälle – Petroulias, Koustas, die Karamitri – auf eineinhalb Seiten passen sollen, damit Gikas alles auswendig lernen und den Journalisten vorsagen kann.

Als ich damit fertig bin, steht die Stratopoulou in der Tür. Ich hatte sie vollkommen vergessen, doch dann erinnere ich mich an unser Telefongespräch vom Vortag. Sie trägt eine Handtasche über der Schulter, während sie in der rechten Hand eine Aktenmappe und in der linken eine kleine Plastiktüte hält.

»Da wären wir, Herr Kommissar«, sagt sie und läßt die kleine Plastiktüte auf meinen Schreibtisch sinken.

»Vielen Dank, Frau Stratopoulou. Tut mir leid, daß wir Ihnen so viele Umstände gemacht haben.«

»Keine Ursache, freundschaftliche Beziehungen zur Polizei kommen uns zugute. Wir haben aus beruflichen Gründen des öfteren Ärger mit der Hafenpolizei, da könnten Sie ein gutes Wort für uns einlegen.« Sie geht mit einem breiten Grinsen hinaus.

Ich fische das zusammengerollte Oberteil eines blauen Matrosenanzugs aus der Plastiktüte, rolle es auseinander und stoße auf Christos Petroulias' Reisepaß. Mein erster Gedanke ist, daß er Vorkehrungen getroffen hatte, um sich abzuseilen. Er war aufs Meer hinausgefahren, damit sich seine Spur in trüben Wassern verlieren sollte, gleich nachdem er seine Geschäfte unter Dach und Fach gebracht hatte.

Als ich den Reisepaß durchblättere, um zu prüfen, ob er sich vielleicht ein Visum in ein Land der dritten Welt hat ausstellen lassen, stolpere ich über eine 7 x 10 cm große Fotografie. Ich nehme sie zur Hand und bleibe wie vom Donner gerührt sitzen. Ich schließe meine Augen und öffne sie wieder, um mich zu vergewissern, daß ich nicht träume. Die Fotografie zeigt Petroulias mit nacktem Oberkörper. Er trägt eine Matrosenmütze und reckt seine dichtbehaarte Brust ins Bild.

An seiner Schulter lehnt Niki Kousta und lächelt mich an. Ihr Haar ist blond und fällt offen über ihre Schultern.

Die mysteriöse Blonde war also die ganze Zeit hier, direkt neben mir, unzählige Male habe ich mit ihr gesprochen! Nur hatte sie inzwischen ihre Haare geschnitten und gefärbt. Sie hat sich seit damals so sehr verändert, daß ich sie kaum wiedererkannt hätte, wenn nicht ihr kindliches Lächeln und ihre schelmischen Augen wären – auf der Fotografie genauso wie im wirklichen Leben.

Als ich nach fünf Minuten meine Fassung wiedererlange, ist meine erste Reaktion, in das Büro gegenüber zu stürmen, um Vlassopoulos und Dermitzakis aufzuhalten. Doch die sind bereits unterwegs.

»Nimm Kontakt zum Streifenwagen auf«, sage ich zu einem jungen Kollegen. »Sag ihnen, sie sollen Karamitris' Büro sein lassen und mir statt dessen Niki Kousta aus der R. I. Hellas herbringen.«

Er stürzt sich auf das Funkgerät, und ich hole in der fünften Etage erst einmal tief Luft. Die Journalisten drängeln sich in Gikas' Vorzimmer, sie rufen alle durcheinander, und Koulas mordlustiger Blick spricht Bände. Die Journalisten eilen sofort auf mich zu.

»Geben Sie eine Presseerklärung ab?«

Ich entgegne nichts, da es überflüssig ist, ihnen ständig

dasselbe zu erzählen. Stumm bahne ich mir den Weg zu Gikas' Büro.

»Sind Sie fertig?« fragt er, als er mich sieht. »Seit dem frühen Morgen rücken uns die Journalisten nicht von der Pelle.«

»Nein, ich bin noch nicht fertig, die werden sich noch ein wenig gedulden müssen.«

»Warum?«

Ich ziehe die Aufnahme des Pärchens aus meiner Jackentasche. »Der eine ist Petroulias. Und wer ist die andere?« fragt er. Er begreift, daß es die Blonde ist, doch er hat Niki Kousta noch nie gesehen.

»Koustas' Tochter. Niki Kousta.«

Jetzt ist er an der Reihe, sprachlos zu sein. »Das ist die Blonde, nach der wir die ganze Zeit gesucht haben?« Ich nicke. »Und was machen wir jetzt?«

»Wir verschieben die Pressemeldung, bis wir sie verhört haben. Ich habe Vlassopoulos und Dermitzakis angewiesen, sie herzubringen. Es ist möglich, daß sie etwas mit dem Mord zu tun hat.«

»Richtig, machen Sie, so schnell Sie können.«

»Wenn wir länger brauchen sollten, können Sie diese Erklärung verlesen, und später geben wir eine zweite Meldung heraus.«

»Gut wäre, wenn ich gleich auch etwas zur Kousta berichten könnte. Das macht einen besseren Eindruck.« Er sagt es so, als käme Niki Kousta deshalb hierher, um ihn im Rahmen einer Umfrage um seine Meinung zu bitten.

Als ich mich durch die Journalisten drängle, fällt Sotiropoulos' Blick auf mich – forschend und argwöhnisch. Ich kehre in mein Büro zurück, und eine Minute später steht er schon vor mir.

»Da tut sich was«, meint er. »Irgend etwas ist Ihnen dazwischengekommen, das sehe ich Ihnen an.«

»Kommen Sie bloß nicht wieder damit, daß ich Ihnen etwas schuldig sei«, falle ich ihm ins Wort. »Ich schulde Ihnen gar nichts, außer ein großes Dankeschön dafür, daß Sie mir in einem schwierigen Augenblick geholfen haben. Wenn Sie jedoch eine Sensationsmeldung in Umlauf bringen wollen, dann legen Sie sich draußen vor meinem Büro auf die Lauer.«

»Was für eine Sensationsmeldung?« fragt er, und sein Blick funkelt schon ganz lüstern.

»Warten Sie einfach ab, wenn Sie wollen.«

Er öffnet die Tür und hastet hinaus. Er verpaßt die Sensation nicht, denn sie konkretisiert sich eine Viertelstunde später in Gestalt der äußerst aufgebrachten, von Vlassopoulos und Dermitzakis eskortierten Niki Kousta.

»Was ist das für eine Art?« schreit sie. »Habe ich mich jemals geweigert, wenn Sie mich befragen wollten? War es wirklich notwendig, daß mich Ihre beiden Untergebenen zwingen, alles liegen und stehen zu lassen, und daß Sie mich vor der ganzen Firma bloßstellen?«

»Wann haben Sie Ihr Haar geschnitten und gefärbt?«

Sie verliert die Fassung, doch sie erholt sich rasch. »Als ich aus den Ferien zurückkam. Seit wann interessieren Sie sich für mein Aussehen?«

»Ich interessiere mich nicht für Ihr Aussehen. Ich interessiere mich für eine blonde junge Frau, die mit Petroulias zusammen war, als er getötet wurde.«

Ich nehme die Fotografie von meinem Schreibtisch und strecke sie ihr hin. Sie betrachtet sie lange, als müsse sie sich erst davon überzeugen, daß sie mit Petroulias abgebildet ist.

»Woher haben Sie die?« fragt sie. Ihre Stimme zittert jetzt, genauso wie ihre Hand, in der sie die Fotografie hält.

»In einem Schränkchen unter dem Steuerrad des Segelboots, das Sie und Petroulias gemietet hatten. Zusammen mit dem hier.«

Ich hole die blaue Matrosenbluse und Petroulias' Reisepaß aus der Plastiktüte. Ihr Zucken hat sich verstärkt, und sie steht kurz davor, in Tränen auszubrechen.

»Können wir unter vier Augen sprechen?« fragt sie mit gebrochener Stimme.

Vielleicht fällt ihr das Geständnis leichter, wenn wir allein sind. Ich winke Vlassopoulos und Dermitzakis hinaus. »Nun, ich höre«, sage ich. »Was haben Sie mir zu sagen?«

»Was wollen Sie hören? Ich hatte eine Beziehung mit Christos Petroulias.«

»Das ist mir klar. Genauso klar wie die Tatsache, daß Petroulias im Auftrag Ihres Vaters ermordet wurde. Weniger klar ist mir, was Sie mit dem Mord zu tun hatten. Das möchte ich von Ihnen wissen.«

Sie zerrt ein Taschentuch hervor und tupft sich die Tränen ab. Dann ringt sie sich ein mit Bitterkeit erfülltes Lächeln ab. »Ich bin das Opfer, das am Leben geblieben ist«, flüstert sie. »Weil ich Koustas' Tochter bin.«

»Was soll das heißen? Niki, das geht zu weit! Sie haben uns schon genug Schwierigkeiten bereitet. Sagen Sie mir, inwiefern Sie an dem Mord an Petroulias beteiligt sind. Haben Sie Ihrem Herrn Papa einen Gefallen tun wollen?«

Sie nimmt auf dem Stuhl mir gegenüber Platz und blickt mich eine Weile wortlos an. »Christos habe ich Anfang Januar kennengelernt«, sagt sie dann. »Er war bei uns im Büro vorbeigekommen, ich kann mich nicht mehr erinnern, in welcher Angelegenheit, und wir unterhielten uns kurz. Als ich nachmittags aus dem Büro kam, lief ich ihm draußen über den Weg. Er sagte, es sei Zufall, doch vielleicht war es das auch nicht. Jedenfalls schlug er mir vor, etwas trinken zu gehen, und ich nahm seine Einladung an. Nach ein paar Rendezvous war es dann soweit, bei unserem dritten Treffen hat es gefunkt.«

Sie verstummt, schließt die Augen und stößt einen tiefen Seufzer aus. »Er war ein sehr charmanter Mann. Er konnte witzig und zugleich zärtlich sein, er hat mich vom ersten Augenblick an für sich eingenommen.«

Sie verstummt erneut. Die Beschreibung von Petroulias bedeutet nur einen kleinen Aufschub, um den schwierigen Teil der Erzählung noch etwas hinauszuzögern. »So sind vier Monate vergangen. Wir waren jeden Abend, auch am Wochenende, zusammen, einmal bei ihm in der Wohnung, dann bei mir. Gegen Mitte Mai rief mich eines Tages mein Vater an und wollte mich sprechen. Ich war einigermaßen überrascht, denn er trat nur selten mit mir in Verbindung. Normalerweise rief ich bei ihm zu Hause an und erfuhr die Neuigkeiten von Elena oder Makis. Als ich ihn an jenem Abend traf, verlangte er, ich solle die Beziehung zu Christos abbrechen. Ich weiß nicht, wie er es herausgekriegt hatte, doch er wußte, wie lange wir schon zusammen waren, wo wir uns trafen, einfach alles. Ich sagte ihm, ich hätte nicht vor, Christos aufzugeben, und er hätte kein Recht, sich in mein Leben einzumischen. Da begann er, über ihn herzuziehen, ihn als gekauften Schiedsrichter und Handlanger der Unterwelt zu bezeichnen. Er meinte, hinter der schicken Fassade stecke er bis zum Hals im Dreck, und eines Tages würde ich seine Leiche von der Müllkippe aufsammeln. Wir haben uns schrecklich gestritten, und seit damals haben wir auch den wenigen noch vorhandenen Kontakt abgebrochen. Als ich Christos davon erzählte, lachte er. Er gestand mir, er hätte einmal geschäftlich mit meinem Vater zu tun gehabt, doch sie hätten sich nicht verstanden, und seither würde ihn mein Vater hassen. Diese Erklärung war überflüssig. An der Art, wie mein Vater über Christos sprach, hatte ich bereits das Ausmaß seines Hasses erkannt. Kurz gesagt, Ende Mai beschlossen wir, eine Segeltour zu unternehmen. Ich hatte niemandem davon erzählt, nicht einmal Elena oder Makis, ich sagte einfach, ich würde in die Ferien fahren. Mein Vater würde natürlich merken, mit wem ich wegfuhr, doch das kümmerte mich nicht. Wir verbrachten einen traumhaften Urlaub. Wir waren sehr glücklich, bis eines Tages …«

Sie hält inne. Ich verstehe, daß sie nun zum Mord kommt, und sage nichts. Niki Kousta bebt am ganzen Körper. Sie beißt sich auf die Oberlippe, um nicht loszuheulen.

»Wir waren von Santorini aus auf die Insel gekommen, wo …, auf die Insel, wo Sie ihn gefunden haben. Wir lagen zwei Tage vor Anker, als am zweiten Tag gegen sechs Uhr abends zwei Männer an der Mole auftauchten und auf das Segelboot sprangen. Der eine sagte zu Christos, er wolle in der Kabine mit ihm sprechen. Als sie herauskamen, war Christos kreidebleich. ›Mach deinen Vater ausfindig‹, rief er mir zu, als er zwischen ihnen auf die Hafenmole kletterte. ›Er hat sie geschickt, sie wollen mich umbringen.‹ Ich war verrückt vor Angst. Ich wollte ihnen hinterherlaufen, doch der eine der beiden warf mir einen tödlichen Blick zu. Das hätte mich noch nicht zurückgehalten, doch Christos rief mir zu: ›Komm nicht nach! Ruf deinen Vater an!‹ Ich sah, wie sie ihn in einen Wagen schubsten. Ich versuchte, meinen Vater mit dem Mobiltelefon zu erreichen, doch ich konnte ihn nirgendwo auftreiben, sein Handy war abgeschaltet. Nach einer Stunde gab ich es auf und begann, wie wahnsinnig nach Christos zu suchen. Aber ich habe weder ihn noch die anderen drei finden können.«

»Drei? Gerade erst haben Sie von zwei gesprochen.« Auch nach Markidis' Obduktionsbefund waren es zwei, die ihn töteten.

»Es waren drei. Der dritte war der Fahrer des Wagens. Ein Weißhaariger.«

»Ein Weißhaariger?« Dabei schnelle ich aus meinem Sitz hoch.

»Ja. Ich habe in den Cafés, in den Läden nachgefragt. Keiner hatte sie gesehen.« Jetzt kann sie sich nicht mehr beherrschen und bricht in Tränen aus. Sie setzt unter Schluchzen ihre Erzählung fort. »Ich kehrte zum Segelboot zurück und versuchte die ganze Nacht, mit meinem Vater Verbindung aufzunehmen. Spätabends sagte mir Elena, daß er ihr telefonisch Bescheid gegeben habe, er hätte in Larissa etwas Geschäftliches zu erledigen. Sein Mobiltelefon war nach wie vor tot. Es wurde Tag, und

Christos war nicht zurückgekommen. Ich lief zum Hafen und wartete das erste Schiff ab, das die Insel verlassen sollte. Ich hatte die verrückte Hoffnung, daß sie ihn vielleicht nach Piräus mitnehmen würden. Ich sah den Wagen mit den drei ohne Christos auf die Fähre fahren und begriff, daß er nicht mehr zurückkommen würde. Ich packte unsere Sachen, rief bei der Charterfirma an und erklärte, Herr Petroulias sei unerwartet erkrankt und man habe ihn nach Athen transportiert. Dann nahm ich das nächste Linienschiff zurück.«

»Warum sind Sie nicht zur Polizei gegangen?«

Sie holt tief Luft. Es gelingt ihr, das Schluchzen unter Kontrolle zu bringen, und sie lächelt bitter. »Als ich nach Athen zurückkehrte, ging ich sofort zu meinem Vater und warf ihm alles an den Kopf. ›Ich hatte dir doch gesagt, du sollst die Finger von ihm lassen. Denn er war ein Arschloch, und ich wußte, man würde ihn umlegen. Doch du hast nicht auf mich gehört‹, sagte er gleichgültig zu mir. Ich drohte ihm, ich würde zur Polizei gehen. ›Geh ruhig‹, war seine Antwort. ›Wie willst du beweisen, daß ich mit dem Mord etwas zu tun habe? Weil er es dir gesagt hat? Ich war an seinem Todestag in Athen und danach in Larissa. Ich habe zwanzig Zeugen, die das bestätigen können. Eines Tages wirst du mir dankbar sein, daß ich dich vor diesem Arschloch bewahrt habe‹, war sein letzter Satz. Wäre ich zur Polizei gegangen, was hätte ich dort erzählen sollen? Ich verfügte über keinerlei Beweise, Herr Kommissar. Nur das, was mir Christos gesagt hatte, und Christos war tot. Aber selbst wenn ich Beweise gehabt hätte, wie hätte ich behaupten können, daß Christos getötet wurde, ohne dabei zu offenbaren, daß mein Vater sein Mörder war? Wollte ich meinen Vater ins Gefängnis bringen? Und würde Christos dadurch wieder lebendig? Seit damals habe ich nicht mehr mit meinem Vater gesprochen. Am nächsten Tag ließ ich mir die Haare schneiden und färben. Ich konnte mich im Spiegel nicht mit langen blonden Haaren sehen. Ich hatte den Eindruck, ständig Christos neben mir zu sehen.«

Sie holt noch einmal tief Luft und fügt fast erleichtert hinzu: »Das ist die ganze Wahrheit, Herr Kommissar.«

»Wozu hatte er den Reisepaß dabei?«

»Ich hatte meinen auch dabei. Wir hatten vor, von Samos aus in die Türkei zu reisen.«

Du hast vielleicht vorgehabt, in die Türkei überzusetzen, Petroulias aber plante, sich aus dem Staub zu machen, denke ich. Ich frage mich, ob ich sie hierbehalten sollte. Ihre Version der Geschichte wird durch die Ermittlungen gestützt. Und auch die Art, wie sie sie erzählte, läßt nicht auf ein Lügengebilde schließen. Überdies spricht die Fotografie für sie. Wenn man vorhat, jemanden direkt oder indirekt umzubringen, dann läßt man sich nicht mit seinem Opfer zusammen ablichten.

»Wieso haben Sie mir das alles nicht erzählt, als ich Sie nach dem Tod Ihres Vater verhört habe? Da lief er doch keine Gefahr mehr, im Gefängnis zu landen.«

Sie zuckt mit den Schultern. »Seine Ermordung kam mir wie eine Art Sühne vor. Hätte ich es Ihnen gesagt, hätte sich nichts geändert, und ich hätte nur Elenas und Makis' Leben durcheinandergebracht, die beide nichts von allem wußten. Vor allem Makis. Er hat schon genug Probleme, ich muß ihm nicht noch weitere aufbürden.«

»Haben Sie die Aufnahmen an Ihren Vater geschickt?«

Sie blickt mich überrascht an. »Welche Aufnahmen?«

»Eine Fotografie der Insel und eine zweite von dem Ort, wo Christos Petroulias begraben wurde. Ich habe sie in einem Safe Ihres Vaters gefunden. Haben Sie sie ihm geschickt?«

»Meinen Sie, mir stand der Sinn danach, diese Sehenswürdigkeiten zu fotografieren?« fragt sie mit bitterer Ironie.

»Ich weiß nicht, möglich. Vielleicht haben Sie die Fotos geschossen, um ihn zu erpressen.«

»Aus welchem Grund? Wenn ich Geld wollte, konnte ich das jederzeit auch ohne Erpressung von ihm bekommen.«

Richtig. Koustas hätte ihr liebend gerne Geld bezahlt, um ihren Zorn zu dämpfen. »Ich möchte, daß Sie sich ein Phantombild des Weißhaarigen ansehen, das wir gerade anfertigen, und dann lasse ich Sie gehen«, sage ich. »Aber ich werde Sie möglicherweise zu einer ergänzenden Aussage vorladen.«

Sie zuckt mit den Schultern. »Rufen Sie an, wann immer Sie wollen, und ich komme. Es ist nicht nötig, daß Sie mich herbringen lassen und mich bloßstellen.«

Ich rufe Dermitzakis auf einer Dienstleitung an und frage, wie weit das Phantombild ist.

»Es ist fast fertig. In fünf Minuten haben Sie es.«

Aus den fünf Minuten wird eine Viertelstunde, die wir schweigend hinter uns bringen. Niki Kousta ist in Gedanken versunken, während ich versuche, meine Aufzeichnungen für Gikas in eine logische Reihenfolge zu bringen. Dermitzakis bringt schließlich das Porträt. Der Zeichner hat es vor einem dunklen Hintergrund gemalt, um das weiße Haar zur Geltung zu bringen. Ich mustere das Gesicht eines Fünfzigjährigen, das mir nichts sagt. Seine Züge sind mir vollkommen unbekannt.

»Ist das der Weißhaarige?« frage ich die Kousta und reiche ihr das Phantombild.

Sie nimmt es entgegen und betrachtet es eine ganze Weile. »In groben Zügen sieht es ihm ähnlich«, meint sie zögernd.

»Haben Sie etwas zu bemerken? Irgendeine Ergänzung vorzuschlagen?«

Sie zuckt mit den Schultern. »Ich habe ihn nur flüchtig gesehen, als er im Wagen vorüberfuhr. Nein, ich habe nichts hinzuzufügen.«

»Gut. Sie können gehen.«

Zumindest wissen wir jetzt, wie der Weißhaarige ungefähr aussah. Ich rufe Gikas an und übermittle ihm, was mir Niki Kousta erzählt hat.

»Glauben Sie, daß sie nichts damit zu tun hat?« fragt er mich.

»Ich glaube nicht, daß ich auf etwas stoßen werde, das ihre Aussage entkräftet. Außerdem bestätigt sie, was wir ohnehin schon wußten. Der einzige neue Hinweis ist der auf den Weißhaarigen, der wieder aufgetaucht ist und dessen ungefähres Aussehen wir nun kennen.«

»Den müssen wir finden. Verteilen Sie das Phantombild an die Polizeidienststellen. Und schicken Sie mir eine Kopie für die Journalisten. Möglicherweise kommt dabei was raus.«

»Vielleicht. Wenn er nicht schon in Moskau sitzt und in aller Seelenruhe Wodka trinkt.«

Ich lege den Hörer auf die Gabel und bemühe mich, die Informationen einzuordnen, die mir die Kousta geliefert hat. Sicherlich hat Petroulias die Beziehung zu ihr nicht zufällig eingefädelt. Er hatte sie wohl überdacht. Zuerst sicherte er sich Koustas' Tochter, dann ließ er die Fußballmannschaft verlieren, um Koustas zum Einlenken zu zwingen, und als der nicht klein beigab, behielt er die Rate des Schwarzgelddarlehens für sich und setzte sich mit Koustas' Tochter ab. Er hatte ihn aber unterschätzt. Im Grunde hatte er damit gerechnet, daß Koustas seiner Tochter zuliebe nachgeben würde. Doch wahrscheinlich war ihm das gar nicht möglich. Das Geld gehörte nicht ihm, sondern seinen Geschäftspartnern, und er war ihnen ausgeliefert. Wenn ich an Koustas denke, läuft es mir kalt über den Rücken. Er hat den Freund seiner Tochter umgebracht, er hat seinen Sohn zu einem Junkie gemacht und seine zweite Frau von ihrem behinderten Sohn getrennt. Und all das wegen einiger hundert Millionen steuerfreier Einnahmen im Jahr.

Ich prüfe mit Nachdruck mein Gedächtnis, um mich an die vergessene Einzelheit zu erinnern. Doch nichts … Das einzige, woran ich mich erinnern kann, ist der diffuse Drang, das Phantombild jemandem Bestimmten zu zeigen. Aber wem?

56

Der Gedanke schießt mir zu einem unerwarteten Zeitpunkt durch den Kopf, nämlich mitten im Schlaf. Ich schlage die Augen auf und nehme den Wecker vom Nachttischchen. Er ist zehn nach drei. An meiner Seite höre ich Adrianis ruhige, regelmäßige Atemzüge. Ich springe aus dem Bett und gehe ins Wohnzimmer. Ich lasse mir über den Polizeinotruf die Telefonnummer des Polizeireviers Chaidari heraussuchen. Solcher Übereifer macht sich zwar üblicherweise nicht bezahlt, doch ich halte es vor lauter Ungeduld nicht länger aus. Ich rufe das Polizeirevier an und verlange Kriminalhauptwachtmeister Kardassis zu sprechen.

»Er ist nicht hier, Herr Kommissar«, sagt der diensthabende Beamte. »Er tritt seine Schicht um acht Uhr morgens an.«

Ich lege mich wieder hin, doch ich kann nicht einschlafen. Meine Augen schweifen durch die Dunkelheit. Ich greife erneut nach dem Wecker und sehe, daß es auf halb fünf zugeht. Ich gehe in die Küche und mache mir meinen Kaffee. Ich mache ihn mir selten selbst, und normalerweise kommt dabei ein verwässertes Gesöff heraus. Ich trinke ihn in kleinen Schlucken und brüte darüber nach, wohin mich der Gedanke, der mich im Schlaf überfallen hat, wohl führen mag.

Ich begehe den Fehler, früher als sonst aus dem Haus zu

gehen, weil ich keine Ruhe finde, und gerate in den morgendlichen Stoßverkehr. Alle Straßen sind blockiert, und ich ärgere mich, daß ich nicht eines von Ousounidis' Lexotanil zur Beruhigung eingenommen und mich zur üblichen Zeit auf den Weg gemacht habe.

Als ich drei Stunden später endlich im Büro bin, lasse ich mich mit Kriminalhauptwachtmeister Kardassis verbinden. Diesmal habe ich Glück.

»Kommissar Charitos«, sage ich. »Erinnern Sie sich an den Abend, als ich zu Ihnen aufs Revier gekommen bin?«

»Aber gewiß doch, Herr Kommissar.«

»Erinnern Sie sich auch an diesen Typen, der seinen Trauzeugen anzeigen wollte, weil der sich an seiner Frau vergriffen hatte?«

Er lacht. »Ach, der? Der ist seitdem nicht mehr aufgetaucht, und wir haben unsere Ruhe.«

»Irgendwie kam damals die Rede darauf, daß er in der Nacht, als Koustas ermordet wurde, gegen jemand anderen Anzeige erstattet hatte. Können Sie sich daran erinnern?«

»Jetzt, wo Sie es sagen…«

»Das beim Mord an Koustas benutzte Motorrad hatten Sie in der Leonidou-Straße gefunden, vor dem Finanzamt Chaidari, nicht wahr?«

»Genau.«

»Und wo ist der Vorfall mit dem Wagen passiert?«

Ich höre, wie er seine Papiere durchblättert. »Der Wagen war in zweiter Spur in der Anexartisias-Straße geparkt und versperrte die Einfahrt in die Pavlou-Mela-Straße.« Er begreift, worauf ich hinauswill, und fügt hinzu: »Die Pavlou Mela ist die erste Parallelstraße zur Leonidou.«

»Da eine Anzeige erstattet wurde, müssen Sie die Adressen der beiden haben.«

»Sind beide vorhanden. Der, den Sie auf dem Revier miterlebt haben, heißt Aristos Moraitis. Er betreibt eine Kfz-Werkstatt in der Patroklou-Straße 4 in Egaleo. Der andere heißt Prodromos Tersis und besitzt einen Textilbetrieb für Kinderkleidung in der Kachramanou-Straße 5 in Nea Ionia.«

Ich stecke das Phantombild des Weißhaarigen ein und stürme aus dem Büro. Bevor ich davoneile, lege ich einen kurzen Zwischenstopp beim Büro der Kriminalobermeister ein.

»Ich bin unterwegs und weiß noch nicht, wann ich wieder hier bin«, sage ich zu Vlassopoulos und Dermitzakis. »Bleibt auf dem Posten, denn ich brauche euch möglicherweise noch.«

»Was machen wir mit Karamitris?« fragt Vlassopoulos.

»Wir verhören ihn, sobald ich wieder da bin. Er soll sich ruhig ein wenig ans Gefangenendasein gewöhnen.«

Wenn ich den Weißhaarigen auftreiben kann, dann habe ich denjenigen, der alle drei Morde ausgeführt hat, und damit Karamitris in der Zange. Das einzige, was nicht ins Bild paßt, ist die Tatsache, daß derjenige, der den Mord an Petroulias ausgeführt hat, derselbe sein soll, der danach Koustas und der Karamitri den Garaus gemacht hat. Kann sein, daß alles Zufall ist. Zufälligkeiten retten einen immer, wenn es keine anderen einleuchtenden Erklärungen gibt.

Aristos Moraitis besitzt eine große Kfz-Werkstatt, und den davor aufgereihten Wagen nach zu schließen, muß er sich eine goldene Nase verdienen. Zwei junge Männer in Arbeitsanzügen werkeln an einem Suzuki Swift.

»Wo ist Herr Aristos Moraitis?« frage ich den einen.

»Drinnen, im Büro«, entgegnet der andere, während der Befragte nicht einmal den Kopf nach mir wendet.

Das Büro ist ein winziger, quadratischer, durch Wände aus Sperrholz und Fensterglas abgetrennter Raum, am hinteren Ende der Werkstatt. Von ferne kann ich Moraitis' Kopf sehen, doch als ich das Büro betrete, erkenne ich ihn nur schwer wieder. Nicht, daß ich mich derartig deutlich an ihn erinnern könnte, doch er hat bei mir den Eindruck eines kräftig gebauten Mannes hinterlassen. Der Mann, den ich nun vor mir habe, ist vergrämt, unrasiert und mit seelenlosem Blick, als wäre er gestern erst von einer schweren Krankheit genesen.

»Herr Aristos Moraitis?« frage ich, um sicherzugehen.

»Ja.«

»Kommissar Charitos. Ich weiß nicht, ob Sie sich erinnern können, aber wir sind uns auf dem Polizeirevier Chaidari begegnet. Sie wollten gerade eine Anzeige gegen jemanden erstatten, der Ihrer Frau zu nahe getreten war.«

Er schnellt in die Höhe, als sei ihm ein Raupenschlepper über die Zehen gefahren. »Erinnern Sie mich bloß nicht an sie!« schreit er. »Erinnern Sie mich bloß nicht an die Nutte!« Er bemerkt mein Stutzen und beeilt sich, seine Reaktion zu erläutern. »Sie hat mich sitzenlassen«, brüllt er, und seine Worte dröhnen durch die Werkstatt. »Sie ist mit einem Fleischgroßhändler abgehauen. Ich habe ihr jeden Wunsch von den Augen abgelesen. All die Wagen, die Sie da draußen sehen, haben ihre Kleider, ihre Schuhe, ihre

Ringe finanziert. Jeden Abend konnte sie auf den Tischen der Nachtklubs Bauchtanz tanzen, und ich habe sie mit Blütenblättern überschüttet. Ich lag ihr zu Füßen wie ein Fußabtreter, und sie hat mir wegen eines Fleischgroßhändlers den Laufpaß gegeben!«

Er hat alles herausgestoßen, ohne Luft zu holen, und nimmt schwer atmend Platz. Daß er ihr das Leben mit seinen Anzeigen und dem ewigen Hin und Her mit der Polizei zur Hölle gemacht hat, erwähnt er nicht. Ganz abgesehen davon, daß seine knackige Frau einem Fleischgroßhändler viel besser zu Gesicht steht.

»So was kann jedem passieren«, sage ich, um ihn zu trösten und seine Sympathie zu gewinnen.

»Ist Ihnen so was schon mal passiert?«

»Nein, Gott sei Dank nicht.«

»Also reden Sie nicht dumm daher, daß solche Dinge jedem passieren können«, entgegnet er barsch.

Ich sehe, daß mir das Gespräch zu entgleiten droht, und komme zum eigentlichen Thema. »Hören Sie, ich bin hergekommen, um Sie etwas zu fragen. Können Sie sich an Folgendes erinnern? Einige Tage vor der Nacht, in der wir uns getroffen haben, waren Sie schon mal auf dem Polizeirevier gewesen, um jemanden anzuzeigen, der mit seinem Wagen die Fahrbahn blockierte. Sie hatten einen handfesten Streit vom Zaun gebrochen.«

»Ach, der«, meint er gleichgültig. »Ich habe die Anzeige zurückgezogen. Seitdem mich Fofo verlassen hat, habe ich keine Lust mehr auf langwierige Rechtsstreitereien.«

»Können Sie sich erinnern, ob Sie dort in der Gegend – auf dem Weg vom Polizeirevier in die Anexartisias-Straße, als Sie Ihren Wagen holten – ein Motorrad der Marke Yamaha mit zwei Männern drauf gesehen haben?«

»Was reden Sie denn da? Ich hätte den Kerl mit bloßen Händen erwürgen können, und Sie fragen mich, ob mir eine Yamaha mit zwei Männern aufgefallen ist?«

»Manchmal erinnert man sich an Dinge, von denen man glaubte, sie wären einem nicht aufgefallen. Sehen Sie mal, sagt Ihnen das hier etwas?« Und ich zeige ihm das Phantombild des Weißhaarigen.

Er wirft gerade mal einen kurzen Blick darauf. »Ich kann mich nicht einmal erinnern, wie ich in den Wagen gestiegen bin, wie soll mir da dieser Typ etwas sagen?« meint er.

Die folgende Frage wird ihm nicht gefallen, doch ich bin gezwungen, sie ihm zu stellen. Möglicherweise hat seine Frau die Yamaha bemerkt. »Wo wohnt Ihre Frau jetzt?«

Sein Blick verdüstert sich. »Woher soll ich das wissen? Bei dem Fleischgroßhändler. Fragen Sie auf dem zentralen Fleischmarkt nach, um es herauszukriegen.«

Die Idee ist gar nicht mal so abwegig. Der Fleischgroßhändler wird sich damit aufspielen, daß er ein solches Klasseweib erobert hat. Somit wird es nicht schwer sein herauszufinden, wo sie wohnt.

Moraitis ist in seine Depression zurückverfallen. Ich lasse ihn mit den Erinnerungen an seine knusprige Ehefrau und seine Anzeigen allein.

Um von Egaleo nach Nea Ionia zu kommen, sind zwei Interal und drei Lexotanil vonnöten. Es ist mittlerweile zwei Uhr mittags, und die Hitze im Mirafiori ist unerträglich. Ich bin verschwitzt, trotzdem halte ich die Fenster geschlossen, um den Smog nicht einatmen zu müssen. Ich beiße die Zähne zusammen, bis ich in den Konstantinopoleos-Boulevard einbiege, doch dort gebe ich es auf und kurble das Fenster herunter. Als ich schließlich in die Kachramanou-Straße abzweigt, blicke ich auf die Uhr und stelle fest, daß es mittlerweile fünf nach halb vier ist. Ich habe eine Stunde und fünfunddreißig Minuten gebraucht, um von der Patroklou- in die Kachramanou-Straße zu gelangen.

Prodromos Tersis' Textilbetrieb für Kinderkleidung ist ein großer, ebenerdiger Raum mit hohen Fabrikfenstern. Drinnen stehen drei Arbeitsbänke und eine Bügelmaschine. An zwei der Arbeitsbänke nähen Frauen Kleider. Die Arbeiterinnen an der Bügelmaschine haben heute ihren freien Tag.

»Wo ist Herr Tersis?« frage ich eine der jungen Näherinnen.

Sie deutet auf einen etwa Fünfundvierzigjährigen, der im Hintergrund über die dritte Arbeitsbank gebeugt steht. Ihm gegenüber steht ein Ehepaar und läßt sich Kinderhemdchen und -höschen vorführen. Tersis wirkt zunächst kräftig, wenn man von seiner Körperstatur ausgeht, und auf den zweiten Blick korpulent, wenn man seinen Bauch betrachtet. In etwa so wie Aristos Moraitis, bevor ihn der Kummer um seine Frau dahinwelken ließ. Er trägt ein T-Shirt, und mit der Handfläche streicht er sich immer wieder über seinen geschorenen Schädel.

»Herr Tersis?« frage ich, als ich näher trete.

»Ganz recht.«

»Kommissar Charitos. Ich bin wegen eines Falles hier,

der Sie nicht unmittelbar betrifft, doch es kann sein, daß Sie ein Augenzeuge sind.«

»Ich habe alle Hände voll zu tun. Können Sie nicht ein andermal wiederkommen?«

»Das geht nicht. Es ist dringend.«

»Entschuldigen Sie mich bitte. Es wird nicht lange dauern«, sagt er zu dem Ehepaar und wendet sich dann mir zu. »Kommen Sie.«

Er öffnet mir eine Tür am hinteren Ende des Raums und führt mich in einen Lagerraum im Untergeschoß. In die eine Ecke hat er seinen Schreibtisch mit einem Besucherstuhl gestellt, auf dem zur Zeit eine Tasche thront. Ich nehme sie vom Stuhl und stelle sie auf den Boden, um mich zu setzen. Er läuft sofort herbei, hebt sie auf und stellt sie auf seinen Schreibtisch.

»Entschuldigen Sie, aber sie wird sonst schmutzig«, sagt er. Dann holt er ein Staubtuch hervor und beginnt, den Schreibtisch abzuwischen.

Ich bin an einen pedantischen Flohzirkusdirektor geraten, aus dem ich nichts herauskriegen werde, denke ich enttäuscht. Meine letzte Hoffnung bleibt wohl nur Aristos' Frau.

»Herr Tersis, erinnern Sie sich an einen Abend vor ungefähr zwei Monaten, als Sie wegen einer Anzeige mit einem gewissen Moraitis auf das Polizeirevier Chaidari gekommen sind?«

»Ach ja, dieser schreckliche Typ.« Sein Ärger ist noch nicht verraucht. »Ich hatte einen Kunden mit Mustern aus meiner Kollektion besucht und mußte in zweiter Spur stehenbleiben, weil ich keinen Parkplatz fand. Ich dachte mir, es reichte ja, wenn mir ein Autofahrer durch Hupen zu verstehen gäbe, daß er wegfahren wollte. Doch dieser Arsch hat sich einfach auf mich gestürzt, als ich herauskam. Ich war den ganzen Tag für Kundenbesuche unterwegs und hundemüde, und er schleppte mich um ein Uhr morgens auf die Polizeiwache.«

»Können Sie sich erinnern, ob Ihnen ein Motorrad der Marke Yamaha mit zwei Männern darauf aufgefallen ist, als Sie zurückkamen, um Ihren Wagen zu holen?«

Er zieht die Brauen zusammen und kramt in seinem Gedächtnis. »Motorrad habe ich keines gesehen«, sagt er nach kurzem. »Ich habe zwei Typen gesehen, doch die sind in einen Wagen gestiegen.«

»Wo haben Sie sie gesehen?«

»Sie sind mir aufgefallen, als ich in die Thrakis-Straße einbog. Der Wagen war vor einem Schulgebäude abgestellt. Er sah wie ein Opel Corsa aus, wenn ich mich recht erinnere.« Während unserer Unterhaltung hat er seinen Schreibtisch ein zweites Mal gesäubert und dreimal den Aschenbecher geleert.

»Haben Sie vielleicht auf das Nummernschild geachtet?«

»Nein, aber die Farbe war hellgrün.«

»Und die Insassen?«

»Der eine war weißhaarig.«

Na, wer sagt's denn, der Weißhaarige. Sie haben das Motorrad stehengelassen und sind mit einem hellgrünen Opel Corsa weitergefahren. Irgendwo werden wir ihn unter den gestohlenen Wagen ausfindig machen. Ich zweifle jedoch daran, ob wir auf Fingerabdrücke oder andere Hinweise stoßen werden. Ich ziehe das Phantombild hervor und zeige es ihm.

»War es vielleicht der?«

Er betrachtet es, doch seine Miene sagt mir, daß er ihn nicht wiedererkennt. »Kann sein. Es war finster, und das einzige, was auffiel, war sein weißes Haar.«

»Und der andere?« frage ich und schlage innerlich das Kreuzzeichen, er möge mir eine Personenbeschreibung von Karamitris liefern.

»Nicht der andere. Die andere.«

»Die andere? Es war eine Frau?«

»Ganz recht. Anfänglich hielt ich sie auch für einen Mann, weil sie ihre Haare ganz kurz geschnitten trug, richtig jungenhaft. Als ich aber an ihnen vorüberfuhr, fielen die Schweinwerfer auf sie, und da habe ich gesehen, daß es eine Frau war.«

Ich sage nichts. Ich sehe nur, wie Tersis mit dem Staubtuch in der Hand wie angewurzelt stehenbleibt und mich verdattert anstarrt.

Mit einem Schlag liegt die Lösung aller drei Fälle vor mir, als hätte sie die ganze Zeit nur auf mich gewartet.

57

Es ist bereits halb acht, als wir an die Tür des Apartments in der Fokylidou-Straße 12 klopfen. Zunächst stutzt Niki Kousta bei unserem Anblick, doch dann lacht sie auf.

»Also wirklich! Entweder lassen Sie mich abführen, oder Sie tauchen mit einem ganzen Trupp auf, Herr Kommissar. Kommen Sie herein.«

Sie führt uns in ein spärlich eingerichtetes Wohnzimmer, mit zwei Sesseln, einem Glastischchen und einigen auf dem Boden verstreuten Sitzpolstern, die mit Sicherheit ein Rückenleiden verursachen. In einer Ecke steht ein Fernsehgerät mit einem riesigen schwarzen Bildschirm.

Elena Kousta sitzt auf einem Sessel. Ihr Gesicht ist bleich, die Augen sind vom Weinen verquollen. »Sie schon wieder, Herr Kommissar?« sagt sie müde. »Niemandem war so viel an meinem Mann gelegen wie Ihnen. Ich frage mich, ob er Ihr posthumes Interesse verdient hat.«

»Das ist das Schicksal der Polizeibeamten, Frau Kousta. Sich um Leute zu kümmern, an denen sonst niemandem etwas liegt. Würden Sie uns bitte allein lassen?«

»Nein, sie soll bleiben«, fährt Niki dazwischen. »Außerdem weiß sie alles, was auch Sie wissen. Es hat keinen Sinn, etwas zu verheimlichen.«

Vlassopoulos und Dermitzakis beäugen die Sitzpolster und ziehen es vor, stehenzubleiben. Ich ebenso. Niki bemerkt meine Verlegenheit, nimmt auf einem Sitzpolster Platz und überläßt mir ihren Sessel.

»Wo waren Sie am Abend, als Ihr Vater getötet wurde?« frage ich sie.

»Hier, bei mir zu Hause, mit Makis. Das habe ich Ihnen beim ersten Mal gesagt, als Sie mich danach fragten.«

»Den ganzen Abend über?«

»Ja.«

»So ganz kann das nicht stimmen. Makis war bei Ihnen, doch Sie sind nicht den ganzen Abend zu Hause geblieben.«

Sie wirft mir einen Blick zu und gibt sofort klein bei. »Ja, wir sind kurz rausgegangen. Makis fühlte sich nicht wohl, und wir sind spazierengegangen, damit ihm besser wird.«

»Wieso haben Sie mir das nicht beim ersten Mal gesagt, als ich Sie danach fragte?«

»Weil Makis gerade aus dem Entzug kam. Ich wollte nicht, daß Sie glauben, er nehme noch immer Rauschgift. Die Polizei hat für Fixer nicht viel übrig.«

Ich mustere sie. Sie scheint ganz ruhig zu sein.

»Sie sind nicht spazierengegangen, Niki. Sie haben sich auf ein gestohlenes Motorrad der Marke Yamaha gesetzt und sind zum Rembetiko gefahren, wo Makis Ihren Vater erschossen hat. Der Plan stammte von Ihnen. Makis steht permanent unter Drogen, er ist nicht imstande, einen solchen Plan auszuhecken. Seit der Ermordung von Christos Petroulias waren Sie entschlossen, sich an Ihrem Vater zu rächen. Deshalb haben Sie die Aufnahmen gemacht. Sie sind nach Athen zurückgekehrt, haben Ihr Haar geschnitten und gefärbt und einige Zeit verstreichen lassen, bis man sich an Ihr neues Aussehen gewöhnt hatte. Und dann haben Sie zugeschlagen. Nur, daß Sie Ihren Plan nicht im Alleingang ausführen konnten, Sie brauchten einen Mittäter. Und wo hätten Sie einen geeigneteren gefunden als Makis? Auch er haßte seinen Vater. Er gab ihm kein Geld, er ließ ihn nicht Fußball spielen, er überließ ihm keinen seiner Nachtklubs... Er schlug ihm alle Türen vor der Nase zu. Ihr Plan kam ihm gerade recht. Er konnte sich an seinem Vater rächen und gleichzeitig all das erreichen, was er so lange entbehrt hatte... Geld... Nachtlokale... alles, was sein Herz begehrte...«

Elena ist aufgesprungen und betrachtet mich mit vor Grauen verzerrtem Gesicht. »Was Sie sagen, ist nicht wahr«, sagt sie entsetzt. »Nichts von alledem ist wahr.«

»Laß ihn ausreden, Elena.« Niki ist nach wie vor ruhig und lächelt.

»Zunächst habt ihr ihm die beiden Fotografien zugeschickt. Ihr wolltet ihn in dem Glauben lassen, es handle sich um eine Erpressung. Deswegen hatte er die fünfzehn Millionen in der Tatnacht bei sich, doch ihr wart nicht auf das Geld aus. Ihr würdet ihn ohnehin beerben. Ihr habt das so eingefädelt, um ihn ohne seine Schlägertypen aus dem Nachtlokal zu locken. Makis versteckte sich in der Nähe des Rembetiko, und Sie blieben ein Stück entfernt mit laufendem Motor stehen. Koustas trat zur verabredeten Stunde allein vor das Lokal. Er beugte sich in den Wagen, um das Geld zu holen. Makis kam aus der Dunkelheit auf ihn zu. Er sprach ihn an, worauf sein Vater sich umdrehte, und schoß dann viermal auf ihn. Dann machte er kehrt, sprang auf das Motorrad, und ihr seid zusammen davongerast. Es war ein ausgeklügelter Plan, zugegeben. Ihr Vater besaß Nachtklubs, und man würde davon ausgehen, daß er sich mit Rotlichtbaronen angelegt hatte und daß sie ihn kaltgemacht hätten. Mir aber ging von Anfang an etwas gegen den Strich. Profikiller schießen einmal, höchstens zweimal. Aber Makis ist kein Profi. Er schoß ihm zweimal ins Herz, einmal in die Lunge, einmal in den Bauch und machte Hackfleisch aus ihm. Aus Haß? Um sicherzugehen, daß er auch wirklich tot war? Wer weiß.«

Elena ist vollkommen aufgelöst. Sie blickt einmal mich, dann wieder Niki an, der das unschuldige Lächeln immer noch nicht aus dem Gesicht gewichen ist. Vielleicht, weil sie denkt, all das seien bloß Hypothesen, und weil sie noch nicht weiß, daß wir einen Augenzeugen haben – nämlich Tersis.

»Sie haben das Motorrad in der Leonidou-Straße vor dem Finanzamt Chaidari zurückgelassen«, fahre ich fort. »Sie hatten in der Thrakis-Straße, vor dem Schulgebäude, einen Wagen abgestellt. Sie setzten sich hinein und fuhren los. Ich weiß nicht, ob die weiße Perücke, die Makis trug, Ihre oder seine Idee war. Der Trick verfing jedenfalls. Das Brachland vor dem Rembetiko ist unbeleuchtet. Mantas, der Türsteher, hat das weiße Haar gesehen und ist darauf reingefallen. Und Sie selbst trugen einen Sturzhelm.«

Vlassopoulos und Dermitzakis starren mich an. Ich hatte sie unterwegs kurz unterrichtet, doch es überstieg ihre Vorstellungskraft, daß der Mord an Koustas so einfach und doch so ausgeklügelt organisiert war.

»Fahrt sie aufs Präsidium zum offiziellen Verhör«, sage ich zu Vlassopoulos.

Plötzlich tritt Elena dazwischen und verstellt mir die Aussicht auf Niki. »Das ist nicht wahr, Niki! Das ist alles erlogen, oder?«

»Nein, es ist nicht alles erlogen. Zum Teil ist es wahr.« Sie beugt sich zur Seite und sucht meinen Blick. »Die Vermutungen, die Sie anstellen, sind bis zu einem gewissen Punkt richtig, Herr Kommissar«, sagt sie sanft.

»Das sind keine Vermutungen. Ich habe einen Augenzeugen, der Sie in der Thrakis-Straße erkannt und in den Wagen hat steigen sehen.«

»Natürlich hat er mich wiedererkannt. Ich war ja auch dort.« Sie spricht es so selbstverständlich aus, als hätte sie dort schnell ein Auto oder Badezimmerfliesen gekauft.

»Sie geben also zu, daß Sie an dem Mord beteiligt waren.«

»Ich war gegen meinen Willen Zeugin, als mein Freund ermordet wurde, und gegen meinen Willen Zeugin, als mein Vater ermordet wurde.«

»Was soll das heißen? Eins nach dem anderen, bitte, damit ich mir meinen Reim darauf machen kann.«

»Hören Sie«, sagt sie seufzend. »Am Abend des Mordes hatte sich Makis wieder einen Schuß gesetzt und stand unter gräßlicher Hochspannung. Unaufhörlich verfluchte er unseren Vater. Ich hatte, wie Sie wissen, einiges hinter mir und hielt es nicht aus, ihm zuzuhören. Um ihn zu beruhigen, schlug ich vor, eine Spazierfahrt zu machen. Anfänglich dachte ich an meinen Wagen, doch er war mit dem Motorrad gekommen, und da haben wir es einfach genommen.«

»Das Motorrad war gestohlen«, unterbreche ich sie.

Sie zuckt mit den Schultern. »Er behauptete, er hätte es von einem Freund ausgeliehen.«

»Makis hat das Motorrad gestohlen?«

»Wer sonst? Mein Vater hat ihm nie Geld gegeben, das habe ich Ihnen bereits gesagt. Und ein drogenabhängiger Mensch ist zu vielem fähig, um sich seine Dosis zu sichern. Was kann man da machen. Da ich während meines Studiums in England einen Motorroller hatte, stellte ich die Bedingung, daß ich fahren würde. Ich wollte ihn in seinem Zustand nicht an den Lenker lassen. Sowie wir auf den Vasilissis-Sofias-Boulevard kamen, übernahm er nach und nach das Kommando. Anfangs sagte er, ich sollte zur Panepistimiou-Straße fahren. Als wir zum Omonia-Platz gelangten, meinte er, wir sollten zum Rembetiko fahren, weil er Vater einen Vorschlag gemacht hätte und seine Antwort erwartete. Wenn ich von Makis etwas gelernt habe, dann ist es, Drogensüchtigen niemals zu widersprechen. Bei denen knallt beim ersten Nein eine Sicherung durch. Wir kamen beim Rembetiko an. Sie werden verstehen, daß ich meinem Vater nicht begegnen wollte. Makis stieg ab und ging auf den Nachtklub zu. Ich verlor ihn aus den Augen und dachte, er sei hineingegangen. Kurz darauf sah ich, wie mein Vater allein heraustrat. Er ging auf seinen Wagen zu, um etwas zu holen, als Makis hinter ihn trat. Ich weiß nicht, woher er plötzlich auftauchte. Wahrscheinlich hatte er sich versteckt, ganz wie Sie vermuten. Er sagte etwas zu ihm, und mein Vater drehte sich um. Dann sah ich, wie Makis einen Revolver zog und auf ihn schoß. Mein Vater brach zusammen, und Makis rannte auf mich zu. Er sprang auf das Motorrad und schrie mir zu loszufahren. Was hätte ich tun sollen? Er stand unter Drogen, er hielt eine Waffe in der Hand und konnte auch mich erschießen. Ich gab Gas, und wir sausten davon. Makis lotste mich an die Stelle, wo wir das Motorrad stehenließen. Und in der nächsten Querstraße hatte er den Wagen abgestellt. Wir setzten uns rein und fuhren los.«

»Haben Sie sich nicht gewundert, wo er den Wagen herhatte?«

»Er sagte, es sei ein Mietwagen. Wenn Sie nachforschen, werden Sie herausfinden, bei welcher Firma er ihn ausgeliehen hat.«

»Und was ist mit der weißen Perücke?«

»Die hatte er bei sich und setzte sie auf, während er sich versteckt hatte. Im Wagen nahm er sie ab und steckte sie wieder ein.«

»Und warum haben Sie den Mord nicht bei der Polizei gemeldet, als Makis weg war?«

»Aus zwei Gründen, Herr Kommissar. Den ersten kennen Sie bereits. Ich konnte meinen Bruder genausowenig der Polizei ausliefern, weil er meinen Vater ermordet hat, wie ich meinen Vater ausliefern konnte, weil er meinen Freund umbringen ließ. Der zweite Grund ist: Es hat keinen Sinn, Makis ins Gefängnis zu bringen. Mein Vater hat das Leben jedes einzelnen von uns zerstört. Er hat Makis zu dem gemacht, was er heute ist, er hat meinen Freund auf dem Gewissen, er hat Elena von ihrem behinderten Sohn getrennt... Und all das nur des Geldes wegen, als hätte ihm das, was er ohnehin schon besaß, noch immer nicht gereicht.«

Zum ersten Mal höre ich Haß und Leidenschaft aus

ihrer Stimme heraus. Ich sehe, daß Vlassopoulos und Dermitzakis mit offenem Mund dastehen. Und mit Recht. Der Plan war viel raffinierter als ich es mir ausgemalt hatte. Sie hatte Makis davon überzeugt, ihren Vater zu töten, es jedoch so arrangiert, daß sie nötigenfalls alles auf ihren Bruder, den Junkie, abwälzen konnte.

»Und der Weißhaarige, den Sie Ihren Angaben nach mit Petroulias' Begleitern gesehen haben?«

»Sie haben mir ein Phantombild gezeigt, und ich habe Ihnen gesagt, daß er dem Mann ähnelt, den ich auf der Insel gesehen habe. Das Phantombild hat gar keine Ähnlichkeit mit Makis. Außerdem war Makis in Athen, als Christos umgebracht wurde, und das kann er beweisen.«

»Es gab keinen Weißhaarigen. Das haben Sie absichtlich erzählt, um eine falsche Spur zu legen.«

Sie zuckt mit den Schultern. »Sie müssen nur den anderen Weißhaarigen auftreiben.«

Sie weiß, daß wir ihn nicht finden werden, weil es ihn nicht gibt. »All das können Sie in Ihrem Plädoyer ausführen«, meine ich. »Obwohl sich kein Gericht finden wird, das Ihnen Glauben schenkt.«

»Sie täuschen sich«, sagt sie. »Ich bin ein Opfer. Ich habe mit eigenen Augen zusehen müssen, wie die Leute meines Vaters meinen Geliebten getötet haben und wie mein Bruder meinen Vater hingerichtet hat. Welches Gericht wird nicht Verständnis für die zweifache Tragödie aufbringen, die ich durchlitten habe? Man wird mich höchstens zu ein paar Jahren auf Bewährung verurteilen.«

Als wolle sie ihr Selbstvertrauen stärken, eilt Elena Kousta auf sie zu und schließt sie in die Arme. »Keine Angst, mein Schatz, du landest nicht im Gefängnis«, sagt sie. »Ich engagiere die besten Rechtsanwälte. Man wird dich freisprechen.«

So wie sie Elena überzeugt hat, wird sie auch das Gericht auf ihre Seite ziehen. Die Geschworenen werden sie anhören und zu Tränen gerührt sein. Vielleicht hätte ich Mitgefühl mit ihr, wenn sie nicht alles auf ihren Bruder abwälzen würde. Denn im Endeffekt ist sie ja tatsächlich ein Opfer.

Niki drückt Elena an sich. »Ich danke dir, Elena«, flüstert sie. »Gott sei Dank gibt es dich. Ich weiß, daß du mir helfen wirst, meine Unschuld zu beweisen.«

»Und Ihren Bruder lassen Sie im Gefängnis krepieren«, meine ich.

»Niemand hat mehr für Makis getan als ich, Herr Kommissar«, antwortet sie verärgert. »Ich habe ihn nicht auf dem Gewissen. Makis hat sich an dem Tag aufgegeben, als er den Drogen mit Haut und Haaren verfallen ist.«

Er ist schon tot, warum also soll ich sterben? So denkt sie. Sie ist hochintelligent und hat ihren Vater dennoch aus Liebesleidenschaft getötet. Die Liebe hatte ihren Scharfblick vernebelt, und sie durchschaute nicht, daß sie ein Spielball zwischen ihrem Vater und ihrem Liebhaber war.

»Wollen Sie vielleicht etwas mitnehmen?« fragt Vlassopoulos.

»Nicht nötig. Morgen werde ich gegen Kaution auf freien Fuß gesetzt.«

Sie geht auf die Tür zu, ohne einen Blick zurückzuwerfen. Vlassopoulos folgt ihr, und ich höre, wie die Wohnungstür ins Schloß fällt.

»Sie müssen nun auch gehen, Frau Kousta«, sage ich zu Elena. »Wir sind verpflichtet, die Wohnung zu versiegeln.«

»Fahren Sie jetzt zu Makis?«

»Ja, um die Sache abzuschließen.«

Sie blickt mich an. »Darf ich mitkommen?« stammelt sie schüchtern.

»Wozu?«

Sie seufzt. »Makis braucht Wäsche. Es gibt doch niemanden, der sie ihm zusammensuchen kann. Und in seiner Verfassung kann er das nicht selbst übernehmen.« Sie bemerkt mein Zögern. »Ich bitte Sie«, fleht sie.

Was ist aus Elena Frangaki mit dem üppigen Busen und dem Theatervorhang um die Beine geworden? Elena Kousta ist eine Mutter, die sich um ihre Brut sorgt – um einen behinderten Sohn und zwei angenommene Kinder, die ihren Vater getötet haben.

»Kommen Sie.«

»Vielen Dank«, sagt sie schlicht.

58

Immer wenn ein Fall abgeschlossen wird, steigen die einen als Gewinner aus, und die anderen werden zur Kasse gebeten. Ich steige als Gewinner aus, weil ich die drei Morde aufgeklärt und zwei der drei Täter gestellt habe. Aber den Leuten, die mich zurückhalten wollten, bleibe ich ein Dorn im Auge. Gikas steigt als Gewinner aus, weil beide Fälle ohne großes Aufsehen abgeschlossen werden und keine Gründe für Verschleierungsmanöver vorliegen. Die beiden Parlamentsabgeordneten steigen als Gewinner aus, weil sie mit dem Mord an Koustas nicht unmittelbar zu tun haben, demnach nirgendwo erwähnt werden und weiterhin die Fernsehsender heimsuchen und ihren Beliebtheitsgrad messen lassen können. Niki steigt als Gewinnerin aus, wenn man ihr Verhalten sorgfältig abwägt und weil sie alles auf ihren Bruder abwälzt. Am nachhaltigsten wird Makis zur Kasse gebeten, der nicht nur den Vorwurf des Mordes aufgebürdet bekommt, sondern sogar des vorsätzlichen Mordes. Und auch Elena muß zahlen: Ihre Welt liegt in Trümmern, und sie hetzt vom Gefängnis zur Gerichtsverhandlung und von dort zu ihrem behinderten Sohn.

All das geht mir durch den Sinn, als ich den Vouliagmenis-Boulevard entlangfahre. Dermitzakis sitzt am Steuer, während die Kousta und ich auf dem Rücksitz des Streifenwagens Platz genommen haben.

»Vorgestern haben Sie gesagt, ich sei nicht in Gefahr.« Ich schrecke hoch, als ich ihre Stimme höre. »Glauben Sie das wirklich, oder haben Sie es nur gesagt, um mich zu beruhigen?«

»Ich glaube, daß Sie nicht unmittelbar gefährdet sind.«

»Was mache ich aber, wenn die … die Geschäftspartner meines Mannes auftauchen und ihr Geld wollen? Ich weiß nicht, wieviel er ihnen schuldig war. Wenn sie mich bedrohen, können Sie mich da beschützen?«

»Was sagst du, Dermitzakis?«

»Machen Sie Witze, Herr Kommissar?«

Das würde ich auch so formulieren, doch ich wollte es ihm in den Mund legen. Hätte ich es ausgesprochen, dann kann man nicht wissen, bis zu wessen Ohren gedrungen wäre, daß ich die Polizei für unfähig halte, die Bürger zu schützen.

»Die haben viel mehr Mittel und sind besser bewaffnet als die Polizei, Frau Kousta«, erkläre ich. »Darüber hinaus gelten für uns Gesetze und Verordnungen, die uns die Hände binden.«

»Und was raten Sie mir?«

Ich denke kurz nach. »Liegt Ihnen daran, das Vermögen Ihres Mannes zu behalten?« frage ich.

»Nur am Canard Doré liegt mir etwas, ich würde es gerne weiterführen.«

»Dann verkaufen Sie doch alles andere und tragen das gesamte Geld auf die Bank. Wenn irgendwann die Partner Ihres Mannes auftauchen, übergeben Sie ihnen die Summe und haben Ihre Ruhe.«

»Sie haben recht, so mache ich es.«

Sie versucht mich anzulächeln, doch ihre Augen stehen voll Tränen. So lange schon schlucke ich eine Frage hinunter, doch sie liegt mir auf der Zunge.

»Niki hat den Mord an ihrem Vater geplant«, sage ich. »Makis war nur das ausführende Organ. Es kann nicht sein, daß Sie nicht gemerkt haben, daß sie alles auf ihren Bruder abwälzt, um ihre Haut zu retten. Und dennoch haben Sie ihr angeboten, ihr zu helfen. Warum tun Sie das? Ist Makis nicht mehr als einen Koffer voll Kleider wert? Alles andere geht für Niki drauf?«

Sie seufzt und verharrt kurz in ihrem Schweigen. »Sie haben alle drei meiner Kinder kennengelernt, Herr Kommissar«, sagt sie dann. »Das eine leibliche und die beiden angenommenen. Wenn Sie sie auf offener See mit den Wellen kämpfen sehen würden und nur einen Rettungsreifen hätten, wem würden Sie ihn zuwerfen?«

Seit dem ersten Tag unserer Bekanntschaft verfügt diese Frau über die Fähigkeit, mir den Mund zu stopfen.

Als wir vor Koustas' Villa in Glyfada ankommen, ist es bereits zehn Uhr. Ich blicke auf das finstere Bauwerk und erinnere mich an meinen ersten Besuch. Mauern, Stacheldraht, Sicherheitspersonal, Videoüberwachung – nichts konnte Koustas vor seinem Schicksal bewahren. Er hatte alle möglichen Sicherheitsvorkehrungen getroffen, um sich vor der Mafia zu schützen, und dann haben ihn seine eigenen beiden Kinder getötet. Nun, da auch Makis das Haus verläßt, wird es die Kousta wohl verkaufen, damit der nächste Anhänger von Hochsicherheitstrakten darin sein Glück findet.

Wir läuten, und kurz darauf springt die Haustür von

selbst auf. Eine der wenigen Funktionen, die noch intakt sind. Glücklicherweise ist es dunkel, und die Kousta kann nicht erkennen, in welch erbärmlichem Zustand sich der Vorgarten befindet. Makis ist über meinen Anblick erstaunt.

»Sie schon wieder?« fragt er. »Haben Sie immer noch nicht genug?«

Er trägt dieselben Kleider wie immer. Seine Sportjacke ist bis zum Hals zugeknöpft. Elena Kousta tritt als letzte ein. Er stutzt, als er sie vor sich sieht.

»Was suchst du denn hier?« blafft er sie an.

»Ich habe etwas vergessen, und der Herr Kommissar war so freundlich, mich mitzunehmen«, kontert sie schlagfertig.

Er sagt nichts, doch sein Blick bleibt auf sie geheftet, als bemühe er sich, einen Gedanken zu fassen. Dann läßt er es bleiben, dreht sich um und geht ins Wohnzimmer. Wir folgen ihm, während die Kousta ins Obergeschoß geht.

Das Wohnzimmer ist noch genauso vermüllt wie bei unserem letzten Besuch. Die Beleuchtung ist so schwach wie in einer Gefängniszelle. Er setzt sich auf das Sofa und zieht den Reißverschluß seiner Sportjacke herunter, hüllt sich jedoch weiterhin darin ein, als friere er. Ich setze mich auf den Sessel ihm gegenüber, während sich Dermitzakis an der Tür postiert.

»Rücken Sie schon raus mit der Sprache, warum sind Sie hier?« fragt er mich.

Ich will die Sache schnell zu Ende bringen. »Ich bin hier, um Sie festzunehmen«, sage ich ohne Umschweife. »Zunächst einmal wegen des Mordes an Ihrem Vater.«

»Sind Sie endlich dahintergekommen?« meint er beiläufig.

»Ja. Es hat zwar gedauert, aber ich bin dahintergekommen. Sie haben ihn zusammen mit Niki umgebracht. Sie hatte den Plan ausgeheckt, und Sie haben den Mord vollstreckt.«

»Verteilen Sie keine falschen Lorbeeren!« schreit er aufgebracht. »Ich habe ihn umgelegt. Wenn ich nicht gewesen wäre, wäre er immer noch am Leben. Sein ganzes Leben lang beschimpfte er mich als Faultier, Taugenichts und Versager. Ich mußte ihn beseitigen, damit er begriff, daß ich etwas von Anfang bis Ende durchziehen kann.«

Ob Koustas das wirklich begriff, als er ihn mit dem Revolver auf sich zielen sah? »Ja, aber Niki hat Ihnen geholfen. Ihr habt es zusammen organisiert.« Er blickt mich stumm an. »Makis, Sie haben schon viel am Hals«, sage ich. »Bürden Sie sich nicht noch etwas auf, das Sie gar nicht getan haben. Reden Sie und verschaffen Sie sich eine bessere Ausgangsposition, denn Sie werden für viele Jahre hinter Gitter wandern.«

Er wiehert los vor Lachen. »Ich komme nicht ins Gefängnis, ich fahre direkt ins Paradies«, antwortet er. »Wenn man Geld hat, dann ist das Gefängnis ein Junkie-Paradies.«

Warum tut er das? Um seine Schwester zu schützen? Weil er den Erfolg einzig und allein für sich reklamieren will? Möglicherweise beides. Wenn er so weitermacht, kommt Niki ungeschoren davon.

»Warum haben Sie Ihre Mutter getötet?«

»Als ich sie besuchen und mit ihr reden wollte, hat sie mir die Tür vor der Nase zugeschlagen«, brüllt er außer sich. »Und sie hat hinter unserem Rücken mit meinem Vater paktiert. Uns hat sie sitzenlassen, weil sie es angeblich mit ihm nicht mehr ausgehalten hat, und im nächsten Augenblick macht sie Geschäfte mit ihm.«

Haß und Schmerz haben sich in ihm festgesetzt, und es hat keinen Sinn, ihn eines Besseren belehren zu wollen.

»Haben Sie den Scheck in Karamitris' Briefkasten geworfen?«

»Ja, ich habe die Schecks zufällig in einer alten Brieftasche ganz unten im Nachttischchen meines Vaters gefunden. Dort waren auch noch andere Schecks. Ich habe die Unterschrift gelesen, und da war mir klar, von wem er war.« Er schüttelt sich vor Lachen. »Denselben Trick habe ich auch bei ihm angewendet«, sagt er ganz stolz. »Beide haben angebissen. Meinem Vater habe ich die beiden Aufnahmen geschickt und ihn angerufen. Ich habe ihm erklärt, die Stunde sei gekommen, wo er mir das Geld geben müsse, das er mir so lange vorenthalten hatte. Er wollte es mir in der Villa übergeben, doch darauf ging ich nicht ein. Ich sagte ihm, wir sollten uns allein vor seinem Nachtklub treffen. Der Wichser ist in die Falle getappt. Genau wie meine Mutter. Ich wartete ab, bis ihr Mann weg war, und rief sie an. Ich sagte ihr, wer ich war und daß sie, wenn sie auch den anderen Scheck wollte, sich mit mir treffen müßte. Sie ist sofort darauf eingestiegen.« Er hält inne, und sein Gesichtsausdruck verzerrt sich wieder vor Wut. »Haben Sie begriffen?« schreit er. »Als zwölfjähriges Kind habe ich eine ganze Weltreise gemacht, um sie zu sehen, und sie hat mich davongejagt. Erst als ich ihr von dem Scheck erzählte, hat sie sich vor Wiedersehensfreude überschlagen.«

»Woher hatten Sie die Aufnahmen?«

»Die gehörten Niki. Sie hat sie gemacht, um nicht zu vergessen, wo ihr Freund begraben war.«

Sie hat sie nicht deshalb geschossen. Sie hat sie gemacht, weil sie vorhatte, sie für ihre Zwecke einzusetzen. Das ist der einzige Schwachpunkt in ihrem Plan, doch auch das hat keine Bedeutung mehr. Sehr gut möglich, daß sie behaupten wird, nicht sie hätte die Bilder Makis ausgehändigt, sondern er hätte sie von allein an sich genommen.

»Was haben Sie mit der Perücke gemacht, die Sie trugen?«

»Die muß hier irgendwo sein. Sie werden sie finden.«

»Und der Revolver?«

»Das werden Sie schon noch erfahren. Eins nach dem anderen.«

Ich würde gerne darauf beharren, ihm den Revolver abzunehmen, doch mit einem Mal schlägt mich ein anderer Gedanke in seinen Bann. Zu Unrecht war ich dem Exminister wegen Kalia auf die Pelle gerückt. Nicht er war in der Nacht ihres Todes bei ihr.

»Und Kalia? Was hatte sie Ihnen getan, daß sie sterben mußte?« frage ich.

Er kommt zur Besinnung und weicht meinem Blick aus. »Das mit Kalia tat mir leid. Es hat sie unnötigerweise erwischt«, sagt er und stöhnt auf. »Mit Kalia war ich früher befreundet gewesen. Sie hat mir das Fixen beigebracht, ich konnte endlich durchatmen, vergessen, woanders sein. Doch mein Vater kriegte es raus und setzte sie unter Druck. Er sagte ihr, er würde sie entlassen und dafür sorgen, daß sie nirgendwo mehr einen Job bekäme. Sie hat Angst bekommen und mit mir Schluß gemacht. Als ich ihm die beiden Fotografien schickte und ihn anrief, forderte mein Vater sie auf, mir zuzureden, doch sie wollte nichts davon wissen. Sie hat mich angerufen und mir davon erzählt.«

Das also hatte Koustas mit Kalia am Abend seiner Ermordung zu bequatschen. Er drohte ihr nicht mit Entlassung, das hatte er nämlich schon früher getan. Er verlangte von ihr, zwischen ihm und Makis zu vermitteln.

»Als ich sah, wie Sie ihr in der Garderobe Fragen stellten, bekam ich es mit der Angst zu tun«, fährt Makis fort. »Wissen Sie, wir Junkies haben keine großen Widerstandskräfte, und wenn Sie sie unter Druck gesetzt hätten, befürchtete ich, sie könnte reden. Ich ließ ein paar Abende vergehen und ging dann auf sie zu. Ich sagte ihr, jetzt, wo mein Vater nicht mehr zwischen uns stünde, könnten wir wieder zusammensein. Sie freute sich. Bei unserem zweiten Treffen nahm sie mich mit nach Hause.«

Er hält inne und hebt seinen Blick zu mir. »Wissen Sie, sie liebte mich«, sagt er, als berühre es ihn seltsam, daß ihn jemand liebgewinnen konnte. »Sie hatte meine Fotografie neben dem Fernseher stehen, um mich immer im Blickfeld zu haben.« Er denkt noch einmal darüber nach. »Sie werden sagen, sie hat sie vielleicht dahin gestellt, um bei mir damit auf die Tränendrüse zu drücken. Bei Junkies weiß man nie so recht. Wir sind miteinander ins Bett gegangen, und dann habe ich unsere Dosis vorbereitet. Ihre zuerst.«

Er verstummt, und sein Blick verliert sich im Zimmer. »Sie hat nichts gemerkt. Sie ist in meinen Armen friedlich eingeschlafen«, stammelt er.

In diesem Augenblick tritt Elena Kousta ins Wohnzimmer. In der rechten Hand hält sie eine gepackte Reisetasche. Sie läßt sie neben sich auf den Boden gleiten. Sie bleibt stehen und blickt auf Makis. Ihre Augen sind tränenverschleiert.

»Makis, ich möchte, daß du weißt: Ich habe dich immer gern gehabt«, flüstert sie ihm zu. »Und was auch geschieht, ich bin an deiner Seite.«

Makis hält seinen Blick auf sie gerichtet, ohne einen Ton zu sagen. Plötzlich vollführt er eine abrupte Wendung. Er fährt mit seiner Hand in seine Sportjacke, und als er sie wieder herauszieht, hält er darin den Revolver. Er springt auf und sagt zu mir: »Wollten Sie nicht den Revolver? Jetzt können Sie ihn haben!« Er richtet die Mündung auf die Kousta. »Dich habe ich mir bis zum Schluß aufgehoben«, sagt er zu ihr. »Sobald ich auch dich aus dem Weg geräumt habe, ist endlich Ruhe.« Er sieht, wie Dermitzakis sich anschickt, sich aus dem Türrahmen zu lösen. »Schön brav bleiben, Bulle«, ruft er ihm zu. »Schön brav, sonst kostet es dich den Kopf.«

Ich nutze den Augenblick, in dem sein Blick auf Dermitzakis geheftet ist, und erhebe mich. »Nicht doch, Makis«, sage ich, so ruhig ich kann. »Es ist doch sinnlos, noch einen Mord zu begehen.«

Er dreht sich zu mir herüber, während der Revolver die ganze Zeit auf die Kousta gerichtet bleibt. »Bleiben Sie, wo Sie sind«, meint er. »Ich bringe das hier zu Ende, dann übergebe ich Ihnen die Waffe und komme mit. Dann können Sie aufschreiben, was Sie wollen, und ich unterzeichne. Ich mache Ihnen gar keine Arbeit mehr.«

Ich werfe einen Blick auf die Kousta. Sie sieht ihn mit

einem sanften, bedrückten Lächeln an. Mein Gott, nicht auch noch sie, sage ich zu mir selbst. Er hat seinen Vater, seine Mutter, seine Geliebte getötet, nicht auch noch Elena! Überrascht stelle ich fest, daß es bei so vielen Ermordeten, die tagtäglich vor mir Revue passieren, immer noch Verluste gibt, die mir nahegehen.

Makis' Hand hat zu zittern begonnen. Ich gehe einen Schritt nach links, um zwischen ihn und die Kousta zu treten. Ich höre den Schuß, und im selben Augenblick spüre ich, wie meine Brust Feuer fängt. Durch den Aufprall der Kugel verliere ich das Gleichgewicht. Ich sehe gerade noch, wie Dermitzakis auf Makis losgeht. Dann –

Personenverzeichnis

Anita	eigentlich Anna Stamouli, Freundin von Hugo und Jerry
Antonopoulos	neuer Kollege von Dermitzakis und Vlassopoulos
Arvanitaki	Geschäftsführerin der R. I. Hellas
Charis	Bodyguard von Konstantinos Koustas
Charitos, Kostas	Kommissar, Leiter der Mordkommission
Charitou, Adriani	Frau von Kostas
Charitou, Katerina	Tochter von Adriani und Kostas
Chatzidimitriou	Mitglied des Schiedsrichterverbandes
Chortiatis, Renos	Geschäftsführer des Rembetiko
Dermitzakis	Kriminalobermeister
Dimitris	Techniker der Spurensicherung
Eleni	Schwester von Adriani Charitou
Fofo	Frau von Aristos Moraitis
Fragaki, Elena	Mädchenname von Elena Kousta
Gikas, Nikolaos	Leitender Kriminaldirektor
Hugo Hofer	Deutscher Tourist
Jerry Parker	Englischer Tourist
Kalia	alias Kalliopi Kourtoglou, Tänzerin im Rembetiko
Kalojirou, Frixos	Besitzer des FC Falirikos und der Ladenkette ›Alles für Haus und Garten‹
Kalokyris, Jagos	Bürgermeister der Ferieninsel
Karamitri, Loukia	Frau von Kosmas Karamitris, Exfrau von Konstantinos Koustas, Mutter von Makis und Niki
Karamitris, Kosmas	Mann von Loukia Karamitri, Betreiber eines Schallplattenlabels
Kardassis	Kriminalhauptwachtmeister in Chaidari
Kartalis, Manos	Cousin zweiten Grades von Kostas Charitos, Abteilungsleiter im Finanzministerium

Karteris	Sänger im Rembetiko
Kelessidis, Stavros	Steuerprüfer
Keti	Pflegerin von Stefanos
Kontokostas	Polizeibeamter
Koula	Sekretärin von Nikolaos Gikas
Kousta, Elena	Witwe von Konstantinos Koustas
Kousta, Niki	Tochter von Konstantinos Koustas
Koustas, Dinos	s. Koustas, Konstantinos
Koustas, Konstantinos	Besitzer des Nachtfalter, des Rembetiko und des Canard Doré, Mordopfer
Koustas, Makis	Sohn von Konstantinos Koustas
Koutsaftis, Argyris	Trauzeuge von Fofo und Aristos Moraitis
Kritikou, Marianthi	Nachbarin von Christos Petroulias
Mantas, Lambros	Türsteher des Rembetiko
Marina	Tänzerin im Rembetiko
Markidis	Gerichtsmediziner
Michel	Oberkellner im Canard Doré
Moraitis, Aristos	Eifersüchtiger Ehemann von Fofo, Betreiber einer Kfz-Werkstatt
Nasioulis	Sportredakteur
Obique	Nigerianer, Mittelstürmer bei Falirikos
Ousounidis, Fanis	Behandelnder Arzt von Kostas Charitos, neuer Freund von Katerina Charitou
Panos	Exfreund von Katerina Charitou
Papadopoulos	Besitzer des gestohlenen Motorrads
Petroulias, Christos	Mordopfer, Schiedsrichter
Sakis	Verlobter von Koula
Sarafoglou, Kyriakos	Spieler bei Falirikos
Selemoglou, Stratos	Geschäftsführer des FC Triton
Serafina	Haushälterin von Elena Kousta
Sotiropoulos, Menis	Journalist
Stawria	Frau des Bruders von Kostas' Schwager
Stefanos	Sohn von Elena Kousta
Stellas	Kommissar der Antiterrorabteilung
Stratopoulou, Kleri	Geschäftsführerin des Motor- und Segeljachtverleihs San Marin
Stylianidis, Jannis	Buchhalter von Konstantinos Koustas
Tersis, Prodromos	Besitzer eines Textilbetriebs für Kinderkleidung
Vlassis	Bodyguard von Konstantinos Koustas
Vlassopoulos, Sotiris	Kriminalobermeister

Bitte beachten Sie
auch die folgenden Seiten

Petros Markaris
Hellas Channel
Ein Fall für Kostas Charitos
Roman. Aus dem Neugriechischen von Michaela Prinzinger

Er hatte Janna Karajorgi, Reporterin für *Hellas Channel*, noch nie ausstehen mögen – sie war überheblich und machte sich bei jeder Pressekonferenz über ihn lustig. Doch nun ist sie tot, ermordet, und er, Kostas Charitos von der Athener Polizei, soll den Fall übernehmen. In einem Griechenland, das Schlauheit mit Bildung verwechselt und Schundromane mit Literatur gleichsetzt, werden Skandalmeldungen nicht in Frage gestellt. Janna Karajorgi war berüchtigt für ihre Skandalreportagen. Wer hatte Angst vor ihren Enthüllungen? Die Albaner, deren obskuren Machenschaften sie auf der Spur war? Der Kinderschänder, den sie an den Pranger gestellt hatte? Die Kollegen, denen Karajorgis Erfolg und Eigenständigkeit zu weit gingen? Der Kommissar führt die Ermittlungen nicht allein, denn auch die Presse will ihn finden: den Mörder der Karajorgi, die nächste quotensichere Sensation.

»Eine Entdeckung! Mit Kommissar Charitos ist eine Figur ins literarische Leben getreten, der man ein langes Wirken wünschen möchte.«
Hans W. Korfmann / Frankfurter Rundschau

»Petros Markaris zeichnet ein lebendiges Bild von der griechischen Gegenwart. Krimi-Freunde müssen diesen neuen Kommissar unbedingt kennenlernen.«
Tinga Horny / Focus, München

»Ein Buch für all jene, für die Schwarz-Weiß zwar in der Fotografie ein interessantes Ausdrucksmittel ist, die sonst jedoch auf Zwischentöne Wert legen, denn zwischen Gut und Böse gibt es viele Abstufungen.«
Robert Streibel / Die Furche, Wien

Liaty Pisani im Diogenes Verlag

Der Spion und der Analytiker

Roman. Aus dem Italienischen von Linde Birk

Gefährlich, wenn ein Psychoanalytiker die Standesregeln verletzt und zu sehr ins Leben seiner Patienten eindringt. Den Wiener Analytiker Guthrie läßt es jedenfalls nicht kalt, als die schöne Alma Lasko ihn versetzt und er erfährt, daß ihr plötzliches Verschwinden mit dem seltsamen Tod ihres Mannes zu tun haben muß. Fatal auch, wenn ein internationaler Spitzenagent unter einem Kindheitstrauma leidet, das im falschen Moment aufbricht. So geht es dem Agenten Ogden, der sich mit Guthrie zusammentut, um Alma Lasko ausfindig zu machen. 007 auf der Couch, und ein Psychoanalytiker, der zum Spion wird: die beiden geraten in eine aufregende Verfolgungsjagd, die Wien, Zürich, Genf und Mailand zum Schauplatz hat.

»›Der dritte Mann‹, erneuert und korrigiert an einer apokalyptisch gezeichneten Jahrhundertwende.«
Epoca, Mailand

Der Spion und der Dichter

Roman. Deutsch von Ulrich Hartmann

Juni 1980. Ein italienisches Zivilflugzeug mit 81 Insassen stürzt auf dem Weg von Bologna nach Palermo ins Meer. Offensichtlich abgeschossen. Wer steckt dahinter? Die NATO? Libyen? Liaty Pisanis Thriller basiert auf einem düsteren Kapitel der italienischen Nachkriegszeit, der bisher unaufgeklärten Affäre Ustica. Was Ogden dabei herausfindet, ist haarsträubend. Lediglich Fiktion oder brutalste politische Realität?

»Ein Volltreffer. Ein Roman, der einem die Haare zu Berge stehen läßt. Ich habe das Buch gefressen, mit al-

len Krimi-Symptomen wie Herzrasen und feuchten Händen.«
Christine Schaich / Süddeutscher Rundfunk, Stuttgart

»Mit erzählerischer Bravour und vergnüglicher Ironie verwandelt Liaty Pisani den traditionellen Kriminalroman in ein Schauermärchen – vor dem Hintergrund einer realen Tragödie.« *Der Spiegel, Hamburg*

Der Spion und der Bankier

Roman. Deutsch von Ulrich Hartmann

Der Schweizer Bankier, der zuviel wußte, wird ermordet. Es geht um viel Geld: um nachrichtenlose Vermögen. Agent Ogden soll den Sohn des Toten aufstöbern, der mit Beweismaterial von Zürich nach Südfrankreich, aber auch aus der Gegenwart in die Vergangenheit geflohen ist – ins Reich der Katharer. Dieses Volk von Häretikern wurde im Mittelalter bekämpft – wie auch damals schon die Juden – und in den Albigenser-Kriegen vernichtet. Mit der erforderlichen Sensibilität nähert sich Liaty Pisani dem Thema Völkermord, ohne dabei auf einen spannenden Plot zu verzichten.

»Die Italienerin Liaty Pisani räumt gleich mit zwei Vorurteilen auf: daß Spionage-Thriller eine Männerdomäne sind und daß nach dem Ende des kalten Krieges die guten Stoffe fehlen. Über Ogden, den sympathischen Grübler, dem die Moral mehr bedeutet als seine Mission, wollen wir mehr lesen!«
Brigitte, Hamburg

»Liaty Pisani hat ihr Metier offensichtlich bei Leuten wie Le Carré, Chandler oder Ambler gelernt – sie erzählt gekonnt, voller Spannung, mit Exkursen ins Sphärisch-Phantastische und mit einem Schuß Ironie.« *SonntagsZeitung, Zürich*

Der Spion und der Schauspieler

Schweigen ist Silber

Roman. Deutsch von Ulrich Hartmann

Ogden wollte zwar aus dem Geheimdienst aussteigen, doch sein Freund, der Berliner Schauspieler Stephan Lange, kommt in Bedrängnis – seit Präsidentschaftskandidat George Kenneally vor der amerikanischen Ostküste abgestürzt ist, wird er verfolgt. Er soll dafür büßen, daß er das Gerücht des Mordes in Umlauf gesetzt hat. Was bleibt Gentleman Ogden anderes übrig, als ihm zu helfen? Die Flucht führt sie von den Kykladen über Bern und Monte Carlo nach Berlin, der heimlichen Hauptstadt aller Spionagedienste.

»Zart, aber hart: Liaty Pisani belebt mit ihren Büchern den Geheimagentenroman neu. Gestern war Bond, heute ist Ogden.«
Juliane Lutz/Focus, München

»Mit Ogden hat Liaty Pisani einen Helden geschaffen, der Gefühl und Verstand in eine zerbrechliche Balance bringt. Sie erweist sich als Meisterin des Agententhrillers.« *Volker Hage/Der Spiegel, Hamburg*